KB144981

공주에게는 왕좌가 필요하다

공주에게는 왕좌가 필요하다

1판 1쇄 찍음 2019년 11월 15일
1판 1쇄 펴냄 2019년 11월 25일

지은이 별꽃고래
펴낸이 정 필
펴낸곳 (주)뿔미디어

기획 · 편집 이영은
표지 디자인 우 물

출판등록 2002년 9월 11일 (제1081-1-132호)
주소 경기도 부천시 소향로 17, 303(두성프라자)
전화 032)651-6513   팩스 032)651-6094
E-mail bbulmedia@hanmail.net
비북스 http://b-books.co.kr

ISBN 979-11-90379-96-0 03810

FEEL PREMIUM EDITION

별꽃고래
장편 소설

공주에게는
왕좌가 필요하다

A princess needs a throne

contents

"드디어 내 이 자리를 갖게 되었구나."

왕좌를 내려다보는 소녀가 보이는가? 너희는 저 공주가 지금 무엇을 해낸 것인지 짐작할 수 있는가?

"나를 위해 싸워 온 모든 이들에게 감사를."

뮈블랑은 주먹에 힘을 주며 소녀를 바라본다. 스스로 영광을 거머쥔 소녀는 왕좌 앞에 우뚝 선 채 붉은 망토 자락을 휘날리고 있다. 짙은 황금색 머리칼이 나부끼고 오색의 유리가 역광을 쏟아붓는 가운데, 빛을 휘장처럼 두른 소녀가 만민을 굽어보는 것이다.

그러나 대관식에 불순분자가 섞이지 않을 순 없는 노릇. 불현듯 살기를 느낀 뮈블랑은 자신의 옆에 서 있는 하녀의 손목을 단단하게 붙들고 은밀하게 배에 총을 겨눴다. 이자가 살기도 감출 줄 모르는 엉성한 암살자라는 사실을 깨달았으면서도 바로 쏘지 않은 까닭은 단순하다. 마법구로 전 세계에 생중계되고 있는 이 순간을 망치고 싶지 않았을뿐더러…….

"멈춰라. 암살자. 지금 그만두면 살려⋯⋯."

"카마이유 님께 영광을!"

그때 악에 받친 암살자가 칼을 들고 공주에게로 뛰어가기 시작했다. 젠장! 그냥 쏠걸! 아무리 살기도 못 감추는 멍청한 놈이라고 해도 봐주지 말았어야 했는데! 뮈블랑은 암살자의 뒤통수에 대고 짜증스럽게 방아쇠를 당기려 했지만 그보다 공주의 곁에 머물던 칼이 빨랐다.

"아아악!"

암살자의 팔을 자른 남자, 카산은 뮈블랑을 미묘한 눈으로 내려다봤다. 암살자가 고래고래 소리를 지르든 말든 뮈블랑은 툴툴거리면서 암살자의 다리 양쪽에 총을 쏘고 입에 손을 집어넣어 독단이 있는지 없는지 확인한 후 경비병에게 암살자를 던졌다. 귀족들은 빠르고 간결하게 돌아가는 현황에 놀라 눈을 크게 떴으나 그것까진 뮈블랑의 알 바가 아니었다.

뮈블랑이 책임져야 할 일은 따로 있었다.

'대처가 늦었으니 또 잔소리를 듣겠군.'

그러나 뮈블랑에게도 사정은 있었는데, 아무 짓도 안 한 사람을 쏘면 시민 단체에서 들고 일어설 것이었다. 물론 뮈블랑이야 살기를 감지했다지만 일반인들은 그런 말은 변명 취급할 테고.

그러나 누군가가 살기를 내뿜었다는 말 한마디만으로 즉결 처형이 가능한 국가였다면 밀렌도요프 공주를 왕으로 맞이하진 못했을 것이다. 그녀가 그 국가를 걷어차 버렸겠지.

뮈블랑의 왕 밀렌도요프는 그런 사람이다.

"그대들 앞으로도 나를 따르라."

이윽고 스스로 왕관을 쓴 공주가 반원을 그리며 돌자, 길게 늘어진 망토가 계단을 쓸어내린다. 햇살이 유리창을 투과해 소녀에게로 산란한다.

"내가 아슈타르의 왕이다!"

그날, 공주는 공식적으로 왕좌를 쟁취했다.

그리하여 이것은 하녀가 왕위에 오르는 공주를 지켜보는 이야기였다.

✛ 제1장 ✛
최초의 그 마녀가 그랬듯이

아슈타르 왕국의 공주 밀렌도요프, 밀레나는 울음이 많았다. 태생부터 애가 이러다 죽지 않을까, 싶을 정도로 울었고 왕과 처음 대면하는 자리에서도 목이 터지도록 울었다.

왕은 자기가 안아 들자마자 빼애애액 울기 시작하는 밀레나를 좋아하지 않았다. 아비로서 책임감도 없냐고? 그런 건 슬하에 자녀가 한 손가락으로 셀 수 있는 수를 넘어설 때부터 없어졌다. 밀레나는 벌써 여덟째 자식이었다. 뭐, 솔직히 그 숫자를 넘기기 전부터도 딱히 자식을 예뻐하는 성품은 아니었지만, 어쨌거나 대강 변명거리를 주워섬긴 그는 옆에 서 있던 애기 하녀에게 신경질적으로 밀레나를 던졌다.

그 애기 하녀가 바로 뮈블랑이었다.

일곱 살짜리 뮈블랑은 밀레나가 우는 걸 옆에서 지켜보면서 짜증스러워했다. 그도 그럴 게 좀 예쁜 짓도 하고 사근사근하게 굴어야 아비가 좋게 봐 줄 거 아닌가. 뮈블랑은 어릴 때부터 남 비위 맞추는 덴 고수였기 때문에 저렇게 자기 감정만 앞세워 울음을 터트리는 어린애를 싫어했다.

즉 뮈블랑은 더럽게 꼬인 상황을 견뎌 내기 위해 밀레나를 탓했다. 갓난아기가 우는 건 당연한 일이다. 그걸 보고 화를 내는 왕이 잘못됐다. 그런데 뮈블랑은 마냥 갓난아기 탓을 한 거다. 그게 편하다는 이유만으로.

물론 누구나 실수를 할 수는 있다. 그러나 뮈블랑은 자신의 진실한 감정을 드러내는 성정이 아니었고 그래서 뮈블랑이 밀레나를 싫어한다는 사실은 아무도 알지 못했다.

아무도 뮈블랑의 잘못된 생각을 수정해 줄 수 없었다.

밀레나가 다섯 살이 될 때까지도.

"언니!"

밝은 황갈색이라고 해야 할까, 탁한 금색이라고 해야 할까. 엷은 커피처럼 달콤한 빛깔의 머리카락이 포스스 나부꼈다. 오동통하게 살이 오른 짧은 팔다리로 꾸물꾸물 뛰어오는 동작이 귀엽기 그지없었다. 한없이 맑은 하늘색 눈동자를 가진 아이는 봄볕 꽃망울처럼 어여쁘게 움터 사랑스러웠으나, 왕의 사랑을 받지 못하는 공주답게 의복에서 다소 오래 입은 티가 났다. 그러나 뮈블랑은 전혀 마음이 아프지 않았다. 뮈블랑은 저 나이에 더한 나락에서 살았다. 계절마다 옷을 바꿔 입을 수 있단 것만으로도 족한 사치잖은가?

"언니가 아니라 하녀입니다, 공주님."

왕에게는 사랑받지 못한다지만 밀레나의 주위에는 온통 밀레나를 사랑하는 사람들뿐이다. 애착에 능숙한 아이의 뺨은 복숭앗빛으로 보송보송하게 물들어 있었고 솜털이 콕콕 박힌 낯은 보들보들했다. 어린애다운 생기와 유쾌함이 깃든 얼굴. 뮈블랑은 그런 게 몸서리치도록 지긋지긋했다.

"언니, 여기 주위에 아무도 없어."

그러나 주위를 힐끔힐끔 훔쳐보다가 종종거리며 다가와 조심스럽게 이리 말하는 공주님의 명령을 계속 거절할 수도 없는 셈이고. 결국 뮈블랑은 나직하게 가짜 웃음을 드리웠다.

"저는 하녀라니까요."

"언니이이이."

"알겠습니다, 밀레나. 공부 즐겁게 하고 오셨나요."

"응! 나 열심히 공부했어!"

밀레나는 이 짧은 시간을 정말 좋아했다. 뮈블랑이 밀레나의 이름을 불러 주며 다정하게 일상을 물어 주는 그 짧은 시간. 신분의 격차를 알고는 있으나 이해하지 못하던 밀레나에게 뮈블랑과의 격의 없는 대화는 가뭄 중 내린 단비였다.

"무얼 배우셨는데요?"

"오늘도 비밀이라면서 국제 정세에 대해 얘기했어!"

그에 비해 뮈블랑은 이 짧은 시간을 정말 싫어했다. 또한 밀레나의 스승도 싫어했다. 왜냐하면 그 스승이란 작자는 주제도 모르고 밀레나에게 허튼 꿈을 꾸게 했기 때문이다.

밀레나는 여자다. 여자는 작위를 계승받을 수 없으므로 지식을 학습할 필요가 없다. 좋은 남자를 만나서 신분 상승을 하는 것만이 여자의 행복이었다. 기왕이면 타국의 왕자나 황자, 뭐 그런 사람을 만나서 비가 된다면야 더 좋겠지.

그러나 스승은 정규 과정을 넘어선 심화 학습을 밀레나에게 가르쳤다. 그건 오직 스승과 밀레나와 뮈블랑만이 아는 비밀이었다. 이게 알려지면 스승은 목이 잘린다. 뮈블랑은 스승의 생사여탈권을 자신이 갖게 되었다는 사실이 짜증 났다. 그 사람이 누구인지도 모르는데 왜 자신이 그 사람을 죽일 수 있는 위치에 올라야 하는가?

"그래요? 좋으셨겠네요."

"응! 또 내가 뭐를 얘기했냐면……!"

"그런데 어쩌죠? 저는 아주 바빠요. 오늘 대화는 여기까지 해야 할 것 같아요."

밀레나가 가진 순수가 미웠다. 다섯 살의 나이로 심화 학습에 들어간 천재성도 미웠고 마냥 환한 웃음도 미웠다. 괜스레 심술을 부리고 싶었던 뮈블랑은 작정하고 말을 끊었다. 평소였으면 이렇게까지 엄하게 굴진 않았을 테지만 아무것도 모르는 선량한 것을 보면 원래 화가 나지 않나. 남만 복장 터지게 걱정하게 만들고, 안달하게 만드는 그런 것들.

"히이잉, 그치만……."

뮈블랑은 동글동글한 눈에 눈물이 고이는 걸 보면서 부드럽게 웃었다.

"울며 보채지 않을 거죠? 밀레나는 착한 아이니까요."

때로 착한 아이라는 말은 아이를 틀에 가두곤 한다. 뮈블랑은 개미를 눌러 죽이듯 속삭였고 밀레나는 서러움을 꾹꾹 눌러 참으며 한참을 끅끅댔지만, 종내에는 고개를 끄덕였다.

"……으으응."

"좋아요. 그럼 난 이만 갈게요."

할 일도 없으면서 먼저 일어섰다. 등 뒤에서 공주의 흐느낌이 작게 들려오자 따끔따끔한 감각이 폐부를 찔렀다. 그것은 어쩌면 희열이었을까. 잡으려 하면 터져 버리는 비눗방울처럼 작고 중독적인 희열이었을까. 미묘한 기분으로 복도를 거닐던 중에, 아직 방 안에서 수업 자료들을 살펴보던 밀레나의 스승을 마주쳤다. 뮈블랑은 그대로 고개 돌려 외면하려 했지만 스승은 자애로운 미소로 뮈블랑을 반겼다.

"안녕, 너 자주 보았었지? 이름이 뭐니?"

"……뮈블랑입니다, 기테모어 님."

"어머, 기억력 좋구나. 내 이름도 다 기억하고 있고."

"기테모어 님이 공주님께 극진하시니까요."

뮈블랑은 '극진'에 미묘한 억양을 넣었다. 기테모어의 표정이 조금 달라졌다. 그녀는 재미있다는 듯이 몸을 기울였다.

"알고 있구나?"

"……들키는 날엔 다 같이 망하는 겁니다. 그쯤에서 그만두십시오."

"어째서?"

"공주님은 그런 것을 배울 필요가 없습니다."

기테모어는 뮈블랑이 이해하지 못할 심상에 잠겨 있는 사람처럼 웃었다.

"공주니까?"

"왜 자꾸 이상한 말을 하십니까. 그럼 공주님이 공주지 왕자겠어요? 이런 식으로 교육을 시킨다면 우리는 물론이고 공주님까지 무사하지 못할 겁니다. 기테모어 님은 몰라도 저는 그런 형벌을 받을 생각이 없습니다, 마치……."

"마녀처럼?"

소름이 끼쳤다.

"네."

처녀의 피로 목욕하고 악마를 숭배하던 사특하고 음란한 계집들은 사술을 부리다 전부 화형당해 죽었더랬지. 뮈블랑은 마녀가 되어 죽고 싶지 않았다.

그러나 기테모어는 추호의 흐트러짐 없는 낮으로 부드럽게 웃을 뿐이었다.

"뮈블랑, 너도 언젠가 알게 되지 않을까 싶어. 공주는 무엇이든 할 수 있단다. 나는 조금이라도 더 그녀를 돕고 싶을 뿐이야. 최초의 그 마녀가 그랬듯이, 더 많은 마녀를 살리기 위해서."

여자가 속삭였다.

"나는 마녀니까."

말의 무게가 너무도 컸다. 뮈블랑은 희게 질린 얼굴로 두어 발자국 물러서려다가, 악에 받친 표정으로 고개를 저었다.

"아니, 마녀는 전부 불타 죽었어. 당신이 마녀일 리 없다고."

기테모어가 작게 웃었다.

"그래. 전부 불타 죽었어. 그러니 이제 한 명이라도 더 살려야 하지 않겠니."

"밀레나는 마녀가 아니야!"

"내가 마녀이듯이 그녀도 마녀야. 공부를 꿈꾸는 여자가, 세상을 바꾸려는 여자가 마녀라면."

뮈블랑은 아무리 생각해도 기테모어의 말을 이해할 수가 없었다. 그녀가 말을 이으려던 찰나,

"대체 무슨 헛소리를…… 헉!"

누군가가 그녀의 어깨를 두드렸다. 뮈블랑은 무의식적으로 머리를 감싸고 무릎을 꿇었다. 망할, 왕궁에서 목소리를 높이다니, 그것도 이런 안건으로 이야기하던 중에 소리를 지르다니 제정신인가? 만약 지금 그녀의 어깨를 두드린 사람이 다른 궁의 사람이기라도 하면 끝장이었다. 알몸으로 채찍질을 당하고 성벽에 걸려도 할 말이 없었다.

뮈블랑 혼자만 그 꼴을 당한다면 차라리 다행이었다. 그러나 마녀에 관련된 이야기는 너무도 중대한 죄이기에 그분에게 피해가 갈지도 몰랐다. 뮈블랑이 진정으로 두려워하는 것은 바로 그 지점이었다.

"잘못, 잘못했어요! 소리 질러서 죄송해요! 잘못……!"

한데 무언가가 달랐다. 매서운 채찍질이 없었다. 다만 다가온 것은 손을 잡은 손. 이게 무엇일까?

뮈블랑의 등 뒤에서 다가온 사람은 호들갑스럽게 포옹을 시도하지도 말을 걸지도 않았다. 그저 손 위에 손을 겹쳐 올리고 다독였다.

아, 그분이었다. 그녀를 나락에서 꺼내어 준 이였다. 뮈블랑은 훌쩍훌쩍 눈물을 흘리다가 가까스로 고개를 들었다.

"주인님……."

밀레나의 어미, 뮈블랑의 주인, 아슈타르에 잡혀 온 샛별.

블리마데세가 그곳에 있었다.

당신에게 피해 끼치지 않을 수 있단 사실이 뮈블랑을 안심하게 했다. 뮈블랑은 온몸에 힘이 풀린 채로 충성스러운 개처럼 웃었다. 블리마데세는 밀렌도요프에게 물려준 것과 똑같은 하늘색 눈동자로 뮈블랑을 걱정스럽게 바라보았다.

"많이 놀랐니?"

"죄송해요……."

"아니야, 내가 놀라게 해서 미안해."

"주인님은 제게 그런 말을 하실 필요가 없습니다……. 아, 그보다!"

뮈블랑이 눈물 콧물 범벅인 얼굴로 펄쩍 뛰어올랐다.

"주인님! 저 여자를 쫓아내야 해요! 마녀라고 했어요! 밀레나, 아니, 공주님께 이상한 것을 가르쳤다구요!"

그러나 블리마데세는 곤란한 양 웃을 뿐이었다. 마음이 급해진 뮈블랑은 자기답지 않게 발을 동동 구르며 재촉했다.

"가만두면 큰일이 날 거예요!"

"음, 뮈블랑……. 사실 기테모어를 초빙한 건 나야."

"네에?"

"밀레나가 그녀에게 교육받길 원했거든."

뮈블랑은 눈을 동그랗게 떴다.

"왜, 왜……."

"너도 언젠간 알지 않을까?"

그렇지만 뮈블랑은 도무지 다들 무슨 헛소리를 하는 건지 혼란스러울 따름이었다. 결국 기테모어를 내쫓으라는 뮈블랑의 건의는 그대로 흐지부지되어 버렸다.

그러나 뮈블랑은 그 후로도 내내 기테모어를 경계했는데, 매일같이 밀레나와 기테모어의 수업을 참관하며 그녀가 무엇을 가르치는지 일

일이 감시할 정도로 그 경계심은 강렬했다. 졸지에 뮈블랑까지 수업에 참여하게 된 셈이었지만 뮈블랑만 그걸 몰랐다.

뮈블랑은 그들과 함께 정치에 대해서, 철학에 대해서, 사회에 대해서, 경제에 대해서, 예술에 대해서 배웠다. 함께 토론하고 의견을 교류했다. 그렇게 사창가 골목 심부름꾼 아이로만 살아가던 뮈블랑의 세계가 확장되었다.

"뮈블랑, 너는 신화에 대해 공부한 적이 있니? 공주님은 들으셨던 내용이겠지만 덧대어 말하자면, 신화에는 아주 많은 내용이 나오지만 개중에는 여신이 강간당하는 설화도 아주 많아."

'미친.'

"이건 아니라고 생각하는 듯한 표정이구나."

'들켰네.'

"세상에는 그런 이야기도 많단다. 그게 현실이야. 하지만 나는 구태여 그런 이야기들에서 얻을 수 있는 현명하고 정숙하고 지혜로운 여자의 교훈을 알려 주진 않을 거야. 그 대신 재미있는 이야기를 들려주마. 밀레나 공주님도 이제부터 잘 들으세요. 신들의 경합에 대한 이야기입니다. 먼 옛날에, 고대의 사람들은 숱하면 경합을 벌였답니다……"

기테모어의 수업을 들으며, 뮈블랑은 포만감이 들어차도록 풍부하게 지식을 섭취했다. 교육이 여자에게 허락되지 않은 것임을 알았지만 그것은 한번 알게 된 이상은 눈 돌릴 수 없는 환희였다. 인간은 누구나 자신의 세계를 정의 내릴 단어를 원했고 더 넓은 세계를 맛보기 위해 살기에.

그렇게 일 년이 흘렀다. 밀레나가 여섯 살, 뮈블랑이 열세 살이 된 것이다.

"뮈블랑!"

이제 밀레나도 자신의 처지를 알기에 뮈블랑을 언니라 부름으로써 뮈블랑을 곤란하게 만들지 않았다. 그래도 더없는 애정은 여전해서 그녀가 뮈블랑을 볼 때면 눈에서 꿀이 떨어질 정도였다. 뮈블랑은 그 무구한 사랑을 느낄 때마다 개미를 눌러 죽이고 싶었지만 그런 마음은 차마 품어서는 안 될 무엄한 것이었다. 그녀는 심장 언저리에서 느껴지는 따끔따끔한 통증을 애써 내리누르며 대꾸했다.

"네, 공주님의 뮈블랑이 여기 있어요."

이런들 저런들 뮈블랑은 공주님의 뮈블랑이었다. 밀레나는 뮈블랑에게 팔짱을 끼며 볼을 비볐다.

"헤헤, 오늘 나들이 나가는 거 너무 신난다, 그치?"

오늘은 간만에 외출 승인을 받아 내 기사들을 대동하고 바깥나들이를 가는 날이었다. 블리마데세는 별다른 작위 없는 평민 무희 출신 첩이었기에 왕에게 청을 올리기는 쉽지 않았고 따라서 이는 흔치 않은 기회였다. 밀레나가 들떠 뛰어다니는 게 당연했다.

"공주님이 신나신다니 다행이에요."

그러나 뮈블랑은 전혀 신나지 않았다. 왜냐하면 기테모어까지 함께 나들이를 가기 때문이었다. 주인님과 공주님은 저 망할 스승을 너무 좋아했다. 아, 그래, 단신으로 거의 모든 종류의 학문을 가르쳤으니 머리가 좋은 건 인정한다, 그러나 사상이 글러 먹었는데 어쩌란 말인가.

……물론 아주 다 글러 먹은 건 아니지만. 일 년간의 토론 끝에 솔직한 심정으로 어느 정도 동조하는 면도 생기긴 했다. 그러나 아무리 그래도 첫 만남 당시 들었던 마녀 운운은 너무 심하지 않나. 밀레나와 자신이 교육받는 것은 기적 같은 일이고 모든 여자에게 그런 기적이 일어나지는 않는다. 그럴 수도 없다. 마녀는 화형 되어야 마땅하다.

물론 밀레나는 마녀가 아니고.

뮈블랑이 은근슬쩍 기테모어를 노려보자 기테모어가 조금 웃었다.

"내 둘째 제자님은 참 귀엽다니까."

뮈블랑은 조신하게 고개를 숙이며 속으로는 욕설을 삼켰다.

"기테모어 님, 저는 귀하신 분의 제자가 될 자격이 없어요. 저는 하녀로서 공주님이 수업을 들으시는 내내 시중을 들 뿐이에요."

물론 지혜롭고 원숙한 기테모어의 눈에는 그런 속내가 전부 다 읽혔다.

"그런 면까지 합쳐서 전부 귀여워. 그렇지요, 블리마데세 님?"

"물론이지. 우리 밀레나랑, 뮈블랑이랑 전부 다 귀여워 죽겠다니까?"

밀레나는 헤헤 웃었고 뮈블랑은 표정을 이상하게 찡그렸다. 우리 밀레나랑, 뮈블랑이라. 뮈블랑은 블리마데세가 자기까지 챙겨 주는 게 부담스러웠다. 블리마데세의 딸은 밀레나였다. 아무리 어여쁨을 받는다고 하더라도 뮈블랑은 블리마데세를 어머니라고 부를 수 없었다.

불현듯 불타는 격정이 그녀를 사로잡았지만 뮈블랑은 언제나처럼 그냥 조금 기분이 언짢은 척을 했다. 기테모어와 블리마데세도 눈치채지 못할 정도로 세련된 연기였다.

마차를 타고 기사들의 호위를 받으며 황궁을 벗어난 그들은 평범하게 수도의 거리를 거닐었다. 날씨는 겨울이었지만 해가 쨍쨍했기에 뮈블랑이 양산을 들었다. 간신히 받아 낸 외출 승인인데도 굳이 거리를 택한 것은 평민들이 살아가는 모습을 직접 눈에 담고 싶다는 밀레나의 의견 때문이었다. 밀레나는 또랑또랑한 눈망울로 넓은 세상을 담기 바빴다.

'어차피 따라붙는 기사들 때문에 겁먹는 백성들을 보는 것뿐이면서 뭐 저리 감격한대.'

사람들은 누가 봐도 귀족인 티가 나는 그들을 살살 피해 가며 눈을 깔았지만 철없는 밀레나는 그걸 눈치채지 못하는 듯했…….

"그 사업 망할 줄 알았는데 진짜네! 신기해!"

엥?

"무슨 말씀이세요, 공주님?"

"아, 평민들이 양모로 지은 옷을 입고 있어서. 헤헤."

"……한 번 더 물을게요. 무슨 말씀이세요?"

"양모는 비싼데 평민들이 양모로 지은 옷을 입고 있단 것은 우리가 얼마 전에 이야기했던 내용이랑 일맥상통하잖아!"

뮈블랑은 인상을 찡그리며 머릿속을 헤집어 봤지만 기억나는 내용이 없었다. 기테모어가 힌트를 주듯 천천히 말했다.

"아슈타르 왕국의 후계 문제로 어느 파벌이 우세해질까에 대해 얘기할 때 잠깐 다뤘었지."

"아! 그 소리였군요. 지금 기억났어요!"

블리마데세가 고개를 비틀어 양산을 쥔 뮈블랑과 시선을 마주하고는 가벼운 목소리로 유쾌하게 지껄였다.

"우리 뮈블랑이 제대로 알고 있는지 한번 확인해 볼까? 우리에게 설명해 주렴."

"음, 현재 차기 왕으로 손꼽히는 왕자들의 파벌은……. 저 같은 게 이런 얘기를 해도 될까요?"

"기사들은 멀찍이 있잖니."

"음음, 그렇다면…… 만약의 경우에는 저 꼭 살려 주셔야 해요."

"무슨 일이 있어도 너를 살릴게."

물론 뮈블랑은 믿지 않았다.

"……현시점에선 1왕자 파와 4왕자 파가 제일 인기 좋죠. 1왕자는 정통성, 4왕자는 뒷배. 4왕자님 뒤엔 아드리안 공작가와 슈메프 후작가가 단단히 버티고 있죠. 1왕자님은 제일 먼저 태어난 걸로 당연히 자기가 왕이 될 줄 알고 유세 부리는……. 죄송합니다. 나이주의적인 사고방식에서 벗어나지 못해 시건방진 태도를 보여서 귀족들에게 욕을 먹는다고 들었고요, 4왕자님은…… 많이 죽인다던데요."

조금 숨을 참았다가 도저히 밀레나 얼굴을 보곤 말 못 하겠어서 반대 방향으로 고개를 돌리고 이어 말했다.

　　"여자를요."

　　"……."

　　"하여튼 양쪽 다 결함이 하나씩 있어서 어느 쪽이 이길지는 시간만이 정하겠지만, 양모 사업이 망했으니 4왕자님 파가 승리하는 쪽에 걸겠어요. 1왕자님 파는 안 그래도 자금이 부족한데 그리되어 버렸으니……. 어휴, 양모를 왜 그렇게 많이 들여와서는. 물량이 많아지면 값이 내려간단 건 누구나 알고 있는 사실이잖아요? 더군다나 양모는 오래도록 입을 수 있는데 어느 누가 새로 구매하겠느냐고요. 사치를 즐기는 귀족들? 작년에 유행 돌았던 상품을 누가 재구매하겠어요. 안 팔리니까 어쩔 수 없이 평민들이 구매할 정도로 값을 내려 판매할 수밖에 없었겠죠. 뭐 그런 것들만 영향을 끼치진 않았겠지만 말이에요. 세상은 일반적 공급 법칙만 따르진 않으니까. 아마도 4왕자 파의 방해도 꽤 있었을 거라 생각해요."

　　"그럼 그로 인해 누가 악영향을 입을 것 같니?"

　　"음…… 장기적으로 보았을 때는, 양모가 다시 유행할 가능성은 낮으니까, 고프 영지?"

　　"고프 사람들이 내년에도 잘 팔릴 줄 알고 무리하게 양을 더 기른다면 그리될지도 모르겠지만 그곳의 영주는 머리가 좋으니까 아마도 아닐걸. 더 생각해 봐."

　　"흐으으음……. 아, 양고기 판매하는 사람들이 곤란해질까요? 양의 수가 늘어나면 양고깃값도 내려갈 거 아녜요."

　　"글쎄, 양의 수를 늘리지 않는 이상 크게 변동은 없을 것 같지만 확언할 수는 없네. 우리는 언제나 미래의 일을 가정해서 추론해 보는 것뿐이니까. 그렇지만 그것 말고도 뚜렷하게 악영향을 받는 곳이 있어."

　　"와, 어렵다. 공주님은 어떻게 생각하세요?"

밀레나가 방그레 웃었다.

"비밀! 뮈블랑 혼자서 고민해 봐."

"……공주님은 짓궂으세요."

기테모어가 배를 잡고 낄낄거리다가 뮈블랑의 머리를 마구 쓰다듬었다. 뮈블랑이 입술을 비죽 내밀었다. 기테모어 같은 사람이 제 머리를 쓰다듬었단 사실이 못마땅하지만 평화로운 나들이를 망칠 수 없기에 입을 다물기를 선택한 것이다.

그러나 다음 순간, 그녀는 양산을 떨어뜨리고 욕설을 삼키며 곧장 밀레나의 눈을 가렸다. 젠장, 수도 광장 언저리에서도 저런 종자가 기어 다니다니 이 나라는 도대체 어떻게 돼먹은 거야. 밀레나는 당황스러워하면서도 뮈블랑의 손을 떼어 내지는 않았다. 뮈블랑이 자신을 지키기 위해 행동한 것이라고 굳게 믿고 있기 때문이었다.

"어, 어? 왜 그래?"

뮈블랑은 사늘하게 식은 눈으로 한쪽을 눈짓했다. 기테모어가 입을 손바닥으로 막으며 두어 발자국 물러섰다.

"자리를 피할까요."

기테모어가 고개를 끄덕였다. 그래, 저건 절대로 공주님의 눈에 담겨서는 안 됐다. 그런데 블리마데세가 무언가를 고민하듯이 미간을 찌푸렸다. 설마 공주님께 저 꼴을 보여 주겠다는 뜻은 아니겠지? 뮈블랑은 생각할 가치도 없다는 양 재촉했다.

"어서요, 주인님. 저건 공주님이 보실 만한 게 못 돼요."

"왜, 왜 그러는데?"

그러나 블리마데세는 움직이지 않고 그대로 우뚝 서 딸을 바라보고만 있었다. 뮈블랑은 주인의 고민을 절대 이해하지 못했다. 블리마데세로서는 일생일대의 결정을 앞둔 셈이었다. 어찌 되었든 왕족이라는 기득권층으로 자라 온 아이에게 현실의 비참함을 직면시키느냐 아니면 온실 속 꽃으로 키우느냐. 만약 보여 준다면, 사랑하는 딸은 그것을 견딜 수 있을까…….

결국 블리마데세는 딸을 사랑스럽고 또 처연한 눈빛으로 바라보며 물을 수밖에 없었다.

"내 딸아, 감당할 수 있겠니?"

"주인님!"

그리고 밀레나는 대답했다.

"……감당해 보이겠어요."

뮈블랑은 이를 악물었다. 주인이 명했으니 그녀는 따라야 했다. 그러나 귀하게 보듬어지며 자라 온 아이에게 이런 꼴을 보이는 건…….

뮈블랑이 손을 뗐다.

공주의 눈동자에 채찍질당하는 노예의 모습이 담겼다.

거리가 떨어져 있었기에 소리는 제대로 들리지 않았지만 눈이 좋은 뮈블랑에게는 살점과 피가 튀기는 장면이 똑똑히 보였다. 채찍이 등을 갈길 때마다 붉은 것이 가죽 끄트머리에 달린 짐승의 뼛조각에 들러붙었다가 쫘악쫘악 뜯겨 나왔다. 그가 입은 낡은 옷은 그저 다리 사이를 가리기 위한 거적때기라 채찍으로부터 몸을 보호하지 못했다.

잘생긴 낯. 찡그러진 표정. 한 열여덟 정도 될까. 젊다 못해 어린 나이. 소년과 청년 사이의 모호한 경계선에 노출된 사내는 개에게나 채울 법한 목줄을 질질 끄는 대로 끌려다니고 있었는데 비틀거리는 매무새를 보니 당장이라도 쓰러질 것 같은 몸을 억지로 움직이는 듯했다.

그러나 뮈블랑을 비롯한 사람들은 구경거리를 힐긋힐긋 쳐다만 볼 뿐 아무도 그를 돕지 않았다. 머리카락으로 가려져 언뜻언뜻 보이지 않는 남자의 뒷목에 노예 낙인이 찍혀 있었기 때문이다. 유년기를 사창가 골목에서 구르며 보내 이런저런 쓸데없는 안목을 익힌 뮈블랑이 보기엔 아마도 바흐무트 상단 소속 낙인인 듯한데. 제국을 본거지로 두고 있는 상단의 노예가 왜 아슈타르에 있는지는 알 도리 없었지만 말이다.

혹자는 아무리 노예가 잘못을 저질렀어도 어떻게 길거리에서 채찍질을 하느냐고 할지도 모른다. 노예에 대한 측은지심 때문이든 길거리 지나가는 사람들이 받을 피해 때문이든 말이다. 그러나 그렇게 말하기 위해서는 흉악한 노예 상인에게 대거리를 시도할 용기와 배짱, 그리고 그들에게 후폭풍으로 가해를 당하지 않을 만큼의 뒷배가 필요했다. 어느 것 하나 선량한 시민에게서 기대할 수 있는 것은 아니다.

그리고 놀랍게도 공주님에겐 그 두 가지 모두가 존재했다.

밀레나는 히끅거리면서도 그대로 직진했다. 뮈블랑이 기겁하며 밀레나를 막아섰지만 밀레나는 아랑곳하지 않았다.

"귀하신 분이 어찌 더러운 걸 가까이서 보려 하세요!"

"세상에 더러운 생명은 없어."

"안 돼요, 안 돼!"

한참 실랑이를 하고 있자 주위에서 껄렁대며 수다를 떨던 기사들이 다가왔다.

"무슨 일이십니까?"

뮈블랑이 대강 얼버무리기 전에 밀레나가 눈가를 아무렇게나 비비며 잽싸게 대꾸했다.

"저 사람을 돕고 싶어. 어떻게 해야 해?"

"돕는다니, 어…… 저 노예를 말입니까? 구매하시면 되겠지만 국왕 전하께서 허락하실지는…….."

"충고 고마워!"

용감한 밀레나는 푸른색 공단 구두를 신고 씩씩하게 걸어갔다. 뮈블랑은 마른세수를 하며 따라갔고 기사들이 어어거리다가 뒤늦게 그녀들을 쫓았다. 밀레나는 허리에 손을 얹고 우렁차게 소리 쳤다.

"그만해!"

울음기 젖은 어린 여자아이의 목소리에 흉악하게 인상을 일그러뜨리던 노예 상인들은 뒤따라온 기사들을 보고 뭔가 싶은 표정을 짓다가 금방 상황을 파악했다. 대강 요약하자면 이런 것이다; 아, 놀랍게도 어리석은 정의감에 사로잡힌 꼬맹이가 우리에게 돈을 주기 위해 왔구나!

"아이고, 꼬마 아가씨. 무슨 일이십니까?"

"저 아이를 때리지 마!"

"아이? 아이라, 허허, 열일곱 살 먹은 징그러운 게 아이는 무슨. 아가씨, 이놈의 주인은 저희입니다. 만약 채찍질을 보기 싫으시다면 값을 지불하고 구매하시면 돼요."

노예 상인은 밀레나의 귀에 가격을 속닥였고 다음 순간 밀레나는 눈을 휘둥그레 뜨더니 그대로 엄마에게 달려가 속닥거렸다. 그러자 블리마데세도 깜짝 놀란 표정으로 기테모어의 귓가에 중얼거렸고 기테모어는 뮈블랑을 힐끔힐끔 보다가 시선을 외면했다.

뮈블랑이 알면 무조건 구매를 막으려 들 가격이기에 저러는 것이다. 아니, 그런 가격이면 좀 사질 말라고! 그러나 뮈블랑이 답답해하건 말건 세 사람은 옹기종기 모여서 어떻게 비상금을 털어야 저 애를 살 수 있을지에 대해 조잘대고 있었다. 뮈블랑은 허탈한 심정으로 노예 상인에게 다가갔다.

"아저씨."

"오빠라 불러."

"할아범."

딱! 노예 상인이 뮈블랑의 이마에 딱밤을 먹였다.

"쬐끄만 게 어디서 염병이야. 너 하녀인 거 모를 거 같아?"

뮈블랑은 이마를 부여잡고 끙끙 앓았다.

"아, 아프잖아요! 아저씨 늙은 걸 내가 모를 거 같습니까? 됐고 얼마지나 말해 봐요."

"저기 귀하신 분들이 말하지 말라는데 내가 왜."

"아저씨가 바가지를 씌우니까 그렇지. 저 비쩍 곯은 게 뭐 그리 비싸다고 올려 치쇼?"

"뭐가 어째? 이게 뭐가 곯았다고 그래?"

눈이 뒤집힌 노예 상인이 바닥에 주저앉아 앓던 남자의 팔뚝을 거칠게 끌어 올려 일으켜 세웠다. 안 그래도 잔뜩 찢어져 있던 옷가지를 억지로 벗겨 내서 몸을 주물럭거리는 통에 뮈블랑은 조금 당황했지만, 티를 내지는 않았다. 거 몸 좋군, 하고 떨떠름하게 생각했을 뿐.

"이 몸의 근육을 좀 보라고. 이렇게 단단한 근육은 기사 나리들 몸에서도 보기 어려워. 실전으로 각이 잡혀서 날렵한 거야. 실전을 어디서 했냐고? 얘 제국 출신 검투사거든. 백전백승 무패의 기록을 세우던 걸 사 왔는데 무예 솜씨가 뛰어나 가지고 호위로 쓰면 딱이지. 너야말로 후려치지 말고 모르면 모르는 대로 가만히 있어라잉."

남자를 아무 데나 내동댕이친 노예 상인이 위협적으로 주먹을 들이밀었지만 그 정도로 기가 죽을 거면 뮈블랑은 진작 죽었을 테다. 뮈블랑이 바락바락 앙칼지게 목소리를 높였다.

"아저씨야말로 뭐 모르는 소리 마쇼! 그렇게 좋은 노예를 왜 길거리에서 처음 만난 우리에게 파네 마네 하는데? 오호라, 아저씨들, 기껏 훔쳐 왔는데 길들이질 못했나 보죠?"

"뭣? 말도 안 되는 소리 마! 훔치긴 누가!"

"저 낙인이 바흐무트 상단 거란 걸 모르는 애가 어디 있어요? 설마 아저씨가 '그' 바흐무트 소속이진 아닐 테고! 그럼 훔쳐 왔단 건데, 이걸 어쩌면 좋아? 미친개처럼 아무나 물어뜯고 다니니까 어떻게 이용해 먹을 수도 없네? 그런데 바흐무트의 낙인이 찍혀 있으니 다른 상단에 되팔 수도 없고, 처분할 방법이 없죠? 그래 놓고 바가지를 씌워? 이거 이 사람들이랑 앞으로 거래 못 하겠네! 노예 거래하는 사람들이 신용을 이따위로 관리해? 고객과의 신뢰 어디로 가 버린 거야! 아저씨네 상단 이름이 뭐예요? 어—이, 동네 사람들! 이 사람들이 싸가지에

26

바가지를…… 읍읍!"

"알았어, 알았다고. 깎아 주면 되잖아!"

뮈블랑이 상단 지점에 갈 때까지 끊임없이 값을 후려친 결과 기존 금액에서 삼분의 일 가격으로 노예를 구매하게 되었다.

망할 것들, 바가지를 얼마나 씌워 먹은 거야? 내가 없었으면 어쩔 뻔했냐고! 역시 윗대가리들이란 막무가내로 일을 벌여 놓고 뒷수습은 다 아랫사람에게 시킨다. 뮈블랑이 속으로 투덜대는 걸 모르는 밀레나가 동경하는 눈빛으로 초롱초롱하게 뮈블랑을 바라보았다.

"뮈블랑은 역시 대단해. 완전 멋져."

"……공주님, 과찬이세요."

물론 마음속으로는 자기가 가장 오진다고 생각하고 있는 뮈블랑이었다.

서류에 서명하고 금전을 주고받은 노예 상인은 뮈블랑에게 노예를 맡겼고 뮈블랑은 짝다리를 짚고 껄렁하게 목줄을 넘겨받았다. 거의 도축된 고기를 넘겨주는 모양새라 노예는 얌전히 눈을 내리깔며 이를 악물었다.

기회를 노려야 했다.

노예가 무슨 생각을 하는지 모르는 뮈블랑은 호기심에 눈을 흘긋대다가 왜 자신이 노예의 눈치를 봐야 하나 싶어서 그냥 뚫어져라 쳐다보기로 했다.

자세히 보자 그는 굉장히 준수한 안면을 가지고 있었다. 가는 눈매가 깊었고 끄트머리가 살짝 날카롭게 뻗었다. 무뚝뚝하고 차가운 표정은 사뭇 오만하게 느껴지기까지 해서 꺾어 주고 싶을 지경이었다. 새까만 머리칼이 뒷목까지 흘러내렸는데, 식은땀이 송골송골 맺힌 피부는 북녘 사람처럼 창백한 흰색이어서 그림자와 빛처럼 극명하게 대비됐다.

옷이 거의 넝마가 되다시피 했기 때문에 몸의 굴곡을 꼼꼼히 살필

수 있단 점도 마음에 들었다. 가슴 근육이 도드라졌고 팔다리가 길쭉하며 허리가 날렵했다. 장골에서 허벅지로 이어지는 근육의 생김새는 누가 봐도 감탄할 정도였다.

총평하자면, 흑표범처럼 늘씬하면서도 위협적인 미남.

그를 훑어보다 알게 된 사실인데, 쇠사슬이 걸린 가죽 목줄이 그의 목을 조르다시피 옭아매고 있었다. 근처가 울긋불긋하게 부어 있는 걸 보니 절로 혀 차는 소리가 났다. 딱히 노예를 동정한 건 아니다. 노예 상인들의 수완이란 게 다 그렇지 뭐. 노예 목에 지워지지 않을 상흔이 남든 말든 그게 상인들 알 바인가. 뮈블랑은 무심하게 생각하면서도 목줄을 조금 느슨하게 잡았다. 노예가 그 모습을 지켜봤다.

"대금은 이걸로 확실하게 처리되었습니다. 이제부터 저 녀석은 아가씨의 소유입니다. 아, 이 노예가 탈출해도 그건 저희 책임이 아닌 거 아시죠? 절대 따지러 오시면 안 됩니다. 예. 아무튼 잘 데리고 사십쇼!"

노예 상인들은 문젯거리를 해치워 버린 게 기분 좋은지 히죽거리며 그들을 배웅했다.

그런데 곧바로 노예 놈이 탈출을 시도할 줄은 몰랐지.

상단 지점의 골목을 벗어난 뒤부터였다. 손날로 뮈블랑의 팔뚝을 내리쳐 느슨한 목줄 끈을 놓치게 한 노예는 인파 틈으로 숨어들었고 기사들이 뒤에서 어버버거리는 사이 뮈블랑이 악착같이 추적에 나섰다.

다행스럽게도 뮈블랑에겐 비슷한 경험이 꽤나 있었다.

"잡아 올게요!"

사창가에서 일하는 심부름꾼 꼬마가 몸 안 팔고 돈을 벌려면 뭔 일을 하겠는가. 돈 안 내고 튀는 고객 잡아다 포주에게 바치는 것 외에 뭘 더 하겠냐고. 인파 헤집고 사람 잡는 거나 기척 숨기고 쫓아다니는 건 뮈블랑의 주특기였다. 꽤나 어릴 적 일이기는 했지만 지금까지도 그때의 날렵함이 살아 있는 걸 보면 실력은 여전한 듯했다.

뮈블랑은 쥐 쫓는 고양이처럼 죽어라 달렸다. 신발 밑창이 땅바닥을 거칠게 긁었다. 그때 노예가 뒤를 확 돌아보더니 뮈블랑과 눈이 마주치고 바로 다음 순간 옆에 있던 과일 가판대를 확 뒤엎었다.

"뭐 하는 짓이야!"

점원이 고래고래 소리 지르자 사람들이 과일을 주워 주려 몸을 수그렸다. 졸지에 눈앞에 인간의 벽이 생긴 셈이다.

'이런다고 내가 못 쫓을 줄 알고?'

뮈블랑은 행인의 등을 손바닥으로 짚고 공중으로 튕겨 올렸다. 사람들이 탄성을 터트렸다. 햇살이 그녀의 움직임에 잘게 쪼개지고 있었다. 서커스 단원이 아니고서는 저런 묘기를 부릴 수 없을 것이다. 허공에서 한 바퀴를 돌더니만 귀신같이 착지한 뮈블랑은 곧장 눈으로 노예를 쫓았다. 노예는 무슨 생각에서인지 그 자리에 그대로 서서 형형하게 빛나는 눈동자로 뮈블랑을 노려보고 있었다. 뮈블랑은 그대로 쇠사슬을 낚아챘다.

"잡았다 요놈!"

씩씩하게 외친 것까지는 좋았다. 문제는 그놈이 그 즉시 휘청하고 쓰러졌단 점이었다. 상태를 보니 피를 너무 많이 흘린 채로 무리를 해서 그런 것 같았다. 그러거나 말거나 뮈블랑은 추호의 동정심도 갖지 않았다. 와왁 질러 대는 소리에는 짜증과 환멸만이 가득했다.

"아니 시팔! 나 혼자 어떻게 널 들고 가라고!"

안타깝게도 기사들은 어디서 뭘 하는 건지 코빼기도 보이지 않았다. 결국 뮈블랑은 혼자서 남자를 질질 끌며 복귀해야 했다.

✢ ❉ ✢

밤의 정원에선 벌레 우는 소리가 난다.

뮈블랑은 손끝으로 시계 초침에 맞춰 침대를 두드렸다. 빌어먹게도 잠이 오지 않는 밤이었다. 쓸모없는 잡생각이 머리를 잠식했다. 밤이란 본래 감상적인 기분이 드는 시간이라던가. 그래도 정도가 과한데.

뮈블랑은 미간을 찡그렸다. 한숨이 길었다.

기테모어는 한참 전에 돌아갔다. 블리마데세는 노예 구매 건에 대해 상부의 승인을 받고 오겠다고 나가서 아직도 들어오지 않았다. 다시 말해 지금 이 궁에는 아이들밖에 없다는 거다.

어쩌면 그 탓에 잠이 오지 않는 것일지도 모른다. 자칫 노예가 깨어나 탈출을 시도하기라도 하면 막을 사람이 자신밖에 없다는 것을 너무나 잘 알고 있어서.

깨어 있다 한들 도움 되는 건 없었겠지만, 참고삼아 말하자면 밀레나는 의원이 노예를 치료하는 장면을 보며 울다 지쳐 쓰러졌다. 그녀는 쓰러지기 직전에 마지막으로 노예를 자신의 침대에서 재우라고 했지만 그게 무슨 말 같잖은 소린가. 어딜 노예가 공주의 침대에 누워.

"그렇다고 내 침대를 내어 주고 싶진 않았는데 말이야……."

뮈블랑이 싸늘한 시선으로 그녀의 침대 위에 누운 노예를 깔아 보았다.

"환자를 위한 동정심 따위를 기를 정도로 여유롭게 살아온 몸은 아니라서."

찌르르, 찌르르…….

"슬슬 일어나. 공주님 잠드셨으니까."

뭔가 유능한 암살자 같은 대사를 치며, 뮈블랑은 속으로 십 초를 셌다. 노예는 미동하지 않았다. 역시 자고 있는 모양이었다. 지루함을 못 견뎌 대강 던져 본 헛소리였기에 뮈블랑은 좀 민망해져서 서먹한 표정을 지었다.

그런데 다음 순간 우악스러운 손아귀가 강한 힘으로 뮈블랑의 입을 틀어막았다. 턱이 바스러질 것만 같은 악력이었다.

'와, 미친, 진짜 깨어 있었던 거야?'

놀람은 잠시, 보통 사람이었다면 소리를 지르거나 손을 떼어 내려 했겠지만 폭력에 능숙한 뮈블랑은 곧장 노예의 다리 사이를 걷어차려 했다. 그러나 노예는 무릎으로 다리를 찍어 누르고 명치를 때려 간단히 그녀를 제압했다. 컥, 커헉, 구역질을 가까스로 참은 뮈블랑이 몸을 뒤틀며 허리를 접는 사이 일어선 그가 뮈블랑을 침대 위로 던졌다. 그는 뮈블랑의 입을 틀어막으며 골반 위로 올라탔다.

밤공기 사이로 시선이 맞닿았다. 그의 눈동자는 라벤더처럼 옅은 보라색이었다. 부드러운 듯한 그 색채가 이리도 무시무시하게 느껴질 거라고는 생각지도 못했는데.

"떠들지, 마."

"……."

"나는 도망칠 거다. 방해하지 않는다면 살려 주지."

뮈블랑이 조용히 그를 응시하자 그는 느리게 입 위에 얹어 두었던 손을 치웠다. 허튼짓하면 목을 조르겠다는 듯이 허공에서 머무르는 손가락이 위협적이었다. 뮈블랑은 일단 날숨부터 길게 빼고 말을 시작했다.

"도망쳐서 어쩔 건데."

"네 알 반가?"

"아니 시팔 공주님의 노예가 도망쳐서 뭘 어쩔 거냐고. 병사들이 안 쫓을 거 같아? 평생 도망 다니면서 숨어 살게? 너 돈은 있냐? 궁에서 훔치게? 훔치면? 궁의 물건을 못 추적할 거 같아? 야, 넌 바로 붙잡히는 거야. 지금 도망치면 넌 평생 감옥행이라고."

물론 고작 밀렌도요프 공주를 위해 그 정도로 열심히 추적할 병사들은 없기야 하겠지만 어쨌거나 뮈블랑은 그를 설득해야 하는 입장이었으므로 계속해서 입을 털기로 했다. 다행스럽게도 그는 절반쯤 설득된 양 고민스러운 낯을 하고 있었다.

"그래서 나보고 평생 노예로 살란 건가?"

뮈블랑이 빈정거리는 어조로 지껄였다.

"얼씨구, 누가 그러랬어요? 넌 우리 공주님 만난 걸 천운으로 알아야 해. 공주님은 네가 자유를 갖고 싶다고 하면 풀어 주실 분이야. 그러니까 내일 공주님 앞에 대고 직접 말해. 야밤에 도둑고양이처럼 담 넘지 말고."

"그걸 어떻게 믿으라고."

"믿지 말고 깜빵 가든가. 그게 내 알 반가?"

그는 생각을 정리하려는 듯 미간을 찡그렸다. 뮈블랑은 아래를 힐끔 본 다음에 히죽 웃었다.

"참고로 너 말이야. 수치심을 좀 모르는 거 같은데."

"그건 또 무슨 헛소리지."

"너 지금 속옷 한 장 입고 있거든."

"……."

그가 침착하게 몸을 일으켰다. 죽고 싶어 보였다. 뮈블랑은 덧붙였다.

"튼실하네."

"그 입 닥쳐……."

"하여간 내일 말하는 걸로 합의 본 거다? 아, 나 너 도와준 거 아냐. 이런 걸로 괜히 고마워서 나한테 반하지 말라고. 몸 정이 마음 정 되는 거 아니겠어?"

"죽여 버리겠어……."

"저기 구석에서 자. 상처 안 터지게 몸 웅크리지 말고."

그러나 양쪽 다 언제 자신을 죽일지 모를 상대와 한방에 있는데 편히 신경을 누그러뜨릴 정도로 녹록한 자가 아니었다. 고른 숨소리가 벌레 우는 소리와 함께 고즈넉한 새벽을 채웠다.

"너 이름이 뭐냐."

"말해 줘야 할 필욘 없는 것 같은데."

"되게 까칠하네. 앞으로 네 이름을 세계 서열 0위 줄여서 세서영이라 불러 줄게."

"……."

"참고로 뭐로 서열 0위냐면 아래의 튼실함으로……."

"카산."

"응?"

"내 이름은 카산이다."

"아이고 말도 잘 듣고 너무 착하네요, 우리 세서영 씨……. 오케이, 알았어, 미안해, 그러니까 그 주먹 풀어. 카산, 카산, 카산, 이름 부르잖아. 됐지?"

"……깐족거리지 마라."

"세상에 나만큼 진중하고 점잖은 사람이 또 어디 있다고."

뮈블랑은 냉소적으로 킥킥 웃다가 창밖을 바라보곤 무심하게 내뱉었다.

"어, 해 뜬다."

"조용히 좀 해."

"어! 해 뜬다!"

"……."

"너 놀리는 거 정말 재밌어. 나보다 상급자인 사람들 비위 맞출 땐 이런 즐거움을 못 느끼지."

"지금이라도 널 죽이고 도망칠 수 있는데."

"야, 이렇게 기다려 놓고 아깝지도 않냐? 좀만 더 참아 봐. 참는 자에게 복이 오리니! 잘하면 공주님이 노예 낙인도 지워 줄지 모르는데 왜 이리 호들갑이냐."

카산은 싸늘하게 읊조렸다.

"미리 말해 두겠는데 나는 너를 믿지 않아. 어느 주인이 노예가 풀어 달라 했다고 풀어 주겠어. 그런 주인이 있다면……."

"왜, 모시고 싶냐?"

카산은 수긍했다.

"그래도 나쁠 것 없겠지."

"와, 그럼 너랑 나랑 계속 마주쳐야 한단 거냐? 끔찍하군."

"나도 그 점이 가장 유감인데."

시답잖은 대화를 반복하던 뮈블랑이 얻어맞은 명치를 확인하기 위해 윗옷을 벗었다. 카산은 숨을 크게 들이켜며 허둥지둥 고개를 돌렸다. 어차피 밤이라 제대로 보이지도 않을 텐데 왜 저런담. 뮈블랑은 조금 어이가 없어져서 헛웃음을 쏟았다.

"내 가슴보다 네 가슴이 더 큰 것 같은데 왜 유난이야."

"……."

"말하고 나니 마음이 아프군."

일타이피의 업적을 거두었지만 썩 유쾌하진 않았다. 뮈블랑은 지쳐진 흉터와 채찍 자욱이 가득한 몸을 빙글빙글 돌려 대며 스트레칭을 하다가 명치 언저리를 더듬었다. 절로 비명이 찰랑찰랑 목젖까지 차오르다 내려갔다. 멍이 든 게 분명했다. 공주님에게 들키면 큰일 나겠군. 상의를 도로 챙겨 입은 뮈블랑은 잠시 침묵을 지키다가, 다른 소리를 했다.

"왜 내 이름은 안 물어보냐."

"궁금하지 않다."

"난 뮈블랑이다. 우리 오래 보고 살 사이 같은데 미리 물어보지."

"그 정도로 네 주인을 믿나?"

"사실 공주님은 내 주인이 아니긴 해."

뮈블랑은 밀레나를 떠올리며 이상한 표정을 지었다. 뮈블랑이 밀레나에게 가진 감정은 너무도 다면적이라 그녀 스스로도 판가름할 수가 없었다.

"그렇지만 공주님의 어머니가 내 주인이시고, 나는 공주님을 가르친 그분을 신뢰해. 그분을 위해서라면 목숨이라도 걸 수 있어."

"……그런 주인을 만나다니 부럽군."

"그치? 사용인들의 로망이잖아. 내 한 몸 바쳐도 아깝지 않은 주인 만나는 거. 내친김에 너도 주인님의 하인이 되는 거 어때?"

"글쎄……. 그건 두고 볼 일이지."

대화가 끊기려 하자, 심심함을 견디지 못한 뮈블랑이 또 아무 말을 뱉었다.

"너 만약에 진짜 하인 되면 나한테 존댓말 해라."

"뭐?"

"내가 선배잖아, 자식아."

"또 헛소리군."

"존댓말 안 하기만 해 봐."

카산은 대답하지 않았다. 조는 것 같았다. 뮈블랑은 잠깐 그를 바라 보다가 몸을 일으켜 체조를 시작했다. 사용인의 하루는 부지런해야 하는 법. 체조를 끝마친 후엔 덤덤하게 문밖으로 나섰다.

새벽인데도 블리마데세는 돌아오지 않고 있었다.

불안감이 엄습했지만 우선 다른 하녀들과 함께 궁을 쓸고 닦은 후 울다 지쳐 잠든 공주님을 깨웠다. 어쩌시겠느냐고 묻자 밀레나는 노 예의 상처를 복기하며 훌쩍거리다가 만약 그의 상태가 나아졌다면 당 장 대화를 하고 싶다고 했다. 뮈블랑은 식사부터 하시고 만나 보라고 그도 준비할 시간이 필요하지 않겠느냐고 설득하고 바깥으로 나가 사 정을 알아봤다. 그러나 아직까진 다른 궁 하녀들에게도 블리마데세의 소식이 들리진 않은 듯했다. 별 소득 없이 돌아온 뮈블랑은 카산을 깨 우려 했으나 그는 이미 일어나서 만남을 기다리고 있었다.

"그분들은 언제 뵐 수 있지?"

"주인님이 아직 돌아오시지 않았어. 무슨 일이 있는 게 분명해. 공 주님 식사만 마치시면 일단 공주님과 대화해 보는 걸로 하자. 그 전에 너 이것부터 입어. 하인에게 옷 빌려 왔어."

평범한 옷이었지만 카산이 입자 부티가 났다. 뮈블랑은 괜히 옷이 날개라고 비꼬려다가 그럴 기분이 아니라서 그만뒀다. 때마침 공주님이 식사를 다 마치셨다는 소식이 전해졌다. 뮈블랑은 카산을 데리고 밀레나의 방으로 갔다.

여섯 살의 밀레나는 눈물 때문에 퉁퉁 부은 눈을 함빡 휘며 흐무러지게 웃고 있었다.

"안녀엉, 나는 밀렌도요프, 밀레나라고 불러도 돼. 너는 이름이 뭐니?"

"카산입니다."

"좋아, 카산. 너는 앞으로 어떻게 살고 싶어?"

과연 이게, 무슨 뜻일까?

"……질문의 의도를 잘 모르겠습니다."

"너의 삶에 대한 결정권을 네게 주겠다는 말이야. 노예로 살아왔으니 당장 결정하긴 힘들 수 있겠지만, 네가 차근차근 생각했으면 좋겠다. 너의 미래를 너 스스로 결정하는 경험은 아주 중요한 거니까. 노예에서 해방되고 싶다면 그렇게 하자. 그러나 단순히 그러고 싶어서 해 보겠다는 게 아니라 미래를 염두에 둔 결정이어야 해. 예를 들어 앞으로 해방된 뒤에 어떤 일자리를 구해서 어떤 식으로 살아갈지를 정해 둬야 한다는 거야. 사람이 사람으로서 살아간다는 건 어려운 일이니까. 나는 네가 사람으로 살도록 돕고 싶어."

잔뜩 울어 발갛게 번진 눈, 젖살이 빠지지 않은 둥그스름한 뺨, 달큼한 파우더 향이 나는 양손으로 무릎을 매만지며 조곤조곤 속삭이는 다정함, 그 따사로움이란……

카산은 정중하게 무릎을 꿇고 고개를 숙였다.

"공주님. 저는 천한 것입니다."

"잠깐, 무릎 꿇지 말고……."

"제가 감히 당신을 주인으로 모시며 살게 해 주십시오."

일순, 방울 소리와 더불어 나긋한 향내가 깃들었다.

그것은 운명의 상징이다. 운명이란 신에 의해 정해진 단 하나의 길이 아니다. 사람의 의지와 선택이 맞물려 톱니바퀴를 굴리는 것이다. 그리고 미래를 뒤흔들 정도로 커다란 선택이 겹쳐 단 하나의 길로 인도하는 순간, 그 장소엔 이루 말할 수 없는 향긋한 내음이 깃든다는 점술가들의 설화가 있었다. 허리춤에 향료 주머니를 매달고 발목에 방울을 단 운명의 신 아르마티그가 내려왔노라고.

그러나 그것을 눈치챈 이는 이곳에 그 누구도 없었다. 다만 어머니께 물려받지 않은 최초의 제 사람을 맞이한 것에 대한 공주의 환희만이 자각될 따름이었다. 여섯 살의 밀레나는 눈을 크게 떴다가, 조금 울 것 같은 표정을 짓다가, 결국에는 울며 환하게 웃었다.

"나는 많이 부족한 사람이지만, 네게 부끄럽지 않은 주인이 되기 위해서 노력할게. 나를 선택해 줘서 고마워."

또다시, 방울 소리가 울렸다. 뮈블랑은 까닭도 모른 채 코끝의 감각에 집중하면서도 인상을 찌푸렸다.

"그나저나 걱정이네요. 주인님이 왜 오시지 않는 거지……."

까닭은 오후쯤에야 알려졌다.

젊은 남자 노예를 들인 것이 밤일을 시키기 위함이 아니냐는 모욕적인 의혹을 해명하기 위해 블리마데세는 반나절 동안이나 궁에 들어오지 못한 것이다.

밀레나에게 알릴 만한 일은 아니었기에 뮈블랑에게만 사정을 설명한 블리마데세는 지친 얼굴로 느릿하게 미소 지었지만 뮈블랑은 도저히 따라 웃을 수가 없었다. 주인에게 충실한 개는 당장이라도 주인을 모욕한 잡것들을 물어뜯고 싶어 안달이었다. 하나 관료를 건드릴 수는 없기에 복장만 터졌다. 뮈블랑은 걱정이 뚝뚝 떨어지는 눈으로 조심스럽게 물었다.

"해결은 되었나요?"

"응."

어떻게 해결했느냐고는 일부러 묻지 않았다. 뒷돈을 줬겠지. 애당초 뒷돈을 달라고 의혹을 제기한 거겠지. 이 왕국은 원래 그 모양이니까.

뮈블랑은 문득 블리마데세를 위로하고 싶다고 생각했다. 그녀의 힘이 되고 싶은 거다.

"……따뜻한 차를 준비할까요, 아니면 식사를 준비할까요?"

"진하게 우린 차를 부탁할게."

뮈블랑은 거의 뛰다시피 복도를 오가며 뜨끈한 차를 만들었다. 다른 하녀들이 대체 무슨 일이냐고 물어보는 걸 대강 무시해 버린 채 다급하게 방으로 들어서자 밀레나와 블리마데세가 대화를 나누는 게 보였다. 딸의 머리카락을 쓰다듬으며 잔뜩 들뜬 목소리에 귀 기울이는 블리마데세는 그 어느 때보다도 행복해 보이는 얼굴이었다.

맥이 풀렸다. 그러나 티를 내지 않으며, 뮈블랑은 탁자 위에 차를 올렸다. 블리마데세는 친절하게 웃었다.

"아, 고마워, 뮈블랑."

"무얼요. 이게 제 일인걸요."

차를 내려놓고 소파 뒤에 가서 섰다. 뮈블랑은 평생 저 사이에 낄 수 없었다. 왜냐하면 뮈블랑이 하녀이기 때문이었다.

매질하지 않는 것을 넘어 다정하기까지 한 주인에 고등 교육을 받을 수 있는 환경. 하녀로서 족한 삶이다. 그러나 뮈블랑은 부족하다고 생각하고야 마는 자신이 싫어 죽을 지경이었다. 뭐가 부족하냐면, 밀레나만큼 사랑받진 못하니까. 그러니까 다시 말해서…….

뮈블랑은 밀레나를 질투했다.

세상에, 이게 말이나 되는 소리인가? 어딜 하녀가 주인을 질투하느냐고. 사람은 태어날 때부터 귀천이 나뉜다. 그냥 뮈블랑이 천하게 태어난 것뿐이다. 그런데 도대체 무슨 자격으로 귀하신 분을 질투해. 역 겹다, 역겨워. 분에 넘치는 환경을 맛보니까 아주 욕심이 치민다 이거 지. 주제넘다. 어서 마음을 접어라. 주인님께 더 사랑받고 싶다는 어 리석은 마음을 없애라. 끊임없이 되뇌는데도 바글바글 끓어오르는 질 투심은 사라질 기미를 보이지 않았다. 자신이 추악하게 느껴졌다. 아 니, 추악했다.

그래서 뮈블랑은 카산을 불러오라는 말이 차라리 달가웠다. 표정 관리가 곤란했기 때문이었다. 카산은 뮈블랑의 얼굴을 보고 조금 놀 란 것 같았지만 별다른 말은 하지 않고 뮈블랑 뒤를 따라왔다.

"그래, 네가 카산이니?"

"그렇습니다. 제가 주인님의 어머니를 무엇으로 불러야 할지 알려 주십시오."

"음, 블리마데세 님이라 부르렴."

"감사합니다, 블리마데세 님."

"너는 너 스스로를 노예라고 생각할 필요 없어. 물론 우리도 너를 그렇게 대하지 않을 거고. 너는 자유로운 인간으로서 내 딸에게 고용 되는 거야. 정당한 대가를 받고 말이야."

카산이 놀라 크게 숨을 들이켜는 동안 뮈블랑은 깨달았다. 자신이 차를 나르는 것은 정당한 대가를 받은 고용의 일환이다. 그러므로 주 인님은 나쁘지 않다.

그러나 쉽사리 납득되지가 않았다. 왜 자신은 일을 해야만 하는가? 밀레나는 하지 않는데? 귀천을 가르는 것이 운이라면 왜 자신에겐 그 운이 허락되지 않았는가? 자신은 평생토록 남 시중만 들며 살아야 하 는가?

왜?

"문제는 네 처소인데……. 우리 궁엔 하녀들 처소밖에 없거든. 하인 들은 다른 궁도 같이 관할하는 사람들뿐이어서."

더 이상 귀천에 대한 문제를 생각하고 싶지 않았던 뮈블랑은 무심코 아무 말을 내뱉었다.

　"주인님, 제 처소에 머물게 해도 괜찮습니다."

　"마음에도 없는 소리."

　뮈블랑이 헛기침을 했고 카산이 이상한 눈초리로 그녀를 바라보았다. 밀레나가 곰곰이 생각해 보다가 손뼉을 쳤다.

　"다락방 어때요? 잘 치우면 쓸 만하지 않을까요?"

　"그거 괜찮네. 좋은 생각이야, 밀레나. 뮈블랑, 하녀들과 다락방을 치워 주겠니?"

　"물론이에요, 주인님. 주인님은 제게 무엇이든 시키셔도 된답니다."

　뮈블랑은 바깥으로 나와서 하녀들에게 상황을 설명한 후 다락방을 치웠다. 쓸고 닦고 물건들을 정리하다 보니 어릴 적 밀레나가 그렸던 그림 따위가 나와서 조금 웃겼다. 밀레나는 지금보다 더 어릴 때부터도 뮈블랑을 참 좋아했다. 그림마다 뮈블랑이 나오지 않는 게 없었다.

　'그런데 나는 얘를 질투한다 이거지.'

　"아, 시팔……."

　기분이 좆같았다. 뮈블랑은 벽에 머리를 몇 번 박았다.

⚜ ⚜ ⚜

　그 후로부터 딱 세 시간 후의 일이었다.

　"그래서, 무슨 일이 있었던 건데."

　뮈블랑과 카산은 침착하게 서로를 바라보며 말하면 죽여 버린다는 식의 눈빛을 교환했다. 어젠 그렇게나 으르렁거리더니 아주 찰떡같은 호흡이었다. 그러나 이 상황을 가만히 놔둘 순 없었다. 블리마데세가 눈썹을 늘어뜨리며 물었다.

"뮈블랑, 내가 부탁하는데 말하지 않을 거야?"

"주, 주인님……."

그런 말은 반칙이잖아요.

뮈블랑의 눈이 세차게 떨렸다.

뮈블랑이 다락방 청소를 끝내고 옷을 갈아입고 있을 때 밀레나가 요란스럽게 뛰어든 게 문제였다. 뮈블랑의 명치에 난 멍을 본 밀레나는 누가 네게 폭력을 썼냐며 엉엉 울었고 밀레나를 호위하기 위해 뒤를 졸졸 따라다니던 카산은 차마 그 꼴을 보지 못해 고개를 돌렸다. 그리고 밀레나의 울음을 듣고 온 블리마데세가 그들 사이에 도는 이상한 기류를 빠르게 눈치채서 현 상황까지 이르게 된 것이다.

뮈블랑은 빠르게 변명했다.

"진짜, 얘 아니구요. 그냥 제가 모서리에 명치 잘못 박아서 생긴 멍이에요. 주인님."

"나를 걸고 그렇게 말할 수 있어?"

"……으으으."

블리마데세는 뮈블랑을 너무 잘 알았다. 뮈블랑은 죽어도 블리마데세를 걸고 거짓말을 할 수 있는 성격이 아니었다.

결국 뮈블랑은 그날 밤에 있었던 일을 설명했다. 그냥 깨어 있는 거 안다고 했더니 쟤가 일어나서 명치를 때리고 저를 제압했고 입을 털어서 못 도망치게 만들었다…….

뮈블랑이 그 사실을 감추고 싶었던 까닭은 자신이 손쓸 틈도 없이 제압당했단 점이 쪽팔렸기 때문이었다. 뮈블랑은 어릴 때부터 나름 싸움도 잘하고 추적도 잘하고 기척 숨기기도 잘하는 걸로 유명했는데 저 자식 때문에 자부심이 짓밟혔다. 그러나 블리마데세는 다른 까닭으로 오인한 듯 미간을 찡그리며 슬픈 표정을 지었다.

"너 혼자서 참으려 하지 마렴, 내 소중한 뮈블랑."

"주인님, 그런 게 아니라……."

"많이 아팠을 텐데."

"아뇨, 뭐, 저는……."

"물론 카산도 급변한 상황에 놀라서 그런 거겠지만, 폭력은 어느 순간에서도 정당화되어서는 안 되니까. 카산이 사과하면 될 것 같은데 너희는 어떻게 생각하니?"

뮈블랑은 폭력은 언제나 강자에 의해 정당화된다고 생각했지만 카산에게서 사과를 받을 수 있는 기회를 놓치진 않았다.

"아, 많이 아팠지만, 정말 많이 아팠지만, 할복하며 사과한다면 못 받아 줄 것도 없고?"

블리마데세가 머리를 짚었다.

"뮈블랑."

"농담이에요. 가볍게 무릎 꿇기부터 시작……."

"뮈──블──랑."

"알겠어요, 주인님. 농담은 그만할게요. 사실 사과는 필요 없지만 미안하다고 한마디만 하면 돼요. 진심을 담아서요."

카산은 머뭇머뭇하다가 말했다.

"미안하다."

"진정성이 없네?"

"……."

"왜 존대를 안 하지? 내가 선밴데?"

블리마데세가 마른세수를 했다. 그 사람 좋은 밀레나까지 한숨을 쉬었다. 뮈블랑은 한번 짓궂음이 발동하면 아주 끝을 보는 성격이었다. 그렇다고 얻어맞은 사람에게 그냥 사과를 받아 주라고는 말할 수도 없으니 저 놀림을 지켜보는 수밖에. 뮈블랑은 히죽거리며 손을 내저었다.

"편하게 해, 편하게. '진심'을 담아서 '존댓말'로만 한다면 뭐가 문제겠어?"

카산은 정말 저걸 한 대 칠까 말까 고민하는 표정으로 이를 악물어 가며 발음했다.

"……미안합니다."

"난 착하니까 사과를 받아들여 주지!"

맞기 직전에 발 빼는 솜씨가 탁월했다. 뮈블랑은 카산이 저를 노려 보는 걸 무시하며 화제를 돌렸다.

"아 참, 저 눈치챘어요. 그거 있잖아요, 그. 양모."

"그래, 어디가 악영향을 입는지 이제 알겠니?"

"네, 프치얼교 아슈타르 교구겠죠?"

"정답이야."

카산은 도무지 무슨 대화인지 영문을 모르는 모양이었다. 밀레나가 전후 상황을 설명해 주었지만 카산은 납득하지 못했다.

"그런데 종교 얘기가 갑자기 왜 나옵니까?"

"아, 프치얼교가 양을 신성시해. 초목의 신 프치얼께서 들판에서 양 과 함께 뛰노셨다는 얘기 들어 봤어?"

"들은 적 있는 것 같습니다."

……그런데 아슈타르 왕국의 후계자 다툼 중 프치얼교가 양을 신성 시한다는 사실이 왜 프치얼교 아슈타르 교구가 악영향을 받을 거란 결론으로 직결되는 거지? 카산은 대단히 침착해졌다. 그때 밀레나가 뮈블랑을 바라보며 해맑게 손뼉을 쳤다.

"드디어 맞혔네! 언제 맞히나 기다리고 있었어! 그럼 이제 앞으로 어떻게 될 거 같아?"

"뭐, 단순하죠. 4왕자에게 기별을 넣겠군요?"

카산은 또다시 몰이해의 늪에 빠져 버렸다. 침착하려 해도 침착해 질 수가 없었다. 이 자리에 모인 모두가 저 짧은 문장만 듣고도 고개 를 주억거리고 있었다. 카산만 빼고!

뮈블랑은 고등 교육이란 건 정말 대단한 거라고 생각했다. 자기 같은 하녀가 이렇게 알은체를 할 기회도 만들어 주고 말이다.

"후배야, 1왕자가 양모 사업을 시작했지. 이건 단순한 문제가 아니야. 여신에 대한 모욕이라고 볼 수도 있는 상황이야. 당연지사 프치얼교가 우리나라 교구를 쪼겠지? 그러면 아슈타르 교구는 어쩌려고 하겠어? 4왕자와 손을 잡으려 하겠지?"

"1왕자를 밀어낼 필요까지 있나? 실수일 텐데."

"쓱, 존댓말! 원래 정계 사람들은 선택 하나하나를 신중하게 해야 해. 1왕자가 의도했든 아니든 사람들은 프치얼교에 대한 적대 감정 표현으로 받아들일 테니까. 정치인들은 원래 그런 사소한 걸로 입장을 표명하는 법이잖냐."

"양모 사업이 적대의 입장 표명이라고?"

"암묵적이긴 하지만, 프치얼교에게 독점권이 있다고 여겨지던 양모 사업을 1왕자가 시작한 건데 어떻게 단순하겠냐. 게다가 시원하게 말아먹어서 평민들까지 그 귀하던 양모를 사용하고 있잖아. 거기다가 한 가지 더 추가해서, 프치얼교랑 사이 안 좋은 교단이 어디냐?"

카산은 깨달았다.

"마도레스."

뮈블랑이 웃었다.

"그래, 1왕자는 양모 사업을 시작하면서 초목을 불사르는 전쟁의 화마, 전쟁의 신 마도레스를 지지하겠다고 선언한 거야. 물론 마도레스교가 순순히 1왕자의 편을 들어 줄지는 모르겠어. 만약 프치얼교가 4왕자와 손을 잡는다면 확실히 그들도 개입하려 하겠지만…… 4왕자는 머리가 좋지."

"그건 또 무슨 소리지?"

"굳이 프치얼교와 손을 잡아서 마도레스교를 적대하려 들 리가 없단 뜻이야. 그래서 프치얼교 아슈타르 교구만 악영향을 받는 거지. 교단 본부에선 계속해서 쪼아 댈 테고, 해결도 못 할 테니 말이야."

"······넌 이런 걸 어떻게 아는 거야?"

갑작스럽게 청량한 기분이 들었다. 진득하고 음습한 질투심이 가신 건 아니다. 그녀는 여전히 밀레나를 질투한다. 그러나 그분의 곁에 머물며 지금처럼 살아갈 수만 있다면 언젠가는 이 혼란도 다듬을 수 있을 것 같았다. 뮈블랑은 씩 웃었다.

"다, 주인님 덕분이지!"

✛ 제2장 ✛
나 또한 마녀였음을

이 년이 지났다. 밀레나는 여덟 살, 뮈블랑은 열다섯 살, 카산은 열아홉 살. 아슈타르에선 여자는 열네 살에, 남자는 열여덟에 성인이 된다. 여성 인권이 망했다는 증거다. 어쨌거나 법이 그 모양이었으므로 두 사람이 성인이 되던 날 그들은 조촐하게 성인식 축하 파티를 벌였다. 혹시라도 헷갈릴까 봐 다시 말하자면, 이 년이 지났다는 것은 뮈블랑과 카산이 성인이 되고도 일 년이 더 지났다는 뜻이다.

뮈블랑은 지난 이 년 동안 카산에게 무예를 배웠다. 처음에는 카산이 제자리에서 발도 떼지 않고 한쪽 팔만 사용해도 못 이겼는데 요즘은 카산도 전력을 다하지 않으면 뮈블랑을 상대하기 꽤 버겁다고 느꼈다.

카산은 뮈블랑과 밀레나와 함께 고등 교육 수업에 참여했다. 기테모어가 카산의 수준에 맞춰서 수업을 진행할 수는 없는 노릇이니, 뮈블랑은 기초 지식이 없는 카산을 위해 수업을 마친 후 천천히 되짚어 가며 해설해 줬다.

요즘 들어서는 정치 이야기를 많이 했는데 그 까닭은 슬슬 1왕자 파와 4왕자 파벌 사이의 승패가 나뉠 것 같았기 때문이다.

예상대로, 4왕자는 프치얼 교단과 협력하지 않았고, 그래서 마도레스와 손도 못 잡고 사업은 사업대로 망한 1왕자 파는 점차 와해되어 갔다. 파벌에서 빠져나오려고 안달복달이라더라. 그런데도 왕이 4왕자에게 왕위를 물려주지 않는 걸 보면 탐욕스러운 그는 죽기 직전까지도 왕관을 내려놓지 않으려는 모양이었다. 그럴수록 4왕자의 심기는 불편해졌고 그의 침실에서 죽어 나가는 여자들은 더 많아졌다.

뮈블랑의 최근 고민은 여덟 살밖에 안 된 밀레나를 보며 왠지 모르게 만족스러운 표정을 짓는 4왕자였다. 시팔 그 새끼는 이십일 세였다. 4왕자가 밀레나를 노린다고 한다면 진짜 카산을 꼬셔서 4왕자 암살 시도라도 해 봐야 하는 거 아닌가 싶었다.

뮈블랑의 고민을 모르는 밀레나는 언제나처럼 순수하고 선량하며 다감한 울보다. 자신의 감정을 숨김없이 드러낼 수 있단 것은 축복이다. 건강한 애착을 형성하며 자란 그녀는 티끌 없는 유리구슬처럼 빛을 받아 한없이 찬란하게 빛난다.

뮈블랑은 여전히 밀레나를 질투했지만 티를 내지는 않았다. 주인님을 생각하면 밀레나를 아껴야 한단 마음이 절로 들었기 때문이다. 결국 4왕자 암살이니 어쩌느니 하는 소리도 밀레나라는 개인을 위해서라기보단 블리마데세를 위한 것이었다. 그런 걸 떠올릴 때마다 약간씩 죄책감 비슷한 통증이 들긴 했지만, 별도리 없어 묻었다. 언젠가 사그라지길 바랄 뿐이었다.

그게 지금은 아니었다.

"주인님, 어떻게 꾸며 드릴까요?"

때는 오후였고, 뮈블랑은 블리마데세와 단둘이 화장대 앞에 앉아 있었다. 밀레나는 아직 데뷔탕트도 치르지 않은 나이기에 제외되었지만 첩인 블리마데세는 왕의 탄신일 연회에 참석해야 했다.

"나는 화장을 즐기지 않으니 꾸밈이랄 것도 없지 않니? 그래도 그네들의 기준에 적당히 맞춰 줘야 출입시켜 줄 테니 어쩔 수가 없구나. 대강 분이나 찍어 바르고 뺨을 붉히고 입술을 쨍하게 만들자꾸나. 보석을 달고 코르셋을 죄자고. 갈비뼈가 부러질 때까지 말이야."

"갈비뼈가 부러지면 큰일이죠!"

블리마데세는 또다시 뮈블랑이 이해하지 못할 미소를 지었다. 기테모어가 짓던 그것과 똑같았다.

"은유란다, 은유."

뮈블랑은 잠깐 그 미소에 눈멀었다가 느리게 따라 웃었다. 그 또한 시간이 해결해 주리라 생각했다. 어차피 블리마데세와 자신은 평생 함께할 것이니까.

화려하게 치장한 블리마데세는 정말 아름다웠다. 왕을 홀릴 만한 미모였다. 과거에, 왕은 연회에서 춤을 추는 블리마데세를 보자마자 그대로 반해 첩으로 들였다. 물론 그것은 일회적인 욕망이었고 임신을 해서 관계를 맺지 못하게 되자 금세 블리마데세는 방치되었다. 울보 여아를 낳자 더더욱 외면당했고.

춤을 좋아하던 블리마데세는 왕이 낡은 궁에 그녀를 가두자 더는 무대에 서지 못했다. 그렇다고 블리마데세가 날갯짓을 포기한 건 아니었다. 파란 창공을 그리워하는 공작새는 아침을 불러오려는 매에게 매일매일 노래를 불러 주었다. 밤이 이해하지 못할 난해한 곡률로.

"오, 블리마데세. 오랜만이로군."

"소첩이 감히 고귀하신 전하를 뵙나이다."

"음, 그래, 고개를 들라."

연회장에서, 인사를 들은 왕은 블리마데세의 얼굴을 보곤 잠시 말을 멈췄다. 새삼스럽게 그녀의 외형에 홀린 게 분명했다. 가느스름한 얼굴, 섬세한 속눈썹, 움푹 파인 눈, 코르셋이 단단히 조른 마른 허리.

"짐의 첩은 참으로 아름답군. 어째서 그대의 궁에 자주 찾아가지 않았는지 의문이야."

그야 궁 안에서는 화장을 하지 않으니 질렸던 게지. 블리마데세는 냉소적으로 생각하면서 눈을 내리깔았다.

"이미 과분한 영광으로 살아가고 있나이다."

찾아오지 말란 뜻이었다. 그러나 블리마데세의 속내를 읽을 리 만무한 왕은 아랑곳하지 않았다.

"많이 서운했나 보군. 그래, 내 업무가 적당히 정리된 후에 곧 찾아가겠네. 간만에 한 침대를 쓰자고. 껄껄."

물론 그는 알았더라도 상관없이 그녀의 침실 문을 열었을 것이다. 블리마데세는 표정을 일그러뜨리지 않으려 노력하며 가까스로 웃음을 유지했다.

"무궁한 영광이옵니다."

4왕자의 성벽은 왕을 닮았다. 뮈블랑은 블리마데세의 비명이 터져 나오던 밤을 기억했다. 그녀는 밀레나의 귀를 틀어막아 주느라 자신의 귀는 막지 못했다. 뮈블랑이 들어야 했던 것은 인간이 가학 앞에 굴복해 가는 과정이었다. 블리마데세는 비명 소리를 아이들에게 들려주고 싶지 않아 이를 악물고 참았지만 가학의 연속은 인간을 패배하게 만들었다.

그러나 블리마데세는 굴복하면서도 기절하지는 않았다. 버텼다. 동시에 뮈블랑은 밀레나가 울다 지쳐 잠들어도 잠들지 않았다. 버텼다. 왕이 밀레나로 과녁을 옮길까 봐, 그걸 경계하느라 새벽이 새도록 블리마데세와 뮈블랑은 잠들지 못했다. 그런 밤이었다.

"그런데 그 꼬마는 왜 데려오지 않았습니까?"

이만 인사를 마치고 연회장 구석으로 가려던 블리마데세를 잡아끈 4왕자 카마이유의 질문이었다. 4왕자와 왕의 차이점을 굳이 뽑자면 끝까지 가느냐, 끝까지 가지 않느냐 정도일 텐데, 말 그대로 4왕자는 침소에 들인 여자가 죽을 때까지 몰아붙였다. 한마디로 말해 더한 악질이었다.

그런데 그가 밀레나에게 관심을 가졌다고?

"……밀렌도요프 공주는 아직 데뷔탕트를 치르지 못했습니다."

블리마데세가 '공주'를 구태여 붙인 까닭은 그들이 친족임을 일깨워 주기 위함이었다. 그러나 푸른 피란 것들은 권력을 유지하기 위하여 근친혼을 장려하기까지 하는 족속이었다.

4왕자는 턱을 만지작거리며 느물거렸다.

"흐음, 확실히 어리긴 하죠. 빨리 커야 할 텐데. 그렇지 않습니까?"

"……지금 그대로도 한없이 사랑스러워 그만 자랐으면 좋겠는 것이 어미의 마음입니다."

"뭐, 아이는 자라는 법이지요. 괜히 잡아서 미안합니다. 파티를 즐기세요!"

4왕자가 껄껄 웃으며 손을 내저었다. 그들에게서 떨어져 나온 블리마데세는 창백하게 질린 얼굴로 구석 자리에 앉았다. 뮈블랑이 동동 발을 굴렀다.

"어, 어떡, 어떡하면 좋아요. 진짜 암살이라도……."

"입을 조심하렴!"

"죄송해요. 그런데, 그런데 진짜……."

"아직 닥치지 않은 일이야. 크고 말고를 운운한 걸 보면 성년이 될 때까진 기회가 있을 거란다. 그러니까, 지금은 진정하렴. 흥분해선 아무 일도 할 수 없어. 알겠니?"

"네, 네에……."

블리마데세를 위해 밀레나를 지킨다고 생각했는데 그녀의 신변에 위해가 생길 거란 생각을 하자마자 머리가 아찔했다. 자신이 밀레나에게 어떤 마음을 가졌는지 도무지 알 수가 없었다. 너무 복잡하고 무서웠다. 자기 자신을 들여다보는 건 그렇게나 두려운 일이었다. 뮈블랑은 크게 숨을 들이마시며 진정하려 노력했다.

"그래, 침착하게. 저기 가서 샴페인을 가져오겠니? 도수가 없는 48년 산으로 부탁해."

술에 대해 잘 모르는 뮈블랑은 시종에게 가져다 달라고 하면 어떻게든 주겠지 싶어 그러려니 했다. 그러나 라벨이 어쩌고저쩌고하는 소리를 듣자 환장할 것만 같았다. 결국 뮈블랑은 한참을 어물어물하다가 블리마데세를 기다리게 하고 싶지 않아서 아무거나 챙겼다. 그런데 블리마데세는 그 자리에 없었다. 뮈블랑은 당혹스러워하며 주위를 기웃거렸다. 샴페인을 드려야 하는데 어디 계시지?

그러나 연회장은 넓었고 사람은 많았다. 블리마데세를 찾아내는 건 너무도 힘든 일이었다. 땀을 찔찔 흘리며 샴페인병을 들고 돌아다니던 뮈블랑은 잠시 휴식을 하기 위해서 근처 테라스 쪽으로 향했다. 그런데 그쪽에서 블리마데세로 추측되는 목소리가 들리는 것 아닌가? 뮈블랑은 별생각 없이, 그저 주인을 찾았다는 기쁨에 눈멀어 커튼을 걷었다. 그리고…….

생전 처음 보는 섬뜩한 눈으로 자신을 응시하는 블리마데세와 마주쳤다.

턱이 떨려 이가 딱딱 부딪혔다.

"주, 주인님, 저, 샴페인 드리려고……."

"……그렇구나."

이윽고 블리마데세가 부드럽게 웃었으나, 뮈블랑은 직전에 본 장면을 잊지 못한 채였다. 블리마데세의 주위에는 세 명의 남자가 있었는데 그들은 서둘러 중절모를 깊이 눌러쓰며 블리마데세에게 인사를 하곤 바깥으로 나갔다.

분명하다. 저 남자들은 분명 블리마데세의 '비밀'임이 틀림없었다. 블리마데세가 무언가 비밀을 갖고 있단 것은 이미 알고 있었다. 그녀는 언제나 자신이 알지 못하는 머나먼 세계를 굽어보고 있었으니까. 언젠가 자신에게도 알려 주시겠지 하고 먼발치서 기다리기로 했었는데…….

자신이 그르친 것이다.

뮈블랑은 눈물이 치밀 것 같아서 고개를 팍 숙이고 입술을 꾹 깨물었다. 무언가를 단단히 잘못했다는 불안감이 그녀를 짓눌렀다.

그리고 주인이 다정하게 이름을 부르자,

"뮈블랑."

그제야 굳어 있던 몸이 풀렸다. 그녀는 무릎을 꿇고 엎드려 싹싹 빌었다.

"윽, 흡, 죄송, 자, 잘못, 주인님, 제발, 아, 저 버리지 마세요, 잘못했, 잘못했어요. 진짜 죄송해요. 제가 나빠요. 잘못했어요, 주인님······."

"아니야, 뮈블랑. 너는 잘못한 게 없단다."

"으흑, 쿵, 아니에요. 제가 방해, 방해한 거죠? 죄송해요. 잘못했어요. 버리지만 말아 주세요, 제발······."

"내가 널 왜 버려. 진정하렴. 자, 뚝 그치고. 파티잖니, 즐겨야지. 응? 뮈블랑, 내가 미안해."

"으허엉, 주인니이임······."

뮈블랑은 한참을 꺽꺽대다가 간신히 울음을 멈췄다. 테라스 커튼을 걷고 바깥으로 나가자마자 1왕자와 눈이 마주쳤다. 1왕자가 기묘한 시선으로 블리마데세를 훑었다. 블리마데세는 뮈블랑의 어깨를 끌어안고 연회장 바깥으로 나갔다.

밀레나는 분명 백 년에 한 번 나올까 말까 한 천재였지만 우는 사람을 보면 덩달아 따라 울고야 마는 울보이기도 했다. 뮈블랑의 눈물 젖은 얼굴을 보자마자 으아아앙 하고 시동을 건 울음은 뮈블랑이 어울리지 않게 시무룩한 모습을 보이자 더욱 커졌다.

"왜애, 왜 그래애애애, 왜 말 안 해 줘······."

"아무것도 아니라니까요."

"으아아앙, 무슨 일 있었냐구우우······!"

블리마데세는 다시 급하게 외출하느라 그들을 달래지 못했다. 아마도 연회장에 갔겠지, 그곳에서 자신이 방해한 만남을 마무리 지으러 갔겠지. 왜 자신은 이렇게 무지하고 무능력한 걸까? 점점 스스로가 싫어졌다. 작아지는 기분이었다. 다 컸다고 생각했는데, 도움이 되고 싶은데.

"왜 다들 말 안 해애! 왜 나만 무시해! 으허어어엉!"

카산은 엉엉 우는 밀레나를 어찌어찌 달래려다가 막 뻗은 팔에 뺨을 얻어맞고 뒤로 넘어졌다. 뮈블랑은 점점 커져 가는 울음소리를 참을 수 없었다. 귀가 멍멍하게 울렸고 머리가 지끈거려 바락 성질이 났다. 그녀는 소리쳤다.

"시끄러워요! 좀 작작 울란 말이에요! 울면 모든 게 해결되는 줄 알아요? 아, 그렇죠? 공주님은 늘 그런 삶을 살았죠? 부럽네요, 아주!"

"……으, 히끅, 흐으읍."

난생처음으로 고성으로 윽박지름을 당한 밀레나가 그 자리에 얼어붙어서 파들파들 떨었다. 카산이 뭐라 하기도 전에 욕설을 중얼거린 뮈블랑은 자리를 박차고 나갔다. 카산은 그녀를 쫓아 나갈지 아니면 밀레나를 달랠지 고민하다가 결국 후자를 택했다.

밀레나는 차마 울지도 그렇다고 감정을 제어하지도 못해 세상에서 가장 서러운 낯을 하고 있었다. 사람을 달래 본 적 없는 카산이 감당할 수 있는 상태가 아니었다. 카산은 땀을 뻘뻘 흘리며 블리마데세의 복귀를 기원했다.

혼란스러운 밤이었다.

✤ ✤ ✤

정원의 풀숲에 숨어 새벽이슬을 맞으며 울다 잠든 뮈블랑은 아침이 밝고 나서야 일어났다. 그녀는 머리를 무릎 사이에 쑤셔 넣고 손가락으로 머리카락을 쥐어뜯었다. 지난날 자신이 저지른 짓을 생각하자 죽고 싶어졌기 때문이다. 아니 어떻게 공주님에게 그런 말을 해. 응? 제정신이냐? 네가 그러고도 주인님 얼굴을 볼 수 있어?

물론 자신이 하녀여야만 한단 사실을 아직 납득하지 못한 그녀였지만 블리마데세의 곁에 머물고 싶단 것만큼은 변하지 않았다. 밀레나의 마음을 상처 입혔으니 이제 정말 블리마데세에게 버림받을지도 모른다. 빨리 사과해야지. 뮈블랑은 마음을 단단히 먹으며 은근슬쩍 궁안으로 들어갔다.

궁을 쓸고 닦던 시녀들이 밀레나 님은 아직 주무시는 중이고 저기에 블리마데세 님이 계시니 어서 사죄하고 오라고 일러 줬다. 뮈블랑은 쪽팔림에 얼굴을 붉히며 살금살금 방문 앞에 섰다. 침을 꼴딱꼴딱 삼키며 어떻게 사죄할지 머릿속에서 문장을 굴려 보던 그때였다.

"그런 일이 있었습니다, 블리마데세 님."

어라, 카산도 있는 모양이었다. 어제의 일을 보고하는 성싶었다. 잠깐 기다려야 할까? 싶었는데.

"역시 뮈블랑이 밀레나에게 열등감을 가져서…….."

무희 출신 첩에게 제공된 궁의 방음이 잘될 리 없었다. 뮈블랑의 머릿속에 방금 엿들은 문장이 뱅글뱅글 헤엄쳤다. 뮈블랑이 밀레나에게 열등감을 가져서, 뮈블랑이 밀레나에게 열등감을 가져서, 뮈블랑이 밀레나에게 열등감을…….

하, 알고 있었다고?

자기도 모르게 숨기고 있던 내밀한 속내가 거칠게 파헤쳐지자 수치가 발굴됐다. 그녀가 밀레나에게 가진 감정이 고작 질투뿐일 리가 없었다. 자아에 깊이 뿌리내린 감정이 타인의 언사에 의해 강제로 수면 위로 오른 것은 당장이라도 죽고 싶을 만큼 부끄럽고 화가 나는 일이었다. 갑작스러운 열이 두뇌를 달구어 정신이 혼미해질 지경이었다. 신경을 타고 스며든 적개심이 전신의 근육을 바짝 긴장시키고 폐부를 내뱉지 못한 비명으로 가득 채웠다.

그래, 질투라는 듣기 좋은 말로 포장했다지만 그 본질은 결국 열등
감이었다. 천재에 모자랄 것 없이 사랑받고 자란 공주님에 비해 자기
가 너무 모자라지 않나 싶은, 저열하고 못난 자기 스스로에 대한 혐
오. 아, 하녀 주제에 공주에게 열등감을 느끼다니!

이 어찌나 치졸할 수 있단 말인가?

더불어 이딴 대화를 나누며 저를 비웃고 있었을 블리마데세와 카산
에 대한 분노가 목구멍 아래에서 찰랑거렸다. 파도처럼 넘실거리며
포말을 뿌렸다. 참아야 하는데, 참아야 하는데 밀려드는 해일을 인간
의 힘으로 어찌 막는단 말인가? 이것은 어쩌면 자기변명일지도 모른
다. 그렇다고 해도 이 순간만큼은 쾅 소리 나게 문을 연 자신이 부끄
럽지 않았다. 그녀의 분노는 정당했다.

"뭐, 뮈블랑?"

"……이런."

둘이 까무러치는 걸 보며 뮈블랑은 깔깔 웃곤 팔짱을 꼈다.

"다들 놀라는 거 보니까 본인들이 잡소리를 지껄이셨단 것 정도는
아시나 보네요?"

"그게 아니라, 우리는……."

"뒤에서 속닥속닥 누구는 열등감을 가졌느니 어쩌느니 그런 소리
하고 자빠지면 살림살이가 좀 나아지십니까?"

"오해가 있는 것 같은데……."

"그래요, 시발, 나는 찌질한 새끼입니다! 그런데 그게 다 누구 때문이
냐고! 다 주인님 때문이란 말입니다!"

한번 뚜껑이 열린 이상 더는 혓바닥을 제어할 수 없었다. 뮈블랑은
블리마데세가 다가와 자신을 껴안으려는 것을 거칠게 밀쳐 내며 고래
고래 소리 질렀다.

"당신에게 난 그저 하녀잖아! 내가 뭘 해도 밀레나만큼 사랑받을 순

없는 거잖아!"

말을 뱉은 직후 흔들리는 블리마데세의 눈동자와 마주쳤다…….

아, 결국 끝장이다. 가장 깊은 밑바닥에 있는 가장 졸렬한 속내까지 닥닥 긁어 내보이고 말았다. 더는 그들과 함께하지 못할 것이다. 그래서 나는 기쁜가? 정녕 기쁜가? 알 수 없었다. 그대로 뒤돌아 내달리는데, 언제 깨어났는지, 엉엉 우는 밀레나가 복도 한가운데에 서서 뮈블랑을 가로막았다. 뮈블랑은 차갑게 어린아이를 내려다봤다.

"……비켜요."

"으아앙, 싫, 싫어. 못 비켜! 안 돼, 가지 마아아."

"꺼지라고요! 난 당신이 싫어! 세상에서 가장 끔찍해!"

"언니, 언, 언니이."

"누가 당신 같은 걸 동생으로 삼고 싶댔어? 내 눈앞에서 사라지란 말이야!"

밀레나를 밀치려 하자 뒤따라온 카산이 뮈블랑의 손목을 단단히 움켜쥐었다.

"뭐 하는 거야!"

뮈블랑이 날카롭게 웃었다.

"하, 아주 잘나셨네? 비천한 노예 새끼 주제에 주인 잘 만나서 아주 살판났다? 주제도 모르고 기어오르는 꼬라지하고는!"

"뮈블랑!"

"왜, 주인님이랑 뒤에서 말도 섞고 하니까 좀 신분 상승한 기분이 들었나? 아니면 정말 몸이라도 섞……."

찰싹! 시야가 돌아갔다. 뺨이 얼얼하지도 않은 걸 보니 그다지 센 손길은 아니었다. 웃음조차 나오지 않았다. 싸늘하게 고개를 돌리자 그곳에는 눈물을 글썽이면서도 단호하고 엄격한 표정을 짓고 있는 블리마데세가 있었다.

"뮈블랑, 너는 해선 안 될 말을 한 거야."

블리마데세는 무어라 더 말하려고 했지만 뮈블랑은 거칠게 카산의 손아귀에서 제 손목을 빼내고는 냅다 출구를 향해 뛰어갔다. 더는 그들을 마주하고 싶지 않았다. 그러나 그녀는 나가지 못한 채 멈춰 서는 수밖에 없었다.

1왕자가 병사들을 이끈 채 도열해 있었다. 순간적으로 머릿속에 어제의 장면이 조각조각 스쳤다. 중절모를 쓴 남자들, 그들에게 무슨 말인가를 전달하던 블리마데세, 그녀를 발견한 1왕자.

그가 붉은 망토를 휘날리며 제왕처럼 말했다.

"무도한 공화파의 잔당, 마녀를 잡아라!"

공화파, 공화파라고? 블리마데세가 숨기고 있던 비밀이 그런 어마어마한 것이었나? 왕정 사회를 당연한 것으로 받아들이던 뮈블랑의 머리가 삐걱거렸다. 그렇지만 곧 여태까지 기테모어에게 배워 왔던 지식들이 뻐근하도록 머릿속의 공간을 넓혀 가며 부피를 받아들였다. 블리마데세가 그들에게 가르쳐 주고 싶었던 것은 왕이 없는 나라, 인간이 그저 인간으로 오롯하게 살아갈 수 있는 세계였다.

수긍도 잠시, 어떻게 저항할 틈도 없었다. 1왕자의 명령을 따르는 병사들은 단숨에 블리마데세의 궁에 있는 모든 인간을 제압했고 밧줄로 동여맸다. 블리마데세는 병사에 의해 무릎 꿇려지는 순간까지도 뮈블랑을 바라보며 무어라 형언하기 어려운 애정 서린 표정을 했다.

대체 왜.

이윽고 블리마데세는 병사들에 의해 질질 끌려갔다. 뮈블랑은 밀레나의 울음소리에 전혀 귀 기울이지 못한 채 영영 블리마데세의 뒷모습만 바라보았다. 망막에 새겨 넣듯 간절히.

궁의 사람들은 전부 감옥에 나뉘어 갇혔다. 뮈블랑은 밀레나와 카산과 한방에 갇혔다. 방금 대차게 싸우던 사람에 대한 민망함을 느끼기엔 돌아가는 꼴이 심상치 않았다. 부정하고 싶었지만 상황이 너무 명확했다. 이건, 그러니까, 제발 아니기를 빌어 보지만…….

간수가 퉤하고 침을 뱉으며 낄낄거렸다.

"마녀라니, 그것도 폐하의 첩이!"

"정말 무서운 일이야. 어디에나 숨어 있다는 것 아닌가?"

"마녀의 씨앗은 또 어떨까, 응? 처녀기는 할까?"

아니야, 아닐 거야. 그런 일이 벌어질 리가 없어. 허나 간수들의 더러운 시선이 밀레나를 향하는 바람에 상념에조차 집중할 수 없었다. 성년도 되지 않은 여자애를 향해 던지는 말들은 추잡한 성애에 대한 것들이었다. 보지의 색상이며 유방의 발달 수준에 관한 이야기를 참지 못한 뮈블랑은 부러 밀레나의 앞으로 기어가 상체를 일으켜 밀레나의 몸을 가렸다. 간수들이 비키라고 온갖 욕설을 해 댔지만 움직이지 않았다. 밀레나의 울음소리가 점점 커졌다. 신경질이 났다. 머리가 깨질 것만 같았다. 그러나 그만 좀 울라고 말하기엔 간수들의 욕설이 더 컸다. 기어코 간수들이 열쇠로 문을 따고 들어왔다.

"같잖은 새끼가 어딜!"

그들은 뮈블랑의 머리채를 잡고 들어 올렸다가 벽면에 내던졌다. 등이 빠개질 것 같았지만 뮈블랑은 족제비처럼 튕겨 올라 다시 그들의 다리를 붙잡고 늘어졌다. 넓적다리에 이빨을 박아 넣고 질질 매달렸다.

"개 같은 년아!"

발길질. 간수의 신발은 말 안 듣는 죄수를 걷어차기 좋게 딱딱했다. 밭은 신음이 정신없이 굴렀다. 갈비뼈가 부러질 것처럼 아팠다. 그래도 놓지 않았다. 블리마데세와 함께 밀레나를 지키기 위해 지새웠던 그 밤들처럼 끈질기게 따라붙었다. 카산도 그랬다. 간수의 주먹질에도 불구하고 뮈블랑과 밀렌도요프를 끌어안고 버티고 있었다.

결국 간수들이 두 손 두 발 다 들었다. 그들은 씩씩대며 늘어진 뮈블랑에게 침을 뱉곤 감옥 바깥으로 나갔다. 카산이 그녀의 어깨를 흔들고 밀레나가 한참을 울어 목이 다 쉰 목소리로 뮈블랑을 불렀지만 뮈블랑은 대답할 여력이 없었다. 죽은 사람처럼 맥없이 고개를 떨어 뜨리고 흔들면 흔드는 대로 흔들렸다.

그때 마녀가 화형당할 거란 소리가 들렸다. 대중들을 열광하게 만들 바로 그 알림이었다. 순간 머리가 새하얘졌다. 뮈블랑은 저도 모르게 퍼뜩 정신을 차리고 저린 몸을 이끌어 엉금엉금 창가로 기어갔다.

"죽여라! 죽여라! 죽여라! 죽여라!"

광장에, 장작이 높이 쌓여 마치 하늘을 찌를 탑처럼 서 있다. 흥분한 대중들이 뿜어내는 열기가, 중첩되고 뒤섞이고 뒤얽혀서 더는 해석할 수 없는 하나로 합쳐진 웅장한 소음이 창공을 찢어발길 듯하다. 장작 위 우뚝 선 나무 기둥에는 블리마데세가 묶여 있다.

비로소 현실감이 느껴졌다. 아니라고 부정하고 있던 진실 앞에 알몸으로 내던져진 기분. 뮈블랑은 손바닥으로 입을 가로막았다. 내장이 상했는지 아니면 속내가 부글부글 끓어서인지 뜨거운 핏덩이가 울컥울컥 올라왔다. 꽉 다문 잇새로 피가 샜다. 머리가 터져라 비명을 지르고 싶기도 했고 그냥 그대로 혀를 깨물고 죽고 싶기도 했다.

횃불을 든 남자가 모두에게 들릴 만큼 크게 말했다.

"마지막으로 할 말이 있는가!"

마지막, 마지막이라고? 믿을 수 없었다. 그래서는 안 되는 것이었다. 마지막이라니, 아니다. 아닐 것이다. 이게 끝일 리가 없다. 마구잡이로 분노를 쏟아붓고 뒤돌아선 이게, 당신과 나의 종결일 리가 없다고! 그러나 사람들은 환희에 가득 찬 유언을 독촉할 뿐이었다.

눈물이 흘러내려 그녀의 얼굴이 보이지 않았다. 그러나 목소리만큼은 분명하게 들렸다.

그녀는 우아하면서도 뚜렷하게 일렀다.

"나는 마녀다."

살려 달라고 빌지 않고 저리 차분하게 인정하다니 이 어찌나 사특할 수 있단 말인가? 자기가 마녀가 아니라고 부정하는 처절한 울음을 보지 못한 것에서 기인하는 저열한 상실감에 빠진 사람들이 목소리 높여 마녀를 비난했다. 광장을 쩌렁쩌렁하게 울리는 야유와 욕설과 폭언이 그녀보고 어서 죽으라고 외쳐 댔다. 그녀의 죽음을 촉구하는 자들이 이렇게나 많았다. 그러나 블리마데세는 눈 하나도 까딱하지 않았다. 그녀는 생명을 토해 내듯 강렬하게 외쳤다.

"그래, 바로 내가 마녀다! 나는, 너희가 불태우지 못한 마녀의 딸이다!"

"더러운 창녀! 악마와 수간하는 계집!"

그제야 뮈블랑은 제 생각을 뉘우쳤다. 뉘우칠 수밖에 없었다. 유리가 깨지듯 과거의 무지가 박살 나며 이것을 알게 되기 전으로는 도저히 돌아갈 수 없도록 못을 박아 넣고 있었다. 과거의 자신이 무어라 했던가, 마녀는 화형 되어야 마땅한 존재라고 하지 않았나. 그러나 그 마녀를 구별하는 자는 누구인가? 진정 마녀를 만들어 내는 자는 누구인가!

"우리가 무엇을 할 수 있는지 똑똑히 기억하라!"

"죽여라! 죽여라!"

"마녀를 탄압하는 정치는 마녀에 의해 끝날 것이다!"

"불을 붙여 태워라!"

장작의 맨 아래에 불이 붙기 시작했을 때, 블리마데세는 사무치는 표정으로 속삭였다.

"사랑해. 진심이야."

그 말을 듣자마자 숨이 막혔다. 뮈블랑은 당장에 그녀의 말이 자신을 향하고 있음을 깨달을 수밖에 없었다. 벅찬 사랑이 목젖을 때리고 내장을 뒤흔들었다. 감당할 수 없는 환희와 후회가 저릿저릿하게 전신을 울렸다. 아, 나는 이다지도 커다란 사랑을 받고 있었구나. 그 주제에 사랑받지 못하느니 뭐라느니 하는 헛소리만 주워섬기고 있었구나. 사실은 알고 있었는데, 괜스레 의심하느라 꺼내지 못했던 진심인데.

심장이 끊어질 것처럼 아팠다. 뮈블랑은 당장이라도 죽을 듯이 흐
느끼며 소리 질렀다.

"제발! 안 돼요! 죽지 말아요……! 엄마, 엄마……!"

그러나, 그러나, 그러나! 아무것도 닿지 않았다. 가닿지 못했다. 이
윽고 뮈블랑의 오열과는 비교되지도 않는, 진정으로 불타 죽는 자의
비명이 하늘을 찢어발겼다.

세상을 바꾸려던 여자의 죽음이었다.

✤ ✤ ✤

더는 아무런 비명도 들리지 않았다.

끝이었다.

밀레나는 지쳐 기절해 있다. 뮈블랑은? 죽은 사람처럼 퀭해진 눈으
로 블리마데세를, 블리마데세였던 잿더미를 바라보고 있다.

광장의 사람들은 점점 떠나간다. 재밌는 구경거리를 보고 집으로
돌아가는 것이다. 그렇담 뮈블랑은 집으로 돌아갈 수 있는가? 아니,
그녀는 그럴 수 없다. 왜냐고? 블리마데세가 죽었기 때문이다. 그녀의
주인, 어머니, 엄마, 사랑하는 사람, 가장 존경하고 아끼는 인간이 죽
었기 때문이다. 왜 죽었느냐고? 바로 나! 나 때문에!

내가 그녀를 죽인 것이다!

"아, 아아, 아!"

뮈블랑은 벽면에 대고 머리를 내리쳤다. 카산이 저를 뜯어말리건
말건 그저 자기 자신을 망치고 싶단 순수한 욕망에 빠져 마구잡이로
머리를 흔들었다. 죽고 싶었다. 블리마데세를 죽인 자기 자신을 없애
버리고 싶었다. 그러나 카산은 그녀보다 힘이 셌다. 이마를 붙들고 허
리를 감아쥐자 더는 움직일 수가 없었다. 뮈블랑은 흐느끼고 또 흐느

졌다. 처절하게 비명을 지르고 잘못을 빌었다.

"제발, 어머니, 제가 잘못했어요! 제발 저를 죽이세요! 어머니를 돌려주세요, 제발!"

기절했던 밀레나가 비명 소리에 놀라 깨어나 뮈블랑의 손가락을 잡고 앙앙앙거렸다. 뮈블랑은 목이 터져라 소리를 지르며 밀레나를 껴안고 한참을 울었다.

그들이 넋이 나갈 지경이 되었을 무렵, 4왕자가 문을 열고 들어왔다.

"쯧쯧, 몹쓸 꼴이로군?"

4왕자는 언제나처럼 뺀질거리는 낯이었다. 4왕자는 다정스럽게 웃으며 한쪽 무릎을 꿇고 철창 안으로 밀레나를 바라보았다.

"나도 이렇게 되어 유감이야. 그 멍청한 형이 이런 건수를 잡아낼 거라곤 생각지도 못했거든. 먼저 알아낼 수 있었더라면 공적을 내가 세울 수 있어 좋았을 텐데, 응? 아, 너에겐 좀 잔인한 얘기였나? 귀엽긴. 하녀 따위에게 안겨 있다니 역시 어린것다워. 그렇지만 체통을 지켜 달라고? 넌 내 왕비가 될 몸이니까."

어째서 그들도 함께 사형당하지 않았는가에 대한 해답이었다. 밀레나가 저도 모르게 히끅거리기 시작했다. 울음에 지쳐 명확히 이해하지 못한다 한들 그 말이 담고 있는 음습한 기운을 깨닫지 못할 인간은 없었다. 밀레나가 저도 모르게 뮈블랑의 품속으로 파고들어 숨었다. 그 순간 뮈블랑은 밀레나에 대한 참을 수 없을 만큼 강렬한 애정을 감각했다. 저도 모르게 밀레나를 덥석 끌어안고 보호하듯 4왕자와 밀레나 사이를 가로막았다. 4왕자는 당장에 철창을 걷어찼다.

"하녀 따위가 어딜 가로막느냐! 당장 떨어지지 못할까!"

어째서냐고? 밀레나를 질투하고 열등감을 품은 주제에 무슨 소리냐고? 그래, 분명히 뮈블랑은 밀레나를 싫어했다. 정말 미웠다. 블리마 데세의 혈육이라는 점도 마냥 순수하고 세상 무서운 줄 모른다는 점도 그럴 수 있도록 평생 지켜져 온 귀한 몸이란 점도 울보인 점도 전부다.

그러나 어떻게, 이것을 사랑이라 부르지 않을 수 있단 말인가?

마냥 순수하고 세상 무서운 줄 모르게 지켜져 온 그 애가 행복만 꿈꿀 수 있게끔 위험 앞을 가로막게 만드는 이 지극한 감정을 사랑이라 부르지 않는다면 대체 무어라고 해야 하는가?

밉지만, 더없이 아낀다. 하나뿐인 동생이라고, 친구라고, 학우라고, 그렇게 생각하고 있다. 그러니 지켜야 한다. 밀레나만큼 소중한 사람은 없으니까, 블리마데세가 죽은 이상 아무도 없으니까.

"……4왕자 저하께서는, 결코, 공주 저하를 왕비로 맞이하시지 못할 것입니다."

그래서 뮈블랑은 해선 안 된다는 것을 알면서도 선언하듯이 예언하듯이 지껄이고야 말았다. 자신의 목소리에 마녀의 힘이 깃들도록 기원하며, 자신은 마녀라고, 너희가 태워 죽인 바로 그 마녀의 딸이라고 속으로 목이 터져라 외치며.

4왕자는 그 말에 자존심이 상한 듯했다.

"오호라, 네년이 죽고 싶은 게로구나. 그래, 혼쭐을 내 주마. 제발 살려 달라고 비는 수밖에 없을 것이다."

4왕자가 허리춤에서 말채찍을 잡아끌었다. 뮈블랑은 숫제 익숙한 기분이 들었다. 말이 안 통한다 싶으면 폭력부터 사용하려 드는 무도한 자들은 그녀 인생의 절반을 차지하지 않았던가? 뮈블랑은 밀레나를 카산에게 맡겼다. 뒤로 물러서지도 도망치지도 않았다.

"대신 맞으라고 공주를 내게 떠민다면 내 용서해 주마. 사실 내가 때리고 싶은 건 밀레나거든."

분명 어린 여자를 짓눌러 조종하는 즐거움을 느끼고 싶기 때문에 종용하는 것이겠지. 주인을 배반한 자신이 절망 어린, 그러나 안도하는 저열한 양가감정을 느끼게 만들고 싶어서. 그러나 뮈블랑은 순순히 넘어가 줄 생각이 없다.

자, 이건 그때와도 같은 상황이다. 블리마데세와 함께 왕의 폭행을 견디던 그날. 블리마데세가 했다면, 그녀 또한 할 수 있다.

"그럴 일은 없을 겁니다."

4왕자가 입술을 비튼다. 이어질 쾌락을 기대하며.

✜ ✦ ✜

고통이 비산했다.

도무지 얼마나 시간이 흘렀는지 가늠하지 못하게 되었을 무렵, 뮈블랑은 자신의 몸이 찢긴 인형 같다고 생각했다. 솜이 자꾸만 헝겊 바깥으로 삐져나와서 큰일이구나, 같은 생각.

흐릿한 시야에 펑펑 우는 밀레나가 보인다. 눈을 깜빡여 또렷하게 보고자 하지만 한쪽 눈은 눈꺼풀이 올라가지도 않는다. 기침이 나와 배를 웅크리며 숨을 뱉자 피가 주르륵 나온다. 아까 배를 몇 차례 걸어차일 때 내장까지 상했나.

전체적인 감상을 요약하자면 약간 불에 지져지는 기분이었다. 사창가에 살던 시절 고트 할망구가 부지깽이로 등짝을 내리쳤을 때 그랬듯이. 생리적인 눈물이 뺨을 가로지르며 입술에 들어가자 짭조름한 맛이 피와 섞였다.

그래도 버텼다. 버텨야 했다.

"……독한 년."

4왕자가 채찍을 휘두르느라 가빠진 숨을 헐떡이며 지껄였다.

어떻게 이렇게까지 버틸 수 있단 말인가? 피가 고여 웅덩이가 되고 멀쩡한 피부가 남아나지 않을 만큼 살갗이 벌어졌는데? 이렇게 많이 때려 본 것도 처음이고 그런데도 전혀 즐겁지 않은 것 또한 처음이다. 열패감이 들었다. 폭력으로밖에 사람을 굴복시켜 본 적 없는 남자는 폭력 앞에 굴복하지 않는 뮈블랑이 두려웠다. 당장 이 망할 계집을 죽여야 할 것만 같았다. 충동을 따르기로 한 4왕자는 채찍을 아무 데나 던지고 칼을 꺼내 들었다. 한참 전부터 계속해서 제발 자길 때려 달라고 울부짖는 카산을 무시하며.

그가 뮈블랑의 머리채를 잡고 칼로 눈알을 도려내려 할 때였다.

"오라버니, 제발! 저를 왕비로 맞으신다 하셨잖아요! 그럴게요! 할게요! 그러니까 제발 뮈블랑을 살려 주세요!"

밀레나가 무릎을 꿇고 잔뜩 쉰 목소리로 흐느끼며 외쳤다. 뮈블랑의 몸이 발작하듯 덜덜 떨렸다. 피가 울컥울컥 새어 나오는 입술이 그러지 말라고 말하기 위해서 바들거렸다.

뮈블랑을 굴복시키진 못했지만 대신 밀렌도요프가 굴복했다. 스스로 몸을 굽히며 납작 엎드렸다. 4왕자는 형언하기 어려운 패배감을 이 작은 승리로 무마해야 할지 말아야 할지에 대해 고민했으나, 뮈블랑이 저 말에 몸을 떠는 것을 보곤 납득했다. 뮈블랑을 패배시키기 위해서는 밀레나를 가지면 된다. 그리고 그것이야말로 자신이 원하던 것 아니겠는가?

"좋아, 살려 주지. 단 노예로 팔려 갈 게다. 간간이 소식 정도는 전할 수 있게 해 주마."

4왕자는 뭔지 모를 찝찝함을 대강 넘겨 버리곤 그대로 감옥 바깥으로 나갔다.

뮈블랑은 그대로 까무룩 기절했다.

일어나 보니 새벽이었다.

창밖은 푸르스름한 어스름이 깔려 어슴푸레했다. 달과 여명이 공존하는 모순의 시각이었다.

뮈블랑은 자신이 무의식중에 숨을 멈추고 있었단 것을 깨닫고 호흡을 시도했다. 화끈거리는 폐에 서늘한 들숨이 들어가자 바늘로 찔리는 듯한 따끔따끔함이 허리를 곧추서도록 만들었지만 애써 눌러 참으며 허겁지겁 숨을 들이켰다.

차게 호흡하다 보니 둔중하게 가라앉아 있던 현실감이 뻐끔뻐끔 수면 위로 올라왔다. 밀레나는? 카산은? 황급하게 사위를 돌아보려는데 몸을 움직이자 상처가 벌어지며 참을 수 없는 격통이 몰아닥쳤다. 언어가 되지 못한 띄엄띄엄한 소리에 깨어난 이가 뮈블랑의 뺨을 다정스레 닦았다. 뮈블랑은 눈알을 위로 치떠 그의 얼굴을 확인했다.

"으흑, 카산……."

"왜 불러, 뮈블랑."

"고, 공주님은……."

"일단 쉬어."

왜, 왜 대답하지 않아? 뮈블랑은 발작하듯 몸을 떨면서도 기어코 카산의 팔뚝을 확 잡아챘다. 대답을 촉구하는 옥색 눈동자가 형형히 빛났다. 카산은 얼굴을 일그러뜨리다가 고개를 돌렸다.

"새 궁을 받으셨대."

"아……."

"약혼 없이, 공주님이 성년이 되는 날 결혼을 선포할 거라 했어."

뮈블랑은 입술을 파들파들 떨면서 저도 모르게 팔뚝을 움켜쥔 손에 힘을 보태 손톱으로 살갗을 할퀴었다. 카산은 그 퍼렇게 질린 얼굴을 서럽게 내려다보았다.

"너, 넌 왜 공주님 곁에 안 가고 여기 있어. 빨리 공주님을 지켜 드려야지."

"나는 너랑 같이 팔려 갈 거야. 공주님도 그러라고 하셨고, 나도……."

"다시 말해 봐."

"나는 너랑 같이……."

"닥쳐!"

뮈블랑이 잘 움직이지 않는 팔을 필사적으로 흔들어 손목으로 카산의 뺨을 쳤다. 그가 뻔히 보이는 느린 동작을 일부러 피하지 않고 맞아 주었다는 것을 두 사람 모두 알고 있었다.

"개자식아, 그게 말이나 되는 소리야?"

말라 굳은 피가 덕지덕지 묻은 바닥을 짚어 비척비척 몸을 일으키곤 숨을 흐느꼈다.

"흐윽, 너, 너라도 공주님 곁에 가서, 시팔 너라도! 너라도 해야지, 네가 해야지! 지금 가. 당장 꺼지라고. 빨리 가서 공주님을⋯⋯."

카산이 폭발한 건 바로 이런 것 때문이었다.

"그럼 너는 어쩔 건데!"

뮈블랑은 사나운 눈초리로 카산을 노려보았다.

"너 지금 이렇게 혼자 팔려 가면 네가 어떻게 될지 모르겠어? 너는 팔다리의 힘줄이 끊긴 채 사창가에 팔려 갈 거야. 몸이 이렇게 다쳐도 제대로 된 치료 따윈 기대할 수도 없겠지! 왜냐면 그곳에서 너는 인간이 아니니까! 그렇지만 내가 같이 가면 달라져. 나는 몸값이 높으니까, 너 하나쯤은 안전하게 할 수 있다고!"

"누가 날 안전하게 하래? 너는 공주님의 노예야! 공주님을 지켜야한다고! 그러니까—"

"그래서 네 안전은 필요 없다는 거야?"

뮈블랑은 더없이 냉정하게 손가락을 튕겼다.

"객관적으로, 그렇지."

카산이 얼굴을 손바닥에 파묻었다.

"기회비용을 생각해. 네 대가리가 장식이 아니라면."

"사람 목숨에 그런 게 어디 있어⋯⋯."

"사람에겐 계급이란 게 있잖아? 공주를 지키는 노예라면 결코 이루어질 수 없는 사랑의 비극적 로맨티시스트가 되겠지만 하녀를 지키는 노예는 천한 것들끼리 끼리끼리 노는 한심한 새끼밖에 못 된다고."

손가락 사이로, 라벤더처럼 몽환적인 빛깔의 옅은 보라색 눈동자가 서럽게 이지러졌다.

그는 울고 있었다.

"넌 대체, 우리가 여태까지 배워 왔던 걸 뭐라고 생각하는 거야?"

"그건 이상론일 뿐이야. 카산, 현실을 생각해야 하지 않겠냐? 세상에 평등은 없어. 황제 아래에 왕이 있고 왕 아래 귀족이 있고 귀족 아래 부유한 평민이 있으며 그 아래 평민 그 아래 노예! 그 사이에서도 세세하게 등급이 나뉘지! 알겠어? 세상은 원래 그렇게 생겨 먹었다고!"

소리를 지르자 상처가 불타듯이 지끈거렸다. 뮈블랑이 신음을 토하며 몸을 비틀었다. 카산은 그녀를 바닥에 엎드려 눕히며 나직하게 속삭였다.

"나는 노예 문서에 얽매여 있을 때부터 단 한 순간도 나를 노예라 생각하지 않았어. 내 정신은 항상 자유로웠지. 쇠사슬에 묶여 있으면서도 들판을 뛰고 바다를 헤엄쳤어. 그러나 너는 노예여 본 적이 단 한 번도 없으면서도 노예의 정신을 가졌구나."

뮈블랑은 어째서일까 항변하고 싶었다. 어차피 평민 중에서도 가장 낮은 사창가 골목에서 태어나 계급 제도에 휘말리다 보면 필연적으로 노예근성이 길러질 수밖에 없는데, 하나도 부끄러운 일이 아닌데도 무언가 아니라고 그렇지 않다고 말하고만 싶은 기분이었다. 하나 이어진 말이 턱 하고 목에 걸려 있던 무언가를 녹였다.

"그렇지만 그건 네 잘못이 아닐 거야."

긴장이 가라앉는다. 뮈블랑은 눈을 감았다.

⚜ ⚜ ⚜

아침이 되자 지혈제만 대강 던져 줬던 상처의 치료가 시작됐다. 살이 심각하게 벌어진 곳은 꿰매야 했다. 마취도 없었다. 뮈블랑은 악악

소리를 질러 댔고 늙은 의사는 자긴 귀가 어두워서 네가 소리를 질러 봤자 아무렇지도 않다며 덤덤하게 바늘로 살과 살을 이어 붙이고 약 초를 발랐다.

"눈까지 어두운 건 아니시죠?"

"예끼 이놈이 늙은이 놀리고 앉았네."

"아아악, 아파요! 아프다고요!"

"고래고래 소리 지르는 걸 보니 다 나았구먼."

그러고 나서 하는 말이, 원래 이런 상처는 사제가 상처가 붙게 하고 의사에게 후처리를 맡기는 게 훨씬 나은데 자네들 신분이 신분이다 보니 저를 부른 것 같다며, 절대 다 낫기 전에 격한 운동을 하지 말라고 했다. 특히 흥분하면 안 된다며 카산과 뮈블랑을 음흉하게 훑었는데 두 사람 다 그를 정말 경멸스럽게 노려봐서 의사가 서먹해했다.

"아, 거, 알겠네, 알겠어. 두 사람 안 사귀는 거 잘 알겠으니 그쯤 하게."

"이건 그냥 부랄친구 같은 겁니다."

"난 부랄 없거든? 클리 친구 해!"

"시발…… 닥쳐…….

박장대소하던 의사는 곧 나갔다. 그러고 몇 시간 기다리자 바흐무트 상단에서 사람을 데려왔다고 했다. 노예 문서를 작성한 그들은 쇠사슬에 묶인 채 질질 끌려 나갔다.

성 바깥을 나가고 있을 때 누군가가 자길 부른 것만 같아 잠시 뒤를 돌아보자 4왕자와 밀레나가 보였다. 카산에겐 자세히 보이지 않았지만 눈이 밝은 뮈블랑에게는 밀레나가 4왕자에게 두 손 모아 싹싹 빌다가 허락을 받고서야 그들에게로 달려오는 것이 선명하게 보였다.

순간적으로 울화가 확 치솟았다.

대체 왜 밀레나가 4왕자의 허락을 받아야 하는가?

4왕자 카마이유와 4공주 밀렌도요프는 똑같은 왕의 후손이다. 그러나 그들 사이의 위계는 주인과 노예의 그것을 닮아 있었다. 대체 왜 그래야 하는가? 무엇이 그들에게 위계를 만들었는가?

늦게 태어나 서열이 낮기에? 그렇다면 나이가 같아진다면 상황이 바뀔까? 그러나 4왕자보다 나이가 많은 1공주 또한 카마이유에게 존댓말을 쓴다.

왜 공주는 왕자에게 존댓말을 써야 하는가?

그것은 공주가 왕이 될 수 없기 때문이다.

그러니까, 왜 그래야만 하냐고.

과거의 자신이 지껄였던 개소리가 떠올랐다. 밀레나, 그 애를 떠올리며 무슨 생각을 했던가. 좋은 남자를 만나서 신분 상승을 하는 것만이 여자의 행복이니 기왕이면 타국의 왕자나 황자, 뭐 그런 사람을 만나서 비가 된다면 더 좋겠다고?

그래! 정말 후계자가 될 가능성이 높은 왕자를 만나 왕비가 되게 생겼군! 그래서 만족하는가? 만족하느냐 말이다!

딱딱하게 굳어 있던 관념이 다시금 박살 났다. 알 수 없는 힘이 결코 그것을 깨닫기 전으로는 돌아갈 수 없도록 세계를 바라보는 인식을 뒤틀어 고정했다.

막다른 외길로 도착한 것이다. 블리마데세가 걸었었고 기테모어가 걷고 있는 바로 그 길 위로.

시야가 열리자 다른 요소가 떠올라 심란해지기 시작했다. 기테모어는 이제 어떻게 될까? 1왕자가 공적을 세웠으니 4왕자 카마이유의 입지가 다소나마 흔들릴 텐데 그 정쟁 속에서 4왕자 덕에 살아남은 밀레나는 안전할 수 있을까?

온갖 혼란이 범람했으나 당장 제 눈앞으로 뛰어오는 공주가 사랑스러워 이후의 걱정이 잠시나마 잊혔다.

뮈블랑은 저도 모르게 속삭였다.

"공주에게 필요한 건 왕자가 아니라 왕좌야."

더 정확히 말하면, 왕좌를 위해 왕자와 경쟁할 수 있는 동등한 자격을 원해.

동등한 인간으로 대우받을 수 있는 권리를.

그러나 뮈블랑은 원할 뿐 그것을 이뤄 낼 방법을 알지 못했다. 공주는 왕이 될 수 없는 것이 당연한 시대. 그러므로 공주가 왕좌를 가질 방법은 없다. 뮈블랑의 소망은 소망에서 그칠 뿐이다. 서럽게 벅차 치미는 울음을 억누르는데 막 달려와 뮈블랑을 끌어안은 밀레나가 울음기에 젖은 목소리로 방황하듯 문장을 토해 냈다.

"나, 나, 결심했어. 나는 반드시 나는, 나는 해낼 거야. 나는 무엇을 해야 할지 알겠, 알겠어. 나는 해낼 거야. 그러니까 살아 있어 줘. 제발. 살아만 있으면 내가 반드시, 반드시 다시 데려올게. 어, 언니, 카사안, 내가 꼭, 꼭……."

한 호흡 뒤에 울듯이 이어진 말은 벼락과도 같았다. 주위에 사람이 없다는 것이 다행스럽게 여겨질 만큼.

"왕이 되어서 이 세상을 바꿀게."

"……공주님?"

울음을 멈춘 밀렌도요프는 충격에 정신을 차리지도 못하는 카산과 뮈블랑을 향해 또렷하게 말했다.

"나는 드디어 알았어. 이 세상은 이상해. 인간이 인간으로 대우받지 못하고 있어. 혈통에 따라 등급을 매기고 높은 등급이 낮은 등급을 죽여도 벌을 받지 않는 세상은 이상하잖아! 이제 나는 내가 무엇을 해야 할지 깨달았어. 언제든지 변덕스럽게 뒤집힐지 모를 개인의 호의와 선량한 마음씨에 맡겨서는 안 돼. 인간이 인간으로 살아갈 수 있도록, 그 권리를 법률이 수호하는 사회를 만들어야 해."

아, 압도당한다는 게 이런 걸까.

고작 공주의 권리만을 생각하던 뮈블랑에 비해 모든 인간의 권리를 외치는 저 소녀는 얼마나 위대한가.

블리마데세를 경애했지만 그녀를 섬기고 따르고 싶다는 생각은 해 본 적 없는 뮈블랑이었다. 그러나 뮈블랑은 그 순간 자신이 블리마데 세의 하녀여서 다행이라고 생각했다. 그분에게 거두어진 덕분에 밀렌 도요프를 만나게 되었으니까. 그렇게 이분을 섬기고 따르게 되었으니 까.

"만약 공주님께서 그것을 원하신다면,"

이제부터 공주님은 제 왕이십니다.

그날, 천하기 그지없는 하녀가 왕을 선택했다. 아무것도 가지지 않 은 평민 소녀도 인간으로 살 수 있는 사회를 만들기 위하여.

✛ 제3장 ✛
이제야 알았다

바흐무트 상단의 탈주 노예 수송 마차에 탑승한 카산과 뮈블랑은 제국까지 실려 가는 동안 썩 괜찮은 대우를 받았다. 뮈블랑은 카산이 말했던 보호라는 것이 벌써 효력을 발휘한단 점에 조금 놀랐다. 자긴 몸값이 높으니 그녀 하나쯤은 안전하게 할 수 있다던 그 말, 허세인 줄 알았는데 정말이었다. 그를 좋게 대우하기 위해 절로 그 옆의 그녀까지 챙겨 주더라.

하나 아무리 좋은 대우를 받는다고 한들 그래 봤자 노예는 노예. 사제 구경을 할 수 있을 리는 없었고, 뮈블랑은 마차가 덜컹거릴 때마다 뼈마디를 작신작신하게 짓누르는 통증에 신음을 삼켜야 했다. 카산은 그럴 때마다 자기가 더 아픈 사람처럼 눈을 내리깔았다.

"뮈블랑. 진통제를 더 달라 할까?"

"미친, 마약 중독될 일 있게? 이 바닥에 굴러다니는 진통제가 전부 마약성이라는 것 정돈 나도 알아. 하루에 한 알씩 먹는 것만 해도 중독 위험인데 더 먹어서 내 인생 망치기는 사절이거든?"

"……."

"그러니까 내 인내의 한계를 시험하지 말고 조신하게 부채나 부쳐. 더워서 뒤지겄다."

무더운 여름이었다. 작열하는 햇살의 산란, 온통 푸르게 짓쳐 오르는 생명력, 무궁무진한 가능성이 자라나는 계절.

그러나 찬란한 빛의 이면에는 그림자가 있다. 빛이 강할수록 그림자는 짙어지는 법. 그저 휘황하게 번영을 누리는 듯한 제국의 이면엔 여름의 무더위에 죽어 나가는 노예가 그득했다. 노예란 본래 그렇게 소비된다. 죽어도 되지. 어차피 인간이 번식하는 한 끊임없이 창출되는 것이 노예니까.

바흐무트 상단주의 영지로 가는 길에서, 뮈블랑은 말라비틀어진 노예가 뙤약볕을 견디다 못해 쓰러져 발길질당하는 장면을 목격했다. 카산은 괴로워했으나 뮈블랑은 아무렇지 않게 외면했다.

세상엔 원래 계급이 있으므로 최하위권인 노예가 저런 꼴을 당하는 건 당연한 일이다. 뮈블랑은 그렇게 생각했다. 그러나 알고 보니 블리마데세는 공화파였고, 밀렌도요프는 사람이 사람으로 살아갈 수 있는 사회를 만들겠노라 하지 않았던가? 그 말은 노예가 사람이라는 걸까?

아니, 노예가 사람일 리 없다.

물론 뮈블랑도 노예다. 그러나 과거에는 그냥 하녀였고, 고로 태어날 때부터 노예였던 천한 것들과는 질이 다른…….

아, 잠깐.

그녀는 하녀인 자신도 천하게 여기지 않았었나?

아니, 아니, 그것과는 다르다. 천한 것에도 위계가 있는 법. 귀족에 비해 하녀는 천하고 하녀에 비해 노예는 천하다. 사고가 여기까지 도달하자 다음 질문이 머릿속에서 퐁퐁 샘솟았다.

그렇다면 어디까지가 사람일까? 어디서부터 어디까지가 사람답게 살 수 있는 자격을 얻는 걸까?

그걸 정할 자격을 가진 자는 누구일까?

'모르겠어.'

뮈블랑은 정말 알 수 없었다.

그러나 뮈블랑은 자신의 속내를 잘 드러내지 않는 사람이었다. 그녀는 고개를 기울이며 눈을 내리깔았다가, 고민을 훌훌 털어 버리기로 했다. 그건 밀렌도요프가 고민할 문제지 자신이 나설 일이 아니잖은가. 그도 그럴 게 그녀는 고작 하녀에 노예인걸. 어려운 문제는 윗사람들의 몫이다.

그런데 여기서 윗사람은 대체 뭐지? 어디서부터 어디까지가 윗사람에 해당하는 거지?

머리가 터질 것 같았다. 그녀는 왁왁 소리를 질렀다.

"아아악! 아악!"

"왜, 왜 그래! 상처가 다시 터진 거야?"

"내가 너무 잘생겼어!"

"……."

카산이 짜게 식은 눈으로 자길 내려다보든 말든 뮈블랑은 새로이 당착하게 된 고민 앞에서 한참을 끙끙거렸다.

블리마데세와 기테모어가 걷던 길 위에 오른 이후부터 단어의 개념 하나하나가 계속 거슬렸다. 차라리 아예 모르던 시절 그대로였더라면 더 좋았을까? 가르침을 줄 스승도 없이 돌이키지 못할 외길에 오르는 것보다는 그게 나았을까?

"……아니야."

"뭐가 아니라는 거야?"

"네가 잘생긴 게 아니야!"

"……."

이게 낫다. 아무것도 모르던 그때보다는, 조금이라도 블리마데세가 바라보던 시선으로 세상을 바라볼 수 있게 된 지금이, 낫다.

뮈블랑은 입술을 비죽거리며 마차에 등을 기댔다. 말발굽 소리, 아는 사람끼리 흔히 하는 인사치레, 창병이 들고 있는 무구의 쇠 냄새, 자욱한 흙먼지…….

이제 곧 욘고프 영지에 도착이었다.

✤ ✤ ✤

바흐무트 상단주의 저택은 욘고프 영지에 있다. 바흐무트 상단주는 욘고프의 피를 물려받지 않았으나 욘고프 백작위를 돈으로 샀다고 들었다.

그러나 걔가 돈으로 작위를 샀든 말든 그게 무슨 알 바인가. 뮈블랑은 상단주에게 관심이 없었다. 그가 자기네를 산다고 한들 귀하신 몸이 직접 천한 것들을 내다볼 리가 없다고 생각했기 때문이었다.

그러나 뮈블랑의 예상이 틀렸다. 세상에, 상단주가 그들을 불러오라 명했다고 하지 뭔가. 아니 카산 그놈이 귀한 노예라서 부른 거라면 왜 나까지 같이 와야 하느냐고.

복도에서 대기 중인 뮈블랑은 불안감을 참지 못하고 다리를 덜덜 떨었다.

"야, 카산, 너는 상단주님 만나 봤다며. 어떤 분이야? 어떻게 해야 해? 일단 들어가자마자 무릎부터 꿇을까?"

카산은 대답하지 않았다.

"아오, 하여간 말은 아주 찰지게 잘 씹어요. 그죠?"

뮈블랑이 투닥투닥 그의 팔을 때리자 카산이 그제야 성가시단 양 읊조렸다.

"그냥 가만히 있어. 그게 가장 나아."

"아, 씨, 너는 대답을 그따위로밖에 못 하냐? 상세하게 말 좀 해 달라고!"

"그러니까 무슨 말로도 설명이 안 되는 사람이라니까."

"그게 뭔데!"

"그런 게 있다고."

"네놈을 죽이고 천당 가마!"

"넌 진짜 이상한 애야. 상처는 괜찮아?"

말 돌리기였다. 뮈블랑은 자신이 뭘 더 하더라도 카산의 입에서 저보다 속 시원한 소리가 나오지 않을 것을 기분 나쁘게 깨달았다.

"거의 아물었고, 내 이상함의 세 배 곱해서 너한테 선물하겠다."

"그거 받고 다섯 배 곱해서 너에게 전달."

"그럼 나는 오백 배 곱해서 너한테 전달."

"그럼 나는 오천 배 곱해서 너에게 전달."

"그럼 나는 오조 오억 배 곱한다, 이 개새끼야!"

뮈블랑이 대차게 발길질을 할 때였다. 어느새 다가와 있던 집사로 추정되는 인물이 헛기침을 했다.

"그분께서 들라고 하신다."

뮈블랑은 금세 쪼그라들어선 비굴하게 네, 네, 거렸다. 카산은 고개를 절레절레 흔들다가 뒤돈 뮈블랑의 손에 세게 꼬집혔다.

문이 열리자, 화려하다 못해 장엄하기까지 한 내부가 보였다. 그 방에 놓인 가구 하나하나가 마치 예술가의 혼을 쏟아부은 양 섬세한 부조를 갖고 있었다.

부조는 자연의 한 장면 장면을 보여 주고 있었는데, 살아 움직이는 듯한 산양의 뿔, 튕겨 오르는 개구리의 탄력, 뱀의 박력, 이슬에 왈칵 젖은 새순의 구부러짐 따위가 고스란히 드러났다. 미술관에 전시되어야 마땅할 작품들이 대체 왜 개인의 방에 있는 건지 알고 싶을 정도였다. 그 아름다움에 극심한 경이를 느낀 뮈블랑은 부조를 빤히 바라보며 각각의 동물을 상징으로 삼은 신의 이름을 무심결에 읊조렸다.

"산타마코, 이부라니에, 기샨, 프치얼……."

"노예 주제에 꽤 교육을 받았나 보군, 너?"

아, 시팔, 온몸에 소름이 쫙 끼쳤다. 감히 노예 주제에 주인의 앞에서 지식 나부랭이 자랑을 해? 뮈블랑은 제 입을 틀어막으며 당장 무릎 꿇었다.

"죄송, 죄송합니다. 제가 아둔하여 귀하신 분 앞에서 입을 허투루 놀렸습니다. 다 제 죄이오나 부디 목숨만은……!"

다음 순간 카산의 한숨 소리와 함께 상단주의 요란한 웃음이 함빡 굴러떨어졌다. 그런데 뭔가 이상했다.

웃음소리가 높았다.

'여자일까?'

물론, 목소리로 성별을 구별해선 안 된다. 그러나 사회의 편견에 그대로 사로잡혀 있는 뮈블랑은 높은 목소리를 여자의 것으로 구분했다. 뮈블랑은 저도 모르게 치켜든 고개로 상단주를 흘긋 바라보았다. 판판한 가슴팍만 봐선 판단이 서지 않았다. 목소리만 들으면, 여자? 그런데 바흐무트 상단주에 욘고프 백작이 여자일 리가 없잖아.

그때, 눈을 가늘게 뜬 상단주가 비릿하게 웃었다.

"네년, 지금 내가 여자인지 아닌지를 구분하는 것이렷다?"

"아니옵니다! 살려만 주십시오!"

또 카산이 크게 한숨을 쉬었다. 뮈블랑은 질린 와중에도 신경질이 났다. 아니 이 새끼는 지금 다 죽게 생겼는데 어디서 한숨이야! 그러나 짜증도 잠시, 무시무시한 상단주의 말이 이어졌다.

"그럼 네년의 눈엔 내가 여자로 보이느냐, 남자로 보이느냐?"

침이 바짝바짝 말랐다. 말을 잘해야 했다. 그리고 혓바닥을 놀리는 것은 뮈블랑의 주특기였다.

"아아, 상단주께 위대한 광영 따르건대 성별이 무어 중요하겠습니까. 저는 비단 천한 혓바닥이 귀하신 분의 귀를 어지럽힐까 답을 회피하는 것이 아닙니다. 주인님께서 직접 명하는 대답일진대 어찌 저의 재량으로 도망치려 하겠나이까. 다만 제가 여자라고 대답하여도, 남자라고 대답하여도 주인님께서 그 답을 흔쾌히 받아들이실 수 없을 듯하여 이리 머리를 박고 자비를 구걸하는 것입니다. 어찌 감히 노예 따위가 주인을 품평할 수 있단 말입니까. 그러니 주인님, 그저 저의 무지를 헐뜯으시고 그에 합당한 죄를 물으소서. 저의 혓바닥에 제 목숨을 매달지 아니하시어 주인으로서 공정하게 가르침을 내려 주소서."

"……너 정말 입을 잘 터는구나."

한 번 더 나대 볼까?

"주인님이시여. 바흐무트의 주인이자 욘고프의 지배자! 그 장엄한 위업을 달성하신 분의 노예가 이 정도 말재간을 갖지 못하고서야 되겠습니까? 고귀하신 분의 명예에 누를 끼칠까 두려워 가다듬고 또 가다듬은 소리가 주인님의 귀에 달게 내려앉았다면 저는 그것만으로도 천운을 받았노라 감히 단언할 수 있을 것입니다. 잠시나마 즐거움을 얻으셨다면 미천한 것의 간언을 들어주실 수 있겠나이까? 아, 소인의 바람은 단지 그것이옵니다. 주인님의 발밑에 엎드려 충성을 맹세하겠습니다. 허니 더는 소인을 시험하지 마시옵고 다만 성실한 노예로 여겨 주십시오."

뮈블랑이 말을 끝마치자 그 누구도 숨소리조차 내지 않는 정적이 고여 들었다.

성공한 걸까? 망한 걸까?

뮈블랑이 고양이를 만난 쥐처럼 눈동자만 데굴데굴 굴려 대고 있을 때 이윽고, 폐부로부터 우러나온 폭소가 방 안을 쩌렁쩌렁 울렸다. 듣기만 해도 속이 시원해지는 커다란 웃음이었다. 뮈블랑은 깜짝 놀라 얼떨떨하게 상단주를 바라보다가 저도 모르게 어물어물 따라 웃었다. 그리고 상단주는 곧바로 정색해서 뮈블랑을 혼자 눈치 없이 히죽대는 사람으로 만들었다.

"건방지구나? 아, 잠깐, 또 그 잘난 입을 놀리려 하는군? 닥쳐라. 말을 할 권리는 내가 내리는 것이며, 너는 내 앞에서 고개 들 자격이 없다."

뮈블랑은 눈치가 빠른 사람이므로 벼락 치는 것보다도 빠르게 고개를 숙였다. 또각또각, 굽이 바닥을 밟는 소리가 몇 번 울리고, 긴 다리로 순식간에 뮈블랑의 눈앞까지 다가온 상단주는 한쪽 발을 내밀며 간드러지게 말한다.

"핥아라."

딱히 싫다고 할 만한 명령은 아니었다. 맞는 것도 아니고, 때리란 것도 아니다. 앞의 두 가지도 할 수 있는 뮈블랑에게 이까짓 건 정말이지 아무것도 아니었다. 이건 단지 뮈블랑을 굴복시켰음을 확인받고 싶어 하는 주인의 망령일 뿐이다. 그렇다면 따라 주면 될 일이다. 이깟 건 전혀 비참하지 않다, 비참의 축에도 못 든다.

그래서 기꺼이 상단주의 한쪽 발을 잡아 올린 후, 입을 가져다 댔다고 생각했는데…… 정작 입술에 닿은 것은 가죽의 매끄럽고 차가운 감촉이 아니라 보드랍고 뜨거운 손바닥이었다.

……무언가 잘못됐다. 눈동자를 옆으로 데룩 굴렸다. 카산의 턱이 보였다. 단단히 힘이 들어간 턱엔 주름까지 잡혀 있었다. 자신이 잘못한 건 아무것도 없는데 그걸 마주 보자 괜스레 식은땀이 났다. 시선을 조금 더 위로 올려 보았다. 보랏빛 눈동자는 평소처럼 맑게 갠 라벤더가 아닌 딱딱하게 언 자수정처럼 서슬 퍼랬다. 그는 도깨비불처럼 형형히 분노하고 있었다.

"죽고 싶나."

뮈블랑이 깜짝 놀라 카산의 입을 틀어막으려 했지만 카산은 긴 팔로 뮈블랑의 뺨을 잡아 밀어 그녀가 공중에서 팔만 허우적거리도록 만들었다. 상단주는 자못 즐겁다는 양 눈썹을 찡그리는 체하며 무시무시하게 웃었다.

"어머나, 무섭네. 반말도 하고. 많이 컸다?"

"죽고 싶으냐고 말했다. 이런 방식을 쓸 필요도 없어. 단숨에 목을 분리해 주지."

"내가 장난 좀 칠 수도 있지. 근데 쟤는 치는 족족 따라오더라? 재밌었어. 갖고 놀기 딱 좋다, 애. 목석같은 너랑은 전혀 달라. 너 잠자리에서도 그럴 거지?"

"네 시답잖은 놀음에 내 사람을 끼워 넣지 마."

"뭐야, 너희 잤니?"

그간 숨죽이고 사태를 지켜보던 뮈블랑이 참지 못하고 벌떡 일어섰다.

"아니거든요!"

"뭘 수줍어하는 거야, 다 알 만한 사람들끼리."

"그쯤 하라고. 모든 걸 섹스로 귀결시키는 그 악독한 취미에서 슬슬 탈피할 때도 되지 않았나?"

카산은 뮈블랑을 막으려 한쪽 무릎을 꿇은 채 발을 내민 상단주를 올려다보며 미간을 일그러뜨렸다. 성난 눈빛에 서린 기세는 쉽게 얕볼 수 있는 유형의 것이 아니었고, 결국 상단주가 두 손 두 발 다 들었다.

그럼에도 그녀의 패배는 세련됐다. 그인지 그녀인지 또는 그 무엇에도 속하지 않는 존재인지 모를 사람은 요염한 걸음걸이로 책상으로 돌아가 그 위에 걸터앉았을 뿐 유다른 굴복의 뜻을 표하지 않았다. 그 대신 고혹적으로 몸을 비틀었다. 옆트임이 길게 난 바지 덕에 허벅지의 선이 여실히 보였지만 뮈블랑은 아무렇지도 않았다. 그도 그럴 게 사창가에서 구르던 꼬마는 다 커서도 남의 벗은 몸을 보고도 아무렇지 않아 하는 담대함을 갖고야 말았던 것이다. 그러니 카산의 소중한 아랫도리가 비벼졌을 때도 아무렇지 않았지!

"내가 남자든 여자든, 네 멋대로 생각하렴. 나는 남의 판단으로 나를 재단하지 않을 테니까 말이야."

"……네, 네. 마땅한 말씀이십니다요, 주인님."

딱히 알아들은 것 같진 않지만, 하고 중얼거린 상단주는 느릿느릿하게 제 이름을 말했다.

"나는 유닷테 말레히트다."

정말 남자인지 여자인지 분간이 안 되는 이름이었다. 유닷테는 가느다란 눈매로 싱글 웃으며 가당찮은 소리를 읊었다.

"프치얼의 이름으로, 앞으로 잘 부탁한다. 그대들의 노예 생활에 광영 따르기를!"

노예 상인 주제에 참 뻔뻔했다.

어쨌거나 유닷테는 썩 나쁜 주인은 아니었다. 블리마데세나 밀렌도 요프처럼 살뜰하게 챙겨 주는 건 아니었지만 그렇다고 '귀한 노예와 그 떨거지'에게 폭력을 휘두르진 않았다.

뮈블랑은 그것만으로 유닷테를 그럭저럭 괜찮은 주인이라 결론지었다. 삼시 세끼 밥이 제때제때 나오고 양이며 질도 푸짐하다는 면이 가장 크게 작용하긴 했지만 말이다.

"너는 그걸로 만족해?"

언젠가 카산은 뮈블랑에게 물었다. 왜 너는 희망을 품지 않느냐고. 왜 더 나은 삶을 바라지 않고 왜 고작 이따위 것으로 만족하냐고. 행복을 바라는 것은 인간의 기본적인 본능일진대 왜 너에게선 그것이 거세되어 있느냐고.

그럴 때마다 뮈블랑은 대답했다.

"너를 거세해 버리기 전에 닥쳐."

카산은 닥쳤다.

시기적절하게 닥칠 줄 아는 그는 노예 검투사로서 복귀하기 위해 훈련을 받고 있었다. 카산에게 딸려 왔을 뿐인 뮈블랑은 할 일이 없으므로 빈 일과 시간 동안 카산이 훈련받는 모습을 구경하곤 했다.

상단주의 아래에 있는 라니스타(lanista: 검투사 훈련소 소유자, 검투사 관리자)는 뮈블랑을 사뭇 못마땅해했지만 그녀가 귀한 대접을 받는 노예다 보니 몇 번 정수리를 쥐어박는 것 외엔 제지하지 못했다. 그에 비해 도크토레(Doctore: 검투사 트레이너)는 뮈블랑을 꽤 좋아했다. 맛있는 걸 먹으라며 챙겨 주는 일도 있었다.

도크토레는 늘 먹을 걸 갖고 다녔는데 비단 그만 그렇지는 않았다. 검투사들은 대개 먹을 것을 많이 먹었다. 식단 자체가 그렇게 짜여 있었다. 고로 탄탄한 근육질 체구인 카산에 비해 일반적인 검투사들은 지방이 많은 체형이었다. 그래야만 상처가 나도 더 오래 버틸 수 있었다. 그러나 살집이 없음에도 불구하고 카산은 모든 검투사 중에 가장 독보적이었다. 능숙한 도크토레조차 가르치지 못할 만큼 그는 뛰어났고, 늘 자기보다 몇 배는 커다란 상대를 때려눕혔다.

그렇다 보니 시기 질투가 왕성하게 벌어질 수밖에 없었는데 문제는 그 모든 화풀이가 뮈블랑에게 가해진다는 점이었다. 뮈블랑으로서는 정말이지 어이가 없었다. 아니 도대체 그녀가 뭘 잘못했다고 이런 꼴을 당해야만 하는가?

여기서 이런 꼴이란 이런 걸 의미했다.

"야, 야! 계집! 카산 그 자식은 아랫도리 잘 후리냐? 보니까 훌륭하던데!"

정말 알고 싶지 않은 정보로군. 음, 이미 알고 있던 거긴 하지만 그래도 네놈들 입에서 나오니까 어마무지하게 웃기잖아.

"아니지. 저 계집의 허릿짓이 예술이니까 여기까지 싸매고 데려온 거겠지! 그 새끼가 부러운데?"

"저런 짧은 머리랑 어떻게 자냐! 남자도 아니다!"

"불만 끄면 해결되는 일 가지고 뭘 나불거리쇼, 형님?"

와르르 웃음이 터졌다. 저건 사람 하나를 울리고자 하는 저열한 심성이므로 그것을 잘 알고 있는 뮈블랑은 심드렁한 표정으로 입을 쫘악 벌려 가며 하품을 해 대곤 귀를 팠다. 웃음이 잦아들었다. 저런 애들은 무시당할 짓을 일삼으면서 정작 무시받으면 울컥하는 것이 종족 특성이다. 험상궂은 낯의 남정네들이 단체로 위협을 시작했다.

"죽고 싶어서 환장했나."

"아니 이 양반들아 무시당할 만한 말을 하지 말든가."

"어쭈! 진짜 죽고 싶은가 보지!"

"진짜 어떻게 대사 하나하나가 이렇게 흔할 수가 있냐. 니들이 그러니까 평생 엑스트라인 거요."

"진짜 이 쥐방울만 한 게!"

헐벗은 사내들이 동시에 달려든다. 그녀를 혼쭐내기 위한 합목적성을 지닌 동작들. 보편적으로 누구나 겁에 질릴 상황이다. 성별 무관하게 꺄악 비명을 지르며 내달린다 한들 누구도 뭐라 할 수 없을 지경. 그러나 뮈블랑은 심드렁한 낯에 추호의 변화도 보이지 않았다. 카산과 싸워 대던 실력이 있는데 설마 이들에게 당하겠는가?

물론 다섯이나 되는 장정을 때려눕힐 순 없다. 카산이 아니고서는 수적 열세를 감당하긴 힘든 게 현실이니까. 카산이 제법 힘을 내야지만 상대할 수 있는 수준의 뮈블랑이지만 주위를 살살 돌며 변칙적인 공격을 찔러 넣는 게 뮈블랑의 싸움 방식인 만큼 정면에서 달려드는 자들에겐 약했다.

그렇다고 도망치지도 못할 만큼 연약한 체질은 아니지만.

"뭐 저리 날랜 새끼가 다 있어?"

몇 번의 발돋움으로 담장 위로 올라탄 뮈블랑은 그 가느다란 벽돌 위를 재빠르게 달리기 시작했다. 꽁지 빠져라 뛰댕기면서 이 담장으로 날아올랐다가 저 담장으로 착지했다가 아주 시끌벅적하게 요란을 떨어 주자 바닥에서 쫓아오던 장정들은 졸지에 닭 쫓던 개 지붕 쳐다보는 꼴이 날 수밖에 없었다. 그들은 아래에서 고래고래 함성을 질러 댔다.

죽어라, 좆에 환장한 탕녀, 음란한, 어쩌고저쩌고.

"자기소개 하고 자빠졌네!"

뮈블랑은 기분 좋게 그들을 따돌리곤 유유히 훈련소로 복귀했다. 카산은 윗도리를 벗고 아래에 천 하나만 걸친 채로 홀로 훈련하다가 뮈블랑을 보자마자 인상을 찌푸리며 옷가지를 입기 시작했다. 뮈블랑은 조금 웃겼지만 주위가 뭐라 할지 몰랐으므로 농지거리는 참기로 했다.

"오늘은 웬일로 일찍 왔어. 아직 일곱 시인데."

뮈블랑은 요양 좀 할 겸 하녀 시절처럼 꼭두새벽에 일어나지 않고 적당히 늦잠을 잤다. 그래 봤자 여덟 시가량에 일어났지만 말이다. 뮈블랑은 손을 휘휘 저으며 저벅저벅 걸어가 그녀를 위해 마련된 의자에 턱 하니 걸터앉았다.

"날벌레가 꼬여서 그만. 너야말로 새벽부터 일어나서 훈련하는 거 지치지도 않냐?"

"해야 하는 일이니까."

"원래 여덟 시까지만 집합하면 되는 거잖아."

"나는 해야 해."

뮈블랑은 이해하지 못했지만 언젠가 설명받을 날이 올 것이라고 믿었다. 원래 세상사는 다 그렇게 흘러가는 법이니까. 그녀가 블리마데세를 조금쯤 이해하게 되었듯.

그녀가 카산의 훈련을 가만히 구경하고 있자, 차차 시간이 흘러 어슬렁어슬렁 검투사들이 기어 오기 시작했다. 남들이 그녀의 방중술 실력에 관해 뭐라 떠들어 대건 뮈블랑은 아랑곳하지 않고 카산의 검로에만 집중했다.

방랑 기사가 나오는 낭만 소설을 보면 그런 이야기가 나오지 않나. 뛰어난 검술은 집중해서 보기만 해도 실력이 향상되는 효과가 있다고. 뮈블랑은 솔직히 말해서 그런 마법 같은 이야기를 믿지 않았지만,

알고 보면 이 세상에는 진짜 마법이란 것도 존재한다더라. 그러니까 정말 도움이 될지도 모를 일이다. 뭐, 그런 심산으로 쭉 시선을 두던 참인데, 보면 볼수록 완력의 격차가 여실히 느껴져서 입맛이 썼다.

뮈블랑의 몸엔 근육이 잘 붙지 않았다. 체질 자체가 그랬다. 그렇다고 비쩍 마른 몸이라는 건 아니었지만 카산과 비교해선 확실히 딸렸다. 그렇다 보니 강한 힘이 실린 검과 맞부딪히면 하는 족족 튕겨 나가기 마련이었고 결국 뮈블랑은 정면 승부를 피하는 식으로 싸울 수밖에 없었다. 아쉬운 일이었다. 근육이 잘 붙는 몸이었다면 좀 더 다양한 전투 방식을 응용할 수 있었을 텐데.

보라. 저기 저, 모의 전투에서 카산이 휘두르는 검로가 뮈블랑을 향하고 있었다면 그녀는 몸을 뒤로 꺾어 눈앞의 위험을 피한 후 튕겨 오르듯 뒤로 물러섰을 것이다. 하지만 카산의 상대를 하고 있는 도크토레는 정면으로 검을 맞받아쳤다. 저릿저릿하겠지. 팔꿈치까지 찌르르 울리겠지. 카산의 검엔 그만큼의 무게가 담겨 있으니까. 그러나 도크토레가 생각이 없어 정면으로 받아친 건 아니었다.

저걸 받아 낼 수 있다면 뮈블랑보다 훨씬 다양한 전투 방식의 모색이 가능해지는 것이다.

도크토레는 검날을 비스듬히 긁어내리다가 크게 힘을 주어 튕겨 내곤 곧장 달려들어 카산의 멱살을 움켜쥔다. 그대로 메치려는 도크토레를 막은 것은 카산이 휘두른 검이었다. 제대로 베었으면 팔이 절단되었겠지만 연습이므로 하박에 긴 사선이 생기는 선에서 끝났다.

뮈블랑은 짝짝 손뼉을 치며 눈을 찌푸렸다. 실패했지만, 어쨌거나 저것은 뮈블랑이 시도할 수 있는 전투는 아니다. 태생이 그렇게 정해졌다. 그녀가 바꿀 수 있는 건 아니다.

그러니까 아쉬워할 필요도 없는 노릇인데.

자꾸 속이 탔다. 카산의 권력하에 보호받고 있어야 한단 사실이 짜증 났다. 블리마데세에게 보호받던 건 괜찮았다. 그녀는 자신의 주인이었으니까.

그러나 카산은 달랐다. 그는 뮈블랑과 동등했다. 그들은 모녀의 고용인이었고, 친구고, 지금은 똑같은 노예 신세다. 다를 것은 아무것도 없다. 굳이 따져 보자면 예전부터 노예이던 카산의 급이 더 낮다.

그런데 왜 자신이 그의 권력 아래에 있어야 하는가?

결론은 힘이다. 힘이 필요하다. 힘이 없어서 사람은 이렇게 서러워지는 거다. 힘을 가져야 한다. 힘을 가진 자가 약한 자를 핍박하는 것은 고대로부터 이어져 온 세상의 이치다, 자신도 얼른 힘을 얻어서 그네들처럼 휘둘러야지……까지 생각하다가.

불현듯 밀렌도요프가 생각났다.

최고의 권력에 올라 최저의 인생을 살피겠다고 말하던 그녀.

아니, 아니다. 그녀는 아직 힘을 갖지 않아 순수성을 간직한 것에 불과하다. 고개를 저어 보았지만, 밀렌도요프의 눈동자를 기억하는 뮈블랑에게는 효과가 없는 속삭임이었다. 뮈블랑은 어딘가 아득하면서도 서러운 심정이 되어 입술을 깨물었다가, 감상에 빠지고 싶지 않아 시위나 하기로 했다.

의자에서 내려와 팔 굽혀 펴기를 시작했더니 주위에서 휘파람을 불기 시작했다.

"이야, 대단한데?"

"아서라, 계집애가 해 봤자 몇 개나 하겠어?"

"나 다섯 개에 내 부랄 건다."

"나는 세 개……. 어?"

뮈블랑은 까딱없이 열 번의 팔 굽혀 펴기를 마쳤다. 사람들은 부랄 내놓으라며 낄낄거렸으나 그녀가 그러고도 멈추질 않자 점차 굳어 가기 시작했다.

'얼씨구, 팔 굽혀 펴기 하는 게 그렇게 신기하냐?'

뮈블랑은 아랑곳하지 않고 오십 번까지 깔끔하게 마친 후 일어서서 제자리에서 몇 번 뛰다가 의자 위 발돋움 한 번으로 2층 난간을 턱 하고 붙잡아 그 위로 올라탔다. 어떤 남자가 깜짝 놀라 비명을 질렀지만 그걸 탓하기엔 그네들 모두가 너무 놀라 있었다.

새도 아니고 어떻게 여기에서 저기까지 뛰어오르느냐 말이다.

뮈블랑은 더없이 여유롭게 손가락 한 마디 정도가 될까 말까 한 난간 위를 걸어 다녔고 카산은 쟤가 왜 저러나 싶어 미묘한 눈으로 그녀를 쳐다보았다. 당연하지만, 뮈블랑에게 실력을 과시해야 할 합당한 이유가 있다는 곳까지 사고가 닿진 않았다. 그냥 쟤가 관심이 너무 받고 싶어 몸을 가누지 못하는 수준까지 다다랐구나, 싶어 안쓰러운 심정이 되었을 뿐이었다.

뮈블랑이 알았으면 죽어라 팼을 망상이었다.

도크토레가 감탄스럽게 지껄였다.

"왕년의 아킬리아를 보는 것 같군!"

검투사들이 쑥덕댔다.

"아킬리아?"

"글라디아트릭스(Gladiatrix: 여성 검투사)를 말하는 것 같은데. 도크토레 저 양반도 많이 늙었군! 옛 허상을 떠올리다니!"

도크토레가 성을 냈다.

"허상이라니! 오십 년 전까지만 해도 실존했다고! 글라디아트릭스는 다들 괜찮은 검투사였지만 아킬리아는 진짜였어. 사내들이 손 하나 까딱 못 하던 커다란 맹수를 단숨에 때려눕혔지! 난 봤어, 봤단 말이야!"

"아, 도크토레 또 이러신다! 자꾸 노망난 소릴 왜 하시냔 말이에요. 그러다가 상단주님께 잘려요. 모가지라구요!"

"뭐? 노망? 모가지이? 네가 아주 비 오는 날 먼지 나부끼게 맞고 싶구나?"

"오늘 해가 쨍쨍한데 뭔 소리래요? 왜요, 무릎이 쑤시기라도 해요?

이야, 아주 자동 날씨 측정기…… 크헉!"

도크토레는 많이 늙었다지만 설익은 검투사 하나 정도 때려눕히지 못할 정도는 아니었다. 깐족거리던 녀석을 메쳐 쓰러뜨리고 팔다리를 꺾는 와중에도 도크토레는 회색으로 변한 수염을 만지작거리며 끌끌 웃었다. 흉흉한 눈동자가 실실 휘어지는 게 제일 무서웠다.

"아주 내가 우습지?"

"커, 커헉, 아, 좀, 내려가……."

"다 늙어 빠진 노인네를 트레이너랍시고 모셔 놓으니까 아주 잘난 체만 하고 돌아다닌다, 싶지?"

"잘못, 했……."

"오구오구, 머리에 피도 안 마른 게 잘못인 줄은 알아요? 그럼 맞아야지. 응? 야, 내가 요즘 애들한테 좀 사근사근 상냥하고 친절하게 굴어 줬더니만 신입 새끼가 이렇게 개기는 걸 니들이 두고 볼 줄은 몰랐네? 단체로 기합이라도 먹여? 엉?"

"시정하겠습니다!"

검투사들이 단체로 우렁차게 소리를 지르자 뮈블랑은 귀가 아파 죽을 것 같았다. 그들은 본인들이 음경 됐다는 것을 아는지 새파랗게 질린 얼굴로 바락바락 외쳐 대고 있었다.

"뒤늦게 시정한다고 입만 털면 해결될 일이냐!"

"잘못했습니다!"

"그럼 죽어야지!"

"살려 주십……."

"죽여 주십시오!"

"살려 달라던 그 눈치 없는 새끼 저 앞에 묻고 와."

"옙!"

"아아악!"

한 명이 다섯 명에게 질질 끌려갔다. 참된 우정이었다.

간만에 군기를 꽉 잡은 도크토레는 그 와중에도 고결함을 잃지 않는 카산을 밉지 않게 흘겨보다가, 그 한 명을 질질 끌고 가던 다섯 명이 문 앞에서 우뚝 멈춰 선 것을 뒤늦게 확인했다.

"야 이 새끼들아, 죽고 싶냐? 뭘 멈춰 있고 염병이야!"

"그 말 나한테 했느냐? 이것 참, 신비로운 경험이로구나."

다소 높고 신경질적인 목소리.

유닷테가 분명하다.

'아니 쟤는 왜 여길 왔대?'

너무 놀란 뮈블랑은 난간 위에서 상황을 관망하다가 너무 기겁해 발을 삐끗했다. 그러나 고작 2층에서 떨어졌다고 머리가 깨질 만큼 둔한 사람은 아닌지라.

상단주가 다섯 명이나 되는 사람들을 가로지르고 도크토레에게로 걸어가던 즈음, 뮈블랑은 공중에서 몸을 비틀며 화려하게 낙법을 취했고, 그 순간 유닷테와 뮈블랑의 시선이 맞닿았다.

뮈블랑은 유닷테의 사나운 미소에 좀 쫄았지만, 착지 자체는 깔끔했다. 한 마리 새처럼 사뿐하게 내려앉은 뮈블랑은 머쓱하게 머리를 긁적거리며 무릎을 꿇었다.

"고귀하신 주인님을 뵙사오니."

모두의 시선이 뮈블랑에게로 고정되었다. 저 위에 있던 애가 왜 여기 있는 거야. 수군거리던 목소리는 동료들의 응징에 곧 잠잠해졌다. 유닷테의 앞에서 함부로 날뛰다간 금방 목이 베이고야 말 터였다. 도크토레가 겸허히 무릎을 꿇자 다른 검투사들도 하나둘씩 절을 올리기 시작했다.

그러나 유닷테는 애초의 목적을 망각한 양 더없이 나긋하게 그녀를 향해 걸어갔다,

뮈블랑은 무르익은 벼처럼 고개를 깊이 숙였다.

"오랜만이구나. 영악한 계집아."

"주인님을 만나 뵙지 못한 지난 나날은 마치 암흑 속에 머무는 것과도 같은 괴로운 순간이었습니다."

"찬란한 광영 같았다는 말을 참 길게도 늘려 하는구나! 그러나 너와 말장난을 할 생각 없다. 흐으응, 아쉬운걸. 카산 녀석 때문에 너 같은 인재를 활용하지 못할 걸 생각하니. 암살자로 키우면 제격일 것 같은데."

딱히 대답할 말이 없었다.

"어때, 암살자 해 볼 생각 없느냐? 내가 너 정도의 몸놀림을 가진 인재라면 마도 공학으로 만든 '총'을 들려 줄 생각도 있단다."

"미천하고 아둔한 소인은 그 총이라는 것이 무엇인지 알지 못합니다. 부디 아량을 베풀어 지혜를 나누어 주시겠습니까?"

"총? 총이 무엇이냐고? 바로 이런 것이다."

유닷테가 품 안에서 웬 검은 쇳덩어리를 꺼내 들더니만 다음 순간, 도크토레의 밑에 깔려 있던 건방진 검투사의 머리가 터져 나갔다. 타앙! 예상치 못한 죽음에 놀란 신입 몇이 비명을 질렀고 고참들은 그럴 줄 알았다며 눈살을 찌푸렸다. 유닷테가 들어오면 늘 이랬다.

한편 뮈블랑은 혀를 깨물었다. 소리를 지르진 않았지만 그렇다고 해서 놀라지 않았다는 건 아니었다. 얼굴이 잔뜩 일그러져서는 보기 안 좋았다. 그런데도 유닷테는 여전히 자신이 불러일으킨 혼란에 전혀 구애받지 않는 예쁜 얼굴이었다.

"어때, 내 암살자가 되겠느냐?"

"아, 아, 아니요!"

"왜? 너는 힘을 갖고 싶은 게 아니었느냐?"

속내를 읽힌 것 같아 소름이 끼쳤다. 그러나 뮈블랑은 고개를 절레절레 저었다.

"저는 사람을 죽이고 싶지 않습니다."

"아하? 그래?"

유닷테는 더없이 아름답게 웃었다.

"그렇게 카산의 뒤에 영영 숨어 있겠다?"

뮈블랑이 움찔, 어깨를 떨었다. 유닷테가 꺼낸 말을 어찌 감당하기 힘들었다. 유닷테는 더없이 고혹적으로 웃으며 뮈블랑의 앞에 한쪽 무릎을 꿇고 앉았다. 차가운 손가락으로 뮈블랑의 숙인 턱을 들어 올리고, 가느다란 눈으로 날것의 마음을 파헤쳤다.

나긋나긋하게 속삭이는 목소리가 심장을 후벼 낸다.

"저것은 너를 지키겠답시고 이미 무리를 하고 있는데 말이야. 응? 무어가 무리냐고? 카산은 너에게 절대 말하지 말라고 했으니까 말 안 하려고 했는데, 그렇게까지 간절한 표정을 하면 어쩔 수 없지. 이 멋 들어진 아가씨야, 내 사랑스러운 노예야, 저치는 넉 달 후의 경기에서 일주일간 굶주린 사자 두 마리와 경기를 치를 거란다. 왜냐고? 네 안 전과 거래했거든. 오로지 너만을 위해 그런 위협을 뒤집어썼단 거지. 그런데 너는 대체 무얼 하고 있느냐? 대체 네가 하는 게 무어냔 말이 렷다."

"전⋯⋯."

"만약 네가 나를 위해 사람을 죽인다면, 카산의 부담을 줄여 주마. 너는 할 수 있느냐? 비겁하게 도망치지 않을 수 있느냐?"

뱀 혓바닥이 쉿쉿대는 듯한 속삭임이 막다른 골목으로 몰이사냥하고, 궁지에 몰린 먹잇감은 벗어날 수 없다. 생명의 무게를 어림짐작해 보기도 전에 덥석 미끼를 물 수밖에.

"하, 할게요."

유닷테의 눈동자에 비친 자신의 얼굴은 사뭇 열병에 걸린 듯이 달 떠 보였다. 땀에 젖은 은발과 에메랄드색 눈동자가 방황하듯이 흔들렸다. 그러나 뮈블랑은 흔들려서는 안 되는 몸이었다. 짐이 되고 싶지는 않았다. 카산에게 마냥 지켜지는 것은 질색이었다. 의지를 굳게 다져 놓는 게 앞으로를 위해 좋았다.

그녀는 선언하듯 가쁘게 말했다.

"할래요."

잘 생각해 보라. 사람을 죽이는 것, 어렵지도 않은 일이다. 뮈블랑은 죽은 사람을 많이 봤다. 돈 안 갚으려다가 멍석 말려 맞아 죽은 손님, 빚졌다가 장기 털린 시체, 술 먹고 고랑에 발 헛디뎌 물 빠져 죽은 취객, 하다못해 복상사해서 넋이 풀린 낯짝까지 온갖 죽음이란 죽음은 다 봤다. 그러니 아무렇지도 않다. 그토록 무수한 죽음, 자신의 손으로 이룬다 한들 하등의 문제가 없다. 뮈블랑은 고개를 끄덕였다.

유닷테가 깊게 웃었다.

"좋아. 그러면 이 총으로 저 일 처리 못하는 도크토레를 쏴 죽여."

"네?"

"내가 두 번 말해야겠니?"

그들에게 유독 잘해 주던 그를 쏘라고?

도크토레가 경기를 일으키듯 소리쳤다.

"주, 주인님! 왜 저를! 왜, 왜……. 뮈블랑? 안 쏠 거지? 아니, 애초에 쏠 수도 없지? 내가 너한테 얼마나 잘해 줬는데! 내가! 너한테! 얼마나……."

뮈블랑은 이를 악물었다. 악물고, 한 치의 망설임도 없이, 유닷테가 했던 그대로, 철컥 소리를 내며 방아쇠를 당겼다.

타앙—!

카산이 안 된다고 외치는 소리는 발포 소리에 묻혔다. 중앙에서 살짝 빗겨 나간 총알은 왼쪽 눈을 터트리며 바닥에 파고들어 깊이 박혔다. 뇌수가 흥건하게 쏟아졌다. 튀긴 살점에 맞은 검투사가 뒤로 자빠지며 오줌을 지렸다. 그러나 그깟 것은 유닷테의 알 바가 아니었다. 유닷테가 집중해야 할 것은 지금 눈앞에 있는 저 소녀였다.

유닷테의 동공이 커졌다.

"너…… 어떻게 한 것이냐!"

"예, 예?"

"나는 너에게 자세를 잡아 주지 않았어! 하다못해 가르침을 받은 적도 없잖아! 그런데 너, 어떻게……."

"……이렇게 쏘는 것이 아니었나요? 제, 제가 뭔 실수라도……."

가르치지도 않은 사격을 저다지도 정확하게 끝마치고 반동마저 견뎌 낼 수 있는 자가 세상에 다시 있던가?

자길 저지하던 장정 서넛을 때려눕힌 카산이 뮈블랑에게 달려들어 총을 빼앗고 유닷테에게 항의를 시작했지만 유닷테는 그런 것엔 상관없이 오로지 뮈블랑만을 바라보았다. 하염없이, 하염없이.

광기에 젖은 목소리가 뚜둑뚜둑 떨어져 고막을 적셨다.

"그냥 짐덩인 줄 알았는데 보물이었잖아……?"

✛ ✲ ✛

"너 대체 왜 그런 거야!"

카산이 왜 화났는지 정도는 알고 있다. 그의 입장에선 뮈블랑이 유닷테의 속삭임 몇 번만 듣고 돌연 사람을 쏴 죽인 셈이니까. 그런데 카산의 반응은 뮈블랑이 예상했던 것보다 훨씬 격렬했다. 그래서 뮈블랑은 유들유들하게 웃으며 넘긴다는 선택지를 포기할 수밖에 없었다.

"사람 한번 죽여 본 적도 없으면서!"

"음, 이제 한번 죽여 봤지."

"그걸 말이라고 해?"

방금은 좀 너무했나.

"알겠어. 미안. 사과할게. 끝. 됐지?"

"너……."

카산은 아직까지도 열불을 가라앉히지 못한 듯했다. 뮈블랑은 한숨을 폭 쉬며 팔짱을 꼈다.

"뭐가 문젠데."

"네가!"

카산은 차마 분노를 참지 못하고 고성을 질렀다가 스스로가 깜짝 놀라 이를 악다물었다. 이윽고 그는 차츰 진정을 그러모으려 노력하는 사람처럼 조용조용한 목소리로 말했다.

"네가 사람을 죽인 게 문제야."

"허! 너는 사람 안 죽여 봤냐? 우리 대단하신 검투사 나리께선 관중들이 상대를 죽이라고 할 때 어떻게 하셨나요?"

"비꼬지 마. 나는 최소한 그들의 무게를 기억해. 그런데 너는 지금 아무렇지도 않잖아."

그랬다. 뮈블랑은 실제로 아무렇지도 않았다. 오히려 사람을 죽인다는 게 이렇게나 쉬운 일이어서 그토록 많은 사람이 서로를 죽여 왔구나 싶을 정도였다.

"그럼 넌 내가 괴로워하길 바라냐?"

당연히 그러지 않을 걸 알아서 툭 던진 말인데, 카산은 아무렇지도 않게 맞받아쳤다.

"아주 많이 괴로워하길 바라."

"……뭐?"

"네가 아주 많이 괴로웠으면 좋겠어."

"염병하고 자빠졌네."

"괴로운 일을 괴롭다고 느낄 통각이 남아 있었으면 좋겠어. 제발."

뮈블랑은 도저히 카산을 이해할 수 없었다.

"너 고작 이딴 일 가지고 날 저주하고 지랄이냐? 넌 사람 안 죽였어? 왜, 너만 깨끗하다는 거야?"

세상은 약육강식이다. 그녀에게 쥐어진 총은 힘이고, 힘이 있어야 소중한 사람을 지킬 수 있고, 그것을 위해서라면 그녀는 무엇이든 할 준비가 되어 있다.

그런데 대체 카산은 왜 이러는가? 나쁜 생각이라는 건 알지만, 뮈블랑은 카산이 그녀를 자기 권력 아래에 놓고 싶어 이러나 하는 생각까지 들었다. 그녀가 이런 저열한 망상을 하고 있단 것을 모르는 카산은 더없이 복잡한 낯으로 그녀를 굽어봤다.

"……너도 언젠가 알게 되겠지. 그렇지만 뮈블랑, 유닷테의 암살자가 되는 건 그만둬."

"네가 내 보호자라도 되는 양 굴지 마. 내가 뭘 하든 그건 내 맘이야."

"나는 보호자로서가 아니라 네 친구로서 얘기하는 거야."

"그런데 어쩌나, 나한텐 그렇게 안 들리는데."

"뮈블랑, 우리 소모적인 이야기는 이쯤 하자, 제발. 그런 것보다 우리에겐 중요한 일들이 많이 놓여 있잖아."

"날, 가르치듯이, 얘기하지, 마."

뮈블랑은 짧게 끊어 말했고 그것은 이 대화를 지속할 의지가 없다는 선전 포고였다. 카산은 침착하기 위해 노력하는 사람처럼 숨을 크게 들이마셨다가 뱉으며 머리카락을 쓸어 올렸다.

"좋아. 미안해. 내가 잘못했어. 그렇지만 뮈블랑, 유닷테의 암살자가 되지 마. 이용당하다가 죽을 거야. 유닷테가 얼마나 더러운 짓을 벌이는지 너는 몰라서 그래."

뮈블랑은 헛웃음을 참을 수 없었다. 이용당하다가 죽을 거라고? 그 말을, 지금 네가 뱉었나?

"그래, 확실히 더러운 짓을 하긴 하더라. 인간 하나를 굶주린 사자 둘과 겨루게 한다니 말이야."

"……유닷테가 그걸 말했어?"

얼굴이 시퍼렇게 질린 카산은 당장 일어서 항의라도 하려는 양 굴었지만 뮈블랑의 목소리가 그를 멈춰 세웠다.

"너는, 그걸 혼자 감당하려 했고?"

"뮈블랑, 이건⋯⋯."

"나 데려와서 그런 거라며. 나 지키려다가 그러는 거라며."

"아니야, 난⋯⋯."

"닥쳐. 누가 너한테 말하래. 입 다물어."

카산은 굵은 손가락을 깍지 끼고 도로 앉아 심란하고 착잡한 얼굴로 입술을 깨물었다. 그의 시선은 뮈블랑을 향하고 있었지만 그녀의 시선은 카산을 향하지 않았다.

"나를 데리고 있는 게 너에게 위험을 감수하게 만드는 거라면, 이 개자식아, 난 죽어도 너랑 같이 안 왔어. 반드시 널 두고 왔을 거야. 망할 새끼야, 누가 너 혼자서, 응? 누가 너 혼자서 다 책임지래?"

"⋯⋯이게 최선이었잖아."

"최선? 최서언? 내가 몸을 팔면 팔았지 네가 사자 두 마리랑 싸우는 꼴을 보고 있었겠냐?"

"네가 그 꼴을 당하는 것보단 이게⋯⋯."

"낫다고 말할 생각이면 그 입 닥치는 게 좋을 거야. 네 이빨 다 털리기 전에."

카산은 얌전히 입을 닫았다. 왜냐하면 뮈블랑의 얼굴이 정말 이빨을 다 털어 버릴 것 같을 정도로 삼엄하고 험악했기 때문이다.

조용해진 공기 아래 뮈블랑이 말을 이었다.

"난 할 거야."

"뮈블랑."

"닥쳐. 난 할 거야. 딴 사람 죽는 것보다 네가 사는 게 더 중요해."

"⋯⋯."

카산이 눈을 잘게 떨었다. 격정이 심장을 뒤틀어 놓았다. 신경을 타고 짜릿하게 울리는 감각이 소름 끼쳤다.

무엇 때문에 찾아든 격정인지 카산은 아직 구분하지 못했으나 분명한 것은 그것을 깨닫게 된다면 깨닫기 이전으로는 도무지 돌아갈 수 없을 것이라는 점이었다.

카산이 대답하지 못하자, 뮈블랑은 혀를 베 내밀며 눈을 흘겼다. 어딜 감히 혼자 위험을 감수하려고. 자신도 한 사람의 인간이다 이 말이렷다. 자신의 삶 정도는 스스로 챙겨야 하지 않겠는가.

"어쩌겠어. 네가 중요한걸."

그녀가 일어섰다. '네가 중요하다'고 말하며, 살짝 달뜬 낯을 기울인 채 경쾌하고 시원하게 씩 웃는, 그녀가 눈에 담겼다.

그래서 카산은 깨닫고야 말았다.

알게 된 이상, 이전으로는 도무지 돌아갈 수가 없었다.

"그런 줄로 알아라!"

그렇게,

심장이 너로 찼다. 빠듯하게.

⚜ ⚜ ⚜

유닷테를 찾아간 카산은 아주 조용하지만, 그렇기에 더욱이 무서운 목소리로 낮게 뇌까렸다.

"뮈블랑에겐 함구한다고 했을 텐데."

"아아, 그건 말이지―"

"이제 내가 왜 계약을 준수해야 하는지 말해 봐, 유닷테."

그는 도망칠 수 있다. 유닷테가 그의 힘줄을 끊어 놓는다든지 하여튼 그런 수작질만 부려 두지 않는다면 도주하는 것 정도는 얼마든지 가능했다. 실제로도 그는 성공하지 않았었나, 비록 어린애를 살리려다 다시 붙잡히긴 했을지언정.

아니면 자살하는 것 또한 하나의 방법이다. 기실 유닷테에게서 탈출하고 싶다면 이게 제일 간단했다.

그러나 카산에게는 뮈블랑이 있다. 그러니 그는 죽을 수도 없다. 훌륭한 짐 덩어리. 그러므로 유닷테와 카산의 거래는 처음부터 저울의 추가 불균형하게 예비 되어 있었다.

카산은 그것을 알았다. 그럼에도 응했다. 뮈블랑을 지키기 위해. 그러나 먼저 계약을 어긴 것은 상대이지 않은가?

"사자 한 마리 줄여 줄게. 그럼 됐지?"

"아니, 그건 필요 없어. 이길 수 있을 것 같거든. 됐고, 전제가 뒤틀렸으니 너도 전제를 바꿔."

"뭘 어떻게 하라고?"

"내가 너에게 평생 놀고먹을 돈을 벌어다 주지. 그 대신 그 금액이 채워지면 노예 문서를 돌려줘."

"하, 해방을 노리겠다? 그래, 얼마를 벌어 줄 건데?"

천문학적인 금액이 오갔다.

몇 차례의 흥정 끝에, 유닷테가 히죽대며 말했다.

"그거 알아? 나 사실 돈은 필요 없단다. 평생 놀고먹을 돈 따위 길가에 널린 돌멩이만큼 넘쳐. 그냥 너희가 아등바등 살아남으려고 기어 다니는 꼴이 즐거워서 수락하는 거야."

"네 악취미 정돈 알고 있어. 이 내기에서 뮈블랑은 빼."

"아니, 그 애도 같이해야지. 엄연한 성인인걸. 더 이상은 안 봐줄 거야. 걘 내 거야. 이만 나가거라."

이를 악문 카산의 뒤통수에 대고 유닷테가 경쾌하게 외쳤다.

"과보호는 좋지 않아!"

젠장, 과보호? 사람을 죽이지 않고 살아가길 바라는 게 과보호인가?

어쩌면 이 시대에서는 과보호일지도 모른다. 노예제와 신분제가 만연한 이 시대에서는. 그렇지만 그래도, 최소한의 인간성을 저버리지 않고 살아갔으면 좋겠다는 마음이 잘못됐다고 생각하진 않는다. 다른 생명을 소중히 여기는 감정이 닳아 문드러지는 것만큼 슬픈 일은 또 없을 테니까.

밀렌도요프께 반드시 지키겠다고 맹세했는데. 무엇 하나 어그러지는 것 없이 반드시 지켜 내겠다고 결심했는데.

죄책감과 미래에 대한 초조함 탓에 머릿속이 복잡했다. 거기다가 새로이 자각한 감정까지 보태지니 정신이 혼미해질 지경이었다. 카산은 뮈블랑과는 다르게 스스로의 마음을 돌아볼 줄 알았다.

이건 사랑이다. 그녀를 향한 감정을 노래하는 것은 사랑이라고밖에 표현하지 못할 음역의 목소리였다. 우정과도 친애와도 존경과도 달랐다. 난생처음 만난 음표가 귓바퀴에 굴러떨어지며 속삭였다. '이건 사랑이야.' 사랑을 노래하는 음역으로 확언했다. 그는 그 앞에 무릎 꿇을 수밖에 없었다.

그러나 카산은 동시에 현실 파악도 할 줄 알았다.

만약 카산이 뮈블랑에게 고백한다면 그녀는 인상을 찡그리고 손을 털며 말할 것이다.

"노예 간에 세기의 로맨스라도 찍게? 야, 아서라!"

일단 그녀가 이 꼴이었으므로 카산은 이 이상의 관계 진전은 꿈도 꾸지 않았다. 다만 하루라도 빨리 노예에서 해방되길 바라며 무술을 연마하는 수밖에. 밀렌도요프에게 돌아가는 날을 꿈꾸며.

그녀가 행복하기만 하다면 카산은 아무것도 바랄 게 없었다.

숙소로 돌아가 뮈블랑에게 유닷테와의 거래에 대해 말하자, 뮈블랑은 불행 중 다행이라며 손뼉을 쳤다.

"어째 이 무뚝뚝한 것이 살길은 만들어 왔네? 난 또 성질을 온갖 곳에 부리다가 옥살이할 줄 알았는데 말이야."

"너 진짜 입 터는 것 좀 어떻게 해 봐."

"이게 내 매력이지."

뮈블랑은 이를 씨익 드러내며 웃었고 카산은 그냥 한숨만 쉬었다.

"……많이 힘들 거야."

앞에 생략된 주어는 암살자가 되는 것이리라. 그래, 힘들겠지. 사람 죽이고 사는 게 어디 쉽겠나. 그러나 뮈블랑은 혼자 보호받는 것보단 같이 싸우는 게 맘 편했다. 고작 마음이 편하기 위해서 이런 험한 굴에 들어가느냐고 누군가 비난한다면 단수하라고 빌어 줄 작정이었다. 뮈블랑은 자못 상쾌한 태도로 고개를 주억거렸다.

"괜찮아. 감당해 볼게."

실제로 뮈블랑은 감당해 냈다. 암살자가 되기 위한 훈련은 꽤나 고되었지만 애당초 뮈블랑은 이쪽에 좀 재능이 있었다. 기척을 숨기는 것도 날렵하게 움직이는 것도 총을 다루는 것도 수준급이었으니 실전 임무 투입 또한 빨랐다.

쾌청한 달밤이었다.

밤에 쾌청하다는 수식은 어울리지 않을지도 모르지만 그날 밤은 조금 과장 보태어 구름 한 점 없이 맑게 개어 있었다. 밝은 달이 둥실둥실 떠올라 휘영청 어둠을 밝혔고 몇 없는 구름 사이에서 빼곡하게 매달린 별은 당장이라도 쏟아질 듯이 아득했다.

그러나 뮈블랑은 저 아름다운 정경을 보면서도 씁쓰레하게 시선을 돌릴 수밖에 없었다.

'그냥 마음 편히 감탄할 처지였다면 참 좋았을 텐데.'

"오늘 달이 유독 밝네요."

저 환한 달 아래에서 남몰래 사람을 죽일 수 있을지에 대한 은유적인 물음이었지만 그녀에게 이런저런 암살 요령들을 가르친 상급자는 이해하지 못한 듯 대꾸도 없었다.

'시적 표현도 모르는 구닥다리 같으니라고.'

뮈블랑은 재차 말했다.

"사람들 시야도 밝겠어요."

"말하지 마라."

이런 벼락 맞을 놈, 처음 암살하러 가는 자신을 배려해 주지는 않을 망정 시끄럽다고 꼽을 줘? 뮈블랑은 조금 억울해졌지만 암살에는 침묵도 중요한 요소기는 했으므로 얌전히 입을 다물었다.

침묵이 확보되자 상급자가 사무적으로 손짓했다. 뮈블랑은 고개만 까딱하고 기척을 죽인 채 그의 뒤를 따랐다.

검은 인영 둘이 하늘을 날았다.

몇 없는 구름이 낮게 휘도는 느지막한 밤에, 소리 죽인 발걸음이 지붕 위를 뛰어넘고 나무를 사뿐히 밟았다가 허공으로 솟구쳤다고는 그 누구도 상상치 못했으리라. 그들은 침묵했고, 손짓 하나마저도 조용했으며, 달도 입을 다물었다. 높은 탑을 지날 때는 구름이 그들의 몸짓에 갈기갈기 찢겨 습기 찬 공기를 내뿜었고 좁은 강을 건널 땐 물방울이 튀겨 발가락을 간질였다. 마을이 단숨에 뒤바뀌고, 날랜 새처럼 어둠에 녹아든 인영은 금세 목표물을 포착했다.

과녁은 멀지 않았다. 사람들 틈바구니에 끼어 움직이고 있었다. 지극한 정적 속에서 대상을 찾은 뮈블랑은 총을 쥐었으며, 방아쇠를 당기자, 궤적이 날아올랐다.

그녀의 첫 임무는 성공했다. 가벼웠다.

✦ ✦ ✦

보통, 단신으로 사자와 대적해 살아남기란 무척이나 힘들다. 짐승들은 몬스터에 비하면 연약하다고 평가할 수 있을지도 모르겠지만, 사자의 경우는 좀 다르다. 백수의 왕이라는 칭호가 허투루 생겼겠는가. 언젠가의 콜로세움에서 유닷테의 암사자 세 마리가 오우거를 쓰러뜨린 대대적인 사건까지 벌어졌던 만큼 뛰어난 기사나 사냥꾼이라 할지라도 무리를 짓지 않는 이상 사자를 상대하긴 힘들었다.

그리고 이 모든 서술은 카산을 수식하기 위해 존재했다.

모두가 당연히 카산의 패배를 점쳤다. 인간에게 사자 두 마리를 상대로 싸우라니? 그게 말이나 되는 소린가! 유닷테의 악명이 천정부지로 치솟음과 동시에 사자의 승리에 걸린 액수도 마구잡이로 높아졌다. 다들 돈 좀 벌어 보겠다고 쌈짓돈 꺼내다가 내걸고 아주 난리도 아니었다.

그래서 관중들은, 피를 흠뻑 뒤집어쓴 검은 머리칼의 남자가 사자의 아가리에서 나와 장검을 치켜들었을 때, 환호성조차 터트리지 못했다.

승리가 불가능한 경기였다. 사자 두 마리 대 인간 하나. 무기는 총도 아니고 그냥 검 한 자루. 그러나 그는 살아남다 못해 승리를 거머쥐었다.

일반적인 검투 대회에선 유명한 검투사를 살리기 위해 승부 조작을 펼치기도 한다. 그러나 그 자리에 모인 아무도 그것을 사기라고 말하지 않았다. 말할 수 없었다. 압도적인 실력으로 원형 경기장 내부를 종횡무진하는 카산을 직접 보았는데 어찌 그런 말을 할 수 있겠는가. 그는 패도적인 맹수였고 노도와 같은 궤도를 다루는 검객이었다. 삿된 말로 어지럽히기엔 그가 증명한 실력이 너무 확고했다.

카산의 무예는 그런 수준이었다. 어린 시절에도 무패의 검투사로 이름을 높이던 이가 잘 성장하기까지 했으니 그 누가 그의 상대를 할 수 있겠는가?

그의 이름이 욘고프는 물론이요 만세계에 퍼졌다. 카산, 카산, 카산! 다리 밑에 굴러다니는 거지도 콧대 높은 귀족도 그의 경기를 보고 싶어 안절부절못했다. 그가 얼굴 한번 비치기만 해도 경기의 푯값이 천정부지로 치솟았다.

검투 대회의 개최자들은 결국 유닷테에게 경외감마저 느끼고 말았다.

진정한 승자는 카산의 주인인 유닷테니까.

당장 사슬을 끊고 도망친다 해도 아무도 못 잡을 만큼 강한 노예가 유닷테의 말에 복종하고 있었다. 도대체 어떻게 길들였단 말인가? 무슨 약점을 어떻게 잡아서?

거기다가 유닷테에겐 대놓고 유명세가 커진 그와는 다르게 가랑비에 옷 젖듯 살그머니 존재감을 확보해 가는 그녀도 있었다. 암암리에 '아킬리아의 현신'이라고 불릴 만큼 신출귀몰한 암살자! 윗선이 명령하는 족족 생명을 꺼뜨리는 그 단호함엔 유닷테도 질릴 지경이었다. 뭐, 성능 좋은 암살자가 생긴 셈이니 이득이었지만 말이다.

그런데 카산과 뮈블랑을 거둔 지 육 년쯤이 지나자 유닷테조차도 짐작하지 못한 일이 일어났다.

제국의 기사단이 직접 암살자를 잡기 위해 나선 것이다.

정말이지 크나큰 시련이었지만 유닷테는 추호도 걱정하지 않았다. 뮈블랑 단신만으로도 걱정되지 않는데 원군마저 달려갔으니 무얼 굳이 걱정하고 자빠지겠는가?

추호의 걱정도 받지 못하는 우리의 뮈블랑은 그 시각 골목 뒤로 숨어들고 있었다. 어찔하게 눈을 감았다가 뜬 새, 그녀가 서 있던 장소에 화살이 날아와 박혔다. 뮈블랑은 속으로 중얼거렸다. 이럴 줄 알았지. 직후 엄숙한 목소리가 천천히 포위망을 좁히라고 명령했다. 부단장이 틀림없었다.

뮈블랑은 박살 난 나무통과 폐허의 잔해를 디디고 남몰래 벽을 타 건너편 골목으로 내려앉았다. 자, 이제 어떻게 해 볼까? 솜털이 가라앉듯 지극히 고요하고 가벼운 몸놀림은 이윽고 보초를 서던 기사 놈의 목을 칼로 그어 버리고 쏜살같이 포위망을 향해 달려든다. 둥글게 서 있던 열댓 명의 기사가 어둠을 두른 그녀를 보고 식겁해 검을 빼 들 때, 뮈블랑은 고작 세 번의 발돋움으로 '날아' 올랐다.

그렇게밖에 설명할 수 없는 기교였다. 도대체 어떻게 저 많은 검을 피해 몸을 공중으로 띄웠는지 기사들로서는 이해할 수조차 없었다. 잠시 공중에 머물던 뮈블랑은 곧 기사 하나의 정수리를 밟고 건물의 옥상으로 튕겨 올랐다. 그녀가 사라진 허공을 향해 화살 몇 대가 스쳐 지나갔다. 소리도 나지 않는 발걸음이 보이지 않는 어드매에서 짓쳐 올랐다.

"저게 인간이냐……."

"쫓아라!"

부단장이 악을 쓰듯 고함질렀다. 멍하니 그녀의 궤도를 바라보던 기사들은 그제야 허둥지둥 뮈블랑을 뒤쫓기 시작했다.

그러나 그럴 필요가 없었다. 기사들의 구원자가 이미 대기하고 있었기 때문이다. 남자들의 세계에 편입해 여자로서 오를 수 있는 최정상에 오른 자. 황실 기사단장, 엠버 페르체도가 검을 빼 들고 옥상에서 그녀를 기다리고 있었다. 기사들은 대치 상황을 보자마자 환호성을 터트렸다. 엠버 페르체도가 나선 이상 모든 건 종결된다. 왜냐하면 엠버 페르체도가 엠버 페르체도이기 때문이었다.

뮈블랑 또한 그녀를 알았다.

카산이 언젠가 꺼냈던 말에 그녀가 등장했기 때문이었다.

'내가 삼 년만 더 지나면 엠버 페르체도와도 대등하게 싸울 수 있지 않을까 싶은데.'

다시 말하자면, 그 당시의 카산보다도 월등하게 강한 자. 뮈블랑은 그녀를 암살할 수는 있어도, 정면으로 대결할 순 없었다. 더군다나 지금 뮈블랑에겐 총도 없지 않나?

'글렀군.'

도망치는 수밖에 없다. 그러나 엠버 페르체도가 그것을 허락할 것인가? 그럼에도 뮈블랑은 항복하지 않았다. 항복해서 죽든 싸우다 죽든 죽는 건 매한가지라면 일단 싸워 봐야 하지 않겠는가.

몇 차례의 공방이 오가고, 민첩하게 회피한 덕에 두개골이 박살 나는 대신 뮈블랑의 두건이 찢어졌다. 달 아래 황홀하리만치 밝은 은발이 드러났다. 엠버 페르체도의 초록색 눈동자가 조금 크게 뜨였다가 도로 가늘어졌다. 엠버 페르체도가 마지막 공격을 쏟아부으려던 찰나였다.

어디선가, 무언가가 뮈블랑을 향해 던져졌다. 뮈블랑은 무의식적으로 그것을 붙잡은 뒤 패도적으로 웃었다. 엠버 페르체도가 뒤로 한 발자국 물러섰다. 뮈블랑이 방아쇠를 당겼다. 타앙! 검날로 가까스로 탄환을 막은 엠버 페르체도는 그러나 반탄력을 이기지 못하고 옥상 아래로 떨어졌다. 뮈블랑은 그 틈을 놓치지 않았다. 그녀는 달렸다. 그리고 그녀에게 총을 던진 남자의 등을 한 대 퍽 때렸다.

"왜 이렇게 늦었냐."

"미안해."

"됐다, 새끼야. 뛰자."

황실 기사단의 포위망을 총 없이도 단신으로 흐트러뜨린 암살자와 말한 시일로부터 삼 년이 지나 이제는 엠버 페르체도와도 대등하게 싸울 수 있을 검사는 낄낄거리며 유닷테의 소굴로 복귀했다.

의사가 다급하게 뮈블랑의 몸을 검진했지만 놀랍게도 그녀는 극도의 긴장에 지쳤을 뿐 커다란 상처는 한 군데도 없었다. 뮈블랑의 실력 또한 꽤나 세외의 수준으로 다다른 요즘이었다. 카산과 유닷테를 독대하게 된 뮈블랑은 껄렁하게 팔짱을 끼며 다리를 꼬았다.

"이봐요, 유닷테. 이럴 거라고는 말 안 했잖아요. 돈 좀 더 주셔야겠는데. 얼마까지 생각해 봤어요? 내가 유이자 할부까지는 생각을 좀 해 줄게요. 어때요? 얼마까지 생각해 봤어요, 고객님?"

유닷테가 깔깔 웃었다.

"뮈블랑, 너 말이다. 정말 날 처음 봤을 때와는 비교도 하지 못할 만큼 건방져졌구나."

"아하, 그게 제 매력이죠."

이젠 뮈블랑도 유닷테가 건방진 걸 좋아한단 사실을 깨달은 참이었다. 그녀가 제 얼굴에 무뚝뚝한 낯을 덧씌우고는 손가락을 튕겼다.

"이번 일은 얼마 쳐주실 겁니까?"

유닷테는 가뿐하게 말을 돌렸다.

"너희 정산 끝나는 날도 머지않았군. 이번 일을 후하게 계산하면 바로 끝날 지경이야."

"……이제 와서 계약 뒤엎겠다는 거면 나도 여기 뒤엎고 튈 겁니다?"

"도대체 네 안의 내 이미지가? 됐고, 나는 다른 계약을 하나 더 하지 않겠느냐고 하는 거야. 얘, 너희의 목적이 뭐니? 그저 밀렌도요프를 지키는 것? 지킨다면 어떻게 할 건데? 데리고 야반도주라도 할 것이냐?"

뮈블랑은 카산을 잠시 바라보다가,

"모든 것은 그분의 뜻대로. 나는 그분의 뜻을 이행하기 위한 도구요, 노예일지니."

엄숙하게 속삭였다. 그녀의 입술이 발음한 내용은 신을 모시는 사제의 격언이었다.

"나는 그저 그분의 의지에 따를 뿐이외다."

뮈블랑은 눈을 내리깔았다가 뜨며 개구지게 웃었고 유닷테는 몸을 앞으로 당겼다.

"밀렌도요프가 너희의 신이다, 이 말이지? 그렇다면 좋아. 너희와 계약을 이어 갈 만한 재미가 있겠어."

"누가 이어 가겠다고 했나."

유닷테는 카산의 말을 무시했다. 유닷테는 그 누구도 관심 두지 않는 공주에게 간자를 붙인 유일한 사람이고 그렇기에 밀렌도요프가 꾸미는 발칙한 계략을 짐작한 유일한 사람이었다.

"어디, 공주를 왕으로 만들어 보자고."

　✤　✤　✤

　여보게, 그거 들었나? 글쎄, 그거 말일세, 그거. 아 모른다고? 허허, 역시 소문 한번 느린 친구들일세. 그럼 내가 한번 이야기보따리를 풀어 볼까. 그 전에, 누구 하나 시원언한 술 한잔만 좀 주게. 먼 데서 왔더니 목이 마르거든. 어허, 틈 들이지 말라니. 내가 동네방네 돌아다니면서 주워 온 소문 없인 하룻밤도 못 자는 양반들이 그런 말 하면 쓰나. 귀한 정보는 그에 합당한 대가를 받아야 하는 법일세.

　뭐어? 이미 귀중한 정보는 돈 주는 사람들에게 홀라당 바치고 돌아오는 길 아니냐고? 쯧, 역시 나 같은 사기꾼에게 눈치 빠른 사람과 친구 하는 건 참 곤란한 일이야. 이거나 먹고 떨어지게!

　아이참, 농담일세. 삐지지 말게, 이 친구야. 좋아, 그럼 내 친구를 달래기 위해서라도 소문 좀 빨리 퍼뜨려 볼까?

　그치는 알지? 사자 두 마리, 오우거 한 마리, 트롤 세 마리……. 이루 말할 수도 없이 많은 것들을 단신으로 쓰러뜨렸다던 검투사 말이야. 이름이……. 그래, 카산! 카산이라던 그 친구, 이번엔 제국 기사 출신 노예와 싸워서도 이겼다더군! 막 가져온 따끈따끈한 소식이야. 내가 보기엔, 그 친구를 상대하려면 황제의 호위쯤은 되어야 할 걸세. 어어? 이빨 털지 마라니! 내 판단을 못 믿는 겐가? 진짜라고! 그 경기 본 사람들은 다들 그렇게 말할 거라니까?

　나는 그때 말로 형용하기 어려울 만큼 빠른 검로를 보았어. 그리고 그런 검로는 내 인생에서 총 세 번밖에 못 봐 봤고, 셋 모두가 우열을 가리기 힘들었지. 그러니 그 카산이라는 애송이가 얼마나 대단한지 모두들 이젠 알겠나? 에헤이, 내 경험이 일천하다니? 나는 자네들 생각보다 훨씬 대단한 사람이라고. 제국 기사들의 검 놀림 따윈 수백 번도 봤단 말이야. 아, 웃지 말게. 웃지 말라고!

어쨌거나 그 친구, 노예로 살기엔 아까워. 그러나 유닷테만큼 독종인 사람이 또 없으니 어쩌겠나? 평생 그렇게 재능을 낭비할 수밖에.

아니, 고작 이런 정보를 가져왔냐니! 지금 내 정보를 폄하하는 겐가? 허, 참내, 좋아. 이건 남들에게 잘 안 알려 주는 건데, 이보게들, 잘 듣게. 카산이 귀하게 싸도는 은발 머리 여자애가 있단 소식은 내가 일전에 말해 줬었지? 그 애가 소문의 아킬리아일지도 모른다네!

아, 아! 왜 다들 떠나가는가? 헛소리 아니래도! 날 좀 신용해 보게! 몇십 년 전 검투사계에 군림하던 전설의 아킬리아 말고, 소문의 그 암살자 말일세! 그 신출귀몰하게 각계각층의 사람을 썰어 댄다던 흉악한 암살자! 얼마 전 제국 기사들과 접전을 벌일 때 실수로 두건이 벗겨져 달 아래 새하얀 은발이 드러났다던데, 에메랄드색 눈동자랑 그 짧은 은발을 조합하면 카산이 데리고 다니는 여자애가 된다 그 말이지! 어디 은발에 그런 영롱한 눈동자 색이 흔한가? 그런데도 유닷테의 보호 아래 있는 애를 멋대로 잡아끌기엔 증좌가 부족하니 멀뚱히 손만 빨 수밖에…….

아니 다들 어딜 가는 게야! 내 말 좀 들어 보게! 이보게! 이봐……!

✠ ✸ ✠

"단장님."

"으음, 아가씨라 부르래도."

"……아가씨."

"왜 그러나."

부단장은 아직까지도 황실 기사단 단장의 괴이한 취미를 이해하지 못했다. 단장은 종종 추레한 복장을 하고 곳곳의 마을을 돌며 이야기꾼 행세를 하곤 했는데, 이렇게 안 좋은 대우를 받더라도 늘 히죽거리기만 할 뿐이었다. 감히 황제의 직속 호위 기사를 능멸하다니? 검을 뽑아도 마땅할진대 단장은 마냥 사람 좋은 호인인 양 웃어 댔다.

지금도 보라, 실실대고 있지 않은가.

그 단장, 엠버 페르체도의 아래에서 가혹하고 혹독하게 훈련당하는 입장의 부단장으로서는 울화가 터질 노릇이다. 엠버 페르체도는 본래는 정말이지 냉혹하고 싸늘한 성품을 가진 여자였는데 연기를 잘하는 건지 아니면 숨겨 둔 성격이 저 모양인 건지 능청맞은 이야기꾼 흉내를 얼추 잘 냈다. 그런데 부하들에게는 그리도 두려운 존재로 군림하니 그야말로 공사의 구분이 철저하다고 말할 수밖에.

"슬슬 돌아가시죠."

"아직 마을 두 곳이 더 남았네!"

부단장은 한숨을 꾹 삼켰다. 엠버 페르체도는 콧노래를 부르며 이야기꾼과 그녀를 짝사랑해서 호위를 자처하는 장정이라는 역할놀이에 푹 빠진 채 날듯이 걸었다. 정작 본인이 훨씬 강하다는 건 망각한 사람처럼.

그러다가 걸음이 멈춘 것은 눈앞의 행인들을 발견했을 때쯤이었다.

"빨리빨리 좀 가자니까, 응?"

"적당한 휴식도 필요한 법이야."

"너는 그분이 그 짓거리를 한다는데 그런 말이 나오냐?"

엠버 페르체도는 만족스럽게 웃으며 손을 흔들었다.

"여어! 오래간만일세!"

"뉘슈?"

뮈블랑이 삐딱하게 대꾸했고 카산은 검 자루에 손을 올렸다. 카산의 반응을 요상하게 생각하던 뮈블랑도 잠시 뒤 딱딱하게 굳었다.

시팔, 황실 기사단장이 여기서 왜 나와.

뮈블랑은 간결하게 고민을 끝냈다.

"튀자."

"그래."

"내가 운이 좋나 보군, 자네들을 만나게 되다니······. 어어, 어디 가나? 자네들? 자네들?!"

기똥찬 결론이었다.

⚜ ⚜ ⚜

그래서 어떻게 되었느냐고?

그들은 죽어라 달렸다. 잡히기 싫어서 달리고, 놓치기 싫어서 달리고, 서로가 싫어서 달리고 또 달렸다. 산맥을 타고 강을 건너고 뛰고 또 뛰었다. 이틀간 잠은 무슨 밥도 물도 못 먹고 죽어라 쫓고 쫓기기를 반복하던 그들은 서로 합의를 봤다. 이대로 가다간 양측 모두 죽어 버릴 게 분명하니 대화를 좀 하자고.

뮈블랑은 매복을 숨겨 놨을 게 뻔하다며 안 믿으려 했지만 카산이 죽어 나가는 바람에 제안을 받아들였다. 카산은 정면 승부를 하면 했지 도망 다니는 일에는 익숙하지 않았다. 그는 거의 반쯤 빈사 상태로 바위 뒤에 숨어 숨만 헐떡거리고 있었다. 뮈블랑은 카산을 한심하게 흘겨보며 바위 밖으로 눈만 빼꼼 내밀었다. 엠버 페르체도는 멀찍한 곳에 있는 바위 위에 당당하게 걸터앉은 채 팔을 벌리고 있었다. 아주 대가리에 총 맞아 뒈지고 싶어 작정한 모양이었다.

"일단 통성명은 생략해도 되겠지? 아아, 여기 죽어 나가는 친구는 부단장이라고, 이름은 시다바리일세."

"맥시밀리언 타르칸입니다!"

엠버 페르체도는 그들이 처음으로 대면하게 되었을 당시의 냉철하던 낯짝을 어디다 팔아넘겼는지 히죽거리는 면상이었는데 그게 꽤 괴리감이 컸다. 맥시밀리언 타르칸은 카산보다 더 지친 것처럼 보이는 삼십 대의 남성이었다. 그는 물통을 술병처럼 붙잡고 벌컥벌컥 들이켜다가 시다바리란 말에 빼액 하고 제 이름을 울부짖었다. 카산이 그

괴성에 좀 놀라 몸을 움츠렸다.

"자자, 너무 겁먹지 말고. 누가 잡아간댔나?"

"잡아가야죠, 그럼……."

"조용히 하게, 맥시 군! 저 가엾은 쥐새끼들이 얼어붙지 않았나!"

뮈블랑은 엠버 페르체도에게 좌지우지될 생각이 없었으므로 이야기의 흐름을 빼앗기로 결심했다.

"오호라, 농담 따 먹기 하자고 불렀슈? 웃기지도 않는구먼그래! 요즘 제국 놈들은 다 이 모양인 갑지? 아주 신의 이름에 먹칠하는…… 읍읍! 아! 왜 입 막는데!"

카산이 죽어 가는 몸을 이끌고 뮈블랑의 입을 막았다.

"……너는 너무 나대. 대화는 내가 진행하지. 무슨 목적이냐."

엠버 페르체도가 목젖이 보일 만큼 깔깔깔 웃어 재꼈다. 심지어는 웃다가 뒤집어져 바위 밑으로 콰당탕 하고 떨어지기까지 했다.

결국 맥시밀리언이 대신 대답했다.

"그게 사실 저도 모르겠습니다. 당신들을 잡는 것이 저희의 임무입니다만 저희 단장님 상태가 영 좋지 않아서……."

"앞담화도 할 줄 알고, 많이 컸군?"

"시정하겠습니다!"

엠버 페르체도가 바위 위로 멋없이 기어오르며 그리 말하자, 맥시밀리언이 재빠르게 머리를 땅에 박았다. 뮈블랑은 그 틈에 도주를 시도하려 했지만 카산의 다리가 풀리는 바람에 실패했다. 뮈블랑은 널브러진 카산의 머리에 알밤을 먹이며 엠버 페르체도를 노려보았다. 엠버 페르체도는 머리카락에 묻은 잎사귀를 떼어 입에 넣고 잘근잘근 씹고 있었다.

"흐으음, 나는 자네들을 잡아갈 생각이 반, 자네들의 목적을 알아내고 싶은 마음이 반이야. 알겠나? 그러니 잡히기 싫으면 어서 자네들의 속셈을 말해 보라고. 자네들이 이렇게 바깥에 있는 걸 보니 유닷테에게서 도망친 건가?"

카산은 뮈블랑을 바라보았고, 뮈블랑은 드디어 자신이 나설 차례임을 깨달았다.

'나대도 좋은 시간'인 것이다!

"황실은 유닷테가 무섭습니까?"

순간적으로, 이루 말할 수 없는 살기가 교차되었다.

이 말에 담긴 다면적인 정치 놀음을 짐작할 수 있는 자라면 당장에 이 자리에서 도망치려 했을 것이다.

그러나 뮈블랑은 한 치의 미동도 없었다.

"왜 그런 표정을 지으세요? 하하하! 정말인가 보네. 이봐요, 맥시 군, 당신은 나랑 얘기하기에 너어무 얄팍한 정치 감각을 가지신 거 같은데. 어떻게 생각하세요, 엠버 씨?"

"건방진……!"

엠버 페르체도가 싱긋 웃으며 손을 뻗어 맥시밀리언을 막았다. 역시 저 암살자는 말이 좀 통하는 상대였다. 함부로 살기를 흘리지 않는 노련함부터가 그랬다. 저 생글거리는 미소에서 저와 동류 같단 생각이 떠오른다면 자신의 인성이 글러 먹은 것일까?

뮈블랑은 지독히도 여유로운 낯짝으로 바위 위에 올라탔다. 카산이 뮈블랑의 손목을 붙잡고 가지 말라고 속삭였지만 어차피 상대에겐 총이 없으니 만약의 사태에선 뮈블랑이 더 유리하다. 그러니 좀 뻐겨 봐도 되겠지, 뭐.

'다음 말은 뭘 꺼내 볼까.'

유닷테를 사용하면 더 자극할 수 있겠지만 놀랍게도 뮈블랑은 싸우고자 말하는 게 아니었다. 분위기를 환기할 차례였다.

"날씨 좋죠?"

맥시밀리언이 벌컥 화를 내려는 걸 말린 엠버 페르체도는 평화롭게 대답했다.

"그러게나 말일세."

"이야, 나는 내가 이렇게 출세할 줄은 몰랐네. 황실 기사단장님과 이렇게 마주 보고 대화도 하고! 크흐, 어린 시절의 나에게 이런 얘기를 해 줬으면 그 애는 감격해서 울었을 거라고요?"

물론 개소리다.

엠버 페르체도가 마주 개소리를 시전했다.

"그 어린아이에게 자네가 커서 훌륭한 암살자가 되었다고 한번 해 보게!"

"이야아…… 짜식, 대박 출세했는데?"

카산이 얼굴을 쓸어내리든 말든 뮈블랑은 뻔뻔했다.

엠버 페르체도는 조금 요상한 걸 보는 눈빛으로 뮈블랑을 바라보다가, 고개를 기울였다.

"뭐, 유닷테가 잘해 줬나 보군. 잘하지, 그 친구."

"마치 밤일을 연상시키는 말투 그만두시죠!"

"아니 진짜 잘하더라고."

"부하 대우를요?"

"섹스를."

"……."

뮈블랑은 엠버 페르체도와 유닷테의 사생활에 대한 정보를 잊어버리기로 결심했다. 잠시 그녀가 흐트러져 있던 찰나 엠버 페르체도가 정곡을 찔러 왔다.

"목적이 뭔가?"

"내 신을 따르려고요. 하하."

"……그렇군. 어딜 가려는 참인가?"

"황궁이요. 만나 봐야 할 사람이 있거든요. 앗, 안 그래도 바빠 죽겠는데 댁들 때문에! 빨리 달려서 시간이 단축되게 생겼네요. 감사합니다."

"정말 헛소리의 달인이로군, 자네. 좋아. 황궁까지 데려다주겠네.

그럼 이제 당분간 휴전하자고."

"언제까지?"

"황궁에 도착할 때까지."

황궁에 도착하자마자 체포하려는 거 아닙니까? 라고 묻진 않았다. 그런 걸 묻는 건 너무 뻔하잖아. 대신 뮈블랑은 유들유들하게 일어서 바위와 바위 사이의 중간까지 걸어간 후 손을 홱 뻗었다. 악수하잔 의미였다. 엠버 페르체도도 따라서 다가왔다. 그들은 서로를 전혀 경계하지 않는 사람들처럼 손을 꽉 움켜쥐고 몇 번 흔들었다.

"자네 몇 살인가."

"스물하나입니다."

"내 두 배보다 어린 주제에 혀를 정말 노련하게도 휘두르더군. 정치질해 볼 생각 없나?"

엠버 페르체도는 진심이었다. 뮈블랑은 유닷테와 자신의 연관성을 부정하지도 인정하지도 않음으로써 기사단이 그들을 함부로 대하지 못하게 만들었다. 아무런 교육도 받지 못한 스물하나의 여자가 대륙의 기사단장을 상대로 이뤄 낼 수 있는 성과는 아니었다.

그러나 뮈블랑은,

"제가 좀 비싼데 얼마부터 생각해 보셨습니까, 고객님?"

비쌌다.

엠버 페르체도는 결국 박장대소를 터트려 버렸다. 카산과 맥시밀리언이 침음을 삼키고 있는 여명의 시각이었다.

이제 곧 황제의 탄신 연회가 열릴 것이다.

바로 오늘 저녁.

무언가가 바뀔 것이다.

✣ 제4장 ✣
최초에 깨달은 자가 그랬듯이

밀렌도요프는 꿈을 꿨다.

소중한 사람들이 나오는, 언젠가의 과거로 돌아가 모두를 끌어안고 같이 울고, 그리고, 그리고…….

다시 그들을 잃어버리는.

그런 꿈.

열네 살의 밀렌도요프는 잔잔하고도 서글프게 웃었다.

익숙한 꿈이었다. 잦은 경험은 그녀를 무뎌지게 만들어, 더는 울음이 나오지도 않았다. 울보이던 어린 시절에서 졸업했다는 의미일까. 영영 그 시절로 돌아갈 수 없단 증거일까.

그러나 꿈에 얽매여 있기엔 그녀의 현실이 급하다.

밀렌도요프는 눈꺼풀을 내렸다가 도로 올린다. 그녀의 눈동자는 봄 같은 하늘빛이다.

귀족은 성인이 되면 사교계에 데뷔한다. 밀렌도요프는 그 틈을 타 발칙한 계략을 벌였다. 감시가 해이해진 새에 대륙의 황제에게 편지를 보낸 것이다. 대외적으로 알려진 내용은 대략 이 정도다.

「위대하시고 존엄하시고 고귀하시며 만백성을 긍휼히 여기사 경애할 수밖에 없는 만세계의 황제 폐하께 아슈타르의 미욱한 딸이 이리 편지로나마 인사드리옵니다. 직접 찾아가 문안을 드리는 것이 도리며 예법에 합당할진대 소녀가 아직 데뷔탕트를 치르지 못하였습니다. 고로 미욱하디미욱한 이 소녀는 펜 한 자루의 놀림에, 그리고 잉크 한 방울 한 방울에 마음을 담아 존귀하신 분께 저의 진심이 가닿기만을 진정 바라고 또 바라기만을 하는 것입니다…….(*후략*)」

길고 긴 궁중 예절을 생략하고 요점만 짚자면,
'당신 생신 파티에서 내가 데뷔탕트를 치를 수 있게 해 줘.'
정도가 될 것이다.
거절되기 십상인 요청이다. 그녀가 데뷔탕트를 생신 파티에서 치러 버리면 파티의 주인공이 둘이 되는 셈이니까.
그러나 그녀는 뒷면에 레몬즙으로 진짜 편지를 남겼다. 레몬 계열의 시트러스 향수와 향이 나지 않는 향초를 동봉하면서 힌트를 남기는 것은 물론이요, 그 내용이란 것이 가관이었다.

「적적하지 않으십니까. 제 한목숨 바쳐 즐거이 만들어 드리겠습니다. 소녀가 춤을 출 터이니, 판을 열어 주십시오.」

그녀는 진정 목숨을 걸었다.
그리고 황제는 응답했다.

「아슈타르의 밀렌도요프 공주는 내가 개최한 파티에서 데뷔탕트를 치르라.」

비록 남들 앞에서는 앙큼한 성과라며 그녀의 재치를 칭찬하던 카마이유에게 뺨을 맞았을지언정 밀렌도요프는 자신이 내디딘 한 걸음이 자랑스러웠다. 죽을지도 모른다는 공포보다 아무것도 이루지 못할지도 모른다는 공포가 더 극심했다. 그녀는 이루어 내야 했다.

앞으로 한 달이다. 한 달 후에 그녀의 인생은 정반대로 뒤집힌다.

"이봐, 밀레나. 무슨 생각을 그리하는 거야?"

"4왕자님."

"쯧쯔, 카마이유라고 부르랬잖아. 내 이름을 부르고 싶지 않은 건가?"

차가운 빛깔의 적색 머리카락을 쓸어 올린 카마이유는 밖에서 무슨 일이 있었는지 선량한 다갈색 눈동자를 신경질적으로 치켜뜨고 있었다. 그 눈빛은 밀렌도요프를 화풀이 대상으로 쓸 것이라는 예고였다. 그리고 여자는 그것에 익숙했다. 밀렌도요프는 눈을 천천히 깜빡이다가 이윽고 대답했다.

"네, 카마이유."

"좋아, 잘했어."

남자는 싱긋 웃었다. 주인이 개를 칭찬하듯 결 좋은 황갈색 머리카락을 쓰다듬은 카마이유가 시퍼렇게 변한 뺨에 시선을 두었다. 캐러멜처럼 달콤하고 무해한 눈동자가 가느다랗게 휘며 어딘지 서늘한 분위기를 풍기던 찰나였다.

남자가 손을 뻗었다. 밀렌도요프는 눈을 감았다.

밀렌도요프는 남자의 손이 뺨을 감싸 안았을 때 움찔 떨었고, 멍 위를 아로새기듯 쓸다가 꾹, 세게 눌렀을 때도 마찬가지로 몸을 움츠렸다. 양손으로 밀렌도요프의 조막만 한 얼굴을 움켜쥔 카마이유는 여자의 피부에 새로운 멍을 찍어 넣으려고 하듯 힘을 주어 볼을 누르고 있었다. 굵은 손가락이 압박하는 광대뼈에서부터 턱뼈까지가 부스러질 것같이 아팠다. 앓는 소리가 잇새로 스며드는 것을 억지로 씹어 삼키는 얕은 저항마저도 유흥거리에 불과했다. 이미 그의 눈빛은 동류를 바라보는 시선이 아니었다. 저급한 것, 가엾으리만치 무해하고 나약한 것을 위에서 내려다보는 조롱이었다.

"아파?"

"네."

"그래? 미안하군."

그의 목소리는 '고작 이 정도로 아파선 안 될 텐데.' 라고 말하듯 과장된 배려로 가득했다. 마치 당장이라도 공격할 양 쉿쉿거리는 뱀을 보듯 등골이 축축하게 젖어 들었다. 밀렌도요프는 늘 카마이유와 접하는 시간 하나하나가 무서웠다. 언제든지 변덕에 따라 저를 때리고 강간할 수 있는 자를 상대로 사근사근한 태도를 보여야만 하는 삶은 지긋지긋하기 그지없었다. 처음으로 폭력을 당했을 때는 어떻게 대응해야 하는지 알지 못했으나 이젠 알았다. 잘 웃고, 아무렇지 않은 척하고, 귀찮게 굴지는 않으면서도 답삭답삭 안기는 맛이 있어야 했다. 그녀가 그걸 원해서 하는 건 아니었다. 오히려 밀렌도요프는 그런 것들이 끔찍하기 짝이 없었다.

그러나 살려면, 살려면 그래야만 했다.

"여자를 때리면 안 되는 거였는데, 내가 좀 욱했어."

사람을 때리면 안 되는 거겠지, 속내로 덧붙이며 최대한 의연한 목소리로 대꾸했다.

"괜찮아요."

"그렇다면 다행이고. 앞으로 한 달이니까 그사이에 멍은 다 나을 거야. 황실 의원을 부르지."

"감사해요."

다행스럽게도 오늘의 폭력은 이쯤에서 종결되려는 모양이었다. 안도의 한숨을 내쉬려던 찰나 카마이유가 밀렌도요프의 가까이에 앉았다. 어깨가 닿을 정도로 협소한 거리감에 밀렌도요프는 저도 모르게 물러서려 했지만, 카마이유가 그녀의 허리에 손을 두르는 바람에 실패했다.

아, 아아.

카마이유는 무어라 떠들었지만 밀렌도요프는 그의 손길이 끔찍하기 짝이 없어 대화에 집중할 수 없었다. 폭력보다도 비참했다. 이건, 벌레가 온몸을 훑는 것처럼 더럽고, 저항할 수조차 없고, 구역질이 나는 행위였다. 등허리를 살살 느리게 매만지다가 척추를 따라 손가락을 쓸어내리고, 위로 올라가 어깨를 둥글게 쓰다듬는다든지, 손목 안쪽을 움켜쥐고 더듬다가 한 손으로도 부러뜨릴 수 있을 것 같다며 키득거리는 너.

어쩜 이리도 역겨울 수가 있을까.

"이봐, 밀레나. 내 말 안 듣는 거야?"

"아, 죄송해요."

"이번에야말로 잘 들어야 해. 알겠어?"

밀렌도요프는 눈을 내리깔았다. 그러나 이제 곧 끝이 올 것이다. 조금만 더 견디면 된다. 곧, 그녀는 패배할 것이기에.

패배는 해방을 의미한다.

밀렌도요프는 어쩌면 지쳤을지도 모른다.

"꼭 경청하겠습니다."

그러나 지친 그녀를 쉬게 해 줄 자비로운 신은 신의 영향력이 강대한 이 세계에서조차 존재하지 않았다.

그리하여,

아슈타르 왕국의 공주 밀렌도요프는 한 달이란 유예 기간 끝에 단두대로 끌려가는 죄수처럼 황제의 탄신 연회에 도착했다.

번쩍번쩍한 황금 분수대에선 신들의 술을 모방한 포도주가 펑펑 샘솟고, 대리석으로 만들어진 기둥에는 진주 장식이 주렁주렁하다.

밀렌도요프는 여러 도서에서 제국 임프란시오의 연회장에 대한 소개를 본 적이 잦았으므로 눈에 들어온 광경이 익숙하면서도 생경했다. 아무래도 책의 설명을 이해하는 것과 실물을 보는 것엔 천차만별의 차이가 있으니 말이다.

돼지 목에 진주 목걸이라는 말이 있듯 서적으로만 봤을 땐 안 어울릴 줄 알았는데 새하얀 대리석 기둥에 우윳빛 진주가 반투명하게 너울거리는 천과 함께 장식된 모양새는 화려하기 짝이 없었다. 저무는 황혼에 덧씌워진 천이 마치 불타오르는 듯이 나부꼈다.

밀렌도요프는 그 광경을 멍하니 지켜보고만 있었다.

"왜 그래, 밀레나. 너무 아름다워서 감격한 거야?"

"네에……."

카마이유의 말에 긍정은 했으나, 신의 영향력을 깊게 받는 그들의 대륙 중에서도 신에 가장 가깝노라고 일컬어지는 제국 임프란시오를 마주한 밀렌도요프의 감상은 이것이었다.

'정말 떼돈 벌어 헛짓거리만 하는구나.'

아니. 침착하자. 예술에 돈을 쓰는 것은 훌륭한 일…….

'다 다른 국가 침략해서 얻어 낸 돈이잖아.'

밀렌도요프는 한숨을 뱉었다. 아니다. 그래도 여길 꾸미는 데 든 금액 덕에 담당자들은 이득을 봤겠지. 그래 봤자 그 담당자도 귀족이겠지만……. 밀렌도요프는 이를 악물었고, 카마이유는 그것을 경이로운 광경을 본 계집의 떨림 정도로 해석했다.

정말 제멋대로인 해석이었지만 밀렌도요프의 입장에선 차라리 잘된 셈이었다. 그녀가 가진 속셈을 카마이유가 알았더라면 그녀는 진즉 교수형에 처해졌을 테니 말이다. 밀렌도요프는 자신의 세상에서 해방되고 싶기는 했으나 아무것도 시도하지 않은 채 목이 잘리는 건 싫었다. 패배는, 죽음은, 최소한 무언가는 도전해 본 후에.

끝을 맞이하기 전에, 가능하다면 친구들을 만나고 싶지만, 만날 수 있을 리가 없었다. 카마이유가 그네들을 얼마나 끔찍이 싫어하는지 잘 알고 있는 마당에 무얼 더 바라겠는가. 소식이나마 전해 준다던 말은 당연하게도 이뤄지지 않았다. 다만 카산의 유명세가 널리 퍼지면서 아슬아슬하게나마 목숨을 부지하고 있단 사실만을 알게 되었을 뿐이었다.

그거면 됐다.

그러나 정녕 그것으로 되었을까?

그럴 리 없다. 하지만 밀렌도요프에게는 방법이 없었다. 그녀에겐 세력을 구축할 기초적인 기회조차 주어지지 않았잖은가. 밀렌도요프에겐 기테모어와 연결망을 이어 볼 만한 여력도, 자신의 세력을 만들어 볼 경험도 없었다. 왜냐하면 그녀가 공주이기에. 태생의 한계가 도전의 기회를 박탈했고 결국 밀렌도요프는 앞길에 도사린 것이 절벽임을 뻔히 알면서도 발을 디뎌 보기로 결심하게 된 것이다.

"아슈타르 왕국의 카마이유 왕자와 밀렌도요프 공주 드십니다!"

들어가자, 더한 장식이 눈앞을 어지럽혔다. 단순히 기둥을 수식하기 위한 황금, 에메랄드, 루비, 토파즈, 다이아몬드……. 휘황찬란한 빛의 산란은 병장기의 푸르스름한 예리함을 보는 듯하다. 정치란 모름지기 가장 우아하고 화려한 곳에서 피어나는 법이기에. 결국 이 사치마저도 그네들의 활이며 창이 될 것이고, 무장하지 않고선 발언권을 얻을 수 없다.

'아니지. 이 모든 걸 다 차치하고서라도 공주는 발언권을 얻을 수 없지.'

공주의 역할은 꽃이다. 당장이라도 꿀이 흐를 듯 탐스럽게 피어올라 겹겹이 꽃잎과 암술을 펼치고 아비의, 또는 남편의 옆에 서서 은은한 미소를 짓는 것. 신과 몸을 섞는 것은 영광이지만 공주쯤 되는 존재에겐 그조차 흠결이다. 공주의 궁은 언제나 공주의 미색을 탐낸 남신의 침입을 막는 수십의 병사들로 둘러싸여 있다. 때문에 공주는 왕의 허락 없인 밖을 나갈 수도 없다. 공주의 세계는 딱 그 정도다.

보석과, 비단과, 향유와…… 왕자뿐인 세계.

공주는 왕자에게 시집갈 미래를 꿈꾼다. 왜냐하면 세상에게 허락받은 공주로서의 고귀한 삶이 그것뿐이기 때문이다. 자신의 발로 땅을 디디고 세상을 마주 보는 것은 너무도 두려운 일이니까 자신을 구원해 줄 대리인을 찾는다. 자신을 예속하고 평생토록 지켜 줄 보호자를.

그러나 정녕 그것으로 되었을까?

황제가 밀렌도요프의 앞에 선다. 밀렌도요프는 무릎을 굽혀 절을 올린다. 붉은 황금의 인간, 그 누구보다도 신과 가장 가까운 자, 황제가 밀렌도요프에게 손을 뻗는다. 밀렌도요프는 그 위에 제 손을 가뿐히 겹친다. 마치 한 편의 극본을 따르는 것처럼 정돈되고 정제된 예절.

이윽고 황제는 손등 위에 정중하게 입을 맞춘다.

약소국의 어린 공주에게는 과한 예절이다. 그러나 밀렌도요프만은 조금의 미동도 없는 말간 눈동자로 황제를 바라보았고 황제는 기가 차다는 듯 웃으며 허리를 폈다. 높은 곳에서부터 아래를 내려다보는 시선은 서늘했지만, 그럼에도 퍽 다정했다.

밀렌도요프는 그 다정의 연유를 알고 있었다.

"발칙한 소녀야. 데뷔탕트의 세세한 과정은 생략하자꾸나. 너는 데뷔탕트를 거친 모든 공주가 들어오길 염원하는 세상에 발을 디뎠잖느냐. 그것만으로도 너의 데뷔는 성공적일 수밖에 없다. 그러니 어서 나를 즐겁게 해 보거라. 너는 대체 무엇을 위해 이리도 앙큼하게 편지를 보내온 것이냐?"

원하는 것. 많다. 그러나 그녀가 내밀 수 있는 가장 흥미로운 패는 이것이다.

"공주의 인생에 가장 필요한 것은 무엇이라 생각하십니까?"

"……너, 설마."

밀렌도요프는 건방지게도 황제의 말을 기다리지 않았다. 그녀는 제 옆에서 한 발자국 뒤로 물러선 카마이유를 향해 고개를 홱 쳐들었다.

"카마이유, 대답해 보세요. 공주의 인생에 가장 필요한 것이 무엇입니까?"

카마이유는 황제의 허락 없이 대답해도 좋을지에 대해 고민하다가 밀렌도요프의 눈동자에 서린 푸른 불길에 지레 놀라 대꾸했다.

"······공주의 인생에 가장 필요한 것? 그야······ 보석과, 비단과, 향유······ 그 모든 걸 가져다줄 왕자겠지."

황제는 밀렌도요프를 말리려는 것처럼 황망하게 눈을 떴지만 밀렌도요프는 망설이지 않았다.

그녀는 오로지 이 순간만을 위해 살아왔으니까.

"아니요. 공주에게 무엇보다 필요한 것은 스스로 땅을 디딜 기회입니다. 내 발로, 내 신체로 자유롭게 일어서도 되는 삶!"

밀렌도요프는 그 자리에 한쪽 무릎을 꿇으며 부복했다.

"황제여, 공주에게 왕좌를 두고 왕자와 경쟁할 권리를 주소서!"

당연하게도, 대혼란이 펼쳐졌다.

어떻게 서술해야 할지 모를 정도로 방대한 혼란의 파도가 연회장을 덮쳤다고나 할까. 해일처럼 밀려든 포말이 사람들의 코와 입을 틀어막고 기도를 통해 폐부로 침입해 뱉는 숨결 하나하나에 딱딱한 소금기를 불어 넣는다고나 할까.

그 재난에 가까운 정적을 깨부순 것은 카마이유의 고성이었다.

"너, 밀레나!"

버럭 소리친 카마이유는 눈앞에 황제가 있음을 망각한 사람처럼 손을 번쩍 추켜올렸다. 그것은 누가 보아도 명백히 뺨을 갈기려는 자의 표본이었고 겁에 질림이 마땅한 상황이었지만 밀렌도요프의 눈빛은 한 치의 흐트러짐도 없었다. 오로지 이 순간만을 위해 살아온 인간은 무대에서의 임무를 완성하는 것만으로도 공포 앞에 의연해질 수 있었다.

밀렌도요프는 자신이 꾸민 판 위에서 자신이 원하는 춤을 완성했다. 그게 그녀에게 얼마나 귀중한 경험이었는지 너는 아는가? 아무도 그녀가 이런 짓을 할 수 있을 거라 생각하지 않았다. 왜냐하면 그녀는 여자니까! 자신을 무시하는 사람들의 뒤통수를 친 소감은, 그야말로 상쾌했다.

비록 그녀의 앙큼한 반란은 역사에 남지 못할 것이고, 후대의 그 누구도 그녀를 기억하지 못할 테지만, 그래도, 그래도. 그녀는 분명히 존재했다. 생명을 불사르듯 강렬하게, 시대의 한 자락을 오로지 자신의 힘만으로 피워 냈다. 그거면 됐다.

……그러나 정녕 그것으로 되었을까?

무언가, 들끓는 것이 짓쳐 올랐다. 뜨거운 핏덩이처럼, 이어지지 못할 생애에 대한 미련과 사랑하는 이들에 대한 그리움이 좁은 목구멍을 비집고 올라 눈시울을 발갛게 물들였다. 짧은 상쾌함이 가시자 더없이 비대한 절망이 심장을 짓누르는 것이다.

그러나 그녀에겐 방법이 없었다. 아무것도 없었다. 무대는 끝났다. 그녀의 순간은 더 이어지지 않는다. 그러니 그녀가 할 수 있는 것은 폭력 앞에서 눈을 감지 않는 것뿐이다. 그렇게나마 긍지를 지키려고 발악하는 수밖에…… 없다.

그리하여 그것은 체념이었다. 마음을 끊는 것. 더 살고 싶은 욕망을 거세하고 어떻게든 제게 주어진 참혹한 현실을 받아들이려는 발버둥. 밀렌도요프는 그것에 육 년이란 세월을 소비했고, 이제 조금만 더 지나면 완전히 단념할 수 있을 터였다. 그 순간에 혜성처럼 나타난 이들이 없었더라면 그녀의 마음은 완전히 꺾여 버렸을 텐데. 기대조차 하지 않는 겸허한 마음을 지니게 되었을 텐데.

"감히."

그 순간을 무어라고 표현할 수 있을까?

거먼 총구가 왕자의 머리에 겨눠졌다. 은빛 머리칼의 소녀가 그 총을 쥐고 있었다. 검은 머리카락을 길게 묶어 늘어뜨린 어떤 청년이 붙든 왕자의 손목은 밀렌도요프의 뺨을 때리려던 당초의 목적을 달성하지 못한 채 허공에 고정되어 부들부들 떨리고 있었다.

"공주를 때리려 했습니까!"

밀렌도요프는 아주 느리게 눈을 깜빡거렸다. 눈앞에 들이닥친 상황을 파악할 수가 없었다. 온갖 장면들이 불꽃에 내던져진 색색깔의 유리 파편처럼 뒤섞여 녹아내리고 있었다.

이건 꿈인가? 꿈인 걸까?

그도 그럴 게, 그들이 자신의 눈앞에 있을 리가 없잖아.

밀렌도요프가 현실을 받아들이지 못하고 있을 때, 카마이유가 몸을 세차게 떨었다. 그가 당혹에 치를 떠는 건 당연한 일이었다. 유력한 왕위 계승 후보자는 남에게 위협당해 본 경험이 한 번도 없었다. 더군다나 저들은 그가 직접 죽으라고 쫓아낸 자들이 아닌가!

"네놈들은…… 설마……. 젠장, 감히 왕자에게 총을 겨누다니! 여봐라, 이 무례한 노예들을 당장!"

뮈블랑은 카마이유가 말을 이을 틈을 주지 않았다. 그녀는 당장 바닥에 무릎 꿇었다.

"황제 폐하! 부디 청컨대 이 미욱한 자들의 말을 들어 주십시오. 유닷테 말레히트의 전언을 들고 왔습니다! 유닷테가 말하길, 밀렌도요프 공주의 즉위를 위해서라면 무엇이든 하겠다고 하였습니다! 허니 바라옵니다. 부디 현명한 결정을 내려 주십시오!"

"뭐, 뭐라고? 유닷테 말레히트가……?"

유닷테 말레히트는 황제의 권위에 도전할 수 있는 유일한 비종교 집단의 수장이다. 그런 인간이 밀렌도요프의 지지를 선언했다는 것이 무엇을 의미하는지 깨달은 카마이유의 얼굴이 일그러졌다. 그가 무어라 반발을 하려던 찰나였다.

살갗이 살갗을 때리는 마찰음이 작게 울려 퍼졌다. 밀렌도요프였다. 그녀가 자신의 뺨을 스스로 때린 것이다.

"꿈이, 아니야……?"

"공주님! 뭐 하시는 겁니까! 안 아프세요? 괜찮으세요? 공주님? 공주님?"

"꿈이…… 아니었어……."

어딘가 홀린 사람 같은 태도였다. 뮈블랑과 카산이 서로를 바라보며 의원을 불러야 하지 않느냐고 쑥덕거릴 때였다.

"꿈이 아니야! 뮈블랑! 카사안!"

밀렌도요프가 그들에게 달려갔다. 펄쩍 뛰어 안겼다. 무의식적으로 그녀를 받아 안은 뮈블랑은 조금 놀란 것처럼 눈을 휘둥그레 뜨다가, 결국에는 웃어 버렸다.

"다 크신 분이 뭔 애교입니까! 예? 이렇게 어리광쟁이로 자라셨어요?"

"그래서 싫어?"

"아니요! 너무 좋아요!"

뮈블랑은 숫제 밀렌도요프를 들고 빙글뱅글 돌기까지 했다. 노란색 드레스 자락이 휘몰아치듯 나부꼈다. 육 년 만의 재회였다. 할 이야기가 많았다. 나눌 감정이 그리도 많았다.

그러나 재회에 마냥 기뻐할 수도 없는 노릇.

뮈블랑과 카산을 연회장으로 데려온 엠버 페르체도가 어느새 냉철한 기사단장의 모습으로 돌아가 황제의 뒤에 섰다. 파티를 즐기던 기사단원들이 하나둘씩 일어서 도열하기 시작했다. 긴장감이 등골을 저릿저릿하게 만들었다. 뮈블랑은 밀렌도요프를 더욱 세게 끌어안았다.

황제는 말한다.

"밀렌도요프 공주와 유닷테의 부하는 나를 따라오라. 오늘 밤 안에 너의 발칙한 제안에 대한 대답을 발표하겠다."

황제와 독대하러 가는 길은 꽤 멀었다.

안전한 장소를 찾아가야 하니 걸어야 한단 건 납득할 수 있는 일이지만 지루함을 참긴 힘들다. 장난삼아 연회장에서부터 궁정까지의 길이를 가늠해 보려던 뮈블랑은 이내 고개를 절레절레 흔들고는 황제의 뒷모습에 시선을 고정했다.

바다를 닮은 푸른 머리칼을 아무렇게나 풀어 헤친 늘씬한 사내는 기다란 다리로 휘적휘적 복도를 가로지르고 있었다.

저도 모르게 감탄사가 나오려다 입술 새에 붙잡혔다. 어쩜 저리도 대담한지. 유닷테의 암살자라는 자를 뒤에 두고도 아무렇지 않게 걸음을 옮기는 저 태도야말로 진정 황제의 기상이라 할 수 있을 것이다. 아니면 엠버 페르체도를 믿는단 의미일까.

어느 쪽이든 용감하기 그지없는 남자임이 분명하다.

복도에는 창밖의 나뭇가지 그림자가 을씨년스럽게 늘어져 있었다. 황제의 너른 등짝을 화려하게 수놓던 그림자가 이윽고 뮈블랑의 발앞까지 도래했다. 뮈블랑은 무의식적으로 그림자를 피해 폴짝 뛰었다. 단순 흥미에 의한 행동이었지만 누군가에겐 그리 보이지 않은 모양이다.

맥시밀리언이 문제였다. 그는 팽팽하게 긴장하고 있었던 듯 뮈블랑이 이상 행동을 벌이자마자 검을 뽑아 휘두른 것이다.

그리고 단 세 사람만이 그 궤도에 반응할 줄 알았다.

뮈블랑이 바닥을 구르며 회피한 즉시 카산이 맥시밀리언의 명치를 걷어찼고, 동시에 단장이 아무 망설임 없이 밀렌도요프에게 검을 겨누자마자 뮈블랑과 카산이 양손을 들어 올리고 무릎을 꿇었다. 명백한 소요의 종결이었다. 지나치게 빠르고 간결한 끝맺음은 시선으로 따라가기조차 벅찰 정도였다. 무거운 침묵이 내리깔렸다. 뒤늦게 사태를 파악한 자들이 숨을 들이켜는 소리만 몇 번 흘렀다.

그렇게나 대담하던 황제마저도 눈을 깜빡이며 되물을 지경이니 더 이상의 첨언은 필요 없을 것이다.

"······그러니까, 엠버······. 이게 실례가 될지도 모르는 말이란 건 알고 있는데, 자네가 민간인에게 검을 겨눴다고? 황실 기사단원이 스물이나 호위 중인데, 고작 둘을 제압하기 위해서?"

"황제 폐하의 안전보다 중한 것은 없습니다. 제 기사도 따위가 알 바입니까."

"아니 내 말은······. 아닐세. 좋아. 그래."

황제가 하고 싶었던 말은 이것이었다. '누구보다 강한 나의 패, 엠버, 자네가 민간인을 위협하지 않고서는 이 소란을 제어하기 어려울 정도라면 유닷테의 수족이 그 정도로 위협적이라는 의미인가?'

그러나 공개적으로 꺼내어 좋을 것 하등 없는 말이었다. 황제는 얼음장처럼 시린 눈동자를 몇 번 깜빡여 당혹감을 지운 후 너그럽게 웃었다.

"뭐, 호위의 책무를 맡은 자는 자네이니, 무엇이든 자네 뜻대로 하게나."

황제가 그리 말하자 나가떨어져 있던 맥시밀리언이 비척비척 일어서며 위험성을 토로했다. 뮈블랑과 카산에게 안대를 씌워야 한다는 부단장의 강경한 의견을 격추한 것은 단장의 반박이었는데, 뮈블랑은 '유닷테의 암살자라면 눈을 감고도 누워서 떡 먹는 것보다 쉽게 우리가 원치 않는 불상사를 이뤄 낼 것이다.'라는 고평가를 어떻게 이용해 먹을지에 대해서 조금 고민했다.

간단히 설명하자면 밀렌도요프가 칼에 겨눠져 있는 상황에 대한 현실 도피였다.

"나, 나는 괜찮으니까 걱정하지 마."

밀렌도요프의 말에 알겠노라고 고개 끄덕이는 것 외엔 할 수 있는 게 없지만 진정 걱정하지 않을 수도 없는 노릇이다.

엠버 페르체도는 뮈블랑과 카산을 황궁으로 데려오던 호탕한 이야기꾼의 모습을 벗어던지기로 작정한 것인지 지독히도 싸늘한 낯으로 그들을 흘겨보며 밀렌도요프의 목에 검을 겨누고 있었고 따라서 뮈블랑과 카산은 저자세를 취할 수밖에 없었다.

'우리 공주님 목에 티끌만 한 상흔이라도 생기면 아주 다 죽을 줄 알아라. 어디 폭탄 테러 당해 보고 싶으면 해 보라고!'

이윽고 그들은 어느 공간에 도착했다. 드높은 자리에 황좌가 놓여 있고 그 아래로 신료들의 자리가 마련되어 있는 국정을 돌보는 장소였다. 더는 기사단원들이 들어오지 못했다. 부단장과 단장만이 따를 것을 윤허받았다. 황제는 손짓으로 밀렌도요프를 붙잡고 있는 엠버 페르체도를 따라오게 했고 부단장 맥시밀리언은 계단 맨 아래쪽에 뮈블랑과 카산을 무릎 꿇렸다. 밀렌도요프를 꽤 높은 계단에 세운 황제가 느른하게 입술을 움직였다. 무감한 눈빛과 대조되는 모양새였다.

"밀렌도요프 공주, 이 깜찍한 소녀야. 네가 재기발랄한 요청을 구태여 내게 해 온 것은 네가 알고 있기 때문이겠지?"

밀렌도요프는 대답하지 않았다. 황제가 이어 말한다.

"내가 여자란 것을 말이야."

뮈블랑의 입이 쩍 하고 벌어졌다. 분위기를 파악하지 못한 성대가 반문을 토해 냈다.

"예?"

그러나 뮈블랑의 혼란을 수습해 줄 여력은 밀렌도요프에게 없었다. 그녀는 그저 목에 겨눠진 칼을 의식하지 않으려 노력하며 작게 고개를 끄덕일 뿐이었다. 얼마간의 정적 끝에, 푸른 머리카락에 얼음장 같은, 그러나 어딘가 다정스러운 눈동자를 가진 황금 관의 주인은 낮은 곳에 무릎 꿇고 앉은 뮈블랑과 카산을 굽어보았다.

"저치들은 모르고 있던 모양이로군? 기테모어가 말해 주지 않았나?"

"저만 알고 있었습니다. 폐하."

"어째서?"

"부덕하게도 제가 어머니…… 블리마데세와 스승 기테모어의 담화를 엿들었기 때문입니다. 그분들은 자세한 이야기를 들려주려 하지 않았으나…… 저의 방종함이 그만 우를 범했습니다."

밀렌도요프에게는 썩 쪽팔린 기억으로 남아 있었으나 지금 와 돌이켜 보면 그 순간이나마 없었더라면 아무런 계책도 세우지 못했을 테니 실로 운명의 안배라고 할 만한 것이었다. 황제는 무언가에 홀린 사람처럼 하염없이 중얼거렸다.

"그러하군……. 기테모어가 말한 게 아니었어……."

뮈블랑은 아무것도 알아들을 수가 없었다. 모두 다 혼란이었다. 여자가 어떻게 황제가 되었으며, 왜 아무도 그녀의 성별을 알지 못했느냐는 말이다. 그건 말이 안 되는 일이었다. 당장 시장에 나가 누구 하나를 잡고 황제가 여자란 말을 한다면 몰매를 맞을 게 뻔한데 어떻게 황제가 여자란 말인가! 옆에 무릎 꿇은 카산도 비슷한 심정인지 주먹을 말아 쥐었다가 펴기를 반복하고만 있었다.

그런데도 밀렌도요프는 목에 피가 맺히는 것을 아랑곳하지 않고 한 걸음을 앞서며 당당하게만 말하는 것이다.

"그러니 저는 애원합니다. 자비를 베푸소서."

그리고 황제는 거부한다.

"내가 여자라는 이유로 너를 도와야 할 까닭이 무엇이냐."

밀렌도요프가 움찔 떨었다.

비대한 절망감과 알량한 속내를 들켰단 수치심이 어깨를 늘어뜨리고 고개를 떨어뜨리도록 종용하고 있다.

밀렌도요프는 본래 실패에 두려움이 없었다. 실패가, 그 뒤에 도사리고 있을 죽음이 아무렇지도 않았다고 한다면 거짓말이겠지만, 성공하리라고 확신하지도 않았다. 생에 대한 욕망을 거의 단념한 만큼, 황제가 거부하더라도 괜찮을 것이라 생각했는데, 문제는 국면이 뒤집혔던 부분이었다.

'감히, 공주를 때리려고 했습니까!'

성공해야만 한다. 그들이 제게 돌아와 주었는데 자신이 실패할 순 없다. 그들을 두 번이나 위험에 빠뜨릴 수는 없다.

그러나 대체 방법이 어디 있단 말인가!

"너는 고작 성별을 위안 삼아 이 계책을 세운 것이냐. 한심하구나. 짐은 너를 돕지 아니한다."

혹평에 반발하지도 못할 만큼 밀렌도요프의 계략은 어리석기 그지없었다. 그것은 팔다리가 잘린 자가 절벽으로 기어가는 심정으로 내세운 것. 제대로 된 계책 자체가 아니란 말이렷다. 그런 것에 목매어 성공시키려고 발악하는 모습을 본다면 말 그대로 신이 비웃을 터였다.

그러나, 밀렌도요프에겐 방법이 없었다. 밀렌도요프는 사교 활동을 위한 편지를 제외한 모든 것을 감시받으며 철저하게 카마외유의 손아귀 속에 갇혀 있었다. 이런 상황 속에서 어찌 세력을 구축하며 어찌 왕이 되기 위한 준비를 하겠나. 그녀의 최선이 이것이었다.

그런 이상, 그녀는 해내야만 했다.

더는 울지 않으려고 했는데 자꾸만 눈물이 고였다. 밀렌도요프는 울음을 터트리며 읊조렸다.

"그렇다면 도대체 기울어진 추를 바로잡을 자는 누구란 말입니까?"

처절한 울음이었다.

그리고 황제는 대답하지 않는다.

"신입니까? 저 먼 성좌 위에서 우리를 굽어보는 신이란 말입니까? 도대체 신이 우리에게 무엇을 해 줍니까. 무례하다 하시렵니까. 방종하다 하시렵니까. 그러나 세계는 글러 먹었습니다! 아무도 이 이상한 균형을 지적하지 않아요! 신조차도 그렇죠. 신이 돕지 않는다면, 인간의 손으로 무게를 맞추길 바라는 것이 정녕 무지의 소치일 뿐입니까? 제가 어리석고 미욱하여 세계의 이치를 눈치채지 못하는 것뿐입니까?"

뮈블랑은 무슨 내용인지도 모른 채 밀렌도요프의 목소리에 담긴 기백에 압도당했다.

그러나 황제는 아무렇지도 않게 대답할 뿐이다.

"그렇다. 너는 눈치채지 못하고 있다."

"무엇을요?"

황제의 음성이 낮고 푸르러졌다. 그녀가 말하고 있는 내용은 철저하게 사늘하고 냉정한 것이었다.

"어째서 신화에 여신을 강간하는 남신이 버젓이 등장하는지 너는 아느냐. 신조차도 그렇다. 여신과 남신은 동등하지 않다. 모든 남신이 가해자라는 것이 아니라, 모든 여신이 피해자라는 것이 아니라, 세계의 균형이 그리 맞춰져 있다는 말이다. 그게 무엇을 의미하는지 너는 정녕 모르겠느냐."

아, 다른 모든 사람이 알아듣지 못하더라도 밀렌도요프만은 이해할 수 있었다. 극심한 고독과 절망이 그녀의 폐부를 가득 살라 먹어 내뱉는 말씨에 서러움을 뚝뚝 묻어나게 했다.

"……신마저 여자의 즉위를 용납하지 않을 것이란 의미로군요."

턱을 타고 떨어진 눈물이 엉망진창으로 으깨졌다.

밀렌도요프는 느릿하게 되풀이했다.

"하늘이, 여자가 지도자가 되는 것을 막고 있는 거예요."

어쩜 이렇게 지독할까. 황제, 아브리치오는 가여운 공주를 내려다보며 생각한다. 세상이, 어쩜 이리도 지독할 수 있단 말이냐.

엠버 페르체도는 전쟁 통에 뼈 빠지게 굴러 가까스로 황실 기사단장이라는 위치까지 올랐다. 전쟁의 남신과 여신마저도 기가 차 허락할 수밖에 없었던 위업이었다. 그러나 그게 끝이었다. 더는 불가능했다. 애당초 그렇게 설계된 세상이었다. 세상을 만든 자들이 그걸 원하고 있었다. 한 기사단을 이끌 자격까진 윤허되어도 일국을 다스릴 권리는 내려 받을 수 없었다. 그 뛰어난 아브리치오마저 어떤 신의 헌신적인 도움 없인 결코 이 자리에 앉지 못했을 것이었다.

"내 성별이 주위에 알려지지 않은 것이 의아하겠지."

"은닉과 그림자의 신 소닉이군요."

아브리치오가 채 말을 잇지 않아도 밀렌도요프는 깨달았다. 어느 신이 그녀의 성별을 은닉한 것이라고, 평생을 오라비이자 지아비인 광휘의 신 아래 눌려 살던 그 유약한 여신이 기어코 형벌을 감수하고서라도 위하고자 하는 것을 찾았노라고.

그리고 그것을 이해할 수 있는 것은 뮈블랑 또한 마찬가지였다. 그녀는 혼란스러움에 깜빡거리는 시야를 꾹 눌러 감으며 외쳤다.

"우리 공주님도 그러면 안 됩니까?"

밀렌도요프는 대답했다.

"안 돼, 뮈블랑. 그래선 소용이 없어. 나는 가장 낮은 곳에 있는 사람도 인간으로 살 수 있는 사회를 만들고 싶은 거야. 그걸 위해선 여자로서 왕위에 앉아야 해."

황제 또한 첨언했다.

"저 갸륵하고도 발칙한 소망은 차치하고서라도 불가능한 요청이니라. 은닉과 그림자의 신 소닉은 나를 도운 죄로 내 즉위 동안 형벌을 받게 되었다."

뮈블랑은 그 형벌이 무엇인지 짐작하고 끔찍한 표정을 지었다. 황제는 나직하게 말을 이었다.

"그러므로 다른 신들도 나서지 못할 것이다."

"그렇다면 어찌해야 합니까?"

정말이지 멍청한 질문이었으나 그들은 황제에게라도 매달리고 싶었다. 신의 영향력이 막대한 세상에서 가장 높은 자리에 오른 자에게 매달리지 않는다면 또 누굴 찾아가란 말인가. 밀렌도요프는 칼이 목에 겨눠져 있는 걸 잊어버린 사람처럼 두어 발걸음을 앞으로 나가다가 칼에 목이 베였다. 뮈블랑은 자길 억누르고 있는 부단장의 팔을 쳐내고는 바닥에 머리를 조아렸다. 카산도 따라 엎드렸다. 울음에 가까운 목소리들이 자비를 애원했다. 제발, 제발, 저희를 굽어살펴 주세요. 그들은 절박했다. 이곳을 나서면 카마이유가 당장 그들을 죽이려 할 것이다. 뮈블랑과 카산이 막는다고 해도 평생을 쫓겨 다니며 살 순 없었다. 패를 깐 이상, 게임은 진행되어야 했다.

그래, 게임.

'너는 죄책감을 가질 필요가 없단다, 아가야. 이건 그저 게임일 뿐이니까.'

황제는 결정했다. 저들이 목숨을 걸었으니, 나 또한 걸어 보겠노라고.

어느 날엔가 어느 신이 그랬듯이.

"나는 신성 제국의 황제로서 신들에게 제국의 국교권을 걸고 경합의 개최를 요청하겠다. 너와 카마이유가 왕위를 두고 경쟁하는 경합 말이다."

그들은 까마득한 기억에서부터 신들의 경합이란 단어를 떠올렸다. 기테모어가 그들에게 녹인 초콜릿을 들려 주고 두런두런 속삭여 주던 옛이야기가 있었다.

'먼 옛날에, 고대의 사람들은 숱하면 경합을 벌였답니다.'

신들의 경합이란 아주 먼 고대에 활성화되었던 게임이다. 인간계에 대한 신들의 개입은 엄한 규칙으로 제어되고 있다. 고로 사적인 전쟁에서는 신들의 도움을 받기 힘들었다. 그래서 인간들은 신들의 축복을 받아 가며 원하는 것을 쟁취하기 위한 방도로 모의 전쟁에 가까운 경합을 선택했다.

'몇천이 죽어 나가던 전쟁에서 몇백이 죽어 나가는 게임으로 장르가 뒤바뀌었으니 좋은 일이라고 해야 할까요?'

경합은 총 세 판의 게임으로 진행되고, 그 세 번의 기회 속에서 신들은 자신이 예상한 승리자의 편에 서서 축복을 내리는 등의 도움을 줄 수 있다.

'그런데 여기서도 한계가 있었어요. 과도한 신의 축복을 받으면 인간의 육신은 망가져요. 동시에, 경합 도중에는 강림이나 불사, 부활 등의 권능은 사용할 수 없다는 제한이 걸려 있지요. 물론 하려면 할 수야 있지만 그랬다가는 이후에 신들의 왕, 천둥 번개의 신 프레이에게 형벌을 받을 것이 뻔한데 누가 그러겠어요?'

황제가 이번 경합에 국교권을 걸었으므로 '승리 예측의 적중률이 가장 높은 신' 중 '게임을 통해 가장 많은 신앙을 확보한 신의 종교'가 제국의 국교가 될 것이다. 여태까지 제국은 국교를 정하는 바 없이 무수한 신들을 한 번에 받들어 모심으로써 여러 이득을 취했다. 그런데도 황제가 그를 포기한다는 것은, 즉……

"이는 내가 너희를 도울 수 있는 마지막 방법이며, 그 무엇보다도 어려울 것이다. 그러나 만약 그 경합에서 승리한다면 밀렌도요프, 너는 왕이 되겠지. 자, 어디 한번 신에게 울부짖어 보아라."

자신이 할 수 있는 최선을 다해 밀렌도요프를 돕겠노라는 선언이었다.

"나는 나의 신 소닉에게 너의 승리를 빌겠다."

✠ ⚜ ✠

그리하여,

경합이 개최될 것이라는 소식은 만세계에 퍼뜨려져,

끝내 어느 절벽에 매달린 채 독수리에게 간을 뜯어 먹히는 중인 여신에게까지 가닿았다.

'세상은 움직이기 시작할 거야.'

'아르미타그, 너만 믿는다.'

그녀는 웃었다. 피투성이로 물든 입술로.

✤ 제5장 ✤
나 또한 행동해야 함을

우레가 친다.

세상이 떠나가라 울려 퍼지고 있다.

소리가 앞서진 않는다. 먼저 빛이 터진다. 그리고 세상이 뒤집힌다. 흑색으로 가득하던 세상이 백색으로 덧칠되듯, 파랗고 노란 색채를 덧붙이며 빗소리 자욱한 세상을 빛으로 물들인다. 며칠 내내 쏟아지는 억수 같은 비 탓에 뮈블랑과 카산도 이 망할 놈의 천둥 번개가 다소나마 익숙해진 참이었지만, 그러나 이번만큼은 달랐다. 무엇이 다른지도 모른 채 다르다는 것만을 감각했다.

번쩍하고, 유성우 아닌 빛이 세상에 내리꽂히는 그 짧은 순간,

모든 것이 아주 느리게 흐르기 시작했다.

솜털이 젖어 퍼덕거리는 아가 새의 서툰 날갯짓 소리, 동굴 안을 떠다니는 반딧불이의 오색 눈동자와, 축축하게 젖은 소매에서 물이 뚝뚝 떨어지는 무게감까지, 그 모든 게 아찔하게 흘러들어 와서.

그리고 그 중심에 네가 있어서.

너, 너 말이야. 카산. 이 개자식아.

파르라니 허연 네 뺨이 시야에 고인다. 밤하늘이 반사돼 조금은 푸르고 연한 색채를 띠고 있다. 저도 모르게 움켜쥐어 버린 동굴 이끼의 축축함. 쿠르릉. 천둥소리와 함께 속닥거리는 음성.

"다시 말해 줄까, 뮈블랑."

그리고 그 모든 소음이 잦아들었을 때 못을 박듯 너는 말한다.

"나는 너를 사랑해."

✤ ✤ ✤

그로부터 사흘 전, 황제가 호위병과 함께 아슈타르 왕국으로 돌아가라 말하던 무렵의 일로 포문을 열겠다.

억수 같은 비가 쏟아지기 시작한 날이었다.

제국 호위병에게 둘러싸인 카산과 뮈블랑은 밀렌도요프와 회포를 풀 시간도 갖지 못했는데, 카마이유가 당장이라도 밀레나를 죽일 듯이 분노했기 때문이었다. 뭐, 그야, 순한 양처럼 고분고분하던 손아귀 안의 계집이 이빨을 세운다면야 누구든 화를 내겠지마는 그래도 그의 화에는 좀 과한 면이 있었다. 황제가 친히 내려 준 호위병도 무시하고 뺨을 갈기려 손을 치켜든 채 성큼성큼 다가왔으니 말이다.

카마이유는 호위병들에게 가로막힌 채 말이 되지도 못할 욕설을 마구잡이로 쏟아 냈고 뮈블랑은 얼굴이 새빨개져서는 길길이 날뛰며 마주 비속어를 쏟아부으려는 혓바닥을 깨물었다. 그렇게라도 참아야 했다. 어째서 참아야 하느냐고? 그야 답은 떡하니 나오지 않았나. 아직은 밀렌도요프의 세력이 만들어지지 않았으니 괜스레 불화를 조장할 필요 없다. 고개 숙이지 않을지언정 부추겨선 안 된다.

그걸 아는데도 분노가 폐부에 가득 차 내뱉는 숨결마다 불이 서렸다. 갈비뼈가 저릿저릿하도록 숨을 들이켜 폐를 부풀렸다가 가라앉히

기를 수 번 반복하고 나서야 머릿속의 경종이 멈췄다.

그녀가 화가 난 이유는 단 하나다. 밀렌도요프가 그간 홀몸으로 저 따위의 저열한 말들을 들어왔단 사실이 뼈저리도록 죄스럽고 미안해서. 그래서 화가 났다. 더 빨리 왔어야 했는데, 더 많이 죽였어야 했는데, 농땡이 피우지 말걸, 즐겁지 말걸, 주군이 여기서 이리 괴로웠는데 어찌 나 혼자 잘 살았는지. 이루 말할 데가 없을 만큼 부푼 죄책감이 터지기 직전까지 팽창해 심장을 짓눌렀다. 어디 토해 낼 구석도 없는 울화가 차곡차곡 쌓여 입만 열면 쏟아질 것 같았고 그래서 그들이 탑승한 마차는 내내 정적이었다.

평소였더라면 넉살 좋게 이야기를 이끌었을 뮈블랑이 침묵하니 자연스레 말재주 없는 카산은 입을 다물었고, 거기다가 밀렌도요프까지 딴청을 부리니 어쩔 수 없는 결론이었다.

밀렌도요프에게도 사정은 있었다. 카마이유가 자신에게 고성을 지르고 입에 담지 못할 욕설을 지껄이며 폭력을 행사하려 하는 장면을 들키고야 말았다는 일종의 수치심이 밀렌도요프의 입을 걸어 잠근 것이다.

자신에게 가해진 폭력이 제 잘못이 아님을 모르지는 않았다. 그러나 쉽사리 벗어날 수 있다면 우리는 그것을 세뇌라고 부르지 않았을 것이다. 밀렌도요프는 마음속으로 끊임없이 카마이유에 대한 공포를 이겨 내려 발악하고 있었다. 더는 안 된다고, 대등한 위치에 서서 눈을 마주 보고 싸워 이기려면 이대로는 안 된다고.

쉽지 않았다. 그래서 침묵도 길었다.

가까스로 마음을 추스른 밀렌도요프가 간신히 말을 꺼냈지만,

"카, 카산은 검투사로 지냈다고 했지……. 뮈블랑은 그동안 뭘 하고 지냈어?"

"……."

암살자를 했다고 말할 수도 없는 노릇이니 흐지부지될 수밖에. 뮈

블랑은 머쓱하게 고개를 돌렸고 그대로 대화는 단절됐다.

아슈타르에 도착할 때까지도 쭉 그 상태였다.

그러나 그들의 소통 부재 외에도 문제가 산적해 있었다. 밀렌도요프는 어린 시절 기테모어에게 배웠던 기억을 제하고는 단 한 번도 왕이 되기 위한 수업을 들어 보지 못했다. 따라서 경험도 부진했다. 무얼 어떻게 해야 세력을 응집하고 교섭하고 설득하는지에 대해 알지 못하는 밀렌도요프는, 고작해야 진심을 다한다는 상투적인 말밖에 할 수 없었다.

그래서 뮈블랑이 어떻게 반응했는지 아는가?

"공주님, 말이 되는 소릴 하십쇼. 교활한 살쾡이 떼에게 진심으로 다가가 봐요, 담날에 봐 보면 뼈만 남아 있을 겁니다. 살점 하나 안 남기고 쪽쪽 빨렸을 거라니까요."

날 선 혓바닥은 언제나처럼 신랄했다. 밀렌도요프는 저 비꼬는 말투가 묘하게 반갑다고 생각하면서도 다소 울컥했고, 그래서 또다시 침묵이 괴었다. 딱 그 어색한 무렵에 도착한 것이 기테모어의 편지였다. 왕궁 출입 금지령을 받아 여태껏 밀렌도요프와 접촉하지 못했던 기테모어는 카마이유가 밀렌도요프에게서 손을 뗀 사이에 편지를 보내 온 것이다. 그리운 스승은 서두를 이렇게 뗐다.

「지금쯤 어색해서 죽어 가고 있죠, 다들?」

문장을 읽자마자 와락 웃음이 터졌다. 웃음기 가득한 세 쌍의 눈알들이 헐레벌떡 다음 행간을 넘어섰다.

「복잡한 생각일랑 제쳐 두고 일단 서로 만났다는 사실에 기뻐합시다. 나는 정말이지 기쁩니다. 기뻐서 죽어도 좋을 지경이에요.

밀렌도요프, 당신이 자랑스럽습니다. 견뎌 줘서 고마워요. 뮈블랑도, 카산도 마찬가지예요. 서로 떨어져 있는 동안의 시간이 얼마나 고된 세월이었을지 나는 짐작조차 할 수 없습니다. 그러니 서로를 위안 삼아 회포를 풀었으면 좋겠습니다.

처음엔 거리감이 느껴질 거예요. 육 년간 떨어져 있었으니 그럴 만도 하잖아요? 그렇지만 곧 깨닫게 될 겁니다. 아, 내가 알던 그 사람이구나. 내 가족, 내 친구, 내 사람이구나. 그걸 믿고 나아갑시다. 못난 스승의 말, 들어줄 거죠?」

가운데 서 있던 밀렌도요프가 와락 뮈블랑과 카산의 손을 움켜쥐었다. 뮈블랑과 카산도 잡은 손을 놓지 않았다.

「내가 당신들을 도울 방법이 있는 것 같습니다. 확실하다고는 말 못하지만 적어도 내 한 몸만은 당신들을 지지하려 해요. 그러니 뮈블랑, 카산, 나를 만나러 오세요. 탄쿠마르 산맥의 초입에서 기다리고 있겠습니다.」

편지는 여기서 끊겼다.

뮈블랑은 갈등했다. 아무리 기테모어라고 해도 어떻게 덥석 믿고 밀렌도요프를 적진에 두고 간단 말이냐.

그러나 예상 외로 밀렌도요프의 의견이 강경했다.

"나는 너희를 믿는 만큼 스승님을 믿어."

"믿지 말래도요!"

"내 믿음에 네 의견은 필요 없어, 뮈블랑."

"아, 진짜 답답하게 하시네. 상호 신뢰라는 건 어린애들 동화 속에나 나오는 허풍이요 미신이라고요."

"그렇지만 너는 나를 믿잖아."

"……."

"그리고 나는 너를 믿고. 뮈블랑, 그거면 충분한 거 아닐까?"

결국 뮈블랑은 고개를 주억거렸다. 뮈블랑은 밀렌도요프를 믿는다. 밀렌도요프는 뮈블랑을 믿는다. 고로 상호 신뢰는 존재한다. 훌륭한 논리다. 훌륭하다 못해 아주 풋내 나고 시큼하기 짝이 없는 덜 익은 과실이다. 삼킨다면, 몰이해의 낙원에서 추방당할 텐데. 그 지독히도 평화롭고 이기적인 천국에 다시는 발을 들일 수 없을 텐데도 뮈블랑은 기어코 어금니로 과육을 씹었다.

너를 믿겠다고 결심했다는 뜻이다.

뮈블랑과 카산은 탄쿠마르 산맥을 향해 말을 달렸다. 우거진 숲속에 억센 빗줄기까지 더해지니 여정은 고행이었다. 지친 그들은 사흘간 가쁘게 말을 달렸으나 점점 비가 폭포수처럼 쏟아지기 시작하자 근처의 동굴에 몸을 숨기기로 했다. 뮈블랑은 당장 옷을 벗었고 카산은 눈을 돌렸다.

"뭐 해, 안 벗고."

"나는 괜찮으니까 너나……."

"이 기온에 비 맞고 젖은 옷 그대로 입고 있으면 죽어, 자식아. 이 누님이 벗겨 버리기 전에 속옷만 빼고 모조리 벗어라잉?"

카산은 얌전히 벗었다. 뮈블랑이 냅다 카산의 품속으로 뛰어들었다. 카산은 놀라지 않았다. 살려면 붙어 있어야 했으니까. 대신 사심을 좀 담아서 뮈블랑을 끌어안았다. 뮈블랑도 마주 파고들었다. 젖은 몸이 얽혔는데 하나도 야하지 않단 점에서 카산의 자제력을 칭송해야 할 것이다. 그러나 인내는 거기까지였다.

목 끝까지 짓쳐 오른 활자가 서럽도록 어여쁘게 뚝뚝 맺혔다. 이걸 내뱉으면 모든 게 물거품처럼 터져 버릴지도 모른다는 것을 알면서도 말하라고, 언어를 내뱉어 소리로 화하라고. 마치 광막하리만치 드높은 곳에서 누군가가 그렇게 속삭이는 것만 같았다. 그것은 신보다도 성스러운 목소리로 느껴졌기에, 카산은 속삭임에 따르기로 했다.

숭고한 마음을 표현할 수 있는 도구가 이런 유치하고 조잡한 목소리뿐이란 사실이 가슴 저렸다. 너에게 주는 것이라면 무엇이든 가장 아름답고 찬연한 것이었으면 하는데 나는 왜 하필 나일까. 그런 마음으로 나직하게 내리깔린 목소리가 귓바퀴를 타고 굴러떨어졌다.

"……내가 만약 너를 사랑한다고 하면 너는 기분이 나쁠까."

바로 그 순간, 동굴 밖에서 빛이 터졌다가, 사그라지고. 백색으로 변했던 세상이 아주 빠르게 흑색으로 돌아가고.

모든 것이 지나칠 정도로 가쁘게 호흡하는 가운데, 보이는 것은 모호하게 이지러진 너의 미간, 이어지는 것은 천둥소리.

"……뭐라고?"

"다시 말해 줄까."

청년은 모든 소리의 정적 속에서,

비 젖어 열병 걸린 사람처럼 충동적으로, 그러나 담담하게.

몇천 번이고 속으로만 되뇌었듯이,

속삭인다.

"나는 너를 사랑해."

울림이 모두 멎은 후에야 모든 시간이 자연스럽게 흐르기 시작했다. 빗물 떨어지는 소리와, 젖은 나무를 살라 먹는 불길의 춤과, 그것을 느끼는 감각이 원상태로 돌아와서.

뮈블랑은 대뜸 소리를 질러 버린 것이다.

"야! 너 착각하지 마! 그거 사랑 아냐! 우정이라고!"

……이게 과연 고백 직후에 지껄일 말일까?

누구든 저 대꾸를 들었다면 어이가 사라지다 못해 분개했으리라. 타인의 감정을 제멋대로 재단하는 것은 그른 일이었다. 그러나 다년간의 경험으로 인해 뮈블랑의 개 같은 말버릇에 익숙해져 있던 카산은 일단 마른세수부터 시작했다. 굵고 기다란 마디로 눈 사이의 콧대

를 꾹꾹 눌러 침착성을 되찾은 카산은 우선 설명부터 시작했지만,

"뮈블랑, 너에 대한 내 감정은 우정과는 달라."

"뭐가 다른데."

뮈블랑이 철벽을 쳤다. 그럼에도 카산은 꿋꿋했다. 그는 최대한 이성적으로 행동하기 위해 악을 썼다.

"네가 제일 소중해."

그러나 뮈블랑은 정말이지 만만찮은 작자였다.

"공주님은."

여기서 공주님이 왜 나오느냐고 반문할 뻔했지만 어떻게든 참은 카산은 눈썹을 조금 치켜세웠다.

"공주님만큼 네가 소중해."

"그게 왜 우정이 아닌데. 너 공주님도 사랑하냐?"

오, 쓰레기 같은 발언. 카산의 미간이 일그러졌다.

"아니거든. 주군에 대한 충성심과 사랑은 전혀 다른 감정이야."

"뭐가 다른데."

거의 나신인 채로 끌어안고 있으면서 할 소리는 아니었지만, 어쨌거나 카산은 얼굴을 붉히며 고개를 돌렸다.

"나는 너에게 닿고 싶어."

뮈블랑은 그가 속삭인 시적인 은유를 쉽사리 이해했다. 그러나 여기서 문제는 사창가의 심부름꾼 꼬마로 일하던 뮈블랑에게 저 말이 좋게 들릴 리가 없단 점이었다.

"시팔 그건 성욕이고! 정 하고 싶으면 아무 데나 가서 비비든가!"

정말 대단한 폭언. 아무리 카산이어도 이런 말을 죄다 인내해 줄 수는 없는 노릇이다. 카산은 새하얗게 질린 얼굴로 짓씹듯이 고함을 질렀다.

"난, 너에게만 닿고 싶다고!"

"그럼 그건 한정적 성욕이겠지, 사랑이 아니거든? 사랑이랑 성욕은

별개야 새끼야!"

맞는 말이지만 이대로 지나치기에는 거슬리는 부분이 있었다. 카산은 정확히 그 부분을 공격했다.

"왜 네가 내 감정을 판가름해? 너에게 그럴 자격이 있긴 해? 그럼 내 감정은 뭔데! 나는 네가 너무 소중하단 말이야!"

이렇게까지 말하는데도 뮈블랑은 눈 하나 까딱하지 않고 소리치는 것이다.

"야, 그렇게 따지면 나도 공주님 제외 세상에서 네가 가장 소중하니까 널 사랑하는 거겠네!"

……응?

"닥쳐! 됐어! 이 얘긴 여기서 끝내! 성욕이든 우정이든 사랑 나부랭이든 다 상관없으니까 좀!"

뮈블랑은 앙칼지게 외쳐 버리고는 그대로 카산의 팔을 베고 누웠다. 카산은 벌렁벌렁 뛰는 심장을 붙잡고 그대로 밤을 꼴딱 새 버렸다. 따라서 다음 날에 그가 피로를 감추지 못함은 물론이었다.

"너는 왜 이렇게 오늘따라 비실비실하냐?"

"……너는 참 기운도 좋네."

뮈블랑은 어제의 담화를 완전히 잊어버리려는 듯이 평소대로 행동했고 카산은 마음 상하는 걸 감수해 가며 그녀의 태도에 맞췄다. 고백 자체가 굉장히 충동적이었던 만큼 그녀를 배려해야 한다고 생각했기 때문이었다.

본래대로였다면 고백 따위 하지 않았을 것이다. 그러나 그는 어떤 마력에 사로잡힌 것처럼 속삭임 비슷한 것을 들었고, 그래서 충동적으로 고백을 지껄였다. 그러니 뮈블랑이 놀란 것도 당연한 일일 것이었다. 다소나마 제 감정이 상하더라도 그녀에게 맞추는 것이 도리였다.

'그나저나 대체 그 속삭임은 뭐였지?'

분명, 방울 소리처럼 넓게 울려 퍼지면서 향료처럼 향기로운 목소리였는데…….

"야, 지금부터 집중해. 멀거니 딴짓하지 말고 내 뒤만 조심스럽게 따라와."

뮈블랑의 첨예한 감각에 어떤 위험이 감지되기라도 한 걸까? 카산은 무언가가 떠오르려던 것을 홱 하고 머릿속 구석에 처박아 버리고는 뮈블랑을 쫓았다. 동물적인 감각을 가진 그녀는 살금살금 수풀 사이를 거닐다가, 어느 순간 멈춰 서서는,

"함정이다!"

라고 외쳤다. 직후 동시다발적으로 화살이 쏟아졌다.

그러나 두 사람 모두 침착하게 망토 뒤에 숨을 뿐이었다. 그 모습을 지켜보던 나무 위의 한 남자는 어이가 없는 양 짧게 한숨을 내뱉었다. 사방팔방에서 날카로운 날붙이가 저를 노리는데 얌전히 망토로 몸을 가리기만 하다니, 그게 말이 되는가?

그러나 곧 그게 말이 된다는 것이 밝혀졌다. 유닷테의 자본을 투자해 만들어 낸 마법 망토는 어지간한 물리력에 대한 방어력을 가지고 있었다. 아기살도 아니고 일반 화살로는 도무지 질긴 망토를 뚫어 낼 수가 없단 말이었다. 사수들은 당황스러움을 금치 못한 채 어물어물하다가, 나무 위의 남자가 휘파람을 불자 활을 내려놓고 창을 집어 들었다.

물론 그냥 맥없이 망토 뒤에 숨어 당황스러워하고 있을 뮈블랑이 아니었다. 뮈블랑은 반격을 준비하고 있었다. 화살 비가 멎자마자 총알처럼 튕겨 나간 그녀의 발은 나무 밑동을 세게 걷어찼고, 악 소리와 함께 사람 둘이 떨어졌다. 뮈블랑은 둘 모두의 목을 동시에 조르려 팔을 뻗었으나 그녀의 손아귀는 목표를 이루지 못한 채 흐물흐물해졌다. 낯익은 얼굴이 어설프게 히죽거리고 있었기 때문이었다.

"기테모어 님……!"

"아하하, 안녕, 뮈블랑? 오랜만이네! 거기 카산도 반갑……."

뮈블랑이 한 치의 망설임도 없이 총을 빼 들었다. 안전장치를 푸는 소리가 스산하게 울렸다. 뛰어들려던 장정들이 뮈블랑의 눈짓 아래 뒤로 주춤주춤 물러섰다. 카산이 허둥지둥 말리려는 것을 뿌리친 뮈블랑이 거칠게 지껄였다.

"뭐 하자는 겁니까! 그새 4왕자의 편이라도……!"

"잘 컸구나."

뮈블랑은 화살이 날아올 때보다도 더 당황할 수밖에 없었는데, 기테모어가 마치 물건을 품평하듯 예리한 눈초리로 그녀를 훑어보며 그리 말했기 때문이었다.

"잘 컸어."

"……똑바로 설명하지 않으면 대가리에 구멍을 만들어 드리겠습니다. 깜찍하게 하트 모양으로요."

"재치도 잊지 않았고, 음, 이만하면 합격점이야. 카산 넌 낙제고."

이쯤 말하니 뭔가 이해가 될 것 같았다. 뮈블랑은 눈살을 찌푸리며 팔짱을 끼고 한 손으로 총을 휘휘 돌렸다.

"그러니까 기테모어 님은 지금 우리를 시험하신 겁니까?"

기테모어는 한 치의 흐트러짐 없는 낯으로 고개를 끄덕였다.

"응, 맞아. 시험했어. 너희가 치기로 왕위에 도전하는 거라면 지금이라도 외국으로 피신시키려고. 역시 뮈블랑, 너밖에 없다. 이미 너희가 여기로 정말 왔다는 사실만으로도 공주님에게 실망하고 있었는데 그나마 너 덕분에……."

"치기라면, 어떤 거죠?"

"사람을 믿는 거지. 순수한 마음가짐으로 정치에 나서는 것만큼 자살행위가 따로 없어……. 왜 그런 표정이야? 너는 이해하잖니, 뮈블랑."

뮈블랑은 총을 내려놓지 않은 채 기테모어를 노려보았다.

"카산과 공주님을 바보 취급하지 마세요. 그 순수한 마음가짐을, 선량한 이상을 가르치신 분께서 그리 말씀하시니 웃겨요. 나는 더러운 인성머리를 가졌으니까 그들이 생각하지 못하는 범위를 앞서 청소해 둘 뿐, 왕위에 오르는 자가 신뢰 하나 깨우치지 못한 머저리여서야 되겠습니까!"

쩌렁쩌렁한 목소리가 숲을 관통했다.

기테모어의 미소가 짙어졌다.

"따라와."

기테모어는 첨언 없이 뒤돌며 등을 보였고, 뮈블랑은 움찔 떨며 그녀의 머리를 향해 총을 겨눴다. 뭘 어떻게 해야 할지 알 수가 없었다. 그때 카산이 뮈블랑의 어깨에 손을 얹었다. 가까워진 낯, 겹친 호흡, 고개를 기울이며 귓가에 속삭이는 말.

"이번엔 내 판단을 믿어 줘. 괜찮아. 안심해도 돼."

그게 바짝 긴장한 신경을 누그러뜨렸다. 뮈블랑은 길게 숨을 내뱉었다.

산맥 초입으로 조금 더 들어가자 오두막이 하나 보였다. 기테모어는 너희를 만나기 위해 대여했다며 작게 웃었고 뮈블랑은 코웃음만 쳤다.

"역시 변함없는 인성이구나. 자랑스럽다."

"그거 욕이죠?"

기테모어는 대답하지 않고 오두막 문을 열었다. 그러자 아까 전부터 연신 무어라 꿍얼거리던, 기테모어와 함께 나무에서 떨어졌던 남자가 뮈블랑을 밀치고 앞서 들어갔다. 뮈블랑은 어이가 없어 "허, 히!" 하고 이상한 소리를 냈지만 남자는 사과조차 않고 의자에 걸터앉는 것 아닌가?

저 남자, 저거 뻔하지. 공화파란 요상한 집단 속에서도 재수 없기로 일인자를 달성했을 거다. 뮈블랑은 속내로 온갖 험담을 구시렁거리며 쿵쾅거리는 걸음으로 의자에 철퍼덕 주저앉았다.

"계집애가 칠칠맞기는."

"루퍼스, 하지 말아요. 내 제자입니다."

"제자는 무슨, 그냥 수업 같이 들었다고 다 제자인가?"

"루퍼스."

기테모어는 엄하게 말했고 루퍼스라 불린 남자는 수염을 만지작거리며 고개를 홱 돌렸다. 뮈블랑 반대 방향으로 말이다. 그래서 뮈블랑은 루퍼스를 향해 가운뎃손가락을 올려 보았다. 뭔가 낌새가 이상하단 걸 눈치챈 루퍼스가 고개를 돌렸다. 그런데도 뮈블랑은 손가락을 치우지 않았다. 치우는 흉내라도 냈으면 그냥저냥 넘어가겠는데 눈앞에서 중지를 흔들어 대는 저 뻔뻔한 낯짝을 보아하니 분노가 치밀었다.

기테모어가 귀를 막는 가운데 루퍼스가 고성을 터트렸다.

"너 지금 이게 뭐 하는 짓이냐, 어? 어디서 어른 앞에 중지를 내밀고 염병이야!"

정말 쩌렁쩌렁한 목소리였으나 성량으로는 뮈블랑도 어디 가서 지지 않을 자신이 있었다.

"뭐 하는 짓인지 안 보입니까, 예? 눈깔 뒀다 뭐 하쇼! 아하, 벌써 노안이 오셨는 갑지?"

"뭐 이 새파랗게 어린것이? 야, 너는 안 늙을 거 같아?"

"지금은 안 늙었네요! 부럽죠? 부럽죠?"

뮈블랑의 깐족거림에 격분한 루퍼스가 기어코 지팡이를 쳐들 때였다. 카산이 한 손으론 뮈블랑의 입을 막고 다른 손으론 지팡이의 중간을 움켜쥐어 움직이지 못하도록 꽉 붙잡았다. 그는 무뚝뚝한 얼굴로 루퍼스를 내려다보며 정중하게 물었다.

"만담은 이쯤 하는 게 어떻겠습니까."

"……쯧. 알겠다. 이놈은 훨 낫구먼. 저거는 쫑알쫑알하는 짓거리가 얄팍하기 그지없고 치졸해서는."

뮈블랑이 다시 벌떡 일어나 쌍욕을 내뱉으려던 찰나였다.

"그런데 루퍼스 씨."

카산이 쥐고 있던 지팡이가 쩌저적 하고 금이 갔다. 루퍼스의 턱이 쩌어억 하고 벌어졌다.

고목 지팡이를 한 손으로 우그러뜨렸으면서 카산의 얼굴은 평온하기 그지없었다.

"헛소리 좀 작작 하십시오."

정적 속에서, 뮈블랑이 또랑또랑한 목소리로 중얼거렸다.

"야 너 정상적인 소리도 할 줄 아는 놈이었구나?"

"……."

너무한 소리였다.

"……너 도대체 나를 뭐로 보고 있던 거야."

"그야 카산으로 봤……. 농담이니까 그 험악한 표정 그만둬."

깔깔 웃어 재낀 뮈블랑이 카산의 어깨에 팔을 두르곤 호탕하게 지껄였다.

"내가 농담한 거지 진짜로 네가 썩은 사고방식을 가진 사람이라고 생각했겠냐? 거 너도 어지간히 나를 못 믿는구먼?"

"네 농담이 무시무시할 뿐이야."

"오구오구 그래서 삐졌어요?"

"저리 가."

"삐졌구나? 아이고 어쩌면 좋나아? 우리 카산이가 삐져 버렸네에?"

카산이 앓는 소리를 내며 마른세수를 하곤 자리에 착석했다. 뮈블랑은 한참을 킥킥대다가 다시 의자 위에 방만하게 걸터앉고는 다리를 꼬고 팔짱을 꼈다.

"자, 그래서."

뮈블랑의 눈동자가 반짝거렸다.

"공화파가 밀렌도요프 공주에게 접선을 신청한 까닭은 무엇입니까."

그리고 카산은 생각했다. 저거 스승 등쳐 먹을 생각에 기분 좋아하는 걸 보면 정말 인성 글러 먹은 녀석이군.

"그야 너희를 돕기 위해서……."

"믿음을 어린애 치기 취급하시던 분이 왜 이리 사탕발림을 하실까. 구를 대로 구른 사람들끼리 귀엽고 앙증맞은 소리 하지 말자고요. 그럴 바에야 공화파가 우리를 도와 얻을 정치적 이득으로 포문을 여는 게 좋지 않겠습니까?"

손가락을 까딱거리며 말하는 폼이 그야말로 노련한 정치가의 모양새여서 기테모어는 조금 당황했다. 기테모어는 모를 것이다. 유닷테의 암살자로 활동하던 뮈블랑이 얼마나 다양한 정계 사람들을 죽여왔는지, 그리고 죽이기 위해서 얼마나 다양한 신분으로 위장했는지에 대해서 말이다. 그녀는 천부적으로 사기를 잘 쳤고 자신의 능력을 백퍼센트 활용할 줄 알았다. 여유롭고 뻔뻔한 정치가 흉내 정도야 식은 죽 먹기였다.

"그건……."

"아하, 없죠? 알아요. 내가 당신들을 수상하게 여기는 까닭이 바로 이겁니다. 없다니까요? 아니, 아니, 우리 공주님에게 이점이 없단 게 아니고, 댁들이 공화파잖아요. 그런데 왕위 다툼에 붙어 뭐 합니까. 평민들 하나둘 모아다가 쎄쎄쎄 하듯이 같잖은 계몽 운동이나 하고 있어야 할 양반들이 갑자기 돌변해서 왕을 세우는 데 협조한다? 이게 말이나 되느냔 말이에요. 속셈이 뭡니까, 예? 우리 공주님 이용해서 뭔 짓거리 해 먹으려는 건데요?"

당황한 기테모어가 무어라고 답하려던 찰나였다. 탁! 책상을 손바닥으로 짚는 소리가 뮈블랑의 주도로 돌아가던 분위기를 깼다. 루퍼스였다. 기테모어가 화들짝 놀라 어깨를 파르르 떨었다. 뮈블랑이 아쉬워하듯 미간을 찡그렸다가 폈다. 루퍼스가 고개를 기울이며 픽 웃었다.

"혓바닥 하나 자극적으로 놀리는 덴 재주가 있는 녀석이군."

뮈블랑이 턱을 젖혔다.

"제 젊고 싱싱한 혓바닥이 부러우십니까?"

"소 혀처럼 잘라 먹을 수 있음 좋으련만."

"거, 더러운 말을 잘하시네."

"너만 하겠냐."

입에 담배를 문 루퍼스가 성냥불을 댕겨 연기를 느리게 내뱉었다. 그는 잠시 음미하다가 카산에게 담배를 건네는 시늉을 했다.

"한 대 피우겠나?"

그런데 생각지도 않은 뮈블랑이 덥석 받았다.

"아이고야 감사합니다."

"여자가 담배를 피워? 허이고……."

순순히 주는 것까진 고마운데 저딴 소리나 지껄이니 고마운 마음까지 싹 가신다. 뮈블랑은 이로 담배를 물었다. 불을 붙였다. 꽤 괜찮은 담배를 피우는군. 헛소리만 잘하는 줄 알았더니 담배도 잘 고르나 보다.

"자궁 상할 거 걱정도 안 되나……."

그렇지만 역시 헛소리를 더 잘하는 듯하군. 뮈블랑은 후, 하고 연기를 내뿜으며 느른하게 말했다.

"거, 부랄 상할 건 걱정 안 되십니까, 아재."

"뭐, 뭐?"

기테모어가 저도 모르게 웃음을 터트렸다. 뮈블랑은 눈썹 하나 까딱하지 않고 주절댔다.

"담배가 얼마나 몸에 안 좋은데요. 게다가 나이도 있으신 분이 슬슬 아랫도리 건강도 챙기셔야 토끼 같은 아내를 만나지요. 아, 물론 만날 수 없겠지만요. 댁처럼 입을 걸게 다뤄서야……."

"너 인마! 죽고 싶냐!"

붉으락푸르락해진 낯으로 책상을 쾅 때린 루퍼스가 뭐라 성을 내든 말든 뮈블랑은 태연했다. 루퍼스가 이 말을 하기 전까지는 그랬다.

"나 아내 있거든!"

"헐, 세상에! 그분 불쌍해서 어쩌면 좋아!"

"……."

뮈블랑은 통곡까지 했다. 아이고, 아이고 가엾으신 분, 어쩌다가 저런 남자를 만나셨어요, 그럴 바엔 저를 만나지이! 루퍼스가 뒷목을 잡았다. 카산은 안 웃으려고 노력했지만 다 티가 나서 실패했다.

기테모어가 그나마 루퍼스의 편을 들었다.

"루퍼스. 하려던 말 계속하는 게 어떨까요?"

"……제기랄!"

욕설을 몇 번 지껄인 그는 수염을 쓰다듬으며 말을 이었다.

"계집일지라도 공화파라고 다 같은 의견만 있진 않단 것 정돈 알겠지? 파벌이 다 나뉘지만 어쨌든 큰 맥락에서 나누자면 온건파, 그리고 급진파가 있다. 온건파의 대표 주자는 여기 있는 기테모어고, 나는 파벌에 딱히 신경 안 쓰지만 어쨌든 온건파로 분리되어 있지. 기테모어는 밀렌도요프 공주를 지지해 차근차근 공화국 건설을 이뤄 나가자고 했다. 말도 안 되는 소리잖냐? 그런데 기테모어가 하도 뭐라고 해 대서 이 몸이 네놈들의 가능성을 판단해 주겠다, 이 말이야."

네가 뭔데, 라는 말이 목젖까지 치밀었지만 어쨌거나 밀렌도요프를 위해서라면 공화파의 지지는 필요할 테다. 뮈블랑은 좀 고분고분해져야겠다는 생각을 했다. 생각만 했다.

그런데 돌연 루퍼스의 눈빛이 바뀌었다. 기테모어가 했듯, 어딘가 품평하는 듯한 냉정하고 예리한 시선이었다.

"네가 생각하는 공화국이란 무엇이냐."

"우리 공주님은……."

"너희 공주님 말고, 너 말이다, 너. 싹수 노란 계집아, 너는 공화국이 무엇이라고 생각하냐."

"아니 내가 왕 될 것도 아닌데 내 의견이 뭐가 중요합니까."

"너 측근 아니었냐? 측근의 싹수만큼 중요한 게 또 어디 있어. 그리고 니들 공주님에 대해서는 내가 직접 찾아가서 알아볼 거다. 우선은 니들이야. 1차 관문도 통과 못 하는데 2차 관문에 갈 순 없는 노릇이잖냐."

"나보다 카산 놈 먼저……."

"아니, 안 돼. 내가 보기엔 네가 제일 문제다. 대답할 시간은 넉넉히 주마. 네 그 젊고 싱싱한 혓바닥을 최대한 활용해 봐."

어차피 안 되겠지만. 루퍼스는 뮈블랑을 바라보며 생각했다. 절대 못 할 것이다. 저 여자는. 기테모어조차 뮈블랑을 언급할 땐 다소 확신 없는 말투를 사용했다. 가장 문제가 큰 녀석이란 의미겠지. 거기다가 말하는 싸가지에 건방 떠는 것 보면 답이 떡 나오지 않나. 텄다, 텄어. 빨리 끝내고 집에나 가야……

"인간이 인간으로 살아갈 수 있도록, 그 권리를 법률이 수호하는 사회를 만들어야 해."

"……."

"공주님의 말씀이십니다. 저는 이 말을 듣고 그분을 제 왕으로 선택했습니다. 저는 공화정에 대해 잘 모릅니다. 그러나 아무것도 가지지 않은 평민 소녀인 제가, 노예 출신인 제가 선택한 왕입니다."

루퍼스는 대답하지 않았다. 뮈블랑은 조금 괴로운 듯이 얼굴을 일그러뜨리고, 주먹에 핏줄이 도드라지도록 힘을 주다가 결국 말했다.

"그분은 블리마데세 님의 딸입니다."

기어코 내뱉어 버린 말에 루퍼스마저도 침음했다. 블리마데세……

"블리마데세 님은 제 주인이셨지만 제 왕은 아니었어요. 그리고 밀렌도요프 공주님은 제가 선택한 분입니다. 저는 저의 언어로 제 생각을 설명하기엔 아직 미숙해요. 그러니 공주님의 문장을 빌어 말합니다. 인간이 인간으로 살아가기 위한 사회를 만들기 위한 세상. 평민 소녀마저도 자신의 지도자를 선택할 수 있는 사회. 그것이 제 공화국입니다."

루퍼스는 고개를 끄덕였다. 그리고 일어섰다.

"이야기는 잘 들었다."

그러고는 문을 열고 바깥으로 나갔다. 뮈블랑은 따라나설지 말지 엉거주춤하게 고민하다가 엉덩이를 들었고 기테모어가 고개를 저었다.

"생각하러 나간 걸 테니까, 괜찮을 거야."

"음, 그렇군요. 그럼 스승…… 기테모어 님과도 얘길 좀 할까요?"

뮈블랑이 삐뚤어진 미소를 지으며 턱을 괬다. 기테모어가 주춤주춤 뒤로 물러서려다가 카산에게 막혔다.

뮈블랑이 다다다다 말을 뱉었다.

"그 화살 뭡니까, 예? 간만에 보는 제자들 시험 좀 해 보자는 취지치곤 너무하지 않습니까?"

"아니 그…… 그 정도도 해결 못 할 거면 신들의 경합에 나가는 건 무리라고 생각해서."

"그래서 사람을 화살 꼬치로 만들려 해요? 아이고야! 동네 사람들! 스승이 제자 죽여요!"

뮈블랑이 한창 나불거리던 그때 카산이 끼어들었다.

"촉이 뭉툭한 화살이었어."

"으잉?"

"맞아도 안 아픈 거."

기테모어가 필사적으로 고개를 끄덕였다.

"마, 맞아. 맞아도 안 다치는 걸로……. 하하, 미안해, 뮈블랑. 많이 놀랐지?"

"쳇. 놀랐다마다요. 확 그냥 다 쏴 죽여 버릴까 생각했는데 그랬음 큰일 날 뻔했네. 그 치기 운운하신 건 뭡니까? 듣자 하니 작정하고 저희 지지하려는 거 같던데 그래 놓고 신뢰는 치기니 뭐니 하는 거 좀 웃기잖아요."

"그건 너를 좀 떠보려고……."

"아! 제가 회도 아니고 뭘 자꾸 떠봅니까? 어이없네!"

"미안, 미안해……. 난 너희를 믿지만, 언제나 믿고 사랑하지만, 너희가 왕좌를 두고 다툴 수 있을지에 대해서는 확신이 없었어. 그래서 그런 거야. 용서해 줄래?"

이렇게까지 말하는데 넘어가지 않을 수도 없는 노릇이다.

"……한 번 더 이러기만 해 봐요."

"아하하."

"뭘 웃습니까! 안 그러겠다고 해야죠!"

기테모어를 간지럽히며 괴롭히고 있을 때 문이 벌컥 열리며 루퍼스가 들어왔다. 그는 말했다.

"좋아, 밀렌도요프 공주를 돕겠다."

첫 세력의 응집이었다.

기테모어와 루퍼스는 공화파를 설득해서 밀렌도요프 측에 합류하겠다고 했다. 기테모어는 뮈블랑에게 이제 왕궁에 돌아갈 것이라면 중간까진 바래다주겠노라고 했지만 뮈블랑은 고개를 저었다.

"공주님이 해 오라는 일이 더 있어요."

루퍼스가 물었다.

"뭔데 그러냐."

뮈블랑은 루퍼스에겐 시선조차 두지 않고 상큼하게 한쪽 눈을 찡긋하며 하트를 날렸다.

"그럼 이만!"

"야, 계집! 뭔데 그러냐고 내가 물었잖아!"

카산은 더는 뮈블랑을 말리지 않았다. 그래서 뮈블랑은 성큼성큼 루퍼스의 앞까지 다가가서 눈앞에다가 대고 삿대질을 해 댔다.

"계집 계집거리지 마쇼! 내가 댁한테 한갓 사내라고 하면 좋겠수? 그래 댁은 조롱을 이해할 수준의 머리가 되질 못하니까 좋겠지! 사나이의 표본 같은 몰골을 하고 나한테 존중받으려고? 허 참! 말 같잖은 소리! 내가 당신 족치지 않은 걸 감사히 여기라고!"

뮈블랑은 씩씩거리며 뒤돌아 문을 걷어차곤 발이 아파 어기적대듯 나갔다. 루퍼스는 그 뒷모습을 멍하니 지켜보다가, 느릿느릿하게 중얼거렸다.

"거 드센 것 좀 봐라……."

"루퍼스가 잘못한 거예요."

"지금 같은 여자라고 편드는 거야?"

"저도 계집 소리 들으면 기분 나쁘다고요."

"허, 참……."

루퍼스는 수염을 만지작거리다가 잠시 뒤에 되물었다.

"그게 그렇게 기분 나빠?"

카산은 작게 웃으며 뮈블랑을 따라나섰다.

그들이 밀렌도요프에게 받은 임무는 총 셋이었는데, 첫째는 공화파와의 접선이고, 둘째는 교단을 설득하는 것, 셋째는 1왕자와 4왕자 사이에서 중립을 지키던 귀족 파벌의 수장인 변경백을 만나 보는 것이었다. 변경백을 만나러 가는 동선에 걸친 교구에 들러 최대한 입을 털어 보는 것이 뮈블랑의 역할이었다. 그럼 카산은 무얼 했느냐고? 각종 수발을 들었다. 뮈블랑은 알차게 카산을 부려 먹었고 카산은 짜증 내면서 그걸 다 해 줬다.

그러나 결과가 영 좋지 못했다. 교단들은 전부 쉬쉬하며 그네들을 쫓아냈고 가까스로 들어가 사제와 만나도 4왕자를 어찌 이겨 내겠느냐 반문만 들었다. 면구하게도 대답할 게 궁하니 결국 빈손으로 터덜터덜 나올 수밖에. 처음부터 일이 잘 풀릴 거라고는 생각지 않았기에 상심이 크진 않았지만 너무 안 풀리다 보니 살짝 부담스럽다고나 할까.

그래도 프치얼 교단만큼은 꽤 긍정적인 반응을 보여 주었다. 대사제들과 대화를 해 봐야겠다고는 했지만, 그들에게 차 한 잔이라도 내어 준 곳은 여기가 처음이었다. 1왕자의 양모 사업 때문에 4왕자와 접촉을 시도했다가 대차게 까였던 만큼 4왕자에게 반감이 꽤 있었던 모양이다. 뮈블랑의 감이 얘기하기를 좋은 결과가 있을 듯했다. 뮈블랑과 카산은 기분 좋게 하이파이브를 했다.

그다음은 이제 변경백 시온 유리시엘을 찾아갈 차례다. 뮈블랑과 카산은 아슈타르의 북쪽 끝까지 말을 달렸다. 아슈타르는 대륙의 중앙인 제국과 꽤 가까운 위치에 있다 보니 다소 온난한 기후를 갖고 있었는데 유리시엘 영지는 냉랭한 공기로 그들을 반겼다.

"으햐, 춥다! 따뜻한 옷 좀 사 둘걸!"

뮈블랑은 카산이 아무리 북쪽이 춥다고 말해도 돈 아깝다고 무시해 솜옷을 장만하지 않았었다. 따라서 그녀가 자기 자신을 끌어안고 발을 동동거리는 건 당연한 일이었다. 카산은 안쓰러운 표정으로 뮈블랑을 굽어보았고 뮈블랑은 도끼눈을 떴다.

"뭐냐."

"사람이 머리가 나쁘면 몸이 고생한다던데……."

"조져지고 싶냐?"

카산은 나직하게 웃으며 뮈블랑에게 솜옷 외투를 벗어 주었다.

"입어. 난 안 추워."

"염병하고 자빠졌네. 안 춥기는 개뿔이. 너나 입어."

"진짜 안 춥다니까. 나 북쪽 출신인 거 몰라?"

"아 너 입으라고. 너 그러다가 감기 걸리면 나한테 맞아 죽어."

"너야말로……."

"크흠, 흠."

헛기침 소리가 들려 고개를 돌리자 문지기 병사가 이상야릇한 표정을 하고 있었다.

"거기 두 사람, 사랑싸움은 그만하고 통행증이나 보여 주지 그러오."

옆에서 노닥거리던 병사까지 거들었다.

"청춘일세, 청춘이야!"

뮈블랑은 어이가 없어 뒷목을 잡았다. 그러면서도 다른 손으론 착실하게 통행증을 꺼냈지만 어쨌든 그녀는 어이가 너무 없어서 죽을 지경이었다.

"안 사귀거든요!"

"그럼 형제요?"

"아니지만······."

"둘이 잘 어울리는데 함 만나 보지 그러오?"

"아재, 참견이 심하십니다?"

뮈블랑이 쨍하게 쏘아붙이자 경비병은 헛웃음을 흘리면서도 통행증을 꼼꼼히 검사했다.

"음, 들어가시오. 참고로 유리시엘의 치안은 엄격하니, 사랑싸움일지라도 대로에서 했다간 잡혀갈 줄 아시오."

"사랑싸움 아니라고요!"

바락바락 소리를 지른 뮈블랑의 얼굴은 찬 바람 때문인지 발갛게 달아올라 있었다. 카산은 쿡쿡거리다가 뮈블랑의 어깨에 외투를 둘러 주고 목 앞에서 단단히 여몄다. 따뜻한 온도가 훅 밀려 들어옴과 동시에 카산의 체향이 느껴졌다. 서늘하고 단단한 검의 향.

"팔은 네가 끼워 넣어. 그 정도는 할 수 있지?"

"······쳇."

뮈블랑은 입술을 툴툴거리며 외투에 팔을 끼워 넣었다. 그녀가 옷을 챙겨 입는 걸 끝까지 지켜본 카산은 영주 성을 향해 앞서 걸어갔다. 뮈블랑은 자못 요상한 얼굴로 그의 뒷모습을 바라보다가 후다닥 따라잡았다.

유리시엘 백작령은 경비병의 말대로 치안이 확고하게 잡혀 있었다. 그 흔한 소매치기 꼬마나 주정뱅이, 깡패도 보이지 않았으니 말이다. 이만한 영지는 보기 드문데, 유리시엘 백작의 능력이 출중한가 보다. 뮈블랑은 그런 생각을 하며 무신경하게 카산을 툭툭 쳤다.

"왜?"

"설득할 수 있으면 좋겠다 싶어서."

"근데 왜 나를 쳐?"

"나를 칠 순 없잖아."

"……."

뮈블랑은 낄낄거리며 발뒤꿈치를 들어 카산의 어깨에 손을 둘렀다. 예전엔 그냥 쉽게 팔이 둘러졌는데 요 근래 들어서는 신장 차이가 극명하게 느껴졌다. 신기할 노릇이었다.

"키 좀 작작 커."

"이건 또 뭔 헛소리야."

"작작 크라면 작작 커! 짜증 나니까!"

뮈블랑은 카산의 무릎 뒤를 걷어차며 짜증을 부렸다. 언제나 같은 신경질이었다. 카산은 침착하게 뮈블랑의 허리에 팔을 감아 단번에 들어 올렸다. 졸지에 팔에 대롱대롱 매달리게 된 뮈블랑은 목청 좋게 소리 질렀다. 야, 이 개새끼야, 당장 안 놔? 안 놓냐! 이, 쌍놈의 자식이이이!

고막을 제외한 모두가 평온해진 결론에 카산은 만족했다.

영주 성에 도착할 때까지도 쭉 이 자세였기 때문에 성문을 지키는 문지기는 그들이 공주의 사절일 거라고는 추호도 생각지 못했다. 카산에게 약간의 폭력을 휘두른 뮈블랑이 대뜸 공주의 서신을 내밀자 기겁을 해 버린 것이 바로 그 까닭이었다.

안 그래도 정쟁이 벌어질 거라는 소식이 온 대륙에 퍼진 참이다. 이런 중요한 일행이 하필 자기가 문을 지키고 있을 때 도착하다니! 그런데 자세히 보니 사절이랍시고 온 자들이 너무 어렸다. 아무래도 밀렌 도요프 공주 측엔 제대로 된 사람이 없는 듯하다. 쯧쯧, 가엾지, 그 공주도. 어떤 호랑말코 같은 양반이 어린애를 홀라당 이용해서 정쟁을 벌였을까. 역시 1왕자겠지? 질까 싶으니까 공주까지 이용해 먹다니 정말 치졸하기 짝이 없는 작자다. 문지기는 단 하나도 맞지 않는 추측을 열심히 해 가며 시온 유리시엘에게 편지를 전달했다.

정확히 세 시간 동안 문밖에서 뮈블랑과 카산을 기다리게 한 시온 유리시엘은 황혼이 깃들 즈음에서야 그들을 불러들였다.

뮈블랑은 솜옷을 입었음에도 얼어 뒤지기 직전이었는데 카산은 멀쩡했다. 뮈블랑은 진짜 저놈 거죽은 쇳물로 만들어진 건가 싶어 카산의 목덜미를 깨물었다가 한 대 맞았다. 맞을 만한 짓이라 딱히 보복하진 않았다. 집사장은 그들을 한심한 눈초리로 보며 집무실로 안내했다.

집사가 문을 열자, 그 안에는 검은 머리카락에 검은 눈을 가진 시온 유리시엘이 앉아 있었다. 고상한 눈매에 우아한 콧대까지 실로 귀족적으로 생긴 그는 뮈블랑을 쳐다보지도 않고 말했다.

"눈알 굴러가는 소리가 들리는구나."

뮈블랑은 허락받지도 않고 휘적휘적 방을 가로질러 소파에 걸터앉았다. 모닥불이 타닥타닥 타오르는 것이 아주 뜨끈하기 짝이 없었다. 카산이 머뭇거리자 어서 들어오라 손짓하기까지 했다. 뮈블랑의 행보는 거기서 끝나지 않았다. 그녀는 당황한 집사장이 버럭 소리 지르며 무례하다 말하자,

"그렇담 공주의 사절을 세 시간이나 바깥에 세워 둔 유리시엘 백작령은 도대체 어느 나라 예의를 배워 먹은 겁니까?"

라며 쏘아붙였다. 맞는 말이기에 집사장은 딱히 할 말이 없었다. 그때 시온 유리시엘이 눈을 나긋하게 치떴다.

"바깥에 세워 놓으라 한 적은 없는데."

"아, 안에 들여놓으라 하지도 않으셔서……."

"손님을 맞이하는 규칙도 모르는 집사장은 필요 없어. 오늘부터 내 저택에서 일하지 말도록 하렴."

"배, 백작님……!"

시온 유리시엘이 흥미 없는 듯 고개를 돌리자 도열해 있던 기사들이 집사장을 끌고 나갔다.

처절한 울음이 이어지다가 끊겼다.

방 안에서, 그들은 한참을 침묵했다. 시온 유리시엘이 손톱을 다듬는 소리만 띄엄띄엄 들렸다. 카산은 어찌할 바를 모르고 뮈블랑을 바라보았지만 뮈블랑은 뻔뻔스레 쪽잠을 자고 있었다. 정말 환장이었다.

얼마의 시간이 지났는지도 감이 안 잡힐 무렵, 시온 유리시엘의 입술이 열렸다.

"성급하게 굴지 않는구나."

자는 줄로만 알았던 뮈블랑이 눈을 홱 뜨며 씩 웃었다.

"성에 차십니까?"

"글쎄다. 나는 정쟁에 끼어들 생각이 없어. 너는 어떻게 나를 설득할 것이니?"

이제부터였다. 뮈블랑이 입을 털 시간이 바로 이제부터란 말이었다. 교단에서는 사용하지 않았던 필사의 패를 쓸 시간이었다.

뮈블랑이 외투를 벗었다.

셔츠의 단추를 토독 톡 풀어 나가기 시작했다.

시온 유리시엘은 아무렇지도 않게 뮈블랑을 바라보았지만 카산은 그러지 못했다. 그는 그녀가 무슨 짓을 하려는 것인지 빠르게 눈치챘다. 그는 그녀를 가만히 두고 볼 수 없었다. 두 발자국 다가온 카산이 뮈블랑의 손목을 잡아 움직이지 못하게 했다. 뮈블랑은 미간을 모아 퉁명하게 외쳤다.

"뭐 하냐."

카산은 애절하게 말했다.

"하지 마."

"싫어."

"하지 말아 줘."

"내 몸이니까 내 맘이거든?"

"공주님이라도 이런 방식은 거부하실 거야."

"메롱, 그래서 이런 짓을 하겠다고는 공주님에게도 말 안 했지롱."

"뮈블랑!"

카산이 언성까지 높였으나 뮈블랑은 신경 쓰지 않았다. 도리어 그녀는 카산의 어깨를 짚고 팽그르르 뛰어올라 시온 유리시엘의 책상 바로 앞으로 다가간 후 단추를 거의 쥐어뜯듯 셔츠를 벗었다. 시온 유리시엘은 눈 하나 까딱하지 않고 그녀의 맨살을 바라보았다.

정확히 말하자면, 그 피부 위에 새겨진 끔찍한 흉터를.

간단하게 말하자면, 흉측했다. 인간의 몸으로는 보이지 않았다. 살점이 떼어져 나갔던 흔적, 우툴두툴한 봉합 자국……. 어디에 실험당하기라도 한 것처럼 엉망진창, 부드럽게 이어지는 부분이 없을 정도로 얻어맞은 몸을 내보이며 뮈블랑은 말했다.

"아슈타르 왕국의 4왕자 카마이유 님의 짓입니다."

"……."

"아래도 벗을 수 있지만 저놈이 말릴 테니 그만두겠습니다. 이게 사람이 사람에게 한 짓입니다. 하녀는 사람이 아니라고 말씀하시겠습니까. 그러나 짐승에게도 이런 짓은 안 합니다. 생명이 생명에게 해선 안 될 짓이란 말입니다."

시온 유리시엘은 상체를 앞으로 당겼다. 뮈블랑은 그가 흥미를 느끼기 시작했음을 직감하며 목소리를 높였다.

"카마이유 님은 그간 수많은 여자를 때려죽였습니다. 제게 했던 방식 그대로, 최대한의 고통을 선사하는 방식으로요. 채찍으로 등을 후려 패고 목을 졸랐습니다. 단순히 여자에게만 행한 폭력이니 괜찮다고 생각하십니까. 왕좌에 오르면 다 나아질 거라 생각하십니까. 아니요, 틀렸습니다. 만약 그럴 수 있었더라면 현왕께서도 아랫도리를 중하게 다루셨겠지요. 옛 선인들은 인간을 판단하기 위해선 약자를 대하는 태도를 보라 하였습니다. 어떻습니까, 백작께서 보신 4왕자는 진정 왕이 될 만한 인간입니까?"

훌륭한 화술이었다. 시온 유리시엘이 싱긋 눈웃음을 흘렸다.

"너의 혓바닥을 귀하게 여기마. 밀렌도요프 공주께서는 괜찮은 웅변가를 곁에 두셨구나. 허나 이것은 카마이유 왕자 저하를 부정하는 말일 뿐, 너의 공주님을 대체품으로 추천하는 말은 아니니, 어서 더 지껄여 보아라. 내 1왕자 저하를 지지하려 들지도 모르지 않나."

뮈블랑도 마주 웃으며 여유롭게 팔을 벌렸다.

"타당하신 말씀이십니다. 밀렌도요프 공주님의 저력에 대해 말씀드리자면……."

시온 유리시엘이 선수를 쳤다.

"참고로 유닷테를 뒷배로 두었다는 말은 하지 말렴."

"……공주님은."

"공화파와 접선이 있었다는 말은 하지 않을 생각이었겠지만 내가 알고 있단 사실을 염두에 두렴."

그녀의 표정이 아주 살짝 이지러졌다가 수복되었다. 그러나 뮈블랑은 침착하게 손가락을 튕겼다.

"공화파에 대해 어떻게 생각하십니까?"

"나를 떠보는 질문이니?"

'네.'도 틀렸고 '아니요.'도 틀렸다. '글쎄요.'만큼 멍청한 대답은 없을 거다. 그래서 뮈블랑은 그냥 어깨를 으쓱거렸다. 목이 타도록 긴 시간이 흐르고 그 모든 순간 동안 뮈블랑과 시선을 한참이나 맞대고 있던 시온 유리시엘이 피식거렸다.

"배짱이 좋구나."

"입을 나불거려야 할 때와 기다릴 때를 구분할 줄 알 뿐입니다."

"내 제자들에게도 가르쳐 주고 싶어."

"이런, 멜시온께서 무슨 그런 과분한 말씀을."

멜시온이란 시온 유리시엘의 학자명이다. 시온 유리시엘은 옆 나라 벨슈메크와의 잦은 전쟁에도 불구하고 변경을 착실히 지켜 냈는데 그가 발휘한 저력은 바로 전술이었다. 그는 젊은 시절부터 전술에 대한 병법서를 집필하여 학계에 이름을 드높였고 직접 변경백 위에 오르고서는 단 한 번도 아슈타르의 땅에 벨슈메크의 병사를 들이지 않은 것으로 유명했다.

멜시온이란 이름을 알고 있단 사실이 놀라웠는지 시온 유리시엘이 눈을 껌뻑였다. 뮈블랑은 이 기회를 놓치지 않고 이어 말했다.

"멜시온께선 모 병법서에서 이런 말씀을 하셨죠. 군주제는 훌륭한 지도자가 존재할 경우 가장 탁월한 정치 제도다. 그러나 아슈타르의 왕이 과연 훌륭한 지도자입니까?"

"위험한 발언을 하지 말라."

"벨슈메크 왕국과의 끝없는 전쟁에 가장 회의감을 가지신 분이 누구입니까, 멜시온. 결국 이 전쟁이 왜 일어났는지 멜시온께서는 알고 계시잖습니까."

"그만."

"아슈타르의 왕이 벨슈메크의 공주를 납치했기에 이 모든 일이 일어나지 않았습니까!"

뮈블랑은 벽력같이 몰아쳤고 노도처럼 방 안을 휩쓸었다. 그 말에 담긴 무게가 시온 유리시엘을 참담하게 만들었다.

아슈타르의 왕은 벨슈메크의 공주와 강간 결혼을 맺었다.

벨슈메크는 공주를 되돌려 받기 위해 전쟁을 일으켰다.

그러니 어찌 지휘관으로서 양가감정이 들지 않을 수 있겠나.

"······그래. 나는 이 전쟁이 싫단다. 그러나 무얼 바꿀 수 있겠니? 아슈타르의 국격을 위해서는 사과도 불가해."

"아뇨, 우리는 사과해야 합니다. 그리고 그녀를 고향으로 돌려보내야 해요."

"밀렌도요프 공주가 그걸 할 수 있단 말이니."

"물론입니다."

뮈블랑은 선뜻 대답했다. 그녀는 밀렌도요프를 믿었다.

시온 유리시엘이 피로한 낯으로 읊조렸다.

"그러나 공화파는 안 돼."

"당장 공화정을 도입할 생각은 없습니다. 그저 평민들의 계몽 운동이나 진척시킬 생각이죠."

"그건 다만 네 생각일 뿐이니, 아니면 공주의 의견이니."

"······제 생각이지만요."

"그럴 줄 알았다."

"아하하······."

시온 유리시엘이 깊은 한숨을 내뱉으며 등받이에 기댔다.

"네 말문이 막히는 날도 있구나. 이름이, 뮈블랑이라고 했나?"

"그렇습니다. 미천한 출신이라 성은 없고요."

그는 한참을 고심했다.

그리고 결정했다.

"정쟁에 끼어들 수는 없다."

뮈블랑은 전신의 긴장이 한 번에 탁 하고 풀려 나가는 것을 느끼며 고개를 끄덕였다.

"그렇습니까."

"유리시엘가는 대대로 정계에 간섭하지 않고 국경을 지키는 것만을 명예로 삼아 왔다. 내 대에서 그걸 끊을 수는 없어."

아 예, 그러시겠죠, 라고 건방지게 대답하려던 뮈블랑의 말을 끊은 것은 시온 유리시엘의 다음 말이었다.

"그러나 대신 우리 가문에 대대로 내려져 오는 비밀을 알려 주마."

"그게 무엇인데요?"

시온 유리시엘은 낮은 목소리로 속삭였다.

"영생자에 관한 이야기다."

✠ ⚜ ✠

어느 인간이 있었다.

어쩌면 그를 마냥 인간이라고 부를 수는 없을지도 모른다. 그는 반은 인간이며, 반은 지고하고도 신성한 성체에서 나온, 천둥 번개의 신이자 신들의 왕인 프레이의 자손이니까.

인간도 신도 아닌 존재는 어느 교집합에도 소속될 수 없다.

그래서 불완전한 인간은 완전을 갈구했던 걸까?

신을 닮은 존재가 되고 싶었던 걸까?

✠ ⚜ ✠

뺨에 와 닿은 묘한 바람. 선선하고 다정한 기류를 감각한 다음 순간, 뮈블랑은 창문이 닫혀 있음을 깨닫고 다소 해괴한 감상에 빠져들었다. 서류를 나부끼고 머리카락을 들썩인 바로 그 바람은 창문이 아니라면 대체 어디서부터 기인한 것일까. 어느 신비로운 존재가 이곳에 깃들어 옷자락을 팔락거리기라도 한 것일까.

또렷한 목소리가 의문을 가르고 현실로 되돌린다.

시온 유리시엘의 음성이다.

"마법이 언제부터 존재했다고 생각하니."

"미천한 것은 그러한 지혜를 갖지 못했습니다."

뮈블랑은 자동으로 대답하면서 뒤늦게 생각을 정립했다. 그렇다. 뮈블랑은 마법에 대해서 잘 알지 못한다. 마도 공학이란 것으로 만들어진 총을 들고 있으면서도 실재하는 마법을 본 적은 없으며 애당초 관심부터가 부재한 상태. 누구나 그렇지 않은가? 마법이란 동화 속에서나, 음유 시인이 부르는 노랫가락 속에서나 흘러나오는 이적. 신이 선물하지 않고서야 그런 이적이 이루어질 수 없다고 모두가 말하지. 그러나 정작 교단은 무어라 하였나. 마법 따위의 미개하고 열등하고 사특한 요술과 지고하신 신께서 내려보내 주신 신성한 힘을 비교하지 말라 하지 않았나.

그렇다면, 신이 마법을 내려보내 주신 것이 아니라면 인간은 어떻게 마법을 터득했을까?

다시 말해 마법은 언제부터 존재했을까?

"어느 반신이 있었어. 아름다운 공주와 신들의 왕 프레이 사이에서 축복받으며 태어난 신의 아들, 인간도 신도 아닌 존재. 반쪽짜리일지라도 신의 피를 받은 자가 어찌 지혜롭지 않을 수 있겠어? 그가 진리를 논하며 지식을 설파하자 그의 곁에 절로 사람이 모여들었고 그는 그들을 제자로 거두어들이며 탑을 세웠지. 그러나 신은 그것을 오만으로 받아들였어. 하늘을 찌를 듯이 높이 세워진 지혜의 탑에서 신에 가닿을 수 있을 만큼 위대한 힘, 마법이 태어났을 때 말이야. 신들의 왕 프레이멜도르는 천둥 번개를 내려 지혜의 탑을 불사르고 인간들의 언어를 조각냈고 신들의 왕비 엘마티카네오스는 프레이의 아들에게 영생의 벌을 내렸다. 영원히 살며 네 죄악을 지켜보라고. 영생자의 탄생은 그렇게 이루어졌다. 그래서 마법은 지금과 같이 거의 명맥이 끊겨 버리고야 말았어. 신을 따르는 교단들이 마법을 좀 박해했니. 그러나 영생자는 지금도 그 위대한 힘을 고스란히 가지고 있으니 너희가 설득만 할 수 있다면 도움이 될 테야."

"그러나 그가 지금껏 왜 숨어 살았을까요? 신들의 압력이 있었던 거 아닐까요?"

"도움 될 일 없다는 말을 잘도 돌려 하는구나. 제약이 생기겠지만 그 정도야 너희가 감내해야 하지 않겠니."

뮈블랑이 쳇, 하고 입술을 비죽 내밀었다. 덜덜 떨리기 시작한 팔을 다른 손으로 꾹 억누르면서도 표정 하나는 평온하기 그지없었다.

카산만이 그녀의 동요를 눈치챘다.

"도움에 감사드리죠. 그럼 저희는 이만."

"야, 카산, 아직 뜯어먹을 게 남았는데……!"

시온 유리시엘이 고개를 돌리고 손을 내저었다. 무시무시한 변경백을 상대로 '뜯어먹을 것' 운운하는 자는 저 여자가 처음이다. 웃음을 참는 데도 한계가 있었다.

뮈블랑은 카산에 의해 질질 끌려갔다. 웃긴 작별. 시온 유리시엘은 뮈블랑이 떨고 있음을 눈치채지 못했기에 마음 편히 웃었다.

그리고 세상에는 환상통이라는 것이 있다.

실재하지 않는 고통을 실재한다고 느끼는 감각. 과거와 현실을 혼동하게 만드는 바로 그 요상한 통증. 뮈블랑은 그게 진저리 쳐지도록 싫었다. 맞고 있지 않은데, 그때의 어린아이가 아닌데, 전신을 채찍으로 마구 얻어맞듯 지끈거리는 그 감각이, 무력하던 과거로 그녀를 내팽개쳐서…….

예로부터, 뮈블랑은 환상통을 자주 앓았다. 4왕자에게 죽도록 얻어맞은 이후로부터 말이다. 이따금씩 툭툭 불거져 나오는 그 통증은 누군가가 자신의 상처를 보았을 때 특히 심해졌다. 정확히는 흉터를 인지하고 그것을 훑어볼 때, 다시 말해서 맞은 기억을 상기시킬 때 가장.

전신에 열이 팔팔 오르고 땀을 뻘뻘 흘렸다. 매 맞는 아이처럼 웅크리고 사람의 손길을 바락바락 쳐 내면서 카산만을 찾았다. 카산의 품은 괜찮았다. 다른 인간은 다 안 돼도 카산만큼은 괜찮았다. 환상통을 앓는 뮈블랑은 카산의 품에 파고든 채 밀렌도요프가 보고 싶다고 했다. 카마이유를 죽여 버릴 거라고도 했다. 흉터 하나하나가 화끈화끈 불타는 것 같다고 울며 호소하던 날밤도 있었다.

그런 뮈블랑이 자기 손으로 제 흉터를 남에게 드러냈다는 게 무엇을 의미할까.

시온 유리시엘의 저택 바깥으로 반쯤 기다시피 뛰쳐나온 뮈블랑은 후들거리는 걸음을 억지로 옮겨 보려다가 카산에게 업혔다. 카산은 그러게 왜 그랬어, 따위의 무의미한 담론을 꺼내는 대신 미간을 찡그리며 묵묵히 걸었다. 뮈블랑은 그 침묵이 아주 마음에 들었다.

"야아, 카사안."

"뭐."

"나 잘했지?"

"……다신 이러지 마."

네 상처, 네 과거, 끄집어내서 전시하고, 불행을 팔아 이득을 도모하려 하지 마. 그건 너를 상처 입히는 일이야. 너도 알잖아. 그래서 지금 이렇게 아프잖아.

……전부, 뮈블랑도 아는 말이다. 그래서 구태여 하지 않는다. 뮈블랑은 익숙한 배려 속에 껴안긴 채 약간 웃었다가 도로 찡그렸다. 통증은 쉽사리 가시지 않을 듯하다.

밤이 깊다.

⚜ ⚜ ⚜

"움직일 수 있겠어?"

"그거 마치 잔 다음 날 절륜한 남친 같은 대사……. 이런 드립 이제 너한테 치면 실례냐?"

카산이 고개를 끄덕였다. 뮈블랑은 입술을 비죽였다.

"너 아니면 누구한테 이딴 소리 하지."

"……일단 사람에게 그런 소릴 하지 마."

"할 거지롱."

카산이 손가락을 튕겨 뮈블랑의 이마를 가볍게 때렸다. 환상통을 앓고 있는 순간이다. 다른 사람이 그랬다면 소스라치게 놀라다 못해 죽이려 들었겠지만 뮈블랑은 카산이 대련 이외의 장소에서 자신을 해칠 리가 없다고 굳건히 믿고 있기에 아무렇지 않게 받아들였다.

"슬슬 출발하자. 요루엘 산으로!"

요루엘 산은 영생자가 살고 있던 곳이다. 태곳적 시기부터 존재했다던 오래된 산은 낮은 능선과 풍성한 생명으로 그들을 반겼다. 체력 좋은 젊은이들에겐 어렵지 않은 정도의 등산이었지만 조막만 한 짐승들이 발에 밟힐까 무서워 걸음을 옮기기가 까다로웠고, 날벌레가 뺨을 때려 성가셨다. 물론 카산과는 인성 수준부터가 다른 뮈블랑은 거리낌 없이 움직였지만 말이다.

"야, 카산, 에퉤퉤, 여기 벌레 진짜 많, 우엑."

"입을 다무는 게 어떨까."

카산은 침착하게 제안했고 뮈블랑은 받아들였다……가 잠시 뒤에 다시 떠들기 시작했다.

"악! 짜증 나! 여기 전부 불 질러 버리고 싶어!"

"그러면 안 됩니다."

그런데 놀랍게도 되돌아온 것은 카산의 목소리가 아니었다. 낮고 깊숙한 느낌이 나는 그의 목소리와는 달리 높고 가녀린 느낌의 남자. 허옇게 빛나는 백금의, 목을 덮는 짤막하고 단정한 단발, 곱고 섬세한 안면. 그리고 어딘지 서러운 듯한 낯으로 그는 뮈블랑에게 걸어와, 주춤거리는 그녀의 발아래 무릎 꿇고 짓이겨진 풀을 매만진다.

"가엾게도……."

"아, 그, 죄송, 죄송합니다."

남자는 나긋하게 눈웃음치며 웃었고, 그것은 곧 그녀가 진심으로 사과하고 있지 않음을 안단 뜻이었다.

"속세에 익숙해진다 함은 생명의 앗음과 밀접해진다는 의미이지요. 매 순간 무언가를 해치지 않고는 살아갈 수 없는 존재가 인간이니까요."

"아하하, 네에……."

"당신의 살겁이 보입니다."

뮈블랑은 방긋방긋하며 머리를 긁었다.

그러나 남자는 더 이상 웃지 않았다.

"얼마나 많은 사람을 죽였습니까. 그러고도 하등의 죄책감도 갖지 않았고요. 돌아가십시오. 살인자를 도울 순 없습니다."

'거 웃기는 개소리를 하시네.'로 말문을 트려던 뮈블랑은 저자가 반신이란 사실을 상기하곤 정중하게 말을 바꿨다.

"매 순간 무언가를 해치지 않고는 살아갈 수 없는 존재가 인간이라 하시면서 어째서 저를 탓하십니까?"

물론 언제나 그랬듯 딱히 정중하진 않았다.

"살아남기 위해 사람을 죽인 제가 그릇되었습니까? 어째서요? 왜 제가 사람을 죽이게 만든 환경은 탓하지 않으십니까?"

그런데 참으로 이상하게도, 말하다 보니 울화가 치밀었다.

무언가가 억울했다. 단단히 억울했다.

"왜 제가 사람을 죽이면 안 됩니까? 다들 죽이잖아요!"

이런 말을 하려던 게 아닌데, 뭔가가 콱 틀어막혀 나오질 않았다. 결국 뮈블랑은 홧김에 다른 수단을 사용하기로 했다. 얼마 전에 썼던 그 수단 말이다. 그녀는 셔츠 단추를 풀기 시작했다. 한 번 했는데 두 번이라고 못 할 리 없었다.

"그래요, 이, 몸뚱이를 보십시오."

"뮈블랑!"

"말리지 마!"

뮈블랑이 셔츠를 벗자, 남자는 차마 바라보지도 못할 만큼 괴로운 표정을 지었다.

흉터에 불이 붙은 것 같았다. 이글이글 끓인 기름을 갖다 부은 듯이 아팠다.

그러니까 얼마나 아팠을까.

지금도 이렇게나 아픈데 맞던 당시에는 대체 얼마나.

"이렇게 맞아 가며 살았습니다. 그럼 제가…… 뭘 더 해야 합니까? 이렇게 사람을 때리는 사람의 손에서 공주님을 지켜야 하는데 다른 인간 목숨을 일일이 고려해야 합니까? 나는 못 해요! 그렇겐 못 한다고요! 그렇다면 그게 제 죄입니까?"

"……내겐 희대의 살인마와 아무 죄 짓지 않은 소녀가 같습니다. 둘 다 생명을 해치는 것에 거리낌이 없다는 점에서요. 아무 죄 짓지 않은 소녀도 벌레를 짓이기고 식물을 짓밟는 것은 똑같잖습니까."

"그런 논리를 사용하실 거였으면 저보고 살인자니까 꺼지라고 하시면 안 되는 거 아닙니까?"

"4왕자 측과 당신이 다를 바 없단 의미였습니다."

뮈블랑이 깔깔대며 손가락을 튕겼다.

"아, 웃기지도 않는 개소리하지 마."

"감정이 격양된 것 같은데 조금 진정을……."

그녀가 바락 소리를 질렀다.

"닥쳐! 영원히 산다고 하니 생명이 같잖아지기라도 했나? 그래서 가해자와 피해자를 구분하지도 못하는 건가? 왜 똑같은 짓을 하면 안 되는데? 똑같은 짓도 아니지! 그자는 오로지 고통을 주기 위해 행동했고 나는 살인에만 치중했으니까! 그런데 대체 왜 나와 그 새끼가 똑같은 취급을 받아야 해? 사람을 죽였으니까? 그게 똑같은 행동이니까?

전후 사정 아무것도 파악하지 않고 그냥 무작정 판결하려는 셈입니까, 잘나 빠지신 지혜의 반신이시여?"

남자는 대답하지 않는다.

그의 얼굴에 고인 그림자를 이해할 수 없다.

뮈블랑은 다다다 쏘아붙이느라 가빠진 호흡을 달래며 한참을 심호흡했다. 그제야 좀 현실이 눈에 들어왔다. 지금 뮈블랑은 신의 아들이자 영생을 사는 반신에게 이런 개소리를 지껄인 거다. 밀렌도요프를 위해서라면 반드시 그를 설득해야 했는데, 제기랄. 그녀가 다 망쳤다. 괜히 감정적으로 나대서는……!

뮈블랑은 덜덜 떨리는 몸으로 무릎을 꿇었다.

"죄송, 죄송합니다. 어, 저기, 망할, 저희 공주님은 정말 사랑스러우신 분이세요. 저 같은 거랑 달라요. 인간을 사랑하시고, 생명을 아껴요. 저희 공주님은 정말 대단하신 분이어서요, 저랑은 다른……."

"왜, 자신을 깎아내립니까?"

욱신거린다. 전신이 아프고 열이 활활 오르고 땀이 뻘뻘 나고 아파서 죽어 버릴 것 같다. 달뜬 시야에 남자가 무릎 꿇는 것이 보인다. 뮈블랑의 앞에 마주 무릎을 꿇고 있다.

화닥닥 놀란 뮈블랑이 뒷걸음질을 치려다가 남자에게 손목을 붙잡혔다. 그런데 일순, 그 손목으로부터 청량하고도 시원한 감각이 밀려들어왔다. 뮈블랑은 깜짝 놀라 남자를 바라보았다. 남자는 서럽고도 고통스러운 얼굴로 고개를 푹 숙였다.

"그대의 말은 정당합니다. 비록 당신이 죽인 사람들에게 당신이 가해자일지언정 4왕자 측과 당신이 같단 말은 옳지 않았어요. 내 미안합니다. 사과할게요."

"어, 어……."

"당신의 흉터를 지운다고 해도 환상통은 사라지지 않아요. 그러나 원한다면 지워 드리겠습니다. 사과의 의미예요. 받아들이시겠습니까?"

뮈블랑은 그 짧은 순간 머리를 굴렸다.

"저희 공주님이 승리하신 후에…… 지워 주시면 어떨까요?"

다시 말해 승리하도록 도우란 뜻이다.

"……."

"……."

"죄송합니다."

빠른 사과가 보기 좋았다.

"굳이 그러지 않아도 도울 것입니다."

"네?"

"그대들을 돕겠다고 했습니다. 간만에 세외에서 세속으로 접어들겠
군요. 아버지를 뵐 날이 머지않겠습니다."

남자가 몸을 일으켰다. 그의 백옥 같은 몸을 가린 하얀 천이 바람에
나부끼며 금빛 알갱이를 뿌렸다. 고대에서 현대까지 이어지는 복식이
놀랍도록 잘 어울렸다. 아, 그처럼 아름다운 인간이 다시 있을 수 있
을까? 그는 존재만으로도 타자의 위에 선 양 우아하면서도 기품 있는
반신이었고 만세계의 지혜에 통달한 위대한 마법사였다.

그가 선언하듯 진명을 읊자 저 아득한 너머에서 종소리가 울려 퍼
진다.

"내 이름은 카일룸, 바벨의 주인. 그대들과 함께할 벗입니다."

⚜ ⚜ ⚜

이건 단순한 후일담이지만, 카일룸이 한편이 된 후로도 뮈블랑은
꿋꿋이 밀렌도요프가 왕좌에 앉은 후 흉터를 없애 달라고 했다. 다시
말해 카일룸을 믿지 않았다.

정말이지 성격 나쁜 인간이었다.

✤ ✤ ✤

카일룸의 마법 양탄자에 타서 이동하니 수도로의 도착도 빨랐다. 아슈타르 왕국의 정경을 무심하게 흘겨보던 뮈블랑은 푸짐한 샌드위치를 대강 베어 물다가 카산의 등짝을 세게 후려갈겼다.

"윽."

정말이지 뜬금없는 상황이었지만 나름의 이유는 있었다. 뮈블랑은 안쓰럽게 카산을 흘겨보았다.

"좀 적응됐냐?"

"모르겠어."

"거의 다 도착했는데 아직도 모르겠으면 어째."

카산에겐 비행 멀미가 있었던 모양이다. 무슨 일에든 그냥저냥 무던하게 적응하는 뮈블랑은 측은한 눈빛으로 카산을 바라보며 등을 몇 번 쓸어 주었고, 카산은 다시 헛구역질을 시작했다. 뮈블랑이 등짝을 후려갈겨서 그럴지도 모른다는 사실은 바람결에 날아갔다.

이제 아슈타르의 궁전 위다. 경합을 준비하느라 분주하게 움직이는 사람들이 개미 떼처럼 작게 보인다. 카일룸은 적당한 착지 장소를 찾기 위해 양탄자를 이리저리 놀렸고, 그러던 중 뮈블랑의 눈에 황갈색 머리카락이 잡혔다. 밀렌도요프 같았다. 그런데 어딘가 곤란한 눈치라 좀 더 눈동자에 힘을 주어 부릅뜨고 쳐다봤더니 1왕자 같아 보이는 새끼가 그녀의 어깨를 붙들고 흔드는 게 아닌가?

속된 말로 야마가 돌았다. 뮈블랑은 앞뒤 사정 볼 것 없이 물었다.

"여기서 뛰어내려도 됩니까?"

"안전하게 착지하도록 도와줄 순 있지만, 그건 왜……."

"고맙습니다아악!"

대답도 듣지 않고 뛰어내렸다. 카일룸이 방긋이 웃으며 지팡이를 들어 올렸다.

이윽고 찾아드는 것은 아찔한 감각.

공중에서 몸이 한 바퀴 돌았다. 가늘게 눈을 뜨자 손가락 사이로 빛이 쏟아졌다. 다시 한 바퀴를 더 돌았다. 바람이 전신을 강타하고 알수 없는 부유감을 선사했다. 데굴, 데굴데굴데굴. 땅바닥을 구르듯이허공을 돌며 뮈블랑은 떨어지고 있었다.

몸이 계속해서 뱅그르르 돌아 균형을 잡기 힘들었다. 그러나 더없이 상쾌했다. 구름이 손가락 사이로 쪼개지는 감각을 너는 아는가? 요란하게 피리 소리를 내는 바람이 손가락처럼 두피 사이를 훑고 지나가는 감각은? 이 모든 것이 가쁘도록 환상적이었다.

그러나 마냥 즐기고만 있을 순 없는 노릇. 귓가에 스며드는 마법적인 목소리를 들으며, 뮈블랑은 침을 꼴딱 삼켰다.

— 들리나요, 뮈블랑 군?

"네, 네에!"

— 좋아요, 지금부터 당신의 발은 공중을 밟을 수 있습니다. 알겠어요? 지금부터, 뛰어요!

"우와아아아앗!"

뮈블랑은 계단을 뛰어 내려가는 사람처럼 반쯤 구르듯 달리기 시작했다. 바닥이 없는데, 분명히 없는데 발밑에 무언가가 닿아서, 이 속도를 유지하지 않으면 당장이라도 고꾸라질 것 같아 죽도록 달리는수밖에 없었다. 뮈블랑은 계속해서 달리고 달리고 달렸고 왕궁의 사람들은 점점 가까워져 오는 괴생명체를 보고 기겁을 했으며 밀렌도요프만 눈을 반짝였다.

"뮈블랑?"

반짝거리는 은빛 머리카락을 휘휘 나부끼며 왕궁 결계를 뚫고 내달려 오는 늘씬한 인영이라니.

저런 자는 뮈블랑밖에 없지 않은가?

이어 뮈블랑은 반쯤 떨어지다시피 착지했다. 쿠웅! 발바닥에 불이 붙은 듯이 따가웠지만 그런 건 그녀의 알 바가 아니고! 지금 해야 하는 것은! 저 새끼 조지기다! 뮈블랑은 멧돼지처럼 성큼성큼 1왕자에게로 다가가 밀렌도요프를 붙잡은 손을 강하게 움켜쥐었다.

"뭐, 뭐냐, 넌!"

"공주 저하께 무슨 무례입니까!"

"넌 뭔데! 아, 아니, 왕궁 결계가 있을 텐데 도대체 어떻게 들어온 거냐! 경비병, 당장 이자를—!"

그 순간 1왕자의 머리 위에 그림자가 도래했다.

고개를 들어 위를 바라보자 웬 양탄자가 내려오고 있었다. 사람들은 당혹스러움을 금치 못하고 어느 교단의 사제일지에 대해 쑥덕거렸다. 왕궁 결계를 꿰뚫고 침입한 존재를 사제라 추측한 것은 마땅히 옳은 일이었다. 사제가 아니라면 마법일진대, 감히 마법사 나부랭이가 각지 교단의 사제들이 모여 있는 지금 이 자리에 나타날 리가 없잖은가?

그러나 그는 왔다. 아무런 거리낌 없이 왔다. 마법의 창시자, 신의 버려진 아들, 카일룸.

그가 아슈타르의 궁전에 섰다.

공기가 멎었다. 정확히는 그렇다고 느꼈다. 그곳에 서 있는, 신의 축복을 받은 사제 모두가 신성한 자의 자손으로 인간의 자궁에 잉태된 이의 기운을 느꼈다.

거대하고도 웅혼한 마력까지도.

그러나 무릎 꿇을 수밖에. 그도 그럴 게 아무리 마법이 경멸스러울지언정 카일룸은 천둥 번개의 신이자 신들의 왕인 프레이의 아들이지 않은가. 모여든 사제들이 하나둘 무릎을 꿇기 시작하자 1왕자가 생기겁을 하며 좌우로 고개를 돌렸다.

"뭐, 뭔가? 뭔데? 뭐냐고?"

1왕자와 그나마 좀 친밀한 관계였던 교단의 사제가 1왕자의 팔을 잡아끌며 무릎을 꿇렸다. 눈치 좀 기르시라고 제가 몇 번을 말씀드립니까, 예? 밀렌도요프도 눈을 깜빡거리며 무릎을 꿇으려 했으나, 뮈블랑이 그녀의 팔을 잡으며 작게 웃었다. 공주님은 그러지 않으셔도 돼요. 속삭이는 말이 살풋 다정했다. 뮈블랑의 말을 증명하듯 카일룸이 인파를 가로질러 밀렌도요프의 앞에 섰다. 상황을 예측한 1왕자의 얼굴이 희게 질렸다.

"내 이름은 카일룸, 바벨의 주인."

"서, 설마……!"

"밀렌도요프 공주를 돕기 위해 이곳에 왔다."

기막힌 선언이었다.

✣ ✤ ✣

1왕자가 밀렌도요프에게 집적거리던 것엔 다 나름의 이유가 있었다. 밀렌도요프가 회자한 이야기를 들은 뮈블랑은 당장에 1왕자를 때려죽이자고 제안했다.

1왕자는 밀렌도요프가 당연히 자신을 염두에 두고 앙큼한 짓을 벌였다고 생각한 모양이었다. 이게 무슨 말이냐면 밀렌도요프가 1왕자와 결혼함으로써 세력을 합치고 왕위 다툼에 나설 줄 알았다는 소리였다. 그렇게 하면 실질적인 권력은 1왕자가 가질 수 있으니 그로서는 좋은 결론이었을 것이다. 그런데 밀렌도요프가 영 자기를 찾아오질 않자, 값을 흥정해 보려는 수작으로 여기고 직접 만나러 왔다는 소리다.

밀렌도요프는 거절하기 전에, 물어나 봤다고 한다. 혹시라도 이이가 좋은 인간일지도 모르니까. 그랬더니,

'1왕자 저하께서는 평민에 대해 어떻게 생각하세요?'

'응? 네가 싸고도는 그 노예 자식들 얘기냐? 그 자식들이 뭐. 설마 소중하게 생각한다거나 하는 헛소리를 지껄일 작정은 아니겠지? 정신 차려라, 너는 푸른 피야!'

라는 답이 돌아왔다.

짜게 식은 밀렌도요프가 거절의 의사를 표하자 1왕자가 날뛰기 시작했다. 네가 어떻게 나에게 그러느냐, 나 없이 어떻게 카마이유를 상대하려고오오! 그렇게 질척거림이 거세질 때쯤 뮈블랑이 기가 막힌 타이밍으로 하늘에서 떨어졌다는 이야기다.

뮈블랑은 밀렌도요프의 설명이 끝나자마자 걸쭉하게 욕설부터 뱉었다. 어떤 정신머리를 가져야 이다지도 찰진 문장을 만들어 내는지는 모를 일이다.

"그 새끼 죽이고 천국 가겠습니다!"

"……그거 아나요, 뮈블랑 군? 지금 그대가 읊은 문장 중 가장 온건하다고 말할 수 있는 게 방금 말한 그, 그…… 하아……."

온갖 혐오 표현에 놀란 카일룸이 희게 질린 낯으로 뮈블랑을 만류했다.

"뮈블랑 군, 나는 기본적으로 생명을 해치는 행위를 반대합니다. 경합이라는 특수 상황을 돕겠다는 거지 경합 이외의 살인을 저지를 셈이라면, 나는 그대들의 일에서 손을 떼겠어요."

"아, 예."

뮈블랑은 빠르게 진정했다. 카일룸의 도움을 안 받을 순 없는 노릇이니까. 남들 눈에 그렇게 안 보였다는 게 문제다.

"뮈, 뮈블랑."

"왜 그러세요, 공주님?"

"많이 화났어……?"

눈을 동그랗게 뜨고 '전혀 아니요!' 라고 대꾸하려던 뮈블랑은 제 눈치를 설설 보는 카산을 목격하고는 씨익 웃었다.

"어떻게 화나지 않을 수 있겠습니까?"

카산이 이어질 상황을 예측하고 땀을 삘삘 흘렸다. 한창 바람을 잡던 뮈블랑이 사악하게 중얼거렸다.

"우리 카산이를 꾸밀 수 있음 다 풀릴 화지만요, 응?"

카산이 침착하게 한 발자국 물러서자 뮈블랑이 한 발자국 다가갔다.

"어떻게 생각해, 카산?"

"……대화로 풀지. 뭘 원하나."

숫제 테러리스트를 대하는 경비병의 태도였다. 테러리스트는 방긋방긋 웃으며 경비병을 압박했다.

"너의 화장한 얼굴."

"……제길."

예로부터 뮈블랑과 밀렌도요프는 카산을 꾸미며 노는 것을 좋아했다. 카산은 거울 속의 자신이 점점 잘생기고 예뻐지는 것까지는 좋았지만, 번거로운 과정을 굳이 거치고 싶지 않아서 거부하는 편이었다. 그래도 어쩌겠나. 뮈블랑 님이 하고 싶으시다는데 을은 따르는 수밖에 없지 않겠나.

간만에, 한데 묶고 다니던 장발을 풀자 폭포수처럼 우아한 머릿결이 흘러내렸다. 뮈블랑은 손뼉을 쳤다.

"너는 진짜 장발이 잘 어울리는 거 같아. 근데 관리하기 힘들지 않아?"

카산은 모두가 노닥거리고 있는 이런 상황에서 '네가 장발남을 좋아한다고 말했었잖아.'라고 말하면 갑자기 분위기가 싸해질 것 정도는 짐작할 수 있는 문명인이었다. 게다가 뮈블랑은 기억도 못 할 게 뻔했다. 그녀가 흘리듯 내뱉은 말을 저 혼자 인식하고 있을 뿐이었으니까. 새삼 생각하지만 그는 어릴 적부터 뮈블랑에게 마음이 있었던 듯하다. 자각이 더뎠을 뿐이지. 카산은 그냥저냥 흘려 넘기기 위해 고개만 끄덕였고 뮈블랑은 꾸미는 데 신이 나서 눈치채지 못했다.

검은 머리카락의 미인에게 새빨간 립을 칠해 주는 것만큼 신나는 일이 또 있을까? 북녘 사람 특유의 창백한 피부 위에 얹어진 레드 립은 설원의 동백꽃처럼 아름다웠다. 역시 사람은 립만 발라도 인상이 확 달라진다. 뮈블랑은 흥미진진하게 카일룸에게 자랑했다.

"카일룸, 우리 카산 좀 보세요. 잘생겼죠."

"잘생겼습니다."

"카일룸도 화장하고 싶죠."

"네?"

허파에 구멍 난 것처럼 신바람 난 웃음소리가 높이높이 솟아올랐다.

경합은 일주일 뒤 시작될 것이다.

✛ 제6장 ✛
이제는 안다

날이 밝았다.

경합에 참전할 인원은 공개 모집을 통해 600명으로 추려졌다. 그들은 일주일간의 첫 번째 경합을 통해 완전히 편을 나누게 될 것이다. 지금도 절반으로 얼추 나누어져 있긴 하지만 저 안에 '적'이 숨어 기회를 넘보고 있을 테니 아직은 제대로 가름이 난 게 아니었다.

마도 공학으로 만들어진 카메라가 광장을 비추고 있다. 교단은 마법을 박해하지만 꿋꿋이 살아남은 마법사들은 자신들의 존재를 숨김과 동시에 대중친화적인 전략을 펼쳐 명맥을 잇고 있는데, 대중문화로 자리 잡은 '방송'이 바로 그것이다. 교단도 종종 사용하고는 하는 고대 마법 기술의 집약체, 마법구를 응용한 바로 그 '방송'은 주요 영지마다 설치되어 평민들의 여가를 책임지는 중이었다. 교단이 판매 및 배포하는 '신문'은 너무 고리타분하고 지루하다. 그러나 어떤 기술로 만들어졌는지 알려지지 않은 '방송'은 귀족들의 가십이나 절대적이라고 알려진 교리에 대한 의문 따위를 다뤄 자극적이고 재밌다. 물론 사제들은 '방송'을 시청하지 말라 이야기하곤 하지만 즐거운 걸 어쩌겠나.

게다가 교단도 최근 육 년간 활성화된 '방송'에 함부로 개입하기 어려운 게, 유닷테가 그들의 뒷배였다.

유닷테, 그 정신 나간 년!

사제들의 부글거리는 심정을 아는지 모르는지, 이 사건의 발단을 마련한 황제가 지엄하게 단상에 서서 신성한 규율을 읊는다.

"지고하신 신들 아래, 첫 번째 경합을 발표하겠다. 첫 번째 경합은 '동료 찾기 게임'이다. 경합 참여를 신청한 인원 중 누가 스파이고 누가 동료인지 의심하고 또 의심하여 스파이를 최대한 배제하고 팀을 꾸리는 것이 게임의 목표다. A팀 내부에 스파이가 더 많거나 B팀의 스파이가 팀을 승리하게 만드는 임무를 성공할 시 B팀이 승리한다."

몇몇 사람이 저도 모르게 주위를 둘러본다. 누가 스파이인지 알아보기 위해서일 것이다. 카메라는 그런 모습들을 클로즈업해서 송출한다.

그러나 역시 카메라가 가장 집중하는 대상은 황제다.

황제는, 여자의 즉위를 위해 경합을 개최하겠다는 파격적인 결론을 내려 종교계에게 자격 의심까지 받는 중인 황제는 아무렇지도 않다는 양 신들이 내린 신탁을 읽고 있다. 붉은 망토와 황금 관을 쓰고 그 누구보다도 신에 가까운 모습으로 근엄하게.

"스파이의 임무는 총 두 가지인데, 스파이로 인정을 받기 위한 임무와 팀을 승리하게 만드는 임무 두 가지로 나뉜다. 첫 번째 경우, 게임의 끝에서, 스파이로 인정을 받기 위해선 시민 한 명을 죽여야 한다. 첫 번째 경합에서의 '죽음'은 피가 나는 경우라면 무엇이든 허용한다. 다시 말해 현실의 죽음도 허용되며, 단순히 피가 흐르기만 해도 상관없다. 두 번째 경우, 스파이가 상대편의 왕을 '죽일' 경우엔 스파이 팀의 승리로 게임이 종결된다. 마찬가지로 현실의 죽음도 허용되며, 단순히 피가 흐르기만 해도 상관없다."

지금 이 말만 들으면 스파이에게 꽤나 유리할 거 같은 상황인데 말이죠, 카메라 앞에 선 리포터가 카메라 앞에서 입을 나불댄다. 생생하게 송출되는 화면의 긴장감을 높이기 위해서다. 그러나 신성하신 신들께서 그리 게임을 쉽게 만드실 리가 없지 않습니까? 폐하의 다음 말씀을 기대해 볼까요?

"그러나 스파이는 자신이 스파이란 것을 들켜서는 안 된다. 다시 말해 그 살인이 들켜서는 안 된다."

아, 피가 나는데 피를 내게 한 사람을 모를 수가 없죠? 그럼 역시 아무도 모르게 죽이는 수밖에 없겠네요?

"스파이를 제외한 특수 포지션에 대해 말하겠다. '탐정'은 단둘이 있을 때 상대가 스파이인지 아닌지를 확인할 수 있다."

그런데 누가 단둘이 있는 상황을 용납할 거냔 말이에요. 스파이일지도 모르는데. 잘못 걸리면 끽하고 죽는 거 아녜요. 탐정 역할 맡으신 분은 참 고생이 많겠어요?

"'의사'가 지목한 사람은 신의 가호를 받아 하루 동안 죽지 않는다. 그러나 '의사'는 '왕'을 지목할 수는 없다. 각 팀당 탐정과 사제는 한 명씩 존재하며, 스파이의 수는 알려지지 않는다. 첫 번째 경합이 진행되는 일주일간 경합 참여 인원은 전부 광장에서 숙식을 해결해야 하며, 식재료와 천막은 제공된다. '왕'이라 할지라도 예외는 없다."

오, 이거 참…….

"또한, 이것은 신들의 요청인데, 반신, 바벨의 주인 카일룸은 모든 경합에 '직접적'으로 참여해서는 안 된다. 권고를 지키지 않을 시 불이익이 따를 것이다."

바벨의 주인 카일룸! 반신이시죠! 자신의 반신성을 포기할 경우 죽은 자를 부활시킬 수도 있는 위대한 분께서 이리 속세에 나와 주시다니 너무나 감동적이어서 눈물이 다 날 지경…….. 예? 작작 하라고요?

"이상, 위대하고 지고하신 신들의 이름으로, 첫 번째 경합의 시작을 명한다."

네! 잠깐 나대서 죄송합니다. 제가 카일룸 님을 좀 존경해서 헤헤. 유닷테 님과 함께하는 즐거운 '방송' 은 잠시 광고를 송출한 후에 다시 찾아뵙겠습니다! 화면 앞, 떠나지 않아 주실 거죠?

이윽고 시끌벅적 요란법석, 광고가 시작된다.

✤ ✤ ✤

리포터라고 하는 자를 처음으로 목격한 뮈블랑이 눈을 반짝반짝 빛내면서 아닌 척을 시작했다. 뮈블랑의 입장에선 유닷테가 방송이라는 매체를 도입하겠다고 했을 때 코웃음을 쳤던 만큼 속 시원하게 인정하고 싶지 않았다. 그렇지만 마법구—기존에 사용하던 것과 전혀 다른 형태, 일명 '카메라' — 앞에서 시시각각 변하는 상황을 즉각적으로 받아들이며 멘트를 만들어 내는 리포터를 보라.

그야말로 사기꾼의 표본이 아닌가!

나름 암살자에 스파이 짓 하면서 사기 실력 좀 늘었다고 생각했는데 저자를 보니 뮈블랑은 초짜였다. 앞으로도 정진해야지. 뮈블랑은 남들이 차마 짐작조차 못 할 개소리를 진지하게 생각하며 고개를 주억거렸다.

그때 4왕자 카마이유가 제게 내려진 300명의 인원에게 각각 네 명씩 조를 짜 막사를 치라 명했다. 과연 지도자로 자라온 자다웠다.

엠버의 눈과 뮈블랑의 눈이 잠깐 마주쳤다가 떨어졌다. 무작위로 팀이 배정되어서인지 아니면 귀족들의 입김이 들어간 건지 엠버 페르체도는 카마이유의 편에 속해 있었다. 뮈블랑이 고개를 돌려 밀렌도요프를 흘끔 바라보자 그녀는 치맛자락을 꽉 쥐고 잘게 떨고 있었다. 뮈블랑은 밀렌도요프의 귓가에 다가가기 위해 허리를 숙이고 눈을 내리깔았다. 반쯤 덮인 눈꺼풀 아래로 푸른 기 섞인 에메랄드처럼 빛나는 눈동자가 나른하면서도 오싹한 빛을 띠었다.

"제가 말할까요."

"아니."

대답은 순식간에 나왔다. 300명이나 되는 인원 앞에 잔뜩 긴장하고 겁먹은 소녀가,

"내가 해야 하는 일이야."

그러나 자신의 책무를 방기하지 않겠노라고.

햇볕을 받아 금사처럼 빛나는 머리카락을 휘날리며 소녀가 말한다.

"2인 이상 5인 이하로 조를 짜 막사를 쳐라! 다음 지령은 막사 설치가 완료된 후로 하겠다!"

배에 힘을 주어 소리쳤는데도 잘 들리지 않은 것 같았다. 뭐라고? 지금 뭐라고 하신 거지? 사람들이 웅성거렸다. 밀렌도요프는 입술을 앙다물었다가 다른 이들에게 동요가 들킬까 얼른 떼고 그 대신 신발 안에서 발가락을 꿈틀거렸다.

다음 순간 재빨리 카마이유 쪽을 바라본 뮈블랑이 그녀와 그의 명령에 무어가 달랐는지를 눈치챘다. 버튼을 누르면 목소리를 넓고 크게 퍼뜨려 주는 확성 마법 도구가 밀렌도요프에게만 지급이 늦어진 듯했다. 카마이유의 목에는 분명히 걸려 있는데 밀렌도요프에겐 없는 것을 보아하니 말이다.

'오호라? 감히 공주님의 용기를 무용한 것으로 만들어?'

뮈블랑이 —그녀의 기준에서— 사람 좋게 웃었다.

"정. 숙. 정숙 정숙! 정. 숙. 정숙 정숙! 자, 다들 따라 외치십쇼, 정. 숙. 정숙 정숙!"

발로 바닥을 딱딱 후려 가며 박자를 딱딱 맞춰 소리치자 따라 하지 않을 수가 없었다. 앞 열에 있던 사람들이 얼결에 '정. 숙. 정숙 정숙'을 따라 외쳤다. 뮈블랑은 지휘자처럼 손을 휘휘 저으며 '정숙 정숙'

에 이어 '막. 사. 막사 막사'를 시전했고 맨 뒷줄까지 잘 따라 하는 듯
하자 그 뒤에는 '2인 이상 5인 이하'를 외쳤다. 그다음엔 박수를 쳤
다. 짝 짝 짝짝짝짝! 짝 짝 짝짝짝짝! 짝짝 짝짝 짝짝 짝짝! 뮈블랑의
지휘가 익숙해진 사람들이 찰떡같은 호흡으로 그녀를 따랐다. 그리고
뮈블랑은 마무리로 소리 질렀다.

"해. 산. 해산 해산!"

해산물이 떠오르는 말이었다.

사람들은 '해. 산. 해산 해산'을 외치고도 자기가 말한 말을 머리로
받아들이질 못해 멀뚱멀뚱 서 있었지만 그네들을 가만히 놔둘 뮈블랑
이 아니었다. 그녀는 카산에게 공주님을 잘 지키라고 눈짓한 후 막사
조립 도구들이 모여 있는 곳으로 어슬렁어슬렁 걸어가 발로 도구를
걷어찼다.

"제작!"

그러고는 제가 먼저 이것저것 주어다가 등에다가 짊어졌다. 용병들
은 그제야 뭘 하란 건지 눈치채고 뮈블랑을 따라 하기 시작했다.

돈으로 관계자를 매수해 확성 마법 도구의 지급을 늦어지게 만든 1왕
자는 뮈블랑의 지휘를 보며 짜증스러운 표정을 지었고, 그것을 바라본
4왕자가 더없이 싸늘하고도 매혹적으로 웃었다. 굵직한 손가락으로 적
색 머리카락을 쓸어 올리면서 다갈색 눈동자를 다정하게 휘는 모양새가
어딜 봐도 호인의 인상이었으나 그 속에 깃든 요악함을 아는 1왕자는 저
도 모르게 전신을 긴장시켰다.

"어, 어음, 그…… 하하."

"형님."

우아한 눈매를 꿈뻑거리며, 4왕자가 1왕자에게로 고개를 숙였다.
얼마 나지 않는 신장 차이에도 불구하고 1왕자는 살짝 높은 곳에서 저
를 내려다보는 4왕자가 무척이나 거대하다고 생각했다. 언제나 그랬
다. 옛날에는 안 이랬던 거 같은데 언제부턴가 음험한 속내를 감추고

방긋방긋 웃어 대기나 하고…….

"내 누누이 말하지 않았습니까."

"으, 으응? 뭐, 뭘 말이냐. 하하하. 나는 아무것도……."

"들킬 일이라면 애당초 시도하지 말아야 하지만……."

꾸욱, 신발 뒷굽이 1왕자의 발등을 밟았다. 카마이유는 시뻘게진 얼굴로 비명을 참고 있는 1왕자를 퍽 안쓰러운 눈으로 깔아 보며 체중을 실었다.

"시도하고야 말았으면 반드시 성공시켜야만 한다고."

"아아악!"

1왕자가 비명을 지르며 주저앉자 카마이유는 언제 그를 짓눌렀냐는 양 다정스레 왜 그러느냐 속삭이며 그를 일으켜 세웠다. 발등이 욱신거려 발을 디디기가 괴로웠다. 뼈가 부러졌을 게 분명했다. 개새끼, 개새끼! 그러나 그가 카마이유와의 정쟁에서 패배한 이상, 그리고 밀렌도요프 측에 붙지도 못한 이상, 살아남기 위해서라면 카마이유의 편에 붙어 꼬리를 살랑대야 했다. 죽어라 자존심이 상하는 일이었지만 말이다.

이어 그들의 행동에서 1왕자가 수작을 부렸고 그것은 카마이유의 의지가 아니었음을 완벽하게 파악한 뮈블랑이 고개를 주억거리고 있을 때, 카마이유가 고개를 돌렸다.

눈이 마주치자 소름이 끼치는 것은 왜일까?

그가 부드럽게 웃는다. 그녀를 보고 있다. 상처가 지끈거리기 시작한다.

그가 뮈블랑을 향해 걸어온다.

도망치고 싶다.

몸에 아로새겨진 본능적인 경고다. 도망쳐라, 도망쳐. 너를 짓밟은 자가 너에게로 오고 있다. 너는 다시 살갗을 드러내고 무릎을 꿇게 될 것이다. 굴복하려던 너 자신을 너는 알지? 밀레나, 그 계집년을 카마이유에게 넘기고 자기만 살아남으려던 너를 말이야. 그년이 대신 맞았으면 좋겠다고 생각했잖아. 너는 그렇게 저열한 녀석이잖아. 그러니까 도망쳐. 너는 그 고통을 다시는 버틸 수 없을 것이다.

그러나, 그러나! 움직일 수가 없었다. 독거미가 그녀의 몸을 깔아뭉개고 여덟 개의 끈적거리는 다리로 타고 오르고 있었다. 그녀는 거미줄로 동여매져 있고 독은 신경에 녹아내린 지 오래. 남은 길은 포식자에게 잡아먹히는 것뿐일까? 공포가 뇌를 짓누르고 통증이 육신을 사로잡는다. 다 낫지 않은 상처에 소금을 뿌리고 문지르는 듯한 감각, 또는 기름을 붓고 불을 붙인 듯한 고통. 너에 대한 공포와 적개심과 체념으로 세포 하나하나가 불타오르는 것 같다.

어느새 카마이유가 뮈블랑의 눈앞까지 다가왔다. 카마이유는 비스듬하게 기울인 시선으로 파리하게 질린 안색과 덜덜 떨리는 눈동자를 물끄러미 바라보다가, 속삭인다.

"감히 내 앞에서 무릎을 꿇지 않느냐?"

"죄, 죄송, 합……."

숨이 헐떡거렸다. 몸이 제대로 숙여지질 않았다. 돌덩이처럼 딱딱하게 굳어 삐걱거리는 관절을 굽히고 굽혀 가며 가까스로 절하듯 바닥에 널브러지자 카마이유가 다정스러운 눈빛으로 한쪽 무릎을 꿇고 그녀의 턱을 들어 올렸다.

"고얀지고. 다시 채찍 맛을 보고 싶기라도 한 게야?"

'채찍'이라는 말을 듣자마자 머릿속이 희게 변했다. 도망쳐라, 도망쳐. 이대로 가다간 너는 정말 살해당할 거야. 살해당할 거라고.

그러나 살해란 무엇인가? 그것은 그녀가 주구장창 이뤄 오던 업적 아니었던가?

그렇다면 이는 업보일까?

그때,

"4왕자 카마이유!"

익숙한 목소리가 거미줄을 찢었다. 동요가 멈추고 눈물이 짓쳐 오를 듯이 눈시울이 뜨거워졌다. 밀렌도요프의 목소리였다.

친구가 그녀를 위해 외치고 있었다.

"신발 끈 풀렸습니다!"

뮈블랑이 무심코 킥 하고 웃음을 터트렸다. 싸하던 분위기가 풀리고, 웃는 사람들이 늘어나고, 카마이유가 싸늘하게 눈을 휘는 가운데, 당연하지만 신발 끈이 풀린 사람은 아무도 없었다.

밀렌도요프는 뮈블랑의 팔을 잡고 일으켜 세운 후 꾸벅 인사를 하고 뒤돌았다. 뮈블랑은 시체처럼 가까스로 그녀의 부축을 받으며 휘청거리다가 카산의 손에 편안하게 들렸다.

"……내가 짐짝이냐."

"더 다정하게 들어 줘?"

"꺼져."

살 것 같았다. 뮈블랑은 오늘, 숨통이 트인다는 표현이 무엇을 의미하는지 적확하게 알게 되었다. 그러나 뮈블랑은 이 외침이 밀렌도요프에게 있어 거대한 발걸음이었다는 것까지는 알지 못했다.

밀렌도요프는 황제의 탄신일 연회가 열리던 대연회장과 지금 이 순간까지, 카마이유에게 대항하는 총 두 번의 용기를 짜내었다. 그리고 누군가 말하지 않았던가? '한 번 일어난 일은 다시는 일어나지 않을 수도 있지만 두 번 일어난 일은 반드시 다시 일어난다.' 라고!

밀렌도요프는 마냥 보호받던 어린애가 아니었다. 지켜 낼 수 있었다. 카마이유에게 대항해 뮈블랑을 지켜 낼 수 있었다. 이제, 다시는…….

무력하게 빼앗기지 않을 것이다.

밀렌도요프는 카산에게 막사를 칠 것을 부탁한 후, 뮈블랑을 침대에 눕히고 물었다.

"뮈블랑, 좀 괜찮아?"

뮈블랑은 밀렌도요프와 카산의 열렬한 걱정 속에서 파리한 낯짝으로 킥킥거렸다.

"아유, 내가 공주님도 누워 보지 못한 막사에 먼저 눕고, 이거 아주 호강합니다그려?"

"······너다워서 다행이네."

뮈블랑은 익숙한 태도로 신음을 참았고, 카산은 익숙한 태도로 뮈블랑에게 이불을 덮어 주고 손수건으로 식은땀을 닦아 냈다. 밀렌도요프는 그 익숙함이 무엇을 상징할지에 대해 잠시 생각하다가 슬프게 웃었다.

"미안해. 모두 다."

"틀렸어요, 공주님. 이럴 땐 살아 돌아와 줘서 고맙다고 하시면 됩니다."

"······치, 나도 안다 뭐."

밀렌도요프가 입술을 비죽 내밀며 발개진 얼굴을 돌리자, 뮈블랑은 팔로 머리를 받치곤 다리를 꼬며 느긋한 체를 했다.

"앞으로 우리가 해야 할 일은 많아요. 저 인간들 막사 치면서 싸우지 않나 감시도 하고, 밥도 먹여야 하고, 만약 아슈타르에서 담당 미화원을 보내 주지 않는다면 화장실 청소 당번도 정해야 하고, 말썽 피우면 제지해야 하고, 뭐 아무튼 그 무수한 것들을 하면서 동시에 스파이도 잡아내야 하고 그렇죠. 그 와중에 나만 홀라당 쓰러졌으니 이득이군요. 하루만 자빠져 있겠습니다."

모두가 고개를 끄덕이며 동의했다.

그리고 뮈블랑은 그 선택을 후회하게 된다.

✤ ✤ ✤

밤, 열세 명이 죽었다.

다음 날, 여명과 동시에 자기가 밀렌도요프 공주 측 탐정이라고 주장하는 자가 등장했다.

⚜ ⚜ ⚜

뮈블랑이 막사 안에서 괴로워하던 무렵, 밀렌도요프는 얼추 완벽하게 인원을 통솔하고 있었다. 그녀가 영리한 덕이기도 했고, 카산이 반협박으로 관계자에게서 확성 마법 도구를 빼앗아 온 덕이기도 했다. 물론 카산은 아무것도 하지 않았다. 그의 날카로운 눈매와 무표정한 입술, 탄탄한 근육을 본 관계자가 절로 내놓은 것이다. 뮈블랑이 있었다면 참 인생 살기 편하겠다고 말할 법한 상황이었다.

배식을 차근차근 진행해 가던 와중 화장실이 막혀 소요가 잠시 일어났지만 카일룸의 마법으로 해결했다. 카일룸은 이 정도의 개입은 괜찮을 거라며 작게 웃었고 실제로도 그러했다. 그도 그럴 게 화장실이 막힌 걸 마법으로 해결했다고 분개할 신이었다면 영생을 살며 주구장창 마법을 써 온 카일룸의 목을 진즉 비틀어 버렸을 테니 말이다.

첫 번째 죽음은 화장실에서 벌어졌다.

화장실은 동서남북에 성별당 8칸씩 나뉘어 배치되어 있었고, 사건은 동쪽에서 벌어졌다. 한 칸이 열리지 않는 것으로 모든 일이 시작됐다. 처음에는 그러려니 했는데 시간이 지날수록 그 한 칸의 부재가 커다랗게 느껴지기 시작했고 대기자들의 방광 혹은 장이 심각한 지경에 이르렀을 즈음 분개한 몇몇이 문을 뜯어 꺼내자고 결심한 것이다. 영차, 영차! 사람들은 힘을 내어 문을 부쉈고 변기에 앉은 채 죽어 있는 시체를 발견했다.

시체의 목에는 칼이 깊숙이 박혀 있었다. 그 탓에 피가 많이 흘러나오지 않아 발견이 늦어진 모양이었다. 만약 칼을 꽂았다가 도로 뽑았더라면 피가 흥건하게 뿜어져 나와 개판 오 분 전이 되었을 텐데, 영리하게 군 걸 봐서는 살인에 능숙할 가능성이 높았다.

사건 현장을 지켜본 밀렌도요프는 인상을 찌푸렸다.

"지문을 채취해서 대조해 보면 될 것 같은데, 문제는 내가 하는 방법을 몰라."

"제가 압니다, 주인님. 뮈블랑이 저번에 알려 준 적이 있어요."

아, 빨리빨리 좀 조사합시다! 저희 방광 터져요! 사람이 죽어 나갔는데 이런 소리를 외치는 담대한 사나이들이란, 정말. 밀렌도요프와 카산, 카일룸은 증거 물품들을 챙기고 바깥으로 나와 흑연 가루를 뿌리고 그 위에 종이를 댄 후 무거운 것을 올려놓고 꾹 눌렀다.

"도굴범들이 쓰는 수작입니다."

"헤에……."

밀렌도요프가 행여나 '뮈블랑이 그걸 어떻게 알고 있었을까?'라고 질문할까 봐 지레 겁먹은 카산이 급하게 종이를 펼쳐 보았다. 다행스럽게도 지문이 고스란히 찍혔다. 이제 300명과 일일이 대조해 보면 된다…….

어쨌든 찍어 두면 도움이 될 것이다. 밀렌도요프는 사람들에게 차례대로 지문을 찍을 것을 명했다. 그리고 찍던 중에 또 다른 사건이 생겼다. 줄을 서 있던 사람 중에 누가 실수로 남자를 밀친 모양이었다. 그런데 그게 화가 난다고 뺨을 때려 코피를 낸 것이다. 어쨌든 피가 났으니 게임상 '죽음'이다. 그렇다면 죽음을 유발한 남자는 스파이인가?

"나는 아니에요! 아니라고!"

지문을 찍던 밀렌도요프와 카산이 그 소요를 미처 눈치채지 못한 사이 흥분한 대중들은 남자를 때려죽였다. 때려죽이다가 주먹에 생채기가 난 어떤 사람도 '죽음'을 맞이했다. 여기까지가 네 번째 죽음이었다. 밀렌도요프는 뒤늦게 뛰어와 참혹한 표정을 지었다. 밀렌도요프는 이런 잔인한 상황이 지독히도 싫었다.

그렇지만 머뭇거려서도 무너져서도 안 될 노릇.

두 구의 시체와 두 명의 탈락자를 내보낸 밀렌도요프는 의연하기 위해 노력했다. 카산은 묵묵히 그녀의 뒤를 지켰다.

그리고 마지막 사건이 터졌다.

사람이 죽었는데 너무 깔끔했다. 카산이 봐도 깔끔한 솜씨였다. 다시 말해 잘 죽였다. 누가 봐도 숙련된 자의 짓이었다. 그런데 그런 시체가 아홉 구나 됐다. 그것도 차곡차곡 깔끔하게 개어져 있었다.

어떤…… 정신 나간 새끼의 짓이지?

뮈블랑은 꼭두새벽에 일어나 그 시체 무더기를 가장 먼저 발견했다. 그녀는 머리를 쥐어뜯으며 온갖 욕을 쏟아부었다. 진짜, 진짜, 누군지는 몰라도 정말 타고난 개새끼였다. 왜 죽였는지는 모르겠지만 어쨌든, 어쨌든.

스파이일 경우엔 한 놈만 죽이면 된다. 그런데 저 짓을 아홉 번이나 반복했다는 건 그냥 개새끼라는 뜻이었다. 그렇다면 탐정이었을까? 탐정이 스파이를 잡아 죽인 걸까? 그런데 그렇다고 치면 그냥 피만 내도 되잖아! 들키지 않기 위해서였던 걸까? 그렇다면…… 뭐 어쩔 수 없나. 그렇군, 어쩔 수 없군. 뮈블랑은 납득했고 밀렌도요프는 하지 못했다. 그러나 사건 현장에는 지문 한 톨도 남아 있지 않았다. 범인을 잡을 방도는 추호도 없었다.

그때 어떤 남자가 여명을 등진 채 나타난 거다.

"내가 탐정입니다. 나는 저 짓을 벌인 스파이를 알고 있습니다."

그는 탐정일까, 아닐까?

범인은 누구일까?

✢ ✤ ✢

머리가 어지럽다.

눈앞에선 자칭 탐정이 떵떵거리듯 잘난 체를 하고 있다.

"제가 없는 하루 동안 많은 일이 벌어졌더군요. 역시 제가 없으면 안 돼요. 아아, 잠시 동향을 지켜보는 사이 그렇게나 많이들 죽어 나갈 줄은! 그러나 이제 걱정하지 마십시오! 제가 도와드릴 테니까요, 하하하!"

뮈블랑은 삐딱하게 고개를 기울이곤, 이어지는 말을 분석하며 머릿속으로 의문을 곱씹어 본다. 저이는 정말 탐정일까? 그러나 여명을 등진 남자의 얼굴은 역광으로 경계가 흐무러져 있었고 그 모호한 낯에서 진의를 파악하기란 터무니없는 일이었다. 뮈블랑은 입 안쪽 여린 살을 깨물었다가 억지로 성격 나쁜 미소를 지어 보았다. 어디 지껄여 보라고 턱짓하는 듯한 태도에 흠칫한 남자는 그럼에도 불구하고 제법 당당하게 말을 이어 보지만…….

"뭐, 믿지 못하시는 것도 이해합니다."

보였다. 뮈블랑의 눈엔 그가 과장되게 구는 것이 보였단 말이다. 양팔을 연극적으로 벌리며 능청스러운 체를 하는 모양새가 어설프고, 뭐랄까, 약간 부풀려진 평온이란 느낌. 그러나 이 정도의 단서는 저자가 가짜 탐정이란 증거가 될 수 없다. 그래도 조금만 더 압박하면 그의 일그러진 표정에서 진의를 파악할 수 있을 듯했다. 뮈블랑은 눈썹을 찡그리며 한 발자국 더 위협적으로 다가갔다.

"이해? 당신이 지껄일 수 있는 말은 시혜적인 이해 따위가 아니라 절대적인 협조의 의사뿐이다. 그따위로 '나 잘났소.' 하고 나서는 것보단 얌전히 수사에 협조하는 게 좋을 텐데."

"이봐요, 저는…….."

"도우려는 뜻이었다고 주장하겠지. 그러나 목숨을 걸고 이 게임에 참여한 이상, 당신은 스파이가 아니라면 밀렌도요프 공주님께 예속된 몸이고, 패배는 곧 팀의 불리함으로 직결되기에 시혜적으로 굴어선 안 돼. 당신이 해야 하는 일은 도움이 아니라 협조며 복종이다."

뮈블랑은 아홉 구의 시체를 뒤로한 채, 손가락을 까딱까딱 흔들며,

무표정한 얼굴로 건방지게 턱을 치켜들었다. 언젠가 그녀가 암살했던 모 장군의 모습을 따라 하는 거였다.

그는 언제나 거만하게 뒷짐을 진 채 가슴을 쩍 벌리고 병사들의 엉덩이를 걷어찼다. 병사로 위장하고 군영에 들어간 그녀 또한 엉덩이를 걷어차였단 뜻이다. 뮈블랑은 그럴 생각까진 없었으나 어쨌건 장군의 고압적인 태도를 따라 해 자칭 탐정 씨를 압박하면 표정의 미세한 변동을 읽기 좋을 것이라는 사실 정도는 짐작할 수 있었다.

"알아듣겠나, 제군?"

"아니, 거참……."

뮈블랑은 남자가 불만을 토로할 시간도 남겨 주지 않았다. 그녀는 냉철하게 말을 끊었다.

"지금부터 취조를 시작한다. 누가 범인인가?"

"그건……."

"대답은 짧고 간결하게."

"나도 말할 시간을 좀……."

"짧고 간결하게!"

군인의 말투는 언제나 재수 없는 법이다. 자칭 탐정은 인상을 마구 잡이로 구기며 대꾸했다.

"범인은 에밀리 스토프입니다."

"에밀리 스토프! 여자인가?"

"네, 여자라고 해서 사람을 죽이지 못할 거란 편견은……."

"없으니까 걱정하지 마. 근거는?"

"규율에 따르면, '단둘이 있을 때 상대가 스파이인지 아닌지를 확인할 수 있다'고들 하지 않습니까? 저는 탐정이므로 에밀리 스토프와 단둘이 있었을 때 그녀가 범인임을 신의 계시를 통해 알게 되었……."

"다시 말해."

뮈블랑이 손가락을 튕겼다.

"당신이 탐정이란 걸 증명할 도구는 당신의 그 알량한 혓바닥뿐이라는 소리로군."

"……."

뮈블랑은 한숨 돌릴 겸 날숨을 길게 뺐다. 단시간에 해일처럼 몰아붙이기의 효과는 착실하게 거두었으니 이제는 압박을 풀어 주고 어떻게 떠드는지 지켜볼 차례다. 그러나 남자는 짐짓 곤란한 양 얼굴을 일그러뜨리다가 곧장 수습하며 웃음을 띠었다.

"훌륭하십니다."

짜증 날 만큼 괜찮은 대응이다.

"마땅하고 합리적인 경계예요! 어찌 이를 칭송하지 않을 수 있겠습니까? 밀레나 공주님께서 무슨 생각으로 경합을 벌이셨는지 알지 못했는데 황제 폐하를 등에 업고 반신을 설득한 것으로도 모자라 이렇게 훌륭한 입담을 가진 부하도 있으시다니요?"

표정 변화를 곱씹으며 추론을 해 보려던 참인데 이렇게 나오면 곤란하다고 말할 수밖에. 뮈블랑은 슬슬 생각의 추가 가짜 탐정으로 옮겨 가려는 것을 느끼며 필사적으로 평정을 찾기 위해 노력했다. 근거 없이 직감만 믿고 판단해서는 안 된다. 여태까지는 그래 왔다. 제 한 목숨만 건사하면 되기에 자유자재로 감을 믿고 행동했다. 그러나 이제는 아니다. 밀렌도요프와 한배를 탄 이상, 신중해져야 할 의무가 있었다.

"당신도 마냥 내가 당신을 탐정으로 인정할 거라 생각해서 나온 건 아니겠지. 하다못해 근거라도 마련되어 있다면 또 모를까, 지금 이 게 임상에서는 탐정을 신뢰할 방도가 아무것도 없잖아."

"그러나 음지에 숨어 스파이를 처리하다가 도리어 스파이로 몰리는 것보다는 낫지 않겠습니까? 저는 그 생각을 했을 뿐."

"그렇다면 왜 어제 나타나지 않았지?"

"동향을 살피려고 했을 뿐이에요!"

빠른 박자로 말을 주고받다 보니 머리에 열이 올라 사고가 똑바로 진행되지 않았다. 뮈블랑은 반 바퀴 뒤돌며 숨을 골랐다.

'왜…… 자기가 탐정이란 것을 증명할 수 없는데 나서지? 하다못해 증빙 자료가 있다면 그래 나서야겠지만, 아무런 증거도 없는데 대뜸 자길 탐정이라 주장하며 믿어 달라고 하다니 이런 순진하기 짝이 없는 생각이 어디 있겠느냐고. 아무리 봐도 분탕 종자다. 아, 물론, 혼자 힘으로 스파이를 처리하기 힘드니까 도움을 요청하려고 나선 걸지도 모르지. 그렇지만 증거가 없는 이상 도리어 처형당할 가능성이 높지 않을까? 아닌가? 혹시라도 탐정일지도 모르니까 죽여선 안 된다는 맹점을 파고든 수작일까, 아니면, 정말 탐정일까?'

두뇌가 팽팽하게 돌아갔다. 그럼에도 답이 도출되지 않았다. 결국 뮈블랑은 첫, 소리를 내며 첫 번째 취조를 마무리하기로 했다.

"좋아, 그럼 이제 에밀리 스토프를 만나 보지."

참으로 당연하게도, 에밀리 스토프는 자신의 스파이설을 극구 부정했다.

"저는 아니에요! 분명 그 탐정이 거짓말을 하는 거라구요!"

에밀리 스토프는 곱슬머리를 늘어뜨린 용병이다. 능수능란하게 창을 다루는 것으로 유명하다던데 주위 평판이 꽤 좋지 않았다. 주위 용병들이 하나같이 입을 모아 '에밀리 스토프라면 스파이 지망을 했을 지도 모릅니다.'라고 증언할 정도라면, 뭐, 말은 다 한 셈이지 않은가?

기본적으로 포지션은 지망자를 뽑은 후 겸임 상관없이 무작위로 배포되었기에 스파이 지망을 할 만한 사람이라고 한다면 스파이일 가능성이 있었다. 그러나 심증일 뿐이지 물증이 아무것도 없으니 딱히 취조할 건덕지도 없었다. 에밀리 스토프와의 담화를 끝낸 뮈블랑은 지친 몸과 마음으로 카산을 향해 걸어갔다.

"뭐 좀 알아낸 거 있냐."

"괜찮은 거리를 잡았어. 너도 같이 들으면 좋을 거 같아서 기다리는 중이었지."

"그러냐."

뮈블랑은 별 기대가 없었다. 그런데 듣고 보니 대단한 건수였다.

"아니 제가 단단히 봤다니까요? 다아들 그러지 말라고 했는데 남자 화장실에 기어코 들어가더니만, 어? 그리고 나왔는데, 그리고 한참 후에 그 양반이 죽었다고!"

"에밀리 스토프가 남자 화장실에 들어갔다, 이 말이야?"

"예! 그렇고말고요. 저는 웬 아가씨가 겁도 없이 이러나 싶었는데 지금 보니까 스파이여서 그랬다 이거지!"

뮈블랑은 카산을 데리고 다시 한번 에밀리 스토프에게 찾아갔다. 에밀리 스토프는 덜덜 떨면서도 탁자를 쾅 내리쳤다.

"여자 화장실 막혔었잖아요!"

"음……."

"바닥에 쌀 순 없었다고요!"

"그런데 당신 실력이면 화장실 벽을 넘어서 옆의 칸으로 이동할 수도 있지 않나?"

"그건 여기 모인 사람들 전부 다 그래요! 신들의 경합에 참여한 인원을 얕보지 말라고요! 다들 목숨 걸고 한탕 하러 모인 거니까!"

뮈블랑이 고개를 팍 숙이고 이죽거렸다.

"예, 예예, 뭐, 그럼 아쉬우셨겠습니다, 스토프 양은?"

"……무슨 뜻이죠?"

"목숨 걸고 한탕 하려고 했는데 아쉽게 밀렌도요프 공주 측에 붙게 되었잖아요, 그쵸? 카마이유 왕자 저하 편에서 한탕 하고 싶었을 텐데."

"아, 몰아가지 마세요! 난 진짜 스파이 아니라고요!"

"거, 취조의 기본이 이런 거인 줄 모르고 갇혀 계십니까? 그것 참 유감이군요!"

"아아악!"

에밀리 스토프는 필사적으로 부정했지만 여론이 그녀에게 불리하게 돌아갔다. 계속해서 탐문 수사를 해 보아도 그랬다. 그 와중 카마이유와 어쩌다가 마주칠 일이 생겼는데, 뒤에 엠버 페르체도와 맥시밀리언을 대동한 카마이유는 가엾다는 듯이 뮈블랑을 위아래로 내려다보며 말했다.

"열셋이나 죽었다면서?"

"……."

"쯧, 휘하 관리도 못한다니 내가 무엇과 겨루고 있는지."

카마이유 측은 다섯이 죽었다고 들었다. 밀렌도요프 측보다 훨씬 온건하게 돌아가는 듯한 모양새가 어째 재수 없었다. 분명 저들은 이깟 게임에 진지하게 응하지 않아도 어차피 승리할 거라고 생각하고 있을 테다. 밀렌도요프 공주가 뭘 할 줄 알겠어, 그런 열등한 시선으로 내려다보고 있기에 저리 여유로운 것이리라. 그러니 우리는 필사적으로 해 주겠다. 반드시 이겨서 그 콧대를 부러뜨려 주겠다 이 말이야.

그래서 뮈블랑은 필사적으로 뛰어다녔다. 탐문 수사를 하고, 증거를 채취하고, 의견을 묻고, 추론하고……. 탐정이 탐정인지에 대해 끊임없이 골몰하고 범인을 잡기 위해 발악했다.

이 모든 게 쓸모없는 짓인 줄 알았으면 아무것도 하지 않았을 텐데.

✠ ✠ ✠

사흘째 날이 밝았을 때,

자칭 탐정은 피살당한 채 발견된다.

✤ ✤ ✤

씨발, 씨발, 씨발!

시체를 확인한 뮈블랑은 나무 기둥을 걷어차며 욕설을 주워섬겼다. 욕이 나올 수밖에 없었다. 그가 죽은 이상 그를 죽어라 패서 진의를 듣는다는 선택지가 폐기되었을뿐더러, 무엇보다 그가 진짜 탐정이라면 패배는 낙점인 셈이었기 때문이다! 와! 정말 환장하겠군!

게임 종료일까지 스파이의 수를 최대한 줄이는 것이 게임에서 승리하기 위한 거의 유일한 방도다. 그런데 여기서 탐정이 없으면 어떻게 될까? 누굴 죽여야 할지 알 수 없게 된다. 그렇다고 아무나 죽이면 안 되는 것이, 앞으로 진행될 2차 경합이나 3차 경합에서 어떤 게임이 진행될지 모르는데 섣부르게 의심된다고 인원수를 줄여 버리면 망할 가능성이 농후했다. 안 그래도 신들이 이쪽 편을 싫어하는 마당에 몸소 불리함을 자처하고 싶진 않았다.

그렇담 남은 방법은 하나인데…….

뮈블랑은 팔짱을 끼며 짜증스러운 표정을 지었다.

상황을 듣자 하니, 우연하게도 에밀리 스토프와 자칭 탐정 둘 다 그들을 가둬 두었던 각각의 막사 바깥으로 나와 있을 때 일이 벌어졌다고 한다. 당연지사 완전하고 순수한 의미로서의 감금을 명했던 뮈블랑은 매우 격분했다.

에밀리 스토프의 감금을 지켜보라고 명령해 두었던 모 용병의 변명은 이랬다.

"아니 저도 물론 그…… 명령하신 대로 이행하려고 했습죠. 그런데 오줌도 아니고 똥이 마렵다는데 어쩝니까. 여자가 똥이 마렵다는데 저 보는 앞에서 싸라고 할 수도 없고 좀 화장실 데려가고 해야……."

"그거 아나?"

"네?"

"군영에서는 말 안 듣는 병졸에게 이런 짓을 하지!"

뮈블랑은 용병의 엉덩이를 시원하게 걷어찼다.

"다음! 네놈의 변명은 뭐냐!"

자칭 탐정을 감시하던 용병이 제 엉덩이를 뒤로 주춤주춤 빼며 조심스럽게 말했다.

"그, 그 사람이…… 말을 너무 잘했습니다."

뮈블랑이 계속해 보라는 양 턱짓했다.

"막 저보고…… 탐정이 이렇게 스파이들 못 찾아내게 갇혀 있는 게 말이 되느냐고……. 스파이로 유력한 사람들을 찾아보려면 자기가 나가야 한다고…… 막 그러는 겁니다. 저는 그 말에 홀라당 속아서……."

"그래서?"

"……죄송합니다."

다 큰 남자가 어린 여자에게 죄송하다고 말하는 건 어려운 일이다. 그렇다고 한들 지은 죄가 사라지진 않는다. 뮈블랑은 머리를 짚으며 짜증스럽게 말했다.

"당신 엉덩이를 걷어차일래, 얌전히 오늘 하루 동안 내 뒤를 졸졸 따라다니며 호위 좀 해 줄래."

"……호위, 하겠슴다."

"말은 똑바로!"

"호위하겠습니다!"

그래서 뮈블랑은 호위가 생겼다. 그녀는 호위도 생긴 김에 카마이유 측에 침투하기로 결정했다.

"예? 왕자님 세력인 척을 하겠다고요?"

"어차피 300명이야. 아무도 몰라."

"아니 그보다 위험합니다! 저 혼자라면 몰라도 젊은 아가씨까지 지켜 드릴 능력은……!"

"당신 홑몸 정도 지킬 줄 알면 충분해."

"그게 뭔……."

"됐고, 분장 시작하자고."

용병은 눈썹을 다듬고 수염을 자르라는 데서 거의 울려 했지만 어쨌든 순순히 말을 잘 들었다. 호위 한번 잘 고른 것 같다.

호위 하나쯤 있으면 좋다. 일단 여자 혼자 돌아다니는 것보단 뒤에 건장하고 듬직한 남성이 같이 붙어 있는 게 더 유리하단 세상사 이치 정도는 파악한 지 오래였다. 어째서 카산을 데려가지 않았느냐면 카산은 밀렌도요프 공주님을 지켜야 하니까. 그래서 즉흥적으로 말 잘 듣는 남자를 골라 본 건데 생각보다 더 편리했다.

"이름이?"

"벨룸입니다. 훌쩍."

종교나 신화로부터 비롯된 이름은 그 유래를 찾기 쉽다.

"벨루미니오스?"

"헉, 맞습니다."

"그럴 거라 생각했어. 미니라고 부르마."

"이런 젠장……."

"뭐라고?"

"너무 기쁘다고요."

"미니 군, 가자!"

"……."

사람은 수염을 깎고 눈썹을 다듬고 약간의 화장만 해 줘도 인상이 확 변한다. 가발을 쓰고 분장을 한 뮈블랑이 할 말은 아니었지만 말이다. 뮈블랑은 카마이유 측에 얼굴이 잘 팔려 있었으므로 이 정도 분장쯤은 필수였다.

그래서 뮈블랑은 씩씩하게 카마이유 측에 합류했다.

그리고 들켰다.

자, 침착하게 상황을 돌이켜 보자.

잠입해서 세 시간 동안은 아무도 그들을 눈치채지 못했다. 당연하다. 300명이나 되는 인원을 다 파악하는 작자는 대개 존재하지 않으니까. 그래서 뮈블랑은 당초에 계획했던 '집회'에 참여할 수 있었다. 카마이유는 매일 집회를 열며 그곳에서 현황을 파악하곤 했는데, 어제는 자신이 의사라고 주장하는 인원이 둘이나 나타나서 오늘 그 진실을 판명해 보려 하는 중이었다.

카마이유는 과연 어떻게 진실을 알아낼까. 뮈블랑은 흥미진진하게 상황을 지켜보았고, 그의 과격한 방식에 침음을 흘렸다.

"이봐, 자신을 의사라고 주장한 나빌로미아? 어제 누굴 살렸지?"

"저는 엠버 페르체도 님을……."

나긋나긋하게 눈을 꿈뻑거리던 카마이유는 칼을 빙빙 돌리더니 곧장 엠버 페르체도를 찔렀다. 비명이 마구잡이로 터졌다. 진짜 미친 새끼였다. 보통 미치지 않고서는 이렇게 바로 사람을 찌른다는 판단을 내리지 않을 텐데! 그런데 놀랍게도 칼은 그대로 엠버 페르체도를 관통했다. 이게 무슨 말인지 아는가? 카마이유 정도의 근력으로는 사람의 흉통을 관통할 수 없다. 그런데 아무런 저항 없이 수월하게 쑥 하고 들어가 버린 거다!

뮈블랑은 그제야 고개를 주억거렸다. 나빌로미아는 진짜 의사다. 카마이유도 흥미진진한 태도로 어깨를 으쓱했다.

"흐응, 이게 바로 신의 축복 중 하나인 모양이군?"

엠버 페르체도는 놀라지도 않았는지 아무렇지도 않게 고개를 끄덕거렸다.

"그런가 봅니다."

카마이유는 씩 웃으며 엠버의 어깨를 툭툭 쳤다.

"하하, 기분 나쁘진 않으셨겠죠?"

"물론입니다."

시원스럽다고 하기보단 무뚝뚝한 대꾸였다. 카마이유는 눈을 가늘게 뜨며 웃었다.

"그런데 말이지, 자신을 의사라고 주장한 또 다른 인물, 아스테리우스, 나빌로미아가 진짜 의사라는 것이 확정된 이상 자네는 거짓 의사가 아닌가?"

카마이유의 검이 아스테리우스를 향했다.

그와 동시에 '누군가' 가 뮈블랑의 이름을 불렀다.

"뮈블랑."

호명되었을 때, 그리고 시선이 맞닿았을 때, 뮈블랑은 아득하리만치 머나먼 과거로부터 풍겨져 오는 향수에 질려 버렸다. 세상이 빙빙 돌았다. 세계를 구성하는 색, 형, 빛이 한바탕 뒤집어지고 뒤섞였다가 뒤엎어져 온통 알록달록하게 빛났다. 빛 알갱이가 둥실둥실 떠돌고 오색 빛깔이 찬란하게 반짝거리는 가운데 그녀는 딱 미쳐 가는 것 같았다.

카마이유에게 얻어맞을 때처럼 딱 그만큼 고통스러웠다.

그러나 이 음성을 모르는 척할 순 없었다. 알았다. 뮈블랑은 알았다. 언제나 듣던 목소리였다, 언제나 듣고 싶던 목소리였다, 그러나, 아, 이렇게 들어서는 안 되는 목소리였다! 구역감이 치밀었다. 자신이 저질렀던 과오가 짓쳐 오르며 목젖을 누르고 혀끝까지 찰랑였다. 뮈블랑은 당장이라도 죽을 것처럼 가냘프게 속삭였다.

"네가…… 왜…… 어떻게 여기에……."

"구애인 같은 말 하지 마, 자기야."

장난스러운 말이었지만 뮈블랑은 평소처럼 유들유들하게 대꾸하지 못했다. 그녀는 그래선 안 됐다. 그럴 수도 없었다. 뮈블랑은 최소한

이 눈앞의 소녀 앞에서만큼은 절대적인 죄인이며, 악이었다.

소녀는 짙은 붉은색 머리카락을 살랑거리며 싱긋 웃었다.

"내가 왜 여기 왔는지 너는 알지?"

"너…… 넌, 안 돼! 돌아가! 이런 싸움에 꼈다간 분명, 죽게 될 거라고!"

"죽는 건 네가 될 거야. 그걸 위해 내가 왔으니까."

미니가 자꾸만 왜 그러느냐고 지금 당신 죽어 가는 사람 같다고 저 여자를 치우면 좀 괜찮아지겠냐고 말을 걸어 댔지만 잘 들리지 않았다. 그에 비해 저 너머에서 아스테리우스가 자신은 밀레나 공주 측의 의사인데 동시에 스파이를 겸임하고 있는 카마이유의 편이라서 이렇게 찾아온 거라고 말하는 소리는 선명하게 들렸다. 그 말을 듣자 퍼뜩 정신이 차려졌다. 밀렌도요프. 아, 그녀를 위해서라도 이러면 안 되는데…….

"잘 가, 뮈블랑."

그러나 늦었다.

푸욱, 여자가 든 단검이 정확하게 복부를 꿰뚫었다.

그와 동시에 엠버 페르체도가 움직였다.

카마이유를 향해 휘둘러진 검의 궤적은 깔끔한 원호였고, 카마이유의 호위는 그 의미를 해석하거나 맞받아칠 능력은 안 되어도 읽어 낼 수준은 되는 인물이었다. 호위는 카마이유의 옷깃을 잡아당겨 궤도를 피하도록 만들었다. 두 남자가 쌍으로 뒤로 엎어졌다. 호위는 카마이유를 깔아뭉개듯 올라타며 갑작스럽게 돌변한 엠버 페르체도로부터 카마이유를 지키려 애썼다. 하지만 그로서도 또 다른 공격이 날아올 것이라고는 미처 짐작하지 못한 듯하다.

뮈블랑이 발사한 탄환이 카마이유의 어깨를 스쳤다. 피가 흘러나왔다.

이윽고,

게임 종료를 알리는 신호탄이 터져 올랐다.

카마이유는 이게 도대체 무슨 상황인지 이해할 수가 없어 눈을 둥그렇게 뜨고 사위를 휙휙 둘러보았다. 여자도 마찬가지였다. 뮈블랑을 찌른 그녀는 현황을 이해하지 못하는 것이 분명한 어리둥절한 낯을 하고 있었다. 그러나 무엇인지는 몰라도 원흉이 총을 쏜 뮈블랑임은 분명했다. 여자는 뮈블랑을 표독스러운 눈빛으로 노려보다가 뺨을 갈겼다. 짝! 가냘픈 마찰음이 났다. 뮈블랑은 묵묵히 맞아 준 후에, 여자의 손을 부드럽게 떨쳐 내고 가발을 벗어 던졌다. 은빛 머리칼이 화려하게 빛났다. 그제야 상황을 파악한 카마이유가 이를 악물었다.

"계집년이……!"

"거 계집년 계집년 하시면 듣는 여자가 기분 나쁘다는 것도 모르쇼?"

뮈블랑은 명치에 달랑거리는 검을 매단 채 천천히 인파를 가로질렀다. 아무도 그녀를 막지 못했다. 명치에 검이 매달려 있단 사실이 그로테스크해서 막으려고 해도 막을 수가 없었다. 이윽고 뮈블랑은 아찔한 심정을 억지로 감춰 가며 타박타박 걸어가 '그 사람' 앞에 섰다. 그리고 툭 내뱉듯 말했다.

"당신인 줄은 몰랐는데. 탐정이자 스파이 나리."

"나야말로. 자네일 줄은 몰랐는데. 의사."

삐딱하게 선 뮈블랑은 엠버 페르체도를 바라보며 씩 웃었다.

요약하자면 이거다.

엠버 페르체도는 탐정이자 스파이다. 그녀는 카마이유의 편인 체하며 아홉 명의 카마이유 측 스파이를 살해했다.

뮈블랑은 의사다. 그녀는 매일매일 자기 자신에게 힐을 걸었다.

상세한 내막은 일단 차치하고, 짧막하게 뮈블랑의 사정만 요약하자면, 뮈블랑은 설령 지금 실행할 생각은 없었어도 자신이 의사라는 것을 알면서부터 암살 작전을 구상하고 있었다. 카산과만 공유하고 있던 이야기였다. 무슨 짓을 해도 죽지 않는다면 암살 시도부터 해야 정석 아니겠는가!

물론, 카산은 자신과 함께 갈 것을 주장했지만 그녀가 돌았다고 그 말을 듣겠나. 밀렌도요프 호위는 어쩌고.

그 '여자'를 만나게 된 것이 유일한 변수라면 변수였지만……. 아니, 사실 최대의 오점이었지만…….

뮈블랑이 엠버와 하이파이브를 할 때쯤 패자의 발악이 시작됐다.

카마이유가 외쳤다.

"당장 저년들을 죽여!"

그러곤 '여자'를 노려보는 꼴이 무시무시하기 그지없었다. 뮈블랑은 그 순간 자신들을 향해 내달려 오는 장정들을 제쳐 두고 오로지 '여자'에게 집중할 수밖에 없었다. '여자'는 아마도 뮈블랑을 알아본 후 곧바로 카마이유에게 보고했을 것이다. 그리고 저에게 맡겨 달라했겠지. 죽일 수 있다고, 자길 믿어 달라고. 그러나 결과가 이게 무어란 말인가? '여자'는 과연 무슨 형벌을 받을 것인가? 뮈블랑은 '여자'를 구해야만 했다. 뮈블랑이 지어야만 할 책임이었다. 뮈블랑은 어딘가 홀린 사람처럼 '여자'를 향해 한 발자국을 내디뎠다. 그런데 미니가 그녀의 어깨를 붙잡았다.

"침착하세요! 무슨 사이인진 모르겠지만 지금은 안 됩니다!"

"안 돼, 난……."

"공주님을 생각하셔야죠!"

결국 뮈블랑은 수긍할 수밖에 없었다. 맥시밀리언과 엠버 페르체도가 퇴로를 뚫는 가운데 뮈블랑은 어딘가 망가진 사람처럼 그들의 뒤를 따랐다. 꼭 심장을 두고 온 사람처럼, 명치의 단검을 달랑거리며.

✢ ✱ ✢

그들은 빠르게 복귀했다. 사람들은 뛰쳐나와 환호성을 지르려고 했다가 떨떠름하게 입술을 닫았다. 승전보를 들고 왔으면 좀 기쁜 분위기를 연출해 줘야 대중들도 그에 합당한 반응을 할 수 있는데, 그들의 모습은 일반적인 승리자들과는 궤가 달랐다. 그도 그럴 게 분위기 메이커가 명치에 칼을 꽂고 침울하게 고개를 숙이고 있으니 말이다.

당황해 웅성거리는 사람들 사이에서 밀렌도요프가 맨발로 뛰쳐나왔다. 밀렌도요프는 뮈블랑을 보자마자 귀신을 본 사람 같은 표정을 지었다. 밀렌도요프가 희게 질린 낯으로 뭐라 외치려던 찰나 뮈블랑이 식겁하며 앞서 소리 질렀다.

"세상에, 공주님! 공주님이나 되시는 분이 맨발이라뇨!"

"뮈블랑……."

이게, 대체 무슨 소리지?

"이걸 어째요. 다치진 않으셨어요? 잠깐만요. 제가 신발 벗을게요. 제 사이즈가 맞을까? 좀 클 거 같은데 혹시 넘어지시기라도 하면……. 아니다, 카산, 네가 업……."

가증스럽기 짝이 없다.

그리하여 밀렌도요프는 기어코 말하고야 말았다.

"너는 네 명치에 칼 박힌 건 안 보이고 내 발만 보여?"

차분하고 단정한 어투여서 처음엔 분노가 느껴지지도 않았다. '여자'를 본 이후로 살짝 맛이 가 있었기에 더더욱 그랬다. 그래서 뮈블랑은 대수롭지 않게 억지웃음을 지었다. 그러나 밀렌도요프는 따라 웃지 않았다. 그녀는 속눈썹을 떨다가 아주 느릿하게 눈꺼풀을 내렸다. 뺨을 타고 눈물이 가로질러 턱에 맺혔다가 뚝뚝 떨어졌다.

"공주님……?"

그러나 뮈블랑은 타자의 감정을 이해하기엔 너무 자신의 여유가 없는 상태였다. 밀렌도요프는 뮈블랑의 슬픔을 따라 하려 하지만 억지로 지어 올렸던 웃음이 가시질 않는 그 기괴하기 짝이 없는 표정마저 슬펐다.

"……아팠잖아."

"네? 아니, 무슨……. 공주님 울지 마세요……."

"아팠잖아……!"

대략적인 규율은 황제가 읊어 주었지만 자세한 내용은 광장 한가운데에 비석으로 세워져 있다. 밀렌도요프는 가장 먼저 그 모든 내용을 암기한 사람이었다. 그리고 이 상황에서 가장 중요한 항목.

「의사의 힐은 모든 상처를 무효화시키지만 모든 통증을 제거해 주지는 않는다.」

밀렌도요프가 주먹으로 뮈블랑의 어깨를 쳤다. 뮈블랑은 억지로 드리웠던 웃음이 채 가시지 않은 고장 난 듯한 얼굴로 밀렌도요프를 바라보았다.

"아팠을 텐데, 왜? 왜 아무렇지 않아 해? 너, 너…… 이렇게 다쳐 놓고 왜 괜찮은 척해……. 나는 네가 그럴 때마다 마음이 너무 아파……. 심장이 찢어질 거 같아……."

밀렌도요프는 그대로 뮈블랑의 가슴팍에 얼굴을 묻고 엉엉 울음을 터트렸다. 뮈블랑은 아직도 상황을 파악하지 못하고 고개를 갸웃거리다가, 카산의 우묵한 눈과 마주치고 나서야, 그 눈빛에 제 좁은 심장이 아릿하게 저미는 것을 느끼고서야, 깨달았다.

걱정받고 있는 거다.

물론 걱정이 다는 아니다. 그의 눈빛에 서린 것은……. 그러나 과부하 된 머리가 빠듯하게 부풀어 수용 한계를 넘어설 것 같았다. 더는 무리였다. 더는 받아들일 수 없었을뿐더러 그러고 싶지도 않았다.

뮈블랑은 상황을 정리해야 한다고 느꼈다. 그녀는 눈썹을 모으며 껄렁한 태도를 연기했다.

"뭘 보쇼? 어디 구경났나?"

놀란 사람들이 후다닥 흩어졌다.

우는 공주를 품에 끌어안은 채, 뮈블랑은 못내 괴롭게 웃었다.

"들어갑시다. 이것저것 설명 들을 게 많으니까요."

뮈블랑의 시선 끝엔 엠버 페르체도가 있었다.

냉정하고 엄숙한 기사단장이던 그녀는 막사로 들어가자마자 곧장 호들갑 떠는 이야기꾼의 모습으로 변모했다.

"아니 글쎄 말이야, 나는 아예 작정을 하고 공주님 쪽 스파이로 지망을 했지 뭔가. 왜냐? 나는 밀렌도요프 공주님 편을 해 보면 재밌겠다고 생각했거든! 그런데 내가 참말로 밀렌도요프 공주님 편 스파이로 지목된 것이지. 거기다가 탐정까지 덜컥 낙점받고 말일세. 그래서 난 처음부터 카마이유 왕자의 편인 체를 해 봤네. 카마이유 왕자는 내가 당연지사 자기의 편을 할 거라고 생각하더군? 그래서인지 나를 추호도 의심하지 않았어. 하하하! 거 웃기는 양반일세! 매력도 없는 주제에 자의식 과잉이라니!"

뮈블랑이 시비를 털었다.

"거, 공주님 앞인데 존대 좀 하시죠?"

엠버는 무심한 낯으로 뮈블랑을 내려다보다가 빙글 웃었다.

"흠, 알겠네. 하여간에 말이에요, 카마이유 왕자 측이 꽤나 온건하게, 그러니까 여기서의 온건함이란 현실의 죽음 없이 오로지 게임상의 죽음으로만 다섯이 죽어 나갔다는 점에서 온건하게 진행되어 가던 까닭은 밀렌도요프 측 스파이들의 밀고 때문이었어요. 자기가 스파이요, 하고 나타나니 푹 찍 해서 보내 버리면 되잖아요? 다섯이나 그렇게 나타났고, 카마이유 왕자는 그래서 생각한 거지. 저쪽에 분탕질을 쳐서 진짜 스파이가 누군지 모르게 만들면 편하게 승리하겠다! 카마이유 측은 이미 다섯 명이나 제외되었으니까 말이죠. 가짜 탐정은 그렇게 등장을 한 겁니다. 회유는 쉬웠어요! 그도 그럴 게 카마이유 왕자가 질 거라고 생각하는 사람들은 거의 없었잖아요? 여기서 변수가 있었다면—"

"당신이죠. 엠버 페르체도."

적절한 주고받기식 대화에 기분이 좋아진 엠버 페르체도가 뮈블랑의 머리를 쓰다듬었고 뮈블랑은 기겁을 하며 쳐 냈다.

"맞아. 나지. 공주님은 뭐, 받아들이지 못하실 수도 있겠지만 아홉 명 더하기 가짜 탐정을 썰어 버린 진짜 탐정이자 밀렌도요프 측 스파이가 바로 저예요. 어떻습니까, 혐오스럽기라도 하신가요?"

건방진 소리였다. 뮈블랑이 개입하려던 찰나, 밀렌도요프가 침울한 낯으로 조용히 읊조렸다.

"나를 얕보지 마세요."

"……."

"내가 우스워 보입니까, 엠버 페르체도. 희생을 줄이고자 하는 마음이 우습습니까."

"그러니까 제 말은……."

"나를 갈잖게 보는 병졸 따위 필요 없습니다."

밀렌도요프는 여전히 서러워 보였다. 죽음들에 아파하고 있었다. 그러나 담담하게 이어지는 말에는 점점 힘이 서리고 있었고 눈동자는 푸른 호수처럼 반짝거리고 있었다. 카일룸에게는 그 모든 변화와 움틈이 느껴졌다. 늦겨울, 남들보다 일찍 피어나 서리 진 꽃망울이 햇살 아래에 투명하게 빛나듯 아름다웠다. 아, 부디 이 아름다움을 납작하게 해석하지 말라. 그 생명에 대한 경의와 눈부심을!

"그래요, 나는 유약합니다. 그렇다고 해서 내 부하들이 나를 위해 흘린 피를 두려워하진 않습니다. 내가 안타까운 점은 그대들의 손에 묻은 피가 나로 비롯되었다는 거예요. 하나 내 이 자리에서 선언하건대, 그대들은 저승의 신 앞에 두려워할 것 없습니다. 내 사람이 지은 살겁은 모두 내가 책임질 겁니다."

카일룸은 빙그레 웃었다. 어쩌면 그는 속세에 나오길 잘했는지도 모른다.

그러나 카일룸의 심정을 이해할 수 있는 사람은 없었다.

"아니…… 시발, 그 선언 취소해요! 빨리! 취소! 뭐 하는 개소리예요? 내 살겁을 공주님이 왜……. 이거 취소 가능한 거죠? 카일룸! 대답 좀 해 봐요!"

카일룸이 대답하기도 전에 하늘이 말했다.

— 저승의 신, 라우코네스가 수락합니다.

"씨발!"

— 1차 경합이 종료되었으므로 이제부터 신들의 축복 시스템이 가동됩니다. 인간은 신들의 음성을 간접적으로 들을 수 있습니다.

1차 경합은 일종의 시험이다. 어떤 인간이 자신의 축복을 받을 가치가 있는지 알아보기 위한 것. 그러나 공주에게 왕좌를 줄지 말지를 결정하는 이 게임에서는 당연지사 카마이유 측에만 축복이 내려질 수밖에 없었다. 신들의 말문이 트였는데도 밀렌도요프와 뮈블랑, 카산의 귓가에는 공지를 제외하고 아무 소리도 들리지 않는 것을 보면 확실했다.

그러나 지금 중요한 것은 그런 게 아니었다.

밀렌도요프가 터무니없는 선언을 해 버렸다는 게 문제였다.

"공주님! 대체 어쩌시려고 이러세요!"

"이건 단순한 주군의 책무야."

"이…… 이 말도 안 되는!"

"내 선택을 존중하지 않을 테야?"

"당연하죠! 이걸 어떻게 존중—"

그때 엠버 페르체도가 무릎을 꿇었다.

뮈블랑은 빼액 소리를 질렀다.

"저 말 같잖은 선언에 감명받았다는 소리 할 거면 접시 물에 코 박고 죽어 버려요!"

"싫네. 감명받았습니다, 공주님. 황제 폐하를 주군으로 모시지 않았더라면 공주님 밑으로 들어가고 싶었을 거예요."

"아아악! 개소리!"

"고마워요. 엠버 페르체도 경."

"말 놓으셔도 됩니다."

"그렇게 할게."

엠버 페르체도가, 그 엠버 페르체도가 말을 놓으라고 했단 사실이 무엇을 의미하는지 모르는 뮈블랑이 길길이 날뛰었다.

"진짜 나만 이거 못 받아들이겠는 거예요? 다들 돌았어?"

카산이 첨언했다.

"저도 못 받아들이겠습니다만."

주구장창 살인만 하던 인생 둘이 반발했다. 밀렌도요프는 방긋 웃었다.

"그래서 뭐?"

"······예?"

"이미 선언해 버렸는걸? 아하하, 신나네. 너희가 이렇게 싫어하는 거 보니까 조금 기분 좋아졌어."

"······예?!"

우리의····· 울보····· 공주님이····· 달라졌어······. 뮈블랑은 카산과 덜덜 떨리는 눈동자를 마주 보다가 울컥해 버렸다.

"아이고 아이고 내가 업어 키웠는데 이러기예요, 엉엉엉!"

"대체 언제 적 얘길 하는 거야!"

"제가····· 열심히 업어 드리던 공주님이······."

"카산 너까지 이러기야?"

엠버가 깔깔깔 웃었다.

"원래 인생이란 게 다 그런 거지 뭐. 한동안 떨어져 있었는데 이전과 같은 모습일 순 없잖냐. 그렇지 않아? 너희도 달라졌을 텐데?"

뮈블랑은 왠지 할 말이 없어져 입을 다물었다. 카산도 마찬가지였다. 그들을 힐긋 바라본 엠버 페르체도가 곤란한 말문을 트려 시도했다.

"네가 그 여자를 보고 그랬던 것처럼……."

그 순간, 다행스럽게도 또다시 시스템의 음성이 울려 퍼졌다.

— 축복의 1차 분배가 끝났으므로 스파이는 자신의 팀을 찾아가십시오.

"저 그럼 누가 스파이인지 확인 좀 하고 돌아올게요!"

적절하게 도피할 거리를 찾아낸 뮈블랑은 잽싸게 막사 바깥으로 뛰쳐나갔다가, 서성거리던 벨루미니오스를 만났다.

미니는 눈을 껌뻑거리다가 삿대질을 했다.

"아직도! 아직도 안 빼셨어요?"

"응? 뭘 빼냐."

"명치…… 칼!"

"아하."

뭔가 상황이 급박하게 돌아가서 다들 잊고 있었던 듯하다. 뮈블랑은 단검을 붙잡아 아무렇지 않게 쏙 하고 뽑았고 벨루미니오스는 제 가슴팍을 퍽퍽 때렸다.

"그거 통증 있다매요!"

"아이 참."

"'아이 참'이 아니잖아요!"

그는 하도 답답해하느라 뮈블랑이 그 단검을 소중하게 챙기는 것까지는 보지 못했다.

뮈블랑은 벨루미니오스에게 손짓했다.

"야, 누구누구가 스파이인지 좀 둘러보러 가자."

"알겠어요……."

"대답은 똑바로!"

"알겠습니다!"

떠나는 이들을 슥슥 둘러보던 중에 에밀리 스토프를 발견한 뮈블랑은 농담을 던졌다.

"어이, 스파이! 안 가냐?"

"아, 내가 스파이 아니라고 몇 번을 말해요!"

뮈블랑은 깔깔 웃었다.

어쨌거나,

그들은 1차 경합에서 승리했다. 그게 전부였다. 기분은 좋아야 했고, 얼굴은 웃어야 했고, '여자'에 대한 생각은 이제 그만두어야 했다. 승리자답게, 좋아, 승리자답게.

단도를 소중히 갈무리한 주제에 그랬다.

⚜ ⚜ ⚜

뮈블랑이 바깥으로 뛰쳐나가자마자 방 안의 공기가 바뀌었다. 다소 발랄하고 톡 쏘던 것이 축 처졌다는 의미다. 뮈블랑에게는 그런 힘이 있었다. 공간을 제 분위기로 물들이는 힘이.

카산은 뮈블랑을 떠올리며 무감각한 얼굴을 살짝 기울였다. 반드시 물어봐야 하는 것이 있었다. 그러나 그 전에 공주에게 허락을 받는 것이 우선이다. 직전의, 뮈블랑이 있던 순간들은 다소 쾌활하고 격 없는 자리였기에 아무렇게나 발언해도 상관없었지만 그녀가 없는 지금은 예를 차리는 것이 중요하다. 다른 이들에게 모범이 되기 위해서라도 그랬다.

카산은 정중하게 고개를 숙이며 물었다.

"공주님. 발언해도 되겠습니까."

"당연하지. 너는 언제든지 내 허락을 받지 않고 말을 꺼내도 괜찮아."

"감사합니다. 공주님의 명이라면 그것이 무엇이든지."

카산은 곧장 무릎을 꿇었다. 뮈블랑과 있을 때만 드러나는 감정의 표현조차 거세된 기계 같은 대꾸였다. 밀렌도요프는 살짝 쓸쓸한 심정이 되어 그에게 손을 내밀었고, 카산은 보란 듯이 뒤로 물러섰다.

"안 됩니다, 저는 노예 출신……. 공주님의 손등에 입을 맞출 자격이 없습니다."

그런데 의아하게도 그의 눈매에는 절망이나 수치심이 담겨 있지 않았다. 밀렌도요프는 그것이 아주 마음에 들었다. 그가 진심으로 노예이기에 그럴 수 없다고 말하는 것이 아님을 눈치챘기 때문이었다. 이것은 카일룸과 맥시밀리언과 엠버 페르체도, 그리고 그들의 대화를 지켜보고 있을 모든 신에게 이 순간을 빌어 그녀의 사상을 선언하라는 뜻이었다.

"내가 왕이 된다면 가장 먼저 너와 뮈블랑에게 지위를 내리겠지. 계급 사회의 틀 안에서 너희를 지키기 위한 가장 편리한 수단이 그것이니까. 그러나 그런 원론적인 이야기 없이도 나는 늘 말하잖아, 내가 만들고 싶은 세상을. 인간이 인간으로 살아갈 수 있는 기본적인 체제를 법률이 수호하는 사회. 물론 조금 웃기지. 그런 말을 하면서 너를 무릎 꿇리고 손등에 키스를 하라고 한다니. 하지만 이 '틀' 안에서의 평등은, 노예 또한 왕의 손등에 입을 맞출 수 있는 권리라고도 할 수 있을 거야. 그러니 카산, 너는 내 손등에 입을 맞추어야 해."

웅혼한 바람이 한차례 막사를 휩쓸고.

카산이 딱딱하게 굳어 있던 표정을 허물며 말갛게 웃었다. 어릴 적 함께하던 모습 그대로였다. 아무것도 변하지 않았다. 격식을 지켜야 하는 자리이기에 극도로 정중하게 굴 뿐 그는 여전히 밀렌도요프의 친구였다.

그리고 그들에게는 또 하나의 친구가 있었다.

"카산, 아까 말하려던 거, 지금 하는 게 어떨까? 내가 생각하기엔 네가 물으려던 것이 나도 알고 싶었던 사안 같아."

엠버가 툭 끼어들었다.

"제가 짐작 중인 그거요?"

"아마도, 그래."

모두의 시선이 카산에게로 향했다.

카산은 파르르 떨리는 입술을 짓씹었다가 조심스럽게 말했다.

"뮈블랑……에게 무슨 일이 있었던 거지?"

엠버가 설명하기로, 엠버는 밀렌도요프를 적극적으로 도울 생각은 없었고 도리어 분탕을 놓으려는 심산이었다. 그래서 자신이 그들의 편임을 밝히지 않고 스파이만 잡아 족쳤던 게지. 고로 그녀는 결코, 결코 카마이유를 향해 검을 겨눌 생각이 없었다. 그랬는데…….

뮈블랑이 '여자'와 마주치던 그 순간, 엠버 페르체도는 뮈블랑을 알아보고야 만 것이다.

"그 표정을 보고 안 나설 수는 없었네."

세상이 무너지는 줄 알았다. 차라리 무너졌으면 울기라도 하지 울지도 웃지도 못하고 그리도 절박하게…… 발작하듯이 떨고……. 그 강하고 날렵한 암살자가 그런 표정을 지으며 복부를 꿰뚫는 단검마저도 받아들이고야 말았을 때, 어느 누가 나서지 않을 수가 있었을까.

"직접 봤으면 이해가 됐을 텐데. 내 부족한 말솜씨로 설명하자면, 용이 오래전 잃어버렸던 역린을 만난 듯한 얼굴이었다."

"붉은 머리 여자를 마주쳤을 때 그랬다, 이 말인가? 무슨 사이로 보였지?"

엠버 페르체도가 골똘히 고심하다가 말했다.

"채무 관계……?"

✢ 제7장 ✢
서럽도록 분명해진 것은

태초에,

유가 있었다.

유는 모든 것이었다. 모든 것이 유였다. 유가 아닌 것이 없었다. 암흑마저도 유였고, 공허마저도 유였다…….

그 광막하고도 강대한 일원의 세계.

필자는 불현듯 그런 생각이 들었다. 유는 외롭지 않았을까? 절대적으로 지고한 자는 일원으로 완전했을까?

✢ ✤ ✢

"뮈블랑, 뭐 해?"

다음 경합까지는 한 달가량의 시간이 남아 있었으므로 밀렌도요프와 그 무리는 이틀간 휴식을 취하기로 한 참이었다. 뮈블랑은 시선 한 번 주지도 않고 그대로 책에 코를 박은 채 웅얼웅얼 대꾸했다.

"엉, 이 누님은 책을 읽고 있단다."

무슨 책을 읽느냐고 대답할 필요도 없었던 것이 그녀의 주위에는 신화와 관련된 온갖 서적들이 널브러져 있었다. 카산은 피식 웃곤 뮈블랑의 옆에 따라 앉았다.

"공부하는 거야?"

"엉, 이 누님은 경합 대비를 하고 있단다."

"성실하네. 착해."

"내가 이렇게 열심히 사는데 카산이는 지랄을 하고 있구나. 성실하네. 착해. 착해서 아주 죽여 버리고 싶다, 야."

익숙한 폭언이었다. 카산은 무시했다.

"뭐 좀 알아낸 건 있어?"

뮈블랑은 그제야 책에서 눈을 떼고 카산을 바라보았다.

"후……. 일단 태모신 '유' 부터 돌아보는 중인데, 좀 이상한 게 있어. 경합이랑은 관련이 없는데 암튼 이상해."

"뭔데?"

"자, 내가 책 내용을 줄줄 읽어 볼게. 모든 것이 자신인 일원의 세계에서 그렇기에 이름조차 존재하지 않던 지고한 존재는 생명을 창조하기 시작하면서부터 자신을 '유' 라고 이름 붙였다. 그녀의 창조는 자기 자신을 만들고 그녀의 자궁에 별을 잉태하는 것으로부터 시작되었는데, 그 별에 숨결을 불어넣자 공기가 형성되고 피와 살을 잘라 내어 바다와 대지를 만들었다. 블라블라블라."

"근데?"

"넌 이상한 거 못 느꼈냐?"

뮈블랑이 한심하단 양 쯧쯧 혀를 찼다.

"보통 신격을 부를 땐 존칭을 쓰잖아. 왜 유를 부르는 모든 서적에선 존칭이 빠져 있을까? 세상을 창조하다니 가장 위대한 자잖아. 그런데 왜 아무도 그녀를 부를 때 존칭을 쓰지 않지?"

"음…… 너무 대단한 게 익숙해져서 그런 거 아닐까?"

"옘병 그럴 거였으면 나는……. 크흐흠 맞다 경합 도중이라 우리 말 신들에게 들리지."

"……."

"사랑해요, 신 여러분! 저의 사랑을 받아 주세요!"

아무도 대답하지 않았다.

뮈블랑은 어마무지하게 민망하고 서먹해서 헛기침을 연발하기 시작했다.

"에헴, 큼, 흐음, 아무튼 넌 왜 왔냐."

카산은 말 돌리기를 적당히 받아 주기로 했다.

그러나 마땅히 대꾸할 거리가 없었다. 걱정된다고 말하면 화내겠지, 그 '여자' 가 누구냐고 물어봐도 화내겠지, 그럼 대체 뭐라고 말하면 좋을까. 고민하고 있을 때, 뮈블랑이 제멋대로 짚었다.

"너…… 설마…… 보고 싶어서 왔다든가 하는 그런 개수작을 부릴 생각은 아니지……?"

기가 막혔다.

"……그건 아니었지만 개수작이라니?"

"아, 그거 사랑 아니라니까 너 진짜 왜 이러냐. 우정을 연정으로 착각하면 안 된다고!"

카산이 기어코 인상을 썼다.

"사랑 맞다니까 너야말로 왜 이래."

"아, 그럼 증명해 보시든가! 내 어디가 좋냐!"

일언반구도 못 할 거란 확신이 있어서 꺼낸 말이었다. 뮈블랑은 자기 성찰을 잘했다. 어느 돌은 자가 자길 연정적으로 좋아하겠어?

그런데 여기 있었다, 그 미친놈이.

……카산이 새빨갰다. 직전까지만 해도 창백해 보일 만큼 희던 얼굴에 열이 화다닥 올라 벌겋기 그지없었다. 보는 사람까지 상기되게

만들 정도로 눈에 띄는 변화였다. 뮈블랑마저도 그 꼴을 보다 못해 발 긋하게 달아올랐으니 말은 다 한 셈이었다.

붉어서, 예뻤다. 붉은 립을 발라 주었을 때보다도 훨씬 더……. 아니 잠깐, 예뻐? 뭐가 예쁜데? 뮈블랑은 따뜻해진 뺨을 붙잡고 꽥 소리 질렀다.

"뭔데! 뭔데!"

"그냥…… 네가…… 너무…….""

"말하지 마라, 응? 말하지 마!"

"좋아, 다……."

"이 씨발 새끼가! 말하지 말라니까!"

"네가 인성이 그따위인 것도 좋고, 툭하면 폭언만 일삼는 것도 좋고, 그냥 전부…….""

"얘 진짜 왜 이래……!"

그렇게 뮈블랑은 이제야 카산의 사랑을 수용했다. 거부하고 외면하던 부분을, 사랑이 연정이란 이름으로 존재할 수 있단 점을 어렴풋하게나마 받아들였다는 것이다. 부정맥이 분명하단 생각으로 애써 회피하고 있는데 거기다가 카산이 치명타를 넣었다.

"네가 좋아. 너를 사랑해."

그래서 어떻게 되었느냐고?

뮈블랑은 도망쳤다. 죽을 거 같았다. 심장이 아파서 진짜 말도 못하게 힘들었다. 그래서 카일룸 옆에 찰싹 붙어서 신화 공부만 했다. 카산이 찾아오기라도 할라손 치면 홀라당 도망 다녔고 말이다.

그럴 수밖에 없었다. 자꾸 카산 놈이, 한 욕실에서 씻고 나와 한 침대에서 잠들어도 아무렇지 않았던 녀석이 의식되기 시작해서.

머릿속엔 온통 그 당시의 자신이 어떻게 그리 무덤덤하게 넘겼는지 모르겠는 순간들만 떠올랐다. 거의 아랫도리 속옷만 입고 있다시피한 카산이라든지, 그의 곱상한 얼굴, 탄탄한 등, 넓은 어깨, 허리, 허벅지……. 젠장. 하나하나 품평하듯 훑어보고도 아무렇지 않았던 기억들이 재차 부상하면서 새로운 감정을 불러일으키고 있었다. 뮈블랑의 좁은 심장이 감당하기 어려운 크기였다. 또 그가 다정하게 대했던 것, 함께 웃었던 것, 껴안고, 같이 자고, 행복해했던 것들 따위가 요란하게 요동쳐 뮈블랑은 이불만 걷어차고 있었다.

그러나 카산은 그런 뮈블랑의 속내를 알 리 없었고, 그래서 심란해진 카산은 밀렌도요프에게 연애 상담을 시작했다. 둘이서만 다니기 시작한 거다. 비단 호위만이 아니라 보다 더 친밀하고 은밀한 듯한 모양새로.

그러자 뮈블랑은 왠지 질투심이 났다.

그건 정말이지 이상하고 폭발적인 감정이었다.

'내가…… 왜 질투를 하지?'

자신의 내면세계를 지그시 관찰하던 뮈블랑은 뮈블랑다운 결론을 내렸다.

"아! 친구들이 나만 빼고 놀아서 그렇군!"

그래서 뮈블랑은 카일룸을 혼자 두고 카산과 밀렌도요프를 졸졸 쫓아다니기로 했다. 자기만 빼고 놀 수 없게 만들려는 것이다. 어차피 우리는 셋이서 사이좋고 완전 친한 친구니까 세 명이서 다니는 게 옳다, 그렇지 않은가? 그래서 뮈블랑은 곤란한 듯한 티를 풀풀 내는 두 사람에게 찰싹 붙어 뭐라 뭐라 재잘댔다.

"유에서 프레이께로 신들의 왕 자리가 계승된 것에 대한 기록이 아무것도 없잖아요? 신화 기록을 보면 다들 어느 순간부터 신들의 왕은 프레이다, 이렇게 부르고만 있고. 그래서 요즘 신학자들은 그렇게 말하고들 있죠. 아들을 사랑한 유가 프레이께 신들의 왕좌를 넘겨주었다. 그런데 카일룸이 말하기로는 그게 아닌 거 같다고—"

"저기, 뮈블랑. 우리 둘이서만 할 얘기가 있어서 그런데 좀 이따 만나자. 미안!"

밀렌도요프가 카산을 끌고 후다닥 자리를 피했다.

그러자 뮈블랑은 질투심이 마구 끓어오르기 시작하는 것을 느꼈다. 정말 기분이 이상했다.

뮈블랑은 잔뜩 토라진 채 다시 카일룸에게로 돌아갔다. 카일룸은 책을 읽다 말고 은은한 미소로 그녀를 반겼다.

"그래, 어땠습니까."

뮈블랑은 욕설을 기똥차게 내뱉으려다가 눈앞에 있는 존재가 반신 카일룸임을 상기했다.

"아, 몰라요. 또 자기네들끼리만 놀고, 나 따돌리고, 쳇, 됐다 뭐! 따돌림당하는 게 아니라 내가 따돌리는 거야!"

"기분이 많이 나쁜가 보군요."

"……이씨, 자꾸, 질투 나고 그런다고요. 친구들이 자기들끼리만 노는데 어떻게 기분이 안 나쁘겠어요. 쳇쳇."

카일룸은 눈을 둥글게 휘며 책을 덮었다. 이 어린 소녀에게 반신의 지혜를 빌려주어야 할 때가 온 듯했다.

"뮈블랑."

뮈블랑은 흠칫 놀랐다. 그가 깊은 눈빛으로 자신을 바라보았기 때문이다. 그것은 마치, 속내가 속속들이 읽히는 듯한 기분이었다. 어떠한 신성한 힘이 깃든 눈동자 속에는 황금빛 고리가 뱅뱅 돌고 있었다.

"왜, 왜요."

"카산이 다른 사람과 사랑에 빠진다면 어떻겠습니까."

"으! 극혐!"

"……."

이런 반응이 나올 줄은 몰랐던 카일룸이 조금 미묘한 표정을 지었다.

"진심 빈정 상할 거 같은데요. 아니 근데 이건 내가 걔를 사랑해서 그러는 게 아니고, 친구가 막 누구 좋아한다고 그러면 소외감 드니까 기분 좀 나쁠 수도……. 아, 미친."

뮈블랑은 말을 채 맺지도 않은 순간 깨달았다.

만약 밀렌도요프가 누군가를 사랑하게 된다고 하면 뮈블랑은 기쁜 마음으로 축하해 줄 것이다.

그런데 왜 카산에게는 그게 안 되는가?

"……설마?"

카일룸이 흐뭇하게 웃었다. 뮈블랑은 벌떡 일어섰다.

"저 좀 어디 갔다 올게요!"

"돌아오지 않으셔도 됩니다."

뮈블랑은 화다닥 달아오른 얼굴로 쏜살같이 내달렸다. 찬 바람이 얼굴을 때려 속이 다 시원했다.

사실은 결론을 내려 속 시원한 걸지도 모른다.

뮈블랑은 자신이 카산을 사랑하는지 사랑하지 않는지 아직은 모른다. 그러나 카산이 저를 사랑하는 것이 좋고, 가슴 설레고, 심장이 뛰고, 그가 자신의 곁에만 머물렀으면 하고 바란다. 독점욕일지도 소유욕일지도 모를 감정.

그럼에도 불구하고 함께하고 싶었다.

어차피 카산은 저를 사랑하니까, 이 정도 성격 나쁨은 감수해 주지 않겠나. 뮈블랑은 언제나처럼 이기적이고 인성 더러운 쌍년이었다.

그래서 뭐, 어쩔 건데! 싫으면 차든가!

그런데 간결하게 결론 내려졌던 심장이 걸음을 옮길수록 자꾸만 덜덜 떨렸다. 카산의 뒤통수가 보이기 시작하자 특히 더 그랬다. 카산의 올려 묶은 머리가 바람결에 살랑대는 걸 보자 미친 듯이 심장이 뛰었다. 이놈의 부정맥! 빨리 치료받아야지! 그러나 치료받기 전에 카산에게 해야 할 말이 있었다. 뮈블랑은 확 하고 달려들어 카산의 멱살을 붙잡았다. 밀렌도요프는 비명을 질렀지만 카산은 별로 놀라지 않았다. 대신 다른 것에 좀 놀랐다.

"뭐……블랑? 얼굴이 왜 그렇게 빨개? 어디 부딪혔어?"

뮈블랑은 안 그래도 시뻘게진 얼굴에 열이 추가 배급 되는 것을 느끼며 버럭 외쳤다.

"사랑이란 무엇일까?!"

"……갑자기 뭔 소리야."

"시, 시팔 사랑, 사랑 그것은…… 미친 허상이고! 어?"

또 시작되는 부정을 견디기 힘들었던 카산이 지친 낯으로 어깨를 늘어뜨렸다.

"네 의견을 존중해 줄 테니 너도 날 존중해 주면 안 될까."

누군가가 힘겹게 고백한 사랑을 부정하는 것은 명백한 무례다. 그러나 카산은 그것을 감당하고 싶을 정도로 뮈블랑을…….

"사랑해, 뮈블랑, 믿기지 않겠지만 나는 너를 정말 사랑해. 네가 없으면 안 돼. 네가 사랑스러워서 하루하루가 고맙고 달가워. 네가 좋아. 그것으로 충분하지 않을까?"

그러자 뮈블랑은 그만 상태 이상에 빠져 버렸다…….

카산이 말하는 건 알겠는데, 알겠는데 그것에 반응하는 자신의 감정을 도무지 추측할 수 없었다. 가슴이 뛰고 얼굴이 빨개진다면 이것이 사랑일까? 그러나 이것이 사랑이라면 사랑은 대체 무엇인가? 분명 좋은데, 좋기는 한데 자신의 감정 또한 카산만큼의 크기인 것 같지는 않았다. 그래서 혼란스럽고 또 두려웠다. 무엇이 무엇인지 도통 알 수가 없었다.

그런데 카산은 뮈블랑의 이지러진 표정을 정반대로 받아들인 듯했다.

그는 서글프게 눈초리를 늘어뜨리고는 한숨을 폭 내쉬며 몸을 돌렸다.

"나는 이만 가 볼게. 그런데 네가 계속 이럴 거라면 나는 당분간 네 얼굴 보기 힘들 거 같……."

뮈블랑이 잽싸게 카산의 앞을 가로막았다.

"어딜 도망가!"

"나 심적으로 지쳐서 그래. 일에 지장되는 일은 없도록 할 테니까—"

카산은 말을 끝까지 잇지 못했다. 뮈블랑이 그의 멱살을 세차게 흔들었기 때문이다.

"사람이 말을 하면 좀 끝까지 들어!"

카산이 눈을 크게 떴다.

"사랑은 허상이야, 알겠어? 그건 그냥 성욕의 또 다른 발현이라고! 근데, 내가, 시팔, 너, 너, 너를……."

카산의 눈동자가 흔들렸다. 그는 무언가가 이상하다고 생각했다. 말이 이어지면 이어질수록 점점 그가 바라 마지않던 무언가를 향해 가는 것 같았다. 그러나 카산은 습관적으로 부정했다. 자기 자신에게 그런 기적 같은 일이 벌어질 리가 없노라고. 그래서 그의 파르라니 허연 얼굴엔 붉은 기가 잠시 맴돌다가 이내 퍼렇게 질려 버렸다.

그걸 보자 또 심장이 아릿하게 아파 왔다. 그래서 말을 이을 수가 없었다. 한참을 망설이자, 카산이 실망 어린 표정으로 조용조용 말을 이었다.

"나랑 사이 나빠지는 거 싫어서 내게 맞춰 주려는 거면 그만둬."

이윽고 그는 손바닥으로 얼굴을 가렸는데, 벌어진 손가락 사이로 반쯤 울 것 같은 눈동자가, 새빨개진 귓등이 보였다.

"……기대해 버리게 되잖아."

"그게……."

"걱정하지 마. 착각 안 해. 네가 나를 사랑할 리 없는 건 잘 알고 있으니까……."

그렇게 말하는 카산의 얼굴은 매우 쓸쓸했다. 그게 아닌데, 그게 아닌데! 뮈블랑은 어떻게든 안 돌아가는 혀를 채찍질해서라도 말을 해야 한다고 느꼈다. 뮈블랑은 멱살을 잡고 짤짤 흔들었다.

"아아아악! 야! 좀! 어? 사람이! 이렇게 말을 하면! 찰떡같이! 알아도 듣고! 그래야 좀 세계가 평화로워지지 않겠냐! 악! 그래, 나는— 너랑 같이 있으면 좋고 네가 딴 사람이랑 있는 거 질투 나고 그냥 그래! 어? 알겠어? 이제 알겠냐고!"

"뮈블랑, 너 설마……."

"그러니까 카산! 너, 내 깔이 돼라!"

최고의 개소리였다.

하늘에서 신들이 폭소를 터트리는 소리가 들려왔다. 우르르 쾅쾅. 마른하늘에 날벼락도 치고 아주 난리였다.

뮈블랑은 쪽팔림을 이겨 내지 못하고 뒤돌아 냅다 달렸다.

카산은 아직도 얼어붙어 있었다. 밀렌도요프는 폭소하다가 카산의 등짝을 찰싹 때렸다.

"뭐 해! 빨리 쫓아가!"

카산이 뮈블랑의 뒤를 쫓기 시작했다. 뮈블랑은 쾌액 비명 지르듯 외쳤다.

"따라오지 마아아아아아!"

쪽팔려 죽을 거 같으니까아아아아! 뒷말은 차마 내뱉지도 못했다. 창피했다. 창피해도 너무 창피했다. 깔이 되라니, 깔이 되라니, 깔이 되라니이이! 이게 말이나 되는 소린가? 신들도 비웃었잖아! 밀렌도요프 측에는 한마디의 반응도 보여 주지 않던 신들이 왁자지껄 웃어 재꼈잖아! 앞으로 쪽팔려서 어떻게 살아아아아아!

"아아아아악!"

그들의 달리기는 한참 후에야 종료됐다. 몸이 지쳤다고 하기보단 마음이 지쳐서 멈춘 것이다. 뮈블랑은 반쯤 훌쩍대며 시무룩하게 몸을 웅크리고 앉았다. 카산은 그녀를 가만히 내려다보며 울듯이 웃었다.

"푸흡, 흑……."

"닥쳐!"

"네가 할 수 있는 최대의……."

"죽여 버린다!"

"고백을 내게 줘서 고마워."

"……뭐?"

뮈블랑은 그제야 고개를 들어 올렸다. 자신의 얼굴이 발긋해진 만큼 카산의 얼굴에도 열꽃이 피어올라 있었다. 이윽고 카산은 천천히 한쪽 무릎을 꿇었다. 뮈블랑은 아무 말도 없었다. 말을 꺼내면 울어버릴 것만 같은 기분이었다. 뮈블랑은 울고 싶지 않았다. 안 그래도 쪽팔린데 더 쪽팔려지고 싶지 않았다. 그런데 자꾸만 카산이 다정하다 못해 간질간질한 눈빛으로 저를 바라보며 대답을 촉구하는 게 아닌가?

"뮈블랑."

"……."

"뮈블랑, 내 사랑하는 뮈블랑."

"……씨이발."

"날 봐, 응?"

졸지에 눈시울까지 발개졌다. 뮈블랑은 고개를 획 하고 돌렸고 카산은 크고 두툼한 손가락으로 아주 조심스럽게 뮈블랑의 뺨을 감쌌다. 느릿하게 당겨 눈을 맞췄다.

이윽고 그가 웃었다. 폭죽이 터지듯이 세상이 빛났다.

"나는 너를 사랑해."

카산이 속삭였다. 눈앞의, 손안의 소녀가 울듯이 눈시울을 붉히고 잔뜩 발긋해진 얼굴로 욕설을 주워섬기는 것이 사랑스럽기 짝이 없어 죽을 것만 같아서. 그가 뮈블랑의 이마에 자신의 이마를 댔다. 호흡이 섞였다. 시선이 떨어질 틈도 없이 가깝게 붙었다.

"너는 어때?"

"나, 나, 나는……."

뮈블랑은 사랑을 모른다. 그렇지만 이제는 그가 자신을 사랑한단 것 정도는 알 것 같았다. 도대체 이게 연정이 아니라면 무엇이 연정이란 말인가? 그와 함께한다면 자기 자신이 그를 사랑하는지 아닌지도 알아낼 수 있을 것 같았다.

"……존나…… 사랑하는지는 모르겠는데……. 네가 없으면 안 될 거 같고…… 네가 딴 인간 사랑한다고 하면 개빡칠 거 같아……. 그러니까……."

"또 깔이 되란 건 아니지?"

결국 뮈블랑은 카산을 걷어차 버렸다.

"아, 사귀자고! 이 개새끼야!"

⚜ ⚜ ⚜

뮈블랑의 '내 깔이 되라!' 사건은 동네방네 퍼져 버렸다. 이야기꾼 엠버 페르체도가 지나가다가 구경한 게 원흉이었다.

"엠버 페르체도! 당신은 이제 내 손에 죽는다!"

"으하하하하! 어디 한번 덤벼 보시지!"

뮈블랑은 정말 공격했다. 이제 더는 '여자'에 대한 생각이 들지 않았다.

"내게 이런 순수한 살의를 일깨운 자는 당신이 처음이다!"

"크크큭! 그것참 영광이로군!"

맥시밀리언이 머리를 싸잡고 중얼거렸다.

"악당 말투 쓰지 말라니까요……."

오늘도 참으로 평화로운 이들이었다.

카일룸은 이 상황에서 가장 중요한 포인트를 짚었다.

"그래서 두 사람, 사귀는 건가요?"

단숨에 뮈블랑의 얼굴이 발갛게 달아올랐다. 뮈블랑은 무의식중에 아니라고 반발하려다가 정신을 차리고 고개를 주억거렸다.

그러자 카산이 헉, 하고 숨을 들이마셨다.

"분명 아니라고 괴성을 지를 줄 알았는데……."

"너 진짜 나를 뭐로 보는 거야!"

뮈블랑이 카산의 멱살을 잡고 막 흔들어 대자 엠버 페르체도가 껄껄 웃어 재꼈다.

"거, 축하하네! 경사로세, 경사야!"

"악당은 닥쳐욧!"

⚜ ⚜ ⚜

아르미타그는 모든 것을 알고 있다.

운명이란 대체 무얼까? 그러나 분명히 선언컨대 운명이란 고정된 단 하나의 길이 아니라 무수하게 나뉜 갈래라는 것이다. 아르미타그는 그 모든 갈래를 알기에 모든 것을 아는 자다. 고로 운명의 여신 아르미타그는 이렇게 될 것을 이미 알고 있었다.

— 그러니까 카산! 너, 내 깔이 돼라!

우르르 쾅쾅. 가장 먼저 신들의 왕이자 천둥 번개의 신 프레이멜도르가 마른하늘에 날벼락을 치며 껄껄댔고, 뒤이어 프레이의 눈치를 보던 신들도 따라서 폭소를 터트렸다. 광소, 대소, 실소, 조소……. 온갖 웃음소리가 난무했다. 중요한 점은 프레이가 윤허한 이상, 주위 눈치를 보지 않고 웃어도 된단 사실이었다.

그리하여 인간에겐 허락되지 않은 광물로 만들어진 신들의 궁전이 웃음소리만으로 기우뚱거릴 만큼 쩌렁쩌렁하게 울렸다.

아, 정말이지 이 정도의 개소리는 간만이었다. 마침 인간들을 살펴

보고 있길 잘했지 뭔가? 그네들은 자기 손으로 집안일하지 않는 방탕하고 부유한 신들답게 탁자를 뒤집고 금과 보석으로 치장된 잔이 바닥을 나뒹굴도록 힘차게 웃었다. 술과 풍류의 신 이오네케스가 만들어 내는 신주 간느가 엎어져 정령들이 씨실과 날실을 엮어 한 올 한 올 정성 들여 만든 비단옷을 진탕 물들였건만 그것을 신경 쓰는 이는 아무도 없었다. 간느의 살짝 시큼하고 달콤한 향취에 몰입하거나 바로 버려질 옷감에 대해 일말의 안쓰러움이라도 느끼는 자가 없단 말이렷다.

그야 그들은 신, 구름 위를 방랑하는 절대자들이 아니던가?

술은 영원히 샘솟고 인생은 길며 사랑은 잠시일 뿐. 무어? 다이아몬드만큼 영원하다고? 그러나 보석과 황금과 비단 또한 끝도 없이 진상된다! 특별하고 희귀한 것은 그 어디에도 없다! 아! 그 지루한 삶! 무슨 음식을 먹어도 어떤 비단을 둘러도 즐겁지 아니한 삶! 이딴 삶을 거의 영원에 가깝게 살아야 한다니 이 어찌나 큰 고문이란 말인가!

고로 그 지고하고 위대한 자들은 인간들의 생각보다 더 즐거움에 후했다. 즐거운 일이 하나 생기기만 하면 연회를 벌이는 것에 이미 익숙한 자들이란 소리다. 이번 경합을 대하는 신들의 대체적인 태도는 전부 이랬다. 그저 즐거운 사건이 하나 생겼다는 정도일까. 그 누구도 밀렌도요프의 사투를 진지하게 받아들이지 않고 있었다.

먹어라! 부어라! 마셔라! 정숙하고 엄숙하던 신들의 만찬장이 단숨에 왁자지껄 떠들고 노는 연회장으로 돌변하자, 가정의 여신이자 프레이의 아내인 엘마티카네오스는 미간을 찌푸리며 한숨을 내쉬었다. 아내가 그러든 말든 프레이는 짓궂은 표정을 하며 옆에서 음식 시중을 드는 정령을 희롱했다. 연회가 열릴 때마다 늘 벌어지는 꼴이었다. 보통은 정령이 알아서 슬슬 피하는데 이 친구는 엘마가 두렵지도 않은지 앙큼하게 허릿짓을 하다가 엘마의 휘하 정령들에게 붙잡혀 질질 끌려갔다. 프레이가 멋쩍은지 껄껄 웃었다. 엘마가 그를 표독스럽게 노려보았다.

저 너머에서 단말마의 비명 소리가 들린다.

이오네케스는 영원히 간느가 샘솟는 신성한 잔을 정수리에 뒤집어 올려놓고 머리카락으로부터 발끝까지 전신이 끈적끈적 젖어 들게 하고 있다. 그러곤 탁자에 맨발로 올라서서 춤을 추는 것 아닌가? 그야말로 술과 풍류의 신이라고밖에 말할 수 없는 몰골이다.

미의 여신 샤이카네도는 자기도 탁자에 올라 춤을 추고 싶다는 양 제자리에서 그 아름답고 풍만한 몸을 들썩였으나 꼴에 애인이랍시고 있는 전쟁의 남신 마도레스가 저를 가만히 지켜보는 터에 나서지 못했다. 태양—광휘의 남신 에우겔이 낄낄 웃자 새침하게 고개 돌리는 것은 물론이었다.

전쟁과 달의 여신이자 에우겔의 여동생 중 한 명인 소네카는 그네들이 한심하다는 양 혀를 쯧 하고 찼으나, 그녀가 내보인 경멸은 이 정도면 아무것도 아니었다. 그녀가 진정으로 경멸하는 자에게 내보이는 수준의 눈빛을 흔한 인간이 겪는다면 그대로 졸도해 사망에 이를지도 모른다는 우스갯소리가 있을 정도니 말은 다 한 셈이었다.

덧붙이자면, 대체로 그런 시선은 프치얼에게 향하고는 한다.

프치얼은 약하다. 힘을 말하는 것이 아니라 성정을 말하는 것이다. 내제된 힘으로만 따지자면 프레이의 형제자매인 만큼 막대할 것이라고 추측되고 있잖은가. 다만 안타까운 점은 그녀의 소심한 성품이 싸움을 회피할 뿐이라는 것이다. 그리고 소네카는 약한 것을 경멸한다. 그녀가 전쟁의 여신이어서 그런 것은 아니다. 그랬다면 제멋대로 날뛰다가 함부로 벌인 전쟁에서 곧잘 패배하곤 하는 마도레스를 경멸했겠지. 그러나 소네카는 프레이를 존경하며, 마도레스와 친분을 쌓고, 소닉과 프치얼을 비롯한 여신들을 경멸하곤 했다.

언젠가 그녀는 프레이에게 약한 것이 가엾지도 않느냔 타박을 들은 적도 있다. 그러나 소네카는 약한 것을 동정하는 무른 마음 따위 도려

낸 지 오래였다. 약함은 배제되어야 할 대상이며, 강함이야말로 숭상해 마땅한 가치였다. 그리고 소네카의 기준에서, 패배는 강함의 척도를 드러내지 않는다. 승패는 절대적인 강함이 아닌 우연과 운명의 산물이기에.

그래, 운명! 신들조차 거부할 수 없는 그 절대적이고 강압적인 힘! 그것에게서 도망치기 위해 어찌나 노력했던가!

그녀의 노력은 성과를 낼 듯했다. 이토록 유약하고 가녀린 것들이 경멸스러운 것을 보면 말이다.

그녀는 태어날 적에, 아무도 모르게 아르미타그에게 이러한 예언을 받았다. '만약 세상이 뒤집힌다면, 너는 약한 자들의 선두에 서서 그들에게 승리를 가져올 것이다.' 소네카는 세상이 뒤집히길 바라지 않았다. 약한 자들의 선두에 서고 싶지 않았다. 그들에게 승리를 가져오고 싶지 않았다.

그래서 그녀는 그녀가 생각하기에 약한 자들이라고 추측되는 신들을 부러 대놓고 경멸하며, 짓밟고, 내리눌렀다. 운명으로부터 도피했다. 그것이 소네카가 사는 방식이었다. 소네카는 노력했고, 거의 성공했다. 그러니 다른 이들이 성공하지 못하는 것은 노력하지 않았기 때문이었다. 강한 신들처럼 강해지고자 한다면 노력하면 된다. 그리고 약한 신들은 노력을 하지 않는다. 문제는 사회에게 있는 것이 아니라 자기 안에 있는데도 말이다.

저 봐라, 또, 사회 탓이나 시작하는 꼴을.

프치얼이 와자지껄 시끌벅적 요란스러운 향락의 틈바구니에서 조심스레 손을 든다.

— 프레이, 신들의 왕이시여…….

목소리가 너무 작아 이오네케스의 노랫소리에 묻혔다. 내 깔이 되라아아아아! 워우 워어어어! 프치얼의 뺨이 순식간에 붉게 달아올랐다. 그럼에도 멈추지 않고 계속해서 말을 꺼내려던 프치얼을 경직시킨 것은 마도레스의 크고 웅장한 비웃음이었다.

— 하하하하하!

풍부한 성량으로 만찬장을 꿰뚫은 마도레스는 이윽고 정적이 찾아들자 연극적으로 프치얼을 가리켰다.

— 우리 양 떼의 여신께서 말을 하려 하시네? 자, 모두들! 다 같이 들어 보자고!

여러 신들이 간느가 든 잔을 높이 치켜들며 야유를 쏟아부었다. 대체로 마도레스와 함께 어울리는 족속들이었다. 이오네케스는 분위기 파악을 못 하는 건지 안 하는 건지 계속해서 혼자 춤추고 노래하다가 다른 신들에게 끌려 내려졌다. 시선, 시선들이 한데로 모였다. 프치얼은 모두가 자신을 지켜보는 가운데 눈을 질끈 감고 오들오들 떨다가 가까스로 목소리를 냈다.

— 어째서 공주에게 축복을 내려선 안 되죠?

분위기가 싸해진 가운데 마도레스가 또다시 혼자서 웃음을 터트렸다가 샤이카네도에게 한 대 맞았다. 에우겔은 점잖게 헛기침을 하며 프레이의 대답을 기다렸다. 프레이는 어떻게 반응했느냐고? 그는 자애롭게, 사랑스러우나 다소 아둔한 동생을 보듯 껄껄 웃었다.

— 얘, 프치얼아. 그 누구도 강제한 적 없단다. 내가 언제 그러지 말라고 했누? 만약 네가 공주에게 축복을 내리고 싶다면 그렇게 하려무나.

— 그렇다면…….

— 그렇지만 도대체 왜 그래야 한단 말이니?

싱글싱글 휘어진 눈매 사이의 보석 같은 눈동자가 지독히도 찬란하다.

— 왜? 왜 공주가 왕이 되어야 한다고 생각하기 시작한 거니, 내 사랑스러운 형제야.

— 그야…… 지금은 황제도 여자고…….

이번에는 프레이까지 웃음을 참지 못했다. 떠들썩한 비웃음이 연회장을 메꾸었다. 엘마만큼은 싸늘하게 정령들이 사라진 장소를 노려보고 있었지만 말이다. 아르미타그가 무심한 낯으로 관조하는 것 또한 물론이었다.

프치얼은 부들부들 떨었으나 그 누구도 그녀를 걱정하지 않았다. 단 한 명, 프레이를 빼놓고는.

— 그래서 결국 가엾은 소닉이 어떻게 되었누, 응? 지금도 형벌을 받고 있지 않니. 얘, 프치얼아. 나는 네가 그리되길 원치 않는다. 알겠지? 그렇지만 나는 강제하지 않는단다. 어찌 내가 자유 의지를 가진 신들을 강제할 수 있겠니? 다만 그릇된 길로 달려갈 때 형벌을 내릴 수는 있단다. 그건 신들의 왕인 내가 해야만 하는 중대한 책무이니까. 네가 그걸 잘 고려해서 행동하기만 하면 돼. 알겠니?

프치얼은 수치로 발긋하게 달아오른 눈시울을 가리기 위해 고개를 푹 숙이고 도로 자리에 앉았다. 프레이는 그녀가 안쓰럽다는 양 목소리를 더욱 부드럽고 중후하게 만들며 속삭였다.

— 그만들 웃어라. 저 애 딴에도 힘들었을 게야. 신도들이 하도 들볶아 대니. 쯧. 그러게 마도레스, 네가 좀 적당히 했어야지.

— 제가 뭘요, 아버지?

— 프치얼은 너보다 훨씬 오래 산 신이고 내 형제자매다. 존경을 담아 행동하려무나.

— 존경? 으핫! 존경하고 있습니다, 걱정하지 마십쇼!

— 쯧쯔…… 몹쓸 것. 얘, 프치얼아, 정 신도들 눈치가 보인다면 한 번쯤 내려가 말을 섞는 것 정도는 괜찮을 거라 생각된다. 그 정도면 너도 체면을 세울 수 있겠지?

빙글빙글 웃는 눈빛은 더없이 다정하기만 하다. 프치얼은 고개를 끄덕였다.

— 감사합니다……."

그러나 정녕 이것으로 되었을까?

　　✤ ✤ ✤

　피곤해서 뒈질 것 같다. 뮈블랑은 물오징어처럼 흐물흐물 침대 위에 엎어졌다. 카산과 사귀게 된 지 5일째인데 그동안 내내 하루 종일 기테모어에게 전략 전술, 고대로부터 이어져 온 경합의 종류와 그 경향성에 대해 배운 것도 모자라 카산에게 죽도록 시달리기까지 했으니지칠 법도 했다. 밀렌도요프는 2차 경합을 대비하여 뮈블랑이 많은 것을 학습해야 한다고 생각하는 모양이었다. 다만 문제가 되는 부분은 바로 이것이었다. 그녀야 바다에 빠진 솜처럼 끝도 없이 지식을 흡수할 줄 아는 사람이었으나 뮈블랑은 아니었다. 뮈블랑에게는 한계가 있었다.

　그리고 지금은 한계를 뛰어넘어야 하는 상황이었다.

　차라리 몸을 쓰는 게 낫겠다던 판단을 백팔십도로 뒤집어 버린 것은 카산과의 훈련이었다. 카산은 용병들을 훈련시키고 있었는데, 하루에 한 시간씩 짬을 내어 용병들 앞에서 뮈블랑과의 전투를 벌이고는 했다. 용병들에게 훌륭한 전투의 모범을 보여 줌과 동시에 뮈블랑에게 '주위에 지킬 것이 있는' 상황에서의 전투를 훈련시키기 위해서였다. 뮈블랑은 이 싸움이 도대체 자신에게 왜 필요한지 알 수가 없지만 밀렌도요프는 그녀에게 이것도 요구했다. 앞뒤 볼 것 없이 혼자적진에 달려들어 제 몸만 지키면 되는 식으로 싸워 왔던 암살자에겐최악의 조건이었다. 거기다가 카산을 진심으로 쏴서도 안 되니 더 곤란했다. 고대로부터 전승되어 오는 경합의 종류 중에서는 반드시 상대를 죽이지 않아야 하는 경우도 있다고 하니 여러 방면으로 훈련해야 함은 마땅했으나, 뮈블랑은 뒈질 것 같았다. 밀렌도요프는 전술만공부하면 되고 카산은 전투만 훈련시키면 되는데 뮈블랑은 둘 다 해야 했다. 아주 죽을 맛이었다.

거기다가 뮈블랑에게는 업무가 하나 더 있었다. 기실 유닷테는 밀렌도요프 공주의 계승을 전격으로 지지하겠다고 말한 적은 없었다. 단지 그녀는 전복이 흥미로워 은근슬쩍 건드려 보려던 것이다. 그러나 뮈블랑은 황제 앞에서 이렇게 말하지 않았던가? '유닷테 말레히트의 전언을 들고 왔습니다! 유닷테가 말하길, 밀렌도요프 공주의 즉위를 위해서라면 무엇이든 하겠다고 하였습니다!' 유닷테는 그 발칙하고 앙큼한 거짓말을 지키기라도 하려는 양 마법 도구를 왕창 보내왔다. 총기류가 온 것은 물론이었다. 하여 뮈블랑은 없는 시간을 쪼개 가며 몇몇 용병들에게 사격을 훈련시켜야 했는데……

"왜 이것밖에 못 하냐? 어? 니들 그러고도 인간이야?"

"아! 선생님이 너무 대단하신 거잖수! 이 무거운 걸 어쩜 그리 가볍게 쥐고 슉슉 발사해 댄대?"

"반동도 어마어마한 것을, 도대체 어떻게 아무렇지 않게 견디셔?"

"그니까 이걸 왜 못하냐고!"

쌍방이 답답해 죽을 지경이었다. 카산은 검술의 천재고, 뮈블랑은 사격의 천재다. 그러나 카산이 범재를 이해하는 것에 반해 뮈블랑은 전혀 이해하지 못했다. 카산은 최소한 어린 시절 도크토레에게 배운 기억이라도 있지, 뮈블랑은 남이 하는 짓을 보고 스스로 따라 배웠기 때문이었다. 애당초 주위에 다 총을 잘 다루는 사람밖에 없었으니 못 하는 사람들이 이해 가지도 않았다. 뮈블랑은 못된 스승의 표본으로서 학생들을 갈구다가 밀렌도요프에게 혼났다. 결국 어떻게든 새로운 스승을 구해 보자는 이야기까지 나온 오늘이었다.

'쳇, 내가 못 가르치는 게 아니라 걔들이 형편없는 제자인 거라고!'

그래도 내심 제자랍시고 가르치고 있었는데 다른 스승으로 대체될 거라 생각하니 섭섭했다. 뮈블랑은 입술을 댓 발로 내밀고는 침대 위를 데굴데굴 굴렀다.

어찌하여 그들이 침대에 있느냐면 이젠 1차 경합도 끝났겠다, 막사

생활은 청산하게 되었기 때문이었다. 아슈타르 왕국의 궁을 하나씩 분배받은 그들은 궁 안에서 생활하며 열심히 훈련했다. 그런데 복도에서 카마이유 측 용병들과 밀렌도요프 측 용병들이 마주치면 수시로 기 싸움이 벌어진다는 게 또 다른 문제로 부각되어 있었다. 뮈블랑은 어떻게 해야 말 안 듣는 놈들을 잘 쥐어 팰 수 있을지에 대해 고민하다가, 문득 습관적으로 품 안의 단검을 꽉 쥐었고.

연초록색의 넝쿨이 그곳으로부터 환한 빛을 뿌리며 자라나고 있음을 깨달았다.

"……개꿈인가."

뭔 꿈을 꿔도 이딴 걸 꾼담. 피곤하긴 한가 보다. 뮈블랑은 어깨를 두드리며 옆으로 돌아누워 이불을 코끝까지 덮었다. 피로해서 그런지 금세 졸음이 몰려왔다. 그런데 자꾸 가슴께가 간지러웠다. 뮈블랑은 반대로 돌아누웠다. 손가락을 뻗어 벅벅 긁으려는데 손가락에 무언가 촉촉하고 부들부들하며 살짝 미끈한 것이 닿아 꿈틀거렸다.

"악! 이게 뭐야!"

뮈블랑이 벌떡 일어나서 품 안을 뒤적거렸다. 단검을 꺼내 침대 위에 냅다 던졌다. 촉촉한 잎사귀에서 황금빛 알갱이가 토도독 떨어지며 사위로 빛무리를 퍼뜨렸다.

달빛의 차가움을 이겨 낼 정도로 따사로운 빛이었다.

꿈인가?

뮈블랑은 인상을 확 찡그리며 살랑거리는 넝쿨을 하나 붙잡아 보았다. 손가락으로부터 전해지는 축축한 생기와 약간 돋은 솜털까지……. 아무리 고민해 봐도 감각이 너무 생생했다. 이게 현실이 아니라면 여태껏 살아온 모든 삶이 현실이 아닐 것 같았다.

이게 꿈이 아니라 현실임이 자각되고 나자 바로 떠오른 생각은 저 단검을 준 자였다. 붉은 머리칼이 눈앞을 스쳐 지나가며 뮈블랑에게 강박을 심었다. 그녀가 준 것이다. 망가뜨릴 수 없다. 하여 뮈블랑은 무언가에 홀린 것처럼 단검을 쥐고 손으로 넝쿨을 쥐어뜯었다. 찢어 발겼다. 질척한 수액이 손바닥을 적시고 뺨에 튀겼다. 그것은 마치 징 그러운 피 같았고, 식물은 비명을 지르듯이 더욱 거칠게 꿈틀거렸으 나 뮈블랑은 우악스러운 손길을 멈추지 않았다. 고아하면서도 서글픈 목소리가 귓가에 울려 퍼지기 전까지는 말이다.

— 멈추어라, 인간아.

그것은 분명 바로 저 넝쿨에게서 나온 목소리였다.

말도 안 되는 현실이 그녀의 눈앞에 도래하자 뮈블랑은 그만 얼어 붙었다. 식물이…… 말을 하다니. 그게 말이나 되는 소린가? 그러나 그와 동시에, 프치얼의 교단이 밀렌도요프 공주를 도울 것을 간청하 고 있단 사실이 떠올랐다. 신의 강림. 그렇다면 그녀가 모든 것을 망 쳐 버린 것일지도 몰랐다……. 뮈블랑은 덜덜 떨며 움직임을 멈췄고 다음 순간 바로 무릎을 꿇으며 이마를 바닥에 박았다. 그러는 동안 넝 쿨은 계속해서 부드럽게 물결치듯 펴져 나갔다.

이슬 맺힌 초록색 잎사귀가 기분 좋게 살랑거리고 그보다 조금 더 옅은 빛깔의 넝쿨이 어느 형태를 갖춰 나가더니 이윽고 그 수풀 무리 는 단검을 심장에 품은 양의 형상을 띠고 있었다. 단단한 넝쿨 뿌리가 발이며, 잎사귀는 털, 우수수 떨어지던 황금빛 알갱이들은 양의 현명 하고도 지혜로운 눈동자가 되어 있었다. 초목으로 이루어진 양은 뮈 블랑을 바라보았다. 양이 고개를 살랑이고 발을 구를 때마다 눈에서 황금빛 알갱이가 토독토독 떨어져 내렸다. 뮈블랑은 차마 그것을 바 라보지도 못한 채 땅에 코를 박고 읊조렸다.

"프, 프치얼이시여. 무지를 용서하여 주십시오. 아니, 아니, 용서하 지 않으셔도, 저를 죽이셔도 좋아요. 그러나 부디 제게 내리시는 형벌 과 밀렌도요프 공주에 대한 감정을 분리해 주시길 간청드립니다."

— 고개를 들라. 인간아. 내 너를 벌하지 아니한다.

뮈블랑은 화색을 띠며 고개를 들었으나 양의 표정은 지독히 무표정하며 싸늘하기 그지없었다.

— 고작 초목을 찢어발긴 것에 죄를 물을 수야 있겠느냐.

"프치얼이시여……."

— 걱정 말라. 이 단검은 온전하게 돌려줄 것이다. 또한 너에 대한 감정은 밀렌도요프 공주에 대한 감정으로 이어지지 않을 것이다. 그러니 내 지금부터 말할 이야기는 결코 너로 인함이 아니다.

아무리 들어도 부정적인 맥락으로 이어질 것 같았다. 그러나 어찌 막을 방도가 없었다. 신의 말을 끊을 순 없는 노릇이니 말이다.

— 나는 밀렌도요프 공주의 편을 들지 아니한다.

"어, 어째서입니까? 신이시여, 4왕자 측은 프치얼 교단을……."

— 내 멸시당하는 것이 하루 이틀이더냐.

양의 정령에 빙의한 프치얼이 고개를 들어 창밖을 바라보았다. 파리한 초승달이 그녀를 노려보는데 그것은 소네카의 눈빛과 똑 닮아 있었다.

그런데 눈앞의 소녀는 대뜸 어처구니없는 소리를 하는 게 아닌가?

"프치얼께서 멸시를 당하신다면, 멸시하는 자들을 싸그리 무릎 꿇리면 되지 않겠습니까?"

웃음조차 나오지 않는 말이었다. 프치얼은 눈을 내리깔았다. 정령의 모습으로는 저 소녀가 제대로 이해하지 못할 듯했다. 그렇다면 남은 길은 하나뿐이잖은가.

순간, 빛이 터졌다. 폭죽과는 비견하지도 못할 만큼 밝고 거대한 빛이었다. 빠르게 눈을 감지 않았더라면 실명하고야 말았을 정도로 찬란했다. 웅혼하고 광막한 기류가 정령이 선 자리를 중심으로 동심원을 그리며 넓게 퍼뜨려지고 있었다. 파동처럼, 연못 위에 던져진 돌을 중심으로 퍼져 나가는 파동처럼 끝도 없이 이어지는 힘의 맥동은 대지의 핏줄을 타고 피어난 모든 생명에게 경종을 울렸다. 왔노라고, 초목의 주인이 이 자리에 와 너희를 굽어보고 있노라고.

— 인간아.

뮈블랑은 눈을 떴다. 팔로 빛을 가린 채 가까스로 떠서, 목격했다. 정수리로부터 시작된 머리카락은 마른 나무껍질의 고동색이었으나, 그다음으로 이어지는 색은 낙엽의 붉고 노란 빛깔이었고, 그 뒤로는 짙게 우거진 초록색이며, 마지막으론 막 움튼 새싹에서만 볼 수 있는 연두색이었다. 사계의 초목이 한데 모여 황금빛 알갱이를 토도독 떨어뜨리고 있었다. 이제 와 보니 저 황금빛 알갱이는 마치 카일룸의 눈동자에서 보았던 고리와 비슷한 신성함을 풍기고 있었다. 다만 존재하는 것만으로도 위대한 존재임을 증명하듯 웅장한 빛무리를 퍼뜨리는 것이다.

— 네가 대적해야 할 자들은 이 나보다 월등하게 강대하다.

프치얼의 눈동자에는 황금빛 가루가 가득했다. 모래시계처럼 끊임없이 흘러내리는 가루가 갈색 뺨을 타고 흘러 반짝거리는 길을 만들고 있었다.

— 그러니 생각해 봐, 도대체 네가 무얼 할 수 있겠니?

그래서 그 신은 마치 우는 것처럼 보였다……

무슨 말을 해야 할지 가늠이 잡히질 않았다. 유약하기로 소문나 있는 프치얼이 다만 현현하는 것만으로도 이렇게나 거대한 압박을 인간에게 내린다면, 신에게 대항할 능력 따위 인간에겐 없었다.

그러나 뮈블랑은 대꾸했다. 밀렌도요프로부터 배웠던 것을 말미암아.

"포기하지 않는다면 무엇이라도 이룰 수 있겠죠."

— 그렇게 소닉처럼 간을 쪼아 먹히라고?

말문이 막혔다. 프치얼은 고개를 저었다.

— 난 못 해. 인간아, 세상이 원래 그런 것이라고 생각해라. 그냥 넘어가. 왜 그리 예민하게 굴지 못해 안달이니. 차라리 신들에게 빌어라. 살려 달라고. 너희의 목숨만 지켜 달라고 하면 자애로우신 신들의

왕, 프레이멜도르, 나의 오라비가 분명 들어줄 게야.

"싫습니다."

그 건방진 태도에 프치얼이 한쪽 눈썹을 들 때였다. 뮈블랑이 빠르게 말했다.

"저희 공주님은 애당초 그 구조 자체가 이상하다고 말하고 있는 겁니다. 왜 여자를 황제 위에 올렸다고 간이 쪼아 먹히는 형벌을 받아야 합니까?"

— 그것은 허락받지 않고 인간들에게 신의 힘을 사용했기 때문이다.

"그 '허락'의 주체는 누구입니까?"

— 위대한 프레이시다.

"왜 프레이께 허락을 받아야 합니까?"

— 그야 그가 신들의 왕이자, 무분별한 신들의 개입에 형벌을 내리는 심판자이기 때문이다. 인간의 삶에 신이 과하게 개입하는 것은 옳지 않다.

"그렇다면 왜, 신의 힘을 빌리지 않고는 여자가 황제 위에 오를 수 없을까요?"

이것은 뮈블랑이 가진 궁극적인 궁금증이었다.

눈동자에 맴도는 황금빛 가루가 부스스 일렁였다.

"무언가 이상하지 않습니까?"

확실히, 이상했다. 프치얼 또한 그것이 이상해 프레이께 물어봤건만 비웃음만 당했을 뿐 제대로 된 답은 얻지 못했다. 동요가 파문처럼 일었다. 프치얼은 미간을 찡그렸다가 펴며 가까스로 태연한 체를 했으나 뮈블랑은 감정의 변화를 잽싸게 잡아냈다. 바짝 당겼으면 슬슬 풀어 줄 때다. 뮈블랑은 지독히 여유롭게 양팔을 펼쳤다.

"사담을 좀 할까요. 프치얼이시여, 강대하신 초목의 신! 이 땅 위에 살아가는 모든 식물이 당신의 아래 있습니다. 당신이 없으면 모든 생명체가 살아갈 수 없어요! 그런데 어찌하여 당신은 그저 순응하십니까?"

— 난…… 순응한 적 없…….

"그러나 신이여, 당신은 프레이 님의 자손들을 이길 힘을 가지고도 늘 그들에게 순응하시잖습니까."

— …….

신들의 힘에 관한 것은 카일룸이 말해 준 정보였다. 프치얼은 차마 대꾸하지 못했다. 그러자 양의 형상을 하고 있던 정령이 분을 이기지 못하고 제 몸을 구성하고 있던 넝쿨을 풀어 채찍처럼 휘둘렀다. 철썩! 넝쿨이 후려친 바닥이 쩌저적 하고 갈라지며 대리석 가루를 흩뿌렸다. 문밖에서 이게 무슨 일이냐는 카산과 용병들의 목소리가 들렸으나 넝쿨들이 문을 틀어막아 들어오지 못했다. 정령은 외치고 있었다, 벌을 내리소서! 나의 신이여, 저 오만한 인간에게 벌을!

그러나 뮈블랑은 추호도 두렵지 않은 양 행동했다. 신의 앞에서, 그녀는 도리어 크고 호탕하게 웃었다.

"이것 봐요! 당장 제 목을 치고 찢어 죽임이 마땅할진대 어찌하여 제게 손 하나 까딱하지 않으십니까?"

무미건조한 낯을 푸르르 떨던 프치얼은 조용히 속삭였다.

— 내 진정 너를 죽이지 못하리라 생각하느냐?

그것은 일종의 허락이었다. 정령에게 내려진, 저 건방진 인간의 숨통을 끊어도 된다는 허락. 단숨에 정령의 이마에서 솟아 나온 단단한 뿔이 뮈블랑의 목에 겨눠졌다. 넘실거리는 넝쿨들이 그녀의 몸을 타고 얽으며 움직임을 제압했다. 팔다리가 욱신거릴 만큼 세게 조였다. 정령은 외쳤다, 당장 프치얼께 빌어라! 너의 그 가증스러운 발언을 철회하란 말이다! 그러나 뮈블랑은 더욱 크게 웃을 뿐이었다.

"결계를 쳐 주신다면 그리하겠습니다."

프치얼이 고개를 기울였다.

"신들의 눈과 귀에서부터 이 공간을 격리하는 결계 말입니다."

인간에게 알려지지 않은 정보의 출처라면 그뿐이다. 그녀가 날숨을 길게 빼고는 허탈하게 중얼거렸다.

— 카일룸인가.

뮈블랑은 이죽거렸다.

"안 해 주실 겁니까? 어차피 경합에 참여하는 자의 목숨을 빼앗는 것은 게임 룰 위반. 사과를 받기 위해선 그 방법밖에 없을 텐데요?"

신들의 아우성이 들렸으나, 프치얼은 얼굴을 일그러뜨리며 결계를 발동했다. 그녀가 차마 인간의 두뇌로는 이해하지 못할 울림을 속삭이자, 투명한 막이 그들을 에워싸고 단단히 묶는 듯한 감각이 느껴지기 시작한 것이다.

뮈블랑은 그 즉시 고개를 숙였다. 아무리 '결계'를 위한 연극이었다고 한들 모독은 모독이다.

"저의 모든 무례를 사과드립니다. 프치얼이시여. 저는 다만 모든 신의 눈과 귀를 피한 자리에서 이것을 말씀드리고 싶었습니다."

— ……무어냐.

"프레이 님이 카일룸에게 이리 말씀하셨다고 들었습니다. 프치얼 님의 첫 아이가 샤이카네도 님의 딸인 알티카 님의 화살에 맞아 마도레스……에게 사랑에 빠졌다고요. 그래서 마도레스를 필두로 한 신들의 무례를 참고 있다고…… 들었는데 사실입니까?"

프치얼의 눈동자가 단숨에 사나운 빛으로 물들었다. 황금 가루가 무더기로 흘러 턱을 타고 뚝뚝 떨어졌다.

— 그래. 그렇다. 그것을 말하는 것은 나를 모욕하기 위함이냐?

"그렇지 않습니다! 저는 다만."

프치얼의 감정에 동화된 정령이 덩굴에 세게 힘을 주었다. 목이 졸려 말을 이을 수가 없었다. 뮈블랑은 캑캑 힘겹게 숨을 토하며 한쪽 눈을 찡그렸다. 프치얼은 싸늘하게 조소하며 말했다.

— 어차피 프레이께선 너희의 편이 아니니, 너를 죽인다 한들 간을 쪼아 먹힐 것 같진 않다. 그러니 너 마지막으로 변명해 보라. 내 역린을 건든 이유가 무엇이냐?

넝쿨이 아주 살짝 풀렸다. 뮈블랑은 재빠르게 외쳤다.

"카일룸이 마법으로 화살의 효능을 없앨 수 있을지도 모른다고 합니다!"

— ……무어?

목을 파고들던 덩굴이 멈췄다. 뮈블랑은 회심의 미소를 지었다. 무언가가 더 확실해진다면 조만간 프치얼 신전에 가 고하려 했건만 그녀가 직접 찾아와 줄 줄이야.

"저는 이 이야기를 전해 드리고 싶었…… 윽!"

프치얼의 나무껍질처럼 부르튼 고동빛 손아귀가 뮈블랑의 멱살을 잡았다. 세게 움켜쥐고 흔들었다.

— 그게…… 사실이 아니라면!

"사, 사실입니다!"

— 너의 공주는 그 누구보다 가장 끔찍한 죽음을 맞이할 것이다.

프치얼이 내보인 거의 처음이라고 할 수 있을 격정은 노도와도 같았다. 치열하고 뜨거웠다. 그리고 압도적이었다. 뮈블랑은 여유롭던 얼굴이 푸르게 질리는 것을 느꼈다. 멱살을 놓은 프치얼은 그 어느 때보다도 냉혹한 눈길로 뮈블랑을 노려보며 결계를 거두었다. 투명한 막이 가시자, 신의 기운에 짓눌려 있던 감각이 제정신을 찾는 듯했다. 전신을 옥죄던 넝쿨들은 어느새 시들어 너덜너덜해져 있었다. 상한 호박 줄기 같은 빛깔의 넝쿨을 멍하니 내려다보던 뮈블랑은 어물어물하다가 바닥에 주저앉은 채로 멍청하게 되물었다.

"저…… 공주님은 안 만나 보십니까?"

뮈블랑은 말하고 나서야 깨달았다. 카일룸의 마법이 그녀의 딸에게 걸린 사랑의 저주를 풀어낼 가능성이 있는 이상, 밀렌도요프 공주의 성품 따위 프치얼에겐 아무 상관 없었다. 프치얼은 그녀를 한심하게 내려다보며 몸을 돌렸고, 이윽고.

빛이 맺히더니.

눈을 다시 떴을 땐 망가진 방에 뮈블랑 혼자 덩그러니 앉아 있었다.

⚜ ⚜ ⚜

"⋯⋯이렇게 되었습니다."

보고를 들은 밀렌도요프는 고개를 끄덕였다.

뮈블랑은 치료도 거부하고 곧장 보고부터 하려 했으나 밀렌도요프와 카산의 침착한 협박에 의사의 검진부터 받았다. 아슈타르 궁에서 벌어진 일이므로 궁의가 찾아왔는데, 그는 뮈블랑의 전신을 보자마자 침음성부터 흘렸다. 찢기고 베이고 맞고 지져지고⋯⋯. 여태까지 당한 것들이 너무 많아 넝쿨에 의해 다친 자국을 보기도 힘들었다.

그 와중에, 뮈블랑은 환상통을 억지로 참아 보려 했으나, 의사의 예리한 눈초리에 발각되었다. 의사는 곤란한 눈치였다. 환상통을 억누르기 위한 방도는 몇 없고, 기껏해야 마약성 진통제를 씹어 먹는 게 최선이었다.

그런데 정작 환자 쪽이 맹렬하게 거부한 것이다. 마약성 진통제를 사용하면 감각이 무뎌지므로 앞으로 있을 전투에서 무용지물이 된다고, 그런 건 견딜 수 없다고, 차라리 환상통을 앓다가 죽겠다고 말을 하는데 무얼 어찌하겠나.

의사는 밀렌도요프와 상의해 보라고 했지만 뮈블랑은 그러겠다고만 말한 후 환상통에 대한 것은 물밑으로 가라앉혔다.

그리고 보고에 나선 것이다.

신들의 눈과 귀를 막는 결계를 친 카일룸은 약간 곤란한 듯이 손으로 입가를 매만졌다.

"마법으로 해제가 가능할지는 아직 확정된 바가 없습니다만…… 그래도 잘했습니다. 좋은 임기응변이었어요."

"넵. 저야말로 카일룸 님께 너무 부담이 될까 봐 걱정스럽네요. 모쪼록 꼭! 성공해 주십쇼. 하하. 제가 보기엔 프치얼 님은 많이 혹하신 것 같더라고요. 조만간 비밀리에 따님을 보내오지 않을까, 싶습니다. 뭐, 더 궁금하신 점은 없습니까?"

카산은 뮈블랑이 전혀 예상하지 못한 쪽을 질문했다.

"그래서 뮈블랑, 다친 곳은?"

"엉?"

뮈블랑의 표정이 조금 이상해졌다. 밀렌도요프가 득달같이 따라붙었다.

"내가 아까부터 하고 싶던 말이야!"

카일룸이 급격하게 미안한 투로 침울하게 말했다.

"그러게 말이에요. 내 그걸 미처 묻지 않고 있었네요. 괜찮나요, 뮈블랑 군?"

굉장히…… 기분이 묘했다. 걱정받는다는 것은 이다지도 안온한 감각이구나. 뮈블랑은 씩 웃으며 당연히 괜찮다고 말하려다가, 무언가가 걸리는 것을 느꼈지만, 그래도 결국은 이렇게 말해 버렸다.

"에이, 당연하죠!"

물론 카산은 속지 않는다.

뮈블랑은 새로운 방을 배급받았다. 밀렌도요프의 방 바로 옆이기에 더 큼직할뿐더러 통상적이고 보편적인 기준에선 안전하기까지 했다. 병사들로 지켜지고 있으니 그랬다. 그러나 뮈블랑이 느끼기에는 도리어 그렇기에 위험했다. 매수당할 위험 따위를 생각해 보면 그녀의 의심은 타당한 편이었다. 자기 자신과 카산, 밀렌도요프를 제외한 사람은 믿지 않는 그녀이니만큼 더더욱.

그래서 뮈블랑은 밀렌도요프를 지켜야 할 카산이 제 방으로 찾아왔을 때 생기겁을 했다.

"야! 죽을래? 빨리 돌아가!"

"공주님의 허락도 받았어."

"그게 중요하냐? 엉?"

졸지에 뮈블랑에게 머리채를 잡혀 버린 카산은 끙끙대며 변명했다.

"루퍼스가 공주님과 같이 있어."

"루퍼스? 루우퍼어스으? 그 시궁창 같은 인성머리의 어딜 믿고!"

"그 사람도 사격에 능란하대. 널 대신한 사격술 스승으로 초빙된 거니까 한번 믿고……."

"안 돼, 안 돼! 못 믿어! 당장 돌아가!"

카산의 눈썹이 살짝 찡그려졌다. 이대로는 말이 안 통할 성싶었다. 카산은 제 머리카락을 죽죽 잡아당기는 중인 뮈블랑을 번쩍 들어 올렸다. 상의 하나 없는 행동이었지만 뮈블랑은 전혀 놀라지 않았다. 뮈블랑에게는 카산이 자신을 결코 해치지 않으리란 믿음이 너무도 굳건하게 자리 잡아 있었다. 대신 뮈블랑은 그에게 안긴 채 뭐 하냐는 듯이 볼을 부풀렸다. 카산은 깃털 하나 든 것처럼 가볍게 그녀를 들고 가 침대에 눕혔다. 이불을 목까지 덮은 후 침대 옆에 걸터앉아 뮈블랑의 가슴팍을 도닥도닥 두드렸다. 선정적인 의미가 아니라 그저 지극히 사랑스러운 이를 대하는 손짓으로.

"나는 내가 사랑하는 사람에게 내가 할 수 있는 최선을 다하고 싶어. 그 최소한의 행동이 이거야, 뮈블랑. 네가 아플 때 네 곁을 지키는 것. 정말 사실은 네가 아픈 일을 겪지 않게 지키고 싶지만 너는 한 사람의 어엿하고 강인한 전사니까, 네가 길을 스스로 개척하도록 뒤에서 지켜보면서, 다만 네가 고통스러운 순간에 혼자 있지 않도록 함께하고 싶어."

가슴팍을 도닥이는 손길. 다정스러운 눈길. 그 모든 것들이 죽 곧은 길이 되어 심장을 두드린다.

"안 될까?"

이것은 여물지 않은 연정일까, 아니면 그저 소유욕일까? 그녀는 아직 알지 못했지만 그래도 하나는 분명했다.

뮈블랑은 이것을 말하고 싶었다.

"키스하자."

너를 원해.

신경을 찌릿찌릿하게 울리던 격통이 사그라지는 것 같았다. 뮈블랑은 카산의 날카로운 눈매가 둥글어졌다가, 파리한 낯짝이 새빨갛게 물드는 것을 기다려 주지 않았다.

흉터투성이의 손으로 멱살을 쥐고, 씩 웃으며 당겨서, 맞닿기 전에, 속삭인다.

"걱정 마. 상냥하게 해 줄게."

처음에는 부드럽게, 고개를 기울이며 혀를 내밀어 벌어진 입술 사이를 탐한다. 꽃망울을 살짝 쓸어내리듯이 느릿하고 다정하게 움직이는 것이 중요하지. 너도 나도 처음이니까, 상냥하게 하자구. 놀란 듯이 둥그렇게 뜬 눈과 지그시 시선을 맞댄다. 입을 맞출 때 눈을 감는다는 공식은 누가 만들었을까. 진득하게 얽힌 시선만큼 야한 것이 없는데 말이야. 어느 정도 적응됐다 싶으면 슬슬 호기심을 충족시켜야지. 윗입술과 아랫입술로 네 혀를 약하게 물었다가 놓고, 이를 살짝 세워 긁다가, 깊숙이 혀를 파고들어 고른 치열을 훑고 입천장을 간지럽히자, 입술에서 낮은 숨이 샌다. 누구의 신음인지 숨인지 알 수 없다. 달다. 따듯하다. 기분이 좋다.

더 깊숙이 들어가고 싶어.

너는 어때?

거미줄처럼 가늘고 흉터로 뒤덮인 손가락이 등골을 타고 올라가 소름이 끼친다. 여자의 눈동자에 서린 또렷한 욕망이 그를 원하고 있다. 남자는? 남자는 아닐 것 같은가? 아니, 오히려 그야말로 철저하게 절제했을 뿐, 더한 욕망으로 들끓고 있다. 모자라다. 입맞춤으로는 모자라다. 남자는 알고 있다. 무엇이 그를 충족시킬 수 있는지 분명히 안다. 절제해야 하는가? 그렇지만, 여자 또한 원하고 있지 않은가…….

남자가 여자를 끌어안으며 고개를 비튼 순간,

타앙! 탕! 탕!

옆방에서 총소리가 났다. 그것도 한 번이 아니라 여러 번이었다. 뮈블랑과 카산은 서로에게로 얽혀 들어가는 움직임을 멈춘 후, 서로 시선을 맞댄 다음, 즉각적으로 움직였다. 카산은 문을 열고 복도를 통해 밀렌도요프에게로 향했고 뮈블랑은 창문을 열고 삼 센티도 안 되는 턱을 가볍게 밟아 옆방의 발코니로 뛰어올랐다. 방 안 정경을 살피자, 기절한 밀렌도요프를 지키듯이 선 루퍼스가 하얀 연기가 솟아오르는 총을 들고 있었다. 루퍼스는 턱을 치켜들며 대뜸 말했다.

"병사 셋이 매수당한 거 같더라. 알짱거리다가 문을 열고 공격하려 해서 처리했다. 얼마가 더 있을지는 모르지!"

뮈블랑이 느끼기에 루퍼스는 마치 뮈블랑과 카산을 질책하는 듯했다. 뮈블랑은 자책을 미루고 실리적으로 행동했다.

"살려 둔 놈은 없습니까?"

"살려……야 하냐?"

"예, 다음부터는 살려 주십쇼. 그래야 뒤를 캐내서 황제 폐하께 정식으로 카마이유 측을 고발할 수 있습니다. 그리고 드릴 말이 있는데 말입니다."

"뭔데."

뮈블랑이 허리를 깊게 숙였다. 루퍼스가 깜짝 놀라 움찔거리다가 총을 놓쳤다. 뮈블랑은 그것을 손수건으로 감싼 다음에 주워 루퍼스에게 내밀었다. 루퍼스가 어물어물 받아 들자 한 번 더 고개 숙였다. 루퍼스는 딸꾹질을 시작했다.

"감사합니다."

"······어, 딸꾹! 너 정신 나갔냐?"

"공주님을 지켜 주신 것, 용병들의 스승이 되어 주시기로 하신 것, 전부 다 포함해서 드리는 말입니다. 제가 하지 못할 일을 하신 분께 감사를 표할 뿐 딱히 댁의 인성머리를 수용하겠다는 건 아니니까 오해 마십쇼."

뮈블랑은 쌀쌀맞게 말했지만 정말 진심이었다. 이어 뮈블랑은 쭈그려 앉아 암살자의 옷을 슬슬 벗겨 나갔다. 암살자의 등에는 기묘한 낙인이 찍혀 있었다. 전쟁과 화마의 신 마도레스교의 사제가 새겼음이 분명한 화마의 낙인이었다.

참고로 이 낙인은 대상자가 죽은 후 일정 시간이 지나면 화마를 일으킨다. 뮈블랑은 싸늘한 시선으로 암살자가 들고 있던 칼을 들어 낙인을 찔렀다. 한 번 찌른 것이 아니라 토막 내기라도 할 듯이 거칠게 내리찍고 찢어발겼다. 화풀이가 아니었다. 낙인을 무효화하기 위해서는 그래야 했다.

뮈블랑은 세 명 모두의 몸을 뒤져 낙인을 찾아낸 후 전부 난도질했고, 루퍼스는 토악질을 간신히 삼켰다. 그러나 뮈블랑은 조금도 여유를 주지 않았다.

"루퍼스, 나나 카산이 없을 땐 이렇게 뒤처리를 하면 됩니다. 아시겠죠?"

"······그래."

"카산, 공주님을 내가 있던 방으로 모셔. 공주님의 곁에서 한시도 떨어지지 마. 앞으로 나와 네가 번갈아 가며 공주님을 호위하도록 하자. 루퍼스, 왜 당신 이름이 안 나오느냐는 눈치인데 나는 당신 안 믿어요."

"······그래."

카산은 일언반구도 보태지 않고 밀렌도요프를 업은 채 자리를 비웠다. 밖에서 호위하던 병사들이 복도를 서성거렸다. 성가셨다. 어느 누가 매수당한 놈일지 몰랐다. 하나하나가 전부 거슬렸다. 그리고 이런 상황에서 연애 놀음이나 하고 있던 자신이 가장, 싫었다…….

"이봐, 계집."

"뭡니까."

"음, 계집이란 말 쓰지 말라고 했었지, 참. 그래, 뮈블랑. 너 말이야, 너."

"뭐냐고요."

"반신을 호위로 활용할 생각은 왜 안 하지?"

뮈블랑은 신경질적으로 손에 묻은 피를 닦았다.

"내 맘."

"신격이 호위한다는 것은 적에게 엄청난 부담감을 줄 텐데 왜 굳이 그 효과를 버리느냐 말이다. 엠버 페르체도는? 황실 기사단장을 왜 써먹질 않느냐고."

"아, 좀, 참견 좀 작작 하십쇼. 꼰대 양반."

"아니다, 그래. 난 사실 이 말을 하고 싶었던 거였어. 너 기테모어는 믿냐?"

"……아재."

"너 왜 이렇게 스스로를 고립시켜? 왜 아무도 믿질 않아? 기껏해야 카산? 밀렌도요프 공주? 그 좁은 세상에서 평생을 살 생각이냐?"

뮈블랑이 주먹을 세게 움켜쥐었다. 이를 악물었다.

"작작, 하시라고요."

"사람을 다루기 위해서는 사람을 믿는 방법을 알아야 해. 그러나 너는 사람을 믿지 못하는군. 그게 네 약점이 될 거다. 아무도 믿지 못하는 것. 그게 너를 무리하게 만들 테고."

"씨발, 저주하냐?"

기어코 욕설이 터졌다. 그러나 루퍼스는 외려 안쓰러운 표정을 할 따름이었다.

"블리마데세가 그랬어."

"……"

"그녀는 다행스럽게도 늦지 않게 믿음을 배웠지. 나는 네 학습의 기회가 늦지 않길 바란다."

루퍼스는 방 밖으로 나갔다. 뮈블랑은 피로 젖은 방에 홀로 남아 굳은 피가 엉킨 손바닥에 얼굴을 묻었다. 뭐가 뭔지 하나도 알 수 없었다. 너무 어려웠다.

그날 이후로 카산과 뮈블랑은 한 침대에서 벌어졌던 감정의 교류가 전부 증발한 것처럼 사무적으로 굴었다. 마주하는 시간은 호위를 교대할 때뿐, 그 이외의 시간은 전부 각자 훈련하느라 바빴다. 뮈블랑은 수시로 지끈거려 오는 환상통과 해일처럼 범람하는 자책에 시달리느라 잠도 제대로 자지 못했다. 점점 피폐해지는 것이 느껴졌다. 그러나 방도가 없었다.

그나마 카일룸은 어느 정도 신뢰할 수 있었기에 쓰러지기 일보 직전에 호위로 충당했지만, 엠버 페르체도는 믿을 수 없었다. 반절일지언정 신격에 가닿은 자와 인간은 아무래도 신뢰의 벽이 다르지 않은가. 엠버 페르체도는 다소 실망스러운 듯했지만 뮈블랑은 그녀의 감정까지 고려할 틈이 없었다. 그녀는 지칠 대로 지쳤단 말이다.

가까스로 평화롭고 안온한 휴식을 취하려던 어느 밤, 침대에 누운 뮈블랑은 무언가 이질감을 느꼈다. 신경이 올올이 일어설 만큼 기묘한 이질감이었다. 뮈블랑은 원인을 찾기 위해 주위를 샅샅이 뒤져 보다가 문득 창밖을 바라보았고, 이질감의 원인을 찾아냈다.

달이 유난히 컸다.

그런데 눈을 닦고 다시 보니 유난히 큰 정도가 아니었다. 꼭 창밖의 나뭇가지에 걸린 듯 보이는 원근감…….

전쟁과 달의 신 소네카의 강림이었다!

뮈블랑은 속으로 외쳤다.

'제발 좀 쉬자! 씹새끼들아!'

그러나 세상은 마음대로 흘러가지 않는다. 최소한 뮈블랑에게 휴식을 줄 만큼 다정하진 않다 이 말이렷다. 하얀 보름달은 이윽고 누군가가 덥석덥석 파먹기라도 하는 양 검은 원호를 그리며 초승달 모양이 되었다가, 도로 둥근 달로 돌아왔다.

월식일까? 그러나 월식이라고 보기엔 지나치게 빨랐다. 뮈블랑이 보기에 그것은 눈을 깜빡이는 듯한 모양새였다. 저 높고 지고한 곳에 사는 자가 가느스름하게 눈을 뜨고 그녀를 노려보는 듯했다. 그저 지켜만 보다가 순순히 물러나 준다면 좋을 텐데, 안타깝게도 소네카는 그녀의 바람을 들어줄 생각이 추호도 없어 보인다.

눈 깜짝하던 사이,

달이 사라졌다.

단숨에 사위가 어두컴컴해지자 놀란 뮈블랑은 헛숨을 삼켰다. 달이 사라졌다니 그게 말이나 되는가? 밤이 되면 별이 뜨고 달이 뜨는 것이 세상의 이치다. 그런데 세상의 이치가 고장 나기라도 한 양 달이 세상을 굽어보는 것을 그만둔 것이다.

그들이 대항해야 할 존재는 이런 이들이었다. 달을 눈동자로 사용하며 전쟁에 군림하는 승리의 신을 필두로 한,

세계 그 자체였다.

이윽고 찰랑이는 소리가 들렸다. 은하수, 하늘을 수놓은 별의 강이 창가로 흘러 내려오고 있었다. 온갖 색깔의 별알이 비단 위를 수놓듯 사르르르 굴러떨어지며 저 멀리 창공과 이 낮은 땅을 잇는다. 은빛 흐름이 포말을 터트리며 물보라 치고, 그 위로 푸르거나 노랗거나 붉은 금붕어가 긴 꼬리를 살랑대며 헤엄치고, 그리고, 그리고.

그 위를 밟고 내려오는 구름 위의 신이 있었다.

거대한 검신에 푸른 문양이 새겨진 초승달 모양 검처럼 생긴 여자다. 달빛의 새하얀 직모가 허리에서 끊겨 나풀거리고, 별처럼 빛나는

푸른 눈동자가 싸늘하다. 하얗던 것이 분명한, 태양에 가무잡잡하게 그슬린 피부, 살짝 튀어나온 광대에서 날카롭게 떨어지는 뺨과 단단히 여문 턱은 사회가 바라는 여성의 아름다움과는 거리가 멀다.

그렇다. 그녀는 나긋나긋하지도, 사랑스럽지도, 순종적이지도 않다. 그녀는 검이다. 방패다. 갑주다. 전쟁의 신이다.

어디선가, 쇠 부딪히는 소리와 피비린내가 나는 듯했다…….

— 인간.

쉰 듯, 탁하고 걸걸한 목소리, 험악하게 치솟은 눈썹이 의미하는 바는 분명하다. 겁을 먹고 머리를 조아리라는 것이다. 그리고 결정적으로, 창문에 내려앉자마자 빠르게 휘둘러진 검. 피하려면 피할 수 있었지만 심기를 건드리지 않기 위해 피하지 않았다.

검은 목을 겨눴다. 찌를 듯 말 듯 아슬아슬한 거리다.

— 말해라. 프치얼과 무슨 대화를 나눴지?

하얀 갑주를 입고 방패를 든 전쟁의 신에게 생명을 노림 받다니 이것 참 짜릿하군. 뮈블랑은 식은땀이 목을 타고 쇄골에 고이는 것을 느끼며 여유로운 미소를 지어 보았다.

"위대하신 신을 뵙사옵니다. 이 누추한 곳엔 어인 용무로 방문하셨는지……."

그러나 소네카는 프치얼과 다르게 만만하지 않은 신인 듯하다. 그녀는 절도 넘치는 동작으로 칼을 집어넣곤 곧장 뮈블랑의 멱살을 잡아 벽에 밀어붙였다. 쾅! 등짝이 얼얼했다. 목을 하도 졸려 숨을 쉬기 힘들 지경이었다. 뮈블랑은 킥킥 숨을 토해 내면서 한쪽 눈으로 소네카를 노려보았다.

소네카는 같잖다는 듯이 웃었다.

— 네깟 인간을 죽여 버리는 것은 간느를 마시는 것보다도 쉽다. 버러지야, 너를 치고 찢어 죽이는 것이 내게 일말의 노동이라도 될 거라 생각하느냐? 정녕 내가 네 장기를 꿰어 전차에 매달고 질질 끌다 개

먹이로 주길 바라는 것이냐.

압도적인 천재지변이 이리 협박을 하는데 어느 누가 두렵지 않겠는가. 그러나 뮈블랑은 공포를 숨기는 덴 천부적인 재능이 있었다. 그녀는 속사포로 문장을 쏟아부었다.

"제가 정녕 바라 마지않는 것은 대화입니다! 물론 소네카 님의 전차에 탑승하는 것은 시체의 모습이라 한들 가문의 영광이 되겠습니다마는 그것으로 소네카 님은 만족하실 수 있으십니까? 아니요! 소네카 님이 바라는 것은 제 혓바닥이 순순히 정보를 털어놓는 것이잖습니까! 그러나 저는 이대로는 말씀드릴 수 없습니다. 숱한 신들께서 저를 바라보고 있는 지금 이 순간만큼은 프치얼 님과의 비밀스럽고도 은밀한 대담에 대해 털어놓을 수 없단 말입니다! 그러니 저는 귀하신 분 앞에 납죽 엎드려 호소하는 겁니다. 부디……."

— 결계를 치란 말이냐?

뮈블랑은 고개를 끄덕였다. 입술을 뭉그러뜨린 소네카가 한쪽 발로 바닥을 쿵 내리찍으며 무언가 인간의 몸을 뒤집어쓰고서는 도저히 이해하지 못할 언어를 되뇌자, 그들의 주위로 투명한 막이 생성되기 시작했다. 소네카는 막이 그들을 완전히 감싸기 전 신들에게 들으란 양 단언했다.

— 못 할 것도 없다! 그러나 나는 내가 네년과 나눈 대화를 프레이께 소상히 바칠 것이니 결계의 효용은 없을 것이다!

그러나 소네카는 알까? 결계를 친 이상, 승리자는 뮈블랑이란 것을. 주도권을 잡았다고 확신한 뮈블랑은 자신만만하게 말했고,

"카일룸은 운명과 예언의 신 아르미타그 님에게 몇 가지 예언을 주워들었다고 합……."

그 결과 칼에 맞아 죽을 뻔했다.

"아니! 목격자가 없으면 암살이라는 것도 아니고! 저 죽인다고 해서 그 예언이 지워지는 건 아니거든요?!"

— 닥쳐라! 너는 이 자리에서 죽을 것이다!

"말도 안 돼, 뭔 신이 이따위야!"

— 신성 모독이다! 죽어라!

붕! 부웅! 붕! 공기를 가르는 소리가 열댓 번이나 났다. 신의 칼질을 연속으로 회피하는 데 성공한 뮈블랑은 결국 소네카와 씩씩거리며 대치하게 되었다. 뮈블랑은 양손을 앞으로 뻗으며 소네카를 진정시키려 노력했다.

"저기, 신이시여……."

— 닥쳐라!

소네카는 바락바락 소리를 질렀고 뮈블랑은 골머리를 앓았다. 말이 통해야 협상을 하건 말건 하겠는데 이건 그냥 목이 날아갈 지경이니 어찌 손쓸 바가 없었다. 아니 신이 이렇게 멍청해도 돼? 뮈블랑은 최대한 침착성을 유지하려 노력하며 말을 걸었다.

"그…… 일단 침착하시고. 저를 죽이셔도 카일룸이 남아 있거든요? 딱히 이 예언이 사라지는 거 아니거든요? 그러니까 우리 대화를 좀 해서 유익하고 충실한 결과를 도모해 보는 것이 어떠할지."

다행히도 효력이 있었나 보다.

— ……지껄여 봐라.

소네카는 다시 검을 집어넣고 팔짱을 꼈다. 언제든지 공격할 수 있도록 다리를 어깨너비로 벌리는 것은 잊지 않았다. 그래도 이게 어디냐. 뮈블랑은 연극적으로 한숨을 내쉬며 긍정식 인사를 올렸다.

"휴. 감사합니다. 상세한 개요 설명에 앞서 제가 말씀드리고자 하는 것은 결코 협박이나 몰상식한 무례가 아님을 미리 고지드리고 싶습니다. 제가 어찌 감히 고귀하신 신을 모욕하려 들겠습니까? 그러나 저와 소네카 님의 입장 차이로 하여금 다소의 불쾌감이 말미암을 수 있는 점 양해 부탁드리며, ……이제 사설은 그만둘 테니 그만 노려봐 주실래요! 흠흠, 네, 시작하겠습니다. 그, 예언 말인데요."

뮈블랑은 은근한 눈으로 소네카를 바라보았다.

"해석의 여지가 다양하다고 생각해 보신 적 없으십니까."

— 네가 아무리 그 긴 혓바닥으로 나를 현혹해 보려 한들 나는 네 말을 귀담아듣지 아니한다.

"그러나 우리에겐 지성이 있으므로 다면적인 사고를 해 보아야 하지 않을까요? 자, 되새겨 봅시다. '만약 세상이 뒤집힌다면, 너는 약한 자들의 선두에 서서 그들에게 승리를 가져올 것이다.' 세상이 뒤집힌다는 것은 무슨 의미일까요? 소네카 님은 여태껏 어떤 의미로 해석해 오셨습니까?"

— ……많지만, 개중 가장 가능성이 높아 보이는 것은 이것이었다.

소네카의 푸른 눈동자가 색이 바래는 것처럼 옅어지며 하얀 동공을 드러냈다. 오른쪽 동공은 하얀 초승달이었고 그 옆은 반달이었는데 그 동공 주위를 둥그런 고리가 감싸고 뱅뱅 돌고 있었다.

— 프레이의 실각.

"가능성 높군요."

소네카가 눈꺼풀을 내렸다가 도로 치뜨자 어느새 초승달은 반달이 되고 반달은 보름달이 되어 있었다. 소네카는 잠시간 뮈블랑에게 시선을 고정했고, 덕분에 뮈블랑은 반달이 부풀고 보름달이 쇠락하는 모습을 목도했다. 홀릴 것 같았다. 뮈블랑은 신격 앞에서 자신의 박자를 유지하기 위해 빠르게 말을 쏟아부었다.

"프레이의 실각을 일으키려는 경우 실각시키려는 주체는 아마도 나르타스를 끌어들이려 하겠군요? 태모신 유가 처음으로 낳은 딸이지만 프레이 님을 적대한 끝에 저승의 가장 고통스러운 곳에 처박힌 고대신 말이에요. 그녀가 저승에 처박힌 후로 산맥이 하나 없어졌다죠. 그녀는 프레이에게 적대감을 품고 있는 데다가 강대한 힘을 갖고 있으므로 최고의 동료가 되겠군요. 그러나 생각해 보자구요. 과연 나르타스가 약자일까요?"

— 사회적인 의미에서라면, 약자다. 신격을 거의 빼앗기다시피 쫓겨났으니까.

"좋아요. 그렇다면 소네카 님은 다양한 종류의 약자를 혐오하시는 격이 되겠군요."

달이 이지러지듯 눈살을 찌푸린다.

"다른 사안을 더 떠올려 볼까요. 물리적인 의미의 뒤집힘일지도 모르고, 인간이 신의 자리를 넘보는 것일 수도 있겠죠. 그러나 분명한 것은, 현존하는 기득권층이 신들이기에 소네카 님은 이 예언이 실현된다면 신들을, 그중에서도 신들의 왕인 프레이 님을 적대하게 될 가능성이 높다는 점입니다."

— 내가 다 아는 이야기를 구구절절 토해 내는 이유가 뭐냐.

"아이 참, 조금만 기다려 주세요. 여기서 약자가 누구인지 정립하는 과정이 중요하다고요. 인간의 전쟁에 참전하여 곧잘 패배하곤 하는 마도레스 님은 어째서 약자가 아닙니까?"

— 왜냐하면 인간의 전쟁 따위는 유희거리에 불과하기 때문이다.

"그것은 소네카 님의 기준 아닙니까? 그것이 예언이 말하는 '약자'일지도 모르잖습니까. 막대한 힘을 가졌으므로 아닐 것이라고요? 그러나 소네카 님은 프치얼 님을 경멸하시잖습니까. 프치얼 님을 약자로 치부하고 마도레스 님을 강자로 규정하는 까닭이 무엇입니까?"

— ……성품이다.

"예언이 과연 성품으로 약자와 강자를 구분할까요?"

일리 있는 말이었다. 소네카가 계속 지껄여 보란 양 고개를 까딱였다. 뮈블랑은 팔을 벌리고 주먹을 움켜쥐었다.

"약함은 무엇일까요. 그리고 강함은 무엇일까요. 예언은 무엇을 말하고 있을까요. 그리고 무엇보다, 아르미타그 님은 '왜' 미래의 파편을 소네카 님께 전하셨을까요. 그것으로 무엇이 변화하길 바라셨을까요."

— ……알 수 없는 것에 계속 매달리는 것보단 현실에 충실하는 편

이 낫다. 고민은 시간 낭비일 뿐이다.

"그러나 사고의 힘은 위대합니다! 인간은 알 수 없는 것에 계속 매달려 사유함으로써 철학을 만들어 냈고, 마법을 창조했지요. 소네카님도 그를 아시잖습니까. 저는 모쪼록 소네카 님께서 현명한 결론을 내리시길 바랄 뿐입니다. 고민이 시간 낭비라고 하신다면, 아르미타그 님이 무슨 생각을 가지신 것인지 궁금하군요."

― ……쯧, 나보고 그녀를 찾아가란 말이로군! 꼬리 아홉 개 달린 금수 같으니라고. 영악하기로는 이오네케스를 넘어설 만하구나!

뮈블랑은 우아하게 고개를 조아렸다.

"다음 만남은 아르미타그 님의 답과 함께했으면 좋겠습니다. 무사히 돌아가십시오."

소네카는 못마땅한 눈치였지만 어쨌건 뮈블랑의 말을 수용하기로 한 듯 은하수를 즈려밟으며 구름 위로 올라갔다.

뮈블랑은 침대 위로 털썩 쓰러지며 생각했다.

'우하하! 속였다! 성공했다!'

신들의 궁으로 올라간 소네카는 문득 외쳤다.

― 생각해 보니까 프치얼에 대한 건 하나도 못 알아냈잖아! 그 너구리 같은 년!

그러나 다시 내려가는 것도 모양 빠진다. 소네카는 짜증스럽게 아르미타그를 찾아 궁을 헤매기 시작했다.

아르미타그는 프레이가 기거하는 구름 위 궁전에서 지내곤 했다. 대다수의 신이 따로 자신만의 궁을 만들어 떵떵거리며 살다가 회의가 소집될 때만 궁전에 찾아오는 것에 비해 굉장히 단출한 삶이었다. 엄밀히 말해 남 집에 얹혀사는 꼴이었으니 말이다.

어떤 신들은 그녀의 체류가 그녀의 의지가 아니라는 음모론을 퍼뜨리기도 했다. 프레이가 아르미타그를 억류하고 있다는 의미였는데,

소네카는 도저히 프레이를 모욕하는 발언을 용납할 수 없었다. 지금까지도 그 생각은 완강했다. 프레이가 그럴 리가 없다, 프레이는 언제나 자애롭고 공정하신 신들의 왕이 아니던가.

길게 늘어진 복도를 죽 걷다 보니 어느 순간부턴가 꽃향기가 났다. 정원 언저리에 다다른 모양이었다. 아르미타그의 향료 내음을 찾아 궁 구석구석을 뒤지고 다녔건만 아무런 향도 맡지 못했던 까닭은 그녀가 정원에 있기 때문인 듯했다. 소네카는 손바닥으로 차양을 만들어 눈을 가리며 정원에 발을 디뎠다. 무거운 향에서부터 산뜻하게 날아오르는 향까지 갖가지의 향내가 뭉근하게 떠돌고 있었다.

진녹색 나뭇잎 아래 달게 익은 붉은 과실에서 꿀 향이 났다. 소네카는 부러 설익은 과육을 움켜쥐어 으스러뜨렸다. 가무잡잡하고 흉터가 잔뜩 난 거친 손가락에 투명한 과즙이 엉켰다가 뚝뚝 떨어진다. 소네카는 손바닥에 남은 과육을 핥아먹으며 난폭하게 걸음을 옮겼다. 그녀의 발걸음은 무자비했다. 초목을 짓밟고 으깨는 데 한 치의 망설임도 없었다. 흐드러지게 만개한 꽃무리에서 달콤한 향기가 유혹하듯 맴돌았지만 정작 그녀의 혓바닥을 사로잡은 것은 산미였다. 설익은 과실의 들쩍지근하면서도 시큼한 맛이 물러진 정신을 일깨웠다.

'이번엔 그 너구리 같은 계집애에게 당한 것처럼 마냥 당해서는 안 된다. 똑바로 하자.'

전술이나 무력으로는 타의 추종을 불허하는 소네카였지만 정작 언변의 전쟁에는 무력하기 그지없었다. 그러나 자아 성찰을 잘 하지 않는 소네카는 뚜렷한 방책을 강구하기보다 이번에야말로 이겨 내고야 말겠다며 우격다짐을 할 따름이었다.

저 너머에서 결계의 기운이 느껴졌다. 앞을 가로막는 수풀을 베어 넘긴 소네카는 싸늘하게 웃었다.

갑자기 그런 격언이 떠오른다.

아르미타그는 모든 것을 알고 있다, 고.

반투명한 베일을 쓴 고대신 아르미타그는 연못 근처 바위에 걸터앉아 물에 발을 담그고 있었다. 그녀가 보랏빛이 감도는 새까만 머릿결을 쓸어 넘기며 몸을 일으키자, 발목을 감싼 방울에서 딸랑 소리가 났다.

— 좋은 날씨.

물론 이것은 소네카의 복장을 뒤집어 놓는 말이었다. 모든 것을 알고 있는 아르미타그가 소네카의 방문을 알고 결계를 쳐 두었다는 사실만큼.

— 아르미타그!

버럭 소리친 소네카는 똑바로 하자던 다짐을 잊어버리기라도 한 양 성큼성큼 걸어가 아르미타그의 멱살을 움켜쥐고 세게 밀었다. 그들의 발걸음에 물방울이 사방으로 튀었다. 아르미타그는 미는 족족 뒤로 밀려났다. 하도 밀려나 바위에 발목이 걸렸다. 아르미타그는 그대로 눕듯이 넘어졌고, 소네카는 아르미타그의 위로 엎어지면서도 꽉 쥔 멱살을 놓지 않았다. 사위에는 온통 산란하는 물방울. 가시나무가 수놓아진 반투명한 베일이 흘러내리자, 운명을 보는 보석안에 빛이 맺혀 둥글게 휜다.

소네카는 저 의뭉스러운 낯마저 진저리 치도록 싫었다. 도대체 얼마나 기나긴 세월 동안 예언을 피하고자 발버둥 쳤던가! 그 모든 것이 아르미타그 때문이라고 생각하니 분노가 치밀어 견딜 수가 없었다. 소네카는 한 손으론 아르미타그의 옷깃을 움켜쥔 채 다른 손으론 잔디가 우거진 바닥을 내리쳤다. 손목을 비틀어 바닥을 짓이기자 짙푸르고 청량한 초목의 향내가 났다. 소네카는 격정적으로 고함질렀다.

— 왜 나에게 예언을 말해 주었지?! 그냥 모르고 살아가게 놔둘 수도 있었잖아! 그게 훨씬 나았을 거라고! 왜 내게 그것을 알려 주었지? 말해!

— 그 말은, 약자의 편에 서는 미래도 싫지 않다는 의미?

— 몰랐다면 호불호를 따질 필요도 없이 그저 흐르는 대로 살았겠지! 그러나 당신이 그걸 내게 말해 주었기 때문에 나는 예언을 거부해야 했어! 이게 다 당신 때문이라고, 아르미타그! 도대체 왜 그런 거야? 내가 약자의 편에 서는 미래를 보기 싫었던 거냐고!

— 보기 싫었느냐고? 아니, 그 반대. 나는…….

갑자기 아르미타그가 말을 잇지 않았다. 소네카는 격분을 이기지 못하고 손을 치켜들었으나, 결계를 뚫고 들어온 목소리에 막혔다.

— 무슨 이야기를 하는 것이냐?

홱 하고 고개를 돌려 음성의 근원지를 바라보자 그곳에는 프레이와 에우겔, 마도레스와 샤이카네도를 비롯한 신들이 서 있었다.

들렸을까? 아마도 결계 때문에 들리진 않았겠지만, 그래도 입 모양으로 어떻게든 유추해 낼지도 모른다. 전신의 피가 싸악 빠져 버리는 것 같은 기분이었다. 다음 순간 프레이가 헛기침을 하자 소네카는 퍼뜩 일어섰고 아르미타그는 제 앞섶을 추스르며 몸을 일으켰다. 그리고 결계를 거두었다.

프레이는 웃었다.

— 그래, 소네카, 강인한 전쟁의 승리자, 어쩌자고 아르미타그의 멱살을 잡았을꼬? 설마 그 인간에게서 아르미타그에 관련된 무언가를 들은 것이냐?

— 저, 저는…….

소네카는 아르미타그에게 도와 달라는 양 시선을 보냈지만 아르미타그는 정면을 바라볼 뿐이었다. 결국 소네카는 어물어물하다가 이를 악물고 말할 수밖에 없었다.

— ……말씀드릴 수 없습니다.

신들의 눈동자가 휘둥그레졌다. 그 소네카가 프레이의 말에 대답하지 않는다니? 그러나 정작 프레이는 더욱 짙게 미소할 뿐 유다르게 첨언하지 않을 따름이었다.

— 그래, 알겠다. 너는 무엇이든 잘하는 아이니까 분명 이번 일도 도리에 맞게 이뤄 가겠지. 너를 믿는다.

소네카에게서 프치얼과 그 인간이 무슨 대담을 했는지에 대해 듣고자 모였던 신들은 김이 빠진다는 듯이 한숨을 내쉬었다. 그러나 소네카는 그들의 흥미를 만족시켜 줄 여력이 없었다. 그녀는 도망치듯 달려 나갔고 프레이는 그녀를 바라보며 허허 웃었다.

— 뭐가 그리 급할꼬…….

이제 추궁할 구석은 아르미타그뿐이었다. 신들은 아르미타그에게 무언가를 묻고 싶은 듯이 힐긋댔다. 그때 프레이가 박수를 짝 쳤다.

— 자, 우리도 이만 해산하자꾸나. 불시에 봉변을 당한 아르미타그에게도 휴식을 주어야지 않겠느냐.

신들은 아쉬워하며 이등분 됐다. 프레이의 뒤를 따르는 신들과 에우겔을 중심으로 뭉친 무리로 말이다. 에우겔과 마도레스, 샤이카네도는 정원 바깥으로 나가 추종자들을 거느리고 기둥에 기댄 채 연못에서 발장구를 치는 아르미타그를 흘긋대며 대화했다.

— 뭔 대화를 했을까?

광휘의 신 에우겔리도스가 포도 한 알을 껍질째 입안에 집어넣으며 말하자, 전쟁의 신 마도레스가 홍 하고 콧바람을 뿜었다.

— 속 뒤집힐 일이긴 할 거야, 형님. 소네카 그년이 그리 격분하는 건 내가 아니면 힘든 일인데! 하하하! 운명의 신의 가슴까지 보게 되다니 이 어찌 기쁘지 않을 수가!

망언을 일삼는 마도레스다운 소리였다. 아름다움의 여신이자 사랑의 여신의 어미인 샤이카네도가 간드러지게 웃으며 마도레스의 어깨에 기댔다.

— 마도레스 너어, 말조심 좀 하라구우.

— 내가 뭘?

— 연인 앞에서 다른 여자 가슴 얘기하면 좋겠어? 나도 에우겔 오빠

자지 얘기할까?

— 잠깐, 애들아…….

— 뭐? 형님, 얘한테 형님 좆 보여 준 적 있습니까?

— 흰소리 마, 제발…….

에우겔이 손바닥에 얼굴을 묻었다. 다시 고개를 든 그는 꽤나 처연한 낯을 하고 있었다.

— 내겐 소닉뿐인걸.

갑자기 분위기가 싸해졌다.

에우겔의 사랑 이야기는 모두가 알고 있었다. 에우겔은 오누이인 소닉을 열렬히 사랑했다. 소닉과 저승의 신 라우코네스가 불륜을 저지르는 바람에 상처받았지만 그럼에도 소닉을 용서하지 않았던가. 그런데 소닉이 일을 쳐 벌을 받게 되었으니 오죽 마음이 아프겠나. 마도레스는 어, 어음, 음, 하며 헛기침을 연발하다가 포도 한 송이를 한입에 우겨 넣었고 샤이카네도는 그조차 귀엽다며 까르륵 웃었다.

샤이카네도는 풍만한 몸매를 쥐똥만 한 천으로 가린 채 은근한 시선으로 사내들을 홀리는 데 일가견이 있는 여신이었는데, 그녀에겐 모든 관계가 유희였다. 그나마 오래 유지되고 있는 연인은 마도레스 정도였지만 그마저도 언제 깨질지 모를 얄팍한 유리와도 같았으니 말은 다 한 셈이었다.

그녀가 어떤 삶을 살고 있는지 간략하게 요약해 볼까? 그녀는 성적으로 개방되어 있기에 도리어 강간의 위협에서 벗어났다. 한 남자에게 보호받음과 동시에 정착하지 않음으로써 일말의 자유를 획득했다. 그녀의 아름다움을 추종하는 신은 아주 많았고 고로 그녀는 가장 영향력이 강한 세 여신 중 하나였다. 전쟁의 여신 소네카와 가정의 여신 엘마티카네오스, 그리고 미의 여신 샤이카네도까지.

가진 힘은 미력할지언정 그녀는 영리했다. 그 영리한 처세가 유도되었으리라 생각하는 자가 드물 뿐이었다. 탄력 있는 가슴과 잘록한 허리, 풍만한 엉덩이를 가진 금발 녹안의 여자가 영리할 거라 생각하는 남자는 많지 않으니까.

샤이카네도는 그마저도 좋았다. 그녀는 자신의 얼굴과 몸, 그리고 아무도 알지 못하는 영리함을 아주 사랑했다. 그러나 자기 자신을 사랑하는지는 알지 못했다.

— 그럼 내가 알아내 볼까?

— 응?

— 내가 내려가서 홀려 버리면 무슨 얘길 했는지 알 수 있잖아아아. 오빠가 내려가면 광휘에 눈이 멀어 버릴 테고, 마도레스 얘는 뭐 말 안 해도 다들 알 테고…….

— 뭘 아는데, 어엉? 뭘 아냐고!

— 그러니까 내가 해 볼게. 응? 나 믿어 봐아.

샤이카네도는 어깨를 떨며 몇 번 더 조른 끝에 동의를 얻어 냈다. 꽃처럼 향기롭고 작부처럼 요염하면서도 소녀처럼 순진한 미소에 추종자들이 헤벌쭉한 표정을 지었다. 샤이카네도는 그들에게 눈길 한번 주지 않고 곧장 아르미타그를 바라보았다. 발장구를 치던 아르미타그도 샤이카네도를 바라보고 있었다.

시선이 맞닿자, 더없이 풍성한 향기가 몰아쳤다. 샤이카네도는 눈을 감았다. 그리고 고개를 돌려 정면을 응시했다.

눈앞에는 프레이의 궁전이 있었다.

⚜ ⚜ ⚜

이제 구름 아래의 상황을 살펴보자.

피로해 죽어 가는 상황에서 소네카의 강림을 맞이하게 된 뮈블랑은 그대로 침대에 쓰러져 기절했다. 문밖에서 조마조마하게 소네카가 떠나기만을 기다리던 카산은 크어어억 하고 코를 고는 뮈블랑을 업어다가 밀렌도요프의 침실에 눕혔다. 그녀가 자신을 지킬 수 없는 상황에서 혹시라도 문제가 벌어질까 염려했기 때문이었다. 밀렌도요프는 기껍게 수락하며 밤 내내 루퍼스의 아내로 위장해 왕궁에 들어온 기테모어와 토론 삼매경을 보냈다.

그런데 평화로울 줄 알았던 아침이 이렇게 될 줄이야.

"뮈블랑!"

우당탕탕 소리에 뒤늦게 고개를 돌려 보았을 땐 뮈블랑이 식은땀을 뚝뚝 흘리며 카산에게 어디 있었는지도 모를 단검을 겨누고 있었다.

뮈블랑은 눈을 뜨자마자 자신이 다른 방에 누워 있다는 것을 눈치챘다. 그러자 전신이 불탈 것같이 아팠다. 마치 몸이 다가올 위협을 앞서 느끼듯이 고통스러웠고 울음이 짓쳐 올라 눈앞이 희뿌예졌다.

그런 순간에서 자신에게로 다가오는 인기척을 느낀다면 어찌 공격하지 않을 수 있겠는가?

뮈블랑은 누가 누구인지도 모르는 채 여자가 준 단검을 날카롭게 휘둘렀다. 결과가 어땠느냐고? 닿긴 닿았지만 손맛이 약했다. 표피를 스친 듯했다. 아쉬웠다. 한 번에 목을 그어 버렸으면 확실히 죽일 수 있었을 텐데! 마저 돌격하려는데 돌연 시야가 맑아졌다. 웬 남자의 뺨에 빗금이 그어져 있는…….

카산이었다, 카산, 카산…….

"뮈블랑, 괜찮아? 많이 놀랐지. 미안해. 여긴 공주님 방이고, 너는 안전…….."

그녀가 카산을 상처 입힌 것이다.

"미, 미안, 나는…… 난 너인 줄 모르고…….."

뮈블랑은 뒤로 주춤주춤 물러섰다. 구역감이 몰려왔다. 뮈블랑은 도망치려 했다. 등을 돌리고 뛰쳐나가려 했다. 이 상황을 받아들이기가 너무 힘들어서였다. 그런데 팔 언저리를 붙잡은 손이 있었다. 너무 조심스럽게, 옷자락을 슬며시 쥐고, 놓지 말아 달라는 것처럼 애절하게 저를 바라보는. 그 손을 뿌리칠 순 없었다. 뮈블랑은 숨을 헐떡이며 카산을 바라보았다. 뺨에 그어진 상처에서 피가 주륵 흘러나왔다. 그러나 카산은 아무렇지 않게 그저 우묵한 눈빛으로 저를, 저만을 바라보며 느릿하게 다가와 팔을 둘러 등을 도닥일 뿐이었다.

불현듯 그게 너무 서러웠다. 이상한 행동을 지적하는 게 아니라 그냥 끌어안아 주는 사람이 있다는 게.

그의 어깨에 얼굴을 파묻었다가 고개를 들어 카산을 바라보았다. 섬세한 속눈썹이 낮게 내리깔리며 부드러운 원호를 그리고 있었다. 뮈블랑은 저도 모르게 따라서 히죽 웃었다. 당장이라도 울듯이 일그러진 얼굴로 히죽히죽.

그 처참한 모양새를 본 기테모어는 무심코 뮈블랑에게 말을 걸 뻔했지만, 마찬가지로 그것을 보았기 때문에 아무 말도 하지 못했다. 다행스럽게도 뮈블랑은 곧 침착하게 카산에게서 떨어져 기테모어에게 많이 젊어졌다는 둥 흰소리를 치다가 소네카의 강림을 설명했다. 신격을 감각한 주위의 모두가 강림 사태를 알고 있었다. 이번에도 적절한 임기응변이었다는 칭찬을 들은 뮈블랑은 기분 좋은 사람의 표정을 흉내 내기 위해 노력했지만, 티가 나지 않을 리가 없었다.

결국 어색한 침묵이 찾아들었다.

그 정적 속에서, 밀렌도요프는 혀끝까지 올라온 질문에 대해 고심했다. 이것을 물으면 돌이키지 못할 것을 알면서도 묻지 않으면 안 될 것만 같은 기분이 들어서.

그래서 밀렌도요프는 기어코 질문했다.

"저기 뮈블랑."

"네, 말씀하세요."

"지난 6년간…… 너에게 무슨 일이 있었던 거야?"

참고로 덧붙이자면 밀렌도요프를 제외한 모두가 뮈블랑이 암살자로 활동했단 것을 안다. 뮈블랑은 벌떡 일어섰다.

"해야 할 일이 떠올라 버렸군요!"

"뭐, 뮈블랑?"

"루퍼스 그 양반이 제대로 가르치는지 제가 검토를 좀 해 봐야겠습니다! 그럼 푹 쉬십쇼!"

그녀는 와다다다 뛰쳐나갔다. 남은 사람들의 당혹 속에서, 밀렌도요프는 울 것같이 얼굴을 일그러뜨렸지만 울지는 않았다.

한편, 뛰쳐나간 뮈블랑은 바지춤에 손을 푹 찔러 넣고 어슬렁어슬렁 복도를 거닐고 있었다. 그녀는 입술을 비죽 내민 채 껄렁하게 여기저기를 기웃거렸으나 막상 갈 곳이 없어 서먹해졌다. 그렇다 보니 자연스럽게 밀렌도요프가 툭 던져 놓은 질문으로 자꾸만 생각이 옮겨졌다. 뮈블랑은 결국 신경질적으로 기둥을 걷어차고야 말았다.

'아, 공주님은 뭐 그런 걸 물으신대.'

차고 나니 발끝이 얼얼했다. 그렇게 갈 길 없는 발을 재촉하던 중에 웬 용병들이 한데 모여서 시끌벅적한 소란을 일으키는 장면이 보였다. 가뜩이나 짜증 나는데 일까지 터진 몰골을 보자 머리에 열이 팍 치밀었다. 뮈블랑은 아랫배에 힘을 주며 고래고래 외쳤다.

"새끼들아 기다려라, 누나가 간다!"

용병들은 험악한 얼굴로 괴성의 근원지를 바라보았고 곧 시퍼렇게 질렸다. 밀렌도요프 공주 측의 '그' 여자가 이상한 소리를 지르며 달려들고 있었다. 이거 완전히 음경 된 것이 분명했다. 그들은 불 뿜는 용이라도 만난 사람처럼 우다다다 도망치기 시작했지만 뮈블랑이 누구인가. 인간 잡기 하나엔 도가 튼 작자가 아니던가! 우리의 뮈블랑은 문제의 시발점으로 추정되는 인물 둘을 포획하는 데 가뿐히 성공했다. 그들 중 한 명은 카마이유의 편이었지만 다른 한 명은 뮈블랑도 익히 아는 치였다. 곱슬머리의 에밀리 스토프였다.

에밀리 스토프는 아직까지도 분이 가시지 않는 양 난폭하게 발을 구르며 뮈블랑의 손에 질질 끌려왔다. 상대도 마찬가지였다. 우락부

락한 사내는 험상궂게 주먹을 말아 쥐고 뮈블랑의 시선을 피해 에밀리 스토프에게 위협을 가하는 데 여념이 없었다. 물론 에밀리 스토프는 당하고만 있을 위인이 아니었다. 그녀는 사내의 얼굴에 침을 뱉었다. 당연하게도 사내는 길길이 날뛰었다. 그래서 뮈블랑은 총을 꺼내어 안전장치를 푸는 시늉을 했다. 모두가 잠잠해졌다.

좋은 결말이었다.

"자, 그래서. 왜 싸웠냐?"

남자 용병이 하는 소리는 이러했다.

"자고로 여인네들 손에 들릴 칼은 식칼뿐이어야 하는데 자꾸 험한 일 하는 게 마음이 쓰여 말 좀 얹었더니 저리 드세게 나오는 거 아니겠소? 세상은 합당한 이치에 따라 돌아가오. 여자는 여자의 일을 해야지 남자 일에 어쭙잖게 발을 디디면 안 된단 말이오!"

그래서 뮈블랑은 고개를 살짝 기울이고 그를 내려다보며 싸늘하게 대꾸했다.

"그 말, 나와 내 주군도 속하고 있냐?"

뮈블랑이 드는 건 칼이 아니라 총이지만 결국 저 남자가 하는 말을 일축하면 이 소리다; 여자가 남자 일 하는 게 꼴 보기 싫다! 성별 이분법적으로 해야 할 일까지 착착 정해 두고 잘나셨다 아주. 세상 혼자 살면 되겠다. 뮈블랑의 비아냥거리는 표정을 본 남자는 굳이 부정할 필요도 느끼지 못하는지 순순히 고갤 끄덕였다.

"따지자면, 그렇—"

"따라와."

뮈블랑은 상대가 저리 대꾸할 줄 알았기에 그의 말이 채 끝나기도 전에 툭 말을 던졌다. 그러곤 성큼성큼 앞장섰다. 벙찐 채 그녀의 뒤통수를 바라만 보던 이들에게 빨리 안 오냐며 손짓하자, 그들은 떨떠름하게 그녀의 뒤를 따르기 시작했다. 그녀는 지나치다가 마주치기만 하면 상대편 놈들도 전부 끌고 갔고 —물론 그들은 거부했지만 뮈블랑에게 어쭙잖은 언변이나 무력이 통할 리가 없었다— 결과적으로 그녀의 뒤를 따르게 된 인원은 총 마흔일곱 명이었다.

걷다 보니, 어디선가 총성이 동시다발적으로 들렸다. 반강제로 끌려온 마흔일곱 명은 동시에 놀라 주저앉을 뻔했다가 서로를 의식하며 아무렇지 않은 척을 시전했다. 그러면서도 차마 뮈블랑을 따라가지 않았다. 설마 저 총격이 가득한 장소로 가려는 건 아니겠지 하는 일말의 기대감이 있었기 때문이었다. 그러나 뮈블랑은 한 번도 뒤돌아 주지 않고 휘적휘적 총성이 들리는 방향을 향해 걸어갔기에 결국 하나도 쫄지 않은 사람처럼 으스대며 뒤따를 수밖에 없었다.

수풀을 하나 건너고 나자, 눈먼 탄환 하나가 웬 사내의 미간을 향해 날아왔다. 사내는 그 궤도를 보았으나, 얼어붙은 채 움직이지 못했다. 애당초 총탄의 속도 이상으로 움직여 피할 능력이 사내에겐 존재하지 않았다. 그러나 뮈블랑은 사내의 오금을 세게 걷어찼고 그대로 바닥에 주저앉은 사내는 살아남았다. 사내가 헐떡거리며 부들부들 떨 때쯤 이미 사내에게서 관심을 뗀 뮈블랑은 사위를 둘러보고 있었다.

뮈블랑의 난입을 가만히 지켜보던 루퍼스가 담뱃재를 털며 말했다.

"왜 거기서 덜컥 튀어나오고 난리야. 이 주위에 접근 금지령 내린 거 몰랐냐. 거기로 탄환 튀는 경우 있어서 위험하다고."

"죄송하다. 멍청이 한 놈 저승 보낼 뻔했네요."

뮈블랑은 설렁설렁 사과하며 도열한 옛 제자 놈들을 바라보았다. 루퍼스의 훈련은 척 보기만 해도 체계적이었다. 무작정 자세를 보여주고 쏘라고 하던 뮈블랑과는 다르게. 그게 조금 자존심이 상했다. 기실 조금이 아니라 꽤 상했다. 뮈블랑은 알은척을 하는 녀석들을 무시하며 뒤돌아 권총을 꺼내 들었다. 바닥에 툭 던지고 발로 밀었다. 그러곤 지독히 우아하게 웃었다.

"야, 자식아, 이제부터 네가 그렇게 무시하는 여자가 너를 짓밟을 거다."

"……뭐요?"

물론, 내뱉는 말은 하나도 우아하지 않았다. 외려 상스럽기 그지없는 화술. 그러나 마치 검지로 '쉿'을 고하듯 미려한 금장식이 도드라진 단검을 입술에 대고 간드러지게 웃는 모습은 놀랍게도 더없이 고상하고 기품 있어 보였다.

"총은 쓰지 않아. 네깟 놈에게 총을 쓰기엔 내 탄환이 너무 아깝지. 칼? 칼도 쓰지 않겠어. 작은 단도 하나면 너에게 족해."

"이, 이봐……."

담배꽁초를 떨군 루퍼스가 만류하려는 듯이 벌떡 일어섰으나 뮈블랑은 아랑곳하지 않았다. 그녀는 도리어 힘차게 외쳤다.

"잘들 구경하라고! 내가, 네놈들이 그리도 괄시하는 나의 주군의 명예를 걸고! 그분의 발밑에 승리의 월계관을 바칠 테니까!"

바야흐로 신들의 축복을 받은 자와의 대결이었다.

대결 준비는 빠르게 이루어졌다. 용병들은 빠릿빠릿하게 공터를 비우고 그들이 싸울 수 있는 공간을 만들었다.

뮈블랑은 이번 싸움이 꽤 달가웠다. 일단 말 안 듣는 자식들을 찍어 누를 수 있단 것만 좋은 게 아니었다. 그녀가 상대하기로 한 용병의 이마엔 신의 축복을 받았다는 표식이 찍혀 있었다. 신을 뒷배로 둔 작자와의 싸움에 익숙해질 필요가 있는 뮈블랑으로서는 합당한 선택이었다.

물론, 화풀이의 의미가 없는 건 아니었지만.

최근 들어 뮈블랑은 한계가 무엇인지 명확히 느끼고 있었다. 바로 지금이었다. 지금이 한계였다. 소네카와 대면 후 곧장 쓰러져 버렸던 순간을 떠올리면 아직도 어찔하다. 그새 무슨 일이 생길 줄 알고 생각 없이 고꾸라지느냔 말이다. 카산이 아니었다면 누군가가 뮈블랑의 목을 따다가 카마이유에게 넙죽 바쳤을지도 모르잖은가.

그런 일이 벌어져서는 안 된다. 뮈블랑은 견뎌야 한다. 그런데 스트레스는 견딤을 고달프게 만든다. 그러니 풀어야 하는 거다. 기왕이면 원흉에게 푸는 것이 가장 깔끔하겠지. 이번 대결은 이러한 계산 끝에 시작되었고,

다시 말해 화풀이였다.

'뭐. 왜. 뭐.'

뮈블랑은 당당했다. 그녀는 나쁘지 않다. 그녀를 빡돌게 만든 저 새끼가 나쁜 것이다. 나쁜 놈을 응징하는 것은 정의다. 구닥다리 정의론까지 들고 오며 스스로를 변호한 뮈블랑은 손목 발목을 탈탈 털며 목을 빙글빙글 돌렸다. 그 가벼운 동작을 수행하는 것만으로도 등골이 짜릿했다. 짜릿해서 죽을 지경이었다. 환상통은 그녀의 신경 마디마디마다 파고들며 저릿저릿한 통증을 쑤셔 박고 있었다.

그러나 뭐 어쩌겠나. 사라지지 않을 거라면 함께하는 법을 터득하는 수밖에 없지 않은가. 뮈블랑은 날 선 단도를 꺼내 꽉 움켜쥐었다가 손가락 사이로 뱅뱅 돌렸다.

그때 루퍼스가 슬쩍 다가왔다. 그는 걱정스러운 기색이 역력한 미간을 한껏 찡그리고 있었다.

"할 수 있겠냐."

"내가 저깟 놈에게 지겠어요?"

"축복이 어떤 것인지도 모르잖냐. 너나 나나."

뮈블랑은 만사가 다 귀찮고 짜증 났다. 그녀는 루퍼스의 어깨를 툭툭 치며 대강 대답했다.

"걱정 마슈. 다쳐도 내가 다쳐요."

"……하여간 너는 말을 해도—"

"그럼 난 이만 가 봅니다."

"야!"

뒤에서 욕설이 울려 퍼지든 말든 그녀의 알 바는 아니었다. 뮈블랑은 기다란 다리로 건들건들하게 걸어가 껄렁껄렁하게 물었다.

"야, 이름이 뭐냐?"

"네오디카도르."

"좋네. 도도라고 불러 주마."

귀여운 별칭에 주위에서 와락 비웃음이 터졌다. 뮈블랑은 대체 왜 사내놈들은 귀여움을 거부하는가에 대해 잠시 고민했다. 귀여움을 거부하는 대표적 남성, 네오디카도르는 싸늘하게 대꾸했다.

"……그렇게 건방지게 굴 수 있는 시간도 얼마 남지 않았소. 마음껏 즐기시길."

그래서 뮈블랑은 즐기기로 했다.

"오냐."

네오디카도르는 열불이 나는 모양이었지만 그 또한 뮈블랑의 알 바는 아니었다. 그녀는 태연자약하게 짤막한 단도를 실룩실룩 흔들었다.

"우리 도도, 엉덩이 주사 좀 맞아 볼까요?"

"흥! 후회하게 될걸!"

정확히 오 초 후, 뮈블랑은 그의 말이 옳다는 것을 깨달았다.

불기둥이 솟아올랐기 때문이었다.

그가 입안으로 무어라 기도문을 웅얼거릴 때였다. 그때까지만 해도 별거 없었다. 쥐똥만 한 불씨가 타닥타닥 튀어 올랐을 뿐이었다. 뮈블랑은 겨우 그것밖에 안 되는 축복 주제에 나댔냐고 놀리려 했으나, 다음 순간이 문제였다.

"아뢰오니, 지금 여기, 바로 이곳에 길을!"

그가 바닥에 손을 짚자 그곳으로부터 불이 채찍처럼 자라나 불씨에 가닿았고 직후 구름을 꿰뚫을 것처럼 거대한 불기둥이 솟아올랐다! 주위 사람들이 주춤주춤 물러설 정도로 어마어마한 열기였다. 작열하는 불꽃이 날름날름 혓바닥을 뻗으며 공기를 태워 허기를 채우고 있었다. 그 꼴을 목도한 뮈블랑은 벙쪄 버렸다. 신들의 축복이란 게 이런 힘이라면, 승패를 견줘 보는 것조차 무의미한 짓이었다. 너무도 높고 거대하여 차마 바라볼 수조차 없는 탑의 꼭대기처럼. 이대로라면 그들의 패배는 필수 불가결한 것이었고, 그들은 비참한 말로를 맞이하게 될 것이었다.

그런데 뭔가 이상했다, 불기둥 사이로 비쳐 보이는, 네오디카도르의 얼굴 또한 그녀의 것처럼 벙쪄 있지 않은가…….

그 순간, 뮈블랑은 깨달았다.

"너도 이 출력은 처음이구나? 남들도 다 이 정도인 건 아닌가 보지?"

네오디카도르의 낯이 일그러졌다. 그가 재빠르게 손에 거머쥔 불의 채찍을 휘두르려던 순간, 머릿속으로 빠르게 계산을 마친 뮈블랑이 수풀 속으로 달려 들어갔다. 저치를 꺾어 눌러 힘을 증명한다는 수법이 틀려먹은 이상 입을 잘 털어 심리전으로 들어가야 했다. 그리고 심리전에 사용하기 딱 좋은 패가 뮈블랑에겐 있지 않은가?

네오디카도르는 비열하게 웃었다.

"멍청한 년! 불을 피해 풀 속으로 뛰어들어?"

그러나 네오디카도르는 알지 못했다. 얼마나 많은 신이 그들의 싸움을 지켜보고 있는지, 그리고 그중 초목을 관장하는 신 프치얼이 어떤 결정을 내렸는지.

그녀가 말하자 그녀는 들었다.

그리고 그들의 입술이 동일하게 움직일 때.

인간이 말하지 못할 울림이 인간에게서 흘러나온다.

— 너의 불은 나를 태우지 아니한다.

뮈블랑의 읊조림을 들은 것은 비단 인간만이 아니다.

마도레스가 기겁했고, 샤이카네도가 입술을 동그랗게 말았고, 에우겔이 입을 쩍 벌렸고, 프레이가 왕좌를 움켜쥐었고, 그리고 마지막으로.

소닉과 아르미타그가 웃었다.

그러나 네오디카도르는, 위대하고 지고한 신의 울림에 대해 알지 못하는 남자는 거리낌 없이 껄껄댔다.

"고작 수풀로 뛰어 들어가서 하는 말이 그딴 것이오? 좋아, 그래! 어디 한번 불타 죽어서도 그딴 소리를 할 수 있나 보자고!"

불로 만들어진 채찍을 꽉 움켜쥔 네오디카도르가 그렇게 말하자 뮈블랑의 어깨가 움찔 떨렸다. 기실 뮈블랑의 몸은 채찍을 보게 된 순간부터 이미 제정신이 아니었다. 거기다가 신의 언어를 미욱한 인간의 몸으로 지껄이자 반작용이 밀려와 당장이라도 피를 쏟으며 쓰러질 것 같았다. 그러나 견뎌야만 했다, 그녀는 그래야만 하는 사람이었고, 그래서.

— 너는,

다시금 소리 내어 말한다.

— 고작 '마도레스'의 권속.

신들의 언어로 신을 상징하는 '이름'을 읊자 머리가 딩 하고 울리면서 현실감이 사라졌다. 뮈블랑은 꿈속을 걷는 사람처럼 느긋하고 우아하게 입술을 말아 올렸다. 어쩐지 자신의 몸이 자신의 의지대로 움직이는 것 같지 않았다. 그러나 뮈블랑은 무엇이 이상한지 파악할 여력도 없었다. 그저 피곤하고 지쳐 타자의 의지에 자신을 맡기고 싶다고 생각하며 축 늘어질 따름이었다. 그러나 뮈블랑의 몸은 쓰러지지 않았다. 도리어 더없이 고상하게 수풀을 거쳐 나와 부드럽게 웃는 것 아닌가?

그녀가 말하자 그녀는 말한다.

— 나는 프치얼이다.

순간적으로 세상이 멈춘 듯한 정적이 고였다.

"뭐, 뭣……."

가까스로 정적을 뚫은 것은 네오디카도르의 목소리였다. 뮈블랑은 그를 가만히 내려다보다가 어딘가 슬픈 듯한 표정으로 속삭였다.

— 마도레스의 어설픈 권속이여, 물러나라.

그러나 네오디카도르는 믿지 않았다. 믿을 수 없었다. 게임의 규칙상, 강림도 빙의도 불가능……. 아니 잠깐.

지금은 '게임'이 아니구나.

그렇담 신이 인간의 몸에 강림하는 것이 논리적으로 불가능한 일은 아니다. 그렇다고 한들 믿기 힘든 이야기지만 말이다.

물러나야 할까?

아니.

네오디카도르는 결정했다. 맞서 싸우기로. 강림했다 한들 고작 프치얼이었다. 프치얼 따위가 마도레스의 권속인 자신을 이길 수 있을 리가 없다. 거기다가 이상하게 오늘따라 힘이 무지막지하게 강하게 방출되고 있었다. 평소 같았으면 모닥불만 한 크기나 하나 만들고 말았을 힘인데 불기둥까지 쏴지고 아주 최고였다. 이만하면 신과도 겨룰 수 있을 것 같았다. 네오디카도르는 입이 찢어져라 크게 웃으며 채찍을 바닥에 강하게 내리쳤다. 쩌적! 땅이 갈라지며 흙먼지가 자욱하게 날렸다.

"양 떼의 여신이 그깟 년에게 강림하다니 이것 참 죽이 잘 맞는군그래? 좋아, 어디 한번 덤벼 보라고! 어차피 인간의 몸으론 신의 힘을 써 봤자 오래 버티지 못해! 그러니……."

말하다 보니 무언가 이상했다. 그러나 네오디카도르는 그것을 눈치채지 못한 채 재차 불기둥을 뿜어낼 준비를 마쳤다.

"이거나 먹어랏—!"

콰과과과! 정확히 뮈블랑이 서 있는 곳에 불기둥이 솟아올랐다. 이번에는 아까보다 더욱 장대한 크기였다. 직경이 육 미터에 높이가 삼백 미터는 될 것 같았다. 도저히 뮈블랑이 살아 있을 것이라고 생각할수가 없었다. 루퍼스와 제자들이 침음을 흘리며 고개를 돌렸다. 카마이유 측 용병들이 기가 살아 마구 환호성을 질렀다.

그러나 불기둥이 가셨을 때, 뮈블랑은 한 치의 상처도 그을림도 없이 우뚝 서 있었다. 그녀를 감싼 것은 바닥으로부터 자라 올라온 황금빛 가루를 후두둑 떨어뜨리는 신비로운 나뭇잎들이었고 그것들이 화마로부터 뮈블랑을 보호하고 있었다.

— 가엾은 것아.

"이, 이건 사기야! 사기라고! 어떻게 그 불길 속에서 살아남을 수가 있어?! 이건 말도 안……."

참고로,

— 잘 가거라.

인간의 몸으로 신의 힘을 과도하게 쓰면 반작용이 온다.

"내가 가긴 어딜…… 아아아악!"

가무잡잡한 피부 위로 핏줄이 투두둑 불거지기 시작하더니만 이윽고 네오디카도르의 몸에 난 모든 구멍에서 피가 줄줄 쏟아지기 시작했다. 네오디카도르는 고래고래 소리를 지르며 고통을 호소했고 살려 달라고 외쳤지만, 잠시 뒤.

그의 전신은 너무나도 쉽게 펑 하고 터져 버렸다.

사체 조각을 뒤집어쓰게 된 자들의 비명이 고래고래 구름을 꿰뚫었다. 녹은 눈알이 입에 들어간 여자가 구역질을 했다. 친구의 사체를 목격하게 된 남자가 바닥에 머리를 박으며 오열했다. 장기로 뺨을 맞은 사내가 울며불며 이걸 좀 떼어 내 달라고 애걸했다. 아비규환이었다. 울부짖음이 고막을 찢어 버리고 있었다.

그 속에서, 프치얼은 프레이의 음성을 들었다.

— 지금부터 긴급회의를 개최한다. 프치얼과 마도레스는 속히 참여하도록 하라.

프치얼은 눈을 감았다. 불기둥이 솟아올랐을 때부터 달려와 간절하게 그녀를 바라보던 카산이 피를 게워 내는 뮈블랑을 받아 내는 것을 확인하며.

다시 눈을 떴을 땐 구름 위.

프레이의 궁전이었다.

＊＊＊

　― 아버지! 이건 말도 안 됩니다! 강림이라뇨!

　프치얼이 합류하지 않았는데도 회의장은 이미 떠들썩하게 불타오르고 있었다. 격분해 항의하는 자들의 고함이 쩌렁쩌렁하게 문밖을 뚫고 나왔다. 문밖에 서 있던 프치얼은 참담하게 얼굴을 일그러뜨리다가 정령이 문을 열어 주자 움찔거리며 회의장에 들어섰지만, 모든 이들의 시선이 자신에게로 쏠리자 떨림을 주체하지 못했다. 인간들 앞에 서는 것조차 내심 두려워하는 그녀가 신들의 앞에서 어찌 떨지 않을 수 있겠는가.

　언제나 그래 왔다. 프치얼의 파리하게 질린 낯을 본 이들은 경멸하듯이 그녀를 노려보았고 그럴수록 프치얼은 더욱 낮게 고개를 숙일 따름이었다. 그러나 오늘은 달랐다. 프치얼은 부들부들 떨면서도 고개를 숙이지 않았다. 그리고 느리지만 차분한 걸음으로 자신의 자리에 앉았다. 이것이 무엇을 의미하는지 눈치챈 자는 딱 셋뿐이었다. 프레이, 엘마, 샤이카네도. 프레이와 엘마는 서로를 바라보며 묘한 눈빛을 주고받았고 샤이카네도는 언제나처럼 아무것도 모른다는 양 요염하게 웃었다.

　그때 마도레스가 쾅 하고 탁자를 내리쳤다. 이오네케스가 빚은 신주 간느가 엎어지며 향기로운 내음을 낸다.

　― 아버지! 제 말 안 들리십니까! 안 그래도 요새 소닉 때문에 아랫것들이 나대는 모양이던데 고대신이 앞장서서 기강을 망치는 행동까지 용납하실 거냐고요!

　옳소, 옳소! 신들의 열성적인 호응이 뒤따랐다. 프치얼은 용기를 내어 가까스로 끼어들었지만,

　― 기, 기강을 망친 적 없…….

— 양 떼 신은 닥치시지! 그깟 여물지도 않은 년 몸에 강림해도 기분이 좋은지에 대해 여쭙고 싶은데?

마도레스의 몰상식한 발언이 말끝을 절단했다. 숨소리마저 와르르 터진 웃음보에 모조리 묻혀 버렸다. 프레이는 관자놀이를 꾹꾹 누르며 그들을 진정시켰다.

— 자자, 그만둬라. 프치얼아, 무엇을 말하고자 하였누?

프치얼은 가슴팍에 양손을 모으고 가쁜 숨을 몰아쉬었다. 모두의 시선이 제게 쏠려 있었다. 삽시간에 눈앞이 어찔해지고 머리가 띵해져 왔다. 여든여덟 쌍의 눈알들이 오로지 저만을 찌르고 있는 감각을 아는가? 그들 모두가 저를 깔아뭉개고 경멸하던 이들일 때의 기분을? 무서웠다. 마음속 깊은 곳에 자리 잡은 두려움이 관성적으로 조아리라고 속삭였다. 그게 편하니까, 그렇게 하는 게 쉬우니까, 이번에도 패배하라고 너는 패배하는 게 익숙한 사람이니까 그렇게 해야 한다고 그게 마땅한 일이고 당연한 일이라고.

그러나 해내고 싶었다.

울음이 치밀 정도로 두려우면서도 이기고 싶었다.

언제나 딸의 사랑을 핑계 삼아 저 욕망으로부터 도망쳐 왔다. 왜냐하면 두려움이 계속해서 속삭이고 있었으니까. 패배의 관성이 그녀의 영혼을 짓누르고 있었으니까. 그렇지만 딸을 카일룸에게 맡겨 도피할 거리도 사라진 지금 이곳에서 해내지 못한다면 대체 언제 할 수 있단 거야?

— ……저는 기강을 해친 적이 없습니다. 기강을 해친 자는, 마도레스입니다.

프치얼의 어깨는 볼썽사납게 떨리고 있었으나 목소리만큼은 또렷했고 전하고자 하는 바를 분명하게 전달했다. 소네카의 눈썹이 헝클어지고 샤이카네도가 깔깔깔 웃어 재끼는 동안 마도레스는 어처구니가 없단 양 이지러지게 웃으며 그녀를 손가락질했다.

— 하? 별 잡소리를 지껄이네?

그러며 의자에서 일어나 탁자 위로 올라갔다. 음식이 올라간 접시를 밟고 간느가 담긴 잔을 걷어차며 프치얼의 앞에 다가선 마도레스가 위협적으로 프치얼의 어깨를 잡았다.

— 내가 뭘 어쨌다고 하셨습니까?

아, 비명이 터질 뻔했다. 두려움이 날린 포자가 전신의 세포에 뿌리를 내렸다. 다 때려치우고 싶었다. 어차피 이기지 못할 거잖아. 그렇잖아. 이길 가능성이 없는 게임에 대체 왜 참전해야 하느냐고. 적은 이렇게나 무서운데, 이렇게나 거대한데…….

그런데 생각을 이어 나가면 할수록 점차 누군가의 얼굴이 떠오르기 시작한다. 은빛 쉼표 머리에 날카로운 눈매 정 가운데 에메랄드빛 눈동자를 가진 생기 넘치는 소녀.

'프치얼께서 멸시를 당하신다면, 멸시하는 자들을 싸그리 무릎 꿇리면 되지 않겠습니까?'

어차피 이길 가능성이 없는 게임에 참전해 크고 강대한 자들을 적으로 삼은 인간. 그런 인간이 주인으로 모시고자 하는 자는 대체 어떤 존재일까. 프치얼은 처음으로 밀렌도요프에 대해 궁금해졌다. 어깨를 으스러뜨리려는 듯 세게 움켜쥔 손아귀보다도 더.

— 내 말에 대답 안 하십니까? 딸이 뒈져도 좋은가 보죠?

잠깐 통증을 잊고 있었는데 마도레스의 목소리를 듣자 생리적인 고통이 부상했다. 프치얼의 눈동자로부터 흘러내린 황금빛 길이 뺨에 새겨졌다. 그녀가 아무 말도 하지 못하는 동안 눈물은 뚝, 뚜둑, 턱을 타고 떨어져 대차게 비웃음을 터트리는 마도레스의 손등에 맺혔다.

— 야, 이제 말도 못 하십니…….

마도레스가 무언가가 이상한 점을 눈치채기까지는 조금 시간이 걸렸다. 그도 그럴 게 상식적인 문명인은 자기 손등에서 넝쿨이 자라난다는 인지 부조화적인 장면을 바로 받아들이지 못할 것 아닌가. 마도레스는 기겁하며 뒷걸음치다가 식탁보를 잘못 밟고 주르륵 미끄러졌고 와당탕탕 소리와 함께 꼴사납게 널브러졌다. 그러는 중에도 그의 손등 피부에 파고들어 근육과 신경계에 뿌리를 내린 넝쿨은 신의 피와 살점을 양분 삼아 더욱 길게 뻗어 나가고 있었다.

그리고 마도레스는 그제야 눈앞에 있는 신이 초목을 관장한다는 사실을 깨달았다.

— 너! 프치얼!

샤이카네도가 배를 잡고 웃기 시작했다. 애인의 불행을 대하는 태도치고는 너무한 처사였다. 이오네케스는 그 옆에서 같이 죽어라 폭소했고 에우겔은 침착하게 중재를 시도했다.

— 그, 프치얼, 화가 난 건 알겠는데 조금 자제하는 것이…….

동시에 에우겔은 어째서 프레이가 중재하지 않는지에 대해 궁금해 그가 있는 곳을 향해 시선을 돌렸다. 프레이는 싸늘하게 웃고 있었다. 그들의 시선이 닿지 않는 광막한 지평선을 바라보듯이. 프레이는 소닉의 사건 이후로 저런 표정을 지은 적이 없었다. 그 말인즉슨 지금 프레이는 화가 나 있단 의미였다. 에우겔이 식은땀을 흘리던 때였다.

— 내 어찌 자제해야 하느냐. 에우겔, 프레이의 아들, 광휘의 신아.

프치얼의 목소리가 고요히 공간을 찢어발겼다.

그녀의 말이 가져온 파장이 그 정도의 여파를 끼쳤다는 뜻이었다. 프치얼은 그 어떤 신에게도 하대를 한 바가 없었다. 모든 신을 존중한다는 그녀만의 겸손함은 늘 마도레스와 소네카를 비롯한 신들에게 조롱당하고는 했다. 그런데 지금 그녀가 말을 놓은 것이다.

— 프치얼…….

— 함부로 내 이름을 부르지 말라. 너 그럴 자격 없노라.

프치얼은 엄숙하면서도 조용한 얼굴로 속삭인 후 몸을 돌려 프레이를 응시했다.

— 프레이, 내 오라비, 신들의 왕이여.

늘 몸을 숙이고 간청하듯 말하던 프치얼의 모습이 아니었다. 프레이는 입술 끝을 일그러뜨리며 웃었다.

— 프치얼, 내 오누이, 초목의 신아. 너 무엇을 말하고자 하느냐.

— 나는 이 자리를 빌어 마도레스, 프레이의 아들, 전쟁과 화마의 신을 고발하려 합니다.

술렁임이 파도처럼 그들을 덮쳤다. 그러나 프레이는 과감한 자들이 입을 놀리지 못하도록 한 손을 들어 올린 채 프치얼만을 바라보았다.

— 어째서냐?

— 신들의 왕께선 알고 계실 텐데요. 마도레스는 인간이 터져 죽을 때까지 힘을 전송해 밀렌도요프 공주 측의 전력을 죽이려 했습니다. 신이 인간들의 일에 개입하는 것은 금지된 바입니다. 저는 그것을 막기 위해 강림하였을 뿐 기강을 흐트러뜨리는 행동을 한 바 없습니다.

가까스로 말을 끝맺은 프치얼은, 언젠가의 소닉이 그러했듯 덧붙였다.

— 태모신 유께 걸고 맹세합니다.

프레이는 산뜻한 봄바람처럼 속삭였다.

— 우리 프치얼이 왜 이리 화가 났누. 마도레스가 하루 이틀 저러느냐? 그냥 그러려니 하고 넘겨 버리지 왜 이리 분란을 사서 만들어. 흠, 저 머저리 같은 놈이 좀 도가 지나치긴 했지? 그러나 무어가 문제니? 네가 용맹하게 나서 준 덕에 모든 일이 순리대로 흘러갔는데 말이다. 더 할 말 있니?

프치얼은 차마 더 첨언할 수가 없었다. 그녀가 쥐어짜 냈던 최대한의 용기가 바닥을 드러내고 있었다.

— 아, 아니요…….

— 그럼 이번 긴급회의는 이만 파하자꾸나. 다들 동의하는 바겠지?

이런 상황에서 '이의 있소!'를 외치는 사람이 있다면 그건 미친놈일 것이다.

그리고 이오네케스는 미친놈이었다.

— 이의 있슴, 다!

— ······이오네케스?

— 이런, 애 취했어요! 끌어내자!

— 싫어어어어엇! 나는! 할 말이 있단 말이다아아아앗!

술과 향락의 신 이오네케스는 간느 향을 폴폴 흘리며 질질 끌려 나가면서도 끈질기게 외쳤다.

— 누님! 누님!

이때까지만 해도 프치얼은 이오네케스가 호명하는 자가 누구인지 알지 못했다. 이오네케스가 엄지손가락을 들어 올리며 자신을 바라보기 전까지는 말이다.

— 누님! 오늘 멋지셨소! 아야얏, 좀 살살 끌어!

평상시에 이오네케스는 프치얼을 누님이라 부르지 않았다. 어느 누구도 그러지 않았다. 왜냐하면 프치얼은 프레이의 형제 신임에도 불구하고 존중받지 못했기 때문이었다. 그런데 이오네케스가 최초로, 그녀를 존중했다.

괜스레 눈물이 날 것 같았다. 아무것도 바뀌지 않은 것 같지만, 무언가는 분명 바뀌었다. 바꾸어 냈다.

그게, 사무쳤다······.

✤ ✤ ✤

프치얼이 떠나고, 자리가 파해질 때쯤이었다.

앙칼진 목소리가 쩌렁쩌렁 울려 퍼졌다.

— 우리 헤어져, 마도레스!

마도레스가 턱이 빠지도록 입을 쩍 벌렸다. 주위 신들이 흥미진진한 전개에 눈을 반짝였다.

— 뭐, 뭐? 왜!

샤이카네도는 가슴을 앞으로 내밀며 도도하게 팔짱을 꼈다.

— 그야 난 프치얼에게 진 패배자 따위 필요 없는걸!

아마도 이오네케스가 이 자리에 있었다면 죽을 듯이 마도레스를 비웃었으리라. 폐가 찢어져라 웃고 바닥을 굴렀겠지. 그러나 다행스럽게도 눈치 없는 술의 신은 끌려 나간 채였고 문명인인 신들은 침묵을 지킴으로써 마도레스로부터 살아남았다. 정적이 고인 회의장 내부에선 넝쿨들이 꿈틀꿈틀 커져 가는 소리만 울려 퍼졌다.

프치얼의 황금빛 가루로 이루어진 눈물은 생명의 씨앗이다. 만약 원한다면 신의 육체에서도 싹을 틔울 수 있는 것이 프치얼의 힘이었다. 마도레스는 몇 번이고 화마로 넝쿨을 불살라 봤다. 그러나 육신 깊숙이 뿌리 내린 초목을 완전히 제거하는 것은 손을 잘라 내지 않는 이상 불가능했다. 아니지, 처음에나 손이었지, 이젠 어디까지 뿌리가 돋아났는지 알 수 없지 않은가? 더는 몸뚱이를 잘라 내도 소용이 없었다. 더군다나 마도레스를 놀리듯, 신의 육신을 양분 삼아 무럭무럭 자라난 넝쿨은 붉은 열매까지 맺은 채였다.

다시 말해 아주 좆같았다. 샤이카네도는 거기다가 기름을 끼얹은 것이다.

가진 거라곤 예쁜 얼굴밖에 없는 여신이.

— ……너, 뭐라 했냐.

한숨을 길게 뱉은 마도레스가 손바닥에 눈가를 묻으며 물었다. 샤이카네도는 새침하게 짝다리를 짚으며 대꾸했다.

— 헤어지자구.

— 그다음.

— 우웅, 프치얼에게 진 패배자 따위 필요 없어?

— 그래, 그거.

다음 순간, 화르륵 소리와 함께 신불이 솟구쳐 올라 마도레스의 손등부터 어깨까지를 녹이기 시작했다. 매캐한 연기가 단숨에 회장을 잠식하기 시작했다. 뼈가 녹고 살이 타는데도 아무렇지 않게 샤이카네도를 향해 걸어간 마도레스는 광기 어린 눈동자로 씩 웃었다.

— 누가 패배자라고?

신불에 의해 불태워진 한쪽 어깨를 수복하려면 꽤 긴 시간을 요양해야 할 것이다. 직전의 모습만 봐도 알 수 있듯 마도레스는 자기 심기만 거슬리면 고대신이고 뭐고 상관없이 다 때려 부수는 진정한 개새끼였다. 그런데도 그 개새끼에게 기름을 끼얹은 샤이카네도는 뭘 잘못 먹은 사람처럼 당당했다.

— 너지, 너어.

마도레스가 다시 한번 굵직한 손가락으로 얼굴을 쓸어내렸다.

— 하……. 야, 내가, 너 정 때문에 봐주는 거다. 닥치고 네 신전에나 처박혀서 인간들이나 홀리고 있어. 너 그거 잘하잖아.

마도레스치고 굉장히 많이 참았다고 평해 줄 수 있겠다. 하지만 샤이카네도는 에우겔의 만류에도 불구하고 고개를 까딱일 뿐이었다.

— 난 너한테 정떨어졌는데?

— 씨발, 너 진짜 뒈지고 싶냐?

마도레스가 남은 한쪽 주먹을 움켜쥐고 한 발자국 성큼 다가가자 에우겔이 그를 뜯어말렸다.

— 마도레스, 진정해. 여자한테 폭력을 쓸 셈이야?

— 에우겔 형님은 빠져요! 저년이 나보고 패배자라잖아!

— 물론 샤이카네도가 잘못했지만…….

— 에우겔 오빠는 빠져요! 내가 쟤한테 질렸다는 게 오빠까지 끼어들어서 잘잘못 따져 댈 문제예요?

— 이 쥐방울만 한 게 진짜!

마도레스가 진짜 칠 것처럼 몸을 앞으로 당기자 너덧 명의 신들이 달려들어 그를 제지하기 시작했다. 마도레스는 힘으로 그들 모두를 뒤흔들며 고래고래 소리 질렀다.

— 창녀 주제에 나를 차? 네까짓 게 그럴 자격이 있다고 생각하냐? 헤어지는 순간은 내가 정해!

그때 샤이카네도의 웃음소리가 마도레스의 고함을 꿰뚫고 높이 솟아올랐다.

그래. 그녀는 창녀다. 웃음을 팔고 몸을 판다. 창녀이기에, 그녀의 입지는 그녀를 선택한 남성의 권력에 따라 판가름된다.

그게 다 누구 때문이더라?

그러나 구조를 바꾸는 것은 샤이카네도의 역할이 아니다. 샤이카네도에게는 그럴 힘이 없기 때문이다. 샤이카네도는 언제나 그랬듯 한 발자국 뒤에서 기다릴 것이다. 최적의 순간, 기회를 노리는 요악한 뱀처럼, 사근사근하게 미소하고 육감적으로 몸을 흔들며 방심을 불러일으킬 것이다. 이렇게.

— 사실 나 라우코네스랑 사랑에 빠졌어!

파격의 절정이었다. 소란에서 빠져나가려던 저승의 신 라우코네스가 우뚝 멈춰 섰다. 샤이카네도는 까르르 웃으며 종종 뛰어가 라우코네스의 팔짱을 꼈다.

— 그러니까 어쩔 수 없어, 헤어지자! 음, 아님, 셋이 사귈래?

세상에, 희대의 개소리가 터졌다! 마도레스는 주체할 수 없을 만큼 크게 벌어진 입을 뻐끔거리며 제 옆의 에우겔을 훔쳐보았다. 에우겔은 마도레스와 정반대로 입을 꾹 다물고 있었는데 턱에 주름이 잡힌 것이 단단히 화가 난 듯했다. 그는 최대한 점잖게 말을 꺼냈다.

— 진심이야?

— 응! 그죠, 라코스?

라우코네스는 대체 뭘 어떻게 해야 할지 모르겠단 표정으로 샤이카네도를 내려다보았다. 샤이카네도는 높은 신발 굽으로 라우코네스의 발등을 꾹 눌렀다. 그러곤 라우코네스의 귀를 잡아당겨 그가 고개를 숙이게끔 하고 속삭였다.

— 나 죽이려고 그래요?

— ……뭐라고?

— 나 이대로 가면 마도레스에게 죽을 텐뎅. 안 도와줄 거예요? 진짜? 내가 이렇게 예쁘고 깜찍하고 귀여운데?

라우코네스는 정색했지만 어쨌든 합의는 됐다. 그는 고개를 끄덕였다.

에우젤이 차갑게 웃었다.

— 라우코네스.

소닉과 라우코네스의 불륜을 알고 있는 신들이 침을 꼴딱 삼켰다. 일촉즉발이었다. 폭발할 것만 같은 거대한 힘이 웅혼하게 모여들고 있었다. 에우젤이 힘을 끌어올리자 라우코네스가 그에 맞서 대응하는 것이었는데 프레이의 자식 세대 중 가장 강력하다고 손꼽히는 신들 중 하나인 에우젤과 고대신 라우코네스의 힘이 맞부딪치자 미력한 자들의 숨이 턱 하고 막히고 신경이 저릿저릿해졌다. 샤이카네도는 저도 모르게 부들부들 떨기 시작했고 그러자 라우코네스가 그녀의 어깨에 명계의 힘이 깃든 망토를 어깨에 걸쳐 주었다. 그 모습을 본 에우젤은 눈썹을 추켜올렸다.

— 실망입니다.

— …….

— 지극한 사랑이었더라면 차라리 덜 화가 났을 텐데, 그깟 바람결 같은 마음이었습니까.

— …….

— 상대할 가치도 없군. 샤이카네도, 너 이번 애인을 고른 것을 반드시 후회하게 될 것이다. 그때가 와 빈다 한들 용서치 않겠다.

에우젤은 한순간에 힘을 거두어들이고 뒤돌았다.

대치가 끝난 것이다.

신들은 하나같이 후우욱 하고 안도와 실망의 한숨을 내쉬었다. 마도레스는 어벙하게 에우겔과 라우코네스를 번갈아 쳐다보다가 후다닥 에우겔의 뒤를 쫓으며 말했다.

— 안 싸워요, 형님? 왜요? 함 붙죠! 내가 다 쓸어 버리겠습니다!

— 되었다. 저깟 것들에게 무엇 하러 심력을 소모하겠어. 그만 가자.

— 아, 형니임!

그들이 떠난 회의장엔 차츰 속닥거림이 떠돌기 시작했다. 음란한 탕녀가 어쩌고 불륜이 어쩌고……. 묵묵히 서 있던 라우코네스는 샤이카네도에게 손을 내밀었고, 샤이키네도는 조금 놀라 눈을 동그랗게 떴다가 간드러지게 웃었다.

그들은 손을 맞잡았다.

— 저승으로 가요, 자기.

— ……어째서지?

— 우움, 그야, 자기랑 단둘이 있고 싶으니까?

라우코네스가 침착하게 손을 놓으려 하자 샤이카네도가 속삭였다. 그녀의 말을 들은 라우코네스는 고개를 끄덕였다. 이윽고 그들은 떠났다. 온갖 원색적인 비난을 피해 저승으로 숨어들 듯.

⚜ ⚜ ⚜

한편 마도레스를 바라봐 볼까?

— 그 쌍년!

에우겔은 우울하게 자신의 궁으로 떠났고, 혼자 남은 마도레스는 분풀이 삼아 초목의 정령들을 때려죽이는 중이었다. 마도레스는 정령이 마치 프치얼이라도 되는 것처럼 굴고 있었다. 정령들은 하나둘씩 처참한 죽음을 맞이했다. 몇몇 용감한 정령이 넝쿨을 움틔우며 반격을 시도하려 했지만 그의 강력한 손아귀 앞에선 소용없었다.

— 씨발년들이 어디서 감히!

수액이 피처럼 튀겼다. 마지막으로 살아남은 정령은 어떻게든 도망치려 기를 썼지만 마도레스의 발에 밟혀 머리가 터져 죽었다. 펑. 이보다 더 간단한 일이 없을 지경이었다.

그런데 아무리 화풀이를 해도 마음이 썩 흡족하지가 않았다. 이건 프치얼과 샤이카네도를 직접 패지 않는 이상 풀리지 않을 울화였다. 아니, 샤이카네도야 원래 난잡한 여자니까 그렇다고 칠 수 있어도 프치얼은 정말 뭐란 말인가?

사실 원래는 당장 프치얼의 딸을 가장 잔인하게 희롱하며 찢어 죽일 생각이었다. 그런데 평소였더라면 제 신전에서 얌전하게 기다리고 있었을 그년이 없었다. 그래서 대체품으로 정령 따위나 손질하게 된 것이다.

— 도대체 어딜 간 거야?

마도레스는 그렇게 외치면서도 프치얼의 딸이 왜 없는지는 궁금해하지 않았다. 그냥 대강 산보라도 하러 나갔겠지. 그년은 마도레스의 협박 아닌 협박으로 쏘아진 알티카의 사랑의 화살에 맞아 자길 평생 사랑해야 하는 운명이니까, 언젠가 돌아오겠지. 그럼 그때 죽이면 된다.

— 죽여 버린다, 반드시 죽여 버릴 거야!

기다리기가 고될 뿐이었다.

⚜ ⚜ ⚜

뮈블랑은 꿈을 꿨다.

아름다운 이가 나오는 꿈이었다. 압도적인 미가 경악을 불러일으킬 정도의 여자.

무슨 대화를 했는지는 기억나지 않는다.

깨어났을 때 뮈블랑은 웬 망토를 덮고 있었다. 금박 무늬가 자잘하게 새겨진, 살짝 남색이 도는 망토. 향긋한 향유 내음이 감도는 걸 보면 귀한 몸이 사용하던 망토 같은데……. 왜 그런 망토가 그녀에게 덮어져 있지?

분명 밀렌도요프에겐 이런 망토가 없었을 텐데?

순간적으로 소름이 끼친 뮈블랑은 망토를 냅다 쳐 냈다. 망토는 무저항으로 바닥에 풀썩 떨어졌고 뮈블랑은 헉 허억 숨을 들이켜며 이불 시트를 쥐어짜듯 붙잡았다. 뭐라도 붙잡지 않으면 당장이라도 현실로부터 유리될 것만 같았다.

그때 문이 벌컥 열렸다.

"카, 카산……."

그가 있었다. 뺨에 거즈를 붙인 채 문손잡이를 잡고서 자신을 바라보고 있었다. 그의 시선이 뮈블랑을 현실에 고정시켰다. 둥 하고 떠오르려던 영혼을 붙잡아 누름돌이 되어주었다.

요즘 마음이 물러졌는지 툭하면 눈물이 나려 해서 곤란하다. 고개를 흔든 뮈블랑은 상체를 일으켜 앉았고 카산이 그녀를 도왔다.

"뮈블랑, 괜찮아? 어디 아픈 곳 없어?"

그런데 현실이라고 생각을 해 보자 방기해 두었던 문제점들이 새록새록 떠오르기 시작했다. 뮈블랑은 다급하게 카산의 멱살을 잡았다.

"……내가, 대체 며칠간 쓰러져 있던 거야?"

카산은 가끔씩, 깨어나자마자 이런 질문부터 시작하는 뮈블랑이 싫었다. 뮈블랑을 사랑하지만, 제 목숨과 뒤바꿀 수 있을 만큼 사랑하지만, 그래도 싫은 건 싫은 거였다. 자기 자신을 조금이라도 걱정하길 바라는 게 그리 무리일까? 왜 뮈블랑은 자기 보호의 개념을 모르는가? 그는 미간을 일그러뜨리며 애써 다정한 목소리로 말했다.

"진정해 봐, 뮈블랑."

그러나 뮈블랑은 강박적으로 외칠 뿐이었다. 그녀는 푸들푸들 떨리는 손아귀로 멱살을 잡은 손에 힘을 주었다.

"게임은? 시작된 건 아니지? 대답해!"

카산은 질려 대답했다.

"겨우 하루밖에 안 지났어."

뮈블랑은 그제야 손톱에서 피가 나도록 붙들고 있던 멱살을 놓았다. 맥이 풀렸다. 그러나 아직 이럴 때가 아니라는 경종이 신경을 곤두세우게 했다. 그녀는 부들부들 떨며 퍼뜩 일어섰지만, 다리에 힘이 없어 그대로 바닥에 풀썩 주저앉아 버렸다. 카산은 그녀를 침대 위로 올려준 다음 일어나지 못하게끔 어깨를 내리눌렀다.

"뮈블랑, 앉아. 카일룸을 불러올게."

"아, 안 돼……. 가지 마!"

다급하게 소리친 뮈블랑은 손가락으로 허공을 몇 번 헤집다가 가까스로 카산의 옷깃을 붙잡았다. 곧장 카일룸에게 향하려던 카산은 눈을 깜빡였다. 마치 자신에게 의존하는 듯한, 겁을 먹은 태도……. 뮈블랑답지 않았다. 꿈에서 무슨 일이 있기라도 한 걸까? 카산은 저도 모르게 심각한 표정으로 뮈블랑 앞에 한쪽 무릎을 꿇었고 뮈블랑은 푸르르 하고 뺨을 떨다 빠르게 말했다.

"저…… 저 망토, 누가 올려 뒀어?"

"망토? 무슨……."

"망토! 누가 올려 뒀냐고!"

뮈블랑은 마치 발작하듯 소리 질렀다. 그녀가 손가락질하는 방향을 응시하자 본 적 없는 망토가 내팽개쳐져 있었다. 누군가 침입하기라도 한 것일까? 놀라 자빠질만도 한 상황이었지만 카산은 그녀의 격정에 휘말리지 않고 침착하게 망토를 검집으로 들어 올렸다. 뮈블랑은 숨을 헐떡이며 속사포로 추궁했다.

"네가 올려 둔 거 아니지? 공주님도 아니지? 이걸 입고 있던 모습을 본 적이 없거든! 그럼 누가 여기에 들어왔단……. 제기랄!"

"일단, 뮈블랑, 진정해."

"진정은 개뿔! 너라면 진정할 수 있겠어? 독이 있을지도 몰라, 카산, 호흡 조심하고, 아니 그냥 만지지 마! 내려놔! 위험하니까 이 방에서 나가고, 나한테 다가오면 안—"

"뮈블랑!"

고성에 깜짝 놀란 뮈블랑은 열병을 앓다 깨어난 아이처럼 달뜬 눈으로 카산을 보았다. 검집과 망토를 아무렇게나 내팽개친 카산이 그녀의 어깨를 세게 잡고 있었다. 그런데 당장 저 위험천만할지도 모를 망토가 내던져진 것에는 시선이 가지 않았다. 그저 너에게만 집중됐다. 가쁜 호흡이 섞이고, 눈앞에는 보리색 눈동자, 라벤더 꽃물이 언 것처럼 몽환적인 색채가 걱정으로 한껏 물들어 이지러지는 모습을 보자,

느리게, 이성이 돌아온다.

"……내가 좀 흥분했다. 미안."

뮈블랑은 손바닥을 내밀며 날숨을 길게 뺐다. 느린 호흡과 대조되게 빠르게 맥동하는 심장 박동이 정신을 사납게 만들었다. 아마도 그 탓이었으리라. 정신없이 제 할 말만 쏟아 내고야 말았던 것은 말이다. 그러나 얼어붙은 꽃물 같은 눈동자가 느리게 녹아내리는 것을 바라보고 있자 차츰 둔중한 울렁거림이 가라앉았다. 뮈블랑이 진정한 것을 확인한 카산은 고개를 저으며 담담하게 대꾸했다.

"아냐. 놀랄 만했어. 보안이 철저하지 않았다는 거니까 나한테 화내도 돼."

뮈블랑은 빠르게 저 말의 이상한 점을 잡아냈다.

"너 설마 나 지키고 있었냐? 공주님은! 카일룸은 그 일 하고 있으니까 공주님 전담 못 했을 거 아냐!"

카산이 차마 눈을 맞추지 못하겠다는 양 고개를 돌렸다. 뮈블랑은 양손으로 카산의 뺨을 잡은 다음 시선을 제게로 고정시켰다. 꽤나 낭만적인 장면이었지만 당사자들은 전혀 느끼지 못했다. 도리어 살벌한

분위기였다.

"대답 안 하냐, 엉?"

"그, 엠버 페르체도에게 말……."

열받은 뮈블랑이 제자리에서 펄쩍 뛰어올랐다.

"야! 그 인간의 뭘 믿고! 이야기꾼 행세나 하고 돌아다니는 정신 나간 양반에게 공주님을 맡겼다고?!"

"정신 나간 양반이라 미안하군그래."

웬 목소리가 그들 사이를 가로지른 이후 열린 문 사이로 엠버 페르체도의 채도 옅은 갈색 머리카락이 불쑥 보이더니만 그녀의 건장한 몸 뒤로 가냘픈 요정 같은 밀렌도요프가 쏙 하고 머리를 디밀었다. 바로 옆방이니까, 소란을 듣고 찾아온 모양이었다. 밀렌도요프의 하늘색 눈동자엔 눈물이 벌써 그렁그렁했다.

"뮈블랑! 깨어났구나!"

"앗, 우리 울보 공주님이다."

"울보라구 하지 마! 이이잉!"

요 근래 지키던 근엄한 모습은 어디로 갔는지, 뮈블랑에게로 달려가 그녀의 허리를 꼭 끌어안은 밀렌도요프는 펑펑 눈물을 쏟아 내기 시작했다. 뮈블랑은 못내 아프게 웃으며 그녀를 마주 안았다.

"왜 그런 위험한 선택을 했어, 으응? 일부러 그런 거잖아! 난 알아, 네가 일부러 프치얼 님의 강림을 유도했잖아!"

"그게 가장 효과적……. 아, 맞아! 퍼뜨렸나요? 신들이 밀렌도요프 공주 편을 너무 사랑해서 강림도 세 번이나 했다는 바로 그 특출 난 소문! 프치얼 소네카 프치얼 순서대로! 그렇지만 프치얼 님은 딱히 영향력 없으니까 우선 전쟁의 신 위주로 폭격하는 심리전!"

"바보야, 내가 안 했겠어? 네 의견을 내가 몰랐겠냐구! 근데 앞으로는 이런 짓 하지 말란 말이야! 내가 승리해도 언니가 없으면 뭐 해!"

"방금 언니라고 하셨네요. 하하, 오랜만이다."

"사소한 거에 시비 걸지 마!"

"귀여우셔라."

"뭐블랑!"

"그러나 공주님."

뮈블랑은 더없이 사랑스러운 것을 보듯이 밀렌도요프를 내려다보며 그녀의 황갈색 머리카락을 쓰다듬었다.

머릿결은 부드럽고 향유 내음이 났다. 푸석푸석하던 과거와는 다르다. 지금 그녀에게 주어지는 것들은 무엇이든 최상급이다. 그녀가 왕위 후세를 두고 성생을 벌이고 있기 때문에. 이 모든 세세한 대우의 차이, 다만 동등한 대결을 벌이게 되었기에 예비되는 모든 권리. 그렇기에 뮈블랑은 밀렌도요프가 왕이 되길 원한다. 그녀가 이 모든 대우를 그대로 돌려줄 사람임을 알기에.

"나는 당신의 종이에요. 당신의 승리를 위해서라면 무엇이든 할 수 있단 말이에요……."

말끝을 길게 늘였다. 새파랗게 빛나는 밀렌도요프의 눈빛을 받고 있기 힘들었기 때문이었다. 뮈블랑은 뺨을 긁으며 고개를 돌렸다.

"애당초 내가 죽지 않으리란 확신이 있었던 것도 맞지만요. 나라고 내가 안 소중한 건 아니라고요? 나도 살고 싶어요. 살 거예요. 그러니까 걱정하지 않아도 됩니다."

밀렌도요프가 울컥해 외쳤다.

"네가 그렇게 위험하게 구는데 어떻게 걱정을 안 해!"

"나는 강해요, 공주님."

그러니까 도대체 어떻게 강해진 거냐고.

묻고 싶었지만, 어차피 또다시 회피당할 것을 알기에 묻지 않는다. 밀렌도요프는 오늘도 물음을 삼킨다.

이 또한 밀렌도요프가 선택한 길이다. 왕이 되는 길. 알아도 모르는 척해야 하는 삶. 그러니 그것으로 인해 사랑하는 '가족'이 다치는 것을 두고 보기만 해야 하는 것일까? 어차피 희생은 불가피하다. 그렇다면 가족의 상처만을 마음 아파하고 회피하고 싶어 하는 것은 그저 알량한 기만이고 오만일까? 그렇다면 밀렌도요프는 대체 어떻게 해야하는가? 지금 와서 도망치는 것은 용서받을 수 없는 죄악이다. 이토록많은 이들을 끌어들여 놓고 소중한 이들만 챙겨 도피한다고? 하! 그같잖은 수작이란! 시작한 이상 이어 나가야만 하는데, 문제는 그 과정에서 불가피하게 벌어질 희생을 감당하기에 그녀의 영혼이 너무도 유약하지 않느냐는 것이다.

'그러나.'

그녀는 무너지고 싶지 않다. 죽음을 가벼이 여기고 싶지 않다. 그래서 그들 하나하나의 죽음에 무너질 만큼 고통스러울지언정 고통을 느낄 수 있단 사실에 안도를 느끼고 싶다. 앞으로 시작될 게임 앞에서, 굳건히 그들의 앞을 지킬 순 없더라도 같이 울어 줄 수는 있잖아.

"그래도 다치지 마."

안타깝게도 사랑에 차등은 존재한다. 울음에도 깊이가 존재한다. 모든 이를 공평하게 사랑해야 하는 왕은 사랑에 차등을 두지 말아야하는가? 사랑에 차등을 두지 않는다면 그자를 인간이라 부를 수 있는가? 애당초 사랑에 공평이란 말이 어울리기는 하는가? 온갖 물음이들끓는다. 밀렌도요프는 결국 이 말밖에 하지 못했다.

"네가 죽으면 나는 너무 슬플 거야."

"에이, 공주님."

그리고 뮈블랑은 언제나처럼 인성 더럽게 웃는다.

"앞으로 닥칠 일은 나중에 생각하자고요."

잠시 뮈블랑에게서 시선을 뗀 밀렌도요프는 카산의 인도에 따라 방으로 들어오는 카일룸에게 인사한다. 끝내 죽지 않겠다는 말은 해 주지 않는구나, 그런 생각을 하며.

"이 망토는……."

카일룸이 망토를 꼼꼼히 살펴본 후 중얼거리자 뮈블랑은 성격 급한 걸 티 내기라도 하는지 대뜸 물었다.

"뭔가요?"

카일룸은 대꾸하지 않고 결계부터 쳤다. 뮈블랑이 발을 동동 굴렀다.

"뭐냐니까요."

"저승의 신 라우코네스의 망토입니다."

"에엥."

뮈블랑은 그게 왜 내 품에 있었느냐는 듯한 표정을 지었고 카일룸은 당혹스럽게 망토를 내려다보았다.

"이게…… 여기 있을 리가 없는데. 혹시 꿈에서 신을 만나 보지 않으셨습니까? 라우코네스 님은 살짝 보랏빛이 도는 검은 머리카락에 검은 피부를 가진 남신인데요."

"아니 나 왜 이렇게 신들에게 인기 많담. 카산 너 긴장해야겠다."

카산이 똥 씹은 표정을 했다. 뮈블랑은 뒤늦게 고민하는 척을 했다.

"음…… 절세미인이 나오는 꿈은 꿨는데요. 몽정인 줄."

사레가 들린 카일룸이 한참을 컥컥댔다.

"그, 그렇군요."

"농담이었어요. 뭘 그런 것 갖고 놀라요. 총각처럼."

"쿨럭!"

밀렌도요프가 끼어들었다.

"그거 성희롱이잖아. 사과해."

"죄송함다."

엠버 페르체도가 호탕하게 웃었다. 맥시밀리언은 웃지 못했다. 개중에 제일 오래 살며 별별 꼴을 다 봐 온 카일룸이 제일 먼저 정신을 차렸다. 그는 이성적으로 질문했다.

"혹시 금색 곱슬머리에 녹안을 가진 하얀 피부의 여성이었나요?"

"헐, 네. 맞아요. 진짜 사람 한둘이 뭐야 수천수만을 죽여도 할 말 없을 얼굴! 보자마자 무릎부터 꿇려지던데?"

"……어, 네, 그렇군요. 미의 여신 샤이카네도일 겁니다. 그녀가 무슨 소릴 했는지 기억나진 않으시나요?"

"음, 모르겠어요. 일단 제가 무릎 꿇은 건 기억나고요."

"진짜 꿇은 거였군요……."

"예, 뭐……."

삽시간에 서먹해졌다. 뮈블랑은 카일룸을 이해하지 못했고 카일룸은 뮈블랑을 이해하지 못했다. 그들이 애매한 눈빛으로 서로를 응시할 때 밀렌도요프가 끼어들어 묘한 공기를 거두었다.

"미의 신 샤이카네도께서 어째서 뮈블랑의 꿈에 나타나 저승의 신 라우코네스의 망토를 덮어 주고 가셨을까?"

뮈블랑이 대뜸 손바닥을 맞부딪쳤다. 짝!

"나를 저승으로 끌고 가려고!"

"……그건 아닐 겁니다."

카일룸이 침착하게 대응했다.

"그럴 셈이었다면 망토를 주지도 않고 그냥 끌고 갔겠지요. 제가 생각하기엔 선물인 것 같습니다만, 문제는 그 이유를 모르겠다는 것이겠지요."

"끄으응. 내가 기억해 낼 수만 있으면 모든 게 편해질 텐데. 카일룸, 나에게 세뇌 마법 같은 거 못 걸어요?"

그리고 뮈블랑은 사람의 표정이 그토록 섬뜩하게 우아해질 수 있단 사실에 놀랐다.

"……제가 뭐 잘못 말했어요?"

"뮈블랑. 그대 세뇌 마법에 대해 어디에서 들었습니까?"

카일룸은 평상시대로 온화하고 나긋한 모습이다. 색소 엷은 백금의 머리카락은 목을 덮는 길이로 단정하게 살랑거리고 푸른 핏줄이 투명하게 비치는 허연 피부는 여전히 말갛다. 다를 것 하나 없다.

그런데 무언가가 다르게 느껴졌다. 그가 여태껏 곱게 갈무리해 두었던 신성이 얇은 천 한 장 뒤에서 소용돌이치듯 오싹했다. 그 웅대한 힘은 똬리를 튼 뱀처럼 위협적이었다. 뮈블랑은 차마 견디지 못하고 손목에 묶어 두었던 비수를 뽑으려 했지만 밀렌도요프가 그녀의 손을 잡아 성급함을 제지하며 외쳤다.

"바벨의 주인 카일룸. 그대 이토록 자제력이 없는 위인이었습니까?"

느릿하게, 카일룸의 기세가 시그러졌다. 그는 아찔한 듯 손바닥으로 이마를 짚곤 눈매를 찡그렸다.

"미안합니다. 내가 흥분한 모양이에요. 그 일은 내겐 역린과도 같은 부분이라……. 그래서 누구입니까, 그대의 귀에 그것을 흘려 넣은 자는."

뮈블랑은 여기서 순순히 대답하면 음경 되리라는 것을 직감했다. 카일룸에 의해서 유닷테가 또는 유닷테에 의해서 자신이.

"그 뭐 노예로 살다 보면 별별 소릴 다 듣게 되잖습니까. 그런 거였어요."

"그래요?"

"네."

그런데 잘 생각해 보니 반신쯤 되는 인물이라면 인간의 마음 따윈 손쉽게 읽을 수 있지 않을까? 그에게 거짓을 고하는 것만큼 아둔한 짓도 세상에 따로 없을 것 같았다. 지금이라도 사실을 말해야 할지 고민하는데 카일룸이 후 하고 한숨을 쉬며 고개를 돌렸다.

"유닷테……."

"커헉."

역시 마음을 읽을 줄 아나 봐!

"그녀가 마법사들을 거두었단 소식은 들었지만……."

"세뇌 마법이 문제라면 마음을 읽는 것도 무례한 일인 것 같은데요!"

뮈블랑은 열심히 시비를 걸었지만 전혀 통하지 않았다.

"저는 마음을 읽을 줄 모릅니다."

"네?"

"그저 추론을 했을 뿐이랍니다."

추론, 추론이라고……. 속았다 이거지! 방그레 웃는 얼굴이 재수 없었다. 뮈블랑은 고개를 돌렸다. 그러자 바로 옆에서 저를 똑바로 쳐다보고 있는 밀렌도요프와 눈이 마주쳤다.

"꽥!"

요상한 비명을 질러 버린 뮈블랑은 그대로 폴짝 뛰어올라 공중을 세 바퀴 돌고 서랍 위에 안착했다. 밀렌도요프는 깔깔 웃으며 손뼉을 쳤지만 그녀의 속은 새까맣게 타들어 가고 있었고 뮈블랑도 그것을 모르는 바가 아니었다.

"우하핫! 한 번 더 보여 드릴까요?"

"응응! 한 번 더 보여 줘!"

그러나 뮈블랑은 차마 밀렌도요프에게 자신이 암살자였음을 고백할 용기가 나지 않았다. 그녀는 분명 뮈블랑이 억지로 살인에 이용되었을 거라 생각하겠지만 사실 그 모든 것은 뮈블랑의 선택이었고, 뮈블랑은 그 진실이 딱히 부끄럽지도 않았다. 까닭은 카일룸에게 외쳤던 말과 똑같다. '왜 제가 사람을 죽이면 안 됩니까? 다들 죽이잖아요!' 그래, 바로 이 말. 그네들도 다 남을 죽이는데 왜 자신만 안 되는가? 부조리하다! 살육 없는 삶은 존재하지 않는다! 그러니 자신 또한 살인을 한다 한들 대체 무어가 바뀌느냐고!

"그리고 카일룸, 저랑 따로 대화 좀 해 주실래요?"

"물론입니다."

그런데 어째서일까, 밀렌도요프 앞에서 이런 말을 할 순 없단 생각이 들었다. 무언가 부끄러웠다.

무엇이 그리도 부끄러웠을까.

⚜ ⚜ ⚜

오늘은 두 번째 경합이 발표되기 하루 전이다.

그들은 경합은 시작도 안 했는데 죽어 가고 있었다.

원인은 유닷테였다.

"아, 유닷테! 왜 와서 우릴 귀찮게 해요?!"

"쯧쯧, 미적 감각 뒤떨어지는 것들 하곤 이래서 말을 섞으면 안 된다니까. 넌 가만있기나 해. 내가 다 알아서 해 줄 테니."

뮈블랑의 가슴팍에 마흔여덟 번째로 브로치를 바꿔 단 유닷테가 붉은 입술을 부채로 가리며 요염하게 웃었다.

"두 번째 경합 발표 날, 가장 빛나는 존재는 너희가 될 거야."

첫 경합 발표 순간 방송을 통해 그네들의 꾀죄죄한 몰골을 보고 충격을 받았던 것이 이 모든 사건의 시발점이었다. 욘고프 영지에서 편안하게 다리를 꼬고 마시멜로를 넣은 핫초코를 마시며 방송을 보려던 유닷테는 자기가 보낸 돈과 보석을 다 어디다 썼느냐며 분개하느라 핫초코를 다 엎어 버렸다. 그래서 수도에 도착한 후 그들을 데리고 의상점과 보석상을 싹 돌기 시작한 것이다.

"최소한 연락이라도 진즉 해 줬어야지!"

"내가 왜? 뮈블랑, 나는 네가 놀라 기겁하는 모습이 보고 싶어 이리 찾아온 거라고. 알겠느냐?"

"이, 이 개 같은—!"

유닷테가 지그시 뮈블랑을 바라보았다. 뮈블랑은 불끈 쥐었던 주먹을 사르르 풀며 헤헤 웃었다.

"—저와 위대하신 우리 유닷테 님."

"그래, 착하지."

빌어먹을……. 뮈블랑은 유닷테에게 조신하게 쓰다듬을 받다가 문득 시선이 느껴지는 방향을 바라보았고 아까부터 어째서인지 심기가 굉장히 불편해 보이는 밀렌도요프를 발견했다. 뮈블랑은 어째서일까 곧장 고개를 돌려 버렸고 엠버는 그 광경을 가만히 응시하다가 유닷테에게 말을 걸었다.

"이봐, 유닷테. 나는 안 꾸며 주는 거야? 이거 슬픈데."

"너는 주인공이 아니잖니. 질척거리지 마. 매력 없어."

"아니, 나는 네가 주인공에게 인사도 안 하기에 누가 주인공인지 잊어버렸나 했지."

뼈가 담긴 말에 유닷테의 눈매가 더욱 가늘어진다.

그렇다, 유닷테는 도착한 이래 밀렌도요프에게 인사는 무슨 말도 걸지 않았다. 무례하다 못해 무엄한 짓이다. 그러나 밀렌도요프가 정당한 왕위 후계권을 가진 왕족이어도 유닷테는 인사하지 않았을 것이다.

유닷테가 누구인가!

대륙 전체에 영향력을 가진 바흐무트 상단의 주인이자 욘고프 영주인 유닷테는 교단마저도 함부로 대하지 못할 만큼 강대한 부를 쌓은 자이자, 마법사들의 군주지 않은가!

그러니까, 바꿔서 생각하자면, 유닷테 입장에서는 밀렌도요프의 인사를 기다려 준 것이리라. 아량을 베푼 건지 유닷테치곤 온건한 대응이었다. 그러나 밀렌도요프는 쉽사리 고개를 숙이지 않고 그저 평온하게 뮈블랑과 유닷테의 소란을 관조했다. 그리고 엠버는 그들의 기싸움을 수면 위로 올리고 밀렌도요프의 편을 든 것이다.

유닷테가 야살스럽게 웃으며 제 밋밋한 가슴팍에 손을 올렸다.

"자기, 서운하네. 우리 사이에 그러기야?"

"질척거리지 말라 한 주제에 자기는 무슨. 네가 좋아하는 그 주인공 여기 계신다. 똑바로 해."

엠버 페르체도는 밀렌도요프의 어깨에 손을 얹고 그 뒤에 섰다. 유닷테는 깔깔깔 웃어 재끼곤 싹 표정을 바꾸었다.

놀랍도록 소름 끼치는 무표정이었다.

"같잖네, 엠버 경?"

"무어라 했나, 욘고프 백작?"

그 기세 속에서 카산 또한 밀렌도요프의 옆으로 자리를 옮겼건만 뮈블랑은 유닷테의 손아귀 아래에서 벗어나지 못했다. 그러자 자연스레 모두의 시신이 뮈블랑에게로 향했다. 이건 마치 전 애인과 현 애인 사이에 끼인 기분이었다. 전 주인과 현 주인이라니, 젠장!

"······그, 인사해야죠, 유닷테?"

물론 뮈블랑은 밀렌도요프의 편이었다. 암만 그래도 유닷테의 가느스름한 눈매가 저를 잡아먹을 듯이 바라보는 건 견디기가 힘들었지만 말이다.

"뮈블랑, 나와 함께한 시간을 잊어버린 것이냐?"

"아하하, 거참, 공주님 앞에 인사하지 않는다뇨. 제국의 백작이라 한들 왕족에 비할 바는 아님을 알고 계시잖습니까."

"쯧. 이 혓바닥이 신들마저 홀라당 홀려 먹었겠지. 아주 잘났다, 잘났어. 페르체도의 주인에게 나를 팔아먹은 것도 모자라 나에게 저 꼬맹이를 왕족 대우 해 주라고? 네가 생각해도 어이없지 않니?"

황제를 페르체도의 주인이라 지칭한 부분에서 유닷테란 인간의 담대함을 짐작할 수 있겠다······. 뮈블랑은 심장이 튀어나올 것 같아 엠버 페르체도를 흘긋 쳐다보았지만 그녀는 어깨를 으쓱할 뿐이었다. 결국 뮈블랑은 미간을 찌푸리며 대답했다.

"황제 폐하께 당신을 팔아먹다뇨. 공주를 왕으로 만들자고 제안한 사람은 당신이었어요. 이 정도는 도우셔야지. 그리고 왕으로 만들자고 직접 말씀하셨으면서 대우도 안 하려 했습니까?"

"당연하지. 내 도움 없인 왕도 되지 못할 새파란 애송이를 내가 왜? 남들 앞에서야 무릎도 꿇어 주마. 그러나 사적인 자리에선 안 돼. 이제 납득이 되느냐? 뮈블랑 너는 현명한 아이니까 내 말을 이해하겠지?"

뮈블랑은 납득했다. 그러니 밀렌도요프도 납득할 거라고 생각했다. 그러나 밀렌도요프는 납득하지 않았다. 지원을 받기 위해서 숙여야 한다는 건 알았지만 만만하게 깔아 보는 시선을 수긍할 정도로 소심하진 않았다.

"내 인사를 먼저 하는 것은 상관없습니다, 유닷테."

유닷테는 쳐다보지도 않고 설렁설렁 대답했다.

"그러하냐?"

"그러나 다른 이들의 앞에서 내 앞에 무릎을 꿇겠다던 그 말만큼은 꼭 지켜 주어야겠군요."

유닷테의 눈이 조금 크게 뜨였다.

밀렌도요프는 쐐기를 박았다.

"언제 꿇겠습니까?"

뮈블랑은 육성으로 웃음을 터트렸다가 유닷테에게 귀가 잡혔다. 유닷테는 뮈블랑의 비명 속에서 밀렌도요프를 똑바로 응시하며 대꾸했다.

"내일로 하지."

"좋습니다. 그럼 마저 꾸미도록 하지요. 단, 나와 뮈블랑은 코르셋을 착용하지 않을 것입니다. 그 점 명심하십시오."

"뭐, 그러려무나."

"꺄아아악! 으하핫, 끄아아악! 악! 너무 웃긴데 너무 아파! 이것 좀 놓으란 말예요, 유닷테에에에에!"

귀가 시뻘게진 뮈블랑은 씩씩거리며 유닷테를 노려보았고 유닷테는 마흔아홉 번째 브로치를 뮈블랑의 가슴팍에 달아 주며 속삭였다.

"네 공주, 꽤……."

"귀여우시죠!"

"……."

콩깍지란 무서운 것이구나. 유닷테는 생각했다.

"네 눈엔 저게 귀여우냐? 저 속내 시커먼 것이?"

어이가 없었다. 저 꼬마 계집애는 황제도 유닷테를 무릎 꿇려 본 적 없다는 걸 모르기에 저리 당당하게 요청한 것일까? 그러나 밀렌도요프의 지적 수준이라면 그 정도를 모를 리는 없을 텐데. 어쨌거나 뮈블랑의 주인이라 그런지 만만찮은 건 아주 똑같았다. 유닷테가 그리 생각할 즈음 뮈블랑이 무심코 속내를 내뱉었다.

"지 속내가 더 시커머면서……."

유닷테가 즐겁다는 양 웃으며 뮈블랑의 어깨에 손을 얹었다. 뮈블랑은 뒤늦게 자신이 무슨 말을 내뱉었는지 깨닫곤 제 입을 막았다.

"네가 죽고 싶어 아주 환장을 한 모양이지?"

뮈블랑은 도리질 치며 뒷걸음질 치다가 누군가의 가슴에 머리를 부딪쳤다. 뒤를 돌아보자 카산이 서 있었다. 카산은 뮈블랑을 다정스레 내려다보며 그녀의 어깨에 얹어진 유닷테의 손목을 잡아 올렸는데, 그 즉시 유닷테의 뒤에 서 있던 여자의 지팡이에서 마법진이 세 개 떠올랐다. 뮈블랑은 즉각 밀렌도요프의 앞으로 굴러가 비수를 빼 들었고 카산 또한 검집을 움켜쥐었다. 밀렌도요프가 차마 눈으로 따라잡지도 못한 속도였다. 유닷테는 귀찮다는 양손을 내저었다.

"됐어. 이놈은 원래 무례하니까 일일이 반응하기엔 네 마나가 아깝다."

유닷테는 뮈블랑 같은 측근만 알고 있는 사실이긴 하지만, 마법사들의 군주답게 자기 상단이 낸 의상점에 행차하는 데도 마법사를 호위로 달고 온 모양이었다. 놀랍게도 카일룸의 마나를 겪고 나니 저런 마법사들의 마법은 무섭지도 않아졌지만 말이다. 상황이 종료되자 뮈블랑은 어깨를 으쓱하며 일어섰고 밀렌도요프가 흔들리는 눈으로 저를 보는 것을 눈치채지 못했다.

그리고 대망의 발표 날.

뮈블랑은 쉼표 머리에 컬링을 주고 다이아몬드 가루를 뿌려 안 그래도 백색처럼 빛나는 은발을 더 찬란하게 만들었다. 유닷테는 그녀에게 욘고프 백작령의 기사들이 입는 푸른 제복을 입히고 싶어 했지만 뮈블랑이 극구 거부한 결과 저승의 신이 두고 간 망토를 수선해서 입기로 했다. 밤하늘처럼 짙은 남색에 노란 별처럼 금박이 입혀진 그 망토는 지독하게 화려하고 고고해 그냥 입기엔 부담스러울뿐더러, 그것을 선물받았단 사실이 신들에게 알려지지 않는 게 좋을 거란 유닷테의 조언을 받아들였기 때문이었다.

수선은 카일룸의 마법을 빌렸다. 그래서 뮈블랑은 딱히 화려하지도 그렇다고 밋밋하지도 않은 망토를 걸치게 되었다. 안에는 하얀 셔츠에 비수와 독이 몇 개 대롱대롱 달린 하네스를 걸쳤다. 꽤 단순한 꾸밈이었지만 카산은 더했다. 카산은 은빛 갑옷을 입고 머리카락을 반 묶어 늘어뜨렸을 뿐 별다른 치장을 하지 않았던 것이다. 뮈블랑은 카산이 화장을 하지 않은 것을 안타까워했지만 정작 본인도 안 했다. 어차피 주인공은 그들이 아니었으니 말이다.

밀렌도요프는 붉은 망토를 펄럭이며 걷는다.

이곳이 단순한 광장이 아니라 마치 대관식장인 것처럼 보이게 만드는 휘황찬란함이다. 카마이유가 두른 망토가 넝마처럼 보일 지경이다. 황금이 수놓아지고 다이아몬드 가루가 빛나는 망토가 휘날리며 모자람 없이 왕의 기품을 드러낸다.

모두가 그녀를 바라보고 있다. 여자가 어찌 왕이 되느�
 사람들의 비웃음을 가뿐히 꺾어 버릴 만큼 위풍당당하게 걸음이다. 밀렌도요프를 뒤를 따르던 뮈블랑은 불현듯 광장으로 내려오는 유닷테를 보며 그녀의 말을 떠올린다.

'뮈블랑, 너 내 아래에서 지낸 주제에 아직도 모르느냐? 겉모습은 여론을 조장하는 하나의 무기다. 물론 너는 힘만을 쫓는 멍청이니까 모르겠지마는 인간은 누구나 진흙 속의 원석보단 빛나는 유리에 눈이 가게 되어있어. 내가 그것을 보여 주마.'

유닷테는 마치 자신이 황비라도 된 양 보랏빛 벨벳으로 이루어진 드레스를 입고 황금으로 만들어진 월계관으로 밝은 청록색 머리를 틀어 올린 채 광장을 가로지르고 있다. 외부인이 광장에 들어가는 것은 제지해야 마땅한 상황이지만 황제는 아무 말도 하지 않는다. 오히려 기대감에 벅차오르고 있다. 자신을 불가능에 도전하게 만들고 엠버 페르체도를 복종하게 만든 공주가 또다시 어떤 기적을 보여 줄지 궁금해 두근거림이 멈추지 않는다.

그리고 기어코 유닷테가 무릎을 꿇었을 때,

모두의 경악 어린 비명 속에서 황제는 패배감과 기쁨이란 양가감정에 얼굴을 일그러뜨리며 웃는다.

그녀가 선택한 공주는 역시 기적이다.

"나의 왕, 밀렌도요프여!"

카메라가 연신 유닷테와 밀렌도요프를 비춘다. 어느 영리한 마법사는 분노와 당혹감을 참지 못하고 엉망진창이 되어 버린 카마이유의 얼굴을 확대해 송출하기도 했다. 카메라 플래시 아래에서 밀렌도요프의 머리카락과 망토에 알알이 뿌려진 보석 가루는 더욱 황홀하게 빛났다. 유닷테는 은근하게 목소리를 깔며 눈을 가늘게 떴다.

"부디 승리하시기를."

그러자 밀렌도요프는 유닷테의 머리에 손을 얹으며 부드럽게 속삭인다.

"그래, 나의 종, 유닷테, 바흐무트의 주인이자 욘고프 백작아. 너의 헌신에 감사한다."

원래 밀렌도요프에게는 주어진 대사가 없었다. 다시 말해 이건 밀렌도요프의 돌발 행동이었다. 그러나 유닷테는 추호도 표정을 흐트러뜨리지 않았다. 도리어 감읍한다는 양 제 머리 위의 월계관을 밀렌도요프에게 건네고 눈을 감았다.

월계관을 쓴 밀렌도요프는 가장 큰 카메라를 정면으로 응시한다.

"제게 발언을 허락해 주시겠습니까, 위대하신 황제 폐하."

"말하라."

그 새파랗고 투명한 눈동자로.

"경합이 시작되었을 때, 내 승리를 점치는 자들이 거의 없었을 것을 안다. 그러나 누가 이겼는가?"

밀렌도요프는 유닷테가 무릎 꿇을 것을 약속했을 때부터, 그리고 카일룸과 단둘이 대화했을 때부터 오직 이 순간만을 기다렸다. 카일룸은 그녀에게 조언했다, 지금의 네 세력에선 네가 보이지 않는다고. 뒷배인 황제와 유닷테, 그리고 신을 강림시키기까지 한 뮈블랑과 전 대륙에 명성을 떨친 카산만이 보인다고.

그러나 그녀는 그녀 자체로 인정받아야 했다.

"승리가 나의 힘이 아니라고 폄하할 자들에게 말한다, 눈이 있다면 똑바로 보라! 나는 바흐무트 상단주를 무릎 꿇린 유일한 자다. 또한 신의 강림을 이루어 낸 자와 검투사 '카산'의 주인……."

그때 돌발적으로 용병들이 '카산'을 연호하기 시작했다. 밀렌도요프는 당황해 어쩔 줄을 몰랐으나 다행스럽게도 카메라들은 용병들을 비추었고 그 덕에 그녀의 당혹스러운 표정은 화면에 송출되지 않았다. 그때 유닷테가 밀렌도요프의 손을 꽉 잡고 사납게 쏘아붙였다.

"일을 벌였으면 똑바로 해. 이곳은 네 어미의 품이 아냐. 현실이다."

그 말에 가까스로 정신이 든다. 밀렌도요프는 식은땀이 축축하게 맺힌 손을 말아 쥔다. 머릿속은 어지럽고 다음 대사를 무엇으로 정해 두었는지도 기억나지 않고 사람들의 시선은 무섭고 두렵고 그렇지만 분명한 하나, 하나가 있기에 용기 내어 말한다.

"내가 증명되지 않았노라 주장하는 자들에게 묻는다, 이 모든 업적이 나의 힘이 아니라면 대체 누구의 것인가?"

그녀는 그녀의 사람들을 지켜야 한다.

"갑작스럽게 인터뷰 같은 분위기가 되어 묻는 것인데."

또다시 돌발적인 목소리가 터져 나왔으나 이번에는 놀라지 않았다.

카마이유가 사납게 웃으며 다가오고 있었다.

"도대체 네 주제에 무얼 할 줄 안다고 그따위 소리를 지껄이는 것이냐? 네년의 무리는 단 한 명도 축복을 받지 못했어! 전쟁의 여신 소네카 님의 강림? 하! 그야 당연히 네년의 무리에게 경고를 전하기 위함이겠지! 휘황찬란하게 꾸미면 왕이라도 될 수 있을 것 같았느냐? 고작 계집 주제에?"

카메라가 흥미진진하게 대립을 찍어 댔다. 밀렌도요프는 저도 모르게 전신이 떨려 오기 시작했지만, 그 문구가 떠오르자 떨림이 잦아들었다. '한 번 일어난 일은 다시는 일어나지 않을 수도 있지만 두 번 일어난 일은 반드시 다시 일어난다.' 밀렌도요프는 말했다.

"밤마다 여자를 살해하는 주제에 뭐가 그리 잘났다는 겁니까?"

"너……!"

"아틸라 도시연합국에 고합니다! 4왕자의 성벽은 고약합니다. 아드리안 공작가와 슈메프 후작가는 그 사실을 감추었지요! 아틸라 국은 소네카 님이 딸의 고통을 기뻐하실지부터 생각하십시오!"

이게 무슨 말이냐 하면, 아틸라는 소네카의 수호를 받는 도시연합국가다. 도시연합국가라 하면 우습게 보일지도 모르겠지만 '그' 소네카의 수호를 받는 국가가 어디 약하겠는가? 소네카의 영향력은 강대하다. 그래서 4왕자와 아드리안 공작, 그리고 슈메프 후작은 아틸라의 시장의 딸과 비밀리에 정략결혼을 맺어 소네카의 마음이 밀렌도요프 공주 측에 가지 않았다는 여론전을 펼치려 했다.

그런데 밀렌도요프가 그 사실을 터트린 것이다.

용병들은 저게 도대체 무슨 소리냐는 듯한 표정을 지었지만 그녀의 말을 해독할 줄 아는 자들은 놀라움을 금치 못했다. 정보망과 정치적 감각의 증명. 어느 것 하나 밀렌도요프에게 기대되던 것이 아니었다. 기대치가 없었기에 더욱이 놀라울 수밖에 없었다.

그때 1왕자가 바락바락 소리를 질렀다.

"네가 그걸 어떻게 아는 거지? 네가 처녀가 아니니까 알고 있는 거 아니겠어?"

뮈블랑은 못 참고 끼어들어 버렸다.

"그걸 논리랍시고 씨부리쇼? 아니 지금 4왕자가 우리 공주님을 강간했을 거라고 주장하면 4왕자만 곤란해지는 상황인데 처녀가 아니니까 알고 있는 거라니 이게 웬 쌉소리여."

밀렌도요프가 깔깔 웃었다. 카마이유는 쯧 하고 혀를 차며 손을 내저었고 1왕자는 곧 질질 끌려갔다.

"나는 네 몸에 손 하나 까딱하지 않았다. 동의하지?"

"수시로 때리고 만지셨지만 어쨌든 그렇다고 해 드릴게요."

카마이유는 눈을 꿈틀거렸지만 곧 온화한 체를 하며 고상하게 말했다.

"나 또한 한 가지를 고발하지. 저 계집은 마녀의 씨앗이다."

순간, 광장이 해일에 잡아먹히기라도 한 듯한 침묵이 이어졌다. 밀렌도요프의 근처에 도열해 있던 용병들이 일제히 뒤로 물러서다 넘어지기까지 할 정도로 파급력이 컸다. 언제나, 어느 시대나 마녀란 존재는 척결의 대상이었다. 뮈블랑이 걱정스럽게 밀렌도요프를 흘끔흘끔 훔쳐보았고 유닷테마저 글러 먹었다고 생각할 즈음이었다.

밀렌도요프가 너무도 환하게 웃었다.

오직 이 순간만을 기다려 왔단 듯.

"그대들은 리포터의 정체를 아는가?"

밀렌도요프가 무엇을 하려는지 깨달은 유닷테는 그만 웃음을 터트려 버렸다. 뮈블랑은 상황을 따라가지 못하고 어벙한 표정만 지었다.

밀렌도요프는 말하고 있었다.

"그대들이 바라보고 있는 이 화면이 어떻게 만들어졌는지 아는가?"

아는 자가 있을 리 없다. 왜냐고?

그야 유닷테가 알리지 않았으니까!

여태까지 유닷테는 아슬아슬하게 교단과 줄을 타는 중이었다. 어느 한쪽으로 저울이 기울면 바로 전면전이 벌어진다. 유닷테도 교단도 그것을 원하지 않기에 균형을 잡으려 노력했다. 그 과정에선 마법사의 존재를 전면으로 내세우지 않는다는 것 또한 포함되어 있었다. 그들의 존재가 대중에게 알려진다면, 교단은 그들이 자행해 왔던 마녀사냥이 그릇된 일임을 인정하지 않기 위해서 유닷테를 대대적으로 공격해야 할 테니 말이다. 그렇기에 유닷테가 당당하게 방송을 대중문화로 퍼뜨릴 수 있었던 것이다.

그리고 요 앙큼한 계집애가 지금 그 균형을 무너뜨리려고 하고 있었다.

"리포터는 마법사다!"

순간, 전 대륙 곳곳에서 비명이 터져 나왔다.

밀렌도요프는 거기서 멈추지 않고 쐐기를 박았다.

"방송은 마법으로 만들어졌다!"

광장에 모인 마법사들은 황제가 포복절도하다가 단상 아래로 굴러 떨어졌는데도 카메라를 움직이지 못했다. 그들은 유닷테에게 비밀리에 마법을 쏘아 보내느라 정신이 없었다.

— 유닷테 님! 이게 뭔 일입니까?

— 저희에게도 미리 알려 주셨어야죠! 심장 떨어졌잖아요!

그러나 유닷테는 대답하지 못했다. 일단 그녀도 모르던 일이었잖은가?

"그대들은 속아 왔다!"

음모론을 퍼뜨리기 좋은 시작이다.

"반신 카일룸이 만들어 낸 마법은 신에게 도전하려는 씨앗이 아님에도 반신 카일룸의 의도를 곡해한 자들에 의해 탄압받았다."

밀렌도요프의 연설은 지금 등장했기에 비로소 효과적인 선동이다. 사람들은 너무도 방송에 친숙해졌고 신은 차츰 멀어졌고 이제 와 교단의 말을 따르기엔 너무 많은 것을 방송으로부터 배워 버렸다. 예를 들어, '사제가 자행한 소아 강간', '교주가 자행한 비리' 따위의 교단의 악행을 말이다. 의심은 지난 5년간 이미 싹트고 있었다.

그때 끌려 나가다가 만 1왕자가 고래고래 고함을 질렀다.

"개소리 마! 마법사가 그런 존재가 아닌 거랑 네 애미가 처형당한 건 전혀 관련 없는…… 읍!"

카마이유의 기사가 1왕자의 뒷목을 쳤지만 이미 늦었다. 밀렌도요프는 이미 그의 말꼬리를 문 채였다.

"그렇다! 나의 어머니는 마법사가 아님에도 마녀라 몰려 살해당했다! 이게 무엇을 의미한다고 생각하는가?"

밀렌도요프가 폭로하고자 했던 것은 고작 카마이유의 여자 살해가 아니다.

"지금까지 자행되어 온 마녀사냥은 전부 죄 없는 여자를 죽이기 위한 수작이었다!"

그녀는 신과의 전면전에 대비하여 여론을 일구러 나온 것이다.

만약 지금이 카일룸이 살던 고대 시대였다면 비웃음거리나 되었을 말이다. 신의 영향력이 가장 강대하던 그 시대였다면 밀렌도요프는 당장에 분노한 신도들에 의해 맞아 죽었겠지.

지금이라 해서 신의 영향력이 약한 것은 아니다. 여전히 신들은 인간들의 전쟁에 뛰어들고 미녀를 강간한다. 그러나 인간들은 이제 순순히 신들의 행동을 천재지변으로 받아들이지 않았다. 언제까지고 어린 진흙 인형으로만 남아 있을 순 없는 일 아닌가. 방송을 통해, 인간들은 관성적인 신앙에 회의를 갖기 시작했다. 고로 지금이라면 통할지도 모른다. 누군가가 방아쇠를 당겨 주기만 한다면.

그리고 그 순간, 스스로 방아쇠가 되기를 자처한 소녀의 머리 위로 벼락이 쳤다.

콰과과광!

그와 동시에 공중에 육망성이 떠오르며 수천 가지의 수식과 마나를 직시해야만 이해할 수 있는 문자가 아로새겨진다. 카일룸의 마법이었나. 폭풍 같은 바람이 일대를 휩쓸었다. 그러나 밀렌도요프는 자신의 머리 위에 떠오른 격전에 시선 한번 주지 않은 채 카메라에 시선을 고정했다.

"이것을 보라! 경합이 시작된 이상 신들은 나를 죽여서는 아니 된다. 그러나 프레이는 고대로부터 이어져 온 규율을 어길 정도로 나의 발언을 두려워한다! 여자가 왕좌를 차지하는 것을 겁내는 것이다!"

콰르르릉, 쿠궁! 몇 번이고 벼락이 쳤다. 아득한 지평선을 바라보는 자만이 목도할 수 있을 시퍼런 불길 같은 벼락과 붉게 번뜩이는 마법진이 격돌했다. 맞닿음의 충격이란 거셌다. 그러나 보랏빛 마법진은 부서지지 않고 황금 알갱이를 투둑투둑 떨어뜨리며 뱅글뱅글 돌았다. 마법이 신벌을 막았다. 모두의 눈에 그 경악스러운 장면이 아로새겨졌다.

이윽고 밀렌도요프가 마침내 금기를 꺼냈다.

"왜냐하면, 프레이가 태초신 유를 감금하는 패륜을 저질렀기에!"

끝내 벼락은 마법을 뚫지 못했다.

신들의 왕이 그녀를 적대한다면, 그녀 또한 신들의 왕을 적대한다. 당연한 논리다. 그리고 누구도 실행하지 못한 논리다.

그녀가 꺼낸 말에 질려 버린 사람들은 그 누구도 말을 얹지 못했다.

밀렌도요프는 침묵 속에서 홀로 말했다.

"태초신 유는 세계 그 자체다. 그러나 프레이는 신들의 왕이 되고자 그녀를 저승에 감금했다. 그리고 자신이 왕이 되는 것이 당연한 세상을 만들기 위해 카일룸이 만들어 낸 마법을 악용해 고대의 인간들을 세뇌했다."

유닷테가 방송을 시작했던 이유가 바로 이것이다. 핏줄을 타고 대대로 이어지던 세뇌 마법을 흐리게 만들기 위해.

"여자가 왕이 되지 못하는 것이 당연한 세상을 만들기 위해서 그러한 악행을 벌인 것이다!"

이제 와 세뇌 마법을 완전히 해제할 순 없다. 너무도 오래된 마법은 이미 영혼 깊숙이 각인되어 버렸으니까.

"다시금 말한다, 우리는 속아 왔다!"

그러나 그것이 흐려진 지금, 절대적인 신앙을 흔들어 놓을 수는 있다.

밀렌도요프는 방아쇠를 당겼다.

"신들의 왕, 프레이에 의해!"

☩ ⚜ ☩

경합의 발표가 미뤄졌다. 도저히 진행할 수가 없는 상황이라 그랬다. 구름 위도 구름 아래도 시끌벅적한 혼란으로 연신 뒤집어지고 있었다. 그들의 궁으로 돌아간 뮈블랑은 그 중차대한 상황에서 주요 인물들만 모인 회의의 포문을 바로 이 대사로 끊었다.

"카마이유 그 새끼가 감히 공주님을……!"

논점이 실종된 말이었다.

밀렌도요프가 지극히 침착하게 되물었다.

"아니 저기 뮈블랑 그게 중요한 걸까? 나는 지금 상의하지 않은 일을 터트린 점에 대해 비난받고 사과할 작정으로 모인 건데 너 지금 논점이 좀 많이 빗나가지 않았어?"

"지금 그게 중요해요?"

"당연히 중요하지! 내가 너에게 누누이 말했던 게 상의 좀 하고 일 저지르라는 건데 내가 그걸 어긴 거잖아!"

쾅! 뮈블랑이 탁자를 후려 팼다.

"그딴 건 필요 없어요! 어차피 당신은 내 주군이니까 당신 가는 길을 내가 따르는 게 맞아요! 그런데 카마이유 그 개자식이! 우리 공주님을!"

"험한 일은 안 당했거든!"

본인의 입으로 '수시로 만지고 때렸다.'라고 말한 사람이 저리 주장해 봤자 신빙성 제로인 게 당연했다. 뮈블랑은 짜게 식은 눈으로 밀렌도요프를 노려보았고 밀렌도요프는 시선을 피했다.

"……아, 아무튼 상의 없이 일을 벌여서 미안해. 다들. 특히 유닷테, 당신이 숨기던 패를 드러내서 미안해요."

물론 진짜로 미안한 얼굴은 아니었다. 유닷테가 밀렌도요프의 편을 들겠다고 나선 이상, 어차피 언젠가는 활용할 패였으니까. 유닷테는 건방지고 요망한 소녀를 내려다보며 턱을 괬다.

"흐웅. 정 미안하면 뮈블랑을 내게 주겠어?"

"뮈블랑은 제 소유가 아니고, 이제 더는 그 누구의 소유도 되지 않아요. 그녀는 자유로워요. 그러나 지금 중요한 것은 이런 신변잡기가 아니죠. 본론에 들어갈까요. 일단 제가 단언하건대."

기테모어가 부드럽게 말을 받았다.

"경합은 다시 개최될 것이다, 이거 말하려던 것 맞죠?"

"맞아요. 경합은 다시 개최될 수밖에 없어요. 왜냐하면 유닷테가 방송을 통해 일구어 놓은 의심에 내가 물을 뿌렸으니까."

밀렌도요프는 천진하게 웃었다.

"승냥이들이 프레이를 물어뜯을 차례예요."

✠ ✤ ✠

— 경합은,

신들의 회의장은 푸르스름한 기운이 도는 하얀 광석으로 만들어진 궁의 중심부에 위치했다. 만약 오늘의 고발이 없었더라면 그들은 말갛고 화려한 빛줄기가 쉴 새도 없이 내리쬐는 가운데 향락의 절정을 맛보고 있었을 것이다. 그러나 오늘, 장내의 분위기는 날카롭다 못해 음침했고 결국 신들은 시선 둘 곳을 찾지 못해 방황하거나 스스로의 손톱을 살피고 발끝만 꿈틀거리고 있었다.

— 그대로 진행합시다.

그 속에서 울려 퍼진 미성의 목소리는 시선을 빨아들이기 충분했다. 광휘의 신 에우겔은 고개를 비스듬히 기울이며 양 팔꿈치를 탁자에 괘고 손깍지를 끼고 있었다. 그는 언제나처럼 고상하고 우아한 낯을 조금도 찡그리지 않고 기품 있게 갈무리하고 있었으나 미세하게 흘러나오는 희열을 감추지는 못했다. 그는 특유의 미성으로 노래하듯 중얼거렸다.

— 규율을 어긴 건 신 쪽이었으니까요. 그러나 그보다 더 중요한 일이 우리에게 있음을 모두가 알 것입니다. 그렇지 않습니까, 프레이?

프레이는 대답하지 않는다.

에우겔은 말한다.

— 태모신으로부터 왕위를 찬탈한 것이 사실입니까?

이것은 명분이다. 어차피 왕좌란 찬탈을 반복하는 자리. 그러나 태모신을 끌어내리고 감금했단 사실은 권력의 근간을 뒤흔들 수 있다. 저 보라, 프레이가 고개를 끄덕이자 기십에 달하는 신들이 침음성을 흘리지 않나. 프레이만 실각한다면 다음 왕이 될 가능성이 가장 높은 자는 바로 자신이다. 에우겔은 자신만만하게 입꼬리를 올렸고, 다음 순간.

그대로 얼어붙었다.

— 그게 뭐가 어쨌다는 것이냐, 아들아?

프레이가 지은 미소가 너무도 자애로워서.

더없이 사랑스러운 것을 굽어보는 지고한 자의 눈빛에서 달큼한 꿀이 뚝뚝 떨어질 것만 같다. 그러나 그는 에우겔을 동등한 객체로 보고 있지 않다. 제 품에 안긴 갓난아기를 바라보듯, 손아귀 안에 놓인 어리디어린 자식이 부모 두려운 줄 모르고 반항하는 것을 아주 가엾고도 안타깝게 깔아 보듯 그리도 애정 서린 눈빛으로 저를 낮춰 보는 것이다. 드높은 우월감에 사로잡힌 낯이 빛을 받아 희었다.

— 무슨……

에우겔은 무의식중에 막무가내로 튀어 나가려던 말을 반쯤 갈무리했다. 상대가 저토록 뻔뻔하게 나선다면 자신도 여유를 갖고 능글맞게 대응해야 했으므로. 에우겔은 눈썹을 일그러뜨린 채 프레이와 똑닮은 얼굴로 그의 웃음을 흉내 냈다.

— 헛소리십니까, 아버지.

그래 봤자 흉내는 가짜다. 아무리 노력해도 시뮬라크르는 이데아가 될 수 없다. 프레이가 느른하게 입술 끝을 늘렸다. 귀엽고 가엾은 아들의 재롱을 구경하듯이.

— 그게 무슨 말이누?

— 태모신은 세계 그 자체입니다! 그녀를 감금한다는 것이 어찌나 불경한 일인지 정녕 알지 못해 그리 말씀하시는 겁니까?

쯧쯔. 프레이는 혀를 찼다. 구경이나 오래 해 볼까 싶었는데 왕이 될 수 있으리란 희망에 벅차 진심으로 날뛰는 꼴이 우습기도 하고 안쓰럽기도 해서 두고 보기가 영 그랬다. 이어지는 에우겔의 웅변을 듣던 프레이가 손을 털었다. 더는 듣고 싶지 않다는 것처럼. 그러자 마치 프레이의 뒤를 따르듯, 고대신들이 하나둘 움직이기 시작했다.

시작은 가정의 여신 엘마였다. 엘마티카네오스가 못마땅하단 듯 팔짱을 꼈다. 뒤이어 에스트로가 턱을 쳐들고 안경알을 붙들고 한숨을 쭉 뺐다. 마스티카도가 다리를 꼬고 등받이에 기대어 고개를 돌리는 가운데 알데코르오스는 숫제 엎드리기까지 했으며 가비니오는 껄껄 웃음을 터트렸다. 그들만이 아니었다. 모든 고대신이 못마땅하단 양 고개를 젓고 있었다. 고대신이 아닌 자들이 의아해질 정도로 극명한 의사 표명이었다. 해석은 간단했다.

'우리'는 에우겔을 지지하지 않는다.

그러니까 대체 왜?

엘마나 프레이를 제외한 고대신들은 본래 옛것들이 무엇 하러 현재에 나서느냐고 매사 뒤로 한 발자국 물러서는 편이었다. 그런데 도대체 그들이 왜 이러느냐 말이다.

그들 모두를 움직이게 한 프레이는, 햇살처럼 더없이 느긋하게 웃으며 손깍지를 끼고 그 위에 턱을 얹었다.

— 애야. 더 할 말이 있느냐.

에우겔은 구겨지는 얼굴을 어찌 주체하지 못하고 이를 악물었다가, 지독한 수치 탓에 낮아진 목소리로 힘겹게 뇌까렸다.

— ……프레이에게 왕의 자격이 없다고 하는 겁니다. 난.

그 말과 동시에 엘마가 일어섰다. 붉은 갈색 머리카락을 둥글게 말아 올린 그녀가 프레이의 바로 뒤에 서서 왕좌에 손을 얹었다. 왕비로서 품위를 지키면서 프레이를 지지한단 뜻을 세련되게 표현한 것이다. 에우겔은 끊임없이 웅변했으나 아무도 그의 말을 듣지 않았다.

하나둘씩, 고대신들이 일어서는 것을 본 에우겔은 평정을 잃고 탄식을 흘리고야 말았다.

전부 한편이로구나.

좌석의 삼분지 일이 비워졌다. 일어선 자들은 모두 프레이의 뒤에 서 있었다. 신들의 왕 프레이멜도르의 수족임을 선언하는 것이다. 소네카라면 프레이의 편에 낄 줄 알았으나 그녀는 자리에 몸을 붙인 채였다. 그에 비해 샤이카네도는 대체 왜 저기 끼어 있는지 알 수가 없었다. 약이라도 올리려는 건지 뭔지. 고개를 떨어뜨린 에우겔은 패배를 곱씹으며 주먹을 거머쥐었지만 프레이의 수족들은 가만히 있어 주지도 않았다.

— 애송이가 어딜. 왕좌는 그리 만만한 게 아니다.

엘마가 엄격하게 말했고,

— 난 어려운 건 잘 모르지만, 라우코네스의 편이니까!

침묵하는 라우코네스의 옆에 선 샤이카네도가 얄밉게 웃었다.

결국 에우겔은 어물거리다가 잘못을 인정히고 주저앉을 수밖에 없었다. 완패다. 고대신들도 태모신 감금에 연관되어 있을 걸 미리 짐작했어야 했는데……!

— 그럼 이제 회의를 종료해도 괜찮겠누, 아들아.

에우겔은 대답하지 못했다. 프레이는 일그러진 그의 얼굴마저도 사랑스럽다는 양 은근하게 웃으며 좌중에게 일렀다.

— 내 흥분하여 규율을 어긴 것은 잘못이나, 태모신을 저승에 모신 것엔 다 그만한 까닭이 있었다. 내 곁에 형제들이 서 있는 걸 보면 알 수 있지 않겠느냐? 그러니 이번 논란은 가벼운 소란으로 넘어갔으면 하는 것이 내 바람이다. 자, 이만 파하자꾸나.

만약 뮈블랑이 봤으면 저 노인네 아주 너구리 같다고 짜증 냈을 장면이었다.

✛ 제8장 ✛
알게 된 이상

구름이 낀 달은 어슴푸레하다. 다시 말해 움직이기 딱 좋은 날씨. 이런 날은 안개와 어스름이 짙게 깔려 몸을 숨기기 쉽다. 제자리에서 통통 뛰어올라 몸 상태를 점검하던 인영은 날씨를 찬양하던 것도 잠시 단번에 몸을 튕겨 지붕에 손을 짚고, 그 한 손만으로 전신의 체중을 가뿐히 지탱해 지붕 위로 올라탄다. 단순히 몸을 구부렸다가 펴는 탄성만으로 몇 미터에 달하는 높이를 뛰어오른 것이다. 그러나 인영은 서커스 단원이나 펼칠 묘기를 해내고도 멈추지 않는다. 달린다. 긴 다리를 뻗어 허공을 가르고 바람 소리조차 나지 않게 발을 놀린다. 안개가 몸을 적시고 어스름이 시야를 감싸도 형형한 눈동자를 매섭게 치뜨고 달리고 또 달린다.

"이봐, 방금 저기 지붕 위로 웬 짐승 하나 달리지 않았어? 눈이 아주 부리부리하고, 에메랄드처럼 빛났는데."

"뭔 쌉소리여. 부랄 닦고 잠이나 자."

"아니, 허, 참……. 귀신을 봤나……."

눈치 빠른 병졸이 하나 있군. 찾아서 칭찬해 줘야겠어. 흩어지는 말소리가 고막을 스쳐 밤하늘의 별이 된다. 팽그르르 돌며 성벽에 살짝 발을 디뎠던 몸은 어느 순간 병사들의 동체 시력이 따라가지 못할 만큼 빠르게 허공으로 뛰어내린다. 맨몸으로 성벽에서 뛰어내린 것이냐고? 그럴 리가 있나. 누에고치의 실보다도 가느다란 철사鐵絲가 성벽에 박힌 채 그녀의 몸을 팽팽하게 지탱하고 있다.

그나저나 보안이 이렇게 허술해서야 쓰나. 인영은 병사들을 빡세게 굴릴 계획을 짜며 벽을 타고 내려간다.

이제부턴 평야를 날려야 한다. 평야를 달려 맞은편에 놓인 적진의 성에 침입하기까지 과연 걸리지 않을 수 있을 것인가. 인영은 오로지 이 순간만을 위해 유닷테에게서 마법 도구를 빌려왔다. 정확히는 뭐 훔친 거긴 하지만 일회용이니까 괜찮겠지 뭐!

구름이 바람결에 밀려나면서 둥근 달을 드러낸다. 푸르스름한 은발이 달빛에 은근하게 빛나다가 이윽고 발끝부터 서서히 투명해진다. 삼십 분 동안 유지되는 투명화 마법. 기회는 지금뿐. 인영은 평야를 가로지르기 시작한다.

인영은 뮈블랑이다.

적진에 도달하기까지 걸린 시각은 총 십삼 분. 십칠 분 안에 성벽을 타고 올라야 한다. 뮈블랑은 잠깐 고개를 들어 까마득하게 높은 벽을 올려다보다가, 송진 가루가 든 캡슐을 이로 부수어 장갑을 낀 손바닥에 뿌리고 문질렀다. 마찰 계수를 높이기 위해서다. 이윽고 끄트머리에 마법적인 흡착 기능이 있는 갈고리가 달린 철사를 빙빙 돌리기 시작한 뮈블랑은 성벽 윗부분에 갈고리를 박아 넣는 데 성공하곤, 하네스에 철사를 단단히 고정한 후 벽을 타고 오르기 시작했다. 로프는 너무 굵고 티가 나므로 마법적인 처리를 한 쇠로 만든 실을 사용하는 것이 암살자들의 방법이었다. 유닷테 아래에 있는 자들이 사용하는 철사는 빛을 받아도 빛나지 않기로 유명했다.

'멍청한 병졸들. 갈고리를 박아 넣어도 눈치를 못 채다니.'

하기야 성곽 위쪽이 아니라 벽에 박았으니 모를 만도 하지만, 게다가 정식으로 훈련받은 기사들도 아닌 이들에게 많은 것을 바라서는 안 되지만, 오랜 시간 동안 암살자로 활동하며 훌륭한 실력을 가진 병사들만 봐 온 뮈블랑의 눈엔 성이 차지 않았다.

'뭐, 적이 멍청하면 내겐 이득인가.'

이윽고 성벽을 거의 다 오른 뮈블랑은 눈만 힐끔 내밀어 성벽 안쪽을 바라보았고, 벙쪄 버렸다. 여기서 첨언하건대 석궁을 든 병사들이 도열해 있다거나 카마이유가 씩 웃으며 그녀를 기다리고 있었다는 등의 서사는 존재하지 않는다.

다만 아무리 그래도 병사들이 술 난장을 부리고 있을 줄은 몰랐지.

꼬장꼬장한 늙은이가 술병을 들고 춤을 추는 어린 용병을 보며 손뼉을 치고 있다. 붉게 달아오른 얼굴들이 아주 개판이다. 뮈블랑은 어처구니가 없어 잠시 멈춰 섰다가, 손목의 시계를 확인한다. 투명화 마법이 풀리기까지 삼 분 남았다. 뮈블랑은 사뿐하게 성곽에 올라선다. 단 이십칠 분 만에 적진의 성에 침입한 것이다, 어떠한 폭력도 저항도 없이! 역대 공성전 역사에 기록될 만한 성과를 완성해 낸 뮈블랑은 딱히 아무런 감흥이 없었다. 그녀는 원래 태어날 때부터 유능했다.

기실 일반적인 공성전이었다면— 그러니까 이것이 경합이 아니라 진짜 전쟁이었다면 이렇게까지 쉬울 리가 없다는 판단도 한몫했다. 애당초 상대는 지금 방심을 하고 있을 테니. 실제로도, 카마이유 측의 기사들은 아무리 신의 강림을 여러 번 이뤄 낸 암살자 계집에 카산이며 엠버 페르체도가 함께한다고 한들 성을 사이에 둔 소규모 전쟁에서는 자신들이 훨씬 유리할 거란 생각을 하고 있었다.

왜냐하면 밀렌도요프 측의 용병들은 꽤나 허접하기 때문이었다.

뮈블랑이 상의도 없이 단신으로 적진에 쳐들어온 이유 또한 바로 이것이다.

아무리 전쟁의 달인인 엠버 페르체도라 한들 허접한 병졸을 데리고 공성전과 수성전에서 승리할 순 없다. 아무리 무패의 검투사 카산이라 한들 수백 명을 상대로 이길 순 없다. 그런 논리다. 신들이 두 번째 경합의 주제를 성곽 공방전—깃발 꽂기 게임으로 정한 것은 카마이유 측에게 승리를 돌리기 위해서란 말이렷다.

성곽 공방전은 말 그대로 성곽을 하나씩 부여받은 후 공성전과 수성전을 동시에 벌이는 게임을 의미한다. 자신의 성을 지키면서 적의 성을 함락시켜야 한다는 것이다. 여기서 함락의 기준을 정하기 위해 깃발 꽂기가 이루어진다. 깃발은 총 삼십 기로, 한 번 꽂은 깃발도 재함락이 가능하며, 그렇기에 그들에게 주어진 일주일이란 기간은 모조리 마지막 날을 위해 예비 되어 있었다. 이게 무슨 말이냐고? 그야 간단하다. 첫날에 애써 적의 성을 함락한다 한들 마지막 날까지 지키지 못한다면 말짱 도루묵이 되므로, 이는 곧 마지막 날이 가장 중요하단 귀결로 이어진다.

고로 이것은 전쟁 유경험자가 필수적으로 요구되는 게임이었다.

뮈블랑 측에서 실제 전쟁을 경험했다고 알려진 자가 엠버 페르체도뿐인 것에 비해, 카마이유 측은 벨슈메크 왕국과의 전쟁을 경험한 아드리안 공작과 슈메프 후작이, 그리고 그들의 책사들이 단단히 자리를 지키고 있었다. 명백히 밀렌도요프 측이 불리한 상황.

뮈블랑은 이 상황을 타개할 수단으로 자신을 꼽았다.

일단 남들은 모르는 일이지만 뮈블랑은 전쟁을 숱하게 겪었다. 전쟁터에 몰래 잠입해 적장의 목을 베고 독침을 쏘는 등 암살을 주로 했으나, 스파이 짓도 빼놓을 수 없는 경험이었다. 그녀는 장군인 체도 해 봤고 국운을 결정하는 협상 자리에 대신 나가 본 적도 있었다. 그런 만큼 전쟁에 관련해서는 꽤나 빠삭했고, 팽팽하게 돌아가는 두뇌는 한 가지 계책을 내놓았다. 그러나 밀렌도요프는 결코 그것을 허락하지 않았다. 뮈블랑은 밀렌도요프의 그런 면을 사랑했으나, 승리를 위해서라면 뮈블랑은 못 할 짓이 없었다. 주군의 명령에 불복종하는 짓도 할 거란 의미였다.

그래서 그녀는 이곳에 왔다.

술 처먹고 널브러진 자들의 사이로 쫄래쫄래 빠져나간 뒤 시계를 확인한다. 삼십 초 남았다. 이제 다시 지붕 위를 달릴 차례다. 뛰어오르는 순간의 가벼운 부유감이 몸을 사로잡고, 착지할 때는 아무런 소리도 나지 않는다. 그 사뿐함이란 고양잇과 동물 특유의 몸놀림과 비슷하다. 날렵한 근육이 박힌 몸은 마치 근육이 없는 사람처럼 가느다랗지만 실제로 만져 보면 단단하듯이.

삼십 초가 지나 투명화 마법이 풀렸다. 하지만 빠르고 경쾌한 속도 탓에 안개의 움직임처럼 희끄무레한 형체만 보일 뿐이다. 마치 공중을 부유하는 빛 알갱이가 날아오르듯이 움직이던 그녀는 자유로운 부유에 취해 몇 번이고 뛰어올랐다가 가뿐히 착지하며 문득 생각한다.

카마이유는 어디 있을까.

그의 이름을 떠올리는 순간 발끝이 삐끗했다. 그녀는 미끄러지던 몸을 바닥에서 한 바퀴 굴려 소음을 막지만, 입술 새로 새어 나오려는 신음은 차마 억누르지 못했다. 그녀는 진저리 치도록 혹독한 추위와도 비슷한 통증이 전신에 감각되는 것을 느낀다. 팔다리가 덜덜 떨린다. 입술을 악문다.

'일어서. 너에게는 쓰러져 있을 여유가 없어.'

스스로에게 되뇌며 부들부들 떨리는 몸을 추스르고 일어선다. 그 순간 마주친 눈. 병졸.

작은 비수를 빼 들어 그가 소리 지르기 전 목에 날린다. 얕게 꽂혔다. 뽀글뽀글 올라오는 피거품과 작은 신음. 발로 비수를 깊숙이 찔러 넣고 주위를 둘러본다. 어디 좋은 거 없을까. 시체를 숨길만 한 장소 말이야. 그러다 어느 순간 우물이 눈에 들어오고, 뮈블랑은 웃는다. 주머니를 뒤적여 손끝의 감촉만으로 무수한 캡슐 중 하나를 골라내 시체의 입속에 쑤셔 박고 시체에서 흘러나오는 피가 검게 변하기 시작한 것을 확인한 후 사위의 기척을 확인한다. 아무도 없다. 머저리들, 어떻게 우물을 지키지 않을 수가 있지? 시체를 우물 안에 담근 뮈블랑은 이어 목적지를 향해 다시금 달리기 시작한다.

목표는 식량 창고다.

보급이 없는 전쟁은 존재하지 않는다. 그만큼 보급은 전쟁에 있어 필수 불가결한 것. 즉, 보급 망가뜨리기는 유사 이래 수도 없이 반복되어 온 술책 중 하나였다. 다만 그 방법이 각기 달랐을 뿐이다. 뮈블랑은 아마도 자신이 해낸 이런 방법은 역사상 드물겠지, 하고 무심하게 생각하며 식량 창고를 지키던 병사 다섯에게 비수를 날려 그들을 영원한 잠에 빠뜨리곤 창고의 자물쇠를 열었다. 과연, 훌륭하다. 유닷테의 지원을 받는 그들보다도 훌륭한 양의 식량들이 자랑스럽게 쌓여 있다. 고작 일주일간 진행될 전쟁에 뭣 하러 이리 많은 식량을 쌓아 놨나 싶었지만, 뮈블랑이 모르는 것이 있다. 카마이유 측은 카메라를 통해 전송될 그들의 일상생활조차 밀렌도요프 측보다 부유하다는 것을 백성들에게 알리기 위해, 더불어 병사들의 사기를 높이기 위해 마지막 날을 제외한 나날들을 축제처럼 보내기로 한 것이다. 성곽을 지키고 있는 병사들이 술에 곯아떨어진 것 또한 그와 같은 맥락이다.

아무리 엠버 페르체도라고 한들, 아무리 카산이라 한들 성벽을 뛰어넘을 수는 없다는 판단하에 그런 선택을 한 것이다. 안타깝다. 뮈블랑만 없었더라면 그들의 예상은 정확하게 맞아 들었을 텐데. 뮈블랑은 가짜로 안타까워하며 일부에는 무색무취의 캡슐을 뿌리고 나머지에는 기름칠을 해 주었다. 기름이 갑자기 어디에서 나왔느냐를 묻는다면 이 모든 게 유닷테의 창고에서 훔쳐 온 호리병 덕이라고 할 수 있다. 이 호리병은 실제 들어가는 양보다 훨씬 많은 액체를 담을 수 있어 간느가 영원히 샘솟는 잔과 비견되는 마법 도구였다. 뮈블랑은 거기다가 기름을 잔뜩 담아 들고 와서 뿌린 것이다. 그 위에 화약도 좀 첨가해 주고. 뮈블랑은 상냥하니까.

이제 성냥을 당길 차례다.

뮈블랑은 세상에서 가장 우아하고 고상한 낯으로 느긋하게 웃으며 창고 밖으로 나가 불붙은 성냥을 창고 내부에 던져 넣었다. 돌아갈 차례다. 마구 달리는 그녀의 등 뒤로 폭약 터지는 소리가 난다. 술에 곯아떨어졌던 수뇌부의 뇌에 경종이 울린다. 이걸 가만히 놔두면 그들 모두가 함께 망할 거라는 신호다. 카마이유는 퍼뜩 일어섰다. 창밖을 보자,

불꽃놀이가 벌어지고 있었다.

카마이유는 이를 악물며 바깥으로 뛰쳐나왔다. 아드리안 공작과 슈메프 후작은 이미 식량 창고에 나와 병사들을 지휘해 불을 끄도록 하고 있었다. 그런데 물의 신에게 힘을 받은 자가 공기 중의 물을 응집해 불에 쏟아붓자 도리어 불길이 거세지는 것 아닌가? 기름 화재에 물을 부으면 안 된다는 기초 상식이 무척이나 요구되는 순간이었다. 아드리안 공작은 어떤 개명청이가 기름에 물을 붓느냐며 고래고래 소리를 질러 대면서 자기가 물을 부으라고 말했다는 사실을 완전히 까먹은 사람처럼 굴었다. 카마이유가 그들에게 다가갈 때까지도 흥분을 멈추지 못한 공작은 그러나 카마이유가 그를 호명하자마자 침착함을 되찾았다.

"공작."

잠옷만 입은 채 뛰쳐나온 카마이유를 본 그는 자신이 걸친 망토를 카마이유의 어깨에 걸쳐주었다. 그러나 카마이유는 인사치레를 할 여유도 없었다.

"무슨 일인가."

"식량 창고에 불이 났습니다. 정말…… 드릴 말씀이 없습니다. 저희의 과실입니다. 죄송합니다."

"아니네. 나 또한 병사들에게 잔치를 벌여 주자는 말에 찬성하지 않

았던가. 설마 엠버 페르체도가 암습에도 능할 줄은……. 분명 그 계집은 정공법만 사용할 텐데."

"그래도 저희가 숨겨 둔 창고까지 눈치채지는 못했을 테니 다행입……."

퍼버벙! 저 멀리에서 또다시 불길이 치솟았다.

카마이유가 분개하며 소리쳤다.

"빌어먹을 엠버 페르체도!"

잘만 자던 엠버 페르체도는 문득 눈을 떴다. 누군가 자길 욕한 것 같을 뿐만이 아니라, 공기가 이상했다. 뭔가 매캐했다. 머리맡의 검을 쥐며 몸을 일으켰다. 창밖을 보자 저 너머의 카마이유의 성 쪽에서 불이 나고 있었다.

"엥?"

아닌 밤중에 웬 불이란 말인가. 엠버 페르체도는 멍하게 불길을 바라보며 카마이유라는 왕자가 자기 밑의 병사들 담뱃불 하나 관리 못하는 머저리인가 하고 잠시 고민했다. 그러나 카산은 알았다. 저 불을 보자마자 알 수밖에 없었다.

"뮈블랑!"

그녀였다.

그녀가 일을 친 것이다.

'왜 이렇게 귀가 간지럽지.'

뮈블랑은 귀를 후비적거리며 마주친 병사를 조졌다. 안타깝게도 그가 소리 지르는 것까진 막지 못해서 수십 명의 병사에게 쫓기게 생겼지만 이 정도쯤은 예상한 바였다. 황실 기사단에게도 쫓겨 봤는데 이들이 두렵겠는가. 그때 뒤에서 묘한 기류가 느껴졌다. 신력. 공격이 들어올 것이다.

오랜만에 신경이 바짝 곤두선다. 뺨을 타고 흐르는 땀방울과 저절로 지어지는 기묘한 미소, 그리고 날아드는 것은 번개로 이루어진 화살이다. 그 자리에서 위로 뛰어올라 공중제비를 돌았지만 화살은 부메랑처럼 돌아오며 뮈블랑의 목을 터트려 버리려 했다.

그 짧은 순간, 뮈블랑은 떠올렸다. 시전자가 죽어야 신력도 없어진다는 것을. 번개에 지져지기 전에 탄환을 날릴 수 있을지는 모르겠으나 지금 그걸 고민하다가는 죽는다! 고갤 돌려 자신만만한 미소를 짓고 있는 병사를 눈에 담고 바로 등 뒤를 뜨겁게 달구는 화살에도 떨지 않으며 방아쇠를 당겼다. 타앙! 파지짓! 다행스럽게도 타이밍이 맞았는지 저릿저릿한 번개는 몸에 스치기 직전 소멸됐다. 조금이라도 늦었으면 전신이 지져졌을 것이다. 뮈블랑은 씩 웃으며 가운뎃손가락을 병사들에게 내밀어 주곤 다시 내달린다. 당혹감에 젖어 있던 병사들이 그녀의 뒤를 쫓는다.

성벽에 다다르자 카마이유를 비롯한 기사들이 그녀를 기다리고 있었다. 방향을 잘못 고른 모양이다. 하다못해 아드리안 공작이나 슈메프 후작이 대기하는 곳으로 가면 환상통이 도질 일은 없었을 텐데. 욱신거리는 전신을 모른 체하며 카마이유를 향해 손을 흔든다.

"여, 오랜만입니다?"

"계집년이 분수도 모르고……. 네 동료들은 다른 방향으로 갔느냐?"

"저 혼자 왔습니다만."

"하핫, 거짓말도 잘하는구나."

"아니 시펄 왜 말을 해 줘도 믿지를 못하신담."

"……."

카마이유는 마법구를 통해 아드리안 공작과 슈메프 후작에게 물었다.

"그쪽에 몇 명의 적이 갔는가?"

그러자 답이 돌아왔다.

— 아무도 없습니다.

카마이유의 얼굴이 조금 일그러졌다. 설마, 저 계집이 단신으로 이 모든 짓을 벌인 것은 아니겠지······.

그리고 잠시 뒤에 떠오른 것은 그녀가 유닷테의 암살자란 사실.

'제기랄.'

당했다. 계집이기에 우습게 여겼건만, 내 밑에서 비참하게 핏덩이를 뱉어 내던 어린것이라 생각하고 암살자로서의 모든 명성이 헛된 것이라고 생각해 제대로 된 적으로 여기지 않았건만!

진정으로 경계해야 하는 자는 바로 저년이었다!

이윽고 뮈블랑은 더없이 미려하게 웃으며 궁정식 인사를 올린다.

"계집한테 뒤통수를 맞으신 소감이 어떠하십니까, 4왕자 나리?"

그리고 4왕자는 말한다.

"쏴라!"

다음 순간, 수백 발의 화살이 단 한 명을 향해 쏟아지기 시작했다.

아무리 망토에 물리 충격 감소 마법이 걸려 있다고는 하나 수백 발의 화살을 맞고 살아남긴 힘들다. 다리에 맞으면 도주도 불가능하고. 따라서 그녀는 일단 피하고 보기로 했다. 날렵하게 발을 디뎌 외벽의 탑 뒤로 숨은 뮈블랑은 다음 순간 기겁하고야 말았는데, 갑작스럽게 신발이 바닥에 흡착되듯이 얼어붙은 것이다. 어떤 망할 새끼가 신력을 발동시킨 모양이었다. 창을 든 병사들이 서서히 전진하는 발자국소리가 들렸다.

생각하자. 뮈블랑에게는 얼음을 힘으로 깨부술 완력도 마법도 없다. 그렇다면 그녀는 무엇을 해야 하는가?

자, 머리에 힘을 줘 위기를 극복할 시간이다.

뮈블랑은 신발을 벗었다.

'왜, 뭐, 왜.'

방법은 이것뿐이다. 뮈블랑이 그 짧은 시간 동안 스쿼트를 해서 다리 근육을 발달시키거나 마법을 통달할 수는 없는 노릇이지 않나. 양

측의 균형을 맞추기 위해 다른 신발도 벗었다. 앞뒤 좌우 도망칠 곳이 없다. 그렇다면 방법은 위로 솟는 수밖에. 뮈블랑은 벽돌의 그 미세하게 튀어나온 부분을 짚고 탑을 타고 올랐다. 병사들은 뮈블랑이 꼭대기에 오르고서야 그녀를 발견했고 웅성대며 카마이유에게 어떻게 할지를 물어 댔다. 공격을 하면 탑이 망가지고 탑이 망가지면 수성에 불리하다. 그러나 뮈블랑을 가만둘 수도 없는 노릇이었다. 카마이유가 무어라 말하려던 그때,

"카마이유—!"

뮈블랑이 던진 씨앗이 카마이유의 면상을 강타했다.

"프치얼의 이름으로 너를 저주한다!"

씨앗에 정통으로 미간을 얻어맞은 카마이유는 바닥을 뒹굴며 소리를 질러 댔고 병사들은 경악하며 쓰러진 카마이유를 향해 달려갔다. 그 후, 뮈블랑은 곧장 갈고리가 매달린 철사를 외성의 벽면에 던져 꽂아 넣고는 그대로 뛰어내렸다. 탑에서부터 성벽까지 단번에 뛰어내리자 어마어마한 부유감이 전신을 사로잡고 철사를 장갑 낀 손으로 단단히 움켜쥔 채 밑으로 미끄러져 내리자 대단한 통증이 손바닥을 장악했다. 그나마 다행인 점은 장갑에도 마법이 걸려 있단 사실이었다. 저놈들이 언제 정신을 차리고 갈고리를 뽑을지 모를 노릇이었기에 뮈블랑은 거의 떨어지듯 미끄러져야 했고 그 탓에 마법이 파훼되며 장갑이 뜯어져 철사가 맨살을 파고들었다. 그러나 그렇게 미끄러진 덕에 그들이 갈고리를 뽑았을 땐 낙법으로도 살아남을 수 있는 높이였다.

낙법으로 가볍게 착지한 이윽고 뮈블랑은 평야를 달리기 시작했다. 불덩이가 쏟아져 내리고 번개가 내렸으며 바람마저도 그녀를 방해했다. 숨 막히도록 불어 대는 폭풍은 갈고리를 찍고 버티지 않았더라면 조그마한 그녀를 머나먼 곳으로 날려 보냈을 것이다. 그녀는 이대로 가다간 죽지 않을까 싶던 무렵에서야 가까스로 사정거리 바깥에 도착

했고, 밀렌도요프 공주의 성은 성벽을 활짝 열며 뮈블랑을 반겼다.

정확히는 그렇다고 생각했다.

예상이 이렇게까지 처참하게 어그러질 줄은 상상치도 못했다.

"어떻게 상의도 없이 그런 짓을 할 수가 있어!"

어쨌든 승리를 위해서 최선을 다한 거니까, 적당히 혼나다가 말 것이라고 생각했었는데.

그러나 틀렸다. 수뇌부진들은 분개한 상태였다.

그것도 매우.

자, 일단 그녀의 상태를 보자. 손바닥 가죽은 죄 찢겼고, 목덜미가 번개 기운에 그을려 노릇노릇하게 익은 데다가, 맨발로 평야를 질주하느라 발바닥까지 엉망이다.

카산은 바로 그 지점에서 분개했다. 그는 어차피 뮈블랑이 난리 치는 거야 익숙하니까 그럭저럭 용납이 가능했다. 다쳐서 돌아오지만 않으면 말이다.

그러나 밀렌도요프와 엠버 페르체도는 뮈블랑과 만나기 전엔 이따위…… 일을 겪어 본 적이 없었다. 동료와 상의 없이 막무가내로 일을 벌이다니 그게 상식적으로 용납 가능한 일인가? 첫 번째 경합은 실수라고 받아들일 수 있었다. 그냥 어쩌다가 한 번 일을 벌였을 뿐이라고 앞으로는 이러지 않을 것이라고. 그런데 두 번이나 일을 벌이다니! 화가 나지 않을 리가 없었다. 그들의 분노는 정당했다.

"뮈블랑, 너는 네 주군을 무시하는 거야?"

"아, 아니에요! 그렇지 않아요. 저는 단지……."

"단지? 단지 뭐? 너는 지금 이게 변명이 가능한 상황이라고 생각하는 건가? 도대체 전쟁을 뭐라고 생각하는 거야! 너 혼자만의 힘으로 승리할 수 있을 거라 생각했나? 아니면 우리가 암습이란 네 계책을 반대해서 삐지기라도 한 건가? 그래서 잘나 빠지신 너 혼자 나서서 일을 해치운 거냐고!"

"엠버, 좀 진정해요, 뭐 이런 사소한 일 가지고⋯⋯."

아주 불난 집에 기름을 붓는 소리였다. 결국 밀렌도요프가 터졌다. 그녀는 책상을 쾅 하고 내리치며 잔뜩 붉어진 목소리로 바락 고함질렀다.

"뮈블랑 너는 이게 사소한 일이라고 생각해? 넌 우리 모두를 기만한 거야! 네가 벌인 일을 제발 자각 좀 해!"

뮈블랑은 뮈블랑대로 울컥했다. 그녀 입장에선 승리를 위해 최선을 다했을 뿐인데 비난만 주구장창 듣는 셈이니 말이다. 프치얼이 그들 편으로 돌아섰다고는 한들 마도레스에 의해 다수의 정령들이 사망하고 프레이에 의해 강력하게 견제받는 중인 그녀는 축복을 내려 주기 힘든 상황이었다. 하여 그녀는 가장 결정적인 순간, 뮈블랑이 자신을 부를 때 힘을 빌려주기로 했다. 다시 말해 지금 당장 신의 도움을 받지도 못하는 상황에서, 승리를 위해서라면 반드시 보급 차단이 필요하단 것이 뮈블랑의 의견이었다.

그러나 밀렌도요프와 엠버 페르체도는 그녀가 제안한 암습 작전을 묵살했다. 그 결과 이렇게 된 것이었다. 뮈블랑이 반박하려 하자 카산은 진정하자는 양 뮈블랑의 어깨를 감싸 쥐고 끼어들었다.

"잠시 휴식하다가 긴급회의를 재개하죠. 뮈블랑도 치료는 받아야 하잖습니까."

기실 이것은 긴급회의도 뭣도 아니었다. 그저 그들은 병사들이 없는 회의장에서 화를 내고 있었을 뿐이었다. 그러나 카산의 교묘한 화술은 이곳이 공적인 자리임을 일깨웠고 더불어 뮈블랑이 환자라는 사실을 환기시켰다. 덕분에 밀렌도요프는 다소나마 진정을 되찾을 수 있었다.

그러나 엠버 페르체도는 아니었다. 그녀는 뮈블랑이 카산의 부축을 받으며 치료를 받기 위해 회의장 바깥으로 나가자 따라나서며 버럭 소리 질렀다.

"너는 네가 도구라고 했지. 도구가 주인의 명도 없이 제멋대로 날뛰는 돼먹지도 않은 경우도 있나?"

뮈블랑이 배를 잡고 깔깔 웃었다. 밀렌도요프가 놀라 뛰쳐나올 정도로 큰 웃음소리였지만 엠버에게 집중하고 있는 뮈블랑은 미처 눈치채지 못했다. 그녀는 다음 순간 부축을 뿌리치고는 싸늘하게 정색하며 손가락을 튕겼다.

"승리를 위해서라면 제멋대로 군 죄로 처형당해도 상관없어요. 단, 즉위식이 끝난 후에."

카산은 뮈블랑의 이런 점이 정말 싫었다. 왜 자신을 도구라고 하는 말을 수긍하듯 저리 답하는가? 그는 괴롭게 외쳤다.

"뮈블랑 너는 도구가 아니야! 사람이라고! 우리가 배웠던 것들을 전부 잊어버린 거야? 아직은 세상이 불평등할지언정, 평등이란 가치를 실현하기 위해, 최소한 우리 마음속에서라도 공주님과 우리는 평등해야 하는 거잖아!"

뮈블랑은 그를 비웃었다. 그녀의 미소는 짙고 탁했다.

"같잖은 소리 마! 공주 '님' 이라 부르는 주제에 평등? 개잡소리! 어차피 세상에 평등 따윈 없어. 내가 태어난 순간부터 그런 건 없었다고! 평등이란 가치를 실현하기 위해? 공화정? 그딴 게 다 무슨 소용인데! 어차피 공화정이 이룩된다고 해도 사람들은 또다시 계급을 만들어 낼 거야. 뭐로든, 다시 윗사람과 아랫것을 나눌 거란 말이야! 도구가 될 인간을 정할 거라고! 그럴 바엔 난 그냥 이렇게 살 거야."

이어 은근하게 속삭이는 것 아닌가?

"야, 최소한 스스로가 도구란 걸 자각하고 있는 삶이 훨씬 낫다고 생각하지 않냐?"

이렇게까지…… 확고하게 스스로를 도구 취급할 줄은 몰랐다. 카산이 질려 아무 말도 하지 못하자, 옆에 서 있던 엠버가 비스듬히 몸을 기울이며 중얼거렸다.

"좋아, 난 뮈블랑 네 문제를 알아 버렸어."

뮈블랑이 지껄여 보라는 양 어깨를 으쓱했다. 엠버는 빠른 박자로 말을 쏟아 냈고 애석하게도 그것은 뮈블랑의 심장 내밀한 곳을 후벼 팠다.

"너, 그렇게 될 거라고 믿지 않으면 견딜 수가 없는 거지?"

"……."

"스스로를 도구라고 주장하지 않으면 견딜 수가 없는 거잖아. 뭔 짓을 해도 이 세상은 바뀌지 않을 거라고 믿지 않으면 네 처참한 삶을 견딜 수가 없어서, 누가 나 좀 잡아 달라고 울부짖는 거잖아."

뮈블랑은, 예로부터 자신의 속내가 만천하에 드러나지는 것을 못내 수치스러워했다. 그리하여 블리마데세와의 마지막도 그렇게 장식하고야 말지 않았던가? 저열하고 추잡한 자신을 경멸하고 혐오한 나머지 몇 겹으로 둘러싸 자신을 감춰 오던 소녀는 속내가 까발려지자 그 어떤 순간보다도 참담한 지경의 수치를 감각하고야 말았다. 그리고 그조차도 드러내지 않았다.

다만 엠버를 향해 총을 겨눌 뿐이었다. 그, 지독히도 우아한 비웃음을 지으며.

"내가 당신 머리 못 터트릴 것 같아요?"

엠버는 헛웃음을 뱉은 후 검집에 손을 얹었다.

"쏴 봐. 네 총알이 빠를지 내 검이 빠를지 시험해 보자고."

뮈블랑의 입술이 실룩거렸다. 카산도 그녀의 총알을 피할 수 있는데 엠버라고 못 하리란 보장이 없었다. 결국 그녀는 지고야 마는 걸까? 이렇게, 더러운 속내를 까발려진 채, 그대로?

그럴 바엔 차라리 죽고 싶었다.

뮈블랑은 스스로의 머리에 총을 겨눈다.

"그럼 이건 어때."

"……이봐."

이젠 주위의 모든 것이 들리지도 않았다. 이명이 고막을 울리고 머리는 둔기로 얻어맞은 것처럼 욱신거리고 시야는 먹먹하고 환상통이 지끈거리는 가운데 뮈블랑은 고개를 떨어뜨리고 피식 웃었다.

"씨발, 내가 진짜 같잖아 가지고. 개자식들아, 내가 못 쏠 거 같아요? 더럽게 많이 죽였어. 그러고도 아무렇지 않았어. 근데 내가 나 따위도 못 죽일 것 같냐고!"

그녀가 대체 몇 명이나 죽였을까. 오늘만 해도 열 명이 넘는다. 자기 자신을 죽이는 것은 일도 아니다. 그렇게 생각하며, 방아쇠를 당기려던 찰나.

누군가가 먹먹한 시야 속에 뛰어들었다. 짙은 황금색 머리카락이 휘날린다. 이윽고 휘둘러지는 작은 손.

찰싹, 약한 힘에 고개가 옆으로 돌아간다. 시야가 맑게 갠다.

"뮈블랑!"

뮈블랑은 그제야 자신이 저지른 일이 무엇인지 깨달았다. 눈이 크게 벌어지다가 흔들리듯 일렁이고 과거의 한 장면이 성유처럼 쏟아져 눈가를 적신다. 블리마데세…….

"네 살겁은 내가 가져가겠다고 했지. 나에게 네 생명마저 떠넘길 셈이야?"

"고, 공주님……."

뮈블랑은 자기도 모르게 총을 떨어뜨리고 그 자리에 쓰러지듯 주저앉았다. 그녀 자신이 저지른 짓을 믿을 수가 없었다. 밀렌도요프는 카산에게 뮈블랑 곁에 있으라고 명한 후 어딘지 모를 곳으로 성큼성큼 걸어갔다. 카산은 울 것처럼 일그러진 얼굴로 뮈블랑을 끌어안았지만, 뮈블랑은 그 자리에 못 박힌 채 밀렌도요프의 등을 바라볼 뿐이었다.

그 뒤로 뮈블랑은 물에 둥둥 뜬 기름처럼 굴었다. 밀렌도요프와 카산을 비롯한 무리와 섞이질 않았다는 소리다. 그렇다고 한 성에서 지

내는데 아예 마주치지 않을 수는 없는 노릇이다. 특히 같은 적을 상대로 두고 있을 때는 더더욱.

뮈블랑은 수뇌부와 한마디도 말을 섞지 않으면서도 자신의 책무는 성실하게 임했다. 다음 날 곧장 암습해 온 특수 부대의 기척을 가장 먼저 눈치챈 것은 뮈블랑이었고 우물에 독을 타려는 적군의 처절한 몸부림을 발로 짓밟아 으스러뜨린 자 역시 뮈블랑, 그리고 매몰차게 자취를 감춘 자 역시 뮈블랑이었다. 그녀는 식량 창고와 우물 등 위험할 법한 장소를 쏜살같이 옮겨 다니며 정찰을 일삼았고 그런 그녀의 행동은 가히 결벽이라고 칭할 법했다. 예리하다 못해 예민했다. 온 신경을 밀렌도요프의 승리를 향해 곤두세우고 있다고 봐도 과언이 아니었다.

그렇다 보니 자연스럽게 엠버의 기분이 미묘해졌다. 그녀는 딱히 틀린 말을 한 적이 없었다. 애당초 뮈블랑이 잘못한 것도 맞고. 그런데 안 그러던 애가 저렇게 치열하게 구니까, 필사적으로 구니까 무언가 잘못 건드렸다는 생각이 들어서…….

성곽 구석에 쪼그려서 잠든 뮈블랑을 발견했을 때 엠버가 그 표정을 지은 이유가 바로 이것이었다.

'뭐 저러고 자냐…….'

딱딱한 기사단장의 모습도 유들유들한 이야기꾼의 모습도 전부 엠버다. 엠버는 그 사실에 한 번도 괴리감을 느끼지 않는다. 그녀는 그녀 자신의 모든 모습을 사랑한다. 그러나 뮈블랑은 그러지 않는다. 자기 자신을 사랑하지 않는다. 사랑할 줄 모른다. 그게 너무 티가 나서, 그래서.

'나는.'

그래서 엠버는 유독 뮈블랑이 신경 쓰였다. 밀렌도요프가 눈에 들어와 그들의 편을 들기 시작한 것 아니냐고? 물론 맞다. 밀렌도요프의 존재가 그녀를 되도 않는 모험에 빠뜨렸다. 그녀의 영혼이 어린 시절의 아브리치오만큼이나 반짝반짝 빛나고 있어서 어떻게든 손을 잡아 주고 싶었다. 아브리치오는 이제 황제가 된 만큼, 어른이 된 만큼 더 이상은 자신의 도움이 절실하지 않을 테니까. 그래서 돕기로 했다.

그러나 그것은 위에서 아래를 내려다보는 시혜적인 관점이 아니었다. 밀렌도요프는 가엾고 도와주어야만 하는 존재가 아니기 때문이었다. 밀렌도요프는 자기 안의 영혼이 단단히 자리 잡은 군주의 씨앗이었다. 존경할 만한 위인이란 말이렷다.

그러나 뮈블랑은 매사가 아슬아슬하고 걱정스러웠다. 겉은 딱딱하면서 속은 물러 터진, 남을 믿을 줄 모르는 소녀. 모든 위험에 자신을 빠뜨려야 직성이 풀리는 아이. 자기 자신을 도구 취급하고 대체품이 존재한다고 믿는 게 자연스러운 인간.

엠버는 자기 자신을 사랑한다. 오로지 자기 자신과 스스로의 검만을 믿고 숱한 역경을 헤쳐 온 전쟁터의 용맹한 기사는 아무도 자신을 사랑해 주지 않기에 스스로를 사랑하기로 마음먹었다. 그러나 뮈블랑은? 모두에게 사랑받건만 정작 그 모든 것을 믿지 못하고 스스로를 혐오하지 않나. 복에 겨워 지랄을 한단 뜻이 아니다.

'나는 저 애가⋯⋯.'

엠버는 다만 안타까웠다.

그녀가 망토를 둘러 주기 위해 한 발자국 다가설 무렵이었다.

뮈블랑이 퍼뜩 눈을 떴다.

'기척을 읽은 건가.'

시퍼런 녹색 눈동자가 형형하게 빛을 발했으나 그 빛은 어딘가 눅진하게 얼룩져 있었다. 숱한 사람을 죽이고도 한 줌의 죄책도 갖지 않는다고 말하는 소녀는 입술을 파들파들 떨다가 짓씹듯 지껄였다.

"내, 몸에, 손대지 마."

파리하게 질린 낯빛. 날카롭게 떨어지는 뺨. 상처 입은 짐승처럼 날선 눈빛. 어딜 봐도 병색이 완연한 모습이건만 그녀는 엠버가 말을 걸 시간도 남겨 주지 않고 훌쩍 지붕 위로 뛰어올랐다. 쫓을 수는 있었지만 궁지에 몰린 짐승이 무슨 짓을 할지 알 수 없었으므로 내버려 두기로 한 엠버는, 손바닥으로 얼굴을 문지르며 한숨을 내뱉었다. 유닷테를 향한 욕설을 짓씹으며.

뭐, 유닷테에게 뒷사정이 없는 건 아니다. 따지고 보면 누구보다 버거운 삶을 살아온 게 유닷테일 테니까. 그러나 그 모든 사정은 변명거리가 될 수 없다. 유닷테는 뮈블랑을 살인자로 만들었다. 그게 끝이었다. 그러나 두 사람을 모두 알고 있는 엠버로서는 곤란할 수밖에 없었다. 그냥, 그냥 엠버는.

'……행복해졌으면 좋겠다고 생각해.'

여자가 왕이 되어도 되는 세상이 온다면, 너희들도 조금쯤 웃을 수 있을까. 그런 생각을 잠시간 하며 웃어 보았다.

⚜ ⚜ ⚜

뮈블랑은 방송을 지켜보며 생각했다.

'리포터 한번 뒤지게 깐족거리네.'

그녀의 말대로 리포터는 혓바닥에 기름을 칠한 것처럼 좔좔좔 이야기를 쏟아 내고 있었는데 그 내용이 참 가관이었다. 모조리 카마이유 측의 불행만 논하고 있지 않은가?

— 아아, 정말이지 안타깝군요! 그 콧대 높던 아슈타르 왕국의 4왕자께서 저리 간소한 음식들로 끼니를 때워야 한다니요? 우물에 시독이 퍼졌으니 물 한 잔 마시기도 급급하신 상황입니다. 물이 없으면 와인을 마시면 되지 않느냐고요? 애석하게도, 1왕자께서 4왕자님의 권유에 그걸 시도하셨다가 지금 복통으로 바닥을 뒹굴고 계시답니다. 정말이지 통탄할 노릇이에요! 이대로 가다간 전쟁에서도 사기가 떨어질 것 같은데 과연 괜찮을까요?

— 거기다가 '그' 일도 벌어지지 않았습니까? 씨앗의 저주는 대체 무엇이었을까요? 그것을 정통으로 받아 버린 카마이유 왕자님이 과연 제대로 전쟁에 임할 수 있을까요! 기대됩니다!

카마이유 측이 고생하는 동안, 밀렌도요프 측에도 별의별 일이 다 벌어졌다. 개중 가장 특이했던 사건은 이것이었다. 웬 장년이 뮈블랑의 손에 먼지 나도록 두들겨 맞고 있기에 당연지사 밀렌도요프는 뮈블랑을 뜯어말렸다. 그러며 왜 이러는 거냐고 묻자 뮈블랑은 대뜸 이렇게 말하는 것 아닌가?

"수상해요."

"뭐? 뮈블랑 너 지금 수상하다는 직감만을 믿고 사람을 폭행하는 거야?"

뮈블랑은 얼굴을 폭싹 일그러뜨리며 대꾸했다.

"내가 그따위 인간으로밖에 안 보이나 보죠? 그래요! 나 직감만 믿고 사람 패고 있었습니다! 왜요, 채찍질이라도 하시겠습니까?"

밀렌도요프는 아무 말도 하지 않았다. 채찍질은 그들 모두에게 비수가 되는 말이다. 뮈블랑은 한 손을 주머니에 찔러 넣고 다른 손으론 머리카락을 헤집으며 이를 악물었다.

"……죄송합니다. 저는 이만 가 보겠습니다."

"어딜 가려는 건데."

"정찰을 좀."

"도대체 며칠째 정찰만 하는 거야?"

"마지막 날을 위한 체력은 비축해 두고 있으니 걱정 마십쇼. 그럼 이만."

"뮈블랑!"

뮈블랑은 멈춰 섰다가, 밀렌도요프가 말을 잇지 못하자 천천히 걸음을 옮기기 시작했다. 그 뒤로는 줄곧 정찰 일색이었다. 쉬지도 않고 동료들과 말을 섞지도 않았다. 엠버가 이야기꾼의 모습으로 은근슬쩍 접근해 보려고도 하고 별 난리를 다 쳤지만 하나도 통하지 않았다. 카산이 다정스레 말을 걸어도 '나중에 대화하면 안 되냐. 제발.' 이라 반응할 지경이었으니 말은 다 한 셈이었다.

뮈블랑은 그렇게 마지막 날 새벽까지도 성벽을 정찰하다가, 문득 기척을 느꼈다. 안개가 낀 틈을 타 남몰래 공격을 시도하려는 것인지, 상대의 성문이 아주 조금 열렸다가 닫히는 소리와 함께 꽤 많은 숫자의 발걸음 소리가 들려온다. 청각에 전신의 신경을 집중시키자 대략적인 숫자까지 파악이 된다. 오십.

몇 번이고 실패한 주제에 마지막 날까지도 병력을 분산시켜가며 공격해 오는 의중을 모르겠다. 카마이유는 멍청한 새끼인 걸까. 뮈블랑은 차라리 그랬으면 좋겠다고 냉소적으로 생각하며 봉화에 불을 붙였다. 성벽을 지키던 병사들은 안개에 가려 상대 병력이 보이지 않을 텐데도 그녀의 명령에 일사불란하게 경계 태세를 갖춘다.

병사들은 더는 뮈블랑을 계집애라고 무시하지 않는다. 무시할 수가 없다.

그녀가 지난 오 일간 보여 준 모습들을 생각해 보라. 동에 번쩍 서에 번쩍 누가 쳐들어오기만 하면 불쑥불쑥 튀어나와서 도륙하고, 똑바로 행동하지 못한 병사들을 굴리고, 잘 행동한 병사는 또 어떻게 구분하는지 포상을 내리고, 눈 한 번 깜빡하면 사라졌다. 첫 번째 경합에서 그녀가 많이 자제했음이 느껴지는 순간들이었다. 카메라를 통해 비친 그녀를 본 대중들은 저마다 경악을 금치 못했다. 그녀가 움직이는 속도는 카메라의 송출이 따라잡지 못할 정도였으니까. 지금만 해도 그렇다. 카메라로 현장을 비추고 있는 리포터도 이렇게 말하지 않나?

— 어, 지금 '뮈블랑' 의 지시에 따라 봉화에 불이 붙었는데요, 저렇게 멀리 떨어진 기척마저 읽을 수 있는 걸까요? 정말 신기에 가깝습니다!

리포터들은 첫날, 뮈블랑의 암습을 처음부터 송출하지 못했다는 사실에 통탄하고 있었다. 그걸 방송할 수만 있었더라면 시청률이 대박을 터트렸을 텐데 말이다. 그러나 탐색 마법을 걸어 놔도 뮈블랑의 기척을 잡긴 어려운 노릇이었다. 쥐덫을 아무리 촘촘하게 설치한다 한들 반드시 쥐가 잡히는 것은 아니듯이.

이윽고 카산과 엠버 페르체도, 그리고 밀렌도요프가 외성에 도착했다. 뮈블랑은 밀렌도요프까지 왔단 사실이 굉장히 불만스러웠으나 말을 걸진 않았다. 대신 그녀는 활을 쏘는 병사들을 지휘했다. 그런데 화살이 자꾸만 튕겨 나갔다. 그들 주위로 둥그스름한 구체가 희끄무레하게 형성된 것을 보아하니 보호의 신력이 발동한 모양이었다. 뮈블랑은 화살을 계속 쏘는 것은 낭비란 판단하에 병사들을 뒤로 물리고, 성벽 위로 올라탔다. 밀렌도요프가 그 뒤에 섰다.

뮈블랑은 아래를 깔아 보며 나른하게 눈꺼풀을 반쯤 닫고 입술을 휘며 웃었다.

"안녕하십니까, 쥐새끼들? 어인 일로 광영 가득한 땅에 숨어들어 오셨는지?"

언제나처럼 여유작작한 인성이었다.

그런데 적들을 보자, 무언가…… 심장이 따끔거렸다. 도망쳐야 한다는 본능적인 예감이 경종을 울리듯이. 도대체 무엇 때문일까? 뮈블랑은 '그 이유'가 아니란 증거를 찾기 위해 필사적으로 눈을 굴렸다. 그러나 그 이유가 맞았다. 시선이 마주쳤다고 느낀 바로 그 순간, 한 병졸이 투구를 벗는다.

붉은 머리카락이 흘러내리고,

적의에 가득 찬 표독스러운 눈빛이 뮈블랑에게 꽂힌다.

"밀렌도요프 공주여! 할 말이 있소이다!"

'여자'의 등장이다.

다만 등장만으로도 심장이 막중하게 덜컹거리는데 그녀는 뮈블랑을 손가락으로 가리키며 이렇게 외치기까지 했다.

"저기 저자의 정체를 그대 또한 알고 있지 않소이까? 수백 수천 명을 죽인 암살자, 인간 도축을 하도 잘해서 아킬리아라는 별칭까지 붙은 괴물! 그대의 고상한 이상에 저런 괴물이 가당키나 하오?"

오십 명의 병사들은 선전 포고와 뮈블랑의 정신을 흔들어 놓으려는 목적으로 온 모양이었다. 더불어 대중의 여론을 제 편으로 만들기 위하여. 아무리 미화하려 한들 암살자는 결국 살인자일 뿐이다. 음습한 수작으로 인간의 목숨을 앗아 가는 자. 그리고 밀렌도요프는 지고한 사상을 기반으로 세력을 구축해 오고 있었다. 밀렌도요프에게, 뮈블랑은 존재만으로도 해악인 셈이었다.

"저자를 휘하에 두었다는 것은 그대가 만민을 기만하고 있다는 뜻 아니겠소이까!"

알고는 있었다. 알고는 있었는데, 그것이 만천하에 드러나자 뮈블랑은 마치 알몸으로 거리에 버려진 듯한 수치심을 느꼈다. 심장이, 심장이 너무 빨리 뛰었다. 뛰다 못해 지끈 통증이 일었다. 이대로 쓰러져 버리고만 싶었다. 그와 동시에 말끝을 장식하듯 둔중한 북소리가 울려 퍼지기 시작했다. 둥, 둥, 둥……. 적군이 그들의 성문을 열고 행진을 시작했단 의미였다. 와아아아! 함성이 잇따르며 적들의 기세가 높아졌다.

밀렌도요프는 빠르게 판단했다.

"엠버 페르체도! 병사들을 이끌고 나가 적들과 맞서 싸워요! 일전에 상의했듯, 그대는 공성에 주력을 기울여야 할 것입니다. 성곽을 지키는 것은 내 몫이에요! 뒤를 돌아보지 말고 파고드세요! 카산, 너는 이곳에서 나를 지키고, 뮈블랑, 너는…… 네가 가장 필요하다고 생각되는 곳에 가! 모두들 들어라! 너희가 지을 살겁을 책임질 자는 나다! 그러니 두려워 말고 맞서 싸우라!"

뮈블랑은 파리하게 질린 얼굴로 밀렌도요프를 바라보았으나 밀렌도요프는 시선을 피했다. 뮈블랑은 입술을 깨물고, 자취를 감췄다. 방송을 지켜보던 대중들이 경악할 정도로 빠른 은신이었다. 괴물. 저도 모르게 괴물이라는 말이 대중들의 입술 새로 떨어졌다. 밀렌도요프는 뮈블랑이 사라진 자리를 잠시간 바라보다가, 뒤돌았다. 핏빛 망토가 햇살을 부수듯 흩날렸다.

그 뒤로는 전쟁이었다.

언제든, 무슨 목적이든, 전쟁은 참혹하다. 전쟁은 정의를 실현하기 위한 수단이 될 수 없다. 전쟁은 폭력이다. 살아남기 위한 몸부림이다. 신들은 전쟁을 명해 놓고 지고하도록 드높은 구름 위에서 인간들의 죽음을 구경하고 있다. 신들은 무책임하다. 누군가의 고통을 그저 유희 거리로밖에 바라보지 못하는 자들이다. 그들에게 있어 인간은 한낱 진흙 인형이다. 망가져도 상관없다. 다시 빚어 버리면 된다.

그러니까, 언제까지나 한낱 진흙 인형으로만 남을 수는 없다고 외치는 거다.

적군은 바퀴 달린 나무 오두막 내부에 뭉뚝한 쇠뭉치를 단 공성 병기, 충차를 끌고 왔다. 밀렌도요프 측이 투석기를 만들었듯 그들 또한 일주일간 제작해 낸 것이 분명했다. 활처럼 생겼지만 활과는 달리 밧줄의 장력을 이용해 작동하는 공성 병기 노포 또한 적군 대열 앞머리에 여럿 보이고 있다. 다행스러운 점은 공성 탑이 보이지 않는다는 사실일까. 공성 탑이 있었더라면 밀렌도요프와 기테모어가 계획했던 전략을 사용하기 어려워졌을 것이다.

밀렌도요프는 말한다.

"궁병은 공성 병기를 끄는 병사를 겨냥해라! 저들은 신력으로 방어할 테지만, 신력은 영원히 가지 않는다! 투석기는 가장 먼저 충차를 공격하라! 그리고 부디—"

이제 곧 양측 모두 사정거리 내부에 진입할 것이다. 밀렌도요프는 손을 뻗어 발사 명령을 내림과 동시에 간절하게 소리 질렀다.

"살아남아라!"

쿠궁, 쾅! 요란한 충격음과 동시에 노포들이 날린 대형 화살들이 목책에 파고들며 그 뒤에 서 있던 병사의 배를 꿰뚫는다. 찢어져라 비명을 지른 병사가 어떻게든 몸을 빼려 애쓰자 피가 뿜어져 나오며 내장이 줄줄 흐른다. 주르륵, 분홍색의 장기가 발치에 고이자 병사의 입가에 꼬르륵 게거품이 물린다.

다른 성벽도 마찬가지다. 노포 한 방에 어깻죽지가 바스라지고 두개골의 절반이 터지며 수성병기 하나의 도르래 부분이 망가졌다. 그러나 밀렌도요프 측이 마냥 당하고만 있는 것은 아니었다. 투석기가 쏘아 올린 커다란 바위들은 방어가 집중된 충차를 망가뜨리지는 못했지만 앞 열의 노포 두 개는 거뜬하게 으스러뜨렸다. 더불어 이어진 화살 세례가 병사들의 목을 꿴 것은 물론이었다.

그 뒤로 잇따른 것은 불화살이었다. 첫 번째 대형 화살의 여파에서 벗어나지 못한 자들의 머리 위로 화염이 쏟아졌다. 혼란이 벌어질 법도 하건만 1차 공격에서 정신을 놓지 않은 병사들은 나름 용병업계에서 뼈가 굵어진 작자들이었으므로 그들은 팔뚝이 지글지글 타들어 가는 동료에게 물을 퍼부어 주곤 밀렌도요프의 함성에 따라 행동했다.

밀렌도요프는 상황이 급변할 때마다 순간순간에 가장 필요한 것을 외치고 있었다. 마음 같아서는 저 자리에 뛰어들어 병사들과 함께 나무판자를 옮기고 불을 진압하고 싶었다. 간절했다. 그러나 밀렌도요프의 역할은 지휘였다. 이성적으로 합리적인 판단을 내리자. 희생을 줄이자. 그대들은 살육을 두려워 말라.

"전군, 조준!"

모든 살겁은 내가 책임질 것이니.

"발사!"

화살비가 적군을 강타한다. 도륙의 향이 난다.

이윽고 충차가 성문 앞에 도달했다. 충차의 오두막 안에 든 병사들이 마치 범종을 치듯 앞뒤로 충차를 밀었다 당겼다 하며 성문을 끊임없이 두드렸다. 나무로 만들어진 문은 당장이라도 뚫릴 듯이 아슬아슬해 보였다. 그때 밀렌도요프는 기름을 부으라고 말했고 병사들은 곧장 지글지글 끓여 둔 기름을 충차 위로 부었다. 그러나 돌연 바람이 불어 마치 파도가 움직이듯 기름이 성벽 안으로 엎질러진 것 아닌가? 이어 허공에서 타다닥 불씨가 피어났다. 신력. 제기랄.

"피해—!"

엎질러진 기름에 화상을 입고 바닥을 뒹굴던 병사들에게 불이 붙었다. 그들은 고통스러운 비명을 지르다가 몇몇은 성벽 아래로 굴러떨어져 충차 위에 둘러진 방어막에 부딪혀 목이 꺾였고 몇몇은 동료들의 손에 잠이 들었다.

방송을 지켜보던 기테모어는 저도 모르게 손아귀를 말아 쥐었다. 혹여 밀렌도요프가 스스로를 자책할까 봐 두려웠던 탓이다. 밀렌도요프의 잘못은 없다. 다만 적이 영리했을 뿐이다. 그러나 기테모어는 밀렌도요프의 여린 마음이 무너질까 두려웠다. 그때,

"걱정 마."

루퍼스가 힘 있게 중얼거렸다.

"저 공주님은 마음이 여릴지언정 무너질 인간은 아니야."

그의 말대로, 밀렌도요프는 지금 이 순간 필요한 것이 무엇인지 알고 있었다. 밀렌도요프는 병사들에게 동요를 보이지 않기 위해 이를 악물며 지령을 내렸다. 중대장이 마법 도구의 버튼을 눌렀다. 그러자 당장이라도 부서질 듯하던 성문 앞에 웬 벽이 세워지기 시작하더니, 그 위에 청록색의 마법진이 아로새겨지며 선명한 광휘를 뿌렸다.

"후작 각하, 저게 대체 뭡니까?"

"……사특한 마법임이 분명하다! 충차로 깨부숴라!"

슈메프 후작은 애써 당황한 티를 내지 않으며 고래고래 소리쳤지만, 벽은 미동조차 없었다. 이대로 가다가는 영원히 성문을 부수지 못

할 것 같았다. 그제야 요새 안에서 방송을 통해 상황을 지켜보던 카마이유는 밀렌도요프의 계책을 직감했다.

"망할 계집, 반신을 이용해 먹다니!"

신들은 카일룸의 적당한 개입까지는 허용한다고 했다. 그렇다면 직접 마법을 시전하는 것이 아니라 도구를 선물하는 정도라면 허용되어야 마땅하다. 그것도 한 경합에 단 하나, 별 도움도 안 될 것이라 알려진 벽 세우기 마법 하나. 신들이 개입하지 못할 선 안에서 밀렌도요프와 카일룸은 최선을 다했다.

자, 그러니까 이런 계책이다.

성문만 버틴다면 적은 밀렌도요프 측에 깃발을 꽂을 수 없다. 그렇다면 엠버 페르체도가 단 하나의 깃발이라도 빼앗을 경우 그들은 승리할 수 있잖은가?

그러나 내부에 적이 숨어 있을 줄은 몰랐지.

"커헉……."

중대장의 등을 찌른 장년의 병사가 재빠르게 그의 품을 뒤져 마법 도구를 꺼내 들었다. 뮈블랑이 쥐 잡듯이 패던 그 남자였다. 그는 자신만만한 표정으로 마법 도구의 버튼을 눌렀고, 곧.

성문을 가로막던 벽이 사라졌다.

승리를 장담하던 병사들의 뇌리가 허옇게 물들었다. 그들은 허둥지둥하다가 서둘러 성벽 위로 올라왔으나 이미 때는 늦었다.

성문이 뚫렸다.

그리고 요란한 함성과 함께 적병이 성 안으로 침입하기 시작했다.

그러나 엠버 페르체도는 본성의 상황을 눈치챘으면서도 흥겹게 콧노래를 부를 뿐 아무렇지도 않은 듯이 검을 휘두르며 깃발을 꽂아 댔다. 꽂은 깃발에 절절 끓는 쇳물을 부어 도금시켜 버리는 것도 잊지 않았다. 하나둘 그녀들이 점령한 깃발이 늘어나기 시작했다. 그래 봤자 성문을 뚫고 점령을 시작한 카마이유 측에 비할 바는 아니었지만,

그래도 용병들은 그녀의 분위기에 전염되어 실실 웃었다.

어느덧 황혼이 밀려올 때까지도.

"황실 기사단장과 함께하게 되어 영광이었습니다!"

"오냐, 저승에서 만나자!"

마지막까지 버티던 용병의 목이 달아났다. 엠버는 깃발을 뒤로 한 채 덩실덩실 춤을 추었다. 그녀의 춤사위 한 번에 병사들의 목이 둥실 잘려 나갔고 척추가 부러졌으며 무릎뼈가 으깨졌다. 신이 들린 것처럼 압도적인 무력은 화살 수십 발을 맞고도 변함없었다. 왜 죽지를 않나 어이가 없을 지경이었다. 화살도, 신력도, 기사도 통하지 않았다. 마치 불사신을 보는 것 같았다. 병사들이 다시금 신력을 퍼부으려던 순간, 요새 내부에서 폭탄이 터지는 소리가 났다. 카마이유가 그 안에 있었을 것이므로 모두가 깜짝 놀라 그쪽을 향해 우르르 몰려가는 사이.

어디선가 갈고리 달린 철사가 성벽에 내리꽂혔다.

탑 위에 올라타 있던 뮈블랑이 철사를 쥔 채 성벽으로 뛰어내렸다. 그러곤 휘청 쓰러지는 엠버 페르체도의 손아귀를 단단히 움켜쥐었다. 카마이유를 암살하는 데 실패한 뮈블랑은 신력에 의해 반죽음 상태였다. 엠버보다는 아니었지만.

"꽉 잡아요. 뛰어내릴 거니까."

그러나 엠버 페르체도는 여상하게 웃을 뿐이었다.

"그거 알아, 뮈블랑? 나는 내가 오늘 죽을 걸 알고 있었다."

"……닥쳐요."

애당초 엠버 페르체도에게 유닷테가 내어 주고 뮈블랑이 훔친 마법 무구를 전부 주었다고 한들 적진에서 하루 종일 버티는 것은 어려운 일이었다. 모두가 그것을 알고 있었건만 뮈블랑은 어째서일까, 그 사실을 엠버 페르체도의 입에서 듣고 싶지 않았다.

"그래서 카일룸에게 약도 받아먹었어. 고통을 못 느끼게 하는 약.

그래서 이만큼 화살을 맞아도 움직일 수 있던 거야. 길동무는 많을수록 좋잖냐."

"닥치라고."

"그래도 무리했는지 슬슬 움직이기가 힘드네."

"……."

"네 한 손으로 둘 무게를 감당하는 건 무리다. 너만 내려가. 네 말대로 하자면, 나는 심하게 부상 입어 경합 기간 내에 전력이 되기 어려우므로 굳이 살릴 필요가 없는 도구일 텐데?"

맞는 말이다. 반박할 논리를 찾지 못한 뮈블랑은 주저앉아 가쁘게 호흡하는 엠버 페르체도의 앞에 쭈그려 앉은 채 속삭였다.

"나는 당신의 죽음에 죄책감을 갖지 않을 겁니다."

"오냐."

"당신을 기리지도 않을 거고요."

"그래."

"멍청하게 남 일에나 뛰어들어서 뒈진 새끼로 기억할 겁니다. 아니, 기억하지도 않을 거예요. 이 한심해 빠진 작자. 도대체 왜 공주님의 일에 이렇게까지 합니까? 나도 아니고, 카산도 아니고, 도대체 당신이 왜?"

중얼거리는 목소리. 엠버는 그조차도 슬펐다.

"너 좀 행복해지라고."

"……예?"

"공주가 왕이 될 수 있는 세상이 오면, 인간을 도구 따위로 취급하지 않는 세상이 오면, 너를 사랑하지 못하는 너마저도 그때는 행복해질 수 있을 거 같아서."

"잠깐, 당신……."

"세상의 수많은 '너'를 지키기 위해 죽는다면, 그것도 꽤나 영웅적이지 않냐?"

엠버는 씩 웃었다. 이윽고 뮈블랑의 벌어진 눈동자에 엠버 페르체도가 성벽 아래로 뛰어내리는 장면이 담겼다. 뮈블랑과 실랑이를 할 시간에 직접 자살하려는 모양이었다.

뮈블랑은 본능적으로 팔을 뻗어 그녀의 손아귀를 붙잡았다. 왜 붙잡은 것인지도 모르며 어떻게든 놓치지 않으려 바득바득 힘을 주었다.

그리고 엠버 페르체도는 그녀의 얼굴을 보고 그만 놀라 버렸다.

"너, 왜……."

왜 그런 표정을 짓고 있어.

"씨발, 나도 몰라요! 내가 왜 이러는지 나도 모르겠다고! 어차피 당신 데려가 봤자 금방 치료받을 수도 없으니까 당신 뒈질 거 알겠는데, 그래도! 그래도 내 앞에서 뛰어내리지는 말란 말이야! 제발, 좀……! 또 놓칠 순 없어, 더는 싫다고!"

엠버 페르체도는 곧 빙그르르 웃었다. 그녀는 소녀를 향해 속삭였다.

"야, 뮈블랑."

"말할 시간 있음 손에 힘이나 줘!"

"너는 도구—"

순간, 피에 의해 미끄러진 손아귀 틈새로 엠버가 빠져나갔다. 뮈블랑은 눈을 감았다. 망막에 아른거리는 그녀의 웃음을 애써 모른 체했다.

패배였다.

✤ ✤ ✤

비가 내렸다. 추적추적 빗물 떨어지는 소리가 고막에 중첩되며 골을 울렸다. 그 장중한 소음. 흙탕물에 고인 물방울이 연속적으로 첨벙대고, 연못의 금붕어들이 빠듯하게 고개 들고 뻐끔거릴 때, 첨예하게 갈고 닦아진 감각은 자연스럽게 듣고 싶지 않은 것들마저 들려주었다. 웬 사내가 당당하게 팔을 펼치며 하는 말.

엠버 페르체도가 죽었으니, 아브리치오 황제도 이제 끝장이군. 안 그래도 경합을 펼친 것만으로 무리였는데 최적의 패까지 잃게 되었으니 입지가 흔들리는 것은 식은 죽 먹기야! 주위로 원을 그린 사람들이 그의 말을 경청하고 있었다. 뮈블랑은 휘적휘적 걸음을 옮기며 허튼소리를 종알대는 사내의 발을 꾹 밟고 지나갔다. 사내는 얼굴이 시뻘게져선 손가락질을 해 댔다. 이보게! 내 발을 밟아 놓고 사과도 없이 걸음 하다니 이 어찌나 무례한 행태인가? 그러자 다른 남자가 어깨를 잡으며 사내를 만류했다. 놔두게, 저자 그것 아닌가, 그것.

"괴물……."

전신이 움찔 떨린다. 그러나 아무렇지 않은 척해야지. 그렇잖은가? 고작 저따위 말로 동요하는 모습을 보일 수는 없지. 아무렴. 장례식 중에 소란을 피울 수도 없고. 그래, 장례식.

그들은 장례식을 치르고 있다.

경합 중에 장례식이 열리는 일은 보편적이지 않았다. 그러나 황실 기사단장 엠버 페르체도의 죽음은 사망한 모든 이들과의 합동 장례식을 열기에 충분한 계기였다. 뮈블랑은 흉터를 가리기 위해 목 끝까지 오는 검은 옷을 입었다. 흰 국화꽃은 준비하지 않았다. 국가와 교단이 주최하는 장례식이니만큼 딱히 할 일도 없었고.

그래서 카산과 밀렌도요프와도 말을 섞지 않았다. 그 검투사 카산의 내장이 흘러내렸다고 하더라. 단신으로 공주님을 지키는 모습이 괴물 같더래. 그런 단편적인 소문만 들으며 불안에게 먹이를 줬다. 얼마나 다쳤을까. 공주님은 무사할까. 불안은 불분명한 것을 먹이 삼아 부피를 늘려 갔고 뮈블랑은 압사당하기 직전이었다. 한편으론 뭉그러진 상처에서 자조가 흘렀다. 괴물도 공포를 느끼는구나. 수천 명을 잡아먹은 괴물도 제 사람 죽을지도 모르면 두려움을 느끼는구나.

몸이 떨렸다. 동요해선 안 되는데, 티를 내선 안 되는데. 무섭다. 당장이라도 카산과 밀렌도요프에게 달려가고 싶다. 자신을 드러내도 괜찮은 사람들에게 가고 싶다. 그렇지만 무섭다. 그들마저 자신을 버릴까 봐, 또는 괜찮다고 해 줄까 봐. 둘 다 견딜 수 없었다. 놓지 마라. 너희가 나를 놓는 건 견딜 수 없어. 그렇다고 괜찮다고 해 주지도 마.

그건 너무 내가 죄스럽잖아.

뮈블랑은 암살자다. 사람을 죽였다. 그러고도 아무렇지 않았다. 아무렇지 않았다. 아무렇지 않았다. 그러니까 엠버가 그녀의 손에서 미끄러진 것도 아무렇지 않고, 밀렌도요프에게 버림받을지도 모르는 것도 아무렇지 않고…….

아.

머리를 터트려 버리고 싶다.

뮈블랑은 구석에서 몸을 웅크린다. 검고 왜소해 제대로 보이지도 않는 소녀를 찾아와 나긋하게 말을 거는 자는 하필 아브리치오다.

"뮈블랑……이라고 했느냐?"

뮈블랑은 고개를 든다. 메마른 눈동자. 눈시울조차 붉게 물들지 않은 창백한 피부.

너는 울음조차 흘리지 못하는구나.

말하지 않는다.

"좋은 날씨구나?"

"……그렇군요."

"이야, 이런 날에는 소풍을 가야 하는데 말이다. 푸른 하늘에 맑은 공기가 쾌청하니 심금을 울리도다!"

이야기꾼 엠버를 따라 하는 양 어색한 말씨다.

뮈블랑은 느릿하게 대꾸한다.

"왜 오셨습니까."

"꽃망울도 아름답고, 흠, 내친김에 경합이 끝나면 함께 가겠느냐?"

"왜 오셨느냐고 여쭈었습니다."

뒤에 선 기사들이 울컥하듯이 한 발자국을 내딛지만 아브리치오는 무례한 언동을 신경 쓰지 않는다는 것처럼 방긋이 웃는다.

"엠버 그 친구가 소풍을 갔잖으냐. 그래서."

움찔 떠는 소녀의 어깨에 손을 얹고 지그시 눈을 들여다보며.

"그래서 짐이 왔다."

뮈블랑은 귀신 쫓듯이 핏줄 돋아난 손으로 아브리치오를 쳐 냈다. 가쁜 호흡은 곧 죽을 사람처럼 격했다.

"……왜요, 나를 책망하실 요량이십니까? 아니면 함께 그리워할 사람이라도 필요한 거예요? 그렇다면 번지수를 잘못 찾으신 것 같은데요. 난 아무렇지도 않으니까!"

"책망도 그리움도 아니다. 왜 짐이 그런 감정을 느껴야 하느냐?"

"그게 아니면 뭔데!"

"짐은 그녀가 자랑스럽다."

목이 메어서,

"대체 짐이 왜 너를 책망해야 하느냐? 짐이 왜 주위의 충성스러운 친우들 말고 너를 찾아와 그리움을 토로해야 하느냐. 짐은 그녀가 자신이 원하는 길을 향해 한껏 발버둥 쳤단 사실이 자랑스러워서 벅차오를 뿐이노라. 그러니 너 또한 죄책감 가질 필요 없다. 짐은 그것을 말하기 위해 네게 왔다."

목이 메어서 말을 할 수가 없었다. 뮈블랑이 아무 말도 하지 않자 아브리치오는 살갑게 그녀의 머리카락을 헝클어뜨린 후 뒤돌았다. 뮈블랑은 고개를 숙였다. 그리고 아무 말도 하지 않았다. 어차피 엠버의 친인척도 아니니 적당히 돌아가면 될 텐데 끝까지 장례식장을 지켰다. 끝까지.

유닷테는 끝까지 장례식에 오지 않았다.

유닷테가 무슨 생각을 하고 있는지 알고 있는 사람은 아마 없을 것이다. 그렇지만 뮈블랑은 어째서일까, 유닷테를 미워하기 힘들었다. 자신을 살인자로 만들었다는 것을 알면서도.

어쩌면 동류임을 직감했기 때문일지도 모른다.

유닷테는 분명 동류가 아니라고 할 테지만, 속내 어딘가 이지러지고 뭉그러진 사람이란 것은 필히 겉으로 티가 나고야 말기에. 그래서 뮈블랑은 유닷테가 자신을 불러내어 범국가적으로 사용이 금지된 마법 폭탄을 쥐여 줬을 때도 묵묵히 고개만 끄덕였다. 유닷테는 가만히 뮈블랑의 얼굴을 들여다보다가 웃었다.

"내 말했지? 너는 내 동류가 될 수 없다고."

무슨 말일까. 알 도리 없다. 검은 옷을 입은 유닷테는 그날부로 욘고프 영지에 들어가 나오지 않았고 뮈블랑은 뒤돌아보지 않았다.

세상에는 수많은 갈래가 있다. 옳은 길이라는 것이 존재한다는 양 아이들을 기만하여 나아갈 것을 종용하던 어른들은 보라. 당신들은 틀렸다. 당신들 때문에 내가 이렇게 됐다. 뒤돌아가기엔 너무 늦었다. 그러게 왜 옳은 길이 존재한다고 믿었나. 그렇게 당신들의 실패를 답습시켰나. 세상에는 수많은 갈래가 있고 선택을 책임져야 할 자는 다른 누구도 아닌 바로 자신이라는 사실만 주지시켜 주었으면 되었을걸.

방향을 고치기엔 이미 늦었을까. 늦은 걸까. 모르겠으나.

"루퍼스."

"뭐냐."

"공화정에 대해 알고 싶어요."

자신의 선택으로 한 발자국 내딛는다. 앞인지 뒤인지는 알지 못한다.

✤ ✤ ✤

카마이유는 장례식에 참석하지 않았다. 당연하지만, 자신이 받은 저주가 언제 발동할지 알지 못하는 그로서는 몸을 사릴 필요가 있었다. 발동조건이 뮈블랑의 앞이라든지 그랬다간 끝장이었다. 그러나 지도자로서 바깥 상황을 파악하지 않을 수도 없었으므로 동향을 살피기 위해 그는 매일 방송을 전해 들으며 신학자들과 사제들을 갈구었다. 내 몸에 무슨 이상이 생겨난 것인지 알아내지 못한다면 네놈들을 전부 죽일 거라 협박하는 모양새가 험악하기 짝이 없었다.

— 도대체 카마이유 왕자에게 던진 저주의 정체가 무엇인가요?

그때 때마침 어느 리포터가 뮈블랑에게 질문을 던졌다. 카마이유는 당장이라도 이 지긋지긋한 골방에서 나가고 싶었다. 그러기 위해선 힌트가 필요했다. 아주 조금이라도, 무언가 쓸모 있는 정보가 나올 수만 있다면…….

이윽고 뮈블랑의 입이 열렸다. 카마이유가 그녀의 목소리에 온 감각을 곤두세울 때였다.

— 그건 그냥 간식으로 먹던 해바라기 씨였는데요.

— …….

— 고소해요.

— …….

— 그럼 전 이만.

정적이 휘몰아쳤다. 카마이유는 아무 말도 하지 않고 저도 모르게 키득거리기 시작한 1왕자의 머리를 향해 꽃병을 던졌다.

⚜ ⚜ ⚜

인터뷰의 파장이 전 세계 방방곡곡에 전해진 후의 일이다. 뮈블랑은 거시기한 표정으로 문을 두드렸다. 들어오라는 대답이 들려왔다. 문을 열자 루퍼스는 손님방이 마치 제 구역이라도 되는 양 콧수염을 매만지며 어깨를 으쓱하고 있었다.

침묵이 한참 흐르고, 급한 사람이 먼저 말을 꺼냈다.

"거…… 예, 가르침을 주십쇼."

그에 비해 루퍼스는 급하지가 않으니 딴소리할 여유도 있었다.

"왜 기테모어에게 안 가고 나한테 왔냐?"

"그야 댁이 만만……."

"……."

"하지 않은 냉철한 이성을 지니고 있기 때문이죠."

루퍼스가 그녀를 뚫어져라 쳐다봤다. 뮈블랑은 머리를 긁적이며 시선을 커피 잔에 고정시켰다. 몽클몽클한 거품. 만지면 말랑말랑할 것만 같은 느낌.

"아, 그래요, 솔직하게 말할게요. 스승…… 기테모어 님께 가면 공주님이랑 카산에게 제 소식이 전해질 게 뻔해서 그래요. 좀. 부담스럽잖아요."

뮈블랑은 장례식이 끝날 때까지도 밀렌도요프와 카산을 만나지 않았다. 그리고 지금이었다. 루퍼스가 눈살을 찡그릴 때쯤 뮈블랑이 무릎을 접고 끌어안았다. 고개를 들었다. 어린아이처럼 웅크린 몸에 비해 마주한 눈동자는 형형하기 짝이 없었다.

"당신은 내 소식을 전하지 않겠죠. 부담스러우니까."

전하지 말란 협박과 다를 게 없었다. 루퍼스는 티스푼을 휘휘 젓고는 커피를 들이켰다. 달그락 소리와 함께 내려놓았다.

"그렇지."

"그럼 됐어요. 공화정에 대해 알려 줘요."

"무얼?"

"말장난할 여력 없어요."

"그러니까 무얼 알고 싶으냐고. 단순히 공화정의 정의를 알려는 건 아닐 테고. 국가의 주권이 국민에게 있고 국민이 선출한 대표자들이 국법에 따라 행하는 정치, 뭐 이런 게 궁금해서 날 찾아온 건 아닐 거 아니냐."

뮈블랑은 발끝으로 바닥을 타다닥 두드리다가 입술을 잘근 씹었다.

"국가의 주권이 국민에게 있다는 게 뭐죠?"

"말 그대로야. 의회 체제로 설명하자면 귀족 의회에게만 허용되던 권리를 평민 의회가 거머쥔다고 볼 수 있지."

"그건 또 다른 귀족 계급의 생산 아닌가요? 어차피 부유한 남성부터 얻을 권리인데 그걸 만들어서 뭐 해요. 나 같은 가진 거 없는 노예 계집은 제일 나중에 권리를 얻겠죠. 그런 공화정이 내게 의미 있나요? 내가 살아 권리를 누리지도 못할 텐데?"

"그렇다면 현상 유지에는 무슨 의미가 있지? 기득권층의 무궁무진한 번영?"

"……."

깨문 입술에서 피가 흘렀다. 루퍼스는 뮈블랑에게 손수건을 던졌다.

"어쩌면 네 말대로, 사람은 계급을 만들어 갈 뿐인지도 모르겠다. 아무리 평등해지자고 외쳐도 기득권층이 될 기회가 생기면 냅다 몸을 던지는 게 사람일지도 모르겠다고. 그런데 말이야. 무언가를 바꾸려고 하는 움직임에는 힘이 있다. 이상을 품고 나아가려고 하는 자에게만 존재하는 그 열기 말이야. 아무리 닿기 힘들다고 해도 그걸 놓아버리면 그때부턴 기존의 기득권층과 다를 게 없어지는 거야."

뮈블랑은 입술을 닦지 않고 주먹으로 손수건을 움켜쥐었다.

"현 공화파는 모두 순수한 이상을 갖고 있나요?"

"그렇게 질문하면 이렇게 대답할 수밖에 없지. 블리마데세는 어땠나? 네가 본 블리마데세는, 순수한 이상을 좇았어?"

"네."

내밀어진 답엔 한 치의 망설임도 없었다. 그는 잠시 당황스러운 듯 침음했다.

"허……. 다른 건 몰라도 네 눈에 콩깍지가 가득하단 건 알겠다. 어쨌건, 그럼 나는?"

"순수와 오억 광년 정도 거리가 있다고 보는데."

"내가 순수한 공화파가 아니라면, 나와 함께 일하는 사람들 모두가 그렇겠군. 나를 동료로 여기며 함께하고 있으니까. 아니, 반박하려 하지 마. 더 이어져 봤자 궤변으로밖에 흐르지 않을 대화니까. 그러지 말고 생각하는 시점을 바꿔 보잔 거다. 뮈블랑, 애당초, 완전무결한 인간은 존재할 수가 없다. 너는 그걸 모르고 있어."

"뭔 말을 하려는 거예요."

"이른바, 이런 소리지. '순수함이란 무엇인가? 덜 순수한 공화파는 혁명에 참여할 자격이 없는가? 그 모든 것을 정하는 자는 누구인가? 그리고……'"

"'그 사람에게 그걸 정할 자격 있는가?'"

루퍼스가 씩 웃었다.

"너 입가 좀 닦아라. 흡혈귀도 아니고 그게 뭐냐."

손수건으로 입술을 문질러 닦은 뮈블랑은 눈을 내리깔며 팔짱을 꼈다. 그러나,

"아직 납득이 안 돼요."

"걱정 마라. 내가 도울 테니."

황혼이 밀려들고 어스름이 자욱하게 내리깔릴 때까지도 피범벅인 손수건을 놓지 않았다.

✢ 제9장 ✢
이전으로 돌아갈 수 없단 사실

"그해 첫 번째로 태어난 양의 피를 베어 그릇에 세 방울 담고 털가 죽을 갈라 내어 그 옆에 올려 두고 양의 가장 좋은 부위를 썰어 제단 앞에 두고 그 모든 것들을 태우세요."

루퍼스와의 기나긴 토론을 끝내고, 흔히들 '치성을 드린다'고 하는 행위를 위해 엘마티카네오스의 신전을 찾은 뮈블랑은 주위의 따가운 적의에도 불구하고 제단 앞에 섰다. 지금 중요한 것은 타인의 시선이 아니었다.

하얀 대리석으로 이루어진 제단 위에 팔다리가 묶인 채 옹송그린 양의 눈은 제 운명을 아는지 서글프다. 익숙한 손짓으로 망설임 없이 칼을 쥔다. 붉은 끈으로 나무 손잡이와 얽힌 돌칼은 무디어 쉽사리 다루기 어려운 것이건만, 한 번에 죽도록 급소를 내려 찌르는 손놀림은 정확하기 그지없어 절로 사제들의 눈살이 찌푸려진다. 왜들 이래. 당신네들도 하는 짓이잖아. 왜, 내가 하니 사람 죽이는 모습이 연상되기라도 해?

'물론 그렇겠지만.'

비틀지 않고 깔끔하게 뽑아 칼날에 묻어난 핏물을 그릇에 세 방울 담는다. 털가죽을 가뿐히 가르자 힘줄 끊어지는 소리가 난다.

가정의 여신 엘마티카네오스의 신전은 흔히들 '가정'이란 단어에서 파생되곤 하는 온화함과 따사로움과는 거리가 멀었다. 엘마티카네오스라는 신이 어떤 존재인지를 알리듯 장엄하고 정결하게 설계된 신전은 당연하게도 뮈블랑의 출입을 금지하려 했다. 신을 모시는 엄숙하고 고귀한 자리에 감히 사람 죽이는 암살자 따위를 들일 수 없다는 것이 그 근거였다. 그러나 뮈블랑에겐 유닷테라는 훌륭한 뒷배가 있었고 바흐무트 상단을 이용해 기부금 폭탄을 날린 결과 이렇게 치성을 올리러 오게 된 것이다. 돈에 굴복해 놓고 적의를 표하는 사제들이 우습기야 했지만 지금은 그런 사소한 일로 설왕설래할 여유가 없었다. 빠르게 끝내야 했다.

뺨에 튀긴 핏물을 소매로 닦았다. 이제 가장 귀한 부위를 썰 차례다.

여태까지는 다른 이들에게 대리로 치성을 올리도록 부탁했다. 직접 신전에 찾아가기엔 경합을 준비하기만 해도 시간이 부족했기 때문이었다. 그러나 이제, 뮈블랑은 밀렌도요프의 얼굴을 보기가 힘들어졌으니 이런 일이라도 해야 하지 않겠는가?

밀렌도요프는 신에 대항하기 시작한 최초의 인간이다. 선지자이며, 왕의 그릇이다. 방송을 통해 세뇌가 풀리기 시작한 사람들은 밀렌도요프의 진심 어린 말을 들을 준비가 되어 있었다. 여기서 문제가 되는 점은 암살자가 그 곁에 머문다는 것, 그리고 암살자를 만들어 낸 유닷테라는 자를 뒷배 삼는다는 것.

잘라 낸 양의 모든 것에 성령이 깃든 불을 옮겨 붙였다. 화염은 기름을 머금고 화르륵 잘도 탄다. 넘실거리는 불안. 새까맣게 타들어 가는 심장.

날숨을 길게 뺀다. 어지럽다.

어지럽다?

'아니, 이건 단순한 어지럼증이 아니라…….'

신력에 의한 것이 분명해. 여기까지 생각했을 때, 기우뚱하고 몸이 쓰러진다. 우당탕. 갑자기 사람이 엎어지자 모두가 당황을 금치 못하고 헐레벌떡 다가온다.

그러나 뮈블랑은 눈을 뜨지 못한다.

그녀의 시야는 이미 아득한 너머로 향해 있다.

'강력한 신이라더니 진짜로군. 사람 하나를 이렇게 잠재울 정도라니 말이야.'

— 네 정신이 불안하여 잠재우기 쉬웠다. 이처럼 읽는 것도 쉬웠고.

순간적으로 머리를 내리치듯 울려 퍼지는 장대한 음성. 종소리 울리듯이 고아하면서도 장중한 목소리는 언뜻 높은 듯하면서도 낮고, 낮은 듯하면서도 높다. 파이프오르간의 울림처럼 중첩된 음들의 층계. 뮈블랑은 그녀의 등장으로부터 신이라는 존재가 인간에게 선사하는 압박감에는 평생토록 익숙해지지 못할 것을 느낀다.

뮈블랑이 그 알량한 입놀림으로 허튼수작을 부리려 할 때, 엘마티카네오스가 먼저 서두를 끊는다.

— 닥쳐라, 내 아직 너에게 말할 권리를 주지 않았다. 한데 어찌 감히 네가 혓바닥을 놀리려 드느냐.

"송구합니다, 저는……."

— 또 볼썽사납게 입부터 놀리는구나. 같잖은지고.

뮈블랑은 그제야 머리부터 숙였다. 어디에 엘마티카네오스가 있는지도 알지 못한 채 고개부터 처박은 것이다. 엘마티카네오스는 한참 동안 뮈블랑을 내려다보다가 쯧 하고 혀를 찼다.

— 고개를 들라.

고개를 들자, 눈앞엔 온통 휘몰아치는 빛과 색채뿐이었다. 멀미가 날 정도로 빠른 소용돌이가 그녀의 시야를 녹여 버릴 듯이 나부끼고 있었다. 모든 것이 돌고, 돌고, 돌았다. 어지럼증을 견뎌 내고 자세히 들여다보니 그 수많은 색채의 소용돌이는 수많은 시간 선이 얽히고설킨 결과였다.

그 모든 시간 선에는 뮈블랑이 있었다.

다시 말해 그녀의 눈 앞에 펼쳐진 세계는 뮈블랑의 과거였다. 그녀의 과거가 방송 채널을 변경하듯이 마구잡이로 송출되었다가 흩어지는 것을 반복하고 있었다.

어지러워 고개를 쳐들자, 그 모든 것들의 위, 구름 위의 세계.

그곳에 엘마티카네오스가 있다.

주홍색 머리카락을 틀어 올리고 황금으로 이루어진 관을 쓴 신들의 왕후는 지독히도 엄격한 눈초리로 뮈블랑을 내려다보고 있었다. 그녀는 숨소리 하나하나에서도 지고함이 묻어나는, 고대의 가장 강대한 신 중 하나였다.

외형이 눈에 띄진 않았다. 다소 고집스러워 보이는 미간을 제하자면 유다르게 도드라지는 부분도 없는 얼굴. 그러나 그녀의 몸가짐은 더없이 우아했고 고매했으며 정결했다. 타오르는 듯한 붉은 눈동자와 붉은 옷감은 그야말로 한 몸인 것처럼 어울렸는데, 정령들이 금실로 한 땀 한 땀 수놓은 자수는 엘마티카네오스가 프레이와 권력을 두고 싸우던 고대의 시절 그녀를 칭송하던 영웅이 바친 사자 가죽을 새겨 넣은 것이었다. 그녀가 들고 있는 지팡이 또한 고목나무 정령이 에우겔에 의해 강간당하기 직전 스스로를 엘마티카네오스에게 바친 결과물이었고, 샌들도, 팔찌도, 전부 그녀를 위해 바쳐진 물품들. 다만 틀어 올린 머리 위의 황금 관만이 프레이에 의해 내려진 것이었다.

'당신은 그것을 어떻게 생각할까?'

요사스럽게 웃으며 입술을 열려던 찰나, 세계가 정지했다. 정확히 말하자면, 소용돌이가 멎어 들고, 과거의 한 장면에 우뚝 멈췄다. 그리고 흐르기 시작했다.

붉은 머리카락이 흔들린다.

까르르 웃는 메마른 소녀들. 붉은 홍등가에 피어난 작은 꽃망울. 그곳에서 뮈블랑은 어떤 사람이었더라?

보인다. 스스로의 운명을 저주하는 아이가.

⚜ ⚜ ⚜

뛰노는 뒷골목의 어린아이들, 나풀거리는 치맛자락, 얼마 지나지 않아 너희도 꺾일 거란다. 너희의 치맛자락 속으로 더러운 손이 들어올 거야. 여기, 그런 이야기를 흔하게 듣고 자라는 아이들이 있다. 여자고 남자고 상관없이 젊고 예쁘기만 하면 절찬리에 판매되는 사창가 골목에서 태어난 게 잘못이라고 해야 하나? 잘못은 아니지, 태어난 게 잘못은 아니지. 그렇다고 축복받을 만큼 귀한 태생도 아닌지라.

그래도 인간이라는 게 어떻게든 살게 되어 있어서, 어느 환경에든 인간은 적응하는 법이니까. 소녀들은 잘도 살았다. 잘 살고 잘 피어나 잘 꺾였다.

그래도 벗어나 보려 부단히 애를 쓰는 꼬맹이도 있었다는 거다. 은빛 머리카락을 잿더미에 처박고 돌칼로 듬성듬성 잘라 걸레만도 못한 몰골로 만들어 버리는 수고를 매일 아침마다 거듭할 만큼 열성적으로 노력하던 어린애가.

글쎄? 어느 창녀의 딸이겠지. 그렇지만 이 바닥이 다 그렇듯이 애 낳는 게 좀 쉬운 일이 아니잖아. 죽든가 낳고 도망치든가 했겠지. 이름은 뮈블랑. 특이하지. 이름까지는 지어 놓고 사라졌더래. 독한 어미 자궁에서 열 달 버티다 나와서 그런지 애도 아주 독한 게, 눈빛도 형형하고, 여느 사내자식들보다 몇 배로 힘이 세고 잽싸다지 뭐야. 다들 저 애는 못 팔아먹겠다고, 영 싹수가 노랗다고 하지만, 사실은 모두가 뮈블랑에게 도움을 받지. 왜냐면 그 애는 누구보다 빠르거든. 빠른 것도 좀 빨라서, 돈 떼먹으려는 사내들을 쫓아다가 찾아내서 포주를 부른다고.

골목을 뛰어넘는 몸놀림은 제대로 뭔가를 배운다면 뭐라도 해낼 만큼 대단하지만 그걸 알아줄 만큼 눈썰미 있는 인간은 인간미도 없는 경우가 허다한 게 뒷골목이다. 여섯 살짜리 홍등가 출신 꼬마가 포주들 밑에서 영리하게 행동하는 건 잘하는 짓이기야 했지만, 그래도 모두가 뮈블랑이 벗어나지 못할 거라 입을 모았다.

말 안 듣는 뮈블랑! 못난이 뮈블랑! 사창가를 벗어나겠다고? 뒷골목에서 탈출하겠다고! 웃기지도 않는 소리 마! 너는 이곳에서 태어났고 앞으로도 평생 이곳에서 살아야 해! 동네 꼬마들의 비웃음 소리가 고막을 쩌렁쩌렁하게 울렸다. 뮈블랑은 귀를 틀어막고 주저앉은 채 부들부들 떨었다. 앞으로 다가올 일을 알아서 그랬다.

"너희들! 잡소리 하지 마! 우린 여기를 나갈 거라구!"

그 악바리 넘치는 소녀에게 뻗어진 손.

그 시절 뮈블랑의 유일한…….

— 가족.

파이프오르간과도 같은 목소리가 장중하게 울려 퍼졌다. 뮈블랑은 메마른 눈을 들어 올렸다. 눈물조차 흘리지 못한 채 오들오들 떠는 몸뚱이는 어딜 보아도 전쟁터를 종횡무진하며 카마이유를 암살하려 들던 무시무시한 괴물의 모습이 아니었다.

— 네 가족이었지.

"……무얼, 말하고자 하시는 겁니까."

— 나는 가정의 신 엘마티카네오스다. 동시에 프레이에게 패배하기 전까진 모든 영웅의 신이었다. 너는 영웅이 될 수 있느냐? 내가 지지할 만한 그릇이 되느냐? 넌 너무도 무르고 유약하다. 너 따위를 믿고 또다시 고대의 신들과 맞서기엔 내게 걸린 금제가 너무도 많다.

"금제, 라면……."

— 카일룸 그 아이가 너에게 말했을 게다. 나는 프레이와 권력을 두고 전쟁을 벌인 전적이 있노라. 그 당시 프레이를 따르는 합심하여 나를 고꾸라뜨렸지. 쯧, 한심한 것들. 홀로는 감히 나를 이기지 못할 것들이 개돼지처럼 달려드는 꼴하고는. 하여간 패배자에게는 언령의 금제를 거는 법이다. 고로 내게는 숱한 금제가 걸려 있고, 여태까지 너희 편을 돕지 못한 이유도 이것이며, 이 모든 것을 다 깨부수기 위해선 '유'를 설득해야만 한다. 그러나 나는 모든 것에 회의를 느끼고 있다.

"어째서입니까?"

— 그야 너희에게 그만한 가치가 없으니까.

가장 강력한 여신의 말이 내리꽂힌다.

— 특히 너에게.

비수처럼.

가치가 없다는 말은 주관적인 판단이다. 그것은 개인의 가치 판단에 따르기에 뒤집기 더욱 어렵다. 그녀의 판단을 돌려놓으려면 대체 무엇을 해야 하는가? 답이 보이지 않아 막막했다. 그 와중에도 엘마티카네오스의 서슬 퍼런 말은 끊임없이 그녀의 심장을 내리찍었다.

— 너에게 영웅이 될 자격이 있느냐? 네게 대체 어떠한 능력이 있느냐? 기껏해야 사람을 도축하는 것? 그게 네가 가진 전부가 아니더냐? 내가 보아 온 너는 내가 유의 선택을 반대하게 할 만한 그릇이 되지 못한다!

마지막으로 이어진 말에 뮈블랑의 입이 헤 벌어졌다.

"잠깐, 잠깐……. 그 말인즉슨, 이 모든 게 '유' 님의 선택이었다는 겁니까? 그냥 프레이에게 왕위를 넘겨주는 게요? 아니, 도대체 왜요?"

뮈블랑은 유가 프레이에게 패배해 어쩔 수 없이 물러나게 되었을

367

거라 생각하고 있었다. 그게 합리적이잖은가? 그러나 엘마는 그 모든 것이 유의 선택이라고 말하고 있었다. 엘마는 더없이 하찮은 것을 흘기듯 뮈블랑을 노려보았다.

— 네가 가족애에 대해 무얼 아느냐. 한 번도 누굴 품어 본 적 없는 이는 짐작하지 못할 심해와도 같은 애착이 기저에 깔려 있는 것을. 유에게 있어 우리는 가족이다. 가족에게 배신당했을지언정 그들을 사랑하고야 마는 유를 이해하지 못하겠느냐. 하나 나는 유의 뜻을 존중한다. 모든 신이 그리하고 있는데 미개한 너희 인간 따위가 무어라고 반기를 드느냐.

"그것 때문에 지금 우리 인생이 망해 가는 거잖아요!"

— 무엄한지고!

벽력 같은 외침에 순간 섬뜩해졌다. 그녀의 음성에 힘입은 듯 별안간 주홍색 바람이 폭풍처럼 들이닥쳐 눈앞의 시간 선들을 찢어발겼고 오색 빛깔의 색채가 사위를 적시며 녹아내렸다. 최고위 신, 다시 말해 유가 아니고서는 인간의 정신에 개입할 수 없다는 것이 학계의 정설일진대 엘마티카네오스는 뮈블랑의 꿈을 한 손에 쥐고 흔들고 있었다. 아무리 꿈과 정신은 별개고, 뮈블랑이 약해진 상태라고는 해도 이건⋯⋯.

그러나, 압도되어서는 아무것도 이룰 수 없다. 침착해야 한다. 머리를 써라. 생각을 멈추지 마. 엘마티카네오스의 손길을 받지 못하면 끝장이다. 그녀는 '가족애'라고 말했지, 그렇다면 가족이란 틀을 이용해 보자. 뮈블랑은 당장이라도 머리를 찢어 죽고 싶은 심정으로부터 눈 돌리기 위해 빠른 박자로 말을 이어 나갔다.

"엘마티카네오스 님. 제발, 저희에게 자비를 내려 주십시오. 유의 가족은 신만이 아닙니다! 이 세계 모두가 유님의 가족이잖아요!"

— 고작 인간 주제에 무어 잘났다고 입을 나불거리느냐! 너희는 세계의 해악이다. 너희는 기어코 이 세계를 망가뜨릴 것이며, 유께 영원

토록 용서받지 못하겠지!

"그러나 유의 가족입니다! 당신들의 아이라고요!"

그러나 말하다 보니 감정이 북받쳤다. 뮈블랑은 주먹으로 바닥을 때렸다. 얼얼한 격통을 느낄 새도 없이 흐느끼듯 소리쳤다.

"만들어 놨으면 책임을 지란 말이야!"

횡설수설, 말이 꼬리에 꼬리를 문다. 도대체 뭘 말하고 싶은지 나 자신조차도 모르겠는데 무언가를 말해 달라고 아우성치는 목소리가 가열 차게 기어 나와 목젖을 넘는다.

"내가 뭐, 전적으로 내 편만 들어 달란 것도 아니잖아요. 나만 예뻐 해 달라는 거 아니잖아! 아무리 그래도 신이면 공정한 경쟁의 기회 정도는 마련해 줘야지, 이게 뭐냐고요. 이건…… 그냥 돼지라는 거잖아! 이미 판이 기울었는데 방관하면 어떡해요. 내가 뭘 더……. 나는 최선을 다했어! 당신 말씀대로 사람을 도축했죠! 그게 죄라는 건 알아요! 그러나, 그래도…… 내가 영원히 용서받을 수 없을 것도…… 아는데……."

도대체, 무슨 말을 하고 싶은 걸까.

둥그런 물기가 뚝뚝 떨어져 손등을 적신다. 고개 젖혀 몇 번 젓고는 바락 소리 지른다.

"알아요. 나는 영원히 용서받을 수 없을 거예요. 내가 나빠요. 그러니까 조금만 더…… 조금만 더 나쁘면 안 돼요? 공주가 왕위에 오를 수 있는 권리…… 인간이 인간으로 살기 위한 무언가……. 나는 그런 걸 위해서 조금만 더 나쁘면 안 될까요? 제발, 제 사후에 영원한 고통을 주신다고 해도 상관없어요. 제가 다 감당할게요. 그러니까……."

말을 끝맺을 수조차 없었다. 무슨 말을 하고 싶었는지 스스로도 알지 못했기 때문이었다. 결국 뮈블랑은 스스로가 극렬하게 한심해졌다. 엘마의 감정에 호소해 보겠다 한 주제에 도리어 제 감정에 제가 발 걸려 넘어지다니 이 어찌나 무례하고 조야한가. 바닥을 손톱으로 긁으며 이를 악물던 뮈블랑은 사죄를 읊기 위해 고개를 쳐들었으나, 엘마티카네오스의 말이 더 빨랐다.

— 도덕적인 책임은 있는 동시에 죄는 없을 수 있다.

"네?"

뮈블랑은 도무지 그 소리를 이해할 수 없었다. 엘마의 목소리는 언제나처럼 파이프오르간처럼 장중했으나 조금쯤 느릿느릿하게 울려 퍼졌고 그 음성은 뮈블랑의 고막에 아로새겨지듯 덧발렸다.

— 너는 숙고하라. 네게 과연 죄가 없을 수 있는지에 대해 치열하게 생각하고 또 생각해. 사유를 멈추지 마. 그것이 내가 네게 내릴 과제 며, 시험. 너만의 과업이다.

이어 엘마티카네오스는 직접 뮈블랑의 앞에 섰다. 사자 가죽이 새 겨진 붉은 옷감을 마치 망토처럼 위풍당당하게 휘날리며, 까마득히 머나먼 구름 위에서 내려온 것이다.

뮈블랑은 당장이라도 죽을 듯이 숨을 헐떡였다. 신이라는 존재가 주는 압도감은 여태껏 주구장창 느껴 왔건만 이렇게 직접적이고 절대적인 힘은 처음이었다. 다만 눈높이를 맞추고 서로를 응시하는 것만으로도 호흡이 부진해질 지경이니 어찌 말을 덧붙일쏘냐. 타오르는 듯한 붉은빛 눈동자가 어쩌면 잘게 휘어졌을지도 모른다는 생각이 들었을 때, 신의 손길이 뻗어졌다. 그것을 위협으로 느낀 뮈블랑은 저도 모르게 뒤로 물러섰고, 고꾸라지듯 무언가에 빠져들었고, 그리고.

눈을 다시 뜨자 보이는 것은 현실이었다.

"이봐요, 정신 차리세요! 아, 아! 됐다! 일어났어요! 괜찮아요? 여기가 어딘지는 알겠어요?"

"에, 엘마티카네오스 님……."

"맞아요! 엘마티카네오스 님의 신전이에요! 이 사람 멀쩡한가 봐!"

"엘마티카네오스 님! 어디 계세요!"

"안 멀쩡하네!"

사제들과 구경꾼들이 보든 말든 뮈블랑은 필사적으로 엘마를 부르며 다시 기절하려 노력했다. 예를 들어 단상에 머리를 박는다든가 신전 건물에서 뛰어내리려 하는 식으로. 사제들은 기겁하며 그녀를 뜯어말렸고 뮈블랑은 하악질을 하는 고양이처럼 굴었다.

나름 그녀로서는 의미가 있는 행동이었다. 다시 엘마를 만나야 그녀가 자신에게 내린 과제며 시험이 돕겠다는 소리인지 아니면 과제만 내놓고 홀랑 빠져서 간만 보겠다는 건지 구분해야 했으니까. 그러나 아무리 머리를 세게 박아도 엘마티카네오스는 응답하지 않았고 결국 뮈블랑은 사제들에 의해 감금당했다. 농담인 것 같겠지만 정말이었다. 일반적인 경우라면 기도 중 신을 보았다고 하는 사람은 진위 여부를 따지기도 전에 융성하게 대접하겠지마는 일단 신을 내놓으라고 제단에 머리를 박는 꼴이 영 심상치 않았다. 유혈 사태가 벌어지기 전에 묶어 놓고 보호자를 부르는 게 최선이었다. 뮈블랑은 꽁꽁 묶여 갇힌 채 입술을 깨물며 초조함을 씹어 삼켰다.

망할, 이대로라면 최악의 시나리오가 완성될지도…….

"……뮈블랑."

왜 슬픈 예감은 틀린 적이 없나.

뮈블랑은 침착하게 묶였던 상흔이 남은 팔뚝을 등 뒤로 돌리며 눈을 내리깔았다.

뮈블랑의 보호자로서 밀렌도요프가 왔다.

그날 이후의 첫 대면이었다.

"……왜 직접 오셨습니까. 병졸을 하나 불렀으면 될 것을요. 왕위를 두고 다투는 입장이 얼마나 세간의 시선을 많이 받는지 아시면서 왜 고작 살인귀를 위해 걸음 하셨냐는 말입니다."

"뮈블랑."

"일각에서, 아니, 대부분의 여론이 저를 버릴 것을 종용하고 있을 텐데요. 몸소 걸음 하시는 건 영리하지 못한 행동이었어요. 아시잖아요. 왜⋯⋯."

"뮈블랑."

기척이 가깝게 다가온다 싶더니만 보들보들한 손아귀가 뮈블랑의 가파른 뺨을 움켜쥔다. 아프지 않게 힘을 주어 고개를 들어 올린다. 시선을 맞춘다. 밀려드는 것은 과분한 온기다. 포말처럼 심장을 간질이고 첨벙 빠뜨린다. 무엇에?

"내가 너를 버릴 수 있을 거라 생각해?"

분명한 것은 뮈블랑은 이미 벗어날 수 없단 사실이었다.

"네 살갗은 내 것이고, 너는 내 언니야."

"공주님⋯⋯."

"너는 내 언니라고, 뮈블랑. 나는 결코 너를 부품으로 취급하듯 쓸모가 없어지면 내던지고, 그러지 않아. 왜냐면 너는 도구가 아니라⋯⋯."

놓쳤던 손.

"인간이니까."

스스로 내버렸던 것들.

그 모든 것이 비수가 되어 뮈블랑을 찔러서, 그런데도 손아귀의 애정이 너무 따뜻해서.

기어코 소녀는 울음을 터트렸다.

⚜ ⚜ ⚜

뮈블랑은 인터뷰를 결심했다. 암살자로서의 스스로를 대중 앞에 처음으로 드러내기로 한 것이다. 유닷테와 밀렌도요프의 입김을 받은 인터뷰어는 최대한 담백한 질문만을 고르고 고르려 했지만 뮈블랑이 거절했다. 대중들이 원하는 가장 자극적인 질문만 골라 내놓으라고, 그래야 그들에게 퍼부어질 의혹이 조금이라도 줄어들 거라고.

"걱정 마십쇼. 자신 있습니다."

그러며 씩 웃는 것 아닌가?

헤어 나오지는 못했으나, 털어놓지는 못했으나, 미소를 떠올릴 여유 정도는 회복했다. 그것으로 충분했다.

뮈블랑은 방송 앞에 섰다.

"나는 암살자였고 나를 암살자로 만든 자는 카마이유 4왕자입니다."

그것은 여론에 바치는 고발장이었다.

여론은 중요하다. 밀렌도요프 공주에게 있어서는 특히나 그렇다. 밀렌도요프는 인터뷰를 통해 자신의 사상을 널리 전파한 채였고 그것은 귀족보다 백성을 위한 이야기였으므로 백성의 지지를 받아야 함은 당연한 일이었다. 백성들은 '여자'의 말을 들은 이후, 다시 말해, 귀족들만 알고 있던 뮈블랑의 정체를 알게 된 이후 급속도로 밀렌도요프에게 요구하기 시작했다. 뮈블랑을 쳐 낼 것을 말이다.

그렇다면 여기서 그들이 해야 하는 일은 여론을 돌리는 것이다. 유닷테의 금전적 도움 하에, 뮈블랑은 방송에서 언변을 발휘해 대중의 마음을 뒤흔들었다.

뮈블랑은 자신의 생애가 남들에게 동정받기 좋다는 것을 알았고 그것을 효율적으로 이용할 줄도 알았다.

물론, 밀렌도요프는 반대했다. 그녀는 한 사람의 일생을 대중이 씹고 뜯고 맛보고 즐기게 놔둘 위인이 아니었다.

그러나 뮈블랑이 강경했다.

'공주님이 이걸 허락해 주지 않으신다면 나는 공주님의 곁에 머물지 않을 거예요.'

결국 밀렌도요프가 졌다. 인터뷰는 방송되었다. 더불어 유닷테가 긁어모은 카마이유의 악행들도 잇달았다. 대중은 그간 선량한 이미지로 소비되던 카마이유의 진실을 알게 되자 격분했다. 죄 없는 소년 소녀들이 그의 침실에서 죽어 나갔다는 밀렌도요프의 폭로에 신빙성이 보태지자 그 격류는 가히 나라를 뒤흔들 지경이었다. 인터뷰가 전 세계 방방곡곡에서 파장을 일으키는 것을 확인한 뮈블랑은 그 후 밀렌도요프 측 용병들과 대대적인 술판을 벌였다. 이게 무슨 개소리냐고 물을 사람이 있다는 것을 안다. 그러나 술만큼 사람을 현혹하기 쉬운 방책이 다시없었고, 두 번째 경합에서도 살아남은 용병들은 방송 시청 이후 뮈블랑과의 화해를 원했다. 어째서 화해를 원하느냐고? 그야, 자신이 싸우고 있는 편에게 정당성을 부여하고 싶으니까.

용병들은 돈을 바라고 경합에 참여한 경우가 대부분이다. 그러나 자신이 모시는 주인이 옳은 사람이길 바라는 것은 누구나 마찬가지다. 그래야지만 자신들의 살육이 정당한 것이라는 자기 위안을 할 수 있으니까.

에밀리 스토프의 경우엔 그딴 것 상관없이 돈만 많이 주면 장땡이라는 반응을 보였지만 말이다.

"오냐. 돈 많이 줄 테니까 살아만 남으쇼."

"내 참, 내가 돈 받기 전에 죽을 거 같아요? 난 내 손으로 돈을 만져야 만족하는 사람이란 말예요!"

벨루미니오스가 말리든 말든 앙칼지게 쏘아붙이는 에밀리 스토프를 뒤로하고 걸음을 옮겼다. 어쩌면 에밀리 스토프의 평판이 나빴던 것은 단지 그녀의 성별 때문일지도 모른다. 복작복작 모여 술을 먹는 용병들을 하나하나 굽어보던 뮈블랑은 문득 길바닥에 술잔이 하나 떨어져 있는 것을 보았고, 그것을 줍기 위해 허리를 숙였고,

그러자 문득 머리 위로 문장이 토독토독 떨어졌다.

— 그거 먹게?

뮈블랑은 입술을 깨물었다. 설마 그럴까 싶으면서도 신력이 느껴지는 목소리로 보아서는……. 아, 설마, 아니지?

— 뭐어, 너에게라면 내놓을 수 있지만.

뮈블랑은 고개를 들었다. 그리고.

포돗빛 머리카락의 헤실대는 남신, 이오네케스와 눈이 마주쳤다.

그는 말한다.

— 여! 뮈블랑! 우리 초면이지?

또냐…….

슬슬 신의 등장이 새롭지도 않고, 신들 사이에서 의문의 인기인이 되어 버린 기분은 썩 좋지만도 않고.

잔을 주워 이오네케스에게 던진 뮈블랑은 다소 언짢은 표정으로 그를 흘겨보았다. 뮈블랑이 한참 동안 인사도 없이 이오네케스를 노려보기만 하자 그가 알딸딸하게 취한 사람처럼 붉어진 코를 슥 훔쳤다.

— 어어, 지금…… 지금 나를 보고도 인사도 않고, 어? 아주…… 귀엽네, 그래?

어차피 여신의 도움을 받아야 하는 뮈블랑으로서는 딱히 남신에게 구구절절 빌어 댈 생각이 없었다. 그런데 그녀가 머리카락을 긁적거리며 난처한 양 굴어 대자,

"그, 네, 감사한데요, 갑자기 이게 무슨 방문이신지."

— 그야 우리 귀여운 뮈블랑을 보러 왔지이이. 히끅! 신들이 자네를 얼마나 아끼는지 알아? 으응?

대뜸 이오네케스가 그녀를 끌어안으려 달려드는 것 아닌가?

어처구니가 없었다. 뮈블랑은 가까워진 이오네케스의 단단한 가슴팍을 손으로 가볍게 밀쳐 내며 싸늘하게 중얼거렸다.

"찢어 죽일 만큼 아끼시겠죠."

— 으흐흐, 자네는 눈치가 빨라서 좋다니까?

포도 잎사귀를 엮은 화관을 구불거리는 보라색 머리카락 위에 걸치고 반라의 몸을 휘청거리는 미남이라, 관람하기엔 좋은데 대화하기엔 참 곤란한 상대다. 물론 말을 섞고 싶은 생각도 그다지 없지만 말이다. 이오네케스란 신은 술과 유희를 즐기는 만큼 방탕한 난봉꾼으로

유명세를 떨치는 작자였으니까. 밀렌도요프 공주님 앞에는 절대 못 나아가게 해야지. 뮈블랑은 굳게 다짐하며 팔짱을 꼈다.

"무슨 일이십니까."

— 자네, 거, 응? 나는 자네가 참 좋아아아. 귀엽고…… 깜찍하고! 상큼하기까지 하지!

뮈블랑의 안면이 괴악하게 일그러졌다. 귀엽고 깜찍하고 상큼하다니? 카산이 말해도 쌍욕이 나올 마당에 저 남신이 주절대자 절로 짜증이 났다. 뮈블랑은 턱만 까딱이며 어디 계속 지껄여 보란 듯 건방지게 굴었고 이오네케스는 그 이후로 장장 십 분간 뮈블랑의 장점에 대해 주절거렸다. 뭐랬더라? 반짝거리는 은색 쉼표 머리가 날카로운 이목구비와 잘 어울리고, 살짝 나른하게 뜬 에메랄드색 눈동자가 인상적이고, 워낙 팔다리가 시원시원하게 뻗어 셔츠 위에 하네스를 입고 검푸른 망토를 걸치기만 해도 멋들어진다나? 혓바닥에 기름을 덕지덕지 발랐는지 온갖 미사여구를 덧붙이는 통에 고막마저 기름칠 된 기분이었다. 결국 뮈블랑이 졌다. 그녀는 팔짱을 풀곤 손사래를 치며 말했다.

"좋아요, 좋아, 그래서. 왜 오셨습니까?"

순간, 이오네케스의 포도 잎사귀 같은 연두색 눈동자가 기이한 빛에 젖어 들 듯 이지러졌다.

— 포기해.

"……네?"

— 살고 싶잖아.

"아니 뭔……."

— 나는 자네가 살았으면 좋겠어.

술에 혼몽하게 절어 시큼한 냄새를 풀풀 풍기는, 방탕하기로 둘째 가라면 서러울 신은 그다지도 진중한 눈으로 속삭였다. 마치 그게 진심이라는 것처럼, 흐리멍덩한 술기운은 어느새인가 바람결에 날아간 양 또렷하게.

그러나 뮈블랑은 더는 신에게 휘둘리고 싶지 않았다. 엘마티카네오스에게 좌지우지당한 것만 생각해도 골이 다 따끔거릴 지경인데 더한 사례를 만들다니, 끔찍하지 않은가?

"……말을 똑바로 하시죠. 도울 생각은 추호도 없으니까 자비를 베풀 때 이거나 먹고 떨어지란 심정으로 개새끼에게 먹다 남은 뼈다귀를 던져 주려는 것 아닙니까!"

— 돕는다, 돕지 않는다는 부차적인 문제야. 이봐, 자네. 프레이가 자신의 권력을 유지하기 위해 얼마나 혈안이 난 줄 정녕 몰라 이리 말하는 거야? 그는, 그들은 고대로부터 이어져 온 섭리를 뒤집을 각오 정도야 되어 있다고.

차마 상상치도 못한 말에 뮈블랑이 희게 질렸다. 그녀는 부들부들 떨리는 입술을 애써 말아 올리려 노력하며 말했다.

"신들이, 경합의 결과를 무시할 거라고요?"

— 그래.

신들이 결과를 무시할 거란 생각은 한 번도 해 본 적이 없었다. 그들이 경합의 결과를 받아들일 거란 희망만이 위태위태한 걸음을 지탱하는 유일한 길이었는데…….

밀렌도요프는 이것을 알고 있었을까?

"아니, 아니…… 어떻게, 아니, 경합은 신이 개입하는 만큼 반드시 지켜져야 하는……."

— 섭리지.

"그런데 그걸 어떻게 무시……. 그래도 되는 겁니까?"

— 안 되지.

이오네케스는 좀 전까지 유지하던 진중한 얼굴을 어디에 갖다 팔았는지 다시금 멍텅구리처럼 실실 웃기 시작했다. 뮈블랑은 침착성을 유지하려 노력하며 일그러지려는 얼굴 근육을 억지로 폈다.

"······죄송한데, 설명 조금만 더 해 주시겠어요? 애석하게도 미천한 소인은 위대하신 이오네케스 님의 말을 해석하기엔 너무도 부족할 따름이라······."

— 미사여구는, 히끅! 됐어. 으하학! 너무 많이 들어 봤다고. 아, 그거 알아? 내가 강림이라도 한번 하면 말이야, 주정뱅이들이 잔뜩 몰려들어서 제발 내 발이라도 핥게 해 달라고 어찌나 난린지······.

"제발, 이오네케스 님."

— 내가 물었잖아. 그거 알아, 뮈블랑?

주정뱅이 신이 절뚝거리는 걸음으로 뮈블랑에게 다가왔다. 어느덧 숨결이 닿을 만치 밀접한 거리감. 느껴지는 체온. 구불구불 흘러내리는 보랏빛 머리카락과 낮게 치켜뜬 연두색 눈동자에 언뜻 황금빛이 감돈다 싶더라니, 그 누구보다 지고한 구름 위의 신은 소녀와 입을 맞출 듯 가까운 거리에서 속삭이듯 말하는 것이다.

— 나는 자네가 좋아. 자네만 원한다면 자네를 내 사제로 삼고 싶을 지경이야.

웬 헛소리냐고 쏘아붙이면 안 되겠지?

"예······. 그러시군요······."

그윽한 눈빛과 달콤한 향취, 턱을 감싸 쥐는 열감. 뮈블랑은 그 모든 것 속에서,

'언제쯤 때리면 정당방위로 인정받을까.'

정도의 상념에 몰두하고 있었다. 역시 입을 맞추기 직전인가? 아니면 맞추고 나서 때려야 조금 더 효과적일까?

그런데 참으로 신기하게도, 뮈블랑의 생각을 읽었을 리가 없는데, 이오네케스는 뮈블랑에게 입을 맞추기 직전 고개를 틀어 그녀의 어깨에 입술을 파묻었다. 잘근거리거나 쪽쪽대기라도 하면 곧장 다리 사이를 걷어찰 작정으로 발을 까딱대던 뮈블랑은 그가 나직하게 속삭인 말에 일순 몸을 굳혔다.

— 유가 세운 섭리를 어기기 위해선 신격이 제물로 필요해. 그리고 우리에겐 죄를 지어 간을 쪼아 먹히는 여신이 있지.

"그 말은……."

— 쉿. 앙칼진 고양아, 손톱을 세우지 마.

이건 또 무슨 헛소리야? 그녀가 말을 꺼내자마자 손가락으로 입술을 꾹 누르며 누구 들으라는 듯 크게 말하는 소리에 어이가 없어져 내친김에 고간이나 걸어차려던 뮈블랑은 이오네케스가 난처한 눈빛을 보내오는 것을 보고서야 뭔가를 깨달았다. 결계를 친다 한들 신들이 수상하게 여기는 것을 막을 순 없다. 그러므로 이오네케스는 언제나처럼 방탕하게 놀아나는 체하며 뮈블랑을 도우려는 듯했다. 하기야 신들도 암묵적으로 직접적인 개입을 금지 중인데 망나니 이오네케스가 아닌 누가 이리 내려올 수 있겠는가.

그가 뮈블랑의 허리를 끌어안았다. 뮈블랑은 얼추 눈을 내리깔고 나른하게 미소를 지으며 그의 연기에 동참했다.

"내가 뭘 어떻게 하길 바라요?"

— 그야…… 나에게 입 맞추길 바라는데.

뮈블랑의 팔꿈치가 은근하게 그의 명치를 툭 쳤다. 이오네케스가 허리를 접어 가며 깔깔 웃었다.

— 꺾일지언정 굽혀. 그게 현명한 거야.

"불명예를 드리고 싶네요, 저는."

같은 신을 제물 삼아 유가 정한 섭리를 어기는 것이 불명예가 아니라면 도대체 무엇이 불명예겠는가. 뮈블랑은 그와의 담화가 끝난 뒤 재빠르게 밀렌도요프에게 달려가 이 모든 것을 상세히 고해바칠 계획을 세웠다. 차후 계획의 변경이 있든 없든 그것을 결정할 자는 밀렌도요프뿐이었다. 뮈블랑은 밀렌도요프의 종이요, 신하요, 형제이니, 그녀를 위해서라면 뭐든 할 수 있었다. 신의 손에 함께 죽는 것마저도. 뭐, 카일룸도 있고, 프치얼도 있고, 과제만 잘 마무리하면 엘마도 한

편이 될 수 있을지도 모르니 그리 쉽게 죽지는 않겠지만 말이다. 뮈블랑의 머리가 잽싸게 돌아가고 있는데, 이오네케스의 어깨너머에서, 별안간 카산이 보였…….

"망할!"

뮈블랑은 이오네케스를 발로 걷어찼다. 명치를 얻어맞은 이오네케스는 죽어라 웃으며 땅바닥을 굴렀지만 그깟 게 그녀의 알 바인가. 당장 애인이 무슨 생각을 하고 있을지 모를 이 상황에서!

뮈블랑은 카산 앞으로 달려가 그의 팔을 잡았다.

"어, 야, 네가 무슨 오해를 할진 모르겠는데 말이다…….'

"괜찮아, 뮈블랑?"

지극히 산뜻한 어조였다. 그래, 카산 너는 참으로 배려심이 깊은 인간이라 애인이 다른 놈팡이와 얽혀 입 맞추듯 애무하듯 아무튼 괴상한 자세를 취하고 있어도 화가 나지 않았구나!

"내가 죽이고 올게. 걱정하지 마."

……아니었다!

"야, 야, 그런 게 아니고…….'

한참 쩔쩔매고 있는데 이오네케스가 대뜸 외쳤다.

— 뮈블랑도, 히끅! 같이했는데 나만 죽일 셈이야? 자네?

"이봐요!"

뮈블랑은 뒷목을 잡았다. 아, 물론 같이한 걸 부정하진 않는다. '연기'를 같이했으니까. 그렇다고 그걸 그렇게 말하기냐? 어? 그걸 그렇게 말하면 내가 애 얼굴을 어떻게 보냐! 뮈블랑은 신들이 지켜보고 있을지도 모를 상황에서 뭘 어떻게 설명해야 하는지에 대해 고민하다가 카산의 표정에 조금도 미동이 없는 것을 보고 조금 안심했다. 그래, 카산은 이런 일로 화나지 않나 봐!

그리고 이게 바로 두 번째 오해였다.

"뮈블랑, 내가 저걸 죽여도 돼?"

허락을 받으려 할 줄은…….

뮈블랑은 저도 모르게 고개를 끄덕였고, 카산은 산뜻하게 검을 뽑았다. 이오네케스는 처음에는 껄껄껄 기분 좋게 웃어 재끼다가 카산의 검에 새겨진 마법진을 보고 표정을 굳혔다.

— 어, 잠깐, 저기…… 그러니까, 그거, 음, 혹시 신을 죽이는…….

어찌하여 신들이 마법을 탄압했겠는가. 자신들의 존립을 위협하기 때문 아니겠는가.

카산은 뮈블랑과 밀렌도요프 앞에서만 보이는 그 산뜻하다 못해 언뜻 천진해 보이기까지 하는 미소를 드리운 채 살신검을 들고 이오네케스를 향해 걸어갔다. 그리고 이오네케스는 곧장 도망쳤다. 저 마법이 걸린 검에 맞으면 영혼 그 자체에 손실이 생길 터였다. 신의 자존심이고 뭐고 중요하지 않은 이오네케스에겐 도주만이 살길이었다.

문제는 그가 도망감으로써 카산 앞에 뮈블랑 혼자 있게 되었다는 사실일까.

'얼어 죽을 이오네케스!'

이러니저러니 해도 일단 애인이고, 뮈블랑은 일대일 관계에서의 예의를 지켜야 한다고 생각하는 사람이었다. 다시 말해 카산이 불륜을 저지르면 카산부터 조지고 볼 거란 의미였다.

"뮈블랑."

"어, 어?"

"카일룸에게 갈까?"

그런데 참으로 신기하게도 카산은 뮈블랑을 전혀 탓하지 않았다. 최소한 기분이라도 나쁠 법은 한데. 그게 참 싱숭생숭했다.

'왜 싱숭생숭한 거지?'

뮈블랑은 고개를 휘휘 저으며 바지춤에 손을 쑤셔 넣고 카산의 뒤를 따르려다가, 그가 얼핏 초조한 기색이 묻어나는 얼굴로 손을 뻗어 잡아달란 양 흔들자 불현듯 기분이 좋아지는 것을 느꼈다. 아, 그래.

음, 이건…… 이건 뭘까?

손을 꼭 맞잡고 용병들이 거나하게 술을 퍼마시는 한복판을 가로질러 카일룸과 밀렌도요프를 소집한 뮈블랑은 당장 이것부터 물었다.

"신들이 경합의 결과를 무시할지도 모른다는 사실을 알고 계셨습니까?"

밀렌도요프는 그 유순하고도 졸음기가 묻어나는 눈매를 배시시 휘며 대꾸했고.

"응."

"그럼 됐어요."

"……이거로 된 거야?"

오히려 밀렌도요프가 당황할 정도로 빠른 수긍이었다. 뮈블랑은 어깨 한 번 으쓱하고는 지당한 것을 말하듯 중얼거렸다.

"공주님의 판단이잖아요."

"……"

"나는 공주님이 가는 길을 따라갈 거예요. 공주님이 우리에게 미리 말을 안 해 준 거 보면 어차피 답이 없는 문제, 고민해 봤자 달라질 거 없으니까 혼자 갖고 계셨던 거 같은데, 앞으로는 어지간하면 말해 주셨으면 좋겠구요. 물론 강요하는 건 아녜요. 왕이 되실 공주님이 신하들에게 비밀 한 개쯤 안 갖고 있으면 쓰겠습니까?"

뮈블랑은 짐짓 너스레를 떨었고 밀렌도요프는 웃었다. 뮈블랑은 다음 말을 준비하기 위해 팔짱을 끼려 했지만 카산이 잡은 손을 놓지 않았다. 뮈블랑은 시선을 허공에 둔 채 볼을 긁적였다.

"어, 음, 그리고…… 이오네케스 님이 장난을 좀 치셨는데."

"장난?"

"신들 눈을 피하기 위해 입 맞추는 시늉을 좀."

밀렌도요프가 산뜻하게 물었다.

"그래서?"

"네?"

"죽였어?"

"네?"

도대체 어떻게 돼먹은 작자들이 신 죽이는 얘기를 이렇게 서슴없이 해! 뮈블랑은 부릅뜬 눈으로 카일룸을 바라보았고 카일룸은 고개를 끄덕였다. 좋아, 다행히 결계는 쳐져 있던 모양이군. 뮈블랑은 난감한 심정이 되어 말을 고르고자 노력했고,

"공주님! 신을 죽이다뇨. 그런 얘길 함부로 하시면 어떡합니까. 고작 이런 일로 살신검을 드러냈단 점을 꾸중하지 않으시고는."

"고작?"

장렬히 실패했다.

그녀는 무릎을 말아 쥐며 골머리를 앓았다. 뮈블랑은 여기서 대답을 잘못하면 끝장날지도 모른다는 것까진 알았지만, 문제는 뭘 어떻게 대답해야 하는지 알지 못한다는 점이었다. 애당초 '고작'이라는 단어의 어느 지점이 밀렌도요프의 심기를 건드렸는지도 몰랐으니 당연한 것일까.

뮈블랑이 끙끙거리기만 할 뿐 대답을 하지 못하자, 밀렌도요프가 한숨처럼 속삭였다.

"뮈블랑, 너를 두고 그딴 씨발."

"네?"

"그딴 개좆같은 짓거리를 저지른 건 결코 '고작'이 아니야."

"공주님! 어디서 그런 욕을 배우신 거예요!"

카일룸은 호들갑스럽게 소리 지르는 뮈블랑을 정말 이상한 눈으로 바라보았다.

"어디서 배웠을까요……."

"네? 카일룸은 공주님이 어디서 욕을 배우셨는지 알아요? 누구예요? 어떤 자식이야! 카마이유냐? 카마이유냐고!"

"······."

"내가 그 새끼 사지를 분질러 버리고야 말겠어!"

"······."

밀렌도요프는 흐릿한 눈빛으로 뮈블랑을 잠시 바라보다가, 쿡쿡 웃으며 손사래 쳤다.

"됐어, 뮈블랑. 앞으론 욕 안 할게. 됐지?"

"······쳇, 정말 하지 마시라고요. 아시겠어요? 깜짝 놀랐단 말입니다."

자기가 욕하는 걸 들을 때마다 사람들이 딱 그만큼 놀란다는 걸 정말 몰라서 하는 소리일까.

모두의 눈이 흐릿해졌다.

"아무튼, 하암, 오늘은 이만 자러 갈까, 다들?"

"저는 병사들이 과하게 음주진 않는지 감시를 계속하도록 하겠습니다."

카산은 그제야 뮈블랑의 손을 놓으며 가볍게 웃었다. 뮈블랑은 마주 씩 웃어 보인 다음, 카일룸에게 손을 살래살래 흔들었다.

"나는 카일룸이랑 조금 대화하고 싶은데, 카일룸은 어때요?"

"좋습니다."

"그럼 나는 하아암, 이제 자러 갈게에. 다들 조금이라도 취침하고······ 으응."

눈꼬리에 눈물을 매달고 하품을 일삼으면서도 주위를 챙기는 저 모습을 보라. 뮈블랑은 충동을 이기지 못하고 밀렌도요프의 머리카락을 마구 쓰다듬어 버렸다. 밀렌도요프는 조금 놀라는가 싶더라니 곧장 수더분하게 웃어 버렸고.

"잘 자!"

그러고 나서, 카일룸과 독대하게 된 뮈블랑은 다짜고짜 본론부터 시작했다.

"카산의 검에 마법진을 새기셨던데, 탄환에 살신 마법을 새기는 건 불가능할까요?"

"네, 불가능합니다."

"으아악."

이유를 들어 보니, 탄환은 너무 작아 고도의 마법진을 새겨 넣기에는 공간이 부족하다는 것이다. 간단한 불이나 전기 따위의 물질 마법이라면 모를까 영혼 그 자체를 상처 입히는 살신 마법은…….

"이렇게 비유하면 될까요? 머그컵엔 바다를 넣을 수 없지요."

"그럼 칼은 왜 되나요?"

"칼은 그래도 면적이 있는 편이니까요."

"끄으응. 마법의 세계는 어렵군요. 통 어려운 것뿐이에요. 엘마 님의 과업도 그렇고……."

요 근래, 뮈블랑을 장악했던 바로 그 말.

— 도덕적인 책임은 있는 동시에 죄는 없을 수 있다.

이게 도대체 무슨 말일까. 만약 자신에게 죄가 없다고 말하려던 것이라면 고민해 보라고 이야기하진 않았을 터다. 그렇다면, 뭘까. 쌔빠지게 고민하고 박 터지게 사유해서 이 좁은 머리통을 터트려 버리라는 의미일까? 이거면 이거고 저거면 저거라고 말해 주면 좋잖아. 그런데 왜 이렇게 어렵지. 왜 모든 게 쉽지가 않지.

가장 괴로운 것은 엘마티카네오스가 내린 과업 탓에 다른 고뇌 또한 시작되었다는 점이다. 생각이 그곳에 닿자, 뿌리내리는 고통스러운 상념을 막을 수가 없다. 뮈블랑은 어딘가 자못 괴로운 듯이 얼굴을 일그러뜨린다.

투둑투둑 떨어지는 목소리가 빗물 같다.

"……내게 죄가 없을 리가 없어요."

기어코 말해 버렸다, 인정해 버린 거다. 그녀는 주먹을 말아 쥐며 벼락처럼 탁자를 내리친다. 쾅. 촛불의 빛무리가 음산하게 이지러지

다가 말고, 이어지는 것은 빠른 박자의 토로다.

"솔직히 말해서 나는 죄책감이고 뭐고 한 개도 느껴지지 않는데요, 그것과 별개로, 이성적으로 생각해 봤을 때, 내게 죄가 없으면 안 돼요. 살려고 한 행동엔 죄가 없다? 그럼 유닷테는요. 유닷테도 살려고 했을 텐데 유닷테에게도 죄가 없나요? 말 같잖은 소리!"

"……."

"유닷테는 죄인이에요. 그리고 그렇다면, 저도 죄인이어야 해요. 유닷테가 시켜서 한 일이니까 내겐 죄가 없을 수 있다고 말할 사람도 분명 있을 거예요. 카산이라든지, 공주님이라든지. 그런데 그 사람들은 내가 뒤에서 무슨 짓을 하고 다녔는지 모르니까 그렇게 말할 수 있는 거야. 유닷테는 내게 목표물을 죽이라고만 했지 그 방식은 지시 안 했거든. 그 말이 뭔 소린 줄 알아요? 그 끔찍한 짓거리 모두가 내 머릿속에서 나왔단 거예요! 대상을 가장 간편하게 죽이기 위해 민간인이고 뭐고 전부 쓸어 버렸죠!"

카일룸은 아무런 말도 하지 않는다. 단정한 백금발을 늘어뜨리고 지고하면서도 위대한 황금빛 눈동자로 가만히 울부짖는 소녀를 내려다볼 뿐.

"그런데 어떻게 내게 죄가 없을 수 있나요? 아, 차라리 신이 내게 죄가 없다고 말해 줬더라면 못 이기는 척 믿고 그렇게 살아갈 수 있었을지도 모르는데. 참, 잔인하다니까요? 엘마티카네오스 님. 내가……이따위 것을 직면하게 만들고……."

말끝이 흐려진다. 이윽고 소녀는 오한을 느끼는 사람처럼 몸을 웅크리며 스스로를 끌어안는다. 절박하게까지 느껴지는 몸부림.

"나는 내가 정말 죄책감을 안 느끼는 줄 알았다고요."

그런데 '여자'가 나타나 버려서 더는 모르는 체할 수 없어졌고, 끝내 엘마티카네오스가 끄집어내어 눈앞에 들이밀어서, 그래서.

"이제는……."

"짓눌릴 것 같나요?"

"……살려 주세요."

무서워요. 이게 이렇게 무서운 일인 줄 몰랐어요. 내가, 한 짓을 내가 알게 되었을 뿐인데, 그게 뭐라고. 그게 뭐라고 이렇게 무섭죠? 무섭죠? 다른 사람도 나와 똑같은 인간이라는 것을 실감하는 것만으로도 이렇게 폐가 화상을 입은 듯이 화끈거리는데. 다른 사람들은 어떻게 살아가고 있나요? 이, 지독한, 고통을, 어떻게 모른 체하고. 도대체 다들 어떻게 살아가고 있나요? 나는 이렇게 아픈데.

뮈블랑은 열병 걸린 사람처럼 붉어진 눈시울로 숨을 헐떡이며 카일룸의 소맷자락을 잡았다.

그게 마치 하늘이 내려보내 준 동아줄이라도 되는 양, 절박하게.

"카일룸, 기억하지 못하게 해 줄 순 없어요? 이걸, 이 모든 걸, 내 죄책감을, '여자'를, '알리사'를……. 제발, 알리사만 잊어버리면 나 다른 건 전부 잊어버릴 수 있을 것 같단 말이에요."

"엘마티카네오스 님은 그대에게 사유하라 하셨습니다."

"사유고 나발이고 내가 죽게 생겼다고요! 난 죽으면 안 돼요. 나는 공주님 지켜야 한단 말이야. 그래서 난 죽으면 안 되는데, 알리사…… 알리사가 나를 죽이려 해요. 내가…… 알리사에게 죄를 지어서……. 어쩌면 좋죠? 내가 알리사에게……. 잊어버리고 싶어요. 그럴 수만 있다면, 제발."

"세상에는 잊어서는 안 되는 기억이라는 것이 있어요."

"나는, 그러니까 나는……."

"저는 제 손으로 어머니를 죽였습니다."

뮈블랑은 잠시 말을 멈추고 벙찐 눈으로 카일룸을 바라보았다. 카일룸은 그 고매한 낯을 조금쯤 서럽게 일그러뜨리고 있었다.

"실제로 칼을 들어 찌르지는 않았을지언정 그보다 더한 일을 했지요. 그대, 들어 주시겠습니까?"

뮈블랑은 고개를 끄덕였다.

마른 뺨엔 눈물 자국이 없었다.

카일룸은 손짓 한 번으로 모래로 된 오밀조밀한 세상을 만들어 냈다. 낮은 능선의 산맥 아래 밀렌도요프와 카산, 뮈블랑, 카일룸으로 추정되는 진흙 인형이 깜찍하게 살아 숨 쉬듯 움직였다. 카일룸은 그것들을 잠시간 사랑스럽게 바라보다 지팡이로 톡 하고 모래를 두드렸다. 그러자 단숨에 모든 것이 역행하고, 가파른 산맥과 뾰족뾰족한 암석들 아래, 도달한 곳은 바로…….

"영웅의 시대."

"눈치가 빠르시군요. 맞아요. 저는 그곳에서 반신으로 태어났고, 탄생과 동시에 영웅의 신 엘마티카네오스 님께 과업을 받았습니다. 프레이 님의 불륜으로 인해 태어난 사생아에게 과업을 내리시다니 참으로 엄격하고도 자애로우신 분이지요. 어쨌든 저는 영웅이 되어 만민에게 칭송받고 싶단 치기로 가득한 애송이였기 때문에 과업을 일궈 나갔으나, 정작 어머니를 제대로 모시지는 않았습니다. 오히려 어머니를 비난했지요."

어린 카일룸이 그의 어머니로 추정되는, 가슴팍에 구멍이 숭숭 뚫린 형체에게 돌을 던지는 모습이 인형의 모습으로 덧그려졌다. 그는 짐짓 고통스러워 보였고, 뮈블랑은 그를 말려야 한다고 생각했지만, 카일룸은 고개를 저었다. 이어 진흙 인형이 입을 움직이는 것에 맞춰 그 또한 속삭였다.

"프레이를 유혹한 탕녀. 신도 되지 못한 주제에 나를 사생아로 만든 계집."

소년이 그렇게 소리 지르자, 어머니로 추정되는 진흙 인형의 가슴에 대못이 박혔다가 모래가 되어 사라졌다. 또 하나의 구멍이 인형의 가슴팍에 새겨졌다.

"그런 욕설을 내뱉었어요. 그날도 언제나처럼 대거리를 하다 밖으로 나와 술을 마시고 집에 들어간, 평범한 하루였습니다. 어머니가 목을 매달고 계셨다는 부분만 **빼면요**."

"……."

뮈블랑은 차마 말을 꺼내지 못했다. 카일룸은 모래를 다시 흙바닥에 흘려보내며 아프게 웃었다.

"물론 시대가 그런 시대였습니다. 신이 여자를 취하는 건 지금도 자연스러운 일이라지만, 지금보다 몇 배는 더 혐오와 차별이 극심하던 때였죠. 그러나 시대가 그랬다는 이유로 용서받을 마음은 없습니다. 저는 해선 안 될 짓을 했고, 그뿐입니다. 제가 반신성을 포기한다면 영생의 죄에서도 벗어날 수 있음에도 끝내 이 허무한 생을 이어 나가는 이유가 바로 이겁니다. 어머니를 마주 볼 용기가 나질 않아요……. 용서를 빌 수조차 없습니다, 그럴 자격도, 전……."

뮈블랑은 카일룸을 위로하려 했다. 제게 위로할 자격은 없을지언정 너무 괴로워 말라고. 잊어버리라고. 그런데 이어진 말은…….

"그러니 잊지 않으려 합니다."

"……뭐라고요?"

순간적으로 심장에 비수가 꽂힌 기분이었다.

"영생의 벌 아래, 평생토록 죄를 잊지 않으며, 그저 평생을 죄인으로 살아가려 합니다."

황금빛 고리가 빙빙 도는 눈동자의 반신은, 신성하고도 고결하게.

"그러니 뮈블랑, 그대는 고민하세요. 모든 것은 그대의 선택에 달렸으니."

속삭인다.

"그대는 잊고 싶습니까, 사유하고 싶습니까?"

제10장

그러나 우리는 하나가 아니다

그들이 마지막 경합을 위해 모인 곳은 어느 외딴섬이다. 누가 죽어 나가도 비명 지를 사람 하나 없는 버려진 섬, 생명이란 생명은 모두가 말라죽은 곳. 그 좁다랗고 고즈넉한 섬 곳곳엔 죽은 숲의 잔해만 어지러이 흩어져 있고 한때 융성했던 과거를 반증하듯 폐허가 된 무수한 건물은 바닷바람에 부식되고 있다.

먼 옛날, 이곳, 테베 섬에서 카일룸이 태어났다. 테베 섬은 이곳에서 태어난 아들은 영웅이 된다는 속설까지 뒤따를 만큼 신성한 땅이었다. 그러나 카일룸은 이곳을 떠나 탑을 세웠고, 신을 죽일 수 있는 '마법'이란 것을 만들었으며, 프레이는 카일룸에 대한 징벌의 뜻으로 테베 섬에 커다란 벼락을 내린 후 인간이 드나들 것을 금했다. 그런 이야기다.

고로 그들 앞에 주어진 전장은 무너진 기둥과 서까래로 범벅인 폐허, 죽은 들풀뿐인 허허벌판이다. 탁 트인 공간이라 어디 몸을 숨겨 은신하기도 어렵고 단지 내달리며 살육을 이어 나갈 수밖에 없는 환경. 황제는 카메라 앞에서 부쩍 수척해진 낯으로 그러나 더없이 당당하고 기품 있게 말한다.

"마지막 규칙은 단순하다. 상대 팀의 숫자를 먼저 삼분의 일로 줄여라. 줄여진 팀은 패배한다. 현재 마지막 경합에 참여할 수 있는 인원은 밀렌도요프 팀에 72명, 카마이유의 팀에 156명이다. 고로 밀렌도요프 팀은 생존자가 24명이 되어서는 안 되며, 카마이유 팀은 52명이 되어서는 안 된다. 더불어 본 게임에는 한 가지 규칙이 추가되었다. 본 경합에서는 '왕'이 존재하는데, 왕의 죽음은 곧 게임의 패배다. 생존자의 숫자와 관계없이 종지부가 지어지는 것이다. 지금부터 왕을 정하라. 양 팀의 왕이 모두 정해지면 게임은 시작된다."

그들의 왕은 밀렌도요프일 수밖에 없는 것에 비해 그러나 저들의 왕은 누구든 될 수 있다. 누구지? 누구야? 누가 너희의 왕이지? 그러나 분명한 것은 이 경합에서의 왕은 그 누구보다 철저하게 보호받고 있을 것이란 사실. 마치 밀렌도요프가 카산에게 보호받듯이.

곧이어 제국 임프란시오의 황제 아브리치오는 마지막 경합을 선포한다.

그 즉시,

뮈블랑이 사라졌다.

그러나 놀랄 틈도 없다. 해안가를 무너뜨리는 해일처럼, 그들은 격돌한다.

칼과 칼이 맞부딪치는 소리, 갑옷을 어설프게 긁다가 손목이 부러진 남자가 고통스럽게 비명을 지르다 배에 검이 찔려 죽는다. 남자를 찌른 용병은 검을 곧장 뽑으려다가 갈비뼈에 잘못 걸려 힘을 주는 사이 뒤에서 짓쳐들어온 단검을 미처 보지 못했다. 에밀리 스토프가 던진 단검은 훌륭하게 그 임무를 달성했다. 그녀는 뒤도 돌아보지 않고 다음 상대를 찾는다. 찾아, 찌르고, 베고, 죽인다. 머리싸움을 하기엔 그들의 숫자가 너무 적다. 투항하는 척? 그랬다간 당장에 목이 베이지. 지금 중요한 것은 최대한 많은 인원을 죽이는 것뿐.

"마도레스 님의 이름으로!"

"마도레스 님의 이름으로!"

거센 호랑이처럼 양 떼의 목덜미를 물어뜯고 다니던 에밀리 스토프는 그러나 마도레스의 이름을 부르는 용병들이 나타나자마자 눈을 질끈 감았다. 끝이다. 신력 앞에선 압도적인 무용도 소용없다. 최대한 고통 없이 가길 바랄 수밖에…… 없나?

정말 그럴까?

에밀리 스토프는 퍼뜩 정신을 차리며 유닷테가 내어 준 마법 도구를 바닥에 내던졌다. 동그란 구가 깨지며 엉켜 있던 마나가 해방되더니만 허공에 마법진이 수놓아지자 불꽃이 거울에 비춰진 빛처럼 반사되어 상대를 파먹기 시작한다. 인간이 만들어 낸 마법이 신력을 이겨 낸 것이다. 당장 눈앞에서 온몸에 불이 붙은 채 고통스러운 비명을 지르는 자들이 세 명이나 되지만 에밀리는 아랑곳하지 않는다. 중요한 것은 내가 살아남았다는 것, 오직 그것뿐.

카산은 밀렌도요프를 격추시키려는 신력을 베어 넘기고 있다. 신을 죽이는 마법이 걸린 검은 신력을 벨 수 있다. 마지막 경합을 위해 벼르고 벼려 온 카일룸의 한 수다.

카산은 카일룸의 말을 기억한다.

'만약 당신이 신에게 저주받는 것이 두렵지 않다면 당신에게 힘을 빌려드리겠습니다.'

살신 마법이 걸린 검으로 신력을 벤다는 것이 어떤 의미인지 모르는 바는 아니다. 아마도 카산은 영생을 살길 바라야 할 것이다. 사후, 저승에서 벌어질 신들의 괴롭힘을 피하려면 말이다. 그러나 카산은 두렵지 않았다. 지킬 수 있다면, 지킬 수만 있다면 뭐든 할 수 있을 것 같았다.

그래서 그는 검을 들었다.

내리그었다.

그리하여 신들은 경악과 분노와 탄식을 금치 못했다. 바벨의 주인 카일룸! 어찌 저리도 무도한 짓을 할 수 있단 말인가? 벌이 부족했던 모양이지! 사지를 찢어 죽였어야 했거늘! 만찬장에 모여 마지막 경합을 관람하던 신들은 인간에게 부여하는 신력의 양을 은근슬쩍 늘리려다가 이오네케스에게 적발되었다.

— 아하하? 아니죠? 설마 인간 터져 죽든 말든 또 힘 막 불어넣으시려는 거 아니죠? 에이, 우리 정정당당하게 하자고 하지 않으셨는지? 으응?

소네카 또한 말을 보탠다.

— 전쟁에는 전쟁의 명예가 있는 법.

전쟁의 신이 명예를 지키자고 하는데 그 누가 신력을 과히 보탤 수 있겠는가? 마찬가지로 전쟁의 신인 마도레스는 가볍게 비웃고는 신력의 출력을 높였으나 다른 신들은 차마 손가락 하나도 까딱하지 못했다. 고대신들이라면 모를까. 신들은 도와 달라고 엘마티카네오스를 바라보지만 그녀는 가만히 구름 밑 세계를 응시할 뿐이다.

그야말로 지옥도다. 살려 달라고 울부짖다가 발밑에 깔려 으깨져 죽는 사람과 그 사람을 살리려고 몸을 굽혔다가 칼을 맞고 혀만 비죽 내민 채 죽은 사람, 아군의 신력에 지져져 죽은 사람. 그 시체들이 쏟아 낸 오물과 피범벅이 된 채 서로를 할퀴고, 썰고, 뭉갠다. 조금이라도 더 빨리 죽여야 자신의 왕이 승리하기에, 그래, 조금이라도 더 많이 죽여야 승리의 보상을 받을 수 있기에.

해일처럼 밀려드는 인간의 파도를 검으로 베어 넘기던 카산은 어느 순간 제 뒤에 있는 소녀가 이 전장으로부터 한순간도 눈을 떼지 않음을 느꼈다. 또렷하게 이 모든 것을 바라보고 있음을.

그것은 참으로 기이한 기분이었다.

왕은 이런 것을 보지 않아도 된다. 저 보라, 카마이유는 테베 섬의 폐허 뒤에 몸을 숨긴 채 프레이가 내린 보호의 신력으로 제 몸만을 수호하고 있지 않은가. 그런데도 그들이 선택한 왕, 밀렌도요프는 그녀를 지키기 위해 죽어 가는 그들에게서, 그녀를 죽이기 위해 죽어 가는 그들에게서 시선을 떼지 않는다. 그 모든 것을 망막에 새겨 넣는다. 환희. 이것은 환희인가? 정당한 왕을 옹립하고자 나선 자만이 느낄 수 있는 이것은 환희가 맞는가?

알 도리 없다. 그러나 그는 외칠 수밖에 없는 것이다.

"왕께서 우리를 보고 계신다!"

처음에는 모두가 그게 무슨 소리인지 알아듣지 못했다. 그러나 잠시라도 카산 쪽에 시선을 빼앗긴 자라면, 이해할 수밖에 없었다. 그 조그마한 소녀가, 눈을 부릅뜬 채, 그들의 삶과 죽음을 지켜보고 있노라고. 그리고 바로 저 소녀가 그들의 왕이라고.

하나둘, 함성이 터지기 시작했다. 산발적으로 터져 나온 외침은 밀렌도요프를 부르고 있었다. 피에 물든 용병들은 마치 그것이 신의 이름이라도 되는 양 목이 터져라 소리 질렀다. 마치 그것이 축복을 내려주기라도 하는 양 맹신하듯이 외쳐 댄 것이다.

황금 관을 쓰지는 않았을지언정 그 순간 그들의 왕은 오로지 밀렌도요프 한 명뿐이었다.

"제기랄, 저 망할 년이!"

카마이유가 이를 갈며 몸을 일으키고 뒤늦게 용병들 앞에 섰으나 이미 저하된 사기는 무슨 짓을 해도 돌이킬 수 없었다. 신력 덕택에 시작부터 우위를 점하고 있었다는 사실만이 카마이유를 위로할 유일한 창구였다. 카마이유는 험악하게 얼굴을 일그러뜨린 채 용병들을 향해 주먹을 들어 올린 밀렌도요프를 노려보았다.

처음엔 어리고 순한 계집이라 시선이 갔다. 옅은 황갈색 머리카락에 하늘색 눈동자를 가진 소녀. 당장이라도 울음을 터트릴 듯이 붉어진 눈시울과 젖살 올라 포동포동한 양 뺨. 여자를 많이 봐 온 카마이유는 저 계집이 차후에 어찌나 훌륭한 미인이 될지 짐작할 수 있었다. 마침 같은 왕족이니 신분도 괜찮고, 외척도 없을 게 빤하니 관리하기도 편하고, 무엇보다 다른 여자를 암만 들여도 까딱 못 할 처지니까. 왕비로 들이기 꽤 적합한 상대라고 생각했다. 그래서 친히 아내 삼아 주기로 결심했는데, 그랬는데!

'황제여, 공주에게 왕좌를 두고 왕자와 경쟁할 권리를 주소서!'

이게 말이나 되는 소리인가?

공주는 공주다. 결코, 왕자가 될 수 없다. 그런데 왕좌를 두고 경쟁할 권리를 달라니! 이 어찌나 비웃기는 수작인지! 아, 카마이유는 어떤 벌을 내릴지 고민하고 있었다. 황제가 그것을 수락하기 전까지는 말이다.

'빌어먹을 황제⋯⋯.'

도대체 무슨 생각으로 그것을 받아들였는지 카마이유는 아직까지 이해하지 못했다. 이 경합에서 카마이유가 승리한다면 아마도 황제는 폐위되리라. 그 꼴을 감수해 가면서까지 계집의 편을 들어야 하는 이유가 무엇이란 말인가? 도대체 왜?

'설마.'

문득 괴상한 것이 머릿속에 떠올랐다. 설마, 아니겠지만, 만약에, 황제 또한 여자라면 이 모든 것이 간단히 설명되지 않는가⋯⋯.

딱 거기까지 생각했을 때.

타앙—!

상념에 집중하여 보호막이 느슨하게 풀린 틈을 타 탄환이 파고들었다. 카마이유는 저도 모르게 팔을 휘저었고 덕택에 심장을 노렸던 총알은 손바닥에서부터 팔꿈치까지를 관통하며 멈춰 섰다. 그것은 끔찍한 고통이었다. 차라리 단번에 죽기를 바라고 싶을 만큼 끔찍했다. 아직까지도 팔꿈치 안쪽 뼈에 잔류해 있는 탄환 탓에 머리가 터져 버릴 것같이 아팠다. 4왕자 카마이유가 처절하게 비명 지르며 풀썩 쓰러지자 보호막이 깨졌다. 이전의 탄탄한 호위진과는 다르게 주위를 서성거리기만 하던 엉성한 호위들이 기겁하며 그를 보호하려 들었다. 게임이 시작되자마자 은신을 시작했던 뮈블랑이 쏘아 올린 한 방이었다. 은신을 풀고 몸을 드러낸 뮈블랑은 그 틈을 타 마저 카마이유를 공격하려 했으나, 이윽고 무언가가 떠오른 바람에 멈춰 서 버렸다.

다음 순간, 눈앞을 가로막은 것은,

"뮈블랑."

향기로운 붉은 머리카락의 여자.

"……알리사."

도대체 너는 왜 카마이유의 밑에 들어간 거야. 그 정도로 내가 미웠니. 모든 것이 그때 그 시절로 돌아간 것처럼, 너를 보기만 해도 심장이 저미듯 애틋하고 참혹해졌다. 뮈블랑의 마음속 내밀한 곳에 숨어 있던 죄책감을 부상시킨 그녀 앞에선 모든 게 무용했다. 뮈블랑은 저도 모르게 그 앞에 털썩 무릎 꿇었다. 알리사는 놀란 티를 조금도 내지 않으며 사뿐하게 걸어 뮈블랑의 앞에 도달했고, 더없이 달콤한 목소리로 나긋하게 속삭였다.

"자, 뮈블랑. 네 잘못을 말해 봐."

"나는……."

뮈블랑은 흐느끼듯 말한다.

"너를 죽이지 않았어."

"맞아."

"도망쳤어."

"맞아."

생긋 웃는 붉은 머리카락의 소녀는 한 떨기 꽃처럼 아름답다. 그래, 그네들은 꽃이었더랬다. 잘 피고, 잘 꺾이는, 한 떨기 꽃. 꺾이고 싶지 않았던 소녀와 소녀는 서로의 가족이 되기로 결심했었지. 어느 한 명이 도망치기 전까지는 말이야.

허리 숙인 소녀는 무릎 꿇은 소녀의 뺨을 끌어안는다. 언제나 그랬듯이 이마를 맞대고, 더없이 사랑스럽게.

"나를 죽이지 않았으니, 너는 포주나 다름없어. 뮈블랑."

가장 끔찍한 말을 토해 내며.

⚜ ⚜ ⚜

어느 빈민굴 홍등가에, 두 소녀가 있었다. 죽었는지 살았는지 모를 어미에게 버려진 소녀와, 산 어미에게 버려지지 않았으나 차라리 버려지길 원했던 소녀. 붉은 머리의 알리사는 후자였다. 어미는 예쁜 계집을 낳았으니 그 계집이 몸을 팔아 돈을 벌어 오길 바랐다. 그래 봤자 아직 나이가 어려 팔아먹지는 못했다는 게 유일한 다행일까.

붉은 머리를 타고나 창녀가 되기에 딱 좋단 개좆같은 소리나 주구장창 듣고 자란 꼬마 알리사와 좆만 안 달렸다 뿐이지 사내자식과 다를 바 없단 소리나 주구장창 듣고 자란 꼬마 뮈블랑. 그들은 매일같이 서로의 머리채를 잡고 조막만 한 손을 휘두르며 발로 명치를 걸어차는 사이였다. 뮈블랑은 태생이 악바리에 날렵하지만 알리사는 힘이 셌다. 둘은 막상막하로 싸우고 또 싸웠다.

싸움의 이유는 단순했다. 그녀들이 악에 받쳐 싸우며 푼돈이나 더 받아 보겠답시고 날뛰는 꼴이 재밌었으니까, 포주는 싸움을 일부러 부추겼다. 둘이 동시에 돈 떼먹고 도망친 새끼가 여기 있다고 외치면 꼭 한 명에게만 돈을 주겠다고 해서 개싸움을 일으키곤 했다.

그런데 어느 날 그들은 서로가 어째서 돈을 모으는지 알게 된 것이다.

"난 여길 나갈 거란 말이야!"

"뭔 개소리야! 나야말로 여길 나갈 거거든……. 어?"

동그래진 눈동자 두 개가 맞닿았다. 그랬다. 그들의 목적은 동일했다. 홍등가를 탈출하는 것. 그걸 위해서는 돈을 모아야 했고, 그들은 딱히 싸울 이유가 없었다. 싸움을 부추기는 윗대가리들이 문제일 뿐이지. 그들은 서로의 속내를 알게 된 날부터 급속도로 친해졌고, 어느 골목 판잣집 아래에서 새끼손가락을 걸며 약속했다.

"맹세해. 우리는 이제부터 가족이야. 우리의 생명은 하나야. 한 명이 나가면, 다른 한 명을 꼭 끌어내 주기로 하는 거야. 그러지 못할 바엔, 차라리 죽여 주자. 우리. 차라리 죽여 주자. 다른 사람 손에 꺾이는 것보단 네 손에 죽고 싶어. 뮈블랑."

"응, 알리사. 반드시 그렇게 할게."

분명히 약속했는데.

뮈블랑이 거리로 나가 소매치기를 하던 때였다. 실수로 귀족을 건드려 매를 맞기 시작한 소녀를 어떤 여자가 구했다. 자신의 이름을 블리마데세라고 한 여자는 뮈블랑이 그곳으로 돌아갈 바엔 맞아 죽는 게 나았다고 말하자 그 누구보다도 아름답고 고귀한 미소를 지으며 뮈블랑을 끌어안고 속삭였다. 그래, 나가자. 그곳을 떠나자. 내게 오렴, 뮈블랑. 내가 너를 맡을게…….

살아야 했다. 이곳을 나가야 했다. 그러나 잡은 손. 뒤에 남은 소녀. 알리사도 같이 구해 달라 해야 할까? 그러나 두려웠다. 그랬다가 자기도 버려질까 봐, 이 절실한 기회를 놓칠까 봐. 뒤따라오는 승냥이들을 피해 다다른 벼랑 끝에서 얇은 새끼 동아줄 하나 발견한 사람처럼, 손을 놓았다. 홍등가를 떠났다. 가족이 되기로 한 소녀에게는 한마디도 전하지 않고. 두려움에 질식될 것 같아 기억까지 소거해 가며.

"왜 그랬어?"

알리사가 치를 떨며 소리쳤다.

"왜 그랬냐고! 왜 나만, 왜 나만 그 지옥 속에 버려두고…… 행복했니, 뮈블랑? 행복했어? 너 혼자 인간으로 사니 좋았냐고!"

"나는…… 네가 살길 바라서……."

"같잖은 소리 마! 네가 날 버린 후로 내가 어떤 꼴을 당하며 살아왔는지 알기나 해?"

"아, 알리사……."

"그딴 곳에서 원하지도 않는 마약에 절어 원하지도 않는 관계를 맺으며 원하지도 않는 인생을 살아가는 것이 삶이야? 나를 죽였어야지, 차라리 죽여 줬어야지! 네 손이라면 죽어도 괜찮았단 말이야! 진심이었는데…… 너는 결국 날 버렸지! 가족이라고 했으면서, 사랑한다고 했으면서!"

진심이었다. 진심으로 맹세했고, 진심으로 그녀가 살길 바랐다. 사랑했으니까, 사랑하니까, 너를 구할 수 없는 자신이 수치스럽고 그럼에도 불구하고 네가 살아 주길 바라서, 그래서 말도 없이 도망쳤다. 직접 죽여 주지도 못하는 알량한 사랑이 너를 배반했다. 그래 놓고 재회하기 전까지는 잊어버리고 살았다, 감히 행복을 누렸다.

뮈블랑은 전장의 한복판에서 적에게 무릎 꿇고 흐느꼈다.

"미안, 미안해……. 알리사, 미안해."

"그렇담 죽어 버려. 내가 준 단검으로."

"정말 미안해, 알리사……. 그런데 나…… 나 정말……."

뮈블랑은 당장이라도 죽을 것같이 목 졸린 음성으로 속삭였다.

"행복했어. 블리마데세 님이…… 주인님이…… 내 어, 엄마가…… 나를 사랑해 줘서, 내가 그분을 사랑해서…… 정말 행복했어. 공주님이, 으흑, 내 동생이 살아 줘서 행복했고…… 카산이 내 곁을 지켜 줘서 행복했어. 또 엠버가, 엠버가…… 나보고 도구가 아니라고 했단 말이야……."

"……그래서?"

"그래서 나는 인간이야. 그래서 나는 죽으면 안 돼, 알리사. 나는 나를 행복하게 해 준 사람들을 행복하게 해 줘야 하고, 그러기 위해선 내가 죽어선 안 돼. 알리사, 제발, 나랑 같이 가자. 내가…… 내가 너를……."

"닥쳐!"

알리사가 뮈블랑의 뺨을 갈겼다. 이마를 걷어찼다. 뮈블랑은 뒤로 넘어져 피에 젖은 땅바닥에 머리를 처박았다. 그 위로 또 발이 내리쳐졌다. 폭력은 연거푸 반복되었지만 뮈블랑은 무릎 꿇은 채 말없이 맞을 뿐이었다. 피가 튀길 정도로 격한 손길이었으나 뮈블랑은 미동조차 하지 않았다. 그게 마땅하단 것처럼 잠자코 받아들였다.

그러자 알리사가 발로 뮈블랑의 머리를 짓이기며 나긋나긋하게 중얼거렸다.

"얌전히 있네? 그래, 너도 나에게 죽어야 하는 걸 납득한다 이 말이지?"

말하며, 뮈블랑의 품속에 있는 단검을 꺼내 들려는 순간, 뮈블랑이 알리사의 손목을 붙들었다. 흉터투성이의 하얀 손에서부터 전달되는 열감. 옥색 눈동자가 형형하게 번뜩였다.

"못 죽어."

"……뭐?"

직후 뮈블랑이 다리를 움직였다. 언뜻 보기엔 일어서려는 것 같았지만 자세히 살펴보면 옆구리를 걷어차려는 궤도였다. 뮈블랑의 눈속임을 잘 알고 있는 알리사는 쇄도하는 발길질을 피해 위로 도약했고, 뮈블랑은 곧바로 구르듯 일어서 자세를 잡았다. 언젠가의 과거에 그랬듯이 익숙한 몸놀림이었다. 둘 모두 알고 있었다.

알리사가 허리를 꺾으며 깔깔 웃었다.

"너는 정말 변함이 없구나."

"……못 죽어. 정말 미안해, 미안해, 알리사. 근데 말이야, 나 이대로 가다간…… 응? 이대로 가다간……."

그녀는 무신경하다 못해 매몰찬 눈빛으로 그녀를 바라보았다. 뮈블랑은 몸을 부들부들 떨고 있었는데, 단순히 오한을 느꼈다고 표현하지 못할 병적인 떨림이었다. 그러나 뼈마디가 도드라진 손아귀가 단단하게 붙잡은 단도만큼은 흔들리지 않았다. 오히려 보다 더 예리하고 날카롭게 그녀를 겨누고 있었다.

뮈블랑은 말하지 않으려 입술을 깨물었다가, 고개를 숙였다가, 다시 쳐들었다가, 끝내 외쳤다.

외치고야 말았다.

"너를 죽여야 할지도 모른단 말이야!"

뮈블랑은 밀렌도요프의 신하다. 지금 이렇게 울고 불며 맞는 동안에만 죽어 나간 아군이 벌써 서넛인데, 알리사에게 더 발목 잡혀 있을 시간이 없다. 그러나 정녕 그녀를 죽여야 하는가? 세상 그 누구보다 사랑했던 너를, 그것도 자신의 손으로? 아, 그것만은 할 수 없었다. 뮈블랑은 심장이 찢어질 것만 같은 고통 속에서 처절하게 애걸했다.

"너는, 나에 대해서 아무것도 몰라. 살아야 한다는 욕망이 죄책감보다 더 커서 너를 죽여 버릴지도 모른다고! 내가 이렇게까지 말하면 제발 좀 포기하겠다고 해, 도망치란 말이야!"

그러나 알리사는 더없이 산뜻하게 대꾸할 뿐이다.

"나는 네가 무엇을 하든 돌이키지 않을 거고, 그렇게 끝내 네 손에 죽을 거야. 그게 너를 가장 서럽게 만들 걸 알고 있으니까. 나는 네가 제일 싫거든."

곧 그들은 격돌했다. 그러나 전문적으로 암살자가 되도록 키워진 소녀와 싸구려 향유에 파묻혀 살던 소녀 사이에 승패를 논할 가치가 있기는 할까. 끝내 뮈블랑은 알리사를 다리 밑에 깔아뭉갠 채 단검을 뽑았다. 뒷목만 쳐서 기절시킬까, 고민하던 찰나.

알리사가 씹어뱉듯이 말했다.

"이번에도 나를 죽이지 않으면, 네 공주님을 찢어 죽이겠어. 그 살점을 씹으며 너를 조롱해 주지."

"……너, 진짜 잔인해."

알리사는 마주 비꼬는 대신 생긋 웃었다. 더없이 사랑하는 것을 바라보듯이 꿀 떨어지는 눈빛으로.

"너한테만 그래."

이어 알리사는 뮈블랑의 귓가에 무언가를 속삭였고, 그 후.

언젠가의 맹세는 비로소 이루어졌다.

✚ 제11장 ✚
나를 치고 찢고 죽여라

지옥이다. 현세의 지옥이 따로 없다.

반쯤 시체 같은 몰골로 일어선 뮈블랑은 비척비척 걸음을 옮겼다. 사방에선 비명 소리가 났다. 그러나 어째서일까, 병사들은 그녀의 앞길을 주춤주춤 피할 뿐 유다르게 공격을 시도하진 않았다. 이따금은 눈먼 칼이 그녀를 공격하기도 했다. 그러나 피할 뿐 죽이지 않으며, 패배해 가는 전장을 가로질러 밀렌도요프에게로 터덜터덜 걸어간 뮈블랑은, 저를 걱정스럽게 응시하는 카산을 보며 힘겹게 웃었다.

"카산. 내가 먼저 어디론가 사라져도 너는 괜찮아?"

"괜찮아."

이런 대답이 나올 거라 예상하지 못했던 뮈블랑은 눈을 깜빡거렸다. 그리고 카산은 부드럽게 미소했다.

"내가 반드시 너에게로 갈 거니까."

아, 이것이구나. 그래, 이것이었어. 이것이 바로……

심장이 찢기듯 고통스러운 무엇을 마주 보게 된 뮈블랑은 또 하나를 깨우쳤다. 그래서, 그래서.

아르미타그는 운명이 맞닿는 최초의 순간부터 알고 있었다. 종내에 그 소녀가 선택하게 되는 방향은 가장 위대하며, 동시에 아무것도 아닌 길. 가장 비천한 사고방식을 가졌던 소녀는 가장 낮은 자가 인간으로 사는 사회를 만들기 위해 자신이 무엇을 해야 하는지 깨닫고야 말았다.

방울 소리가 들렸다. 뮈블랑은 선택했다.

"나에게 비책이 있어."

"무슨?"

"이걸 성공하려면 카산, 네가 좀 날뛰어 줘야 할 것 같다."

이윽고, 공주를 지키기 위해 후방에만 머물던 '그' 카산이 전장에 뛰어들었다.

"카산이다! 피해!"

"씨발, 공주 안 지키고 뭐 하는데!"

검은 사자 한 마리가 전장을 누비며 양 떼를 물어뜯었다. 에밀리 스토프와 벨루미니오스가 그의 뒤를 지지하며 밀렌도요프에게로 향하려는 개돼지들을 찢어발겼다. 단지 등장하는 것만으로 적진의 사기를 낮추고 아군의 사기를 높이는 히든카드가 바로 카산이었다. 그때 병사들이 일제히 몰려들어 에밀리 스토프와 벨루미니오스의 보호를 뚫고 밀렌도요프를 향해 창을 찔러 넣었다. 카산이 없는 밀렌도요프는 아무것도 아니니까! 그런데 아무리 창을 찔러 넣으려 해도 통하질 않았다. 공기가 딱딱한 막을 이뤄 그녀를 보호하고 있는 것 같았다.

"빌어먹을! 마법이다!"

이런 마법을 쓸 수 있었으면 진작 쓰지 그랬느냐고? 아쉽게도 모든 물리 공격을 막아 내는 이 마법 도구의 지속 시간은 앞으로 5분. 5분 안에 모든 것이 끝나지 않으면 이쪽의 패배다. 너무 많은 아군이 죽었다. 그에 비해 적의 수는 여전히 까마득했다. 카산이 종횡무진 휩쓴다 해도 한계가 있었다. 뮈블랑이 무슨 짓을 하려고 하는지는 모르겠으나, 부디.

"소닉이시여, 제발, 뮈블랑을 도와주세요."

간절한 기도는 과연 닿았을까?

별안간 밀렌도요프 측 용병들에게 전쟁의 여신 소네카의 가호가 내려졌다. 소네카의 가호는 승리를 불러오는 축복이었다. 전쟁과 화마의 신 마도레스와는 다르게 소네카의 가호는 오로지 명예롭게 이길 전쟁에만 내려지기에. 그것이 시작이라는 것처럼, 또 다른 가호가 내려졌다. 이번에는 카마이유 측이었다. 불현듯 용병들이 술주정뱅이처럼 휘청거리기 시작했다. 주정뱅이의 남신 이오네케스가 저주인지 축복인지 모를 가호를 내린 것이다. 프레이가 벌떡 일어서 이게 무슨 짓이냐고 일갈하려던 찰나, 엘마티카네오스가 고풍스러운 몸놀림으로 일어섰다. 그녀의 움직임에 모든 시선이 쏠리던 그때.

그 신은 하사받은 왕관을 내던지고 발로 짓밟는다.

— 나 네게 예속되기를 거부한다, 프레이!

전쟁의 선포였다. 끝도 없이 세상을 불태우던, 그리고 끝내 엘마티카네오스의 패배로 끝났던 그 전쟁을 다시 시작할 것이라는 엄격하고도 냉철한 선언. 프레이와 엘마의 전쟁을 기억하는 주위가 경악에 질렸건만 샤이카네도만큼은 언제나처럼 싱글벙글거릴 뿐이었다.

프레이가 능글맞게 웃으며 껄껄댔다.

— 호오, 나의 아내여. 그런 말을 해도 되겠어?

— 발정 난 종마와 결혼한 기억은 없다!

여유로운 척하는 가면을 벗어던진 프레이는 당장에라도 엘마를 찢어 죽여 버리고 싶단 듯이 살벌한 표정을 지었으나 카마이유 측의 '왕'에게 내려보내는 신력의 양을 줄일 순 없어 이를 갈 뿐 행동하진 못했다. 프레이를 지지하는 고대신들이 하나둘씩 그의 뒤로 걸어가고, 이도 저도 아닌 자들은 이 심상찮은 상황에 어찌 대처해야 할지 몰라 입술만 깨물고. 그야말로 일촉즉발이었다.

그리고 프치얼은 자신을 부르는 뮈블랑의 목소리를 들었다.

"프치얼 님, 바로 지금이에요."

은신해 있던 뮈블랑은 신호와 동시에 뛰쳐나갔다. 밀렌도요프는 후방에서 그 모든 것을 지켜보고 있었는데, 무언가 이상했다. 뮈블랑은 망설임 없이 1왕자를 붙잡으려 하고 있었다. 그리고 1왕자를 둘러싼 호위들은 그녀를 저지하지 못해 안달이었다.

뮈블랑은 알리사의 마지막 속삭임을 기억한다.

'우리의 왕은 1왕자야.'

단순한 의심이었더라면 이토록 빠르고 간결하게 1왕자를 노리지 못했을 것이다. 네가 나를 구했다. 뮈블랑은 상념에 빠지려는 머리를 애써 일깨우며 온몸을 충만하게 가득 채운 프치얼의 신력을 사용했다. 온몸의 힘이 쭈우욱 빠져나가는 듯한 감각이 짓쳐 오르고, 그 즉시, 너울거리는 황금빛 가루를 휘장처럼 두른 넝쿨들이 그녀의 앞을 가로막는 모든 이들을 사로잡기 시작한다.

그들이 옴짝달싹도 하지 못하게 에워싸고 있다.

용병들은 마도레스가 내린 가호의 힘을 보태 넝쿨을 불사르려 하지만, 도대체 무슨 영문인지 통하지를 않았다. 화마에도 타들어 가지 않는 초목이라니, 그게 말이나 되는가! 그러나 그 말도 안 되는 일이 그들 앞에 놓인 현실이었다. 당황한 마도레스가 출력 이상으로 힘을 불어넣어도 프치얼의 넝쿨들은 타들지 않았다. 오히려 이전에 잘라 내었던 제 팔뚝에서 다시금 넝쿨이 자라 오르는 것 아닌가?

또다시 그 고통이었다. 뼈와 신경계에 뿌리가 파고들고 잎사귀가 돋아나는 바로 그 고통.

"빌어먹을 계집년이!"

마도레스가 얼굴을 엉망진창으로 일그러뜨리며 프치얼의 멱살을 잡아 올리자 소네카가 검을 뽑아 들었다. 그러나 본격적인 싸움을 전개하진 못했다. 구름 아래의 전개가 너무도 급박했기 때문이었다.

그도 그럴 게, 시대의 당락이 결정되는 순간이었으니까.

1왕자의 바로 앞에 다가간 뮈블랑은 당장에 칼로 그를 찌르려 했으나, 시퍼렇게 질린 그의 앞에는 반투명한 구형의 보호막이 전개되어 있었다. 망할, 신력을 부수려면 살신 마법이 필요한데……!

"뮈블랑! 받아!"

그때 카산이 자신의 검을 던졌다. 자기가 죽든 말든 신경 쓰지 않겠다는 양 모든 이들이 제게 검을 겨누고 있는 상황에서 스스로의 무기를 기꺼이 포기했다. 그리고 그 순간, 뮈블랑은 더없이 충만하게 솟아오르는 감정에 온전히 빠져 버렸다. 이것이었다. 이것. 언제고 인간의 등 뒤를 가볍게 떠밀고야 마는 이것은…….

"야, 카산!"

검에 깃든 마법이 보호막을 깨부수었다. 신력으로 이루어진 보호막은 유리 조각처럼 산산조각 나서 흩어졌다. 그러나 1왕자도 신력으로 날을 피해 뒤로 물러섰다. 이 짧은 순간 뮈블랑은 치열하게 고민했다. 보호막은 곧 재생될 것이다. 검으로는 확실하게 죽일 수 있을지 없을지 알 수 없다. 그런데, 검이 불분명하다면 폭탄은 어떨까? 프레이의 신력을 터트려 버릴 수 있을 정도로 강력한 이 폭탄은? 뮈블랑은 유닷테가 쥐여 준 폭탄의 안전핀을 뽑으며 외쳤다.

"사랑해!"

옥색 눈이 흐무러지게 웃으며, 소녀가 외쳤다.

카산은 아마도 그 광경을 평생토록 잊지 못할 것이다. 은빛 머리칼의 소녀가 자신만을 바라보며 더없이 행복하게 웃다가, 휩쓸렸다가는 결코 살아남을 수 없을 폭발에 휩싸이는 바로 그 광경을.

"뮈블랑—!"

하늘에서 승리를 알리는 폭죽이 터졌다.

그러나 아무도 웃지 못했다.

신들마저도.

✢ ✤ ✢

정처 없는 울음이었다. 들어 줄 이가 없으니 더더욱.

살아남을 수 있을 리가 없는 폭발이었다. 그래서 심폐소생술을 시도한다거나 하는 쓸모없는 짓은 하지 않았다. 승리의 폭죽이 터지자마자 황망하게 달려간 밀렌도요프는 곧장 뮈블랑의 너덜너덜한 시신을 끌어안은 채 목이 찢어져라 울었다. 공주가 왕좌를 차지하게 된 이 상황을 받아들이지 못한 카마이유가 당장에 용병들에게 공격을 지시했으나 아무도 그의 말에 따르지 않았다. 다만 흐느끼는 왕과 그의 신하를 바라볼 뿐이었다.

"승자는, 밀렌도요프. 아슈타르 왕국의 왕은 이제부터 밀렌도요프다!"

방송을 통해 만세계에 굳건히 선포한 제국의 황제 아브리치오가 침통한 낯으로 걸어 내려와 황금 월계수로 만든 관을 밀렌도요프의 머리 위에 씌워 주었다. 따라 들어온 시녀들이 붉은 망토를 그녀의 어깨 위에 걸쳐 주었다. 그런데 잘 어울린다고 옷이 날개라고 장난스럽게 말해 줄 형제가…… 이젠 없다. 없어졌다. 부들부들 떨리는 작은 손이 하염없이 뮈블랑의 뺨을 쓸고 또 쓸었다.

"어, 언니……."

사실, 뮈블랑이 비책이 있다고 했을 때부터 짐작했을지도 모른다. 그녀는 타개책이 전혀 없는 상황에서 자신의 생명을 투자해 승리를 이끌어 낸 거다. 위대한 업적이라고 말할 수밖에 없다. 그러나 정말 그런가?

"나 두고 가지 마……."

심장이 끊어질 것만 같다.

안다. 이성적으로는 이 방법밖에 없었을 것을 알고, 만약 그들이 패배했다면 죽음보다 더한 몰골을 맞이했을 것을 안다. 그런데도 언니를 잃어버린 게 그만큼 아파서, 딱 그만큼 아파서.

"제발……."

밀렌도요프는 그녀 앞에 무릎 꿇은 채 오열했다.

"눈 떠, 응? 눈 뜨란 말이야. 당장이라도 모두 다 장난이었다고 말해. 그러면 나는 숨 오래 참았네, 하고 장난으로 받아넘길게, 응? 언니, 언니이……. 제발 돌아와……."

그때 카산이 밀렌도요프의 어깨 위에 손을 얹었다. 밀렌도요프는 그제야 흐느낌을 멈출 수 있었다. 카산이라도 살아남았으니 다행이란 생각 때문이 아니었다. 카산도 자기만큼 힘들 텐데 자신만 울부짖는 모습을 편히 보일 수 없다는 생각 때문이었다.

슬픔에 빠져 허덕일 여유조차 없었다.

밀렌도요프는 차마 그의 얼굴조차 보지 못하고 몸을 일으켰다. 눈물 젖은 뺨의 소녀가 한 바퀴 돌자 붉은 망토가 거칠게 나부꼈다. 그녀는 스스로의 머리카락을 한 손으로 잡아 올렸다. 카마이유가 좋아하던 긴 머리카락. 단도를 꺼내 들었다. 단번에 끊어 냈다. 그녀는 외쳤다.

"그대들은 들으라!"

발치에 떨어진 짙은 금빛 머리카락의 타래를 밟으며, 울부짖듯이.

"공주가 왕좌를 차지했다!"

순간적으로 세상이 멎은 듯했다. 그 정도로 지독한 정적이 그들을 감쌌다가, 이윽고.

함성이 휘몰아쳤다.

"내가 그대들의 왕이다!"

결코, 프레이가 용납할 수 있는 상황이 아니었다. 프레이는 엘마티카네오스에게 견제당하는 와중에도 재빠르게 벼락을 형성해 밀렌도요프의 머리 위로 내리꽂았으나, 마법진이 대지와 창공 사이를 가로막듯 펼쳐졌다. 경합의 종료를 확인하자마자 하늘을 날아 테베 섬에 도착한 신에 대적하는 자, 바벨의 주인, 프레이의 아들인 카일룸이 황금빛 무리를 흩뜨리며 지상에 발을 디딘 것이다.

자신의 신격을 드러내지 않고 갈무리하던 여태까지와는 다르게 전력으로 힘을 개방한 카일룸은 수십 개의 마법진을 동시에 생성해 전개하느라 땀방울을 흘리고 있었으나 그의 단정한 이목구비는 뮈블랑을 위해 탄식할 여력 정도는 가지고 있었다. 서럽게 일그러지던 눈동자에 이윽고 뚜렷한 결심이 서렸다.

카일룸은 곧장 선언했다.

"엘마티카네오스, 영웅들의 신이여!"

엘마티카네오스가 카일룸에게 영생의 벌을 내렸다. 카일룸은 그것이 가장 엄격하고도 자애로운 벌이라고 생각했다. 그가 영원토록 자신의 생애를 죄악으로 만들 인간이기에 엄격하고, 그리고 만약 그가 준비된다면,

"내 그대의 뜻을 이제야 이해합니다!"

언젠가 저승에 가 스스로의 죄업을 마주 볼 수 있기에 자애로운 벌.

"그러니 이자를 살려 주십시오!"

스스로의 반신성을 포기하면 죽은 자를 부활시킬 수 있을 정도로 강력한 반신 카일룸은 영웅들의 신에게 빌었고,

― 받아들이겠다.

엘마티카네오스는 받아들였다.

카일룸의 몸에 깃들었던 황금빛 무리가 덩어리지듯이 솟아오르더니 뮈블랑에게로 흘러갔다. 그것은 유성우가 내리듯이 화려하고도 장엄한 광경이었다. 사금처럼 자잘한 빛의 알갱이가 만져지지 않는 기류 속에서 끊임없이 흘러내렸고 그 모든 것이 뮈블랑을 에워싸고 있었다. 반신에게는 영생으로 기능하고 인간에게는 부활로 기능하는 고대의 신력이 맴맴 돌며 뮈블랑의 상처를 치료하기 시작하자 밀렌도요

프는 환희에 젖어 다시금 울음을 터트렸다.

그런데 무언가 이상했다. 아무리 시간이 지나도 뮈블랑이 일어나지 않는 것이다. 몇 번이고 불러 보았으나 신들에게서도 답이 없었다. 카일룸이 말하기로는, 영혼이 어딘가를 헤매고 있다는 듯한데……

밀렌도요프는 간절하게 뮈블랑의 손을 잡으며 속삭였다.

"어디 있는 거야, 뮈블랑? 돌아와, 제발……"

제12장

내 등 뒤의 소녀가 칼을 벼리고 있다

"흠."

— 왜 그러시나?

"누군가가 나를 부른 것 같은데 착각이겠죠?"

— 착각이겠지, 거.

"좋아요. 배나 마저 몰아 주쇼."

— 거 싸가지 한번.

신화의 등장인물, 벨루미니오스라는 이름의 어원인 바로 그 벨루미니오스가 끌끌 웃으며 배를 몰았다. 그의 뒤에는 은빛 머리칼의 소녀가 껄렁하게 탄 채였다. 다리를 꼰 채 방만하고 느슨하게 걸터앉은 꼴이 아주 보기 좋았다.

어쭈, 이젠 아주 귀까지 판다. 벨루미니오스는 흘긋 뒤를 돌아보았다가 새침하게 말했다.

— 거, 다리 좀 꼬지 말고 앉게. 뼈 뒤틀리면 안 좋다고.

"어차피 죽은 사람들끼리 뭐 그런 걸 신경 쓰고 그래요? 안내나 빨리 해 달라고요."

옥색 눈동자가 형형하게 번뜩였다.

"'유' 께."

✚ ❀ ✚

막 눈을 떴을 때,

아, 이게 죽음 후의 풍경이구나, 그런 생각을 했던 기억이 있다. 당장 펼쳐진 사위를 경계하느라 오래 붙들고 있진 못한 상념이지만, 어쨌든.

'생각보다 별거 없네.'

저승은 딱히 이승과 다를 것도 없는 풍경이었다. 오히려 그들이 방금 전까지 있었던 인세의 지옥보다 훨씬 살맛 났다. 다만 지하 세계인 것이 티가 나듯 앞뒤 좌우 위아래 모두 암석이란 지점이 좀 유별날까. 암석들의 형태는 그들의 주인 라우코네스의 성품을 드러내듯 딱히 희지도 곱지도 않았다. 가공되지 않은 자연물 그대로의 모양새를 유지한 암석을 짚고 비척비척 일어선 뮈블랑은 주위를 떠들썩하게 메꾼 죽은 자들을 바라보며 서늘한 눈빛을 했다.

"씨발, 이게 다 네놈들 때문이잖아!"

자신이 죽은 것을 받아들이지 못한 자들은 씩씩거리며 드잡이질을 해 댔고 수긍한 자들은 몸을 웅크린 채 뱃사공을 기다리고 있었다. 뮈블랑은 저들과는 멀찍이 떨어져 있었지만 굳이 따지자면 후자에 가까웠다. 뱃사공이 오면 그 배를 타고 나락의 끝에 가야지. 언젠가 유닷테가 올 그곳에서 그녀를 기다리다가 깔깔 비웃어 줘야지.

그래. 뮈블랑은 어쩌면 자신이 곧 죽을 것을 알던 사람만큼이나 초연했다.

기껏 사랑 고백 하자마자 죽어 버렸으니 카산 놈에겐 미안하긴 하

413

지만 뭐 어떡해. 이게 최선이었는걸. 정말이지 뮈블랑은 끝까지 제멋대로에 이기적이다. 자기만 죽으면 다 됐다 이거지. 그런데 어떡하라고. 그녀가 이 모양 이 꼴로 태어났는데 뭐 어쩌란 말이야. 받아들여라. 그게 그녀를 사랑하게 된 네 운명이다. 뮈블랑은 시시껄렁한 농담이나 주워섬기다가 문득 누군가가 자신의 팔뚝을 움켜쥐려 하는 것을 느꼈다. 민감하게 반응하려다가 귀찮아서 말았더니 대뜸 그녀를 질질 끌고 구석으로 가려는 것이 아닌가?

'뭐지. 저승에도 삥 뜯는 놈이 있나.'

뮈블랑은 가볍게 그의 명치를 팔꿈치로 찍었다. 억 소리가 나며 누가 철푸덕 쓰러지든 말든 상관 않고 뒤돌았다. 자기 자신을 신화 속 벨루미니오스라 칭한 애절한 목소리가 뮈블랑을 잡으려 했지만, 아랑곳하지 않고 걸어가려던 순간 그가 이상한 소리를 했다.

— '유' 께서 자네를 부르신다구!

그리고 지금이었다.

솔직히 말해 뮈블랑은 그의 말을 믿진 않았다. 누가 처음 본 사람의 말을 넙죽넙죽 믿겠는가. 그래도 '유' 와 관련된 일이니까 혹시 몰라 찾아가 보는 거지. 혹시라도 긍정적으로 나와 줬던 신들이 프레이 일당을 막아 내지 못해 경합의 결과가 무산된다면 밀렌도요프와 카산은 끝장이니까, 그 빌어먹을 가능성을 말소하기 위해.

"그런데 뱃사공의 배를 이렇게 멋대로 째벼도 되는 거예요?"

— 째벼…… . 후, 유님을 뵈러 가는 건데 무슨 문제가 있겠나. 하하. 하하하하.

"아하, 댁은 이제 뒈졌다 이거죠?"

— 조용히 하게. 안 그래도 심란하니까!

막상 조용히 하란 대로 조용히 했더니, 자칭 벨루미니오스가 샐쭉한 표정으로 무어라 꿍얼거렸다. 집중해서 들어 보니 내가 바로 그 벨루미니오스인데 왜 신화에 대해 묻지도 않느냐, 사람이 왜 그렇게 매정하냐는 둥 별 같잖은 소리뿐이었다. 뮈블랑은 고개를 절레절레 저으며 무시하려 했지만 벨루미니오스가 우는 시늉까지 하는 바람에 결국 물어 버렸다.

"아, 그래서 신화 뭐요!"

— 어어, 어! 궁금하단 게지? 암, 그럴 줄 알았다니까! 으하하!

벨루미니오스가 헤벌쭉 웃었다. 그녀가 만난 벨루미니오스, 그러니까, 신화 속 벨루미니오스인 저 양반의 이름을 본떠 지은 용병 미니군은 참 참하고 좋은 인간이었는데 어째 원본이 저 꼴인지⋯⋯. 쯧쯔, 뮈블랑은 혀를 찼고 벨루미니오스는 못 들은 척했다. 대신 아무도 모르는 비밀을 토로하는 사람처럼 절박하고도 긴급하게 외쳤다.

— 그 신화는 가짜일세! 소닉께서 라우코네스 님과 불륜을 저질렀다는 바로 그 신화 말일세!

"알아요."

— 물론 믿지 않겠지만⋯⋯. 뭐, 뭐?

"안다고요."

뮈블랑은 고개를 비스듬히 꺾어 제 어깨에 뺨을 기대며 중얼거렸다.

"불륜을 저질렀다 쳐도 그럴 만하다고 생각하구요. 그래서요. 소닉께 무슨 일이 있었던 거죠?"

무슨 일이 있었기에,

그 신은 여자를 황제로 만들기 위해 형벌마저 감수한 거죠?

⚜ ⚜ ⚜

병아리는 알에서 깨어나 처음으로 본 상대에게 각인한다. 그렇다면 이것을 각인이라 표현해야 할까?

— 입을 벌려 줘.

그랬다. 각인이었다. 그 광휘와 그림자는 태초부터 한 쌍으로 점지된 운명이라는 양 얽힌 탯줄로 태어나 자연스럽게 몸을 얽었다. 넝쿨과 넝쿨이 벽을 타고 오를 때 얽히는 것만큼이나 자연스럽게. 달큼한 꿀이 묻은 뺨을 어루만지다 촉촉한 입술을 부드럽게 누르고 사늘한 손가락이 두피를 간지럽히듯 파고들며 사랑을 속삭이는 과정 속엔 한 점 의구심도 없었다. 적어도 소닉은 그렇다고 생각했다.

— 소닉, 너는…….

사내의 아래에서 하느작하느작 흔들리며 열락에 다다르는 것이 그저 한없이 익숙하고 자연스러워서, 그것이 자신이 원하는 일인지 아닌지조차 파악하지 못한 채.

의구심을 갖기에는 오라비가 가진 빛이 너무도 찬연하여 그만 눈멀고야 말았던 것이다.

— 최고의 여자야.

에우겔은 소닉을 안으며 언제고 그렇게 속삭였다. 내가 너를 최고로 만들어. 머리칼에 입 맞추며 귓가에 꿀을 흘려 넣었다. 너를 사랑할 사람은 나밖에 없어. 알잖아, 소닉. 극독 섞인 꿀에선 악취가 났지만 그걸 알아챌 수 있었더라면 진작 의구심을 가졌겠지. 그러나 의심하기에 각인은 너무도 명징했다. 태어나서부터 함께한 단 하나뿐인 유일한 존재를 어찌 신앙하지 않아.

너는 빛이고 태양이며 저주받은 그림자를 씻겨 내려 줄 나의 신. 의심마저 죄였다. 그렇게 그림자라는 저급하고 구역질 나는 신격을 보듬어 살펴 주는 유일한 빛에 이끌렸다. 인력이 작용하듯 그의 앞에 무릎 꿇었다. 자연스럽게, 그저 물건이 떨어지면 바닥으로 추락하듯 자연스럽게.

그것이 이상하다는 것을 알려 준 자가 바로 라우코네스였다.

에우겔은 광휘의 신이므로 신들에게 아주 중요한 존재고 그렇기에 그가 자신을 두고 다른 이들과 어울리는 것은 지극히 당연한 일이었다. 그러나 소닉은 그림자의 신이므로 같은 신들마저 꺼림칙하게 여기는 존재고 그렇기에 소외되어 벽의 꽃이 되는 것 또한 지극히 당연한 일. 그리하여 그날도 눈을 내리깐 채 시간을 흘려보내고 있었는데, 문득 그가 다가온 것이다.

— 홀로 있을 사람끼리 머무는 것도 나쁘지 않겠지.

소닉은 소름 끼치도록 낮고 고혹적인 목소리가 다가서자마자 기겁했다. 에우겔이 아닌 사람과 대화하는 게 대체 몇 년 만인지 몰랐다. 그녀는 반쯤 울음을 머금은 채 속삭였다.

— 저, 저는 저주, 받, 바, 받은 그…… 그림자…….

그러니 가까이 오지 말라. 소닉은 그렇게 말하듯 몸을 엉거주춤 뒤로 뺐다. 그러나 라우코네스는 구태여 다가가진 않을지언정 몸을 피하지는 않았다.

— 그림자가 저주받았다면 저승의 신인 나 또한 저주받은 신격이겠군.

— 그, 그러, 렇지 않……. 전…….

라우코네스가 무언가 심기가 불편한 사람처럼 미간을 찡그리며 입을 열자, 소닉은 곧장 히익 하고 몸을 움츠리며 말끝을 베어 물었다. 그러나 라우코네스는 말을 잇지 않았다. 소닉은 그게 이상했다. 부들부들 떨며 가까스로 용기 내어 물을 만큼.

— 왜……? 하, 하, 하고 시, 싶은 말쓰, 씀…… 있으, 신, 것 같은데…….

— 그야 네가 말을 하는 도중이었잖아. 마저 말하도록 해.

처음이었다.

— 기다리마.

기다려 주는 사람은.

도대체 무엇인지 모를 감정이 울컥하고 치솟았다. 빗장뼈를 부러뜨리듯 고통스러운 감각이 들끓어 폐부가 타오르는 것만 같았다. 소닉은 차마 소리조차 내지 못하고 흐느꼈다. 처음으로 다정함을 받은 어

린아이가 별안간 서러움을 참지 못하는 것처럼,

라우코네스는 울음을 터트리는 소닉을 보며 난처해했으나, 그래도 그 곁을 떠나진 않았다.

그것으로 충분했다.

소닉은 의심을 시작했다.

✢ ✤ ✢

— 소닉, 너는 내 곁에 있을 때 온전할 수 있어. 내가 없는 넌 아무것도 아니야.

진실일까?

— 사랑해, 소닉. 내 여동생.

진심일까?

— 너도 날 사랑하지?

이런 게 사랑일까? 고작 이따위 것이?

소닉이 알고 있던 세상이 부서졌다. 엉망진창으로 으깨지고 쪼개져서, 결코 돌이킬 수 없도록. 그리하여 폐허 앞에 선 신은 나아가기로 결심했다. 세상의 파편에 피투성이가 되어 버린다고 해도 괜찮으니까.

그래서 소닉은 저승으로 향한 것이다.

첫 용기였다.

✢ ✤ ✢

"그래서 소닉 님은 성공적으로 보호받으셨나요?"

— 라우코네스 님은 드문 상식인이라고 소닉 님께서 평가했더랬지.

뮈블랑은 못 믿겠다는 것처럼 입술을 비죽 내밀었다. 벨루미니오스는 아랑곳하지 않고 말을 이었다.

418

— 문제는 소닉 님께 뿌리 깊게 박힌 세뇌였어. 또다시 자기를 비하하는 말이나 했더라면 부정했을 텐데, 왜냐면 그게 가능하던 시점이니까, 그런데 하필 그러지도 않고 '네가 돌아오지 않으면 라우코네스를 죽이겠다.'고 한 게야. 그래서 뭐 별수 있나. 소닉께선 돌아가고야 말았지. 그 에우겔의 곁으로. 빌어먹을! 정말 힘드셨을 게야. 온갖 짓을 다 당했다고 하니까. 그러던 중에 나와 소닉 님이 만나게 된 걸세. 나는 음, 말하자면, 라우코네스 님과 똑 닮은 외형이라더군. 그 탓에 소닉께선 내게 마음을 여셨고, 그분에게 내가 자네에게 말한 모든 것을 전해 들었고, 그리고…….

이 이야기의 결말은 하나뿐이다.

"에우겔에게 살해당하셨군요."

구름 밑 세계에는 소닉과 불륜을 저지른 인간 벨루미니오스는 에우겔의 손에 죽고 소닉은 자애로운 에우겔에게 용서받았다는 설화가 널리 퍼져 있었다. 블리마데세와 기테모어 아래에서 자란 뮈블랑은 잘 모르는 사실이었지만 그러한 설화들로 인해 인간들에게 있어 소닉은 불륜의 상징이요 불길함의 징조이자 요부 중의 요부였다. 하다못해 저승의 백성들조차도 벨루미니오스의 말을 믿지 않을 정도니 말은 다한 셈이지. 한번 틀어박힌 인식은 어떻게 발버둥 치든 변하지 않았다. 그 정도로 세상이 견고했다.

개인은 변화할 수 있다. 개인은, 자기 자신의 시야를 깨부수고 파편을 짓밟으며 피투성이 발로 걸어 나올 수 있다. 그러나 이 세상은 도대체 어쩌지? 이 견고한 신전은 어쩌면 좋지?

— 그렇지! 그게 소닉 님의 신화와 얽힌 내 설화야! 으하하하. 어때, 파란만장한 삶이지 않나?

벨루미니오스의 태도는 경쾌하기 그지없었으나, 뮈블랑은 무슨 말을 해야 할지 알 수 없었다. 아무것도 해결된 게 없고 모든 것이 현재 진행형인 비극이었으니까. 뮈블랑이 입술을 깨물고 있을 때 벨루미니오스의 노 젓기가 멈췄다. 내리게, 가볍게 속삭인 그는 시원스럽게 일어서 강둑 너머의 산 입구로 걸어갔다. 뮈블랑은 미심쩍은 표정으로 졸졸 따라갔다. 그런데 그가 대뜸 허공에다 대고 인사를 하는 것 아닌가?

— 하하, 오랜만에 뵙습니다! 나르타스 님!

뮈블랑은 그 꼴을 보는 즉시 뒤돌았다. 웬 돌은 새끼에게 잘못 걸려 지금까지 시간 낭비나 했구나 싶었다. 벨루미니오스가 팔에 매달려 징징대지만 않았으면 정말 혼자 배 타고 노 저어 돌아갔을지도 모를 지경이었다. 뮈블랑은 신경질적으로 벨루미니오스를 한 손에 매달고 흔들었다. 영체에도 무게는 있는지 팔뚝에 힘이 꽤 들어갔다. 그런데 그러고 보니 왜 뮈블랑의 몸은 영체로 변하지 않았을까? 옷도 다 챙겨 입고 있고. 하다못해 망토까지 걸치고 있지 않나.

"아, 놔요. 공중과 대화하는 헛짓거리는 댁 혼자 하시고."

— 공중은 무슨, 저기 계시잖나. 응? 빨리 와서 인사 올리게!

"있긴 뭐가 있어요! 산밖에 없구만!"

그래, 정말 눈앞에 보이는 건 산뿐이었다. 거대하고 웅장한 규모의 가파른 산맥……이 왜 움직이기 시작하는 거지?

어?

팔에 주고 있던 힘이 주르륵 풀리자 벨루미니오스가 바닥에 엉덩방아를 찧었다. 그러나 뮈블랑은 그의 꼬리뼈 건강을 염려할 여력이 없었고 벨루미니오스 또한 뮈블랑에게 내 엉덩이 물어내라며 시비를 털진 않았다. 왜냐하면 그들 앞에 펼쳐진 광경이 그 정도로 압도적이었으니까.

그들 앞에서,

산맥이 몸을 일으키고 있었다.

가파른 능선을 그리는 산맥은 웅크린 몸의 척추고, 산속 깊숙한 계곡으로부터 굽이굽이 흘러내려 사방으로 퍼져 나가는 시냇물들은 모조리 나르타스의 머리카락. 보라, 그녀의 힘을. 단지 고개를 들어 올렸을 뿐인데 저승 전체가 태동하듯 뒤틀리지 않나. 태모신 유가 처음으로 낳은 딸이지만 프레이를 적대한 끝에 저승의 가장 고통스러운 곳에 처박혔다던 고대신은 그다지도 거대했다.

이윽고 나르타스의 얼굴이 천천히, 아주 천천히 가까워져 왔다. 암석과 수풀과 이끼가 우거진 산등성이였다. 그녀의 눈동자는 뻥 뚫린 동굴이었는데 그 안은 제대로 보이지는 않았으나 여태까지 보았던 것과는 전혀 다른 빛무리를 뿜어내고 있었다. 오만가지 색채가 한데 뒤엉키며 희게 빛나고 있었다. 살며 이보다 더한 정결함과 성스러움을 느껴 본 적 없었다. 엘마티카네오스에게서 느꼈던 것과는 또 다른, 무언가 보다 근본적인 힘⋯⋯. 나르타스는 압도적인 것에 질려 있는 뮈블랑을 보며 나직하게 웃었다.

— 인간아.

"나, 나르타스 님⋯⋯."

뮈블랑이 벌벌 떨며 말하자 또다시 웃음이 터졌다. 그녀의 웃음소리에 따라 저승이 진동했다. 그녀의 텅 빈, 그러나 빛으로 가득 찬 눈동자가 잘게 휘어지며 초승달처럼 변했다. 뮈블랑은 그 너머에서 어째서일까, 사람의 형상을 보았다고 생각했다. 나뭇가지에 기대어 자신을 바라보고 있는 어떤 여자의 형상 같은 것을 말이다.

— 내 너를 보았다. 너의 사투와 용기와 고뇌를 보았다.

저 오색 빛깔의 빛무리는 마치 그 여자로부터 흘러나온 듯 보였는데⋯⋯.

— 그러니 너 어서 말하라. 유는 세계 모든 것, 그분은 언제고 너희를 보고 계시며 그러므로 너희의 모든 말은 그분께 닿는다. 그러나 너 그분의 말을 해석하기에 너무도 좁고 가녀린 몸을 가졌으니 나 감히 그분의 말을 전달하겠다. 너 부디 그분을 설득해 다오.

그제야 정신이 퍼뜩 들었다. 그래, 상념에 젖어 있을 때가 아니었다. 밀렌도요프와 카산을 위해서는 어서 유를 설득해야 했다. 뮈블랑은 시선 처리가 애매해진 채 허공 언저리를 바라보며 말을 시작했다.

"저는 죄책감을 느껴요……."

알리사를 떠올리자 핏덩이가 울컥 솟아오를 것만 같다. 알리사, 나의 알리사.

"엄연히 따지자면 제가 한 건 없어요……. 저는 아무것도 안 해서 문제였으니까, 알리사를 죽이지 않은 게 문제였으니까……. 다시 말하자면…… 저는 아무것도 하지 않았기에 죄책감을 느끼고 있단 소리예요. 유 님, 이런 말은 실례일지도 모르지만, 유 님 또한 프레이가 유 님을 실각시킨 이후로 아무것도 하지 않으셨죠……."

스스로 생각하기에도 말이 과했는지 데룩 눈을 굴린다. 감히 신에게 이런 소릴 하다니 우습기 짝이 없으나 비웃는 이 아무도 없다. 숨소리조차 크게 내지 않으며 작은 인간을 내려다볼 뿐이다.

"엘마티카네오스 님이 말씀하셨어요. 도덕적인 책임은 있을 수 있는 동시에 죄는 없을 수 있다고……. 그러나 생각해 보잔 말이에요. 내게…… 죄가 없을 수 있을까? 그렇게 많은…… 많은 유 님의 자식을 죽였는데?"

너무 많이 죽였다. 손에 묻은 피가 지워지질 않을 정도로, 비릿한 혈향은 코끝에서 떨어지지를 않고, 어깨가 무거워 쓰러지고만 싶다. 그러나 쓰러질 수 없다. 잊어서는 안 된다. 그것이 그녀의 살겁이요, 무게다. 그녀는 선택했으니까.

사유할 것을 선택했으니까.

"아직은 전 이게 죄인지 아닌지 모르겠어요. 그래서 제가 가진 이 감정이 죄책감인지 아닌지도 모르겠어요. 그렇지만 저는…… 아무것도 하지 않은 것이 죄가 아니라면, 제가 가져야 마땅한 것을, 도덕적인 책임감을 분명히 마주 보고야 말겠어요. 마찬가지로, 유께서 아무것도 하지 않은 것은 어쩌면 죄가 아닐지도 몰라요. 그리고 신이라고 해서, 부모라고 해서 자식의 삶을 하나하나 좌지우지할 권한은 없어요. 그러나 당신이 당신의 최소한의 책임을 이행하고 싶다면."

그분은 흐느끼듯 새어 나온 토로를 듣고 계실까?

과연 닿았을까?

알 도리 없다. 말할 뿐이다.

"나를 도와주세요."

말끝엔 침묵만이 도래했다. 뮈블랑은 침묵 속에서 고개 빳빳이 든 채 생각했다, 건방지다 일컬어져 목이 베여도 할 말 없다고. 그러나 하고 싶은 말은 전부 토해 냈으니, 죽어도 여한이 없을 기분이었다.

'아, 이미 죽었었지.'

별 우습지도 않은 농담을 머릿속에서 데굴 굴려 보고 있을 때였다. 나르타스의 웅장한 목소리가 낮게 내리깔렸다.

— 나의 자식은 비단 인간만이 아니다.

"아, 네, 신들도 물론 자식이시겠죠……."

산맥이 또다시 웃었다. 나르타스인지 유인지는 알 수 없었다.

— 이해하지 못한다면 되었다. 가자꾸나.

"예?"

— 간만에 바깥 공기를 쐬겠구나.

"예?"

나르타스는 짐짓 한심한 것을 보듯 얼어붙은 뮈블랑을 깔아 보며 덧붙여 주었다.

— 그분이 너에게 설득되신 거다, 인간아.

통한 거야? 정말? 이깟 말이 통했다고? 아, 온몸이 짜릿해질 정도로 강렬한 환희가 그녀를 사로잡는 동시에 너무 어이가 없어서 머리가 다 띵해졌다. 뮈블랑은 그대로 폴짝 뛰어오르며 소리 질렀다.

"왜 이딴 말에 설득되신 거예요? 왜? 저는 당연히 그럴 리가 없다고 생각했는데?"

— 너를 본 것은 비단 프레이만이 아니다.

"아니 제가 경합을 한 거랑 이거랑 대체 무슨 상관?"

저 인간은 자신이 무얼 해냈는지 정말 알지 못하는 걸까? 자신이 살아남으려 투쟁하고 발버둥 친 그 모든 과정이 어떠한 열기를 불러일으켰는지? 나르타스는 더 이상 대답하지 않고 뮈블랑과 벨루미니오스에게 보호막을 한 겹씩 씌워 주곤 몸을 완전히 일으켰다. 그녀가 일어서자 고개를 끝까지 쳐들어도 그녀의 얼굴을 볼 수 없었다. 그 정도로 거대한 존재였다. 이어 그녀가 손가락으로 가볍게 천장을 밀자, 견고하던 저승에 금이 가기 시작했다. 그와 동시에 은신해 있던 저승의 신들이 우르르 나타나 나르타스를 향해 신력을 겨누었다.

— 안 됩니다, 나르타스!

— 안 그래도 지금 신들 한창 뒤숭숭한데 당신까지 나갔다간 진짜 파멸이야! 전쟁이 벌어질 거라고!

만약 유가 개입하지 않겠노라 했더라면 전쟁이 일어나겠지. 그러나 지금 그들에겐 유가 있었다. 그것을 설명해 줄 가치가 없다고 판단한 나르타스는 넝쿨로 이루어진 굵은 눈썹을 찡그리며 거칠게 말했다.

— 애송이들아, 전부 쓸어 버리기 전에 입 닥치고 꺼져라.

— 나르타스여! 정 그렇게 나온다면 우리 또한 공격할 수밖에 없소이다!

— 호? 네깟 놈들이 나를 건드리겠다고? 좋다, 어디 한번—!

— 저승의 백성 여러분, 그대로 멈 !

그때 어디선가 상큼한 목소리가 쩌렁쩌렁 울려 퍼졌다. 당장이라도 맞붙을 듯 삼엄하고도 험악한 분위기가 깨지고, 모두의 시선이 그 방향으로 쏠렸다. 그곳에는 억 소리 나게 아름다운 외형의 여신이 더없이 발랄하게 한쪽 눈을 찡긋하고 있었는데, 그 옆에는……

— 저승신, 강림하다!

저승의 신 라우코네스가 세상에서 가장 쪽팔린 표정으로 서 있었다.

뮈블랑은 빠르게 돌아가는 상황을 도무지 짐작할 수가 없었다. 뭐가 어떻게 되었기에 꿈속에 나타나 자신에게 망토를 선물했던 여자가 저기에 서 있단 말인가? 그러나 뮈블랑이 질문하기도 전에 라우코네스와 저승의 신들은 빠르게 대화를 나누고 있었다.

— 라, 라우코네스 님! 도와주십시오, 나르타스 님이 저승을 나가려 하십니다!

— 그래, 도와야겠군.

이윽고 라우코네스가 손을 뻗자, 암석으로 이루어져 있던 저승의 천장에서 네모난 문이 열리기 시작했다.

저승에 속한 신들의 턱이 쩍 벌어졌다.

— 라, 라, 라우코네스 님? 지금 뭐 하시는…….

— 저들의 탈출을 돕고 있다.

— 그러니까 왜!

— 내가 내 문을 여는 데 이유가 필요한가?

신들은 그대로 벙쪄 버렸다. 그러나 라우코네스가 저승에서 행한 일에 그들이 시비를 걸 수도 없는 노릇. 결국 신들은 우물쭈물 신력을 회수하고야 말았다. 뮈블랑은 그 모든 모습을 흐뭇하게 바라보았는데, 어째서일까, 모두가 그녀만 바라보고 있는 것 아닌가?

"저…… 저는 왜 보시는지들."

— 안 가?

"가긴 어딜 갑니까?"

샤이카네도가 방그레 웃었다.

— 네 공주님을 만나러 가야지!

뮈블랑의 어이가 사라졌다.

"아니 대체 제가 왜요? 나르타스 님은 몰라도 저는 못 나가야 하는 것 아녜요?"

라우코네스가 덤덤하게 말했다.

— 반신이 반신성을 포기해 너를 살렸다.

"예?"

— 그리고 웬 놈이 너를 내놓으라고 설쳐 대고 있어서…….

"예?"

그러고 보니 저 너머에서 성난 발걸음 소리가 들리는 것도 같고. 몇백 명이 뛰어다니는 듯한데, 음, 설마, 아니겠지…….

"이 미친 새끼가!"

뮈블랑은 몇백 명이나 되는 저승의 병사들을 줄줄이 달고 가장 선두에서 달려오는 자를 보며 머리를 쥐어뜯고야 말았다.

"카산!"

그래, 카산, 카산이었다. 그가 기어코 그녀를 찾아 저승에 온 것이다. 그가 뮈블랑의 곁으로 도달하자 라우코네스는 손짓으로 병사들을 물렸다. 카산은 적을 바라보는 눈빛으로 라우코네스를 획 노려보았다가 뮈블랑에게 발로 걷어차였다. 퍽 소리가 나도록 거친 발길질이었지만 카산은 아무렇지 않은 말간 얼굴로 뮈블랑의 복장을 뒤집었다.

"너 여기가 어디라고 쫓아와!"

"저승이지."

"산뜻한 얼굴로 그딴 소리 하지 마! 미쳤냐, 응? 미쳤냐고! 너 설마 자살한 거야? 그런 거면 너 진짜—!"

"걱정 마. 그런 짓 안 했어."

"그럼 대체 어떻게 온 건데!"

카산의 멱살을 잡고 짤짤 흔들고 있는데 샤이카네도가 깔깔대며 끼어들었다.

— 망토를 기억해 보련?

"예…… 꿈속에서 샤이카네도 님이 어렴풋이 기억나긴 했습니다만……. 그런데 그 망토가 대체 뭐길래!"

— 저승 출입권.

뮈블랑은 머리를 한 대 맞은 듯한 기분이 되어 버렸다.

"맙소사! 그런 걸 인간에게 주시다뇨!"

— 까르륵!

"'까르륵'이 아니라고요! 도대체 어디까지 내다보신 겁니까! 아르미타그 님의 언질이라도 들으셨어요?"

— 우웅, 샤이카네도는 아르미랑 사이가 안 좋은걸?

"그럼 설마 혼자서 유추하신⋯⋯."

— 샤이카는 아무것도 몰라요!

라우코네스가 침착하게 설명을 보충해 주었다. 저승의 망토는 영육이 합쳐진 것인데 여기서 뮈블랑이 두르고 있는 건 영체의 망토고 카산이 두른 건 육체의 망토라고. 우리들은 뮈블랑이 저승을 활보할 수 있도록 망토를 준 건데 그걸 입고 저 개망나니가 들어올 줄은⋯⋯.

— 나는 몰랐지만, 샤이카네도는 알았을지도 모르지.

— 이잉, 대체 샤이카를 뭐로 보는 거예요? 당연히 나도 몰랐다니까!

— 어련하겠지.

라우코네스는 어깨만 한 번 으쓱하곤 가장 먼저 문을 향해 걸어 나갔다. 하얀 빛무리가 그를 감싸더니 이윽고 그의 형체가 저승에서부터 사라진 것이다.

뮈블랑은 한 번 더 카산의 머리를 쥐어박고, 울 것처럼 웃다가, 그를 와락 끌어안아 버렸다.

"따라온다더니 진짜 오냐?"

"네가 가는 길이라면 어디든지. 따라가도 돼?"

"오냐, 와라. 얼마든지 와!"

그리고 뮈블랑은 빛무리에 뛰어들었다. 시야가 온통 새하얗게 물들었다. 맞잡은 손, 이어진 감정, 그 모든 것이 황홀해서, 조금쯤 울어버렸던 기억이 난다.

✤ 제13장 ✤
우리는 너희의 세계를 부술 것이다

온 세상이 빛난다.
그녀가 왔다.

왜 이렇게 된 걸까?

카마이유는 진정으로 이해할 수가 없었다. 그의 앞길에 깔린 것은 왕좌로 이어진 레드카펫임이 분명할진대 어찌하여 그의 수하들이 쌓아 올린 핏자국과 미친년의 총구만이 그를 향하고 있느냔 말이다.

"이봐, 카마이유."

그래, 미친년. 피에 젖은 그년이 자신을 깔아뭉개고 총구를 겨눈 채 무언가를 말하고 있는 것은 분명한데, 아무것도 들리지 않는다. 주위는 온통 피투성이, 저를 부르는 음성은 다급하고, 도망치는 발걸음마저 차차 죽어 가는 것이 느껴지지만, 제기랄, 아무것도 할 수가 없단 말이다! 그저 소름 끼치도록 차가우면서도 매서운 저 옥색 눈동자가 두려워서.

"그거 알아?"

그러나 말도 안 되는 일이었다. 도대체 왜 자신이 저 같잖은 계집년을 보고 떨어야 하느냔 말이다.

그런데도 빳빳하게 굳은 채 부들부들 떨려 오는 온몸의 경련을 멈출 수가 없어서.

"나 이제 너를 봐도 몸이 떨리지 않아."

카마이유는 최초로 패배감이라는 것을 느꼈다.

그는 태어나서 한 번도 패배한 적 없었다. 태어나기를 운 좋게 태어나 운 좋게 패배감을 느낄 필요 없는 삶을 살았다. 그런데 어째서 저 계집에게, 저 노예에게, 저 공주 따위에게 패배를⋯⋯!

"잘 가라."

그때 뮈블랑이 총구를 거두었다. 잘 가라고 말하면서, 카마이유와 그 수하들이 반역을 도모하던 아드리안 공작령을 궤멸시켜 놓고, 그를 죽이지 않았다. 왜? 대체 왜 그런단 말인가? 카마이유는 뒤돌아서는 뮈블랑을 붙잡을 뻔했다. 정말 웃기는 짓이었다. 왜 자신을 죽이지 않느냐고 물어보는 꼴이었으니까. 그러나 뮈블랑은 한 번도 뒤돌지를 않으며 단호하게 병사들에게 명을 내릴 뿐이었다.

"유폐하라."

그러자 카마이유가 바락바락 소리 질렀다.

"죽여라!"

그제야 뮈블랑이 뒤를 돌았다. 소름 끼치도록 서늘한 옥색 눈동자가 카마이유를 향했다. 그는 전신을 발작하는 것처럼 떨어 대며 피를 토하듯이 외쳐 대고 있었다.

"차라리 죽여!"

"왜."

"패배자로 살아갈 생각 없다!"

"그래서."

"죽이라고!"

병사들은 어떻게 해야 할지를 물어보듯 뮈블랑을 쳐다보았다. 뮈블랑은 입꼬리를 슬쩍 올리며 카마이유의 앞에 한쪽 무릎을 꿇곤 그를 깔아 보았다.

"너는 패배자로 살아가기 싫다고 했잖아? 그게 몸서리치도록 싫은 거잖아? 차라리 죽고 싶잖아?"

"그래!"

"그래서 너를 살려 두는 거야."

벙찐 카마이유를 뒤로 하며 뮈블랑은 걸어갔다. 괴성이 뒤따르든 말든 신경 쓰지 않았다.

카산이 그를 기다리고 있었다.

카마이유가 숨어 있던 아드리안 공작 성의 비밀 통로 바깥으로 나가자, 그곳에는 아드리안 공작과 슈메프 후작을 돌돌 묶어 둔 카산이 서 있었다. 지독히도 싸늘한 낯을 비스듬히 뜨고 있던 그는 뮈블랑을 보자마자 사르르 녹듯 웃었고 뮈블랑은 그걸 좋아했다.

"잘 처리했냐?"

"너야말로."

"어쭈, 어디서 누님을 의심해. 많이 컸다?"

뮈블랑은 냅다 카산의 목덜미에 매달리며 깔깔거렸고 카산은 비틀거리는 척을 해 주다 말고 그녀를 번쩍 들어 올렸다. 뮈블랑은 잠깐 놀라 비명을 지르다가 이내 자연스럽게 카산을 붙잡고 올라가 그의 어깨 위에 발을 딛고 섰다. 카산이 어이가 없어 피식대는 사이 뮈블랑이 팽그르르 재주넘듯 뛰어올라 공중을 두 번 돌고 바닥에 착지했다.

"으하하, 이 몸의 멋짐을 보시라!"

그렇게, 아드리안 공작령 탈환 작전은 성공했다.

바야흐로 그날, 그러니까, '유'의 강림 후 일주일가량 지난 시기의 일이었다.

그것을 강림이라 부를 수 있을까? 강림이란 신불이 인간 세상에 내려오는 것을 의미한다. 그런데 이 세상 모든 것을 창조한, 세상 그 자체인 존재가 저승에서 올라왔다고 하여 강림이란 표현을 사용해도 되는 것일까? 신학자들은 이 사안을 두고 갑론을박을 벌이는 모양이었지만 결과가 어찌 되든 딱히 뮈블랑의 알 바는 아니고.

그저 뮈블랑은 그날을 돌이켜 떠올렸다.

나르타스의 몸에 탄 채 저승에서 올라오자 가장 먼저 뮈블랑을 맞이한 것은 햇살이었다. 작열하는 태양이 핥듯이 살갗을 그을렸고 폐부로 들이켜진 공기의 서늘함이 혈관을 타고 전신을 한 바퀴 돌았다. 살아 있다는 것은 이다지도 찬란한 일이었다.

그녀가 전율하며 지상에 있던 자들을 내려다보자 그들은 나르타스의 존재에 기겁하고 있었다. 해저에 발 디디고도 주위의 그 무엇보다도 가파르게 높은 곳에 위치한 저 거대한 몸에 말이다. 도대체 어떻게 바닷속 깊은 곳으로부터 돌연 산이 솟아난 것인지, 고민하던 이들은 산 한복판의 어떤 동굴이 마치 웃듯이 가늘어지자 그제야 산의 정체를 깨달았다.

"나르타스다!"

"태모신 유가 처음으로 낳은 딸!"

"프레이 님을 적대하다가 저승 가장 고통스러운 곳에 처박혔다고 들었는데……!"

그들의 웅성거림은 오래가지 못했다. 왜냐하면 나르타스가 껄껄 웃음을 터트렸기 때문이었다. 아, 그 웅장한 울림을 그 누가 견뎌 낼 수 있단 말인가? 세계가 쩌렁쩌렁 울리는 듯한 그 커다란 목소리를? 심지어 그녀의 음성엔 신력마저 깃든 양 만세계로 퍼뜨려지고 있었다. 모두가 귀를 틀어막고 바닥에 주저앉아 비명을 질러 대는데 나르타스 혼자만큼은 기쁨을 주체하지 못하고 웃어 대고 있었다.

이윽고 대소를 멈춘 나르타스는 제 손아귀 위에서 귀를 막고 몸을 웅크리던 뮈블랑과 카산을 내려놓기 위해 테베 섬을 향해 손을 뻗었는데, 문제는 인간들이 보기에 그 모습이 신벌과도 같았다는 점이다. 테베 섬에 있던 사람들은 살기 위해 꼬리에 불붙은 고양이처럼 사방으로 펄쩍거렸다. 그 상황에서 미동도 않고 눈을 부릅뜬 이는 단 두 명이었다.

황제 아브리치오와 미래의 왕 밀렌도요프.

나르타스는 히죽 웃으며 밀렌도요프의 앞, 그러니까 뮈블랑과 카산의 몸이 있는 위치에 손바닥을 내려놓았고, 그러자 뮈블랑의 영체가 폴짝 뛰어올라 자신의 육체 속으로 퐁당 빠져들어 밀렌도요프를 끌어 안았다.

"공주니임!"

"믿었어, 다시 돌아올 거라고 믿었다구!"

죽었던 자가 다시 살아 움직이는데도 밀렌도요프는 놀라지 않았다. 도리어 반길 뿐이었다. 밀렌도요프가 그대로 뒤로 넘어질 위기에 처하기 전에 가까스로 제 몸을 되찾은 카산이 그녀 둘을 받아 냈다. 그러든 말든 주위는 온통 혼란이었다. 그나마 벨루미니오스와 에밀리스토프 정도는 정신 줄 붙잡고 뮈블랑에게 달려왔지만 다른 사람들은 아주 난리도 아니었다. 그대로 대소변을 지린 사람도 있었고 무릎 꿇고 울며불며 신을 찾다가 다른 이들에게 밟힌 자도 있었다.

벨루미니오스가 울먹거리며 외쳤다.

"진짜 살아나셨네요!"

"미니 군, 미니 군은 참 바르고 성실한 거 같아. 원본에 비하면 아주 모범적이지, 응?"

"예?"

벨루미니오스가 못 알아듣든 말든 뮈블랑은 번쩍 일어나 밀렌도요프를 꽉 끌어안았다가 카산에게 맡기며 숨을 크게 들이마셨다. 그리고 벌벌 떨며 바닥에 달라붙어 있던 마법사 하나의 목덜미를 붙잡고 들고 와 카메라가 자신을 바라보도록 설정해 둔 후 배 속을 쩌렁쩌렁 울리게 만들며 외쳤다.

"유계서 돌아오셨다!"

그녀를 지켜보던 카일룸이 그녀에게 확성 마법을 걸어 준 덕에 테베 섬 전체에 그녀의 목소리가 가닿았다. 쥐구멍에 숨은 쥐들처럼 웅크리고 있던 자들이 하나둘씩 속삭이기 시작했다. 뭐? 유……의 귀환이라고? 그러니까, 프레이에 의해 실각당했다던 그 유가 돌아온 거야? 그럼, 프레이는?

프레이를 섬기던 우리는 어떻게 되는데?

뮈블랑은 더 말을 얹지 않았다. 그저 밀렌도요프의 앞에 무릎 꿇고, 나지막하게 외칠 뿐이었다.

"아슈타르의 왕에게 경배하라!"

그 후 황제 아브리치오의 지휘하에 테베 섬에서 벗어난 이들은 바뀐 상황에 적응하지 못했다. 당장 유가 귀환했다고 한들 그들이 보기엔 달라진 점이 아무것도 없었던 탓이다. 다만 모든 사제가 신들과 연락이 닿지 않는다고 하였고, 그래서 모두가 몸을 움츠린 채 신들의 향방을 기다리던 찰나.

카마이유가 반역을 도모하고 있단 공화파의 첩보가 들어온 것이다.

그리고 지금. 반역은 시도도 못 하고 끝났다.

뮈블랑은 개운하다는 듯이 기지개를 펴며 생각했다. 이제 귀찮은 일은 없겠지. 남은 것은 대관식뿐이다. 그래, 드디어.

공주가 왕이 되는 것이다.

✿ ✿ ✿

"드디어 내 이 자리를 갖게 되었구나."

왕좌를 내려다보는 소녀가 보이는가? 너희는 저 공주가 지금 무엇을 해낸 것인지 짐작할 수 있는가?

"나를 위해 싸워 온 모든 이들에게 감사를."

뮈블랑은 주먹에 힘을 주며 소녀를 바라본다. 스스로 영광을 거머쥔 소녀는 왕좌 앞에 우뚝 선 채 붉은 망토 자락을 휘날리고 있다. 짙은 황금색 머리칼이 나부끼고 오색의 유리가 역광을 쏟아붓는 가운데, 빛을 휘장처럼 두른 소녀가 만민을 굽어보는 것이다.

그러나 대관식에 불순분자가 섞이지 않을 순 없는 노릇. 불현듯 살기를 느낀 뮈블랑은 자신의 옆에 서 있는 하녀의 손목을 단단하게 붙들고 은밀하게 배에 총을 겨눴다. 이자가 살기도 감출 줄 모르는 엉성한 암살자라는 사실을 깨달았으면서도 바로 쏘지 않은 까닭은 단순하다. 마법구로 전 세계에 생중계되고 있는 이 순간을 망치고 싶지 않았을뿐더러…….

"멈춰라. 암살자. 지금 그만두면 살려……."

"카마이유 님께 영광을!"

그때 악에 받친 암살자가 칼을 들고 공주에게로 뛰어가기 시작했다. 젠장! 그냥 쏠걸! 아무리 살기도 못 감추는 멍청한 놈이라고 해도 봐주지 말았어야 했는데! 뮈블랑은 암살자의 뒤통수에 대고 짜증스럽게 방아쇠를 당기려 했지만 그보다 공주의 곁에 머물던 칼이 빨랐다.

"아아악!"

암살자의 팔을 자른 남자, 카산은 뮈블랑을 미묘한 눈으로 내려다봤다. 암살자가 고래고래 소리를 지르든 말든 뮈블랑은 툴툴거리면서 암살자의 다리 양쪽에 총을 쏘고 입에 손을 집어넣어 독단이 있는지 없는지 확인한 후 경비병에게 암살자를 던졌다. 귀족들은 빠르고 간결하게 돌아가는 현황에 놀라 눈을 크게 떴으나 그것까진 뮈블랑의 알 바가 아니었다.

뮈블랑이 책임져야 할 일은 따로 있었다.

'대처가 늦었으니 또 잔소리를 듣겠군.'

그러나 뮈블랑에게도 사정은 있었는데, 아무 짓도 안 한 사람을 쏘면 시민 단체에서 들고 일어설 것이었다. 물론 뮈블랑이야 살기를 감지했다지만 일반인들은 그런 말은 변명 취급할 테고.

그러나 누군가가 살기를 내뿜었다는 말 한마디만으로 즉결 처형이 가능한 국가였다면 밀렌도요프 공주를 왕으로 맞이하진 못했을 것이다. 그녀가 그 국가를 걷어차 버렸겠지.

뮈블랑의 왕 밀렌도요프는 그런 사람이다.

"그대들 앞으로도 나를 따르라."

이윽고 스스로 왕관을 쓴 공주가 반원을 그리며 돌자, 길게 늘어진 망토가 계단을 쓸어내린다. 햇살이 유리창을 투과해 소녀에게로 산란한다.

"내가 아슈타르의 왕이다!"

그날, 공주는 공식적으로 왕좌를 쟁취했다.

그 뒤에는 한 하녀가, 노예가, 암살자가 있었다.

그리하여 이것은 스스로를 도구로 여기던 자가 인간이 되기 위해 싸워 이긴 이야기였다.

— fin

뮈블랑은 어느 목소리를 떠올리며 가파른 산기슭을 타올랐다. 어슴 푸레한 낮달과 번뜩이는 별 꽁무니를 쫓아 허겁지겁 내달린 삼 개월, 그 삼 개월로 등을 떠민 목소리를 떠올리며.

'뮈블랑, 짐이 너에게 한 가지 부탁이 있다.'

그 부탁이 사람 골로 가게 만들 거라고는 안 하셨잖아요. 뮈블랑은 이를 갈며 산기슭을 파헤치듯 뛰다가 우뚝 멈춰 섰다. 등 뒤로는 성난 불개들이 게걸스럽게 짓쳐 오르고 있고, 눈앞에는 깎아지른 벼랑, 그 너머로는 높디높은 암벽이 구름까지 뚫을 양 곧추서 있다.

벼랑 끝에 서서 까마득한 아래를 내려다보자 소용돌이 맴맴 도는 물살이 시선 끝에 닿는다. 기운차게 뛰어내렸다가는 인간의 몸 따위 는 정말 골로 가겠군. 다시 벨루미니오스를 만나게 되겠어. 딱 거기까 지 생각하며 뒤를 도는 순간 눈앞을 빼곡하게 채운 것은 거대한 송곳 니를 씩 드러내며 입맛을 다셔 대는 불개들이다.

"빌어먹을 개새끼들아!"

불개란 해와 달을 먹어 일식과 월식을 도래하게 하는 전설 속의 동물이다. 그리고 현재, 그네들이 화마의 정령이란 사실을 간과했던 뮈블랑은 그 간과의 대가를 뼈저리게 받는 중이었다.

'그녀'를 찾아다니던 와중, 길가에서 마주친 개가 설마하니 마도레스가 보낸 암살자라고는 생각하지 못해서.

"니들은 예뻐해 준 대가를 이딴 걸로 갚냐!"

뼈다귀도 주고 쓰다듬어도 줬잖아! 그것도 한 달 동안이나! 정령은 인간들의 시선에 맞춰 모습을 변형시킬 줄 알았고 그리하여 뮈블랑이 한 달간 마주했던 강아지들은 저런 흉악한 모습이 아니었다. 배신감이 솟아올랐다. 뮈블랑이 씩씩대며 허공에 대고 발길질을 했다.

그러나 불개들은 당장 달려들어 뮈블랑을 고깃덩이로 다져 놓는 대신 그녀의 주위를 빙빙 돌며 짖어 댈 따름이었다.

본능의 명령과 정 사이에서 그들은 치열하게 고민하고 있었다.

그러나 결국, 유황불처럼 매섭게 빛나는 날카로운 송곳니가 그녀를 찢어 죽이기 위해 뛰어올랐다.

눈살을 찌푸린 뮈블랑은 오른쪽 발을 축으로 삼아 달려드는 한 마리를 걷어차고, 다른 손으론 망토에 매달린 녀석의 목덜미를 붙잡아 저 멀리 내던졌다.

망토에서 천 찢어지는 소리가 나고 멀찍이 내동댕이쳐진 불개에게서 깨갱, 깽 하는 소리가 났다. 샤이카네도가 선물한 라우코네스의 망토 대신 유닷테가 준 망토를 입고 왔더니 이런 불상사가 생긴 모양이었다.

타오르는 불길이 털처럼 솟아올라 있는 화마의 정령을 맨손으로 잡은 대가로 울긋불긋한 물집이 잡힌 듯했지만 만약 뮈블랑이 그 정도 고통에 포기할 치였다면 애당초 경합에서 승리하지도 못했으리라.

뮈블랑은 기어코 그 다친 손으로 총을 들었다. 낮달 뜬 하늘을 향해 쏘아 올렸다. 총성이 산골짜기를 울리자, 살며 단 한 번도 이런 소리를 들어 본 적 없는 불개들이 깜짝 놀라 뛰어오르며 낑낑 울어 댔다.

과연 탄환으로 정령을 죽일 수 있을까? 그보다, 나름 정이 들었는데 저 자식들을 꼭 죽여야만 할까?

뮈블랑은 신경질적으로 콧잔등을 찡그리며 총구를 그들에게 겨누었다. 불개들은 본능적으로 이게 마지막 기회라는 것을 깨달은 듯했다. 그들은 거대한 발톱으로 바닥을 파헤치며 달려들 기회만을 넘보았고, 그리고.

뮈블랑은 벼랑 밑으로 몸을 던졌다.

물을 두려워하는 불개들은 그 밑을 바라보지도 못했다. 어찌나 높은 벼랑이었는지 풍덩 하는 소리가 한참 후에 울려 퍼질 정도였다. 이쯤 되면 살아나는 것은 무리일 테다. 성공적으로 명령을 이행하였으니 기뻐 마땅할진대 어째서 이다지도 슬픈지는 알지 못할 일이지만 말이다.

불개들은 구슬프게 울며 사라졌다.

그런데 어째서 뮈블랑의 목소리가 벼랑에서 들려오는 것일까?

"이래서 머리 검은 짐승은 거두면 안 돼."

물론 불개들은 검기는커녕 붉고 시퍼렇다. 뮈블랑은 말도 안 되는 소리를 혼자 중얼거리며 손에 쥔 넝쿨을 단단히 움켜쥐곤 씩 웃듯 나지막이 속삭였다.

"프치얼, 고마워요!"

그래, 뮈블랑이 벼랑 밑으로 떨어지고도 살아 있는 까닭이 바로 이것이었다.

프치얼의 가호는 경합 이후로도 이어지고 있었던 것이다.

황금빛으로 찬란하게 번뜩이는 넝쿨에 매달린 채 소용돌이치는 강물 속으로 망토와 돌덩이를 던져 넣어 죽음을 위장하고 기암괴석 가득한 암벽에 매달려 있던 뮈블랑은 겁도 없이 벼랑을 타올랐다.

안 그래도 하룻강아지처럼 겁 없던 인간이지만 신들도 잔뜩 만나

뵙고 한번 죽어도 보고 나니 정말이지 무서운 게 없어졌다. 게다가 어차피 떨어져도 프치얼이 도와줄 거라 생각하면 딱히 뭐…….

지금 가장 두려운 건 오직 '부탁'을 이행할 수 있을지에 대한 공포뿐이었다.

머릿속을 빙글빙글 메꾼 황제의 목소리가 다시금 속삭였다.

'소닉을 찾아다오.'

✤ ✿ ✤

"왜 이렇게 부루퉁한 목소리이십니까. 지금 토라져야 할 쪽은 저 아닌가요?"

웬 소녀가 옥색 눈동자를 형형하게 뜨고 달을 향해 말을 거는 모양새를 본다면 누구나 하나같이 저게 돌았구나 하고 생각할 것이다. 그러나 누구나 남이 알지 못하는 사정을 가졌듯 소녀 또한 제 딴에는 이유가 있었다. 그야 그녀가 달과 소통할 수 있단 사실을 남들이 어찌 알겠는가.

물론 이곳은 사람 그림자 하나 구경하기 어려울 만큼 깊디깊은 탄쿠마르 산맥 중에서도 가장 깊은 곳이지만 말이다.

일순, 월식이 일어나듯 달의 모습이 이지러졌다.

남이 보았다간 제 눈을 의심하거나 생기겁을 할 법한 순간이었지만 뮈블랑은 도리어 삿대질을 해 멜 따름이었다.

"아니 왜 화를 내세요? 그렇잖아요! 지금 신 여러분이 저를 며칠째 헤매게 하고 계시는지 정녕 모르시는 겁니까? 자그마치 삼 개월! 삼 개월이라고요! 제가 그동안 애인도 못 만나고 얼마나 독수공방 중인데! 입맞춤 이후로는 진도도 못 나갔다고요! 이게 말이 됩니까! 나는, 나는 하고 싶다고오오오!"

새까만 밤을 가르고 나타난, 꽃 넝쿨에 휘감긴 뿔이 우아한 사슴 한 마리가 어이가 없단 듯이 고개를 설레설레 저으며 뮈블랑의 무릎에 머리를 뉘였다. 뮈블랑은 그녀를 부드럽게 쓰다듬으며 진정하려다가 지저에서 올라온 전언 하나에 아주 뒤집어졌다.

"예? 뭐라고요? 라우코네스 님 지금 저보고 육체의 욕망에 휘둘리지 말라고 하셨습니까? 어떻게 안 휘둘려요! 인간은 욕망 가득한 존재란 말입니다! 거, 제가 성욕 좀 가득할 수도 있지! 봐요, 샤이카네도 님도 지금 저에게 찬성하시잖습니까! 샤이카네도 님께 옳지 말란 건 또 뭔 소리예요? 샤이카네도 님! 라우코네스 님을 공격해 주세요! 엥, 언니라고 불러 달라굽쇼? 그건 또 뭔……. 악, 다들 그만 좀 떠들어요! 시끄러워 죽겠네!"

아주 혼자 북 치고 장구 치고 다 하는 꼴이었지만 역시 이번에도 뮈블랑에겐 사연이 있었다. 지금 그녀의 머릿속엔 신들의 전언이 윙윙 돌고 있었기 때문이었다.

그때 장중한 목소리 하나가 삼엄하게 내리깔렸다.

— 멈춰라.

그 음성은 엘마티카네오스의 것, 번개의 남신과 대립 중인 영웅들의 신이었다.

— 어찌 그리 방정맞게 군단 말이냐?

단숨에 머리를 울리던 전언들이 싹 멎었다. 모두가 엘마의 눈치를 보고 있건만, 겁 없는 뮈블랑만은 씩 웃으며 구름을 올려다보았다. 그 위에는 황금 관을 내던진 주홍색 머리카락의 신이 있을 것이다.

모든 신들이 다 모였다.

간만의 회동이었다.

"자, 그래서 이번에도 소닉께서 어디 계신지는 알아내지 못하신 건가요?"

지상으로 올라온 유는 아무것도 하지 않았다. 고작 인간으로서 어찌 감히 세계 그 자체인 태초신의 심중을 짐작하겠느냐마는 뮈블랑이 생각하기에 그녀는 지상에 올라온 것으로 자신의 책임을 다했다고 생각하는 듯했다.

그러나 다행스럽게도 변화는 있었다. 우선, 프레이의 절대적인 통치권이 흔들렸다. 엘마티카네오스는 예속의 상징이던 황금 관을 내던지고 구름 위 세계를 분열시켰다.

파벌은 셋. 프레이의 편과 엘마티카네오스의 편, 그리고 중립이었다. 그러나 중립을 고수하던 이들은 한때 프레이의 편이던 라우코네스의 끊임없는 설득과 유의 존재 탓에 하나둘씩 엘마에게로 귀의하고 있었다.

그러던 중 한 가지 의문이 제기된 것이다.

소닉은 대체 어디에 있는가?

경합이 끝난 후, 임프란시오의 황제 아브리치오는 아쉽게도 밀렌도요프의 대관식에 참여하지 못했다. 소닉을 찾아가기 위해서였다. 그런데 참으로 이상하게도 소닉은 형벌을 받던 장소에 없었다.

소닉에게 집착하는 에우겔이 소닉을 납치했을까 두려웠던 아브리치오는 그 누구보다도 신에 가까운 위치에 있는 황제로서 곧장 신들에게 도움을 요청했다. 그러나 신들은 구름 위에서 프레이의 파벌과 전쟁을 벌이느라 바빴다. 전적으로 소닉을 찾아다닐 수 없었다.

그리하여 아브리치오는 밀렌도요프에게 도움을 요청했고,

삼 개월이 흐른 것이다.

소네카가 흥, 소리를 내더니만 대꾸했다.

— 은닉의 신이 작정하고 숨었는데 그 누가 알아챌 수 있단 말이야?

"문제는 그게 본인의 의사가 아닐지도 모른단 사실이지요. 다들 아는 사실을 구태여 다시금 꺼내게 하신 건 역시 심사가 비틀렸단 뜻 같은데 대체 왜 그러십니까, 소네카 님?"

— …….

대꾸가 돌아오지 않았다. 뮈블랑은 눈썹을 모아 미간을 찌그렸다. 그때 갑자기 폭소가 나팔소리처럼 귓가를 울려 댔다.

― 으핫, 하하핫! 귀여운 달님은 지금 너 때문에 삐졌으니까 그 정도는 이해해 달라고, 뮈블랑?

― 닥쳐!

이오네케스는 언제나 그렇듯 술 취한 양 웃음을 터트렸고 소네카는 마치 그의 목소리를 틀어막으려는 듯 바락 소리 질렀다. 그러나 이오네케스는 죽음을 각오한 것처럼 끊임없이 말하지 뭔가?

― 낮, 낮달이…… 푸흐흡, 낮달이 떴었잖아! 아까! 불개들 왔을 때!

― 닥치라 했다, 주정뱅이! 그 입을 찢어발겨 주랴?

― 그런데 프치얼에게만 도움 요청했다고 지금 삐진…… 우어억, 주정뱅이 살려어!

더는 이오네케스의 목소리가 들리지 않았다. 이윽고 옥구슬 구르듯 말간 웃음이 적요한 숲속을 데굴거렸다.

"으하하하! 소네카 님! 그렇게나 저를 도와주고 싶으셨던 겁니까?"

뮈블랑은 죽을 듯이 흐느끼며 바닥을 쳤고 달은 시뻘겋게 달아올랐다. 붉은 달이 밤하늘을 흉흉하게 만들고 있었지만 뮈블랑의 웃음은 통 멎을 새가 없었다.

"감사, 감사합니다. 아니 저를 그렇게나 사랑해 주실 줄은……!"

사슴의 모습으로 현현한 프치얼은 소네카의 눈치를 보듯 뮈블랑의 소매를 물고 진정하라는 양 잡아당겼다. 그러나 뮈블랑은 도리어 사슴을 끌어안고 주룩주룩 눈물까지 뽑아 가며 깔깔거렸다. 그녀의 대소는 하얀 갑주를 입고 방패와 검을 든 전쟁의 신이 기어코 강림해 뒤통수를 거하게 때릴 때까지 멈추지 않았다.

"아야! 왜 때리십니까! 저를 지키고 싶으셨다면서요!"

― 네년 따위를 지키고 싶었던 적은 없다!

"아이 참, 그렇게 거짓말 안 하셔도 소네카 님의 뜨거운 사랑은 잘 알…… 악! 검 휘두르지 마십쇼! 저같이 연약한 인간에게 이게 무슨 짓입니까!"

— 다람쥐처럼 잘만 피해 대면서 무슨 소리냐!

폐인 꼴이 된 이오네케스가 은근슬쩍 내려와 널브러지고, 샤이카네도가 꽃받침을 한 채 뮈블랑과 소네카의 난리법석을 구경하고, 라우코네스가 한심하단 것처럼 그를 흘겨보며 나무에 기대어 팔짱을 끼우고, 프치얼이 어느샌가 본모습으로 돌아가 안절부절못하는 사이, 결국 엘마티카네오스까지 현현해 소네카와 뮈블랑의 목덜미를 붙잡아 올렸다.

— 소네카, 너 나의 자식으로서 부끄러운 짓 하지 말라. 그리고 너, 뮈블랑!

엘마의 눈은 매섭고 혹독했다.

살고 싶은 뮈블랑이 냅다 구라를 까기 시작했다.

"제가 사실은 엘마 님을 사랑합니다. 제가 이 깊은 마음을 지금껏 어찌 숨길 수 있었는지 궁금하지 않으십……. 죄송합니다. 살려만 주십쇼."

— 너 조금만 더 입방정을 떨었다간 진정 죽음을 고려할 판이었다.

"하핫, 제가 눈치는 좀 있어 가지고."

— 눈치가 있다면 내 직접 현현하도록 하진 않았겠지!

"그렇지만 마침 회동을 하려던 참 아닙니까? 기왕 이렇게 된 거 직접 만나면 더 좋을 거란 판단……은 개뿔 그냥 좀 나대 보았습니다. 그렇지만 저보다 큰 죄를 지은 이오네케스 님도 있으니 저는 살려 주십시오."

— 아니, 나는 죽어도 된단 말이야, 뮈블랑? 우리 관계가 그렇게 얕았어? 우리가 함께한 그날의 찐한 밤을 잊어버린 거냐고!

"당신과 함께한 밤 따윈 없어!"

그러고 보니 저놈이 가장 문제였다. 한숨을 푹 내쉰 엘마티카네오스는 결국 뮈블랑을 이오네케스에게 던지는 것으로 처벌을 마무리했다.

마구잡이로 엎어진 뮈블랑은 골을 붙잡고 끙끙거리다가 이오네케스의 손이 은근슬쩍 제 허리에 얹어지자마자 발길질을 날렸고 그냥 일으켜 세워 주려던 이오네케스의 순수한 의도는 모두에게 경멸당해 버렸다. 그렇게 양치기 소년 이오네케스가 혼자 조금 억울해진 새, 본 격적인 회동이 시작되었다.

"뭔가 새로운 소식은 없나요?"

― 내 직접 유께 찾아가 보았다.

"정말입니까? 유께서 무어라고 하셨나요? 도움 될 만한 정보가 나 왔나요?"

그러나 엘마는 대답 없이 고개를 저을 뿐이었다. 뮈블랑은 허공을 흘겨보며 탄식했다.

"그분께선 이번에도 아무것도 행하지 않으시려나 보군요."

― 무례하다!

"그냥 답답해할 순 있는 거잖아요. 딱히 제가 탓하거나 할 자격이 없단 건 아니까, 그냥 답답해만."

그때 부드러운 감촉이 등에 눌렸다. 샤이카네도가 뮈블랑을 뒤에서 끌어안은 것이다. 향긋한 내음이 몰아닥치고 아름다운 금빛 속눈썹이 귓가를 간질였다. 뮈블랑은 절로 붉어지려는 뺨을 수습하기 위해 안 절부절못했지만 샤이카네도는 그저 더없이 어여쁘게 웃으며 뮈블랑 의 볼에 가볍게 입 맞추곤 속삭일 뿐이었다.

― 얘, 뮈블랑! 우리는 어쩌면 유께서 아무것도 하지 않으시는 것을 감사해야 할지도 몰라. 그렇게 생각하지 않니?

"무, 무슨 말씀이신지 모르겠는데요. 그…… 조금만 떨어져 주심이."

― 그도 그럴게, 우리의 어머니는 만세계 그 자체잖아. 만약 세계가 조금이라도 우리의 의지대로 움직인다면 우리는 어쩌면 좋으냔 말이니?

"그게 뭐가 문제죠?"

세상에서 가장 아름다운 신인 샤이카네도는 인간을 끌어안고 마치 자장가를 불러 주듯 중얼거렸다.

— 수억 수만 수천 수백의 존재가 있다면 수억 수만 수천 수백의 의지가 있는 법. 세계를 움직여도 될 순수하고도 올바른 정의는 대체 수억 수만 수천 수백의 존재 중 누구에게 있을까? 그것을 판가름해도 되는 자는 대체 수억 수만 수천 수백의 존재 중 누구일까? 수억 수만 수천 수백을 품은 세계라 한들 그것을 결정지을 자격 있을까?

따사로운 손길이 뮈블랑의 가슴팍을 쓸어내렸다.

— 유는 세계 그 자체야. 그리고 세계의 앞에서 우리의 존재는 모두 평등해. 유는 모든 존재를 사랑하기에 아무도 사랑하지 않고, 모든 존재를 위해 행동하기에 아무것도 하지 않는 거야.

"그럼…… 그럼 대체 왜 프레이가 왕위를 찬탈하는 것을 막지 않은 건데요! 그것만 아니었어도……!"

— 그거 알아, 뮈블랑?

그 누구의 앞에서도 자신을 드러내지 않았던 멍청하고 아둔하며 허영 가득한 미의 여신은 사근사근하게 선언했다.

— 단 한 번도 유는 우리를 지배한 적 없어. 군림하지도 않았어. 그분은 다만 존재했을 뿐이야. 그리고 우리가 그분을 왕이라 불렀지. 그분은 단 한 번도 스스로를 신들의 왕이라 칭하지 않았어.

결계 속에서 그들을 지켜보던 고대신 몇이 삽시간에 반발했다. 산타마코와 이부라니에, 그리고 기샨을 비롯한 고대신들이었다. 유와 함께하던 시절을 그 누구보다도 또렷하게 기억하던 그들은 샤이카네도의 말을 인정할 수 없었다. 그들은 치마폭으로 사내나 후리던 주제에 뭘 아느냐며 샤이카네도를 매도했다.

그러나 동시에, 고대신 엘마티카네오스는 깨닫고야 말았다.

— 만약 원망하려거든 유 말고 우리 신을 원망하렴. 세계는 처음부터 아무것도 하지 않았으니까. 지하에서 지상으로 올라올 것을 선택한 것만으로도 그녀는 그녀가 할 일을 다 한 거야.

샤이카네도의 말대로 유를 왕으로 추대한 것도, 찬탈한 것도 신들이었으니. 모든 책임은 신에게 있었다. 엘마티카네오스의 표정을 보고 상황을 짐작한 뮈블랑은 고개를 털며 입술을 깨물었다.

"……아, 됐어요. 이왕 이렇게 되어 버렸는데 뭘 원망하고 자시고 한답니까. 그냥, 그냥…… 좀…….."

— 답답하지? 맘 편히 원망할 곳도 없으니까?

"예……."

— 그래도 무언가를 바꾸고자 하는 의지 곁에는 언제나 누군가가 함께할 거야. 우리가 그렇듯이. 그러니까아, 같이 힘내자?

샤이카네도가 깜찍하게 한쪽 눈을 찡긋했다. 뮈블랑은 어설프게 따라 윙크해 줬다가 샤이카네도를 포복절도하게 만들었다.

"아! 왜 웃는데요!"

— 까르르륵! 네가 너무 귀여워서!

뮈블랑은 얼굴을 시뻘겋게 붉히곤 제 어깨에 기댄 채 깔깔대는 샤이카네도를 살짝 밀쳤다. 하나 샤이카네도는 콧소리를 내며 더욱 뮈블랑에게 달라붙을 뿐이었다.

엘마티카네오스는 고대신들과 전음으로 유에 대한 대화를 나누다가 말고 애교 범벅의 샤이카네도를 미심쩍은 시선으로 바라보았다. 샤이카네도를 알 수가 없었다.

그러거나 말거나 샤이카네도는 웃어 재낄 따름이었다.

— 웃지만 말고 생산적인 얘길 하지 그래?

그 꼴을 가만히 노려보던 소네카가 대뜸 씹어뱉듯 지껄였다. 분위기가 싸해지려던 그 순간 이오네케스가 끼어들었다.

— 오오, 뮈블랑을 차지하기 위한 신들의 암투! 카산 군의 통재라!

생산적인 얘기는 개뿔, 뮈블랑까지 웃겨 뒤집어졌다. 소네카는 이오네케스를 밟아 죽이기 위해 달려들었고 엘마티카네오스는 이마를 짚었다. 결계 안의 모든 신들이 박장대소하고 있었다.

심지어 라우코네스마저 고개를 주억거리며 이리 말하는 것 아닌가?

— 인기가 많다는 건 좋은 일이지.

— 여기 있는 신들 전부 나랑 전쟁하기 싫으면 작작 웃어.

흐학, 학, 뮈블랑이 작작 웃기 위해 허벅지를 꼬집었다. 뮈블랑이 이렇게 편안하게 나댈 수 있는 까닭은 경험의 중첩 덕이었다. 나르타스의 압도적인 신력을 맛보고 나니 이제 다른 신들의 현현 정도로는 살 만했다. 동시에 유를 설득해 낸 공적을 쌓은 자신을 허투루 죽이지 않으리란 생각도 있었다. 그런데 이제 슬슬 더 나댔다간 죽을 거 같았다. 뮈블랑은 빡세게 웃음을 참으며 흐느끼듯 말했다.

"그, 그래서…… 아무것도 못 얻어 내셨나요?"

— 나르타스가 하나의 힌트를 제공했다.

나르타스는 테베 섬에 팔을 내려놓은 그 자세 그대로 바다에 몸을 뉘인 채 유를 품고 있었다. 그 호쾌한 여신은 뮈블랑을 퍽 마음에 들어 한 모양으로 그녀가 삼 개월째 고생 중이란 말을 듣자마자 단서를 주었다.

— 소닉은 인간으로 은닉해 있다고 한다.

"그 말은 에우겔에게 잡혀 있진 않단 거네요?"

뮈블랑이 기껏 희망찬 말을 꺼냈는데 소네카가 딱 잘라 끊었다.

— 인간 꼴로 붙잡혀 있으면 이야기가 더 심각해지지.

"아, 제기랄! ……욕해서 죄송합니다. 너무 과하게 답답하다 보니 그만."

그때 가만히 있던 라우코네스가 덤덤히 말했다.

— 너는 아브리치오가 아니고, 밀렌도요프는 더더욱 아니지.

"예?"

그러고는 더 말을 잇지 않았다. 뮈블랑만 복장 터질 노릇이었다.

"……아니 그 말을 좀 더 이어 주셔야 제가 뭔 소린지 이해를 하지 않을깝쇼?"

샤이카네도가 바닥에 누워 한참 요염하게 자세를 취하다 말고 끼어들었다.

— 라코스 자기는 아무래두 네가 왜 소닉 찾기에 열중하느냐 거 같은데? 너는 소닉과 친밀한 황제 아브리치오도 아니구, 그렇다고 만민을 사랑하는 순수성을 가진 왕 밀렌도요프도 아니잖아? 참고로 이건 나두 궁금하던 거야. 너는 왜 소닉을 찾아?

모두가 그녀를 바라보았다. 뮈블랑은 머리를 긁적거렸다.

"제가…… 할 수 있으니까요?"

주위는 적요하다. 탄쿠마르 산맥은 유닷테의 영지인 욘고프 백작령과 이어져 있었는데, 안 그래도 인적 드물던 산속이 신들의 강림으로 인해 동물의 자취마저 감춰져 버렸기 때문이다. 신들이 모인 풀밭에 아무렇게나 앉아 있던 뮈블랑은 나른하게 풀어져 있던 눈을 조금 깜빡거렸다.

"뭐, 이렇게 순수한 의미만 있는 건 아니지만요. 일단 소닉 님은 아브리치오 님의 은인이므로 제 은인이기도 한데, 만약 그분이 에우젤에게 잡혀 있을지도 모르잖습니까. 그 꼴은 못 보겠구요. 그리고…… 눈앞의 일을 두고 아무것도 안 하는 건 더는 싫더라구요."

그 대답에, 라우코네스가 떠올리고야 만 것은 그림자의 주인.

"저는 할 수 있는 최선을 다해 행동할 겁니다. 그뿐이에요."

그 여리고 서럽던 눈빛에 결의가 서렸을 때, 그는 어떤 표정을 지었더라?

— 너는…… 변했군.

라우코네스를 마주 본 뮈블랑의 눈이 생경하게 둥글어졌다.

이윽고 그녀는 깊게 미소했다.

"살아 있으니까요."

과거에는 아마 짐작조차 하지 못했을 변화. 그래, 살아 있는 것은 이다지도 강렬한 태동을 품고 있었다.

그리고 그 모든 변화를 알고 있는 자는 단 한 명.

아르미타그.

일종의 역할 분담으로, 엘마티카네오스가 유를 만나러 갔을 때 라우코네스는 아르미타그를 찾아갔더랬다. 아르미타그는 마치 프레이에 의해 속박되던 삶이 진실이기라도 한 듯 더 이상 프레이의 궁에 머물지 않았는데, 대신 그녀가 찾은 보금자리는 카일룸이 살던 요루엘 산이었다. 신성한 기운이 맴도는 요루엘 산에 발을 디딘 라우코네스는 애써 그녀를 찾으려 노력하지 않았다.

아르미타그는 모든 것을 알고 있다. 그러므로 아르미타그가 만남을 원한다면 만나게 될 것이요, 만남을 원치 않는다면 만나지 못할 것이었다.

하여 라우코네스는 그저, 버려진 반신 카일룸이 그간 어찌 살았는지를 짐작해 보려는 듯 숲을 훑어보았다. 카일룸이 살던 것으로 추정되는 거처는 풀잎 하나 상처 입히지 않는 구조로 설계되어 있었다. 진실로 많은 생명을 사랑하는, 그렇기에 생명을 상처 입히는 자를 용서하지 못하는 반신다웠다. 카일룸은 생명을 상처 입히는 생명까지 사랑하진 못했다. 당연한 일이었다. 세계가 아닌 이상 그런 마음을 품진 못할 테니까.

그의 조카는 그런 아이였다.

라우코네스는 엘마티카네오스와 상의하여 카일룸의 형벌을 정했다. 그 애가 스스로의 죄를 마주 볼 수 있도록. 그리고 카일룸은 지혜로운 아이답게 끝내 해냈다. 해내 주었다.

수풀 사이에서 만세계의 운명을 통달한 신의 보석안을 마주친 건 상념이 끝난 뒤의 일이었다.

그러니까.

— 소닉은 괜찮을 거다.

"예? 이게 어떤 맥락에서 나온 말이죠? 지금 저만 이해 못 한 건가요?"

뮈블랑이 혼란스러워하든 말든 라우코네스는 그림자 아래 가만히 서 있을 뿐이었다. 뮈블랑은 라우코네스를 추궁하려 했으나, 엘마티카네오스의 말이 더 빨랐다.

— 큰일 났군.

"예? 이건 또 어떤 맥락이죠?"

— 온다.

"누가 저에게도 설명 좀……."

하늘을 바라본 뮈블랑은 말을 잇지 않았다. 설명이 필요 없었다. 그건 말 그대로 '온다.' 였으니까.

— 즐거운 회동을 내 방해한 것이니?

진동하는 목소리와 함께 천둥을 품은 구름이 내려왔다. 육안으로 보일 만큼, 산꼭대기에 번개가 스칠 정도로 낮게.

그리고 그들이 내려오기 시작했다.

— 그것 참 미안한 일이구나. 하나 나 또한 염치 불고하고 찾아온 거니 너무 미워하지 말아다오. 응?

프레이를 필두로 한,

— 착한 너희는 그래 줄 테지?

적이었다.

최대한 결계로 기운을 억눌러 보려 했지만 역시 은닉의 신이 아니고서는 신들의 흔적을 완전히 지울 수는 없는 모양이었다. 또는, 저쪽에 소닉이 있을지도 모르지. 그러나 중요한 것은 같잖은 전남편이 직접 찾아왔다는 사실이다.

용암보다도 깊은 살의를 담아, 엘마티카네오스는 속삭였다.

— 어딜 감히 기어 왔느냐. 잡것아.

뮈블랑은 문득 숨이 막혔다. 호흡이 물 위로 내동댕이쳐진 물고기처럼 헐떡여졌다. 으르렁거리듯 뇌까리는 엘마티카네오스의 목소리 하나하나에 실린 힘이 기도를 틀어막듯 인간의 약한 몸뚱어리를 쥐어짜고 있었다. 뮈블랑을 겨냥한 힘이 아님에도 그랬다. 엘마티카네오스라는 고대신은 그다지도 강력했다.

소네카가 뮈블랑의 곁으로 다가서 엘마티카네오스의 신력을 어느 정도 막아 주지 않았더라면 그대로 질식했을지도 모른다. 샤이카네도는 신이지만 개중 약소하기로 유명했으므로 경련하듯 손을 떨고 있었는데 프치얼이 그녀를 끌어안으며 다독였다. 유약하기로 유명한 것은 프치얼 또한 마찬가지였지만 프치얼의 경우는 성품에 한한 것이었다. 고대로부터 존재해 온 초목의 주인은 만약 그녀가 원했다면 에우겔을 제치고 신들의 왕의 오른팔이 되었을 테니.

— 이런, 사랑스러운 나의 왕비여. 왜 이러 성이 났누. 내 가지 못할 땅이 대체 어디에 있다고.

— 내 살아 숨 쉬는 한, 너 이 모든 세계에 발 디딜 자격 없다!

서슬 퍼런 외침이었다. 그러나 프레이는 조금도 동요하지 않았다. 그가 키득키득 웃으며 손짓하자 새까만 먹구름이 우르르 진동하며 천둥 번개를 쏘아 내렸다. 장난치듯 가벼운 공격이었다, 라고 묘사할 만한 순간이었지만 실제로 그 장소에 미친 타격은 가볍지 않았다. 산꼭대기에 벼락이 치자 정상에 기울어지게 서 있던 기암괴석이 부서지며 산사태가 벌어진 것이다.

다행스럽게도 이곳은 초목의 주인이 있음과 동시에 꽤나 **빽빽**한 밀림이 형성된 산이었다. 급격하게 증식하기 시작한 뿌리가 무너지려는 흙을 단단히 붙잡고 놓아주지 않았다. 결국 산의 골격엔 큰 피해 없이 거대한 바위 몇몇만 그들 머리 위로 돌격했다.

문제는 이곳에 뮈블랑이 있다는 것일까.

"저기, 저기! 저는 저거 맞으면 죽거든요! 댁들과 달리 연약한 제가 이곳에 있거든요! 저 좀 살려!"

대답도 없었다. 뮈블랑은 신들이 자신의 존재를 까먹었나 하는 생각에까지 이르렀다.

"저기요? 저기요! 제 말 안 들립니까!"

진짜 까먹은 듯했다. 미치고 팔짝 뛸 노릇이었다. 그런데 바위들이 거의 눈앞까지 도달한 것 아닌가!

뮈블랑은 두 손을 모은 채 눈물을 찔끔 흘렸다.

"폐하 끝까지 지켜 드리지 못해 죄송해요! 카산 사랑했다! 부디 평안―"

― 시끄럽다.

"시끄럽긴 무슨― 아악!"

머리가 갑자기 확 눌리기에 바위에 찍힌 줄 알았는데 이상하게도 눈이 번쩍 뜨였다. 고개를 홱 들자 소네카가 손바닥으로 제 머리를 누른 뒤 도약하고 있었다.

무언가가 밤하늘을 갈랐다.

뮈블랑은 뒤늦게야 그것이 검로임을 깨달았다.

― 내가 고작,

쿠르릉, 갈라진 바위 더미가 양옆으로 빗물처럼 흘러내렸다. 가무잡잡한 피부에 은빛 머리칼, 하얀 갑주와 방패를 착용하고 푸른 초승달이 새겨진 거대한 검을 든 신은 시건방진 표정으로 뮈블랑을 깔아보며 말하는 것이다.

― 너 하나 못 구할까.

"......"

그대로 벙쪄 버린 뮈블랑은 한참 동안이나 아무 말도 하지 못하다가 간신히 벌벌 떨리는 입술로 속삭였다.

"......제가 프레이 그 쌍놈이 염병을 떨었단 걸 알게 된 후로 마땅히 종교가 없긴 했는데요."

그 쌍놈이 죽어라 웃기 시작했지만 뮈블랑에겐 들리지 않았다.

"혹시 프치얼 님이랑 소네카 님 동시에 믿어도 되나요."

프치얼이 난처하게 웃으며 된다고 말하려던 찰나 소네카가 바락 소리 질렀다.

― 내가 이렇게까지 살려 줬는데 저 프치얼과 비교하다니 말이나 되는 소리를 해!

이오네케스가 없는 기력을 짜냈다.

— 으햐, 질투다, 질투!

소네카가 이오네케스의 멱살을 쥐고 흔들기 시작했다. 뮈블랑은 적이 쳐들어왔는데 이래도 되나 싶어 침착하게 프레이 쪽을 바라보았으나 프레이는 지그시 웃을 뿐이었다.

"프치얼 님은 경합 때부터 도와줬잖아요! 솔직히 소네카 님 지금 뒷북이거든요?"

— 이, 이 너구리 같은 게……!

"저 예전부터 궁금했는데 너구리 그거 애칭이에요?"

소네카가 뒷목을 잡았다. 이오네케스는 웃다 못해 아예 고꾸라졌다. 긴장감이 풀어진다는 것은 곧 상대를 제대로 된 적으로 경계하지 않는다고도 해석할 수 있다. 구름 위가 아닌 곳에서 처음으로 신들이 접전을 벌이려 하는데도 그랬다. 자존심이 상한 에우겔이 프레이의 허락을 받고 손을 들어 올리자, 어디선가 마차 바퀴 돌아가는 소리가 나기 시작했다. 뮈블랑은 저도 모르게 소리쳤다.

"황금 마차다……!"

소네카가 손써 보려 했지만 이미 늦었다. 바야흐로 새벽 한 시경, 태양을 끄는 마차의 궤도를 따라 동쪽 하늘에 덧깔린 밤의 장막이 벗겨지기 시작했다.

인간들이 최초로 느낀 신들의 전쟁이었다.

✢ ✤ ✢

그 시각, 아슈타르 왕국은 평화로웠다. 갑작스레 동녘에서 황금빛을 찬란하게 뿜어 대는 태양이 떠올라 꿈결 속에 빠져 있던 인간들을 깨우지만 않았어도 계속 평화로웠을 것이다.

기테모어와 루퍼스, 그리고 급진 공화파 몇몇과 함께 앞으로의 공화정 수립 계획에 대해 열띠게 논의하던 밀렌도요프는 창밖이 환해지는 것을 보곤 눈살을 찌푸리며 일어섰다.

"뭐, 뭐죠? 왜 지금 해가…… 아직 새벽 한 신데……."

"전쟁이다."

"예? 폐하, 전쟁이라뇨? 이런 시기에 어느 국가에서……."

"전쟁이 일어나는데 왜 해가 뜬단 말입니까?"

선왕과는 달리, 밀렌도요프는 독립된 아슈타르 자주국의 왕으로 제국에게 인정받았기에 '폐하'라는 호칭이 인정되고 있었다. 아슈타르 국왕 집무실에 모여 있던 몇몇은 창문으로 다가선 밀렌도요프의 말뜻을 이해하지 못해 웅성거렸으나, 몇 명은 이해했다. 기테모어와 루퍼스를 비롯한 이들.

서로가 이해했음을 이해한 루퍼스는 씁쓸하게 밀렌도요프의 등을 바라보다가 주위 사람들이 얼떨떨해하는 모습에 분통을 터트렸다.

"아니 자네들 이것도 몰라? 국왕 폐하께서 친절하게 설명까지 해 주셨잖아!"

"루퍼스."

"폐하 앞에서 쪽팔리게 정말."

루퍼스가 투덜대든 말든 한 공화파는 미역을 닮은 청록색 머리카락을 늘어뜨린 채 노래하듯 속삭였다.

"이것이 신들의 전쟁이랍니다."

사람들은 도무지 받아들일 수 없다는 듯이 외쳤다.

"뭐라고! 신들이 전쟁을 벌이고 있단 말입니까? 그러나 유께서 나타나신 이래 조용하던 구름 위 신들이 왜 갑자기……!"

밀렌도요프가 홱 몸을 돌렸다. 그녀는 뚜벅뚜벅 집무실을 가로지르며 모두 들으란 듯 중얼거렸다.

"유의 강림 이래 구름이 많이 끼었었지."

기테모어가 장단을 맞추듯 부드럽게 말을 보탰고,

"그래서 우리가 신들의 싸움을 알지 못했던 것이군요."

루퍼스도 어깨를 으쓱하며 따라 했다.

"지금 해가 뜬 것은 광휘의 신의 선전 포고일 테고요. 폐하."

밀렌도요프는 기테모어와 루퍼스를 보며 조금 웃었다. 그들의 말을 긍정하듯.

이내 푸른 눈을 또렷하게 뜬 어린 왕은 양손으로 탁자를 짚었다.

"여기서, 어째서 그들이 인간 세상에 내려와 전쟁을 시작하고, 선전 포고까지 하게 되었느냐가 우리가 고민해야 할 지점이다."

또 다른 공화파는 그 말에 다소 울컥한 듯했다.

"죄송하지만 폐하, 어찌하여 그런 것을 고민하려 하십니까? 신들의 전쟁이란 자연재해나 다름없는데 이유를 어찌 따진단 말입니까!"

"자연재해라. 좋은 말이군."

"어디서 전쟁이 벌어졌는지 확인하여 백성의 피해를 줄이는 것이야 말로 국왕이 해야 할 일 아닙니……. 예?"

"내가 신들에게 파견 보낸 백성이 하나 있다."

"예?"

"그녀가 자연재해로부터 만세계의 백성들을 지킬 것이다. 그러니 우리는 그녀를 지켜야 한다."

밀렌도요프의 눈동자가 수심에 잠겼다.

"신들이 인간 세상에서 전쟁을 시작하려 드는 까닭은 분명 뮈블랑 일 테니."

✤ ✤ ✤

정답이었다. 모든 것이 뮈블랑 때문이라고는 할 수 없지만, 뮈블랑 이 없었더라면 신들은 구름 아래에 모이지 않았을 테니 결국 인간 세 상에서의 전쟁은 뮈블랑으로부터 시작된 것이었다.

그리고 뮈블랑은 그 대가를 혹독히 받고 있었다.

"인간 살려!"

좀만 뛰려 하면 화마가 발 닿으려는 곳을 찢어발기고 좀만 튕겨 오르려 하면 빛의 화살이 공기를 가르니 뭘 어떻게 할 수 있는 게 없었다. 산맥에서 도망치려 부단히도 애써 봤지만 돌아오는 건 마도레스의 광소나 에우겔의 비웃음뿐이었으니까.

— 너 하나쯤 안 죽게 할 테니 좀만 버텨!

그러나 달이 햇살에 집어삼켜지는 탓에 신력을 쓰기 어려웠다. 그녀의 신력은 달에서 기원하기에. 소네카는 그 와중에도 불구하고 어떻게든 뮈블랑을 도우려 했으나 세 명의 신이 그녀를 막는 바람에 이러지도 저러지도 못했다.

그 셋은 고대신이 아니라 광포한 검술을 사용하는 전쟁의 신을 이길 순 없었지만 적어도 발목을 잡을 순 있었다. 그게 문제였다. 한 놈을 죽이려 하면 두 놈이 득달같이 달려드니 도통 방도를 찾을 수 없었다.

이게 여태까지 엘마티카네오스가 승리하지 못한 결정적인 이유였다.

머릿수. 프레이를 추종하는 잔챙이들이 해일처럼 밀려드는 데다 강대한 고대신들까지 여럿이니 어찌 배겨 내겠는가.

잠시 소네카와 대화를 하며 방심하던 찰나 뮈블랑이 착지하려던 땅에서 시뻘건 용암이 지저를 뚫고 솟아올랐다. 그런데 이미 체중까지 실은 참이라 내딛은 걸음을 회수할 수가 없었다. 빌어먹을, 하늘에서 동아줄이 내려온다면 좋을 텐데…… 아!

"사랑해요, 프치얼!"

푸른 넝쿨이 때마침 구원처럼 내려와 있었다. 용암을 밟기 직전의 일이었다. 넝쿨은 그녀가 붙잡자마자 광휘의 화살보다도 빠르고 탄력적으로 튕겨 올랐고 뮈블랑은 그대로 허공을 날았다.

"으아아악! 좀 덜 사랑하게 된 것 같아……!"

한편 고대신을 상대 중이던 프치얼은 뮈블랑에게 힘을 할애하느라 가슴팍이 찢긴 참이었다. 너덜너덜하게 뜯긴 옷 사이로 피가 울컥울컥 쏟아졌다. 에우겔 옆에 서서 사방에 화마를 쏟아붓던 마도레스가 그 꼴을 보고는 화통하게 웃어 재꼈다.

— 흐하하! 가슴이 훤히 드러난 꼴을 보니 속이 다 시원하군!

소네카는 저 새끼가 딱 뒤졌으면 좋겠다고 생각했다. 같은 전쟁의 신인 게 부끄러울 지경이었다. 때마침 뮈블랑에게서 기원이 들어왔다. 자신에게 신력을 베풀어 달라는 인간의 기원. 소네카는 안간힘을 끌어모아 대낮처럼 밝아진 저 하늘을 좁쌀만큼 어둡게 물들였고, 그렇게.

"마도레스!"

카일룸이 만든, 신을 죽이는 마법이 담긴 단검이 쇄도했다.

"이거나 먹어라!"

뮈블랑은 총을 주로 사용하지만 본질이 암살자이므로 단검술 정도는 기본적으로 익혀 두었다. 참고로 뮈블랑은 아직도 넝쿨에 딸려 허공을 날고 있었지만 능숙한 암살자는 이런 상황에서도 성공해야 하는 법이다. 소네카의 신력 덕분에 단검은 먼 거리를 날아갔다. 하지만 마도레스는 너무도 쉽게 피했다. 왜냐하면,

— 푸하하하! 암살자가 이따위로 공격하는 법이 어디 있냐! 어떻게 말을 걸고 단검을 날릴 생각을 해? 이 머저리 같은 선머슴 계집!

그렇다. 암살자는 이렇게 공격하지 않는다.

능숙한 암살자가 굳이 대상에게 말을 건 후 단검을 날린다면 그것은…….

— 어, 어? 형님?

목표물을 헷갈리게 만들기 위한 속임수겠지.

그래, 뮈블랑은 처음부터 마도레스 옆에 비껴 서 있던 에우겔을 겨

누고 있었다. 활로 소네카의 머리를 겨누던 에우젤은 오른팔을 움켜쥐며 입술을 악물었다. 단검은 팔뚝 상박에 손잡이만 보일 정도로 깊숙이 꽂혀 있었다. 아, 이게 대체 얼마 만에 느끼는 육체의 고통인가. 네가 떠난 뒤로 내내 영체의 고통을 느꼈지만 말이야, 소닉.

— 형님, 형님! 괜찮으십니까? 저 씨발년이⋯⋯! 야, 소네카! 너! 우리를 배신하고 잘 살 수 있을 거 같냐? 아니거든! 내가 반드시 네년을⋯⋯!

— 마도레스, 그만해. 아무리 그래도 내 오누이다.

마도레스의 개소리에는 아무렇지 않던 소네카가 어깨를 움찔했다. 그래, 오누이⋯⋯.

— 소닉도 우리의 형제지.

— 그래. 내가 사랑하는 내 동생들. 소네카, 너는 나를 배신했지만 말이야.

— 내가 말하려는 건 그게 아니다. 에우젤, 이 개 같은 새끼야.

애절하게 그녀를 바라보던 금안이 아주 살짝 일그러졌다. 이게 안 통할 리가 없는데, 왜 이러지? 무언가 변수가 있는 것이 분명했다. 그리고 그 변수는 아마도 그가 생각하는 바가 맞을 터였다.

— 어떻게 넌 네 동생에게 그딴 짓을 할 수가 있어!

뮈블랑에게서 벨루미니오스의 호소를 전해 들은 소네카는 자신이 여태까지 소닉을 괄시해 왔던 그 모든 시간들을 후회하고 있었다. 분노가 화덕처럼 들끓으며 점점 밤의 범위를 넓혀 갔다. 이대로 가다간 점점 불리해질 게 뻔했다. 에우젤은 빠르게 명령했다.

— 마도레스, 저 계집을 죽여.

— 소, 소네카요?

— 미쳤나? 저 계집 말이야!

에우젤의 손끝이 겨냥한 것은 넝쿨에 의해 아직도 허공을 날아다니던 중인 뮈블랑이었다.

"씨발, 왜 갑자기 불똥이 여기로 튀는 건데!"

멀미가 일어나기 일보 직전이던 찰나 정말 불똥이 튀었다. 화마의 주인 마도레스가 일으킨 불씨가 타다닥 짓쳐 올라 넝쿨을 불사르고 있었다. 그냥 불이라면 모를까, 넝쿨을 태우기 시작한 저것은 마도레스의 신불이었다. 고대신을 상대하고 있던 프치얼은 차마 신불을 막아 낼 힘을 할애할 여력이 없었다.

그 누구도 자신을 도울 수 없는 것이다.

결국 뮈블랑은 신불이 넝쿨을 타고 다가오기 전 욕설을 질러 대며 단검으로 넝쿨을 썰었다. 싹둑.

그리하여 허공을 날아다니던 인간은 그대로 추락하기 시작했다.

구름이 손가락 사이로 쪼개지는 감각을 너는 아는가? 요란하게 피리 소리를 내는 바람이 손가락처럼 두피 사이를 훑고 지나가는 감각은? 카일룸의 양탄자에 올라타 있다가 1왕자가 공주님을 괴롭히는 것을 보고 뛰어내렸던 때와 비슷한 감각이 뮈블랑을 사로잡았다. 그때와 다른 점은 딱 하나였다.

지금 떨어지면 진짜 죽는다는 것.

그리고 그녀는 떨어지고 있었다. 이제 곧, 죽는 것이다. 뮈블랑은 또다시 찔끔 눈물이 흐르는 것을 느끼며 외쳤다.

"엄마, 곧 보러 가요……!"

"어미 찾으며 질질 짜는 꼬라지가 아주 볼만하구나."

그때 웬 익숙한 목소리가 들려왔다. 뮈블랑은 손바닥에 얼굴을 파묻으며 코맹맹이 소리를 냈다.

"흑흑, 유닷테도 저승에 왔구나. 죽었단 소식은 못 들었었는데. 오늘 죽었나?"

하긴 여긴 제국에 있는 욘고프 영지랑 이어진 탄쿠마르 산맥이니까 유닷테가 피해 입어 죽을 만도 했다. 결국 그들은 다 같이 저승에 오게 된 것이다.

"그 여자가 있는 걸 보니 여기는 지옥이 분명하군. 으흑, 정말이지 징한 인연이다. 그래도 고통 없이 와서 다행……."

"듣자 하니 거북한데. 이 몸이 있는 곳이 어찌하여 지옥이란 말이냐? 내 어디 떨어지든 그곳을 나만의 낙원으로 뜯어고칠 자 아니었느냐? 쯧, 나도 꽤나 서투르게 보인 모양이군?"

뭔가 이상했다. 청각이 너무 생생하지 않은가. 뮈블랑은 손가락 틈새로 실눈을 떴다. 그러자 거꾸로 선 유닷테가 씩 웃고 있는 게 보였……. 아니, 아니!

"왜 내가 거꾸로 매달려 있는 겁니까! 유닷테!"

"아하하하! 나를 탓하지 말라! 이자가 행한 마법이니!"

유닷테는 깔깔 웃으며 카일룸을 손가락질했고 카일룸은 바삐 다가와 지팡이를 한 바퀴 돌렸다. 뮈블랑의 몸도 그에 따라 한 바퀴 돌았다.

"돌겠네. 반 바퀴만 돌리라고요! 반만!"

"미안합니다! 내가 지금 정신이 없어서……."

뭘 하기에 정신이 그렇게나 없느냐고 따지려던 뮈블랑은 그가 탄쿠마르 산맥에서 욘고프 영지로 이어지는 산등성이에 거대한 마법진을 펼치고 있음을 깨닫고 입을 다물었다. 신들은 저 너머 꼭대기에 가까운 가장 깊숙한 숲에서 전쟁을 벌이고 있었고 뮈블랑은 추락함으로써 민가로 이어진 산등성이에 도달한 것이다.

"근데 카일룸이 왜 유닷테랑 같이 있어요?"

"그가 스스로 내게 왔다. 세뇌 마법을 금지하는 대가로 말이지. 나로서도 손해 볼 것은 없잖느냐?"

당연히 손해 볼 게 없는 장사였다. 오히려 이윤만이 가득했다. 마법의 창시자, 바벨의 주인 카일룸까지 거두어들여 진정한 마법사들의 군주가 된 인간은 더없이 요염하게 웃으며 신의 사랑을 받는 인간에게 물었다.

"하여, 네 이제 어찌할 테냐?"

뮈블랑은 고심했다. 신들의 전투에 끼어들어 뮈블랑이 할 수 있는 것은 기껏해야 단검 던지기뿐인데 이것도 이미 쓴 패라 딱히 도움이 될 거 같진 않았다.

무릇 능숙한 암살자란 이미 까발려진 수단을 다신 쓰지 않는 법이다. 그렇다면 도대체 그녀가 무얼 할 수 있단 말인가? 유닷테는 정확히 이 부분을 찔러 놓고 아무것도 하지 않았다는 양 새초롬하고 무해한 낯을 하고 있었다.

뮈블랑은 엄지손가락을 들며 묘한 표정을 지었다.

"역시 유닷테."

"흐응?"

"진짜 쓰레기."

"너 진정으로 죽고 싶으냐?"

"쓰, 쓰레기가 아니라고요!"

"하하."

"……사실 쓰레기는 나죠! 암요! 그렇고말고요!"

뮈블랑은 처절하게 자신이 쓰레기라고 웅변하고 나서야 유닷테에게서 풀려났다. 사실 유닷테는 아무것도 하지 않고 그저 지그시 쳐다보았을 뿐이란 것을 뮈블랑이 언제쯤 깨달을까. 유닷테는 그 깨달음의 시기가 되도록 늦어졌으면 좋겠다고 생각하며 뒤돌았다.

"따라오렴. 내 너에게 길을 일러 주마."

"카일룸은요?"

"그는 내 것이니, 내 영지를 지켜야 하지 않겠느냐?"

정말 쓰레기잖아…….

생각하던 뮈블랑은 유닷테가 다시 뒤돌아 자신을 쳐다보자마자 거북이처럼 목을 쏙 집어넣으며 고래고래 소리 질렀다.

"저, 절대 유닷테가 쓰레기라고는 생각 안 했으니까!"

"흐응?"

"꺄아아악! 사람 살려어어!"

뮈블랑은 산등성이를 날듯이 뛰어 내려갔고 유닷테가 깔깔 웃으며 그녀를 따라갔다. 카일룸은 그 뒷모습에 대고 오늘이 백작의 웃음을 보는 첫날이라고 말하려다가, 그랬다간 저 웃음마저 사라질 것을 알기에 잠자코 미소하곤 말했다.

"그대들도 욘고프 백작을 따라가십시오."

혹시라도 마법이 잘못되었다간 가장 먼저 죽을 것은 이 산등성이에 선 이들이었다. 마법진을 발동시키는 자신이라면 모를까 굳이 마법사들까지 곁에 남을 필요는 없다. 그래서 유닷테의 마법사들에게 그리 일렀는데 반응이 이상했다.

"카일룸 님, 저희를 위해 그리 희생하실 필요는—"

카일룸은 고개를 기울였다. 백금발이 바람결에 부드럽게 나부끼고 신성하리만치 맑은 웃음이 그의 입가에 서렸다.

"이건 희생이 아닙니다."

"그런—"

"그대들이 무척 방해되니까 내려가라는 겁니다. 그대들이 지닌 손톱만 한 마력으로는 도움도 안 되니 영지민을 대피시키십시오."

"……."

자신이 손톱이라는 깨달음을 얻은 마법사들은 털레털레 영지로 내려갔다. 카일룸은 그들의 뒤통수를 미안하다는 듯이 응시하다가 시선을 돌려 신들이 전쟁을 벌이고 있는 밀림의 중심부를 바라보았다. 아직까지는 감당할 만한 기운이었다. 다시 말해서,

아직 프레이멜도르와 엘마티카네오스는 겨루지도 않았다는 소리다.

프레이는 전장을 깔아 보며 다만 서러운 양 속삭이고 있었다.

— 나의 왕비는 이런 걸 원했니? 신들이 서로 헐뜯고 분쟁하며 기어

코 서로를 죽이려 드는 이런 광경을?

마도레스는 다시금 제 팔뚝에서 피어오르는 넝쿨에 악을 지르고 있었다. 고대신을 상대하면서 신의 육체를 갉아먹는 씨앗을 발아시킬 수 있었던 원동력은 뮈블랑의 추락이었다. 그 충격과 분노와 슬픔이 방아쇠가 된 것이다. 자기가 그만큼 사랑받던 것을 뮈블랑만 몰랐다.

진실로 분노한 자는 또 있었다. 바로 소네카였다. 보라, 이길 수 없을 광휘를 누르고 형형하게 빛나는 저 푸른 달을! 아, 전쟁의 신은 그야말로 약한 자들의 선두에 서 종횡무진하고 있지 않은가!

그러나 프레이는 침통해할 따름이었다.

— 분노에 사로잡혀 사용하지 말아야 할 힘까지 쓰고 있지 않누……. 가엾은 것들. 저러다간 아무리 신이어도 죽고야 마는 것을……. 엘마, 지금이라도 어떠해? 그대가 다시 내 아내가 되어 준다면 이런 무의미한 싸움에 상처받는 아이들을 구할 수 있어…….

이대로 가다간 저들은 모든 힘을 소진하여 죽고 엘마티카네오스는 패배할 것이다.

엘마티카네오스는 쓸쓸하게 속삭였다.

— 나는 나의 남편에게 나를 왕후로 대우할 것만을 요청했다.

— 그래, 나의 왕비…….

고개를 숙인 주홍색 머리카락의 여자는 참으로 가련해 보였다. 프레이는 자애롭게 엘마의 턱을 들어 올렸다.

그런데 참으로 이상하게도 엘마의 낯엔 열패감이 조금도 없었다.

— 자주국의 왕은 폐하라고 칭해지며, 자주국의 왕비는 왕후라 칭해진다. 비는 전하와 마찬가지로 한 단계 낮은 칭호지.

— 이제 와 그런 게 무슨 상관이겠어. 어서 내게 와, 엘마.

— 다시 말해, 프레이멜도르, 너는 너를 깎아내리면서까지 나를 하등하게 취급한 거다!

말끝과 동시에 거대한 폭풍 같은 힘이 탄쿠마르 산맥 전역을 휩쓸었다. 마법으로 세계에 가해지는 중압감을 막던 카일룸은 피를 토했고 그 강력한 신들마저 허덕였다. 근원에 위치한 힘까지 끌어다 쓰던 프치얼과 소네카도 정신을 차릴 수밖에 없는 절대적인 힘이었다.

엘마티카네오스, 그 이름이 신도 죽이는 영웅들 위에 어떻게 군림했겠는가?

— 언제 금제가 풀렸……!

— 지금 당장 내 노예가 되겠다고 선언하지 않으면 죽음보다 더한 삶을 네게 주겠다, 프레이!

그 머나먼 고대에, 가장 강력하기로 유명하던 남신들이 프레이를 필두로 한데 모여 엘마티카네오스를 공격했기에 그녀는 패배했다. 단단한 금제마저 걸려 그 뒤로 반격은 꿈도 꾸지 못했다. 허나 직접 유를 찾아가 금제가 해제된 지금, 고대신들이 소네카와 프치얼과 라우코네스를 비롯한 자신의 편에 의해 묶여 있는 이상,

— 허나 내 손에 죽을 것을 택하지 않는다면,

도대체 무엇이 두렵겠는가?

— 천둥은 찢을 것이요 번개는 멸할 것이다.

그 누구보다 잔혹하고 엄격한, 그리하여 영웅들마저 제 발밑에 거느렸던 어느 위대한 신이 고대에 그랬듯 소름 끼치도록 우아하게 웃었다.

천둥 번개가 몰아치는 탄쿠마르 산맥에 카일룸을 남겨 두고 하산한 그들에게 대뜸 괴상한 급보가 전해졌다.

바로 이곳, 욘고프 백작령에 황제 아브리치오가 행차했다는 거다.

이게 말이나 되는 소리인가? 태양이 달을 집어삼키고 신들이 전쟁을 일으키는 바로 지금. 황제의 행차이니 허례 허식을 따질 걸 생각하면 머리가 다 아플 판인데.

그러나 유닷테는 눈 하나 까딱하지 않으며 도리어 요염하게 웃었다.

"걱정 말고 따라오너라. 내 알아서 할 터이니."

라고 말했던 유닷테가 이런 망언을 터트릴 줄은…….

"페르체도의 주인이 페르체도도 없이 왜 왔느냐? 하다못해 기별도 없다니! 예의 없는 것으로 황위를 차지했나 보지? 하기야 너도 이제 황위가 위태로울 때가 됐군! 경합을 억지로 벌인 데다가 페르체도까지 죽고 거기다가 믿었던 신들까지 아주 혼란 법석이니, 그래서 내게 비벼 보려 온 것이냐? 갚잖게도! 그러나 내 발등에 입 맞추는 것 하나라도 너 따위에게 허락할 듯싶더냐……!"

어떻게 황제에게 이딴 소리를 지껄인단 말인가?

"아이고! 황제 폐하! 이 양반이 실성을 했나 봅니다. 부디 자비르으을……!"

뮈블랑은 냅다 바닥에 머리를 처박았고 유닷테는 언젠가 카산이 그랬듯이 좀 한심한 눈빛으로 뮈블랑을 내려다보았다. 딱히 이래야 하는 상황이 아닌데 혼자 벌벌 떠는 게 안쓰럽기도 하고 한심하기도 해서.

그런데 아브리치오가 맞절이라도 하듯 마주 무릎을 꿇은 것이다.

주위에 사람이 없기라도 했다면 유닷테가 놀라진 않았을 것이다. 그러나 황제의 행차에 뒤따라온 이들이 없을 리 만무했다. 주위가 비명을 지르는 것에 놀란 뮈블랑은 고개를 빼꼼 들었다가 호흡을 멈췄다.

지금, 우리가 뭘 보고 있는 거지?

유닷테는 의자가 넘어가는 것도 모르고 다급하게 일어섰다. 비척비척 걸어갔다. 시체 같은 눈으로 아브리치오를 내려다보며 파리하게 질린 낯을 부들부들 떨다가 그녀의 팔을 잡아당겼다.

"이봐, 일어나."

"부탁해."

"일어나라고, 했어."

"제발."

뮈블랑은 황제가 무릎을 꿇은 것보다 저게 더 놀라웠다. 유닷테가 이성을 잃고 흥분한 저 모습은…… 평생 보지 못하리라 생각했던 것이어서. 가는 몸이 정처 없이 떨렸다. 청록색 머리카락을 비녀로 틀어 올리고 붉은 화장을 얹은 지독히도 악독한 자의 평이하던 낯이 사납게 이지러지고 있었다.

"맥시밀리언 타르칸! 지금 당장 이자를 일으키지 않고 무엇 하느냐! 페르체도의 주인이, 황제가 지금 뭘 하고 있는지 너도 보고 있을 텐데……!"

그러나 엠버 페르체도를 대신하여 불철주야 황제의 우군으로 활동하던 맥시밀리언 타르칸은 움직이지 않았다. 그는 정말이지 괴로운 표정으로 서 있다가, 고개를 돌렸다.

"……단장님이라면 말리지 않으셨을 겁니다."

"개소리하지 마! 이봐, 아브리치오! 너는 황제다. 만백성의 어버이이자 페르체도의 주인이라고! 나에게 무릎 꿇어도 되는 자가 아니란 말이야!"

"그런 지위는 내게 중요하지 않아."

"……뭐?"

"나를 폐위시켜도 돼."

실 끊긴 연처럼 비틀거리며 실소를 흘리던 유닷테는 가까스로 뮈블랑이 건네준 지팡이를 짚고 중심을 잡았다.

"그럼 네 한 몸을 지켜 달라 여기까지 와 내게 비굴하게 구는 게야?"

"제국을 수습할 시간만 준다면 나를 죽여도 상관없어. 유닷테. 그러니까 제발 내 말을 들어 줘."

결국 유닷테는 짓씹듯 뇌까리고야 말았다.

"……좋아, 지껄여 보렴. 네 무엇을 원하는지 들어 보아야겠다."

"유닷테, 네가 온 세상에 퍼뜨린 방송 화면들 말이야, 모두 버튼을 눌러 마력 회로를 연결시키는 거잖아, 그렇지?"

"그래."

"버튼을 누르지 않고도 작동시키는 방법이 있지? 너라면 그렇게 만들었을 거야. 네가 모든 것을 좌지우지할 수 있도록, 그렇지?"

"도대체 뭘 바라서 이딴 소릴……. 아."

깨달음이 스쳤다. 붉은 눈동자가 일그러졌다.

"……아니지?"

"다시 말하지만 나를 폐위시켜도 좋고 죽여도 좋아. 대신 부탁이야. 방송을 시작해 줘. 내 백성은 비단 제국민만이 아니야. 나에겐."

"아니라고 말해……!"

"이 땅의 모든 사람을 지켜야 할 의무가 있어."

만약 만민이 영문도 모르고 지진과 폭풍과…… 신격의 범람에 떨었다면 얼마나 큰 혼란이 벌어졌을까?

그러나 인간에게는 왕과 황제가 있었다. 그 새벽, 해가 떠오른 바로 그때, 유닷테에게 연락을 취해 카일룸을 산맥으로 보낸 것은 밀렌도요프요, 전 대륙에 연결된 방송 화면을 작동시켜 만백성에게 상황을 전달한 것은 아브리치오였다.

⚜ ⚜ ⚜

이것은 긴급 방송입니다. 집중해 주십시오. 해가 새벽에 뜬 것은 신들이 탄쿠마르 산맥에서 전쟁을 벌이고 있기 때문입니다. 전쟁의 까닭은 왕위 다툼이며. 마법의 창시자이자 바벨의 주인인 카일룸이 현재 피해를 줄이기 위해 노력하고 있습니다. 제국은, 왕국은, 국가는 여러분을 버리지 않습니다. 곧 찾아갈 병사들의 지시에 따라 피난에 임해 주십시오. 반복합니다. 이것은 긴급 방송…….

✤ ✤ ✤

"아둔하기는! 반복할 필요가 있을 성싶으냐? 녹화만 끝내면 마법이 알아서 태엽을 돌리니 작작 하고 나와라!"

"아, 그래?"

잔소리가 장대비처럼 쏟아지자 아브리치오는 민망하게 카메라 앞에서 일어섰고 유닷테는 만세계의 방송 일정을 적은 양피지를 정신없이 들여다보며 빠르게 지껄였다.

"지금 녹화한 긴급 방송은 세 시간 동안 반복하여 상영할 것이고, 제대로 된 정보는 그 후의 정규 방송에서 내보낼 것이니 그 전에 병사들을 파견해 피난을……. 왜 그딴 눈으로 날 보는 것이냐? 고맙다 따위의 역겨운 소릴 할 셈이라면 접시 물에 코 박고 죽어 버려라!"

"……정말 짜증 나는 너지만 그래도 고맙다."

유닷테가 뒷목을 잡고 쓰러지든 말든 아브리치오는 환한 미소를 지우지 않았다.

"정말로. 네가 방송이란 것을 만들지 않았더라면 국가 체계에 대한 기본적인 신뢰가 흔들렸을 거야. 그리고 뮈블랑, 너에게도 고마움을 표하는 바다. 네가 정보를 주지 않았으면 저만큼 제대로 방송을 하진 못했을 것이니."

"아, 아뇨……. 제가 뭘 했다고……. 폐하야말로 정말 대단하시고 존경스럽고……."

서로를 존중하고 존경하는 몽글몽글하고 포근포근한 공기. 유닷테는 이런 게 정말 싫었다. 마침 정규 방송을 녹화하기 전 아브리치오가 병사들에게 명을 내릴 시간이 필요하던 참이었다. 그동안 휴식을 취하기로 결심한 유닷테는 진저리 치듯 소리 질렀다.

"이만 꺼져 버려!"

기회다! 너구리 같은 뮈블랑은 아브리치오를 따라 후다닥 도망치려다가 유닷테에게 목덜미를 붙잡혔다.

"어딜 가느냐?"

"꺼, 꺼지랬잖아요!"

"누가 너더러 꺼지래? 어서 오려무나. 너와 단둘이 오붓한 시간을 보낼 작정이니."

"좆 됐다……."

"죽고 싶으냐?"

"딜도로 써 달란 뜻이었어요!"

뮈블랑은 울며 겨자 먹는 사람처럼 썩은 표정으로 유닷테를 쫄래쫄래 따라갔다. 유닷테의 뒷모습을 한참 바라보던 아브리치오는 문득 외쳤다.

"예전부터 지적하고 싶었는데! 페르체도의 주인이라는 호칭 좀 그만둬! 엠버는 언제나 자유로웠고 앞으로도 자유로울 거니까!"

유닷테는 뒤도 돌아보지 않고 가운뎃손가락을 올렸다. 아브리치오 또한 마찬가지였다. 뮈블랑만 그들 사이에서 안절부절못하다가 맥시밀리언이 그냥 가라고 손짓해 줘서 간신히 유닷테의 꽁무니를 쫓았다. 유닷테는 자신의 집무실을 향해 휘적휘적 걸어갔고 뮈블랑은 어쩐지 기시감을 느꼈다. 집사의 뒤를 따라 카산과 함께 방문했었던 기억이 떠올라서였다. 그때와 지금을 비교해 보면 정말이지 많은 것이 달라졌다 싶었다. 뮈블랑은 속도를 높여 유닷테의 옆에서 걸었고 유닷테는 그녀를 한번 흘겨보지도 않았다.

"궁금하더냐?"

"폐, 폐하와의 관계 따위 궁금해한 적 없으니까!"

"네 속내를 들여다보는 건 정말이지 쉽구나. 그게 진정으로 궁금하지 않단 것쯤은 뻔하다. 너 무어가 진정으로 궁금하여 그리 눈만 동글동글 굴려 대는 것이냐."

"그…… 엠버 경이요."

유닷테가 우뚝 멈춰 섰다.

"엠버 경과 당신의 관계가 궁금해요."

닫힌 집무실 문 앞에 선 유닷테는 뮈블랑을 흘겨보았고 뮈블랑은 투덜대며 문을 열었다.

"손 하나 직접 쓰면 닳는답니까?"

"페르체도와의 이야기가 궁금하단 말을 입 밖으로 꺼내고도 살아 있는 걸 감사히 여겨."

뮈블랑은 닥치기로 했다.

집무실의 부조는 언제나처럼 아름다웠다. 산타마코, 이부라니에, 기샨, 프치얼……. 각각의 신들을 상징하는 것이 선명하게 새겨진 예술품이 반짝반짝 빛나고 있었지만 유닷테는 그들에게 시선 한번 주지 않고 곧장 집무실을 가로질러 의자에 걸터앉았다. 다리를 꼬자 깊숙이 파인 바지의 틈 사이로 새하얀 허벅다리가 드러났다.

"그래……. 엠버 페르체도 말이지?"

"음, 제가 듣기로 두 분은……."

"닥쳐."

"넵."

턱을 괸 유닷테가 담배에 불을 붙이고 빨아들였다. 내뱉으며 작게 속삭였다.

"흥미로웠어. 돈으로 회유가 안 되더라고."

"오……."

"한 번만 더 '쓰레기군.' 따위의 시선으로 나를 보면 눈을 파 버릴 거란다. 그래, 그렇게 닥쳐. 너는 닥칠 때 가장 예쁘단다. 흐으응, 어디까지 말했더라? 아, 맞아. 나는 돈이 아주 많지. 나보다 돈이 많은 자는 대륙에 다시없을 거야. 물론, 너도 알다시피 내 돈엔 뒤가 구리단 단점이 있지. 그러나 너 생각해 보란 말이야, 도대체, 뒤가 구린 짓

471

을 하지 않으면 내 어떻게 이런 부를 쌓는단 말이니?"

뮈블랑은 아무 말도 하지 않았다. 유닷테는 담뱃재를 톡톡 털며 깔깔 웃었다.

"오, 네가 이런 부를 안 쌓으면 된단 멍청한 소리를 안 할 줄은 아는 두뇌를 가져 다행이구나. 생명은 하고 싶다는 이유만으로 수많은 생명을 죽이지. 그런데 도대체 왜 나는 그렇게 하면 안 되는 것이냐? 왜 나만⋯⋯."

눈을 내리깔고 침묵을 지키던 유닷테가 돌연 거의 다 타들어 간 담배의 끝을 제 팔뚝에 문질러 껐다. 뮈블랑은 익숙하게 보아 온 것이었으므로 이번에도 유다른 말을 하지 않았다. 유닷테의 팔뚝은 잦은 화상에도 불구하고 티끌 하나 없이 깔끔했다. 사제를 초빙하는 것쯤은 쉬운 일이었다. 그야 유닷테에게 돈이 있으니까. 돈이 없었더라면 유닷테는 한참 전에 죽어 나자빠졌겠지.

그런 이야기였다.

"뭣 모르는 녀석들은 그렇게 말하지, 적당한 부로 만족하라고! 그러나 도대체 부에 적당함이 어디 있단 말이더냐? 적당한 부를 쌓으면 승냥이와 매가 달려든단 간단한 사실도 모르는 순진한 작자들이나 그딴 소리를 지껄이지! 아, 참으로 애석하게도, 엠버 페르체도는 순진한 작자였어⋯⋯. 뭐, 여기까지였다면 딱히 문제 될 건 없었을 거야. 자기가 보석인 줄 알고 살아가는 돌덩이에겐 관심 없으니까. 그런데 하필 엠버 페르체도는 진짜였단다. 보석이었다고."

"음, 그건 순진함이 극의에 다다랐단 건가요?"

유닷테가 돌덩이를 보듯 경멸하는 시선을 쏘아 보냈다. 궁금해 죽을 지경이 된 뮈블랑이 팔다리를 흔들며 칭얼댔다.

"아! 그러지 말고 좀 알려 주면 안 됩니까?"

"⋯⋯순진하고 물러 빠진 세상의 초석이 되기 위해 한 몸 바칠 준비가 된 인간이었단 뜻이란다. 아, 밀렌도요프나 아브리치오는 여기 해당 안 되니까 그 뿌듯한 표정 집어치워."

"왜 해당 안 되는데요!"

"애당초 칭찬 아니거든. 해당되길 바랄 필요도 없거든."

"제 기준에선 칭찬이니까 해당되길 바랄 겁니다. 에베베. 아무튼, 왜 해당 안 되는데요?"

"같은 보석이더라도 관과 주춧돌은 다르지. 참고로 나는 주춧돌을 더 좋아한단다."

"왜 갑자기 저를 보며 그런 음흉한 미소를 지으시는지……."

"……하필 내가 엠버 페르체도의 반짝임을 눈치챘어. 돈으로 회유가 안 돼서 흥미를 가졌던 것도 잠시 나는 그녀가 새로운 세상을 쌓아 올릴 초석임을 깨달아 버린 거야. 그래서 내가 어떤 생각을 했는지 아느냐?"

"오지네?"

"반드시 망가뜨려야겠노라고 결심했단다."

붉은 눈이 요요했다.

"나의 것으로 만들 수 없다면."

문득 황권을 위협할 정도로 세력을 부풀리던 유닷테가 떠올랐다. 상념을 이어 가려던 찰나 유닷테가 부채를 탁 하고 펼쳤다.

"엠버와 내 관계에 대한 이야기는 여기서 끝이야. 하나 그런 표정 말렴. 그녀를 죽인 건 내가 아니란다. 도대체 그녀 자신 아닌 누가 그녀를 죽일 수 있단 말이야……. 그렇다고 안심하진 말고."

"우린 동류가 아니니까요?"

"그래."

"그러나 유닷테, 당신도 초석 아닌가요?"

살랑거리던 부채의 움직임이 멎었다. 뮈블랑은 조금 더 용기를 내어 말을 이었다.

"당신 입장에선 심심풀이였을지 몰라도……."

"자, 착한 아이는 이제 나갈 시간이란다."

쾅, 문이 닫혔다.

바깥으로 밀려난 뮈블랑은 닫힌 문에 대고 소리쳤다.

"나는 고맙다고 생각하고 있어요! 당신이란 인간이 악독하고 비정하고 저열하단 걸 알지만, 최소한 나의 왕을 도와준 부분만큼은!"

대답은 돌아오지 않았다.

유닷테는 집무실에서 나오지 않았다. 영지민들은 다 피난 보내도 자신만큼은 욘고프 영지를 떠나지 않을 생각인 듯했다. 뮈블랑은 그것이 영지에 대한 사랑에서 비롯되지 않았음을 잘 알았다. 유닷테는 '고작' 애정이나 미련 따위로 행동하지 않는다.

그리하여 뮈블랑과 카일룸을 제외하고 욘고프 영지에 남은 인원은 몇몇의, 유닷테 없인 자기도 피난가지 않겠다고 주장하는 광신도 마법사들과 바흐무트 상단원들, 그리고 '어차피 이곳이 뚫리면 모든 곳이 무너진다.' 라고 말한 아브리치오와 호위들뿐이었다.

쥐 죽은 듯한 고요만이 맴도는 인간의 도시.

정규 방송은 성공적으로 끝났다. 거기다 아직까지는 전쟁에 의한 피해가 거의 나오지 않았다는 좋은 소식까지 전해졌다. 카일룸의 마법이 신격을 한차례 걸러 준 터라 압도적인 힘에 직접적으로 노출된 인간은 현재까지 뮈블랑뿐이었고, 휴식을 취한 뮈블랑은 말짱하다 못해 팔팔해졌던 것이다.

엘마티카네오스의 힘이 나르타스와 비견할 정도로 강대하단 사실이 좀 놀라웠을 뿐. 그러나 카일룸이 마법으로 말해 주기를 프레이의 힘은 그보다 앞서지는 못하지만 나름 견줄 만하기에 싸움은 장기전이 될 듯했다. 다시 말해 이제 곧 달이 뜰 테니 결국은 승리할 성싶으나,

그때까지 버틸 수 있느냐가 문제였다.

슬슬 어스름이 낄 시간이다. 뮈블랑은 밝은 해를 꺼림칙하게 바라

보며 유닷테의 수하가 내어 준 마법 통신 기기에 대고 물었다.

"카일룸, 지금 상태 어때요?"

— 버틸 만합니다.

"구라 까지 마요. 지금 당신 목소리에서 피 냄새 나."

— ……피 냄새도 느낄 수 있습니까?

"구란데요."

— …….

"상식적으로 사람이 어떻게 목소리만 듣고 피 냄새를 맡겠어요? 산 쪽에서 흘러내려오는 당신 체취랑 누구 건지 모를 혈향으로 대충 때려 맞춘 거예요."

— 이것도 상식적인 사람의 감각은 아니군요…….

"엥? 이것도 못하는 암살자는 없어요."

— 뮈블랑 군, 요루엘 산에 한참이나 은둔해 있던 나지만 그렇다고 평균적인 인간의 능력치를 모르는 바는 아니에요. 보통은 산의 냄새에서 인간의 체취나 혈향을 눈치채기 어려울걸요.

"이 정도 감각도 없으면 어떻게 벌어먹고 살아요. 얼른 때려치우고 다른 직종 알아봐야지!"

정말 너무한 소리였다.

"무리하지 말라고 해 주고 싶은데 무리할 수밖에 없는 상황이라 미안합니다. 나도 돕고 싶은데 끼어들 방도가…….."

— 이 전투에 끼어들 생각일랑 말아요, 뮈블랑 군. 그대는 단검을 던진 것만으로도 할 일을 다 했어요. 아니, 오히려 과하게 잘했죠. 더는 무리하지 말아요. 인간은 인간의 일을, 신은 신의 일을 하면 되는 겁니다.

"그렇지만 이런 큰일이 벌어졌는데 소닉 님을 찾긴 좀 그렇잖아요. 아, 싸움이 너무 급박해서 못 따졌는데, 에우겔 그 새끼가 소닉 님을 납치한 거면…….."

— 만약을 상정하며 불안해하지 말아요. 이제 곧 달이 뜰 시간이니 에우젤의 신력은 봉인되거나 최소한 열어질 테고, 그렇다면 신들이 충분히 막아 낼 수 있을…… 아.

"왜, 왜요. 뭐가 문제예요."

— 왜…… 어스름이…….

카일룸의 목소리가 떨리고 있었다. 덩달아 초조해진 뮈블랑은 뒷말을 기다리지 않고 창턱을 넘어 바깥으로 뛰어내렸다. 잔디를 밟고 서서 푸른 하늘을 올려다보자 환한 해가 보였다.

"어스름이 없군요. 그렇지만 속단하기엔 이르지 않을까요? 우리 행복 회로를 좀 돌려 보자고요. 오늘따라 달이 뜨는 시간이 좀 늦어질 수도 있는 노릇이고, 어? 에우젤이 힘을 바짝 쓰고 있을 수도 있고……."

— 그러나 뮈블랑 군, 불개와 맞닥뜨렸다고 하셨죠?

"돌겠네."

하필 뮈블랑은 저 하나의 물음만으로 앞으로의 전망을 예측할 수 있는 인간이었다. 모른다면 차라리 마음이라도 편했을 텐데. 불개는 해와 달을 먹는 마도레스의 권속. 다시 말해 화마의 정령. 카일룸은 음울한 눈으로 산 정상 부근에 고인 구름 떼를 바라보았다.

— 내가 생각하는 것이 맞는다면……. 이 전쟁, 생각보다 더 어려워질 겁니다.

"그런 것 같군요."

— 예?

뮈블랑의 시선은 조금 다른 곳을 응시하고 있었다.

"귀여운 개새끼들이 찾아온 모양이니 말입니다."

뮈블랑은 그 말만을 남기고 통신을 끊었다. 넓게 퍼뜨린 감각에 잡힌 일렁임에 집중하며, 나른하게 반쯤 감긴 눈으로 셋까지 셌다. 하나, 둘 셋.

문을 두드리는 소리.

"뮈블랑 님!"

"오냐."

"밖에서 불개가 날뛰고 있습니다!"

"마법사들은?"

"그, 유닷테 님을 지켜야 한다고……."

"망할 광신도 놈들."

유닷테의 마법사는 유닷테의 명이 하달되지 않는 이상 움직이지 않는다. 유닷테와 관련된 일이 아니면 행하지 않는다. 군주를 위해 짖는 번견이 따로 없다. 뮈블랑이 냉소적으로 중얼거리자 소식을 전하러 온 시종이 안절부절못하며 발을 동동 굴렀다.

"뮈블랑 님, 안 도우실 거예요? 기사들은 정령을 상대하긴 어려울 텐데……."

그러나 대답은 들리지 않았다. 무례란 걸 알면서도 시종은 다시금 문을 두드렸다. 맥시밀리언을 비롯한 황실 기사단원들이 나서고 있다고는 하지만, 유닷테의 영지에서만 평생을 살아온 시종은 황실 기사단원보다 뮈블랑을 더 신뢰했다.

욘고프 영지는 유닷테의 것, 고로 망가져서는 안 되는 것이다. 그러나 뮈블랑은 도통 답을 주지 않았다. 결국 조급해진 시종은 문을 열어버렸다.

빈방, 열린 창문 앞에 커튼이 팔락이고 있었다.

"뮈블랑 니이임! 창문으로 뛰어내리지 말라 몇 번을 말했습니까아아!"

"아, 시끄러워."

뮈블랑은 미간을 찡그리며 귀를 팠다. 그러는 중에도 그녀의 다리는 착실하게 소란의 중심지로 달려가고 있었다.

홀쩍 뛰어넘은 걸음 한 번에 굴뚝이 발밑으로 스치고 지붕 두어 개가 순식간에 지나갔다. 저만치에서부터 타오르기 시작한 뜨거운 불길에 공기가 덥혀지는 것이 느껴졌다. 화끈거리는 감각이 뺨을 간지럽히고, 짧은 머리칼을 헤집어 놓고, 그 누구보다도 예민한 감각으로 또렷하게 불개를 마주 본 뮈블랑은 외치는 것이다.

"야! 개 짖는 소리 좀 안 나게 해라!"

마주친 눈에서 푸른 불꽃이 치솟았다. 다음 순간 불개 한 마리가 3층짜리 건물 높이로 단번에 뛰어올라 뮈블랑을 덮쳤다. 우르르 쾅쾅, 강한 완력에 주황색 지붕이 무너지며 그 잔해가 활활 불타올랐다. 맥시밀리언이 이를 악물며 옆에서 멀뚱멀뚱 구경만 하던 마법사의 멱살을 잡았다.

"당신네들이 가만히 있는 바람에 저 애가!"

"안 죽었는데요."

"단장님이 저 꼴을 보면 얼마나 슬퍼하실까!"

"저기 안 죽었다니까."

"왜 자꾸 뮈블랑의 목소리가 들리는 거지? 나에게 지금 귀신이 붙은 건가?"

"이 사람이 돌았나."

뮈블랑은 침착하게 훌쩍 뛰어내리며 맥시밀리언의 머리를 한 대 후려 팼다. 맥시밀리언이 퍼덕거리든 말든 그녀는 맥시밀리언이 멱살을 잡아챘던 마법사에게 다가가 그녀의 옷에 진 주름을 탁탁 펴서 풀어 주며 물었다.

"정령을 죽이는 방법은?"

뮈블랑이 말하자마자 불개들이 미친 듯이 날뛰기 시작했다. 맥시밀리언이 그 앞을 가로막았다. 정령을 한 번도 상대해 본 적 없는 기사들이 오래 버틸 일 없건만, 그러거나 말거나 마법사의 목소리는 느리고 나긋했다.

"신을 죽이는 방법과 똑같으며 보다 쉽습니다. 그냥 카일룸 님의 마법이 깃든 단검으로 심장을 찍어 버려요. 깊숙이, 이 정도면 도저히 못 살겠다 싶을 만큼 난도질해 버리는 것도 방법이죠.”

뮈블랑이 손가락으로 권총을 톡톡 건드리며 눈을 내리깔았다. 반쯤 감긴 눈꺼풀 아래 투명하게 빛나는 옥색 눈동자는 무엇을 떠올리고 있을까.

“그렇담, 회유하려면 어떻게 해야 하지?”

그런 생각을 했던 기억이 있다.

“……많이 달라졌군요.”

“뭔 소리야.”

“그게 당신에게 좋은 변화이길 바라요.”

“마법사가 원래 이렇다는 걸 알고는 있었지만 지금 와서 보니 더욱 짜증 나는군.”

“칭찬 고맙습니다.”

뮈블랑이 짜증스럽게 턱을 까딱했다.

“그래서, 본론은?”

“회유랄지, 그들의 본성을 지울 수 있는 마법은 있답니다.”

“본성이라면?”

“그들의 영혼에 각인된 주인에게 복종하는 것이요. 정서적으로 혼란스러워지면 정신을 망가뜨리지 않고 해제하기 쉬워집니다.”

“해제는 그들에게 좋은 일일까? ……뭐야. 왜 그딴 표정이야.”

“……글쎄요. 어떨까요. 좋은 일일까요? 저는 정령이었던 적이 없어 알 도리 없습니다마는 지금으로썬 그 방법밖에 없단 말을 드리고 싶군요. 죽이고 싶지 않으시다면 말입니다. 명령만 하세요. 찢어 죽이실 셈이라면 도울 것이고, 본성을 지우라 하신다면 지울 겁니다.”

“지우자.”

어떤 결과가 나올지는 알 수 없지만 그래도 죽는 것보단 낫겠지. 뮈블랑은 마법 깃든 단검을 역수로 쥐고는, 고개를 젖혔다. 보랏빛 망토를 두른 마법사들이 보석 달린 고목나무 지팡이를 들고 그녀 뒤를 따르고 있다.

"궁금한 게 하나 있는데."

"물어보세요."

"너희 유닷테 편만 들잖아. 왜 나를 돕는 거지?"

"당신은 유닷테 님의 소유물이니까요. 저희가 그렇듯."

"그러나 마법사. 인간은 누군가의 소유물이 아니야. 그럴 수도 없고, 그래서도 안 돼."

맥시밀리언이 기묘한 표정을 지었다. 마법사가 잔잔하게 말했다.

"다른 사람이 그런 말을 했다면 찢어 죽였을 겁니다."

뮈블랑은 작게 웃고는, 곧장 뛰어가기 시작했다. 그녀의 등 뒤로 사금처럼 자잘한 빛 알갱이들이 통통 뛰며 뒤따른다.

맥시밀리언의 어깨를 짚고 그대로 몸을 띄워 불개 한 마리의 목덜미를 붙잡고 그 머리를 땅에 메다꽂은 뮈블랑은 이 정도로는 정령을 제압할 수 없단 것을 절실히 깨달아 버렸다. 필사의 힘을 다한 뒷발차기가 명치를 때리자 숨조차 제대로 쉴 수가 없을 지경이었다. 그 상태로 컥컥거리고 있는데 돌연 불꽃이 짓쳐 올랐다.

이대로라면 지져지든 못 조지든 둘 중 하나다. 적당한 화상은 넘겨버리고 불속으로 파고들어 목덜미를 베어 넘기려 했는데, 갑자기 누군가가 그녀의 옷깃을 붙잡고 뒤로 빼는 것 아닌가?

"아, 맥시밀리언! 뭐 하는 거예요?"

"너야말로 뭐 하는 거냐? 내가 본 게 진짜야? 너 지금 불로 뛰어들려 한 거냐고!"

"젠장, 빨리 끝내고 싶은데 어떡해요! 치료는 마법사들에게 맡기면 될 거 아냐!"

"단장님이 이런 걸 바랄 거 같아?"

"어쩌라고요!"

"그러니까 내 말은 네 몸을 아끼라는 거다! 너는……!"

한창 떠들고 있는데 정신을 차려 보니 큰일이 났다. 고새 불개들에게 포위당해 버린 것이다. 저 너머 불개들 뒤에서 기사들이 안절부절못하는 게 보였다. 뮈블랑은 맥시밀리언의 정강이를 걷어찼다. 지은 죄가 있는 맥시밀리언은 애꿎은 검만 고쳐 쥐다가 벌벌 떨며 물었다.

"……어, 어쩔 거야."

"당신을 방패 삼아 도주할까 고민 중."

"야!"

이 상황에서 신들에게 도움을 요청했다간 전쟁에 방해가 될 것이다. 카산이 있었더라면 좋았을 텐데 아마 그는 공주님을 지키느라 바쁘겠지. 당연하다. 만약 그가 생각 없이 공주님을 홀로 두었더라면 자신이 그를 조져 버렸을 것이다.

그런데 누군가의 도움을 바랄 수 없다면 도대체 어떻게 이 위기를 헤쳐 나가야 할까.

"아니지. 내가 언제부터 남 도움이나 받고 살았다고?"

대뜸 짜증이 났다. 위기에 닥치자마자 누군가의 도움부터 찾기 시작하는 자신에 대해 말이다. 누군가의 도움을 받아들이는 것은 용기지만 자신이 할 수 있음에도 누군가의 도움을 바라는 것은 어리광에 불과하다. 일단 할 수 있는 것까지는 다 해 보자고. 누군가의 앞에 최선을 다했다고 부끄럽지 않게 말할 수 있게.

뮈블랑은 한 발자국 앞으로 걸어가며 말했다.

"친애하는 불개 여러분."

우아하고 고상하기 짝이 없는 태도였다. 무언가 돌파구를 찾은 것일까? 맥시밀리언은 두근두근 기대하며 그녀를 지켜보았고 뮈블랑은 자기만 믿으라는 양 한쪽 눈을 찡긋했다.

"물어야 할 대상도 모르면서 어떻게 아직까지 살아 있냐?"

맥시밀리언이 뒷목을 잡았다.

그는 뮈블랑에게 제정신이냐고 멱살을 잡고 따져 대고 싶었지만 으르르 컹컹 소리가 점점 더 커지기 시작하는 바람에 아무 말도 하지 못했다. 뮈블랑은 그들이 달려들지 못하도록 빠르게 말을 이었다.

"너희는 사실 태양을 먹기 싫었잖아. 그 뜨거운 걸 어떻게 입에 물어. 그런데 너희 주인이 억지로 시킨 거잖아."

불개들이 끼잉 낑낑거리며 고개를 떨궜다. 그녀의 말이 맞았다. 사실 해 같은 건 먹고 싶지도 않았고 뮈블랑을 공격하고 싶지도 않았다. 그도 그렇게 친해졌는걸. 그냥, 그냥 평화롭게 살고 싶을 뿐인걸. 같은 공기를 맡으며 같은 땅을 밟으며 그렇게.

그러나 하필 그들의 주인은 패도적이며 파괴적인 마도레스였다. 동시에 주인에 대해 이다지도 나쁜 생각을 품었다는 사실이 그들의 본성을, 본능 깊숙이 박힌 세뇌를 괴롭게 만들고 있었다.

끙끙거리는 신음 소리가 아팠다. 뮈블랑은 그네들이 안쓰러워 잠깐 미간을 찡그렸다가 성격 나쁜 미소를 머금었다.

"그럴 바엔 나라면 차라리 주인을 죽이고 해를 뱉겠다, 야."

불개들이 번쩍 뛰어오르며 퍼드덕거렸다. 어떻게 그런 불경한 소릴 하냐는 것처럼 성난 몸부림이었다. 그렇지만 뮈블랑은 아무런 망설임도 느껴지지 않는 목소리로 속삭일 따름이었다.

"뭣하면, 내가 죽여 줄까?"

퍼드덕대는 몸부림이 더욱 격해졌다. 그네들의 기저에 깔린 본성, 그것이 주인을 향한 위협에 반감을 가지기 시작한 거다. 맥시밀리언이 말리고자 뮈블랑의 팔뚝을 움켜쥐려 했으나 뮈블랑은 가뿐히 쳐내고는 마치 유닷테처럼, 철저하게 지배적이면서 계산적인 눈빛으로 그들을 깔아 보았다.

"아니면, 청부조차 못 하는 애송이들이었냐?"

컹컹거리는 울음소리가 귀청을 따갑게 울리기 시작할 때쯤, 그러니까 마법이 먹힐 만큼 그들의 정서가 충분히 혼란스러워졌을 때쯤.

뮈블랑이 턱짓하자,

황금빛 알갱이들이 소용돌이치기 시작했다.

"뭐, 뭐야?"

"뭐긴 뭐겠어요. 마법이죠."

신들의 힘과 카일룸의 마법을 목격한 뮈블랑 눈에는 애들 소꿉장난 같은 소용돌이였지만, 맥시밀리언의 눈에는 그다지도 아름다웠다. 그는 그대로 홀린 듯이 소용돌이를 바라보다가, 퍼뜩 정신을 차리고자 제 뺨을 주먹으로 갈겼다. 그 모습을 바라본 뮈블랑은 마찬가지로 정신 좀 차리라고 그의 뺨을 주먹으로 갈겨 주었다. 그러자 맥시밀리언이 자기 뺨을 움켜쥐고 울먹이는 것 아닌가?

"단장님도 안 때리신 내 뺨을……."

"그렇담 당신의 첫 경험이 나의 것이 된 셈이로군. 으하하."

"저질! 최악이야!"

맥시밀리언을 가엾게 흘겨본 마법사가 마치 노래하듯이 중얼거렸다.

"몹쓸 분……."

"저기 말이지, 다 들리거든? 나보고 몹쓸 분이라 말한 거 다 들었다고! 뭘 그렇게 뻔뻔한 표정이야!"

"솔직히 그 짓을 해 놓고 이 정도 칭호면 감지덕지해야 하는 입장 아니신가요."

"인정하는 바다."

뮈블랑이 엄숙하게 인정했다. 맥시밀리언은 더욱 억울해져 퍼드덕거렸다. 그러거나 말거나 마법은 깔끔하게 정령과 신 사이의 속박을 끊어 두었다. 그, 갓 알껍데기를 뚫고 세상으로 나온 것만 같은 감각에 어찌 놀라지 않을 수 있을까. 소스라치게 놀란 불개들은 저마다 비틀거리며 바닥에 풀썩 쓰러졌고 뮈블랑은 눈살을 찌푸렸다.

"정신에 지장 안 간다며."

"덜 가는 것뿐이지 아예 안 갈 순 없답니다. 몹쓸 분."

"그 칭호 좀 집어치우지? 어쨌든 쟤네들 그럼 어떡해. 언제쯤 정신을 차릴 수 있는 거야?"

"글쎄요, 그건 저들의 정신력에 달린 문제겠죠……. 어라, 무서운 표정. 저를 위협하시는 건가요? 조금 설렐지도."

도통 말이 통하질 않는다. 뮈블랑은 짜증스럽게 고개를 돌리며 불개들에게로 걸어갔다. 그들은 붉고 푸른 불길로 몸을 두를 여력도 없는지 뮈블랑과 처음 만났을 적의 순박한 멍멍이의 모습을 하고 있었다. 쌍둥이들인지 둘씩 똑 닮은 무늬와 생김새에 눈길이 갔다.

못내 눈길을 떼지 못한 뮈블랑은 결국 맥시밀리언의 망토를 뜯어다가 그들에게 덮어 주었다. 맥시밀리언이 억울해하든 말든 상관 않고. 그런데 대뜸 어떤 불개 한 마리가 돌덩이를 막 삼키려 드는 게 아닌가?

"야, 야! 그거 먹는 거 아냐!"

뮈블랑이 필사적으로 저지했지만 끝내 흙 묻은 돌덩이를 꿀떡 삼켜 버린 불개는 뭐가 그리 좋은지 잔뜩 지친 얼굴로 헤헤거렸다. 뮈블랑이 지금이라도 목젖을 건드려 뱉게 해야 하나 깊은 고민에 빠진 사이, 이번에는 옆에 있던 쌍둥이 견이 쿨럭쿨럭 숨을 토해 내기 시작했다. 뮈블랑은 거의 공황 상태에 이르러서는 어쩔 줄 몰라 했다. 그도 그럴게, 뮈블랑은 짐승을 도축하면 도축했지 돌봐본 적은 없었으니까. 그때 바닥에 쭈그려 앉은 맥시밀리언이 능숙하게 개를 토닥이며 무언가를 게워 내는 것을 도왔다. 뮈블랑은 감탄했다.

"굼벵이도 구르는 재주가 있다더니!"

"너 진짜……."

말을 잇기도 전에 두 사람의 시선이 바닥을 향했다. 마침내 쌍둥이 견이 무언가를 게워 냈기 때문이었다. 그런데 참으로 이상하게도, 좀 전에, 저 개의 쌍둥이가 삼켰던 돌덩이가 이 개의 입에서 뱉어진 것 아닌가?

"엥?"

"이거 설마……."

맥시밀리언과 뮈블랑의 시선이 맞닿았다.

"그거 같지?"

"그거 같죠?"

응, 그거 같아. 두 사람은 암묵적인 합의를 보곤, 우다다다 달려가기 시작했다. 그들의 뒷모습을 늘어진 불개들이 바라보고 있었다.

멍!

✤ ✿ ✤

"불개들은 쌍둥이예요!"

흥분한 뮈블랑이 헐레벌떡 달려간 곳은 아브리치오 황제의 곁이었다. 또 다른 방송을 위해 유닷테의 영지에 계속해서 머무르며, 대소 신료들과 마법구로 구호 활동의 계획을 짜던 황제는 긴 속눈썹을 꿈뻑거리다가 말고 살짝 미간을 좁혔다.

"무슨 소리지, 뮈블랑?"

"불개가 돌을 삼켰는데 불개가 돌을 뱉었어요!"

"……그게 대체 무슨 소리지, 뮈블랑? 아니, 됐다. 말하지 말아 봐. 일단 심호흡을 하고 그 땀방울 좀 닦아 낸 후에 천천히 말해라."

뮈블랑은 아브리치오의 말을 성실히 따랐다. 그녀는 1초간 심호흡을 하고 1초 만에 땀방울을 닦아 낸 후 1초 동안 천천히 말했다. 당연한 소리지만 아브리치오는 한 음절도 이해하지 못했다. 마법구에서 신료들이 왜 국가 중대사를 내버려 두고 저런 천한 계집에게 신경을 쓰시냐며 빼액빼액 소리를 질러 대는 것을 배경 음악 삼아, 아브리치오는 뮈블랑을 향해 몸을 기울였다.

"뮈블랑, 무슨 일인지는 모르겠지만 진정해 봐. 그래야 내가 너를 도울 수 있지 않겠나. 응? 내가 믿음직스럽지 않은 게야?"

저 말을 듣고야 들끓던 마음이 진정됐다. 뮈블랑은 크게 숨을 들이마신 후 흘려보내며 눈짓했다. 아브리치오는 빠르게 그 눈빛을 읽곤 마법 통신구를 껐다. 시끌벅적한 배경음이 사라지자 적요함이 그들을 감쌌다. 뮈블랑은 말했다.

"불개는 날 때부터 쌍둥이로 태어나는데 쌍둥이끼리 몸이 연결되어 있는 것 같아요. 하나가 돌덩이를 삼키자 그게 쌍둥이의 입에서 뱉어졌거든요. 그러므로 우리가 해야 할 건 단 하나죠. 달을 삼킨 불개와 그의 쌍둥이가 어디 있는지 찾는 것. 그런데 문제는 마도레스가 혼신의 힘을 다해 은닉했을 그네들이 어디 있는지 어떻게 알아내느냐는 거고, 여기서 저는 한 가지 생각을 해 냈어요. 그건 바로⋯⋯."

"은닉의 신 소닉, 그녀에게 도움을 청하자는 것이겠지? 그녀는 모든 은닉한 것들의 주인. 그녀가 찾지 못할 숨은 것은 없으니까."

뮈블랑은 고개를 끄덕였다.

"여기서 또 다른 문제가 발생하죠. 바로 그녀가 어디에 있는지 우리는 알아낼 수 없단 점. 은닉의 신을 도대체 어떻게 찾으란 말이에요? 그러나 해야만 한다면 하는 수밖에 없죠. 그래서 저는 황제 폐하께 온 겁니다."

어째서일까, 아브리치오는 조금쯤 긴장한 듯했다. 뮈블랑은 눈을 내리깔았다가 뚜렷하게 마주 보았다.

"소닉께서 어째서 모습을 감추셨는지 짐작 가는 바가 있으십니까."

답은 돌아오지 않았다. 도움이 될 만한 게 없는 걸까? 살짝 실망한 뮈블랑은 어깨를 으쓱하며 분위기를 풀려 했지만 그보다 아브리치오가 더 빨랐다. 그녀는 손바닥을 들어 올리고, 차분하게, 말했다.

"다른 이에겐 말하지 않았지만, 소닉이 자취를 감추기 전에 우리는 한 번 만났다."

"⋯⋯그랬군요. 무슨 대화를 하셨나요?"

아브리치오의 눈빛은 어딘가 아득하고 괴로운 것을 돌이켜보듯 참

람했다. 그녀는 한참이나 과거를 서성이다 돌아와 읊조렸다.

"내 성별에 걸린 은닉을 풀고 나서 해 나갈 일들에 대해 이야기했다. 그랬는데……. 뭔가, 너무…… 달랐다. 내가 나아가려는 방향과 그녀의 뜻이…… 계속 엇갈리는 거야. 소닉은 내가 더 나아가길 바랐고 나는……."

"나아감이라면, 어떤 나아감을 의미하는 거죠?"

"다른 게 더 있겠나?"

뮈블랑이 눈썹을 찌푸리며 팔짱을 꼈다. 부정하고 싶은 낌새가 보였으나 아브리치오는 확실하게 단언했다.

"공화정 수립이지."

침묵이 한참 흐르고…….

"그녀는 변화를 찾으러 가겠다고 했다."

그건 무슨 말일까?

뮈블랑의 입술에서 어떤 말인가가 새어 나오려 할 즈음이었다.

불현듯 소름 끼치도록 날카로운 감각이 등골을 주르륵 훑어 내렸다. 뭐랄까, 몸 위에 덧씌워진……. 마치 표피와도 같은 얇고 중요한 무언가가 강제로 한 겹 벗겨지는 듯한 감각……. 뮈블랑은 저도 모르게 탄쿠마르 산맥 꼭대기를 바라보며 부들 떨었다. 맨살에 오소소 소름이 돋았다. 도대체 무엇일까? 무슨 일이 벌어지고 있는 걸까? 이성이 깨닫기도 전에 본능이 일렀다.

가호다.

가호가 벗겨지고 있다.

그렇다면, 그 가호를 내린 신은 지금쯤…….

"뮈블랑! 어딜 가는 건가!"

"프치얼 님이 위험해요!"

"뭐라고?"

뮈블랑이 막 산기슭을 오르려 할 때였다. 세상이 한차례 울리며 웅장한 소리를 퍼뜨렸다. 그것은 귀청이 뜯길 듯한 거대한 목소리였다. 뮈블랑은 저도 모르게 주먹을 꽉 쥐었다.

목소리는 말하고 있었다.

— 밀렌도요프 공주.

— 만약 네가 오지 않는다면, 여신들은 전부 죽을 것이다.

그 선포를 듣자, 산 깊숙한 곳의 피비린내가 코끝을 마비시킬 듯하다. 후각을 맴도는 섬뜩한 향. 선혈. 양의 거죽을 갈라 심장을 꺼내면 날 것만 같은, 금방 짜낸 뜨끈뜨끈한 핏물에서나 날 법한 비린내. 날 생선처럼 퍼덕이는 가슴께를 옷 찢어져라 움켜쥔 뮈블랑이 마치 당장이라도 숨넘어갈 것 같은 사람처럼 파리해진 낯으로 고래고래 소리 지른다.

"제기랄, 우리 공주님 어디 있어요!"

"구, 구호 활동을 위해 이 근방 영지들을 순회 중⋯⋯."

뮈블랑은 말이 다 이어지기를 기다리지도 않고 곧장 몸을 돌린다. 자갈과 진흙이 섞인 경사로를 따라 발을 주르륵 미끄러뜨린다. 신발 밑창 긁히는 소리도 무시하고 까마득한 내리막길을 향해 뛰어내려 날 듯이 노니는 것이다.

그녀의 발걸음에는 합당한 이유가 있다. 양은 제물이다. 그 무엇보다 순결하고 순수한 짐승은 신을 위해 가슴이 갈라지고 심장이 꺼내지는 그 순간까지도 더없이 아름다운 눈동자를 하고 있다. 그러니까, 그래서. 그래서 이렇게 달리는 거다.

당신을 제물이 되게 둘 순 없어.

어디선가 피비린내와 함께 지직거리는 소음처럼 오지 말라는 외침이 소슬하게 들려오는 듯했다.

'뮈블랑⋯⋯.'

한편, 구호 활동을 위해 제국에 와 있던 아슈타르의 왕은 불현듯 그녀를 떠올렸다. 마치 그녀가 자신을 향해 달려오고 있을 거란 생각이

든다면 착각일까. 밀렌도요프는 작게 웃으며 제 앞을 가로막은 남자를 향해 부드러운 눈빛을 보냈다.

"비켜 줘, 카산."

"그럴 수 없습니다."

"나는 가야 해."

"그러지 않으셔도 됩니다."

"너도 알고 있잖아."

"네, 압니다. 폐하. 당신이 가는 길 앞엔 죽음밖에 없을 것을 압니다. 그래도 가실 겁니까. 정녕."

말이 되지 않아도 알 수 있는 것이 있었다. 밀렌도요프의 하늘빛 눈동자를 마주 본 카산은 얼굴을 서럽게 일그러뜨리며 무너졌다. 밀렌도요프는 제 앞에 무릎을 꿇은 남자를 다정하게 내려다보다가, 고개 들어 탄쿠마르 산맥을 노려보았다.

'프레이멜도르.'

엘마티카네오스를 비롯한 여신들이 대량으로 죽으면 세상의 균형이 흔들릴 것이다. 어떻게 흔들릴 것이냐고? 당장 여신들을 모시던 사제들의 신력이 사라지는 것 정도는 우습다. 그로 인해 교단 간의 전쟁이 벌어지는 것조차도 우습다. 그러나 생각해 보라. 초목의 주인이 죽는다면 이 세상의 초목이 어찌 되겠는가?

'당신이 어떤 위대한 신이든, 어떤 위대한 힘을 가졌든, 이 땅의 생명을 해치는 일은 용납하지 않겠어.'

신은, '개념'은 세상이 필요로 할 때 생겨난다. 죽음 또한 세상이 필요로 하지 않을 때 자연적으로 이뤄진다.

그런데 인위적인 손길이 개입하여 개념을 삭제한다면……

한둘 정도의 오류는 세계가 감당할 수 있을 것이다. 새로운 신을 창조하여 그 신에게 개념의 무게를 짊어지게 하겠지. 그러나 저토록 많은 이들이 무더기로 죽어 나간다면? 그 많은 개념의 오류를 세상이 버틸 수 있을까?

밀렌도요프는 바로 그런 이유에서 향하려는 것이었다.

'나는 그들의 왕이니까.'

아마도 과거의 뮈블랑이라면 자신은 도구이기에 밀렌도요프와 카산을 위해 죽겠다고 했으리라. 그러나 밀렌도요프는 달랐다. 그녀는 세상을 구하겠다는 허무맹랑한 의협심에 사로잡힌 것도, 같잖은 영웅 심리에 의해 몸을 던지려는 것도 아니었다.

밀렌도요프는 그저 그것이 옳다고 생각했다. 그뿐이었다.

어쩌면 모든 이들을 위해 자기희생을 선택하는 것은 이기적일지도 모른다. 제물이 되기를 자처한 머저리가 자신일지도 모른다. 이 모든 게 그저 영웅이 되고 싶은 사춘기 소녀의 헛짓거리일지도 모른다고.

그런데? 그래서?

"공주님!"

뮈블랑이 보였다. 눈물인지 땀방울인지 모를 것이 그렁거리는 얼굴로 숨을 헐떡거리며 자신을 저지하기 위해 한 마을의 거리를 단숨에 달려온 언니가, 보였다.

눈물처럼 웃음이 나왔다.

"이젠 폐하라고도 불러 주지 않는 거야?"

그냥 너를 마주 보는 게 너무 좋아서. 너를 마주 보는 시간은 울음보단 웃음이 좋았다. 너의 눈에 미소만을 새겨 넣고 싶었다.

"지금 그런 소리를 할 때가 아니잖아요! 아, 안 됩니다. 아시죠? 절대 안 돼요! 무슨 일이 있어도…… 못 보냅니다. 절대로. 공주님의 발목을 부러뜨려서라도 못 가게 할 거야!"

"발목이 부러지면 카산한테 업어 달라 하면 되지 뭐."

"이 새끼 발목도 부러뜨릴 거라고요! 내가 못 할 것 같습니까? 내가, 못 할 거 같으냐고!"

"카산. 언니가 날 따라오지 못하게 해."

"뭐, 뭐라고요?"

뮈블랑은 하도 어이가 없어 헛웃음을 터트렸다. 저 새끼가 내 몸에 손을 댈 수 있을 리가 없잖……. 망할, 카산이 검을 들어 올렸다. 연정보단 주군의 명령이 우선인 거냐? 물론 그러지 않았다간 직접 정신 교육을 해 주었겠지만 그래도 이런 상황에선 너무하잖아, 카산! 뮈블랑은 물 싸대기 맞은 고양이처럼 잔뜩 긴장한 태도로 몸을 낮추고 공격을 대비했고 그러는 동안 밀렌도요프는 마차를 탈 작정인 듯했다.

기테모어를 비롯한 공화파 몇이 밀렌도요프의 뒤를 따라 같은 마차에 탑승했다. 밀렌도요프는 마차 창문 바깥으로 빼꼼 고개를 내민 채 대치 상태에 빠진 뮈블랑과 카산을 향해 밝게 웃으며 외쳤다.

"나는 너희들이 살아갈 미래를 지키고 싶어!"

"공주님……!"

"그러니까, 행복해야 해?"

말발굽 소리와 함께 마차가 멀어지기 시작했다. 아무리 카산에게서 벗어나려 해 봐도 통하질 않았다.

이윽고 지평선이 밀렌도요프를 잡아먹었다. 조금 더 늦었다가는 따라잡지 못할지도 몰랐다. 결국 뮈블랑은 이를 악물며 목숨 걸고 카산을 쓰러뜨릴 각오를 했고, 카산은.

"따라와."

"엥?"

"마차로는 못 가는 지름길을 알아."

"에엥?"

너무 잘 협력했다.

뮈블랑은 카산의 뒤를 따라 달리며 마구 윽박질렀다.

"야, 너는 어떻게 된 새끼가 이렇게 앞뒤가 다르냐? 어? 공주님 명령을 들어야지!"

"그 상황에서 내가 할 수 있는 최선을 다한 것뿐이야."

"그렇다고 이렇게 명령을 정면으로 무시해 버리면……!"

"우리는 공주님을 따라가고 있지 않아. 앞지르고 있지. 폐하의 명령은 네가 그분을 따라가지 못하게 하란 거였어."

"이 새끼 천잰가?"

카산은 묵묵히 지름길을 통해 달렸다. 뮈블랑은 그의 뒤를 따르며 의문점을 질문했다.

"근데 네가 어떻게 지름길을 알아?"

"바흐무트 상단에서 탈출할 때 익혀 두었어."

그러고 보니 카산은 어떻게 노예가 되었을까. 뮈블랑은 나중에 물어봐야겠다고 생각하다가, 자칫하다간 그들에게 '나중'이 없어질지도 모른단 걸 뒤늦게 깨닫고 젖 먹던 힘까지 짜내 뛰었다. 강을 넘고 산기슭을 올라 밀렌도요프 일행보다 빠르게 카일룸을 만난 뮈블랑은 단정하게 갈무리된 호흡으로 제의했다.

"공주님을 안 통과시켜 주면 안 되나요?"

"……미안합니다. 뮈블랑 군. 나는 밀렌도요프 폐하를 정말 좋아하지만, 그래도 세상이 멸망할지도 모를 꼴을 두고 볼 순 없어요."

"그래요……. 그렇다면 우리가 올라가는 걸 공주님께 알리지 말아 줘요."

"올라가서 뭘 할 생각이죠?"

"그러게 말이야. 언니. 대체 올라가서 뭘 할 생각이기에 여기까지 따라왔어?"

밀렌도요프의 목소리였다. 뮈블랑은 놀라서 힘이 풀린 다리를 허우적거리다가 카산에게 부축을 받으며 가까스로 뒤를 돌았다. 그네들도 빠르게 걸음을 재촉했는지, 어느샌가 다가온 밀렌도요프가 매서운 시선으로 그들을 노려보고 있었다.

"고, 공주님……."

땀방울이 속눈썹 사이로 뚝뚝 떨어졌다.

"폐하라고 불러. 나는 네 공주가 아니라 아슈타르의 왕이다. 그리고 너희는 왕의 명을 무시했군."

무시한 게 아니라 재해석한 것이라고 말했다간 살해당할지도 모르 겠다. 그 정도로 날카로운 눈빛이었다. 뮈블랑과 카산은 산비탈 위에 무릎을 꿇었다. 엎드려 빌었다.

제발, 제발 가지 말아 달라고.

"폐하, 잘못했어요. 그렇지만 안 돼요. 폐하가 죽으면 나는 어떻게 살아요."

"뮈블랑의 말이 맞습니다. 비단 사적인 감정만이 아니라 국민들의 미래를 위해서라도 가시면 안 됩니다."

그러나 밀렌도요프는 냉정하게 끊어 낼 뿐이었다.

"황제 폐하께서 지켜 주시겠지. 그리고 너희가 지켜야지. 내 유지를 이어 줄 사람은 너희라고 생각하고 있었는데, 아니야?"

유지라니, 그건…….

이미 죽음을 각오했다는 말인가.

"아, 됐어요! 다 됐고! 갈 거면 나를 밟고 가요!"

"어딜 밟으면 돼?"

"밀레나!"

순간적으로 밀렌도요프의 낯이 흐트러졌다. 흐트러질 수밖에 없었 다. 그도 그렇게 이름이 불렸잖아. 이름이.

유년기에는 그렇게나 매달려야 가까스로 들을 수 있었던 그 작은 속삭임. 바람결을 타고 흘러내린 목소리가 과거에 쌓인 희뿌연 먼지 를 닦아 내어 달큼하리만치 서러운 향수를 불러일으킨다. 혀끝이 아 리도록 강렬하게.

"왜 하필 지금 이름을 불러 주는 거야? 언니는…… 왜 이제야."

밀렌도요프가 손바닥에 얼굴을 묻고 뜨거운 숨을 뱉었다. 뮈블랑은 무릎걸음으로 기어가 밀렌도요프의 망토를 부여잡았다. 엎질러진 와

인처럼 검붉은 망토가 흉터투성이의 하얀 손가락에 찢기듯 갈라졌다.

"백 번이고 천 번이고 불러 줄게! 그러니까, 그러니까 제발 부를 수 있게만 해 줘……."

대답은 들려오지 않았다. 손바닥에 얼굴 묻은 어린 왕. 도대체 이 작은 이에게 왜 이런 짐이 얹어져야 했나. 무겁겠지. 무섭겠지. 그런데도…….

"있잖아, 언니. 나는 언니가 정말 좋아."

밀렌도요프는 손가락 틈새로 목소리를 뚝뚝 떨어뜨리다가도 불현듯 손을 내려 환하게 웃는 얼굴을 보여 주었다. 어째서일까, 무릎 꿇은 뮈블랑의 눈엔 밀렌도요프의 작고 여린 손가락이 마법으로 고정되어 있던 왕관을 내려놓는 그 모습이 아주 느리게 느껴졌다. 또한 머리 위에 얹어진 무게조차 실감하지 못했고.

다만 황금빛 햇살이, 꽉 다물린 잎맥 사이로 유화처럼 번진 그 황금빛 햇살이 마치 세례 내리듯이 소녀의 위로 흘러내려서.

"그러니까 내 왕관을 맡길게. 언니라면 해낼 수 있을 거야. 믿고 있어요?"

그게 깨달음에 경종을 울린 것이다.

아, 너 같은 사람 한 명 한 명이 모여 끝내 만세계를 아름답게 만들겠구나.

그러니까 사람이란 이다지도 아름다울 수 있는 것이구나.

"……밀레나."

아주 작고 나직한 속삭임. 밀렌도요프는 대답하지 않았다. 황금빛 햇살이 아롱지며 그녀의 뺨과 쇄골에 맺혔다가 데구르르 흘러내리는 모습을 지켜보며, 뮈블랑은 꿇었던 무릎을 펴고 일어섰다. 저릿저릿해진 다리를 탈탈 털던 그녀는 곧 한 손을 궁정식으로 펼치며 예를 올리고는, 정중하게 말했다.

"나의 폐하."

"……응."

"제게 왕관을 씌워 주셨잖아요."

붉어진 눈시울이 익살스럽게 휘었다. 밀렌도요프는 뮈블랑의 저 표정을 잘 알고 있었다. 저건 분명 장난을 칠 때나 짓는 표정이었다.

"잠깐, 뮈블랑."

"그럼 이제 제가 왕권을 갖게 된 거잖아요."

"아니지?"

"그러니까 저는 올라갑니다. 올라간다고 정했어요! 이 왕관에 걸고!"

"뮈블라아앙!"

"따라올 테면 와 보든가!"

뮈블랑은 쏜살같이 산비탈을 오르기 시작했고 밀렌도요프는 맨손으로 뮈블랑을 따라 하다가 꽈당 넘어졌다. 뮈블랑이 안절부절못하며 내려갈지 말지 고민하는 사이 밀렌도요프가 카산에게 명령했다.

"날 업고 뮈블랑을 쫓아가!"

"폐하께서 원하시는 대로."

그들은 열정적으로 달리고 달리고 또 달렸다. '어어.' 하다가 얼결에 따라서 달리기 시작한 공화파 인원들을 데리고 도달한 정상은…….

— 호오, 어찌하여 이렇게 많은 이들이 왔누?

끔찍한 전투가 막을 내려 가는 한복판이었다. 가장 먼저 보인 것은 프레이멜도르의 손아귀였는데, 큼지막한 손등에는 핏줄이 우둘투둘 솟아나 있었고, 손가락은 마치 거미줄처럼 펼쳐져 엘마티카네오스의 목을 조르고 있었다.

그의 손아귀에 의해 장난감처럼 번쩍 들린 엘마에게서는 성혈이 흘러나오고 있었다. 벼락을 맞아 무너진 기암괴석과 불붙은 숲과 오물 엎질러진 강, 그 모든 것에 성혈이 흘러내리고 있었다.

마치 그녀의 생명이 다해 감을 상징하듯.

프레이멜도르는 웃었다.

— 다 함께, 죽고 싶은 요량이지?

전신의 신경을 타고 서늘한 기운이 엄습했다. 뮈블랑은 부들부들 떨려 오기 시작한 팔뚝을 스스로 끌어안았다.

화마에 의해 잔뿌리조차 남기지 않고 타들어 간 허허벌판에서 누군가가 짓밟히는 둔탁한 소리가 났다. 뮈블랑은 눈에 감각을 집중시켰다. 그러자 보였다. 살갗에 성한 곳이 한 곳도 남지 않은 상태로 바닥을 구르고 있는 프치얼과, 프치얼의 위로 몸을 던진 채 비켜서지 않는 샤이카네도와, 그녀들을 짓밟으려는 마도레스의 모습이.

또 다른 곳에서는 아직도 칼 부딪치는 소리가 나고 있었다. 소네카와 에우겔이었다. 소네카는 신력을 단 한 줌도 사용하지 못하면서도 오로지 검 실력만으로 에우겔과 대적하고 있었다. 그러나 신들의 전투는 본디 기본부터 신력에서 기원하는 법. 소네카의 온몸은 성혈로 젖어 있었고 그 낯엔 패색이 완연했다.

— 이런, 내 말이 들리지 않누? 어리석은 인간들아, 어서 내게 집중해 다오.

프레이멜도르가 마치 호의를 베풀 듯이 툭 하고 손아귀에 힘을 풀었다. 엘마티카네오스가 실 끊어진 자동인형처럼 떨어졌다. 뮈블랑은 저도 모르게 그녀를 향해 뛰쳐나가려다가 멈칫했다. 프레이는 엘마를 내동댕이치고서도 여전히 손을 앞으로 뻗고 있었는데, 어디선가 천둥소리가 들려오기 시작한 거다. 파직, 파지직, 낮게 내려온 구름에서 번뜩이는 전류가 흐르는 듯했다.

— 그러지 않으면 내 너희를 전부 지져 죽일지도 모를 일 아니겠느냐?

— 관심을 바란다면, 이거나 받아라!

엘마티카네오스가 섬뜩하게 외치자, 유성우가 치닫듯 황금빛 신력이 용솟음쳤다. 프레이는 가볍게 코웃음 치며 번개의 창을 끌어다가 막았는데, 돌연 황금빛 신력이 전류마저 씹어 삼키는 것 아닌가? 그리하여 뮈블랑은 알 수 있었다. 저것이 마지막 근원의 힘이라는 것을. 저것마저 소진되면 그들에게 승리는 영영 오지 못하리란 것을.

프레이멜도르도 퍽 놀란 모양이었다. 그는 기이한 것을 바라보듯 엘마를 찬찬히 훑어보며 고개를 갸웃했다.

— 나의 왕비, 기어코 미쳤나?

— 도망쳐라, 뮈블랑! 네 왕을 데리고 물러서!

아직 몸을 일으키지도 못한 채 외친 다급한 명령. 프레이는 엘마의 신력에 잠식되기 시작한 창을 내다 버리고 새로운 번개를 지상에 내리더니만 그것을 움켜쥐고 한 바퀴 돌리며 중얼거렸다.

— 고작 인간 따위를 위해 근원을 건드린다고? 프치얼이야 원체 성품이 유약하고 소네카야 어린아이니까 그럴 수도 있겠다 싶었는데, 알고 보니 엘마 그대에게서 몹쓸 애착이 옮은 것이었군?

엘마는 대답하지 않았다. 단지 날렵하게 몸을 일으키며 신력을 끌어올릴 뿐이었다. 프레이는 다시 한번 코웃음을 치며 번개를 부여잡았다. 시퍼런 전류의 날이 엘마의 목을 겨누었다.

— 그 위대하던 영웅들의 여신이 고작 저따위 계집에게 애착을 품었다고? 바위를 깨고 산을 뒤흔들던 영웅들에게조차 냉철하던 여신이, 고작 저따위 계집에게?

— 그래. 나는 애정하게 됐다. 너는 아무것도 느끼지 못하겠지, 프레이! 그 투쟁을 보고도 아무것도 느끼지 못했겠지!

— 투쟁? 대체 무슨 투쟁을 말하는 게야? 아, 혹시 그 여자를 왕으로 세우니 어쩌니 하는 말도 안 되는 농담 말인가?

— 네가 그래서 그것밖에 안 되는 놈이라는 거다, 프레이멜도르!

콰광! 황금빛과 푸름이 격돌했다. 눈이 시리도록 세찬 빛에 머뭇거리는 사이, 불현듯 농익은 포도주 향이 몰아닥쳤다. 팔뚝을 잡아당기는 손길에 저항하지 않은 것은 그 탓이었다.

"이오네케스 님?"

빛의 격돌에 흐릿해진 시야를 몇 번 깜빡거린 결과 이오네케스의 처참한 몰골이 드러났다. 안 그래도 헐벗고 있던 그는 거의 치부만 가까스로 가려지는 천 조각을 걸친 채 피투성이가 되어 절뚝거리고 있었다. 능글맞은 미소가 걸려 있던 입매는 딱딱하게 다물어진 지 오래였다.

"이오네케스 님……."

— 뮈블랑. 도망쳐.

"그렇지만……."

싸늘한 그의 표정에 놀라 말이 제대로 나오지 않았다. 뮈블랑이 주춤거리자, 이오네케스가 언제 얼굴을 굳혔다는 양 빙그레 웃었다. 마치 맹렬하게 싸우다가도 어린아이를 보면 미소하는 어른처럼.

— 착하지, 뮈블랑? 어서…….

"저 안 착한데요."

— ……그건 나도 알지만 지금은 말장난할 때가 아니야. 엘마께서 시간을 벌어 주시는 동안 어서 도망쳐.

"여기서 도망치고 나면 그다음은 어떡하죠?"

돌연 파고든 것은 어린 왕의 목소리였다. 이오네케스는 그 새파란 눈동자를 마주하기 어렵다고 잠시간 생각했다. 그것은 부정하고 숨겨오던 진실을 파헤치는 눈빛이었다.

"또 도망치나요? 여기서 도망치고, 그다음에도 도망치고, 또 도망치면, 대체 내게 남는 게 뭐란 말이야?"

결국 이오네케스는 시선을 피했다. 대답할 말을 찾을 수가 없었다. 그는 비스듬히 눈을 내린 채 느지막하게 대꾸했다.

— ……살아남을 수 있잖아.

그런데도 그 새하얗게 푸른 눈의 열기는 사라지질 않아서.

"그러나 생각해 보세요, 신이여. 삶이란, 살아남는 것만으로 충분합니까? 살아남는 것만으로 충분하다면 지금 벌어지고 있는 이 모든 싸움에 대체 무슨 의미가 있죠?"

그래서.

"내가 살아남는 것만으로 만족할 테면 지금 당장이라도 프레이멜도르의 발밑에 엎드렸을 겁니다. 나는 끝까지 당당한 죽음을 맞이하기 위해 이곳에 왔어요. 내 의지를 꺾으려 시도하지 마세요, 신이여. 나는 싸울 겁니다."

그래서 뮈블랑은 깨닫고야 말았다.

"내 투쟁은 죽음 앞에서도 멈추지 않아요."

나아감이 공화정의 수립을 의미하고.

소닉이 찾으러 간 것이 변화라면, 그렇다면.

"당신일 수밖에 없어……."

"뮈블랑?"

밀렌도요프의 앳된 낯이 뮈블랑을 돌아보았다. 뮈블랑은 전신을 관통한 벼락같은 전율에 떨며 밀렌도요프의 손을 깍지 끼어 잡곤 주위를 둘러보았다. 카산과 루퍼스와 기테모어, 그리고 공화파 몇이 서 있었다.

그렇다면…….

"폐, 폐하, 저들은 누구죠?"

"뭐? 그게 무슨 소리야?"

"소닉은 폐하의 곁에 있어요! 왜냐면 소닉은 변화를 찾으러 간다고 했으니까! 그러니까 이 중에…… 소닉께서……."

밀렌도요프도 황급하게 주위를 돌아보았다. 그러곤 새파랗게 질린 얼굴로, 말했다.

"누가 누군지 모르겠어."

"뭐라고요?"

"분간이 안 돼. 그러니까…… 내가 만약 은닉의 신이라면, 내 주위 모든 이들의 존재감을 뒤섞어서 자신의 존재를 완전히 숨기겠지. 아마 지금도……."

밀렌도요프가 말끝을 흐렸다. 뮈블랑은 바닥을 걸어차며 고래고래 소리 질렀다.

"대체…… 왜? 왜 그런 짓을 한단 말이에요? 대체 왜 도와주지 않는 거야! 우리는 이렇게나 절박한데……. 살고 싶은데……."

이렇게 죽음을 기다릴 바에는 차라리 프레이멜도르에게 뛰어들어 번개 맞아 죽고 싶었다. 뮈블랑은 짓쳐 드는 폭력적인 충동에 휘말리다가 이오네케스의 말에 가까스로 정신을 차렸다.

— 너희의 뜻은 잘 알겠어. 엘마께서 버티시는 동안 나도 너희를 지켜 줄 테니까, 어디 한번 잘 찾아봐. 알겠지? 정 힘들면 아르미타그에게라도 빌어 보든가! 그녀는 모든 것을 알고 있으니까!

뮈블랑은 정 힘든 순간을 찾자면 그게 바로 지금이라고 생각했다. 그녀는 곧장 무릎을 꿇고 기도했다. 무엇을 기도했는지도 모르겠다. 누구에게 기도했는지도, 무엇을 말했는지도. 알 수 있는 것은 오로지 간절했다는 것, 그것뿐.

— 열쇠는,

뮈블랑은 눈을 번쩍 떴다. 팔뚝에 소름이 오소소 올라왔다. 자신만 그 목소리를 들은 듯 아무도 뮈블랑과 함께 반응하지 않고 있었다. 뮈블랑은 혼자 고개를 빼 든 채 하늘을 올려다보았다. 먹구름과 태양이 공존하고 달이 잡아먹힌 기이한 밤하늘을.

— 황제.

그날, 아르미타그는 기도에 응답했다.

그녀가 무슨 생각을 하고 있었는지에 대해서는 아무도 알지 못했다.

⚜ ⚜ ⚜

"마법 통신구가 연결될까? 이렇게 신력이 자욱한 곳에서?"

"모르겠어요. 일단 시도라도 해 보려고요."

밀렌도요프와 뮈블랑이 옹기종기 모여 통신구를 만지작거릴 때, 이오네케스의 포도주 향이 더욱 강렬해진다 싶더니만 지직거리던 통신이 갑작스럽게 연결됐다. 뮈블랑은 이오네케스를 한번 끌어안으려다가 카산에게 저지당하고는 통신구에 집중했다. 한 삼 초쯤 흘렀을까.

— 뮈블랑? 연락할 수 있는 건가? 상황은 어떻게 됐지? 안전한가? 나와 이렇게 통화할 수 있을 정도야? 밀렌도요프는······.

"당신이 열쇠래요!"

— 차분하게 좀 말해 봐!

"열쇠가 당신이야!"

— ······.

깨기 힘든 침묵이 고였다. 밀렌도요프가 대신 나섰다.

"이유는 모르겠지만 뮈블랑이 소닉께서 제 곁에 계실 거라고 했어요. 그리고 아르미타그께선 뮈블랑에게 당신이 열쇠라고 하셨고요. 그래서 연락드린 겁니다. 황제."

— ······그래, 그랬군······.

아브리치오는 망설였으나, 시간이 없었다. 지금 당장만 해도 성혈이 바닥을 적시고 있는데 어찌 시간을 끌겠나. 결국 아브리치오는 말하고야 말았다.

— 나는, 두렵네.

"무엇이요?"

— 나는 늙었어. 더 변화하긴 힘들어. 이미 머리가 굳어 버려 더 앞으로 나아갈 수가 없단 말이야. 그런데 소닉은 내게 더 나아갈 것을 종용했지······. 성별을 밝히고 제국을 공화정으로 바꾸자고. 그러나 나는······ 자신이 없다. 그냥 황제로서 잘해 내면 안 되는 걸까······ 싶어서······.

통신구 너머의 아브리치오는 헛웃음을 흘리며 고개를 저었다. 자기 연민에 빠질 틈은 없었지만 그럼에도 지금이 아니면 말할 수가 없는 마음이었다.

— 내가 이런 마음을 품었기에 소닉이 모습을 감추고 밀렌도요프 왕에게로 향했을지도 모르겠군. 그렇지만 내겐 이게 최선이다. 그래서 어쩌면 좋을지 모르겠어……. 내가 마음을 바꿔야 소닉이 나타나 줄 것은 아는데, 그래서 내가 무얼 어떻게 해야 할지……. 뮈블랑, 너라면 어떡하겠어? 하지 못할 일을 해내겠다고 거짓말이라도 할까?

"거짓말은 미루는 것밖에 안 될 거라고 생각해요. 어차피…… 소닉께서 더한 변혁을 원하신다면 언젠가는 불거질 일이었고 그게 지금이 된 것뿐이겠죠. 그런데요. 저는요."

뮈블랑은 잠시 숨을 돌렸다가 빠르게 이어 말했다.

"다음 왕이나 황제가 당신들 같을 거라고 생각하지 않아요."

밀렌도요프가 고개를 돌려 뮈블랑을 바라보았다.

뮈블랑은 말하고 있었다.

"당신들도 완벽하지 않은 한낱 인간일 뿐이죠. 그러니 후계자를 완벽하게 양성해 낸다는 전제는 애당초 불가능해요. 그런데도 인간의 선량함에 기대어 왕정이란 제도를 유지하는 건……."

그녀가 실소했다.

"차라리 낭만적이군요. 인간이 위기에 처하는 순간마다 성군이 때마침 태어나 우리를 구원해 줄 거란 생각은……. 나는 그래서 황제 폐하께서 공화정에 대해 조금이라도 더 생각해 줬으면 좋겠어요. 이거생각보다 현실 모르는 이상주의자들의 사상이 아니더라고요. 그러니까…… 나는, 아, 모르겠다! 소닉께서 돌아와 주셨으면 좋겠어요! 그게 제 바람이에요!"

그 순간, 무언가가 변했다.

무엇이냐고 묻는다면 대답할 수 없을 정도로 사소하고 얇팍한 무언가가 한 꺼풀 벗겨졌다고 표현하면 될까. 그러나 분명한 것은 무언가는 변했다는 사실이었다. 뮈블랑은 주위를 둘러보았다. 미역처럼 구불거리는 청록색 머리카락의 여자가 보였다.

그 순간 뮈블랑은 세상 만물의 모든 것이 사라졌다고 느꼈다. 동시에 세상 만물의 모든 것이 선명해졌다고 느꼈다. 사라진다는 것은 존재했다는 것을 의미하고, 상실을 돌려놓는다는 것은 존재의 회복을 말한다. 은닉에 관한 모든 것을 총괄하는 신은 모든 것을 사라지게도 모든 것을 존재하게도 할 수 있었다.

그리하여 모든 것이 사라진 아주 작고 평화로운 공간에서, 여자가 웃었다.

― 안녕.

"별로 안녕하진 못한데요."

'모든 것이 사라진 아주 작고 평화로운 공간'은 지독히도 고요했다. 색도 형도 없는 곳에 뮈블랑과 여자만이 서 있었다. 뮈블랑은 발을 들었다가 내려놓으며 바닥이 존재한다는 것을 느끼곤 '이 공간'의 밖을 바라보았다. 내장이 거의 드러난 채로 혈투하는 신들이 있었다.

― 네 덕분이야. 모든 게.

"제가 대체 뭘 했단……. 아, 됐어요. 그래서 대체 언제 도와주실 건가요."

뮈블랑은 조급했다. 그도 그렇게 '이 공간' 밖의 사람들이, 엘마가 언제까지 버틸는지 알 수가 없었기 때문이었다. 그녀가 힘을 내는 동안 소네카가 신력을 되찾아야 그들에게 승기가 돌아올 수 있었다. 자신의 별이 뜬 순간, 그 남매의 신력은 몇 배로 부풀려지기에.

"제발 좀 도와주세요. 소닉."

뮈블랑의 목소리는 숫제 울기 직전이었다. 청록색 머리카락으로 눈을 가린 소닉이 조용하게 중얼거렸다.

― 그 불개는 해 옆에 숨어 있어. 등잔 밑이 어둡다는 거지.

뮈블랑이 길길이 날뛰었다.

"그럼 어떡해요? 제가 해 옆에 갈 순 없잖아요!"

— 지금 불개는 입에 달을 물고 있을 거야. 삼키지 않고. 불개가 삼킨 별은…….

"쌍둥이 불개에게 가지요. 근데 그 입에 달 물고 있는 친구의 쌍둥이 불개가 어디 있는지 우리는 모르잖아요!"

해 옆에 숨은 불개를 설득하는 거야 다른 불개들에게 도움을 요청하면 가능할지도 모르겠지만, 쌍둥이 불개가 어디 있는지 모르고서는 답이 없는 계획이었다. 그리고 소닉은 빠르게 답을 내려 주었다.

— 생각보다 쉬워. 신과 정령은 그 근본이 같지…….신이 정령을 낳을 수도, 정령이 신을 낳을 수도 있는 거야…….

희망이 보였다. 씩 웃은 뮈블랑은 발을 동동 구르다가 돌연 소닉을 끌어안았다. 소닉의 눈매가 동그래졌다가 부드럽게 흐무러지는 가운데, 뮈블랑은 외쳤다.

"고마워요, 소닉!"

⚜ ⚜ ⚜

— 대체 저들이 뭘 하려는 건지 모르겠군. 안 그러누, 나의 왕비? 한참을 떠들다가 갑작스럽게 산을 내려가다니 말이야.

— 닥, 쳐라……!

— 이런, 대체 언제까지 반항할 테야?

프레이의 장난스러운 손길이 흘려보낸 전류가 내장을 익히고 두개골을 진탕 뒤흔들어 놓는데도 엘마티카네오스는 굴하지 않았다. 그녀는 변하지 않는 굳센 의지 서린 주홍빛 눈동자로 프레이멜도르를 노려보았다. 그 위대한 영웅들의 신은 한 팔이 잘려 나가고 너덜너덜 찢겨 나간 몸으로도 분연히 일어서 신력을 끌어올리는 것이다.

— 그러다간 정말 죽을 텐데. 그대 죽음이 두렵지도 않나?

— 죽음보다, 두려운 것을…… 네놈은 평생토록 모르겠지! 그래, 그

따위로 살아라, 네 평생을 그렇게 낭비하란 말이다!

— 가만히 내 밑에 고개 숙인다면 모두가 편해질 것을. 참으로 안타까운 일이야.

— 그러게 말입니다, 아버지.

프레이가 고개를 돌렸다. 마도레스가 프치얼과 샤이카네도의 머리채를 우악스럽게 움켜쥐고 질질 끌며 다가오고 있었다. 프치얼은 숨조차도 제대로 쉬지 못했고 샤이카네도는 아직까지도 발버둥치고 있었다.

— 이거 놔, 놔앗……!

— 너 옛 애인만 특별 대우 하는 것이더냐? 어째 샤이카만 멀쩡해.

— 아, 그런 거 아녜요. 예쁜 계집은 이래저래 쓸데가 많잖습니까?

— 나가 뒈져! 뒈져 버려!

— 그런데 영 시끄럽군요. 혀라도 잘라야 하나…….

엘마티카네오스가 흠칫하며 마도레스에게 신력으로 만든 화살을 날려 보내려 하던 순간, 때를 놓치지 않은 프레이가 엘마의 머리 위로 벼락을 내리꽂았다. 파지지직! 샤이카네도가 비명을 질렀다. 마도레스가 낄낄 웃으며 샤이카네도에게로 손을 뻗었다. 샤이카네도가 체념하던 바로 그때, 마지막 힘을 쏟아부은 푸른 넝쿨이 마도레스의 팔뚝으로부터 투둑투둑 돋아나기 시작했다. 마도레스가 프치얼을 바라보았다. 피로 얼룩진 눈동자는 여전히 황금색으로 빛나고 있었다.

— 이 망할 년이……!

그리고 그 짧막한 순간이 있었기에 이 모든 것이 시작됐다.

욕설을 내뱉는 마도레스의 입에서 차가운 한기가 흘러나온다 싶더니만 돌연 그의 가슴께에 살얼음이 돋아나기 시작한 거다. 살얼음은 곧 딱딱하게 늘어나며 빙하처럼 몸을 감쌌고 모두가 그걸 바라보고 있었다. 이게 대체 무슨 일인지 알 수가 없었다.

다만, 소네카는 알았다. 알 수밖에 없었다. 그도 그럴 것이 이것은 그녀에게 너무도 익숙한 온도가 아니던가. 검날을 치켜세운 소네카는 환호했다.

— 뮈블랑, 넌 천재야!

— 뭘…… 우욱! 욱!

마도레스는 역한 것을 삼킨 사람처럼 한참을 웩웩거렸다. 그러는 동안에도 얼음들은 뾰족뾰족하게 날을 세워 가며 부피를 늘리고 있었다. 싸늘한 한기가 사위를 집어삼켰다. 소네카와 칼을 맞대던 에우젤은 어이가 없어 되물었다.

— 마도레스, 너 화마 안 쓰고 뭐 해?

— 우욱, 웩, 형님은 좀 닥치쇼! 나 지금, 우우욱…… 쓰고 있걸랑!

그렇다면 이야기가 심각해진다. 화마의 신이 녹여내지 못하는 얼음이라면 그것밖에 없지 않은가…….

여기까지 생각을 끝낸 에우젤은 곧장 태양빛의 화력을 높이려 했지만 그의 품속으로 파고든 소네카가 가슴부터 배까지를 사선으로 죄찢어발긴 터라 집중하기가 어려웠다. 프레이멜도르 또한 엘마티카네오스에게 붙잡혀 있느라 마땅히 손을 쓸 수가 없었다. 게다가 이건 어떻게 할 수가 없는 사안이었다. 마도레스와 한 몸을 공유하는 쌍둥이 불개가 달을 삼켜 버렸다는데 뭐 어쩌겠는가?

— 쿨럭, 커허헉!

— 마도레스! 너 절대 그거 뱉어선 안 돼! 알아듣겠어? 뱉으면—!

— 우웨에에엑!

마도레스가 하늘을 향해 제 몸에 담긴 얼음장 같은 별을 게워 내자, 온 사방이 바짝 얼어붙기 시작했다. 벼락을 맞아 무너진 기암괴석도 불붙은 숲도 오물 엎질러진 강도 그 모든 것이 꽝꽝 얼어붙는 것이다.

미끄러지듯이 산비탈을 뛰어가던 뮈블랑과 일행들 또한 짓쳐 내려오는 얼음을 느끼고는 기겁하며 걸음을 재촉했다. 그 광경을 뭐라고 설명할 수 있을까. 얼음이 마치 해일이라도 되는 것처럼 온 산을 뒤덮는 바로 그 광경을.

신이 아니고서는 도저히 견뎌 내기 힘든 냉기가 몰아닥치자 밀렌도요프와 기테모어가 가장 먼저 주저앉았다. 카산은 밀렌도요프를, 뮈블랑은 기테모어를 부축하며 달렸다. 달리지 않고서는 저 얼음에 집어삼켜지고야 말 것이었다.

"아, 불개들 진짜 말 잘 듣네!"

물론 중의적인 표현이었다. 이렇게나 빨리 성과를 내 준 면이 고마우면서도 무시무시하기에 꺼낸 소리를 어떻게 받아들였는지, 불개들이 컹컹거리며 헐레벌떡 뛰어와 화염을 내뱉기 시작했다. 그러자 그들 주위로 얼음이 내려오는 시간이 점차 느려졌다.

"조, 좋아! 시간은 벌었어! 이제 카일룸이 있는 곳까지만 내려가면……!"

"나를 찾았습니까?"

"세상에, 사랑해요!"

카일룸이 나긋나긋하게 지팡이를 휘두르며 말하고 있었다. 그가 손짓하자, 보랏빛 마법진 스무 개가 동시에 떠올라 그들 주위로 얼음이 짓쳐 오르지 못하도록 막아 냈다. 멈춰 서서, 하늘을 바라보자, 휘영청 밝은 달이 아름답게 피어오르고 있었다.

"……사랑한다고? 카일룸을?"

카산이 혼자 중얼거린 것은 뮈블랑만 듣지 못했지만 말이다.

⚜ ⚜ ⚜

전쟁의 여신에게 달이, 신력이 돌아왔다는 사실이 무엇을 의미하는지 아는가? 모든 것을 알고 있는 신 아르미타그의 예언이 적중했다는 뜻이다. 옛날 옛적, 소네카가 탄생으로부터 점지받은, 그토록 거부하고 회피하던 예언은 이렇게 말했다.

'만약 세상이 뒤집힌다면, 너는 약한 자들의 선두에 서서 그들에게 승리를 가져올 것이다.'

빌어먹게도, 뮈블랑이 세상을 뒤집었기에, 소네카는 약한 자들의 선두에 서서 그들에게 승리를 가져오고야 말았다. 수도 없이 거부하고 회피하던 예언을 성립시키고야 말았다.

그래서 소네카는 기쁜가?

그래, 기뻤다. 그날, 달이 뜬 순간, 소네카는 미치도록 짓쳐 오르는 환희와 열망에 젖어 홀린 듯이 검을 휘두르고 신력을 내뿜었다. 승패의 열쇠가 그녀에게 달려 있었다. 타고나기를 전쟁의 신으로 타고 난 그녀는 이보다 더 즐거운 적 없었다는 듯이 제 앞을 가로막는 적을 도륙하고 찢어발겼다. 강한 적을 넘어설 때마다 척추에서부터 발현된 희열이 두뇌로 치달으며 눈앞이 번쩍번쩍 빛났다. 마도레스? 우스웠다. 에우겔? 같잖았다. 그리고 마지막의 마지막으로 프레이멜도르!

— ……멈춰라, 딸아. 내 너를 어여삐 여긴 것을 망각한 게냐.

— 모르셨습니까?

엘마티카네오스와 프레이멜도르는 거의 동등한 신력을 갖고 있었다. 샤이카네도 정도의 신이라면 그들의 격류에 휘말리는 순간 그대로 사지가 터져 죽을 것이었고, 그러니 그 싸움에 끼어들 수 있는 자는 오로지 소네카뿐이었다. 그 사실을 누구보다 잘 아는 자가 바로 소네카였다. 엘마티카네오스가 프레이멜도르를 속박한 그 순간.

온전한 신력을, 보름달을 등진 소네카가 환하게 웃었다.

— 원래 딸은 아버지를 죽이기 위해 살아간답니다.

라고 말하기는 했으나, 신은 개념. 세월이 지나 모두에게서 잊혀 자연적으로 소멸하는 것이 아닌 이상, 인위적으로 신을 죽이는 행위는 세계에 부담이 간다. 프레이멜도르와 그 수족들에게 금제를 주렁주렁 매달아 저승에 가둔 엘마티카네오스는 명예로운 왕관을 기쁘게 썼다.

이어진 것은 공치사였다. 프치얼은 기꺼이 엘마의 오른팔이 될 것을 맹세한 대가로 엘마의 고목나무 지팡이를 받았다. 그것은 프치얼이 엘마의 뜻을 대행할 수 있다는 상징이자 증거였다. 소네카는 엘마의 가장 충직한 첫 번째 검으로 봉해졌다. 그 누구에게도 무릎 꿇지 않을 권리가 함께했다. 샤이카네도는 놀랍게도 엘마의 지혜로 임명되었는데, 모두가 반발했지만 엘마는 뜻을 철회하지 않았다. 소닉은 엘마의 궁을 수호할 자격을 부여받았다. 라우코네스는 저승의 문지기가되어 프레이멜도르와 그 수족들을 경계하는 감시자 역을, 이오네케스는 엘마의 앞에서도 향락과 유희를 즐겨도 되는 권리를 받았고, 그 밖에도 엘마티카네오스의 편에 선 신들은 저마다의 상을 받았다.

그러나 아르미타그는?

아르미타그는 아무것도 받지 않았다. 그녀가 원해서였을까, 아니면 미래를 아는 자를 경계하는 왕의 습성이 엘마티카네오스에게서도 발현된 것일까?

소네카는 그것을 알고 싶었다.

아르미타그가 있다던 요루엘 산에 도착한 소네카는 짜증스럽게 바닥을 걷어차려다가 말고 조심조심 오솔길을 따라 걸었다. 아르미타그가 보고 있을 텐데 거칠게 굴고 싶진 않았다. 그러나 약 한 시간째 서성거리는 것 외에 아무것도 하지 못하자 조금 짜증이 났다. 아르미타그는 모든 것을 알고 있다. 그렇다면 자신이 찾아온 것도 알고 있을 텐데 대체 왜 만나러 와 주지를 않느냐는 말이다. 소네카는 신경질적으로 주변을 노려보다가, 통통하고 탐스럽게 매달린 과실 하나를 똑 딴 다음 어금니로 과육을 뭉그러뜨렸다. 소네카는 짜증스럽게 과일을 씹어 삼켰다. 달고 시큼하고 부드러운 감촉이 붉은 혓바닥을 타고 목젖을 적셨다. 그런데 이 모든 행위가 익숙한 것 같았다. 언젠가 했던 것처럼.

어째서일까?

소네카가 아스라한 기억 속에서 프레이의 궁전에 있던 아르미타그를 떠올린 순간, 수풀이 바스락거리며 새하얀 발을 드러냈다. 소네카의 시선이 핥듯이 발을 노려보았다. 우묵하고 작은 발 위로는 잘 뻗은 종아리와 가느다란 허벅지가 있었고, 낭창낭창한 허리와 풍만한 가슴 위로는 그녀가 저주하던 말간 낯이 고요하게 눈을 깜빡이고 있었다. 소네카는 우악스럽게 과육을 망가뜨리던 입술을 멈췄다. 과즙이 턱을 타고 가슴으로 뚝뚝 떨어졌다.

예언이 정답이었다는 사실을 깨닫고 나서 처음 보는 아르미타그의 낯은 생소했다. 저 신이 저렇게 생겼었나? 조막만 한 얼굴 안에 이목구비가 다 담겨 있다는 게 신기할 정도였다. 그토록 저주하던 존재를 멀쩡하게 마주 봐야 한다니, 인지 부조화가 왔다. 그런데도 아르미타그는 여상스럽게 속삭일 뿐이었다.

— 안녕.

— ……너, 너!

소네카가 소리 지르며 과일을 내던졌다. 웃긴 일이지만 아르미타그는 모든 것을 다 알고 있으므로 소네카가 과일을 던질 줄도 알고 있었다. 그러니 아르미타그가 소네카가 과일을 던지려던 궤도로 이동해 그 과일을 받아다가 태연자약하게 씹기 시작한 것도 딱히 이상한 일은 아니었다.

— 미친!

소네카에게는 정말이지 이상한 일이었지만 말이다.

— 네가 그걸 왜, 왜 먹어! 내가 먹던 건데!

— 더, 먹으려고?

아르미타그가 소네카에게 먹던 과일을 내밀었다. 소네카는 그것을 쳐 냈다. 과일이 바닥을 뒹굴었다. 아르미타그는 그것을 주워다가 다시 냠냠거렸다. 소네카는 복장이 터질 것 같았다. 그러나 너구리 같은 뮈블랑에게 속았듯이 다시 헛짓거리를 하고 싶지는 않았다. 소네카는 이를 악물었다.

— 본론부터 이야기하지. 아르미타그, 나는…….

— 필요 없어.

기어코 소네카의 복장이 터졌다.

— 내 말은 듣지도 않고 뭐라는 거야!

— 들어야 해?

소네카는 버럭 소리 지르려다 가까스로 참았다. 그녀가 다음으로 할 말을 짐작할 수 있었기 때문이었다.

— 아르미타그는 모든 것을 알고 있어.

모든 운명을 예지하는 보석안이 햇살을 쪼개는 구름처럼 빛났다.

— 그러니까, 알아. 네 말.

— 그러나 말하지 않으면 전해지지 않는 것이 있어서.

보석안이 살짝 이지러졌다. 그 이유는 소네카가 아르미타그의 앞에 무릎 꿇었기 때문이었다. 엘마티카네오스의 가장 충직한 첫 번째 검, 그 누구에게도 무릎 꿇지 않을 권리를 받은 자가 모든 것과 동떨어진 초월자에게 무릎을 꿇은 것이다.

알고 있었다. 이조차도 알고 있었다. 그러나 아르미타그의 예지란, 단 하나의 미래를 향해 뻗어 가는 수천만의 가능성을 동시에 보는 것이기에, 그녀가 미래라고 생각한 가능성이 꼭 미래가 되지는 않는다. 그리고 아르미타그는 차마 소네카가 이 길을 택할 것이라고는 상상치도 못했다.

— 미안해.

소네카가 고개를 숙이자 하얀 은발이 수풀 위로 물결치듯 흩어졌다.

— 너를 오해했어. 이 예지를 말하는 것이 우리가 승리한 미래를 위해 가장 좋은 선택이었기에 말해 준 거잖아? 그걸 생각 못 했어. 정말 미안.

단 하나의 미래를 향해 달리는 수천만의 가능성을 동시에 볼 줄 아는 자, 아르미타그. 그녀는 아주 오랜만에 예지의 실패를 경험했다. 그래서 슬펐냐고?

— 전혀.

— ……뭐?

— 가장 좋은 선택, 아니었어.

— ……똑바로 좀……. 하, 아니다. 천천히 말해. 기다릴게.

— 그건, 없는 선택지.

— 우리의 승리가? 없는 선택지였다고?

소네카가 혼란스러운 눈으로 아르미타그를 바라보았다.

아르미타그가 방긋 웃었다.

— 그래서, 개입.

소네카는 자신이 멍청해졌다고 생각하며 되물었다.

— 네가?

— 아르미타그는, 미래에 개입하지 않아. 모든 미래는, 존재만으로 가치를 지녀. 변화하지 않는, 세계. 가치 있어. 존재하니까. 그곳에. 단지 그것만으로.

소네카가 주먹을 말아 쥐었다. 변화하지 않는 세계가 단지 그곳에 존재하는 것만으로 가치 있다는 말을 긍정하기 힘들었다. 그녀가 반박하려던 순간 아르미타그가 그녀에게로 한 발자국 더 다가왔다. 소네카는 저도 모르게 뒷걸음질 쳤다. 똑같은 간격.

— 그런데…… 왜 네가 개입한 거야? 왜 세계가 변화하게 했어?

아르미타그의 웃음이 멎었다.

— 너는.

소네카는 저도 모르게 검 자루에 손을 뻗었다. 그러나 아르미타그는 이미 소네카의 손목을 붙잡은 채였다.

보석안이 형형하게 빛났다.

— 또 다른 변화, 받아들일 준비, 됐어?

— 뭐? 뭐가 더 변화해야 해? 우린 이미 승리했잖아! 이것으로 충분⋯⋯.

— 변화하지 않는, 세계. 가치 없다며.

— 그건 그렇지만⋯⋯.

— 그렇다면, 너, 언젠가 또 다른 마도레스가 돼?

소네카가 험악하게 외쳤다.

— 아니! 결코 그러지 않겠어!

아르미타그가 빠른 박자로 씹어뱉었다.

— 엘마티카네오스가 또 다른 프레이멜도르가 된다면? 프치얼이 또 다른 에우젤이 된다면?

상상도 못 한 이야기였다. 그러나 소네카는 단언했다.

— 내가 막아 보이겠어!

순간, 방울 소리와 향료 내음이 났다. 도대체 왜 직전까지는 이것을 느끼지 못했나 싶을 정도로 맑고 뚜렷한 울림이며 향기였다. 그와 동시에 아르미타그가 달콤하게 흐무러진 미소를 지었다. 그것은 햇살에 서리가 녹아내리듯이 아주 느릿한 미소였다.

아무도 알지 못하는 일이지만 유가 연민하는 유일한 존재는 아르미타그다. 모든 것을 알고 있다는 것은 모든 것을 초래할 수 있다는 것이기에. 그것은 만능에 가까운 권능 아니던가. 심지어 아르미타그의 개입 또는 개입하지 않음으로 초래된 모든 갈래의 책임은 온전히 아르미타그만의 것이다. 다시 말해 그녀는 모든 것을 책임지며 살아가는 것이다. 뮈블랑 같은 소녀라면 아니라고, 자신의 선택으로 불거진 모든 것은 자신의 책임이라고 할 테지만, 모든 것을 아는 자의 숙명이란 본디 그런 것이었다. 그리하여 아르미타그는 그 무엇에도 개입하지 않았다. 개입해도 개입하지 않아도 책임져야 할 무수한 목숨이 두려워서 수천을 지새웠다.

그러나 보고야 만 것이다.

단 하나의 선택지에서, 그녀가 개입한다는 허무맹랑한 선택지에서 뻗어 나온 단 하나의 갈래를.

'저는 죄책감을 느껴요…….'

'아직은 전 이게 죄인지 아닌지 모르겠어요. 그래서 제가 가진 이 감정이 죄책감인지 아닌지도 모르겠어요. 그렇지만 저는…… 아무것도 하지 않은 것이 죄가 아니라면, 제가 가져야 마땅한 것을, 도덕적인 책임감을 분명히 마주 보고야 말겠어요.'

뮈블랑의 말이 맞는다면, 아르미타그가 가져야 할 것은…….

그들이 마주할 무수한 갈래. 아르미타그의 개입으로 세상은 조금 더 변화할까, 아니면 퇴보할까. 알 수 없지만.

— 믿을게.

자신의 선택으로 한 발자국 내딛는다.

— 너희들을.

그것으로 충분하다.

자, 오늘은 그의 이야기를 해 보자.

가장 어둡고 처절한 곳에서 사지를 결박당해 꿈틀꿈틀 기어 다니며 살아남은 한 소년의 이야기를. 그의 이름은 카산, 정말이지 미친 사랑의 주인공이라고밖에 할 수 없는 사내.

아, 좋은 추억이라든지 행복했던 과거라든지 전부 필요 없다. 지금 여기서 우리가 하려는 이야기는 그 소년이 얼마나 애절한 사랑을 하고 있는지에 초점이 맞춰져 있으니까. 아, 너무하다고? 조금쯤 들려줘도 상관없지 않느냐고? 정 그렇다면 나눠 주도록 하지, 그 소년이 자신의 사랑에게만 속삭이기 위해 가슴 깊숙이 숨겨 두었던 비밀 이야기들을.

"세상에는 말이야, 따사로움이라는 게 있단다."

언젠가 그런 말을 들었던 기억이 있다. 어디에서였는지는 기억나지 않는다. 다만, 바퀴벌레와 구더기가 끈적하게 기어 다니는 이 시커먼 노예 수용소에서 그런 소중한 말을 들었을 리는 없으니까, 그가 이곳에 들어오기 전의 기억임이 분명하다고 스스로 되뇔 뿐. 어쩌면 미치광이 노예 할멈의 헛소리를 소중하게 간직하고 있는 것일지도 모르지. 그의 기억은 전부 너절하게 토막 나 버려서, 제대로 된 이음새 따위 마련되지 못했으니까.

만약 그 모든 것들을 그가 전부 기억하고 있었더라면 그는 진즉 죽었을 것이다. 노예의 삶이란 것은 본디 그런 것이고 그러니 그가 할 수 있는 최선은 자신의 기억을 지우는 것뿐이었다고. 바퀴벌레와 구더기가 입안에서 꿈틀거리는 감촉 따위를 기억하면서 살아갈 수 있는 사람은 없으니까.

그걸 씹어 삼켜 가면서까지 살아남아야 했던 것이 그의 유년기였다.

어느 정도 장성한 취급을 받자 그는 당장에 검투장에 투입됐다. 상대는 하이에나 한 마리. 그는 맨몸이었다. 수천 개의 뜨거운 눈동자가 카산에게 내리꽂혔다. 흥분한 사람들이 술과 마약에 절어 소리 지르고 있었다. 죽어라! 물어뜯어! 산 채로 삼켜 버려!

그래서 카산은 그렇게 했다.

바퀴벌레와 구더기도 씹어 삼켰던 송곳니가 고작 하이에나의 목덜미를 물어뜯는 일에 비위 상함을 느낄 리 없었다. 털이 복슬복슬하게 난 목덜미 살점을 뗴 뱉고 다시 그 목덜미에 입을 처박았다. 살을 뜯어냈다. 뜨끈한 혈류에 취한 건지 머리가 윙윙 돌았다. 폐부가 뜨거웠다. 무언가가 역겹고 역겨워서 참을 수 없을 지경이 되었을 때, 카산은 소리 질렀다. 사람들은 마주 소리 지르며 그의 이름을 연호했다. 카산! 카산! 카산! 카산!

……어지러웠다. 그는 구토를 간신히 참으며 무대 아래로 내려왔다. 평소에 그를 괄시하고 경시하던 모두가 그에게 완벽했다고 말했다. 카산은 그들의 말을 이해하지 못했다. 무엇이? 대체 무엇이 완벽했지? 하이에나의 목덜미를 물어뜯은 것? 그것은 생존을 위한 발악이

었는데, 그렇다면 그의 발악을 보고 사람들은 환호한 건가.

머리가 아팠다. 더는 생각하고 싶지 않았다.

그래서 카산은 그렇게 했다.

아, 이제 뭐가 어떻게 되든 전부 상관없어.

그러니까 내게 작은 희열을 줘.

그는 계속해서 검투장에 투입됐다. 전문적인 훈련도 받았다. 더 많은 적을 죽이고 더 많은 적을 물어뜯었다. 사람들은 그런 그를 보고 환호했다. 그럴 때마다 폐부가 야릇할 정도로 뜨거워졌고 카산은 그것을 희열이라 정의하기로 했다. 그것이 정말 희열인지 아닌지는 상관없었다. 왜냐면 지금 당장 눈앞의 희열이 없어진다면 자신이 무슨 짓을 해 버릴지 알 수 없었기 때문이었다. 카산은 그저 취하기로 했다. 격렬과 격정과 격류에 몸을 맡겨, 괜찮아, 생각 따위 하지 않아도 되니까 오늘도 춤을 추자.

카산의 몸놀림은 축제의 무희와도 같았다. 발끝으로 날아올랐다가 튕기듯 젖히는 모든 동작이 유능하고 출중했다. 모두가 네가 유닷테의 노예만 아니었더라면 황실 기사단원이 될 수 있었을 거라 했다. 정작 카산은 유닷테라는 사람을 단 한 번도 만나 본 적 없었는데도. 그래서 카산은 유닷테라는 사람이 궁금해졌다. 그가 도크토레에게 말을 붙인 것은 오로지 그것을 알기 위해서였다.

"유닷테는 어떤 사람인가요."

카산이 평가한 도크토레는 다감하지만 위선적이다. 우리 안에 있는 개에게 좋은 먹이를 챙겨 준다고 해서 그가 선인이 아니듯이. 만약 카산이 탈출을 시도한다면 그는 죽을힘을 다해 카산에게 목줄을 채우려 달려들겠지. 그리고 잡혀 온 그와 자신을 연민하며 다시 좋은 먹이를 챙겨 주겠지.

그것은 선인가?

도크토레의 입가에 난감한 웃음이 번진다. 하필이면 다정해서 미워하지도 못하게 만드는 나쁜 사람.

"사람, 사람이라. 그가 사람이라는 생각은 해 본 적이 없는데. 하, 잘 들어라, 카산. 너의 주인, 유닷테는 아주, 아주 두려운 자야. 그러니 이런 것을 다른 사람에게 캐묻고 다니지 마라."

그는 아주 조심스럽게 말했다.

"나는 진심으로 네가 오래 살았으면 좋겠다고."

웃긴 소리였다.

카산은 유닷테를 만나야겠다고 생각했다.

어쩌면 반발심이었을까.

그러나 생각은 생각일 뿐, 그가 원한다고 해서 만날 수 있었더라면 유닷테라는 존재를 두려워하는 사람이 그토록 많지도 않았으리라. 카산은 기회를 노리기로 했다. 그러나 어떻게? 대체 어떻게 그를 만난단 말인가?

전류처럼 튀기는 희열을 맛보기 위해 맹목적으로 검을 휘두르던 어린 짐승은 새로운 목표를 찾았다. 모든 것에 초연하다던 그들의 주인, 유닷테의 관심을 끌기 위해선 압도적인 무언가가 필요했다. 카산은 게걸스러운 파도처럼 강했지만, 해일처럼 거대하진 않았다. 만약 카산이 유닷테를 만나길 원한다면, 그는 아주 어린 시절부터 훈련당해 노련해진 감각과 탄력적인 젊은 신체를 전부 이용해야 했다.

그것은 아주 고된 노동이었다. 카산은 매일 한계까지 몸을 다뤘다. 보이지 않는 적을 휘두르고 베고 비틀어 죽였다. 그의 수련을 지켜본 도크토레는 이러다가 망가지는 게 우선일 거라며 그를 말렸다. 그러나 카산은 귓등으로도 듣지 않았다. 도크토레의 위선을 동냥하고 싶지 않았다.

사실은 한 번 정도는 동냥했었다. 그건 아주 어린 시절의 이야기였다. 그는 같이 도망쳐 주면 안 되겠냐고 섧게 울며 빌었다. 그래서 어떻게 되었냐고? 어떻게 되긴, 뭘 어째. 말채찍으로 죽기 직전까지 얻어맞고 보양식을 얻어먹었지. 도크토레의 다정함은 딱 거기까지였다. 그러니까 카산은 도크토레의 말을 듣지 않을 것이었다.

그러다 정말 탈이 났다. 망가진 정도는 아니었지만 당분간 몸조리를 제대로 하지 않으면 다시 팔을 쓰지 못할지도 몰랐다. 진창을 나뒹굴지도 모를 상황. 모든 노예가 카산을 조롱했다. 그 잘난 몸이 망가지면 이제 너도 버려질 거다! 우리처럼 비참하게 구더기를 핥아먹는 꼴이 될 거라고!

웃기는 소리지. 그는 진즉 구더기의 감촉에 익숙해진 지 오래였는데.

죽음의 향은 익숙했다. 한때 달았던 무언가가 눅진눅진하게 부패한 냄새. 생명과, 살아가려는 희망이 썩어 가는 절망의 내음. 그의 영혼에 뿌리 깊게 스며든 그것에서 벗어나려고 아주 작은 희열을, 그리고 무모한 목표를 잡았건만.

이제 전부 포기할 때가 된 모양이었다. 그렇게 생각하자 차라리 마음이 편해졌다. 죽음이 이렇게 달게 느껴지는 순간은 처음이었다. 그는 구분되지 않는 찰나와 영원 사이를 헤매며 수일을 지새웠다. 다시 말해서, 자신에게 내려진 절망에 만족한 거다.

그게 며칠이었는지 기억도 나지 않는다. 중요한 것은 카산이 살아보려는 발악마저도 포기했다는 것이고 자신의 인지 능력을 반쯤 놓았다는 사실이었다. 그 순간을 깨부수듯, 벼락처럼 고막에 내리꽂힌 목소리가 있었다.

"이게 그 '삶을 포기한' 노예라고?"

"네, 네, 유닷테 님."

짜증스러운 음성이었다. 여자의 것인지 남자의 것인지 구분되지 않는 신경질적이고 예민한 목소리.

왜 그 목소리만 뚜렷하게 들렸는지는 알지 못한다. 죽어 가는 정신을 어떻게든 살려 보려던 몸의 발악이었을지도 모르지. 그러나 분명히, '유닷테'의 목소리를 들었으니 움직여야 하지 않겠는가? 삶을 지탱하기 위해 억지로 세웠던 서툰 목표를 향해, 그는 움직였다. 며칠째 물도 제대로 삼키지 않던 입술을 움찔거렸다. 손끝을 떨었다. 그러나 모든 것이 마음대로 되지 않았다. 모든 신체가 제 뜻대로 움직이던 게 엊그제 같은데, 당장 손가락을 굽히는 것마저 불가능했다. 그러나 카산은 포기하지 않았다. 그들 같은 노예에겐 포기도 사치였다.

"상처는 다 나았는데 도통 움직이지를 않습니다. 눈은 깜빡거리는데 아무리 때려도 반응이 없어요."

"그래서?"

"그, 음, 카산의 이름값을 아시잖습니까. 신관이라도 불러 살려 두는 게 좋지 않을지……."

"너, 내 주인이냐?"

"네, 네?"

"네가 내 주인이냐고."

자칫 심기를 거슬렀다간 살해당할지도 모를 상황이었다. 도크토레가 쩔쩔매는 사이 카산은 안간힘을 다해 손가락을 움직였다. 간신히, 검지가 움직였다. 까딱. 유닷테는 카산의 발악을 지켜보며 요사스럽게 웃었다.

"그리고 포기하지도 않은 것 같은데?"

"네?"

"움직인다."

도크토레는 기겁하며 카산을 내려다보았다. 연보랏빛 눈동자가 얼음장처럼 차갑고 별처럼 형형하게 번뜩이고 있었다. 그것은 살아 있는 자의 눈빛이었다. 살아가려 하는 자의 눈동자였다. 메마른 입술이 달싹거렸다. 거친 목소리가 목을 긁듯이 튀어나왔다.

"유, 닷……테."

"하? 가증스럽군. 감히 내 이름을 불러? 아무래도 곤죽이 되도록 맞아 봐야……."

"세상에는, 말이야……."

유닷테의 요사한 눈매가 무슨 개소리를 하나 싶어 가느스름하게 접혔다.

카산은 울고 있었다.

"따사로움이란 게 있어서……."

짧은 비웃음이 터졌다. 실성한 환자의 헛소리를 들어 줄 여유 따위 유닷테에게 없었다. 황제와 대적할 수 있을 정도로 세력을 키우느라 바쁜 몸이 어찌 이딴 일에 시간을 허비하겠는가?

"도크토레, 채찍을 다오. 네 말대로 쓸모는 있으니 신관을 불러 줄 건데, 그 전에 이 건방진 것을 교육해 줘야겠다. 내 취향이거든. 발악하는 거."

도크토레는 정말 울 것만 같은 표정으로 유닷테에게 채찍을 넘겼다.

그럼에도 카산은 말하고 있었다.

"그래서 사람은 끝내 살아가려 한다고……. 그런 말을 해 준 사람이……."

"같잖구나!"

유닷테가 가죽 채찍을 세차게 휘둘렀다.

그러나 공격은 통하지 않았다.

"있었어."

그는 단지 팔을 뻗었을 뿐이다. 채찍은 그의 팔을 찢어발길 기세로 달려들었고 그대로 휘감아 속박했다. 그런데 카산은 조금의 고통도 느끼지 못하는 사람처럼 채찍을 움켜쥐고 잡아당겨 유닷테가 손잡이를 놓치도록 만든 것이다.

"……하!"

살벌하게 웃은 유닷테가 눈짓하자 도크토레를 비롯한 유닷테의 수하들이 모조리 무기를 빼 들었다. 그러나 이곳은 검투장이고 카산을 상대로 쓸모 있는 전력이라곤 기껏해야 도크토레밖에 없었다. 유닷테는 앞으로 어딜 가든 마법사를 대동하겠노라고 결심하며 혀를 쯧 찼다. 그러나 카산의 사늘한 낯은 여전히 고요했다.

"나는 내가 왜 살아야 하는지 모릅니다."

환희도 목표도 족할 만큼 달성했다. 새로운 목표를 만들지 않는 이상, 그를 삶에 붙잡아 둘 누름돌은 더는 존재하지 않는다. 그렇다면 그는 남은 삶을 왜 살아가야 하는가?

"그러니까 나는 찾아낼 겁니다. 내가 목숨을 바쳐도 될 무언가를."

"가엾게도 미쳤지만, 값비싼 노예다."

"당신도 찾을 수 있었으면 좋겠군요."

"생포해라!"

아마도 그것은 따사로움일 테지.

카산은 웃었고, 곧 그가 창문 밖으로 사라졌다.

도주의 시작이었다.

그는 도망쳤다. 산을 넘고 들을 넘고 강을 넘었다. 살고 싶어서, 그저 살고 싶어서 도망친다고 생각했지만, 잘 생각해 보면 딱히 살고 싶어서 도망치는 건 아니었다. 그냥 사는 것으로 충분했다면 노예로 살았겠지. 그러나 그는 다른 무언가를 원하기에 족쇄를 끊고 도망쳤다. 그는 강했고 탁월했다. 그러나 세상의 모든 사람이 그만큼 강하고 탁월하진 않았다. 빌어먹게도.

잘 모르는 애였다. 그리고 걔가 알고 보니 누구든 별로 관심 없었다. 단지 카산에게 있어 따사로움이란, 어린아이를 돕지 않는 자에게 내려질 만한 가치는 아니었다.

어린아이를 구한 카산은 바흐무트가 아닌 다른 노예상에게 붙잡혔다. 뭐라더라, 아슈타르의 무슨 상단이던데, 별로 관심이 없어 기억이 나진 않는다. 그러나 카산에겐 바흐무트 상단 소속이라는 낙인이 분명하게 찍혀 있었고, 그것은 카산이란 존재를 처치 곤란으로 만들었다. 어쩌면 좋죠, 형님? 노예상들이 술렁거리는 소릴 들은 카산은 자조했다. 이러다간 귀하신 분 침실 노예로 끌려갈 판이군.

다시 말해 카산은, 밀렌도요프 같은 주인을 만나게 될 거라고는 상상도 하지 않았다. 뮈블랑인지 뭔지 하는, 너무나도 이상한 애가 주절거리던 말을 듣고도 전혀 기대하지 않았다는 것이다. 기실 노예에게 있어 좋은 주인이란 존재는 몽환이며 이상이었다. 현실과 동떨어진 무언가처럼, 그것은 공중 섬이었고 하늘을 나는 돛단배며 바다를 헤엄치는 갈매기였다.

그런데 밀렌도요프를 마주하자 갓난아기의 유창한 외국어 실력만큼이나 놀라운 말이 쏟아진 것이다.

그 어린 공주는 노예에게 어떻게 살고 싶으냐고 물었다. 삶에 대한 결정권을 주겠다고 했다. 사람이 사람으로 살아가는 것은 어려운 일이니까, 사람으로 살도록 돕고 싶다고 말했다.

어쩌면 거짓말일지도 모른다. 거짓말임이 틀림없지. 어떻게 이런 말이 진실이겠어. 그러나 거짓말이어도 좋으니 그대로 잠겨 죽고 싶을 만큼,

그들은 따사로웠다.

함께 지내며 깨달았다. 밀렌도요프는 블리마데세로부터 그 모든 따사로움을 물려받았다. 미성숙한 이상이 제 풀에 꺾이지 않은 것은 블리마데세의 보호 덕분이었다. 뮈블랑의 말이 맞았다. 그 성격 더러운 뮈블랑은 매사에 틱틱거리면서도 블리마데세를 향한 존경과 사랑만은 숨기지 않았다. 자애롭고 지혜로운 블리마데세의 아래라면 영원히 행복할 수 있을 것 같았다.

필멸자의 입술이 속삭인 영원이란 그 어찌나 무른 단어인가.

뮈블랑이 밀렌도요프에게 열등감을 가진 사실은 진즉 알고 있었다. 그러나 시간이 지나면 차츰 좋아질 거라고. 계속 함께할 테니까, 그러니까 모든 게 나아질 것이라고 굳게 믿었다.

판단 오류였다.

블리마데세가 화형당했다.

뮈블랑이 죽을 뻔했다.

그녀는 곧 바흐무트 상단의 노예로 팔려 갈 예정이었다.

그래서 카산은, 뮈블랑과 함께 팔려 가겠노라 결심했다.

그것은 사뭇 충동적인 결정이었다. 뇌리에 미친 짓 하지 말란 경종이 울렸다. 그의 주인은 밀렌도요프다. 뮈블랑은 아주 많이 좋아하는 친구일 뿐이라고. 그녀가 장발남이 좋다고 흘러가듯 말 한마디 던졌다고 당장 머리를 기를 만큼 아주 많이 좋아할 뿐인, 친구. 그런데 주인을 방치하고 친구를 택하겠다고? 아서라, 아서, 그건 해선 안 될 짓이다. 그런데도 어째서일까, 카산은 뮈블랑을 따라가야 한다고 생각했다. 어째서일까.

어쩌면 뮈블랑의 곪아 가던 부분을 짐작하고 있었기 때문은 아닐까.

그는 그녀의 병든 부분을 짐작하면서도 아무것도 해 주지 못했다. 카산은 그 사실에 책임감을 느꼈다. 그러니 어쩌면 카산은 책임감 때문에 뮈블랑을 따라가는 것일지도 모른다. 그렇게 이 지독한 감정이 사랑일 리 없다고 자위했다. 친구라는 틀로 관계를 정의 내리고 이게 맞는 거라고 되뇌었다.

왜냐하면, 이게 사랑이라고 하면.

사랑이라고 정의하면 어떠한 격류가 자신을 휩쓸 것만 같아서.

카산이 그녀와 함께 노예로 팔려 갈 거란 소식을 들은 뮈블랑은 역시나 발작적으로 반응했다. 그녀는 네 안전은 필요 없냐는 말에 객관적으로 그렇다고 대꾸했고, 기회비용을 운운했다.

그러나 사람 목숨에 객관이고 기회비용이고 그게 다 무슨 소용이야. 사람이잖아. 뮈블랑.

너는 사람이잖아.

"넌 대체, 여태까지 우리가 배워 왔단 걸 뭐라고 생각하는 거야?"

"그건 이상론일 뿐이야. 카산, 현실을 생각해야 하지 않겠냐? 세상에 평등은 없어. 황제 아래에 왕이 있고 왕 아래 귀족이 있고 귀족 아래 부유한 평민이 있으며 그 아래 평민 그 아래 노예! 그 사이에서도 세세하게 등급이 나뉘지! 알겠어? 세상은 원래 그렇게 생겨 먹었다고!"

흥분이 짙었는지 뮈블랑이 신음을 토하며 몸을 비틀었다. 카산은 그마저도 슬펐다. 그가 그녀를 조심스럽게 엎드려 눕히며 나직하게 속삭였다.

"나는 노예 문서에 얽매여 있을 때부터 단 한 순간도 나를 노예라 생각하지 않았어. 내 정신은 항상 자유로웠지. 쇠사슬에 묶여 있으면서도 들판을 뛰고 바다를 헤엄쳤어. 그러나 너는 노예여 본 적이 단 한 번도 없으면서도 노예의 정신을 가졌구나."

사실은,

"그렇지만 그건 네 잘못이 아닐 거야."

아주 사실은, 모두에게 들려주고 싶었을지도 모를 말.

단지 태어났을 뿐인데 노예의 정신을 갖도록 길러진, 모두의 귓가에 내려앉을 수만 있다면 족할 문장이었다.

⚜ ⚜ ⚜

욘고프 영지에 도달한 지 얼마나 지났을까.

뮈블랑이 사람을 죽였다.

유닷테의 부추김 때문이었다. 그게 분명했다. 둘이서 몇 번 속닥거리다가 대뜸 총을 잡아 쥐고 도크토레를 쏴 죽여 버렸으니 당연히 유닷테 때문이겠지. 그래. 화를 내야 할 대상은 유닷테다. 그런데 뮈블랑은 살인이 너무도 간단하고 손쉬운 문제 해결 방법이라도 되는 것처럼 웃고 있었다. 심지어 자신은 전혀 괴롭지 않다는 것처럼 이렇게 말하는 것이었다.

"그럼 넌 내가 괴로워하길 바라냐?"

목젖을 타고 치밀어 오른 격정을 참을 수가 없었다. 카산은 딱딱하게 굳은 발음으로 속삭였다.

"아주 많이 괴로워하길 바라."

"……뭐?"

"네가 아주 많이 괴로웠으면 좋겠어."

"염병하고 자빠졌네."

"괴로운 일을 괴롭다고 느낄 통각이 남아 있었으면 좋겠어. 제발."

사람을 죽이는 것은 사람이 할 짓이 못 된다. 검투장에서 카산은 짐승이었고 가축이었으며 맹수였다. 단지 그뿐이었다. 사람이 아니었다. 그러니까 사람을 죽일 수 있었다. 뮈블랑이 지금 아무렇지 않은 것은 자신을 사람이라고 느끼지 못하거나 죽인 상대를 사람이라고 느끼지 못하기 때문일 터였다.

카산은 뒤늦은 자각이 두려웠다.

뒤늦게 둑이 터진다면 뮈블랑은 침몰할까.

무너질까.

그런 모습은 보고 싶지 않았다. 차라리 지금 온전히 괴로워한 뒤 건강하게 감정을 정리할 수 있길 바랐다. 그게 차라리 나을 테니까, 덜 아플 테니까.

그런데 갑자기 상황이 뒤바뀌었다.

유닷테와 나눈 거래를 뮈블랑이 알게 되었다는 것이다.

굶주린 사자 두 마리 대 카산.

"……유닷테가 그걸 말했어?"

졸지에 카산이 추궁당하는 꼴이 되어 버렸다. 카산은 어물거리며 이게 최선이었다고 말했지만, 뮈블랑에겐 조금도 통하지 않는 변명이었다. 뮈블랑은 단호하고 신랄하게 외쳤다.

"닥쳐. 난 할 거야. 딴 사람 죽는 것보다 네가 사는 게 더 중요해."

그래서 그날,

"어쩌겠어. 네가 중요한걸."

소년은 미친, 혹은 애절한 사랑을 시작했다.

"그런 줄로 알아라!"

✢ ✤ ✢

"세상에는 말이야, 따사로움이라는 게 있단다. 그래서 사람은 끝내 살아가려 해. 정말 신기한 일이지? 그런데 말이야, 내 보니, 너는 어쩌면 그보다 더 지독한 사랑을 하게 될지도 모르겠구나. 따사로움 같은 부드러운 감정이 아니라, 온 마음을 뒤흔드는 격류와도 같은 뜨거운 감정을 안고 살아가야 할지도 모르겠어. 네가 만약 네 심장을 잘 가눌 수만 있다면, 그것은 따사로움보다 더욱 강력한 누름돌이 되어 너를 현실에 잡아 줄 테니, 어쩌면 너는 행복해질 것이란다."

"그게 무슨 소리예요?"

"이런, 두 살짜리에겐 너무 이른 말이었나."

그런 대화를 했던 기억이 있다.

그건 너무도 따사로운 기억이어서, 카산은 잠시 울음을 터트렸다. 그리고 그는 자신이 눈물을 떨어뜨릴 수 있다는 지점에서 꿈을 꾸고 있음을 직감했다. 아주 오래전에 울음 터트리는 법을 까먹었던 소년은 눈물을 떨어뜨리며, 아주 작게, 웃었다.

'그렇군요. 이름 모를 분이여.'

'당신은 제가 이토록 강렬한 사랑에 빠져들 것을 알고 있었군요.'

'이게 미친 짓이란 건 알고 있어요.'

'그런데 저는 이미 그 애를 사랑해 버렸어.'

'사무치도록 깊게.'

'대체 어쩌다가 사랑에 빠져 버린 걸까요. 대체 왜.'

그러자 대답이 돌아왔다.

"그건 말이야……."

카산은 만족했다. 그리고 깨어나서는 모든 것을 잊어버렸다.

향료 내음을 맡고 충동적으로 고백해 버린 것은 어쩌면 그날의 꿈 때문이었을지도 모른다.

✢ ✤ ✢

지금, 그가 서 있는 테베의 땅에서, 카산은 뮈블랑을 떠올렸다. 사랑한다고 고백했더니 우정을 연정으로 착각하지 말라는 소리나 해 대던 그녀. 은빛 쉼표 머리의 잘생긴 그 소녀는 단 한 번도 카산에게 사랑한다고 말해 주지 않았다. 단 한 번도.

'그래도.'

그래도 괜찮아. 카산은 진심으로 생각했다. 남들이 들으면 머저리 같은 짓 그만하라고 말할 사랑이었다. 네가 호구도 아니고 그런 애를 대체 왜 사랑하느냐고 할지도 모르지. 도대체 어떤 격렬한 애착이 보답마저 바라지 않는 미친 사랑을 향해 등을 떠민 것일까.

'말하자면 그런 거지.'

그의 주위에는 경합을 치르느라 죽어 나간 시체들이 아무렇게나 나뒹굴고 있다. 하늘에선 승리를 알리는 폭죽이 터진 가운데, 모두가 침묵을 지키고 있다. 왜냐하면, 왜냐하면…….

'왜냐하면 나는 그 무엇보다도 너를 사랑하거든, 뮈블랑.'

뮈블랑이 죽었기 때문에.

"어, 언니……."

찢어진 목소리로, 밀렌도요프가 울음을 터트렸다. 세상이 무너진 사람처럼, 그래. 세상이 무너진 사람처럼.

그들의 세상은 밀렌도요프고 뮈블랑이었으며 카산이었다. 그들은 가족이었다. 연정보다 앞선 셋의 유대감이 그들의 세상을 지지했다. 그런데 뮈블랑이 죽어 버린 것이다. 기둥 하나가 무너졌다. 더께처럼 쌓인 정이 우르르 굴러떨어지며 심장을 때렸다. 비명을 지르며, 밀렌도요프는 가슴이 미어지도록 멍이 들도록 울고 또 울었다. 뮈블랑이 죽었는데도 멀쩡하게 돌아가는 현실이 멈추기를 바랐다.

그러나 카산은 울지 않았다. 슬프지 않았기 때문은 아니었다.

그저 시간이 아까워서.

어서 그녀를 따라가야만 하니까.

다른 사람이 들었다면 그야말로 미쳤다고 할 만한 생각이었지만 카산은 그런 것을 자각하지도 못했다. 카산에게 있어 뮈블랑은 가족이었고 연인이었으며 친구 그 이상의 존재였다. 그녀가 그를 따사로움으로 이끌어 주었으니 그는 그녀에게 모든 것을 받은 것이나 진배없었다. 그래서 그는 그녀에게 모든 것을 돌려주어야 했다. 그런데 그녀가 죽었다면.

그렇다면 모든 것을 걸고 그녀를 살려 내야 하지 않겠는가.

그의 모든 것을 돌려주기 위해.

'카산. 내가 먼저 어디론가 사라져도 너는 괜찮아?'

'괜찮아. 내가 반드시 너에게로 갈 거니까.'

뮈블랑이 그 대화를 어떻게 받아들였는지는 모르겠다. 그게 진심이었다는 것을 너는 알까. 그날, 아슈타르의 궁전에서 도망치려던 나를 붙잡아 따사로움을 알려 준 네게 꼭 전하고 싶었던 말인데, 너도 알까. 알았을까.

비로소 뮈블랑은 외쳐 주었다.

'야, 카산!'

'사랑해!'

마지막 순간, 그에게 사랑한다는 말까지 내어 주었다. 카산에게 있어 그것은 허락이었다. 어디까지든 따라가도 된다는 허락. 그렇다면 그는 저승에도 따라가도 될 것이다. 그게 카산의 사랑이었다. 모두가 미쳤다고 손가락질하더라도 상관없을 그만의, 그만의.

이 격렬한 감정을 정말 사랑이라고 불러도 되는 걸까. 이토록 뜨거운 것을, 어찌 고작 사랑이라고밖에 말하지 못해.

겁화라고 불러도 모자랄 것 같은 애절하고도 파괴적인 사랑이 그에게 불을 붙였다. 만약 카일룸이 반신성을 희생하지만 않았더라면 그는 당장 저승의 신 라우코네스의 신전으로 찾아가 자살했을지도 모른다. 그런데 카일룸이 희생했음에도 불구하고 뮈블랑은 눈을 뜨지 못하고 있었다. 카일룸의 말로는 영혼이 어딘가를 헤매고 있다는 것 같은데…….

"어디 있는 거야, 뮈블랑? 돌아와, 제발……."

그래서 카산은 저승에 쳐들어갈 것을 결심했다.

정말이지 미친 소리였다.

그러나 어려운 일은 아니었다. 명계의 망토가 그들 손에 있는데 무얼. 열쇠가 있고 그걸 사용하는 방법을 아는 카일룸이 있으니 통로는 쉽사리 열렸다. 뮈블랑이 입고 있던 검푸른 망토를 걸친 카산은 밀렌도요프를 향해 씩 웃으며 다녀오겠다고 말했고 밀렌도요프는 외쳤다.

"너까지 죽으면 정말 가만 안 둬!"

카산은 달렸다. 밀렌도요프와 빠르게 돌아오기로 약속했기 때문이다. 명계의 병사들이 생기겁하며 달려오든 말든 별로 신경 쓰지 않았다. 사실 겨를이 없었다는 말이 맞을 것이다. 뮈블랑의 자취를 쫓기만 해도 바빴다.

그리고 그는 기어코 뮈블랑을 따라잡았다.

발끝에만 닿을 수 있어도 기쁨이었다.

그는 그런 사랑을 하고 있었다.

                                ⚜ ⚜ ⚜

  그러나 어쩌면 닿았다는 생각마저 착각일지도 모른다. 카산은 그것을 인간의 전쟁도, 신들의 전쟁도, 전부 그들의 승리로 종결지었을 때 깨달았다.

  "야, 카산!"

  해는 쨍쨍하고 새도 짹짹대고 아이들이 좋알좋알하는 보기 드문 오후, 대로에서 뮈블랑과 마주친 카산은 문득 뇌리를 강타하는 불안을 느껴 버린 것이다. 그것은 참으로 괴이한 일이었다. 전쟁터에서나 느끼던 그런 불안감이 대체 지금 왜 그를 엄습하는가.

  "여기야, 여기!"

  전쟁은 끝났다. 모든 것이 완벽하다. 그런데 어째서 자신은 이다지도 불안한 것일까. 대체 무엇이 그를 혼란스럽게 만드는 것일까.

  "카산? 너 어디 아프냐? 왜 대답을 안 해?"

  답은 하나다. 뮈블랑. 그를 뒤흔들 수 있는 것은 밀렌도요프와 뮈블랑뿐인데, 밀렌도요프가 카산의 속을 썩인 적은 없으니 역시 뮈블랑이 문제일 것이다.

  '또 무슨 짓을 저지른 거야, 뮈블랑?'

  뮈블랑에게 너무한 생각이라는 자각도 없이 결론 내린 카산은 당장에 뮈블랑의 앞으로 성큼성큼 다가갔다. 뮈블랑이 해괴한 표정을 짓는 걸 무시하며 그녀의 목덜미에 걸린 목걸이를 뚫어져라 쳐다보았다.

  그게 뮈블랑에게 썩 좋게 보이지 않을 거란 사실도 모른 채.

  "뭐야?"

  카산의 질문에 뮈블랑이 눈썹을 쓱 올렸다. 인사에 대답도 하지 않더니만 다짜고짜 용건부터 말하기냐. 게다가 주어도 없이. 뮈블랑은 심기가 불편해진 상태로 대꾸했다.

"뭐가."

그러나 카산이라고 해서 딱히 심기가 안 불편한 상태는 아니었다.

"목걸이 말이야."

마치 경비병이 범죄자를 추궁하는 듯한 어조. 그가 평소답지 않게 행동하자 뮈블랑은 황당했다. 갑자기 웬 목걸이 타령이란 말인가? 아무리 봐도 목걸이는 핑계로밖에 안 보였다. 그냥 자기가 화난 걸 그녀에게 풀려는 것 같았다. 그녀가 뭐 잘못한 게 있는 것도 아닌데…….

……어쩌면 밀렌도요프 폐하와 호위도 없이 몰래 시찰 나간 게 들켰나? 아니면 이오네케스에게 신주 간느를 받아 샤이카네도와 떡이 되도록 술을 퍼마신 게 문젠가? 생각해 보니 잘못한 건 많다. 그렇지만 그건 갑자기 나타나 그녀를 추궁할 당위가 되진 않는다. 그녀가 잘못한 게 있다면 그 건에 관해 말을 하면 되지 왜 괜한 목걸이를 물고 늘어지냔 말이다.

"목걸이가 목걸이지 그럼 코걸이겠냐?"

"그래서 뭔데."

얘가 이런 적이 없었는데 오늘따라 왜 이러는 거지? 뮈블랑이 미간을 일그러뜨렸다. 어디서 뺨 맞고 와서 나한테 지랄이야. 그녀가 심상찮은 분위기로 그를 노려보는데도 카산은 으르렁거리듯 낮게 읊조릴 뿐이었다.

"너 목걸이 안 좋아하잖아. 초커라면 모를까."

"그렇지?"

"그런데 왜 네가 목걸이를 하고 있어?"

직전의 대화로 알 수 있듯이 그들은 서로의 취향을 속속들이 꿰고 있었다. 유년기의 절반부터 시작해 지금까지 계속해서 연을 이어 가고 있으니 당연한 일이었다. 확실히 뮈블랑은 뭔가 기다란 줄이 덜렁거리는 게 싫어서 목걸이를 싫어했다. 그런데…….

"야, 웃기네? 나는 목걸이 차면 안 돼?"

그게 지금 이렇게 말할 문제인가?

뮈블랑은 자신이 성격 나쁘다는 사실을 인정한다. 그녀는 썩 좋은 인간은 아니다. 특히 연애에 관련해서는 최악 중의 최악으로 꼽힐 만하지.

그럼 헤어지자는 건가.

헤어지자고 이렇게 시비 거는 건가.

"그 소리가 아니잖아."

카산이 뮈블랑의 속을 읽을 수 없는 게 당연한 건데, 이상하게도 뮈블랑은 안도를 느꼈다. 헤어지자는 소리가 아니었으면 좋겠다고 생각했고.

왜 그런 생각을 했을까.

"그럼 뭔 소린데."

왜긴 왜야, 좋아하니까. 사랑하니까, 젠장. 그가 자신을 좋아하고 사랑했으면 좋겠으니까. 그러니까 헤어지기 싫은 거고, 그러니까.

그러니까 화가 난 거다. 불안해서. 그가 평소답지 않은 행동을 하니까, 헤어지자고 할까 봐 불안해서.

"목걸이 안 차다가 갑자기 찬 이유가 뭐냐고."

불안의 기저를 파악하자 그럭저럭 진정됐다. 그렇지만 카산을 믿었다. 헤어지고 싶으면 헤어지자고 말할 성격이란 점을 믿었고 자신을 사랑하는 그를 믿었다. 그러니 평상시에 그가 자신을 받아 줬듯 이번에는 자신이 그의 말도 안 되는 추궁을 받아 주자. 뮈블랑은 불퉁하게 대꾸했다.

"카일룸이 줘서."

그런데 그 말을 듣자마자 카산의 얼굴이 사색이 된 이유는 대체 뭘까? 뮈블랑은 그게 알고 싶었다.

그런데 질문이 목젖을 타고 오르기도 전에 그가 도주하기 시작했다.

"야, 카산?!"

다행스럽게도 사창가에서 돈 떼먹고 도망치는 양아치 붙잡던 실력이 어디로 사라지지는 않았다. 뮈블랑은 무사히 카산을 붙잡았고 대화를 거부하는 그를 끌고 왕궁에 도착했다.

상황을 들은 밀렌도요프는 개별 상담을 진행하자고 했다. 카산은 바쁘신 폐하의 시간을 이깟 사사로운 일로 빼앗을 수 없노라 말했지만, 밀렌도요프는 단호했다.

"너희가 계속 이러는 게 더 민폐야."

"……."

"……."

뮈블랑이 입술을 비죽거리며 카산을 노려보자 카산이 고개를 돌렸다. 밀렌도요프가 두통이 인다는 듯이 이마를 짚었다.

"카산부터 상담할 거니까 그런 줄 알아. 그리고 뮈블랑."

"네, 폐하!"

"엿듣지 마."

"……."

"엿들으면 왕사께 이를 거야."

왕사는 기테모어다. 기테모어가 밀렌도요프의 스승이고 밀렌도요프가 왕이니 왕의 스승이라는 직책이 기테모어에게 가는 것은 어쩌면 당연할지도 모른다. 그러나 그 취임 과정을 아는 사람이라면 누구나 당연하지 않다고 말할 것이다.

처음에, 귀족들은 누구나 하나같이 기테모어의 왕사 취임을 반대했다.

여태까지 기테모어는 수면 위에서 활동하지 않았다. 차라리 루퍼스처럼 시민 단체를 역임하며 운동가로 이름을 떨친 사람이었더라면 모를까, 아무것도 증명되지 않은 자를 어떻게 왕사로 모시냐는 것이 대외적인 반대 의견이었다.

그렇다면 대외적이지 않은 의견은 어떨까.

자유를 주니 방종해져 미친 게 틀림없다는 말이 오갔다. 남편이 없으니 아무 데서나 짖어 댄다는 조롱이 곳곳에 나붙었다. 지금이라도 카마이유를 왕으로 세우는 게 어떻겠냐는 사람들이 생겼고, 그리하여 끝끝내 카마이유와 그가 제시한 선전 문구를 필두로 세력이 응집되려던 찰나, 제국의 황제가 선수를 쳤다. 자신이 여자라는 사실을 밝힌 것이다. 세상이 뒤집혔다. 퇴위 시위가 열렸다. 아브리치오를 찬양하던 사람들은 배신감을 느낀다며 돌아섰고 아브리치오를 비난하던 사람들은 그럴 줄 알았다며 혀를 찼다.

모두가 여자가 기가 살아서 나댄다고 했다. 수백의 국가 중 여자 왕은 단둘인데 대체 어떻게 기가 살아서 나댄다는 건진 모르겠지만, 아무튼 기가 살았다는 건 좋은 뜻이다. 고마운 평가니까 더 열심히 기를 살려 보겠다. 그래서 밀렌도요프는 아브리치오가 방패가 된 틈에 더욱 적극적으로 활개를 치고 다녔다. 카마이유의 처형이 그 대표적인 예시였다.

카마이유는 황제가 여자라는 사실을 폭로하여 세상이 뒤집힌 틈을 타 왕권을 찬탈하려 했으나 아브리치오가 선수를 쳤으니 어찌할 바를 모르고 있었다. 일전에, 밀렌도요프는 뮈블랑에게 카마이유를 죽이지 말라 당부했었는데, 그 까닭은 아무리 증오스러운 인간이어도 최소한 한 번은 목숨을 구명할 기회를 주고 싶어서였다.

그녀는 인간이다. 틀릴 수 있다. 그러니 죽음이란 선택지는 최후의 최후로 미루고 싶었다. 죽은 생명을 되돌리기 위해선 기적이 필요하니까. 무수한 이들이 쌓아 올린 피 묻은 발자국이, 그 궤적이 차곡차곡 모여 뮈블랑을 살렸듯이. 그렇게 밀렌도요프를 왕으로 만들었듯이.

그러나 피 없는 혁명은 없다.

카마이유의 목이 떨어진 날은 여름이었다. 그날 하늘에 구멍이 뚫린 듯 쏟아지던 소나비가 쓸어 간 것에 생명을 소중하게 여기는 마음이 없기를 바란 건 낭만에 취한 헛꿈이었을까.

어쩌면 그랬을지도 모른다.

그렇지만 발을 내디딘 이상 궤적은 새겨졌다. 돌이킬 수 없다. 그렇다면 뒤따라올 이들을 위해 더욱 힘차게 발자국을 새겨 넣는 것밖에, 없잖아.

밀렌도요프가 국가 체제를 갈아엎기 시작했다. 시민 단체의 인권 운동가 루퍼스가 관료로 임명되자 그제야 관료들은 밀렌도요프의 방향성을 깨달았다.

밀렌도요프는 그들이 가진 권력의 기틀을 흔들려는 게 아니다. 흔든다는 표현으로는 부족하다. 그녀는 모든 것을 부수고 균열의 잔해 위에 새로운 것을 세울 것이다. 인간이 인간으로 살아가기 위한 최소한의 무언가가 보장된 국가. 그것을 만들기 위해.

그러니까 그녀는 진정으로 당신들의 세계를 부수러 온 것이다.

귀족들의 머릿속에 경종이 울렸다. 지금 막지 않으면 분명 무언가가 단단히 변하고야 말 것이라는 확신이었다. 사회의 질서가, 그 근간이 망가지려 하고 있었다. 여자가 큰일을 하면 출산이 힘들어지니 그만두고 남편에게 일을 넘기라는 말이 대세가 되자, 뮈블랑은 한 놈씩 전부 암살해 버리자고 주장했고 카산은 찬성해서 둘 다 밀렌도요프에게 꿀밤을 얻어맞았다.

어쩌면 암살이 가장 효율적인 방책일지도 모른다. 그렇지만 그것은 가장 이상적인 선택은 아니다. 밀렌도요프가 이루려는 건 허무맹랑한 이상이다. 그 길을 향한 발걸음을 하나씩 쌓아서, 그녀가 이룬 궤적을 밟고 걸어올 미래의 누군가를 위해 피를 최소화할 수 있다면······.

그것으로 밀렌도요프는 족했다.

왕위를 포기하란 은근한 회유가 하루 종일 이어지던 그때, 신들이 밀렌도요프를 향한 지지 의사를 표명했다. 결국 기테모어는 왕사가 되었고 밀렌도요프의 왕위는 견고해졌다. 그런데 문제는 그 후였다. 밀렌도요프의 기를 죽여야겠다고 작정을 한 건지 그녀가 의견 하나만 내놓으면 득달같이 달려들어 반대를 시작한 것이다.

"걔들 다 미친 거 아녜요?"

뮈블랑의 총평은 이러했다. 확실히 그들은 미친 것처럼 밀렌도요프의 의견에만 반대를 외쳤다. 이대로 가다간 제국이 아슈타르를 식민지로 만든다고 해도 밀렌도요프가 반대한다면 관료들은 찬성할 것 같았다.

이대로라면 정말 숙청을 결심해야 할지도 모른다. 그러나 아직까진 결단을 내릴 만큼 중대한 사건이 터지진 않았다. 그리하여 밀렌도요프의 과로가 이어지던 와중, 이렇게 카산과 뮈블랑까지 말썽을 피운 것이다.

"둘이서 먼저 상담 진행하시고, 저 부르십쇼."

"엿들으면 안 돼!"

뮈블랑이 문밖으로 나가자 밀렌도요프는 한숨을 길게 내쉬며 미간을 만지작거렸다.

"카산, 왜 그래?"

"……폐하께서 아실 필요 없는 사사로운 일입니다."

"나 밀레나야."

"……"

밀렌도요프가 밀레나라 불리던 시절의 향수가 카산을 머뭇거리게 했다. 밀렌도요프는 그 짧은 침묵을 놓치지 않고 잽싸게 재촉했다.

"무슨 일이야?"

"……뮈블랑이."

"뮈블랑이?"

카산의 얼굴이 벌겋게 달아오르다가 시퍼렇게 식었다가 새하얗게 질렸다. 밀렌도요프는 그의 변화를 가만히 지켜보다가 상황이 정말 심각하다는 것을 깨닫고 진지하게 그의 손을 잡았다.

"무슨 일인데 그래, 카산. 뭐든 괜찮으니까 솔직하게 말해 봐."

말할 용기가 생겼다. 그가 입을 열려던 순간이었다.

"뮈블랑이 너를 때렸어?"

"······네?"

"너를 학대해?"

"······네?"

문밖에서 그들의 대화를 엿듣고 있던 뮈블랑은 복장이 터져 뛰쳐나갈 뻔했다. 그녀는, 젠장, 성격이 좀 나쁘긴 하지만 그래도 애인에게 폭력을 행사할 정도로 인간 말종은 아니었다!

카산도 그걸 알기에 빠르게 변명을 시작했다.

"아닙니다. 뮈블랑은 착하고······."

"뮈블랑이 착하다고? 그거 진심으로 하는 말이야?"

"······물론 성격은 조금 나쁘지만 그래도 제게 잘해 주고······."

"조금? 뮈블랑이 너를 세뇌했어?"

"아니······."

"맞구나! 뮈블랑, 너어!"

밀렌도요프가 급기야 씨근덕거리며 뮈블랑을 찾아 나서려 했다. 뮈블랑이 딱 미치고 팔짝 뛰기 직전, 카산이 눈 딱 감고 외쳤다.

"그게 아니라······ 카일룸 때문입니다!"

"카일룸이 너에게 세뇌 마법을?!"

"아니, 아니요!"

밀렌도요프가 의심스러운 눈으로 카산을 올려다보자 카산이 시뻘게진 얼굴을 큼지막한 손바닥으로 가리며 시선을 깔았다. 그는 쥐똥만 한 목소리로 중얼거렸다.

"뮈블랑이······."

"응, 뮈블랑이?"

"카일룸에게······."

"응, 카일룸에게?"

"목걸이도 받고······."

"응? 목걸이? 잠깐, 카산, 너……."

"사랑한다고도 했습니다."

여기까지 고백한 카산은 입을 꾹 닫았다. 바야흐로 뮈블랑의 환장과 밀렌도요프의 혼란이었다.

"사랑한다고 했다고? 언제……. 잠깐만, 카산, 울어?!"

더는 두고 볼 수 없었다. 뮈블랑은 상황을 타개하기 위해 발로 문을 쾅 찼다.

"헛소리 마라! 난 카일룸 안 사랑……!"

그런데 막상 눈가를 붉히고 예쁘게 흐느끼는 그를 보자 말문이 턱 막혔다. 평상시엔 단정하게 올려 묶은 새까만 머리카락이 헝클어져 있었고 뽀얀 피부는 발갛게 상기되어 있었다. 그는 그렇게나 애절하게 속삭였다.

"그럼…… 나도…… 안 사랑해……?"

"이건 또 뭔 소리야!"

뮈블랑이 자기 이마를 팍 쳤다.

"내가 널……."

얼마나 사랑하는데, 왜 뒷말이 나오지 않을까. 어금니 안쪽 살을 씹어 버린 것처럼 괜스레 말이 나오지 않는다. 왜일까, 왜. 서툰 자존심 때문이라면 전부 접어 버릴 테니까 어서 나오란 말이야. 네가 우는 걸 그만 보고 싶어.

내가 모르는 너는 싫다고.

"널 얼마나……. 아, 제길! 내가 너를 사랑해, 사랑한다고! 내가 카일룸을 왜 좋아해, 이 망할 카산!"

"하, 하지만…… 분명히 카일룸에게…… 사랑한다고……."

"내가 언제!"

"카일룸…… 사랑한다고……."

"나 카일룸 안 좋아해! 싫어해애애!"

"……그렇군요. 저를 싫어하시는군요."

"헉, 미친."

지나가던 카일룸이 이마를 짚으며 열린 문 사이로 등장했다. 유닷테의 사절로서 아슈타르 궁을 들렀다가 이 촌극을 구경하게 된 그는 단정한 미간을 살짝 찌푸리고 서먹하게 웃었다.

"일단 두 분 사이에 지대한 오해가 발생해 버린 것 같은데, 제가 개입해도 괜찮을까요."

뮈블랑이 선뜻 고개를 끄덕이려던 찰나, 카산이 뮈블랑의 앞을 가로막았다. 다시 말해 뮈블랑과 카일룸 사이를 차단했다. 카일룸이 다시 한번 이마를 짚었다. 뮈블랑은 정말 기가 찼다.

"야, 너 진심으로 내가 카일룸을 좋아한다고 생각하는 거야?"

내가 너를 얼마나 사랑하는데.

그런데도 말이 나오지를 않았다. 답답해 죽을 것 같았다. 뮈블랑은 카일룸을 향해 어서 개입하라고 표정으로 독촉했고 카일룸은 떨떠름하게 마법을 시전했다. 잘 보이도록 정중앙에 띄워진 카일룸의 마법진이 신들의 전쟁 당시의 기억을 복기하기 시작했다.

신들의 전쟁 당시 마도레스가 달을 뱉어 얼음덩어리가 그들을 죽일 듯이 내려오던 날의 일이었다. 불개들의 도움으로 가까스로 고비를 넘긴 뮈블랑은 이렇게 말했다.

'좋아, 이제 카일룸이 있는 곳까지만 내려가면……!'

'나를 찾았습니까?'

'세상에, 사랑해요!'

복기가 끝났다. 밀렌도요프의 표정이 물음표로 바뀌었다.

"저기, 카산……."

카산은 아까보다 몇 배는 처연해져서 밀렌도요프를 올려다보았다. 설마설마하던 밀렌도요프는 카산이 진심이라는 것을 재차 깨닫고는 마른세수를 했다.

"이건 아무리 봐도 감탄사……."

"그렇다면 역시 제게 했던 고백도 감탄사겠군요……."

"논리를 몇 계단이나 뛰어넘는 거야? 진정해 봐, 그러니까 네가 말한 고백은 그 당시를 의미하는 거지?"

밀렌도요프가 마른침을 삼켰다.

"뮈블랑이 죽……던 순간."

뮈블랑은 덤덤하게 고개를 끄덕거리려다가, 카산이 이걸 감탄사 취급을 했단 점을 상기하며 벌떡 일어섰다.

"야! 그건 아니지!"

카산은 대답도 못 하고 눈물만 떨어뜨렸다. 뮈블랑이 버럭 고함쳤다.

"어떻게 그걸 감탄사 취급해!"

"아니, 야?"

"당연하지! 내가 너를 얼마나 사랑하는데!"

드디어 말이 나왔다! 뮈블랑은 기뻐서 팔짝 뛰었다. 밀렌도요프와 카일룸은 서로를 눈짓하다가 이 바보들이 알아서 감정을 정리하도록 자리를 비켜 주기로 했다. 집무실 문이 닫히고, 뮈블랑은 카산의 머리를 한 대 쥐어박으려다가 그냥 그의 어깨를 확 끌어당겼다. 카산은 균형을 잃은 체하며 선선히 그녀의 품에 몸을 기댔다. 색색, 숨소리가 겹쳤다. 뮈블랑은 물었다.

"너, 바보야?"

카산은 대답을 질문으로 했다.

"진심이야?"

"악, 낯간지러워. 바보야."

"정말?"

"……사랑해."

"진짜로?"

"아, 사랑한다고!"

뮈블랑이 카산을 밀치고 그 자리를 벗어나려 하자 카산이 뮈블랑의 손목을 아프지 않게 움켜쥐고 제게로 당겼다. 뮈블랑은 고개를 푹 숙이고 있었고 카산은 한쪽 무릎을 꿇으면서까지 뮈블랑의 얼굴을 마주 보았다. 그녀는 귓불까지 새빨갛게 달아올라서는 어쩔 줄을 몰라 하고 있었다.

카산이 다정스럽게 웃었다.

"네가 나를 사랑하는구나."

"……윽."

"네가, 나를."

짤막하게 욕설을 되뇐 뮈블랑이 그 자리에 털썩 주저앉으며 카산과 눈높이를 맞췄다. 정작 시선은 맞추지 못하면서도 어떻게든 같은 보폭으로 걸어가려 노력하고 있었다.

"하, 너는."

"응?"

"너는 어떤데."

"내가 너를 사랑하는 걸 어떻게 모를 수가 있어, 뮈블랑."

카산이 뮈블랑에게 고개를 숙이며 조용히 속삭였다. 뮈블랑은 저도 모르게 뒤로 홱 몸을 빼며 쏘아붙였다.

"말로 안 하면 어떻게 알아. 너도 몰랐으면서."

"그럼 앞으로 매일 해 줄까?"

"야, 됐거든?"

"왜?"

뮈블랑이 시뻘게진 얼굴로 꽥 고함질렀다.

"그런 거 말하기 부끄럽다고!"

"너는 말 안 해도 돼. 나만 할게."

"아, 적당히 균형은 맞춰야 할 거 아냐! 너랑 나랑 동등한 연인 관계인데 너만 사랑한다고 말하는 게 말이 돼?"

"나는 나만이라도 좋으니까 계속 말하고 싶은데."

"……아."

"사랑해, 뮈블랑."

"……미치겠네."

"하지 말까?"

카산이 순한 양처럼 고개를 갸웃거렸다.

그러며 말을 바꾼 게 이거였다.

"좋아해."

"야, 똑같은 뜻이잖아……."

"그럼 역시 사랑해."

"이 새끼가."

"정말 사랑해, 뮈블랑."

"진짜 미쳤나 봐."

"나를 좋아해?"

"응."

"정말?"

"나 못 믿냐?"

"감탄사의 '사랑해' 가 아니라 연정의 '사랑해' 야?"

"그래, 이 새끼야."

"하하."

"웃냐? 웃냐고."

"하하하."

"아, 그만 좀 웃어! 내가 우습냐?"

"귀여워."

"미친."

뮈블랑이 진저리를 치며 카산을 밀치고 일어섰다. 카산은 키득거리며 그녀의 뒤를 쫓았다. 뮈블랑이 향한 곳은 궁에 마련된 뮈블랑의 방이었다. 카산은 눈을 데룩 굴렸고 방문을 잠근 뮈블랑은 카산의 멱살을 잡아 침대에 던지고는 자기 목걸이를 끌렀다.

"……뮈블랑?"

"이거, 방어 마법 걸린 목걸이. 그래서 차고 있었어."

"……그런데 옷은 왜 벗어?"

뮈블랑이 하얀 셔츠를 벗자 탄탄한 근육 위로 옅은 흉터가 보였다. 카일룸의 마법으로도 전부 제거하진 못해 몸에 흔적이 남았으나, 이제 그녀를 괴롭히던 유년의 기억은 끝이다. 그녀의 인생에는 앞으로 시작될 행복만이 남았다. 뮈블랑은 그렇게 믿어 의심치 않았다.

"왜 벗는 거 같아?"

카산은 입술을 벌렸다. 그리고 뒷말은 뮈블랑의 입술에 삼켜졌다.

하나도 남김없이, 모조리.

⚜ ⚜ ⚜

그거 알아?

나는 네 모든 걸 삼키고 싶어.

내가 모르는 너는 싫어.

그러니까…….

그러니까 너를 알려 줘.

✤ 외전 3 ✤

앞으로 그녀의 인생에는 행복만이 남아 있을 거라 믿어 의심치 않았는데.

왜 이런 상황에 빠지게 된 걸까?

뮈블랑은 손바닥으로 얼굴을 쓸어내리며 중얼거렸다.

"좆같네."

그러자 허리에도 닿지 않는 높이에서 대꾸가 돌아왔다.

"아니 댁은 뭔데 초면부터 욕이나 지껄이쇼? 예의범절 및 사회질서와 원수라도 진 게 아니고서야 이따위 인성머리가 튀어나올 리가 없는데."

뮈블랑은 대단히 침착해졌다. 그녀의 눈앞에 있는 저 쪼꼬만 어린아이가 과거의 자신이었기 때문이다. 저 애는 지금 자기가 미래의 자신에게 무슨 폭언을 퍼부은 건지 짐작이나 할까? 뮈블랑이 침묵에 빠진 사이 어린 뮈블랑이 쯧쯔 혀를 차며 삿대질을 했다.

"일언반구도 못 하는 꼴을 보니 싹수가 짐작 가는군!"

그러니까 그 싹수가 너라고…….

뮈블랑이 다시 한번 마른세수를 했다. 그때, 손가락 사이로 붉은 머리카락이 찰랑거렸다. 뮈블랑은 그것을 목격하자마자 뒤돌았다. 도망이었다. 도저히 네 앞에 설 자신이 없어서, 도망쳤다. 그리고 어린 뮈블랑의 비웃음 위로 쌓인 것은 한 소녀의 목소리.

"뮈블랑, 뭐 해?"

눈을 감아도 네가 보인다, 뒤를 돌아도 너만 보인다. 알리사. 너를 잊었다고 말한 건 사실 거짓말이었거든. 단지 머릿속 한편에 미뤄 두고 꺼내 보지 않았던 거야. 그래야 숨을 쉴 수 있었으니까. 그 대가가 너의 불행이란 것을 알면서도 나는 살고 싶었나 봐.

뮈블랑은 조각나기 시작한 시야를 손등으로 비비며 더듬더듬 걸음을 옮겼다. 어디로 가야 하는지 알지도 못한 채로 그저 걷고 걸었다. 도망쳐야 했으니까, 너를 보고도 이성을 유지할 자신이 없었으니까.

이건 도가 지나치다. 도가 지나치게 잔인하다. 이제 자신의 앞엔 행복만이 남았을 거라 생각했는데, 어떻게 자신에게 다시 한번 알리사의 불행을 방조하라 말하는 거지? 프레이멜도르는 뮈블랑의 정신을 찢어발겨 놓으려 작정한 것일까. 그래서 죽으라고 벼랑 끝으로 떠미는 것일까. 뮈블랑은 목구멍을 타고 올라오는 위액을 억지로 삼켜 가며 아무 골목에서 몸을 밀어 넣었다. 우당탕 소리가 나며 그녀의 몸이 무너졌다. 이곳의 알리사는 자신을 모른다. 그러나 그 사실에 위안을 받기엔 뮈블랑에게 알리사란 존재가 너무 컸다.

손톱이 부러지라 바닥을 긁으며 정신없이 위액을 게워 냈다. 생리적인 눈물방울이 바닥에 퍼질러진 위액에 떨어져 기분 나쁜 자국을 남겼다. 프레이멜도르가 역겨웠을까, 자신이 역겨웠을까. 어쩌면 감히 알리사의 미래를 바꿀 기회를 앞두고도 그걸 내팽개치려는 자신이, 역겨웠을지도, 모르지.

그때, 등 뒤로 접근하는 소름 끼치도록 천진한 목소리.

"당신, 곧 죽어?"

아, 붉은 머리카락이 찰랑하며 심장을 건드렸다.

"돈 내놔. 그럼 도와줄게."

그곳, 오줌 냄새가 진동하는 더러운 골목에, 썩은 고깃덩어리를 만찬으로 여기며 살아가던 두 소녀가 있었다.

✤ ✲ ✤

— 내기를 하지 않겠누.

프레이멜도르의 제안에 엘마티카네오스는 코웃음을 터트렸다. 중대한 전달 사항이 있다기에 한번 만나 줬더니, 고작 이따위 말을 하기 위해 나를 불렀나. 전남편의 같잖은 수작질은 코웃음을 절로 일으켰다.

— 내가 왜 네깟 놈과?

이어지는 말을 듣기 전까지는.

— 왜냐면 내기를 수락하지 않는다면, 엘마, 그대가 금제를 걸고 저승에 가둔 신들 모두가 소멸을 선택할 것이거든.

신은 개념. 세월이 지나 모두에게서 잊혀 자연적으로 소멸하는 것이 아닌 이상, 인위적으로 신을 죽이는 행위는 세계에 부담이 간다. 말이 부담이지 자칫 균형이 일그러지면 세계는 붕괴한다. 전 인류는 물론이요, 신들마저 소멸할지도 모른다는 소리다. 그런데 이렇게나 많은 인원이 동시에 소멸을 선택한다면, 그들이 담당한 개념이 일제히 소실되며 세계의 균형이 무너질지도 모른다. 그들이 신인 이상, 그 정도의 생각을 하지 못할 리가 없었다. 그런데도 소멸을 선택하겠다니!

— 개소리 마! 그럴 리……,

— 글쎄, 참고로 이건 내가 제안한 게 아니야. 에우겔이 입안하고 모두가 찬성한 계획이지. 엘마, 그대는 신들의 자존심을 너무 얕봤어.

— 설마, 고작 자존심 때문에 세계를 망가뜨리겠다고?!

프레이멜도르는 대답했다.

— 그래.

— 그딴 말도 안 되는……!

— 그딴 말도 안 되는 게 벌어졌어. 그러니 내기라도 제안할 때 받아들이는 게 좋을 거야, 엘마. 우리야 지금 당장이라도 자살해 버리면 그만이니까.

엘마티카네오스는 치밀어 오르는 열패감에 이를 갈았다.

미리 이 선택지를 차단해 두지 못했던 자신의 실책이다. 아무리 반대가 극심했더라도 저들에게 의식을 남겨 두어선 아니 되는 것이었는데! 의식이 잠재워서 놋쇠 그릇에 봉인해 놔야 했던 것을! 지금이라도 잠재울 수만 있다면 상책이겠으나, 당장 자살을 선택할지도 모르는데 어떻게 봉인을 준비하겠는가. 엘마티카네오스는 죽일 듯이 프레이멜도르를 노려보았고 그는 초췌한 낯으로 느릿하게 말했다.

— 매정한 나의 아내여. 내기를 수락하겠다면 어서 그 계집을 데려오라.

— ……누굴 말하는 거지?

프레이멜도르가 섬뜩하게 웃었다.

— 뮈블랑.

그가 발음한 그녀의 이름은 지독히도 서늘했다.

✢ ✢ ✢

"뮈블랑, 세상을 위해 너를 희생할 필요는 없어. 개념의 소실은 세계를 살아가는 구성원 모두가 같이 감당해야 할 문제야. 그렇지만 프레이멜도르가 어떤 내기를 제시할지도 모르는데 수락하는 건 미친 짓이라고! 알겠어, 뮈블랑? 내 말을 알아듣겠어?!"

밀렌도요프는 절박하게 그녀를 설득하려 들었다. 그건 뮈블랑이 무엇을 선택할지 이미 알고 있었다는 거다. 뮈블랑은 조용하게 웃으며 그녀를 데리러 온 라우코네스에게로 걸어갔다.

그때 낮고 깊은 목소리가 뮈블랑을 붙잡았다.

"가지 마."

카산이었다. 그는 뮈블랑에게 손 하나 까딱하지 않은 채로 다만 서글프게 그녀를 응시하고 있었다. 이제 뮈블랑은 저런 표정을 지은 그를 볼 때마다 심장이 욱신거리는 이유를 알았다.

"가지 말아 줘, 뮈블랑."

그래서 뮈블랑은 잘게 웃음을 터트렸다.

"어디든 쫓아오겠다며."

그가 침묵했다.

"보내 줘."

"너······."

일그러진 연보랏빛 눈동자에 눈물이 고였다. 라일락이 이슬을 머금은 것처럼 고왔지만, 쪼개진 유리 조각처럼 서슬 퍼런 눈빛이었다. 어쩌면 원망이 담겨 있을지도 모르지. 그는 그런 눈빛으로 띄엄띄엄, 괴롭게, 아주 괴롭게 속삭였다.

"네가 그렇게 말하면, 내가 들어줄 수밖에 없는 거, 알면서······."

"아니, 그냥 내기일 뿐이잖아. 내가 죽는 게 확정되지도 않았는데 왜들 난리래? 다들 걱정 말아요. 나 못 믿어?"

"바보야, 믿지 않는 게 아니잖아."

그러나 프레이멜도르는 금제가 걸려 있다 한들 신이다. 도대체 그는 뮈블랑에게 무엇을 바라 그녀를 부른 것일까.

그리고 너는 대체 무슨 생각으로 그에 응하려는 거야.

"같이 가."

"공주님, 아니, 폐하?"

"같이 가자고. 뮈블랑. 너를 혼자 싸우게 두진 않을 테니까."

뮈블랑이 반발할 틈도 없었다. 밀렌도요프는 곧장 라우코네스의 소매를 잡았다.

"출발하시오, 저승의 신이여."

라우코네스의 가슴팍에도 채 닿지 않는 작은 신장의 어린 왕은 그다지도 단단한 눈을 갖고 있었다. 마음이 단단한 사람은 눈빛에서부터 티가 난다. 라우코네스가 밀렌도요프의 말을 수락한 것엔 그런 이유가 있었다. 그리하여 뮈블랑이 정신을 차리기도 전에, 라우코네스가 저승의 문을 열었다. 카산이 밀렌도요프를 에스코트했다. 밀렌도요프의 황갈색 머리카락이 포스스 흩어지다 어둠에 먹혔다. 뮈블랑은 기가 차서 카산의 어깨를 홱 잡았다.

"너! 공주님을 왜!"

"네가 가잖아."

"그렇지만 공주님은!"

"네가 가잖아."

"자동 응답기냐?!"

뮈블랑이 울분을 터트리듯 카산의 가슴팍을 주먹으로 한 대 쳤다. 카산은 그녀의 주먹을 손바닥으로 감싸고 미간을 일그러뜨리며 작게 말했다.

"네가 가는 곳에 왜 우리는 갈 수 없어?"

"그야……!"

뮈블랑은 잠시 머뭇거렸다.

위험하니까, 당연히 위험하니까 안 된다, 그렇게 말하면 카산이 뭐라 대꾸할지 이제는 알 수 있기 때문이었다. 그렇게 위험한 곳에 너는 왜 가도 되냐고 물을 테고 뮈블랑은 대꾸할 말을 찾지 못하겠지. 왜냐면 뮈블랑은 밀렌도요프와 카산과 다를 바 없는 인간이잖아. 그녀가 당혹한 사이 가파른 뺨을 타고 눈물이 또르르 떨어졌다. 뮈블랑은 몇 배로 당혹하고야 말았다.

카산이 울고 있었다.

발긋하게 달아오른 눈가가 파르르 떨렸다. 그는 끊임없이 손목으로 눈매를 훔치고 있었으나 눈물 또한 하염없이 흘러내려 그의 소매며 가슴팍을 적시고 있었다. 입술을 깨물어 가며 소리를 참는 연보랏빛 눈동자가 투명하게 젖은 채 그녀를 똑바로 직시했다.

"네가 어디로 가든 좋아. 나는 어디든 네 곁에 머물 테니까."

"……."

"그래도 된다고 허락해 줘."

저도 모르게, 뮈블랑은 카산을 끌어안았다. 코끝을 맞대고 손마디를 겹치며 호흡을 함께하자. 내가 너에게 줄 수 있는 위안이 이런 것뿐이어서 미안해.

대답이 돌아오지 않았다는 사실을 잊어버리자는 입맞춤은 그렇게 나 애달파서.

— 죽어 버려라, 유!

저승의 최하층으로 가는 문을 통과하자 가장 처음으로 들린 것은 수감된 신들의 절규였다. 그들은 세상을 저주하고 유를 저주하고 엘마티카네오스를 저주하고 있었다. 마도레스가 함께 수감된 몇몇 신들에게 패악질을 부리는 것이 훤히 들여다보였고 그 옆에서 에우겔이 지독한 희열에 휩싸인 눈으로 뮈블랑을 보며 히죽거리는 것이 보였다. 뮈블랑은 중지 손가락을 턱 하고 내밀어 주며 껄렁껄렁하게 중심부로 걸어갔다.

모두의 시선이 뮈블랑에게 고정되어 있었다. 뮈블랑은 어깨만 으쓱하며 엘마티카네오스의 앞에 섰다. 하명하십시오, 농담조로 그렇게 말하자 그녀의 미간이 만신창이로 일그러졌다. 그녀는 진정으로 괴로워하고 있었다. 아마도 뮈블랑에게 무리한 것을 요구하고야 말았다는 사실 때문이겠지. 뮈블랑이 괜찮다며 씩 웃어 보일 때쯤 프레이멜도르가 이죽거렸다.

— 눈이 붉구나? 연인 간의 마지막 인사를 나눴나 보지?

마지막 인사라는 언사에서 느껴지는 불길한 암시에 성질이 난 뮈블랑은 눈썹을 휙 치켜세우며 씩 웃었다.

"댁이야말로 어서 빨리 세상과 마지막 인사 나누셔야죠. 제가 내기에서 이기면 당신은 끝장인데, 암요."

뮈블랑이 깐족거렸다. 프레이멜도르의 낯이 조금쯤 이지러지다가 본래대로 돌아왔다.

그리고 짤막한 설명이 이어졌다. 엘마티카네오스는 내기를 수락하는 대신 프레이멜도르가 내기에서 패배할 경우 그들의 의식이 강제로 잠재워진다는 서약을 맺기로 했는데, 프레이멜도르는 참으로 기이하게도 당장에 그 조항을 수락했단다.

그 말인즉슨 프레이멜도르가 내기의 승리를 장담하고 있다는 소리일 텐데, 도대체 무슨 내기를 하자는 것이기에 이다지도 확신하는지 알 수가 없었다. 뮈블랑은 불안해지려는 마음을 애써 추스르며 대뜸 지껄였다.

"그래서? 내기 종목은 뭡니까?"

— 그건 말이지…….

그 빌어먹을 내기에 응하면 안 되는 것이었는데.

— 네가 과연 '알리샤'를 구하지 않을 수 있느냐는 것이다.

그녀가 경련하며 씹어뱉었다.

"……뭐?"

— 왜, 그 계집 있잖아. 빨강 머리…….

뮈블랑이 치 떨듯 고함쳤다.

"닥쳐!"

— 뭐냐고 물었던 건 너일 텐데?

실실 웃는 낯. 경련이 멈추지 않았다.

어쩌면 오한이었나.

"너, 너…… 내게 뭘 하려는 거야! 대체 왜, 그 애의 이름을……."

프레이멜도르가 지독하게 웃었다.

— 너에게 과거로 돌아가 그 애를 구할 기회를 주마.

뮈블랑이 되물었다.

"뭐, 뭐라고, 했……."

— 그 대가는 네가 믿는 현재의 붕괴다. 과거를 바꾸는 대가는 언제고 현재의 붕괴기에.

뮈블랑은 전신이 얼어붙은 것처럼 한참을 아무 말도 하지 못했다. 프레이의 말뜻을 이해했기 때문이었다. 지금, 그는 알리사를 구하기 위해 밀렌도요프가 왕이 된 현재를 부수라 말하는 것이다. 현재라는 것은 과거의 한 톨이라도 변경될 시 당장이라도 무너져 버릴 만큼 연약하디연약한 것. 그리하여 프레이멜도르는 이러한 딜레마에 뮈블랑을 빠뜨리려는 것이었다. 프레이멜도르는 가엾고 나약한 것을 내려다보듯 뮈블랑을 응시했다.

— 너는 이번에도 아무것도 하지 않을 것이지? 네가 행복할 미래를 위해.

"……흐, 윽."

— 그렇게 너의 '알리사'에게 더없는 불행을 다시 한번 던져 줄 셈이지?

"아, 아니, 난……."

— 어차피 넌 네가 중요하단 거잖아. 알리사 따위 어떻게 되든 상관없다는 거잖아.

"그렇지 않아!"

— 그래? 그렇다면 지금 당장 보내져도 별 상관 없겠군.

신력이 폭포처럼 쏟아졌다.

그리고 다시 눈을 떴을 때는…….

"대답을 안 하네. 어이, 죽었냐?"

"죽었나 봐. 그럼 그냥 탈탈 털까?"

"썩 귀하신 나리 같은데 잘못 건드렸다간 큰일 나는 거 아냐?"

두 아이가 쏙닥거리는 소리가 선명하게 들렸다. 뮈블랑은 바닥에 얼굴을 파묻으며 오열하고 흐느꼈다.

"뭐야, 미친놈인가 봐."

밀렌도요프가 왕이 되는 미래를, 카산을 만날 미래를 위해, 뮈블랑은 다시 한번 알리사에게 아무것도 해선 안 되는 것일까?

"그냥 두고 갈까?"

다시 한번 그녀를 버리라고?

"역할을 나누자. 너는 저 대로변에 나가서 부잣집 도련님들 소매나 치다 와. 나는 털고 있을게."

"응! 이따 봐, 알리사!"

뚝, 눈물방울이 턱에 맺혔다가 바닥으로 추락해 깨졌다. 저벅거리는 소리가 들리다가 알리사의 맨발이 고개 숙인 시야에 닿았다. 흉이 지고 까진 발. 단지 그것을 보았을 뿐인데도 거친 사포가 심장을 문지르는 듯이 아프다.

"어떻게 그래……. 어떻게……."

"뭐가."

"널 어떻게 버려……."

알리사는 직업 정신 투철한 뒷골목의 소녀답게 뮈블랑의 품을 뒤적이기 시작했다. 뮈블랑은 아무 반항 하지 않고 그녀에게 망토까지 내어 주었으나, 알리사가 떠나가려 하자 그녀의 손목을 붙잡았다.

"뭐야?"

알리사는 신경질적으로 그녀를 내팽개치려 했지만 그럴수록 뮈블랑의 손아귀에 힘만 더 들어갈 뿐이었다.

"나는, 단 한 번이라도."

"놔, 놓으라고!"

"네가 죽지 않는 세계를 만들고 싶어, 알리사."

그게 설령 내가 행복해질 미래를 망가뜨리는 것일지라도.

네가 망가지지 않았으면 좋겠어. 그래야 내가 살 수 있을 것 같아.

이건 죄책감일까? 책임감일까.

어쩌면 무책임한 짓일지도 모른다. 이건, 그러니까, 밀렌도요프와 카산을 배신하는 일일지도 모른다고. 그런데도 그녀는 이렇게 해야 했다. 그게 그녀가 그녀를 위해 할 수 있는 최선이라고 믿었다.

"뭐, 야. 내 이름을 어떻게……."

알리사의 눈동자에 비친 제 얼굴은 흡사 시체 같았다. 뮈블랑은 자신의 입술로 자신의 이름을 발음했다.

"이제 뮈블랑은 돌아오지 않아."

"뭐?"

"그 애는 너를 버릴 거야."

심장이 난도질당하는 것만 같은 심정으로 뮈블랑은 말했다.

"그 애는 좋은 엄마를 만나고 너를 떠나서 다시는 돌아오지 않아."

"미친년. 네 말이 진실이라 쳐도, 뮈블랑이 그럴 리 없어. 최소한 걔는 나를 죽이러 돌아올 거니까!"

한결같은 신뢰가 담긴 눈빛에 가슴이 찢어졌다. 뮈블랑은 절규하듯 속삭였다.

"걔는 널 잊어버려."

"닥쳐!"

"너 없이 행복해지더라."

"닥치라 했어!"

"그러니까 도망치자. 알리사."

"……너 뭐야, 누군데 이딴 개잡소리를 해!"

"도망치자. 나와 함께."

"포주가 보냈냐? 살살 꼬셔서 몸 팔게 시키라고 하디?"

"제발."

뮈블랑이 알리사의 앞에 무릎을 꿇었다. 알리사는 기겁하며 뒤로 물러서려 했으나 뮈블랑은 잡은 손목을 놓지 않았다. 알리사는 조심스럽게 한 발자국 다가가 뮈블랑의 이마를 덮은 머리카락을 살짝 걷었다가, 눈살을 찌푸렸다.

"너 뭐야. 누구야."

"걔는 너를 잊어버린단 말이야! 왜 너는 걔를 믿었어? 믿지 마! 그냥, 그냥 네 인생을 살라고!"

"너……."

"안 그러면 내가 죽을 것 같단 말이야……."

뮈블랑은 땅바닥에 머리를 처박고는 펑펑 울음을 터트렸다. 이제야 행복해질 수 있을 것 같았는데 그 기회를 제 발로 차 버린 자신이 원망스러웠고 동시에 알리사를 선택한 것을 후회하는 자신이 역겨워서 울었다. 행복은 왜 이렇게나 멀리 있는 건지 알 수가 없었다. 꼭 자신에게만 멀리 있어서, 만질 수도 닿을 수도 없이 떠나가 버리고…….

"이봐, 그래서 나를 떠난 뮈블랑은 어떻게 되는데."

"잘 살아. 행복하게."

"나를 잊고? 죽을 때까지?"

"……어떻게 너를 평생 잊겠어."

"그러면?"

"네가 찾아와서, 그래서, 그제야 모든 걸 기억하고…… 너를 죽여."

"그럼 됐네."

"뭐?"

뮈블랑이 벌떡 일어났다.

알리사는 희게 웃고 있었다.

"뭐야, 난 또 걔가 날 평생 잊을 줄 알고 놀랐잖아."

"너, 너……."

"뮈블랑이 그럴 수 있는 애가 아니거든. 걔랑 나는 그런 사이여서."

뮈블랑이 말문이 막힌 채로 그녀를 바라보고만 있자, 알리사가 뮈블랑을 밀쳤다. 뮈블랑은 실 끊긴 꼭두각시처럼 휘청거렸지만 넘어지지는 않았다.

"나는 그 애의 인생에 한 획을 그을 수 있으면 그걸로 족해."

"너는, 너는 정말이지 죽느니만 못한 삶을 살게 되어서, 결국은 그 애를 증오하게 돼. 그래도 좋아?"

"짜릿한데?"

뮈블랑은 말을 잇지 못하다가 겨우겨우 물었다.

"미쳤어……?"

"응, 난 미친년이야. 그래서 뭐?"

알리사가 다시 한번 뮈블랑을 밀쳤다. 뮈블랑은 그녀가 미는 대로 밀려나며 바닥에 주저앉았다. 눈물이 멈추지 않았다. 고장 난 수도꼭지처럼.

"걔가 나를 죽이거나, 내가 걔를 죽이거나, 둘 중 하나인 미래라. 짜릿하지 않을 리 없잖아."

"알리사."

"그러니까 너는 네가 있을 곳으로 돌아가."

"……뭐?"

"안녕, 뮈블랑."

뮈블랑은 그게 무슨 말이냐고 물어보려 했다. 알리사가 짱돌을 들어 올려 뮈블랑의 머리를 후려치지만 않았더라도 물어보았을 것이다.

퍽!

＊ ＊ ＊

눈을 떴을 때 뮈블랑은 현실에 돌아와 있었다. 카산과 밀렌도요프가 애타는 눈빛으로 그녀를 바라보고 있는 현실. 아무것도 달라지지 않았다. 알리사를 구하지 못했다. 그 사실이 뼈저리도록 차가웠다. 무엇보다 안도하는 자신이 역겨워서 견딜 수가 없었다.

"……프레이와 기타 등등은 어떻게 됐습니까?"

"뮈블랑!"

― 그들은 놋쇠 그릇에 봉인했다.

"괜찮아? 지금……."

뒷말은 더 들리지도 않았다. 뮈블랑은 그들을 꽉 끌어안고 미친 듯이 중얼거렸다.

"알리사가 저를 알아요."

"응?"

"알리사가, 알면서……."

물론 반신반의했을 것이다. 그렇지만 알리사는 분명 반신반의하면서도 그녀에게 죽기 위해 온 것이다.

도대체 왜?

너는 왜 그런 거야?

설마, 아니겠지만, 정말 아니겠지만.

너는 혹시 내가 행복해질 미래를 지키고 싶었니?

울음이 샜다.

뮈블랑은 어린아이처럼 울었다. 알리사를 두고 도망쳤던 어린아이처럼.

뮈블랑은 그녀의 현재에서 행복하겠지만, 알리사라는 이름은 가슴에 한이 되어 평생토록 남을 것이다. 멍울이 져서 그녀와의 기억이 상

558

기될 때마다 쓰리고 아프겠지. 그렇지만 너는 아마도 그걸 원했던 거 잖아, 그렇지?

그렇다면 살아 내는 수밖에 없잖아.

혹시 지켜보고 있으면, 많이 운다고 미워하진 말아 줘, 알리사.

나는 정말 너를…….

⚜ ⚜ ⚜

— 이걸로, 충분?

"충분해요."

한이 풀린 영혼은 아르미타그의 인도에 따라 저승길을 걷기 시작했다.

알리사는 웃고 있었다.

작가 후기

　공주에게는 무엇이 필요할까요?

　어느 날 떠오른 이 질문으로부터 〈공좌〉가 시작되었습니다. 본론부터 말하자면, 공주에게는 권리가 필요합니다. 신분제 사회의 기득권층인 공주는, 사회의 기틀부터 부술 각오가 없다면, 같은 계급의 왕자와 동등한 인간으로 대우받을 권리부터 요구해야 합니다. 그렇다면 권리는 무엇일까요. 권력을 움켜쥘 기회입니다. 그래서, 그래서.

　공주에게는 왕좌가 필요합니다.

　그렇다면 인간에게는 무엇이 필요할까요?

　여기, 공주의 곁을 지키는 인간의 이야기가 있습니다. 인간이 인간으로 살아갈 수 있는 세상을 만들기 위해 왕을 선택한 하녀의 이야기가요.

　그녀는 신전을 부수었습니다.

　읽어 주셔서 감사합니다.

2019년 11월 16일의 오전 2시 8분에

벌꽃고래 마침.